中外文学交流史

钱林森　周宁　主编

中国－意大利卷

主编：张西平　马西尼

执行主编：朱菁

山东教育出版社

目 录

总序

一

中外文学关系的研究，是中国比较文学学术传统最丰厚的领域，前辈学者开拓性的建树，大多集中在这一领域的研究，如范存忠、钱锺书、方重等之于中英文学关系，吴宓之于中美，梁宗岱之于中法，陈铨之于中德，季羡林之于中印，戈宝权之于中俄文学关系的研究，等等。20世纪中国比较文学研究前后两个高峰，世纪前半叶的高峰，主要成就就在中外文学关系研究上。20世纪后半叶，比较文学在新时期复兴，30多年来推进我国比较文学学科发展的支撑领域，同时也是本学科取得最多实绩的研究领域，依旧在中外文学关系研究。中外文学关系研究所获得的丰硕成果，被学术史家视为真正"体现了'我们自己的比较文学'的特色和成就"[1]，成为我国比较文学复兴发展的一个重要标志[2]。

1. 王向远：《中国比较文学研究二十年·前言》，南昌：江西教育出版社，2003年版。

学术传统是众多学者不断努力、众多成果不断积累而成的。在中外文学关系研究领域，从20世纪80年代中期开始，先后已有三套丛书标志其阶段性进展。首先是乐黛云教授主编的比

2. 王向远教授在其28章的大著《中国比较文学研究二十年》中，从第2章到第10章论述国别文学关系研究，如果加上第17、18"中外文艺思潮与中国文学关系"、"中外文学关系史的总体研究"两章，整整占11章，可谓是"半壁江山"。

较文学丛书中的《中日古代文学交流史稿》（严绍璗著）、《近代中日文学交流史稿》（王晓平著）、《中印文学关系源流》（郁龙余编）。乐黛云教授和这套丛书的相关作者，既是继承者，又是开拓者。他们继承老一辈学者的研究，同时又开创了新的论题与研究方法。

其次是20世纪90年代初，北京大学和南京大学联合推出《中国文学在国外》丛书（10卷集，乐黛云、钱林森主编，花城出版社），扩大了研究论题的覆盖面，在理论与方法上也有所创新。再其后就是经过20年积累、在新世纪初期密集出现的三套大型比较文学丛书：《外国作家与中国文化》（10卷集，钱林森主编，宁夏人民出版社）、《跨文化沟通个案研究》丛书（乐黛云主编，北京出版社）、国别文学文化关系丛书《人文日本新书》（王晓平主编，宁夏人民出版社），这些成果细化深化了该研究领域，在研究范式的探究和方法论革新方面，也取得较大进展。

从某种意义上说，中外文学关系研究带动了整个中国比较文学研究。从"20世纪中国文学

的世界性因素”的讨论，到中外文学关系探究中的“文学发生学”理论的建构；从中外文学关系的哲学审视和跨文化对话中激活中外文化文学精魂的尝试，到比较文学形象学与后殖民主义文化批判……所有这一切探索成果的出现，不仅推动了中国比较文学学科深入发展，反过来对中外文学关系问题的研究，也有了问题视野与理论方法的启示。

二

　　在丰厚的研究基础上，如何进一步推进中外文学交流研究，成为学术史上的一项重要使命。2005 年 7 月初，南京大学比较文学与比较文化研究所与山东教育出版社在南京新纪元大酒店，举行《中外文学交流史》丛书首届编委会暨学术研讨会，正式启动大型丛书《中外文学交流史》的编写工作，以创设一套涵盖中国与欧洲、亚洲、美洲等世界主要国家及地区的文学交流史。

　　中外文学交流史研究既是一项研究，又是关于此项研究的反思，这是学科自觉的标志。学者应该对自己的研究有清醒的问题意识，明确“研究什么”、“如何研究”和“为何研究”。

　　20 世纪末以来，国际比较文学研究一直面临着范式转型的问题，不同研究范型的出现与转换的意义在于其背后问题脉络的转变。产生自西方民族国家体系确立时代的比较文学学科，本身就是民族国家意识形态的产物。影响研究的真正命题是确定文学“宗主”，特定文学传统如何影响他人，他人如何从“外国文学”中汲取营养并借鉴经验与技巧；平行研究兴盛于“冷战”时代，试图超越文学关系的外在的、历史的关联，集中探讨不同文学传统的内在的、美学的、共同的意义与价值。“继之而起的新模式没有一个公认的名称，但是和所谓的后殖民批评有着明显的关系，甚至可以把后殖民批评称为比较研究的第三种模式。这种模式从后结构理论吸取了‘话语’、‘权力’等概念，致力于清算伴随着资本主义扩张的帝国主义和殖民主义，尤其是其文化方面的问题。这种批评的所谓‘后’字既有‘反对’的意思，也有‘在……之后’的意思。”“后殖民批评的假设前提是正式的帝国 / 殖民主义时代已然成为历史。在第二次世界大战之后这一点已经成为普遍的共识，当时不同政治阵营能够加之于对方的最严厉的谴责莫过于'帝国主义'了。这种共识是后殖民批评能够立于不败之地的先决条件。"[1]

1.陈燕谷：《比较文学与"新帝国文明"》，载《中国社会科学院院报》，2004年2月24日。

伴随着后殖民主义文化批评在1970年代后期的兴起，西方比较文学界对社会文本的关注似乎开始压倒既往的文学文本。翻译、妇女、生态、少数族裔、性别、电影、新媒体、身份政治、亚文化、"新帝国治下的比较研究"[2]等问题几乎彻底更新了比较文学的格局。比如知

2.陈燕谷指出："现在我们也许有理由提出比较研究的第四种模式、也就是'新帝国治下的比较研究'。……当'帝国'去而复返……自然意味着后殖民批

名文化翻译学者苏珊·巴斯奈特在1993年出版的专著《比较文学批评导论》（*Comparative*

评不再具有不证自明的有效性。今天这种情况正在发生，比较研究必须在新帝国条件下重新界定自己的任务和方向。"陈燕谷：《比较文学与"新帝国文明"》。

Literature: A Critical Introduction）中就明确指出："后殖民"用最恰当的术语来表达，就是近年来出现的新跨文化批评，而"除此之外，比较文学已无其他名称可以替代"。[3]

3.Susan Bassnett, *Comparative Literature: A Critical Introduction*,Oxford and Cambridge:Blackwell,1993, p.10.

本世纪初，比较文学的学科理论建设工作似乎依然徘徊在突围西方中心主义的方向和路径上。2000年，蜚声北美、亚洲理论界的明星级学者G.C.斯皮瓦克将其在加州大学厄湾分校的"韦勒克文学讲座"系列讲稿结集出版，取了个惊世骇俗的名字《一门学科的死亡》（*Death of A Discipline*），这门学科就是比较文学。其实斯皮瓦克并无意宣布比较文学的终结，而是在指出当前的欧美比较文学的困境，即文学越界交流过程中的不均衡局面，以及该学科依然留存着欧美文化的主导意识并分享了对人文主义主体无从判定的恐惧等问题后，希望促成比较文学的转型，开创一种容纳文化研究的新的比较文学范型，迎接全球化语境的文化挑战。[4]

4.Gayatri C. Spivak, *Death of A Discipline*, New York: Columbia University Press,2003.

然而，我们也要清楚地看到，后殖民主义文化批判试图颠覆比较文学研究的价值体系，却没有超越比较文学的理论前提。因为比较研究尽管关注不同民族、不同国家文学之间的关系，但其理论前提却是，不同民族、国家的文学是以语言为疆界的相互独立、自成系统的主体。而且，比较文学研究总是以本国本民族文学为立场，假设比较研究视野内文学之间的关系是一种自我与他者的关系，只不过影响研究表示顺从与和解，后殖民主义文化批判强调反写与对抗。对于"他性"的肯定，依然没有着落。

坦率地说，中外文学关系研究仍属于传统范型，面临着新问题与新观念的挑战。我们在第三种甚至第四种模式的时代留守在类似于巴斯奈特所谓的"史前恐龙"[5]的第一种模式的研究

5.Susan Bassnett, *Comparative Literature: A Critical Introduction*, p.5.

领域，是需要勇气与毅力的。伴随着国际学术共同体间的密切互动与交流，北美比较文学的越界意识也在20世纪末期旅行到了中国。虽然目前国内比较文学也整合了文化批评的理论方法，跨越了既往单一的文学学科疆界，开掘了许多富于活力和前景的学术领域，但这些年来比较文学领域并不景气：一方面是研究的疆界在扩大也在不断消解，另一方面是不断出现危机警示与

研究者的出走。在这个大背景下，从事我们这套丛书写作的作者大多是一些忠诚的留守者，大家之所以继续这个领域的研究，不是因为盲目保守，而是因为"有所不为"。首先，在前辈学人累积的深厚学术传统上，埋头静心、勤勤恳恳地在"我们自己的比较文学"领地里精心耕作，在喧嚣热闹的当下，这本身就是一种别具意味的学术姿态。同时，在硕果纷呈的比较文学研究领域，中外文学关系问题始终是一个基础但又重要的问题，不断引起关注，不断催生深入研究，又不断呈现最新成果，正如目前已推出的这套丛书所展示的，其研究写作不仅在扎实的根基上，对中外文学交流史的论题领域有所拓展，在理论与方法探索上也通过积极吸收、整合其他领域的成果而有所推进。最后，在中国作为新崛起的世界经济大国的关键历史节点上重新思考中外文学关系问题，直接关涉到中外文学关系研究的学科自觉。这事实上是一个如何在世界文学图景中重新测绘"中国文学"的问题，也即当代中国文学如何在世界中重新创造自己的身份和位置。通过中外文学关系研究，我们可以重新提炼和塑造中国文学、文化的精神感召力、使命感和认同感，在当代世界的共同关注点上，以文学为价值载体去发现不同文化之间交往的可能和协商空间，进而参与全球新的世界观的形成。

三

中外文学关系研究，就学科本质属性而言，属实证范畴，从比较文学研究传统内部分类和研究范式来看，归于"影响研究"，所以重"事实"和"材料"的梳理。对中外文学关系史、交流史的整体开发，就是要在占有充分、完整材料的基础上，对双向"交流"、"关系""史"的演变、沿革、发展作总体描述，从而揭示出可资今人借鉴、发展民族文学的历史经验和历史规律，因此它要求拥有可信的第一手思想素材，要求资料的整一性和真实性。

中外文学关系研究的开发、深化和创新，离不开研究理论方法的提升与原理范式的探讨。某种新的研究理念和理论思路，有助于重新理解与发掘新的文学关系史料，而新的阐释角度和策略又能重构与凸显中外文学交流的历史图景，从而将中外文学关系的研究向新的深度开掘。早在新时期我国比较文学举步之时和复兴之初，我国前辈学者季羡林、钱锺书等就卓有识见地强调"清理"中外文学关系的重要性和必要性，把它提到中国比较文学特色建设和拥有比较文学研究"话语权"的高度。[1]30 年来，我国学者在这方面不断努力，在研究的观念与方法上进行了深入的探讨。钱林森教授主持的《外国作家与中国文化》丛书，曾经就中外文学关系研究中的哲学观照和跨文化文学对话的观念与方法进行过有益的尝试与实践。其具体思路主要体现在如下五个方面：

1.20 世纪 80 年代初，钱锺书先生就提出："要发展我们自己的比较文学研究，重要的任务之一就是清理一下中国文学与外国文学的相互关系。"季羡林在《资料工作是影响研究的基础》一文中强调："我们一定先做点扎扎实实的工作，从研究直接影响入手，努力细致地去收集材料、在西方各国之间、在东方各国之间，特别是在东方与西方之间，从民间文学一直到文人学士的个人著作中去搜寻直接影响的证据，爬罗剔抉，刮垢磨光，一定要有根有据，决不能捕风捉影。然后在这个基础上归纳出有规律性的东西。"他明确反对"那些一无基础、二无材料，完全靠着自己的'天才'、'灵感'，率而下笔，大言不惭，说句难听的话，就是自欺欺人的所谓平行发展的研究"。参见王向远：《中国比较文学研究二十年》，第 9 页，南昌：江西教育出版社，2003 年版。

1) 依托于人类文明交流互补基点上的中外文化和文学关系课题，从根本上来说，是中外哲学观、价值观交流互补的问题，是某一种形式的精神交流的课题。从这个意义上看，研究中外文化、文学相互影响，说到底，就是研究中外思想、哲学精神相互渗透、影响的问题，必须作哲学层面的审视。2) 考察两者接受和影响关系时，必须从原创性材料出发，不但要考察外国作家、外国文学对中国文化精神的追寻，努力捕捉他们提取中国文化（思想）滋养，在其创造中到底呈现怎样的文学景观，还要审察作为这种文学景观"新构体"的外乡作品，又怎样反转过来向中国文学施于新的文化反馈。3) 今日中外文学关系史建构，不是往昔文学史的分支研究，而是多元文化共存、东西哲学互渗时代的跨文化比较文学研究重构。比较不是理由，比较中达到对话并且通过对话获得互识、互证、互补的成果，才是中外文学关系研究学理层面的应有之义。4) 中外文学和文化关系研究课题，应以对话为方法论基点，应当遵循"平等对话"的原则。对研究者来说，对话不止是具体操作的方法论，也是研究者一种坚定的立场和世界观，一种学术信仰，其研究实践既是研究者与研究对象跨时空跨文化的对话，也是研究者与潜在的读者共时性的对话，通过多层面、多向度的个案考察与双向互动的观照、对话，激活文化精魂，进一步提升和丰富影响研究的层次。5) 对话作为方法论基点来考量的意义在于，它对以往"影响研究"、"平行研究"两种模式的超越。这对所有致力于中外文学关系的研究者来说，都是一种富有创意的、富有挑战性的学术探索。

从学术史角度看，同一课题的探讨经常表现为研究不断深化、理路不断明晰的过程。中外文学关系史研究在中国比较文学界已有多年的历史，具有丰厚的学术基础。《中外文学交流史》丛书是在以往研究基础上的又一次推进，具有更高标准的理论追求。钱林森主编在 2005 年编委会上将丛书的学术宗旨具体表述为：

　　　　丛书立足于世界文学与世界文化的宏观视野，展现中外文学与文化的双向多层次交流的历程，在跨文化对话、全球一体化与文化多元化发展的背景中，把握中外文学相互碰撞与交融的精神实质：1）外国作家如何接受中国文学，中国文学如何对外国作家产生冲击与影响？具体涉及到外国作家对中国文学的收纳与评说，外国作家眼中的中国形象及其误读、误释，中国文学在外国的流布与影响，外国作家笔下的中国题材与异国情调等等。2）与此相对的是，中国作家如何接受外国文学，对中国作家接纳外来影响时的重整和创造，进行双向的考察和审视。3）在不同文化语境中，展示出中外文学家就相关的思想命题所进行的同步思考及其所作的不同观照，可以结合中外作品参照考析，互识、互证、互补，从而在深层次上探讨出中外文学的各自特质。

4）从外国作家作品在中国文化语境（尤其是 20 世纪）中的传播与接受着眼，试图勾勒出中国读者（包括评论家）眼中的外国形象，探析中国读者借鉴外国文学时，在多大程度上、何种层面上受制于本土文化的制约，以及外国文学在中国文化范式中的改塑和重整。5）论从史出，关注问题意识。在丰富的史料基础上提炼出展示文学交流实质与规律的重要问题，以问题剪裁史料，构建各国别语种文学交流史的阐释框架。

6）丛书撰写应力求反映出国际比较文学界近半个世纪相关研究成果和我国比较文学 20 多年来发展的新成果。

四

在已有成果基础上从事中外文学关系史研究，要求我们要有所反思与开辟。这是该丛书从规划到研究，再到写作，整个过程中贯穿的思路。中外文学关系研究，涉及基本概念、史料与研究范型三方面的问题。

首先是基本概念。

中外文学关系，顾名思义，研究的是"关系"，其问题的重心在中国文学的世界性与现代性问题。在此前提下进行细分，所谓中外文学关系的历史叙述，应该在三个层次上展开：1）中国与不同国家、地区、语种文学在历史中的交流，其中包括作家作品与思潮理论的译介、作家阅读与创作的"想象图书馆"、个人与团体的交游互访等具体活动等。2）中外文学相互影响相互创造的双向过程，诸如中国文学接受外国文学并从与外国文学的交流中获得自我构建与自我确认基础，中国文学以民族文学与文学的民族个性贡献并参与不同国家、地区、语种文学创造等。3）存在于中外文学不同国家、地区、语种文学之间的世界文学格局，提出"跨文学空间"的概念，并将世界文学建立在这样一种关系概念上，而不是任何一种国家、地区、语种文学的普世性霸权上。

中外文学关系研究"中外文学"的关系，另一个必须厘清的概念是"中外文学"：1）中外文学关系不仅是研究"之间"的关系，更重要的是研究不同国家、地区、语种文学各自的文学史，比如研究法国文学对中国现代文学的影响，真正的问题在中国现代文学，反之亦然。2）中外文学关系在"中"与"外"二元对立框架内强调双向交流的同时，也不能回避中国立场。首先，中外文学研究表面上看是双向的、中立的，实际上却有不可否认的中国立场甚至可以说是中国中心。因此"中外文学"提出问题的角度与落脚点都应是中国文学。3）中国立场的中外文学关系研究的理论指归在于中国文学的世界性与现代性问题。它包括两个层次的意义：中国在历史上是如何启发、创造外国文学的；外国文学是如何构筑中国文学的世界性与现代性的。

中外文学关系基本概念涉及的最后一个问题是"史"。中外文学关系史属于文学史的范畴，它关系到某种时间、经验与意义的整体性。纯粹编年性地记录曾经发生过的文学交流事件，像文学旅行线路图或文学流水账单之类，还不能够成为文学交流史。中外文学交流史"史"的最基本的要求在于：1）文学交流史必须有一种时间向度的研究观念，以该观念为尺度，或者说是编码原则，确定文学交流史的起点、主要问题、基本规律与某种预设性的方向与价值。2）可能成为中外文学关系史的研究观念的，是中国文学的世界性与现代性问题。中国文学是何时、如何参与、如何接受或影响世界文学的，世界性因素是何时并如何塑造中国文学的。3）中外文学交流史表现为中国文学在中外文学交流中实现世界性与现代性的过程。中国文学的世界化分两个阶段，汉字文化圈内东亚化与近代以来真正的世界化，中国文学的世界化是与中国文学的"现代化"同时出现的。

其次是史料问题。

史料是研究的基础。研究的成败，从某种意义上说，取决于史料的丰富与准确程度。史料是多年研究积累的成果，丰富是量上的要求；史料需要辨伪甄别，尽量收集第一手资料，这是对史料的质上的要求。史料自然越丰富越好，但史料的发现往往是没有止境的，所以史料的丰富与完备是相对的，关键看它是否可以支撑起论述。因此，研究中处理史料的方式，不仅是收集，还有在特定研究观念下剪裁史料、分析史料。

没有史料不行，仅有史料又不够。中外文学关系史研究在国内，已有多年的历史，但大多数研究只停留在史料的收集与叙述上，丛书要在研究上上一个层次，就不能只满足于史料的收集、整理、叙述。中外文学关系的研究与写作应该分为三个层次：第一个层次，掌握资料来源并尽量收集第一手的资料，对资料进行整理、分析、阐释，从中发现一些最基本的"可研究的"问题。第二个层次是编年史式资料复述，其中没有逻辑的起点与终点，发现的最早的资料就是起点，该起点是临时的，随着新资料的发现不断向前推，重点也是临时的，写到哪里就在哪里结束。第三个层次是使文学交流史具有一种"思想的结构"。在史料研究基础上形成不同专题的文学交流史的"观念"，并以此为线索框架设计文学交流史的"叙事"。

最后，中外文学交流研究的第三大问题是研究范型。学术创新的途径，不外乎新史料的发现、新观念与新的研究范型的提出。

研究范型是从基本概念的确立与史料的把握中来的。问题从何处来，研究往何处去。研究模式包括基本概念的确立、史料的收集与阐发、研究方法的选择等内容。任何一项研究，都应该首先清醒地意识到研究模式，说到底，就是应该明确"研究什么"和"如何研究"。研究的基本概念划定了我们研究的范围，而从史料问题开始，我们已经在思考"如何研究"了。

中外文学交流作为一个走向成熟的研究领域，必须自觉到撰写原则或述史立场：首先应该明确"研究什么"。有狭义的文学交流与广义的中外文学交流。狭义的文学交流，仅研究文学与文学的交流，也就是说文学范围内作家作品、思潮流派的交流，更多属于形式研究范畴，诸如英美意象派与中国古典诗词、《雷雨》与《俄狄浦斯王》；广义的文学交流史，则包括文学涉及的广泛的社会文化内容，文本是文学的，但内容与问题远超出文学之外，比如"启蒙作家的中国文化观"。本书的研究范围，无疑属于广义的中外文学交流。所谓中外文化交流表现在文学活动中的种种经验、事实与问题，都在研究之列。

但是，我们不能始终在积极意义上讨论影响研究，或者说在积极意义上使用影响概念，似乎影响与交流总是值得肯定的。实际上，对文学活动中中外文化交流的研究，现有两种范型：一种是肯定影响的积极意义的研究范型，它以启蒙主义与现代民族文学观念作为文学交流史叙事的价值原则，该视野内出现的问题，主要是一种文学传统内作家作品与社团思潮如何译介、传播到另一种文学传统，关注的是不同语种文学可交流性侧面，乐观地期待亲和理解、平等互惠的积极方面，甚至在潜意识中，将民族主义自豪感的确认寄寓在文学世界主义想象中，看中国文学如何影响世界。我们以往的中外文学关系研究，大多是在这个范型内进行的。另一种范型关注影响的负面意义，解构影响中的"霸权"因素。这种范型以后现代主义或后殖民主义观念为价值原则，关注不同文学传统的不可交流性、误读与霸权侧面。怀疑双向与平等交流的乐观假设，比如特定文学传统之间一方对另一方影响越大，反向影响就越小，文学交流往往是动摇文学传统的霸权化过程；揭示不同语种文学接触交流中的"背叛性"因素与反双向性的等级结构，并试图解构其产生的社会文化机制。

中外文学关系研究的开发、深化和创新，离不开研究理论方法的提升与原理范式的研讨。某种新的研究理念和理论思路，有助于重新理解与发掘新的文学关系史料，而新的阐释角度和策略又能重构与凸显中外文学交流的历史图景，从而将中外文学关系的"清理"和研究向新的深度开掘。以往的中外文学交流研究，关注更多的是第一种范型内的问题，对第二种范型内的问题似乎注意不够。丛书希望能够兼顾两种范型内的问题。"平等对话"是一种道德化的学术理想，我们不能为此掩盖历史问题，掩盖中外文学交流上的种种"不平等"现象，应分析其霸权与压制、他者化与自我他者化、自觉与"反写"（Write Back）的潜在结构。

同时，这也让我们警觉到我们的研究范型中可能潜在着的一个矛盾：怎能一边认同所谓"中国立场"或"中国中心"，一边又提倡"世界文学"或"跨文学空间"？二者之间是否存在着某种对立？实际上在中国文学的世界性与现代性问题前提下叙述中外文学交流，中国文学本身就处于某种劣势，针对西方国家所谓影响的"逆差"是明显的。比如说，关于中国文学对西方文学的影响，我们可以以一个专题写成一本书，而西方文学对中国现代文学的影响，则是覆盖性的，几乎可写成整部文学史。我们强调"中国立场"本身就是一种"反写"。另外，文学史述实际上根本不存在一个超越国别民族文学的普世立场。启蒙神话中的"世界文学"或"总体文学"，包含着西方中心主义的霸权。或许提倡"跨文学空间"更合理。我们在"交流"或"关系"这一"公共空间"内讨论问题，假设世界文学是一个多元发展、相互作用的系统进程，形成于跨文化跨语种的"文学之际"的"公共领域"或"公共空间"中。不仅西方文学塑造中国现代文学，中国文学也在某种程度上参与构建塑造西方现代文学。尽管不同国家、民族、地区的文学交流存在着"不平等"的现实，但任何国家、民族、地区的文学都以自身独特的立场参与塑造世界文学，而世界文学不可能成为任何一个国家、民族或语种文学扩张的结果。

我们一直在试图反思、辨析、确立中外文学交流研究的基本概念、方法与理论范型，并在学术史上为本套丛书定位。所谓研究领域的拓展、史料的丰富、问题域的明确、问题研究的深入、中外文学交流整体框架的建构，都将是本套丛书的学术价值所在。我们希望本套丛书的完成，能够推进中国比较文学界中外文学关系研究领域走向成熟。这不仅是个人研究的自我超越问题，也是整个比较文学研究界的自我超越问题。

五

钱林森教授将中外文学交流研究的问题细化为五大类，前文已述。这五大类问题构成中外文学交流史的基本问题域，每一卷的写作，都离不开这五大类基本问题。反思这套丛书的研究与写作，可以使我们对中外文学交流史的研究范型有一个基本的把握。在丛书写作的过程中，钱林森教授不断主持有关中外文学关系史的笔谈，反思中外文学关系研究的基本问题与理论范式，大部分参与丛书写作的学者都从不同角度发表了具有建设性的思考，引起了国内学术界的关注。

其中，王宁教授从国家文化战略的高度理解中外文学关系史研究，认为："探讨中国文化和文学在国外的接受和传播，应该是新世纪中国比较文学学者研究的一个重要课题，通过这一课题的研究，不仅可以从根本上打破中外文学关系研究领域内长期存在的西方中心主义思维定势，使得中国学者的民族自尊心和自豪感大大地提升，而且也有助于中国文化走出去战略的实施。在这方面，比较文学学者应该先行一步。"王宁先生高蹈，叶隽先生务实，追问作为科学范式的文学关系研究的普遍有效性问题，他从三个方面质疑比较文学学科的合法性：一是比较文学的整体学术史意识，二是比较文学的思想史高度，三是比较文学作为一门具体学科的"文史根基"与方寸。葛桂录教授曾对史料问题做过三方面的深入论述：一是文献史料，二是问题域，三是阐释立场。"从比较文学学科的传统研究范式来看，中外文学关系研究属于'影响研究'

范畴，非常关注'事实材料'的获取与阐释。就其学科领域的本质属性来说，它又属于史学范畴。而文献史料的搜集、鉴辨、理解与运用，是一切历史研究的基础性工作。力求广泛而全面地占有史料，尽可能将史料放在它形成和演变的整个历史进程中动态地考察，分辨其主次源流，辨明其价值与真伪，是中外文学关系研究永远的起点和基础。"缺少史料固然不行，仅有史料又十分不够。中外文学关系研究"问题意识"必不可少，问题是研究的先导与指南。葛桂录教授进一步论述："能否在原典文献史料研究基础上，形成由一个个问题构成的有研究价值的不同专题，则成为考量文学关系研究者成熟与否的试金石。在文学关系研究的'问题域'中进而思考中外文学交往史的整体'史述'框架，展现文学交流的历史经验与历史规律，揭示出可资后人借鉴、发展本民族文学的重要路径，又构成中外文学关系研究的基本目标。"

文献史料、问题域、阐释立场是中外文学关系研究的三大要素。文献史料的丰富、问题域的确证、研究领域的拓展、观念思考的深入，最终都要受研究者阐释立场的制约。中外文学关系研究，理论上讲当然应该是双向的、互动的。但如要追寻这种双向交流的精神实质，不可避免地要带有某种主体评价与判断。对中国学者来说，就是展现着中国问题意识的中国文化立场。"中外文学"提出问题的出发点与归宿都指向中国文学。这样看来，中外文学关系研究的理论关注点，在于回答中国文学的世界性与现代性问题。也就是，中国文学（文化）在漫长的东西方交流史上是如何滋养、启迪外国文学的；外国文学是如何激活、构建中国文学的世界性与现代性的。这是我们思考中外文学交流史的重要前提，尤其是要考虑处于中外文学交流进程中的中国文学是如何显示其世界性，构建其现代性的。

六

乐黛云先生在致该丛书编委会的信中，提出该丛书作为中外文学关系研究的"第三波"的高标："如果说《中国文学在国外》丛书是第一波，《外国作家与中国文化》是第二波，那么，《中外文学交流史》则应是第三波。作为第三波，我想它的特点首先应体现在'交流'二字上。它不单是以中国文学为核心，研究其在国外的影响，也不只是以外国作家为核心讨论其对中国文化的接受，而是要着眼于'双向阐发'，这不仅要求新的视角，也要求新的方法；特别是总的说来，中国文学对其他文学的影响多集中于古代文学，而外国文学对中国文学的影响却集中于现代文学。如何将二者连缀成'史'实在是一大难点，也是'交流史'能否成功的关键。"

　　本套丛书承载着中国比较文学百年学术史的重要使命，它的宏愿不仅在描述中国与世界主要国家的文学关系，还在以汉语文学为立场，建构一个"文学想象的世界体系"。中外文学交流史的研究要点在"文学交流"，因此研究的核心问题是"双向阐发"，带着这个问题进入研究，中外文学关系就不是一个简单的译介、传播的问题，中外文学相互认知、相互影响与创造才是问题的关键。严绍璗先生在致主编钱林森的信中，进一步表达了他对本丛书的学术期望，文学交流史研究应该"从一般的'表象事实'的描述深入到'文学事实'内具的各种'本相'的探讨和表达"：

　　　　我期待本书各卷能够是以事实真相为基础，既充分展现中华文化向世界的传播，又能够实事求是地表述世界各个民族文化对中华文化和中华文明丰富多彩性的积极的影响，把"中外文学关系"正确地表述为中国和世界文化互动的历史性探讨。"文学关系"的研究，习惯上经常把它界定在"传播学"和"接受学"的层面上考量，三十年来比较文学的研究，特别是中国比较文学研究，事实上已经突破了这样一些层面而推进到了"发生学"、"形象学"、"符号学"、"阐释学"和"叙事学"等等的层面中。在这些层面中推进的研究，或许能够更加接近文学关系的事实真相并呈现文学关系的内具生命力的场面。我期待着新撰的《中外文学交流史》各卷，能够从一般的"表象事实"的描述深入到"文学事实"内具的各种"本相"的探讨和表达。

　　2005 年南京会议之后，丛书的编写工作正式启动，国内著名学者吕同六、李明滨、赵振江、郁龙余、郅溥浩、王晓平等先生慷慨加盟，连同其他各位中青年学者，共同分担《中外文学交流史》丛书的写作。吕同六先生曾主持中意文学交流卷，却在丛书启动不久仙逝，为本丛书留下巨大的遗憾。在丛书编写过程中，有人去了有人来，张西平、刘顺利、梁丽芳、马佳、齐宏伟、杜心源、叶隽先生先后加入本套丛书，并贡献出他们出色的成果。

　　在整个研究写作过程中，国内外许多同行都给予我们实际的支持与指导，我们受用良多。南京会议之后，编委会又先后在济南、北京、厦门、南京召开过四次编委会，就丛书编写的具体问题进行讨论，得到山东教育出版社的一贯支持。丛书最初计划五年的写作时间，当时觉得已足够宽裕，不料最终竟然用了九年才完成，学术研究之漫长艰辛，由此可见一斑。丛书完成了，各卷与作者如下：

(1)　《中国 - 阿拉伯卷》（郅溥浩、丁淑红、宗笑飞 著）

(2)　《中国 - 北欧卷》（叶隽 著）

(3)　《中国 - 朝韩卷》（刘顺利 著）

(4)　《中国 - 德国卷》（卫茂平、陈虹嫣等 著）

(5)　《中国 - 东南亚卷》（郭惠芬 著）

(6)　《中国 - 俄苏卷》（李明滨、查晓燕 著）

(7)　《中国 - 法国卷》（钱林森 著）

(8)　《中国 - 加拿大卷》（梁丽芳、马佳 主编）

(9)　《中国 - 美国卷》（周宁、朱徽、贺昌盛、周云龙 著）

(10)　《中国 - 葡萄牙卷》（姚风 著）

(11)　《中国 - 日本卷》（王晓平 著）

(12)　《中国 - 希腊、希伯来卷》（齐宏伟、杜心源、杨巧 著）

(13)　《中国 - 西班牙语国家卷》（赵振江、滕威 著）

(14)　《中国 - 意大利卷》（张西平、马西尼 主编）

(15)　《中国 - 印度卷》（郁龙余、刘朝华 著）

(16)　《中国 - 英国卷》（葛桂录 著）

(17)　《中国 - 中东欧卷》（丁超、宋炳辉 著）

本套丛书的意义，就在于调动本学科研究者的共同智慧，对已有成果进行咀嚼和消化，对已有的研究范式、方法、理论和已有的探索、尝试进行重估和反思，进行过滤、选择，去伪存真，以期对中外文学关系本身，进行深入研究和全方位的开发，创造出新的局面。

钱林森、周宁

前言

　　中国和意大利这两个国家，在历史上有着源远流长的接触与交往，表现在政治、经济、科技、文化、外交等众多方面，而文学作为社会的反光镜，将这些交往的影像都投射了出来。当然，既然是投射，就可能会存在一定程度的偏差，古今中外文学作品概莫能外，需要今人加进今时今日知识背景结构下的分析和判断，笔者希望能借这部并不完善的作品，在读者眼前还原出一部尽可能不失真的"中意文学交流史"。

　　中国和意大利的友好往来，在先秦时期是否发轫尚无定论。其时，东、西方社会都因铁器的使用、交通和贸易的发展刺激了不同族群间的交往。从西周代商到春秋、战国，中华民族正处于一个大迁徙、大融合的形成与发展时期，诸子百家竞相争鸣，各国史官也纷纷秉笔直书，各种诸子散文、历史散文盛极一时；而在西方文明的起源地，同时期则经历了特洛伊战争、罗马建城和开疆拓土、希波战争、伯罗奔尼撒战争及亚历山大东征等一系列重大历史事件。不过，今天的意大利半岛上，"拉丁同盟"联合起来的伊特鲁里亚人和拉丁人等各民族意大利的先人们并没有留下成篇的文字记录，而先秦时期留下的丰富的文史资料由于秦朝"焚书坑儒"的暴政，《秦记》以外其他各诸侯国的史书都被付之一炬，纵使其他各国有关于中西往来的可靠文字记载，也终归于无闻。所以，目前尚未考证到能证明那一时期中国与意大利往来的文字。

　　秦始皇灭六国，"中国"这个概念第一次真正形成。虽然大秦帝国三世而亡，但当始皇帝巡游天下之际，当他派遣徐福出海往寻长生不老灵药之时，与来自西方的流人也不乏面对面的机会[1]。

1.2003 年，考古人员曾在西安始皇陵以东的一个墓葬堆里发现了百余具人骨。经抽样 DNA 检测，科研工作者发现其中一具骨骸有着明显的欧洲人种特征。

　　当楚河汉界之畔狼烟消弭，封建一统的中央集权大汉帝国在历史的舞台上盘踞了四百余年，

以此推论，秦代欧洲人就有前来中国谋生者。他们来往之间，或许会有文字留下也未可知。

刘氏皇族的正统血脉一直绵延到三国乃至更久。在这段相对稳定、繁荣的发展时期，中国如同一颗耀眼的巨星，光照面积不只限于汉王朝不断开拓的疆域范围之内，而且影响到整个东南亚地区，与几乎同时期高悬在历史星空的"西方巨星"古罗马相映生辉。双方不仅通过"丝绸之路"开展络绎不绝的商贸往来，而且在文化上也隔空唱和。《史记》《汉书》等正史中已出现了"黎轩"这一罗马在中国的最早译名，表明西汉时期罗马对于中国来说就不再陌生；而《后汉书》

中更有明确提到古罗马帝国安敦尼王朝派遣使者前来谒见东汉皇帝。横跨欧亚非大陆，罗马帝国在取得军事上辉煌成就的同时，也吸纳了古希腊的海洋文明。被罗马人尊为老师的希腊知识分子无疑将"塞里斯""秦""秦奈""支那"这些关于古代中国的知识传授给了他们。

魏晋南北朝时期的史料中继承了《后汉书》关于"大秦"的记载，而同时期的罗马学者则在《历史》一书中首次播报了"桃花石人"[1]渡过长江征战的事件。"五胡乱华"客观上又一次促进

1. 详见本书第二章第一节。

了中华民族的大融合，隋、唐这两个承继了少数民族血脉的皇朝，为华夏吹来了一股清健的劲风，不仅在政治上废除了魏晋南北朝时期"九品中正制"的荐举制度，新建了科举制度，而且强化了中央集权，为中国两千年封建制度夯牢了社会基础。"九天阊阖开宫殿，万国衣冠拜冕旒"，在大唐的盛世时光，胡姬当垆售卖葡萄美酒，诗人骚客们一面嗅着琥珀杯中诱人的酒香，一面观赏异域风情的歌舞，或是梨轩幻人的魔术表演。勇于革新的隋唐时期为"大秦"帝国选择了一个新的译名——"拂菻"，兼收并蓄的宗教政策也让唐皇接受了来自西方的天主教聂斯脱利教派。而此时，欧洲的罗马帝国早已分裂，黑暗的中世纪才刚徐徐开启，封建社会尚在襁褓之中，不过在意大利，教皇国则开始初具雏形。

"渔阳鼙鼓动地来，惊破霓裳羽衣曲。"安史之乱以降，大唐王朝山河日下，藩镇割据尾大不掉，农民起义此起彼伏，最终导致了五代十国的乱局。与之相应的是九世纪初罗马教皇与神圣罗马帝国皇帝联手打造了"罗马帝国的再生"[2]，教皇国开始逐步走向鼎盛。

2. 此为公元800年法兰克帝国御玺上的铭文。

10世纪中叶，北宋收拾前朝四分五裂的局面，建立了新的中央集权政权，同时又不得不应对来自外族的威胁，与辽、金、西夏、大理等少数民族政权对峙。"靖康之变"导致重文抑武的宋室仓皇南渡，偏安一隅，但边疆的危机并未妨碍宋朝攀登中国封建社会的顶峰。宋代政治环境相对宽松，社会经济、科技文化、对外交往等都达到了相当高的水平。造纸术、印刷术和黑火药都在这一时期传到欧洲，而宋代地理专著《诸蕃志》则记载了中国沿海通往海外各国的航路和商贸状况，其中就介绍了西西里和罗马国。同时期，教皇国实力日盛，欧洲社会的封建化也渐入佳境。

游牧民族的打击最终摧垮了南宋政权，草原民族第一次在中国建立起大一统的中央政权。一直稳定上升的中华文明虽然同化了元代统治者，却也从此被抽去了脊梁，不复汉唐的风骨。于西方而言，蒙古人的西侵也是一场世纪噩梦。蒙古人西征之初，尚不知其底细的西欧各国正

苦于与阿拉伯人无休止的"圣战"，以为这些神勇的骑兵是上帝派遣的"长老约翰"的救军，法王圣路易还派出使者前去寻觅这位传说中的东方圣君。然而，当蒙古铁骑如蝗虫般铺天盖地自东徂西，他们凭借闪电般的骏马、日夜奔驰的娴熟马技和出其不意的快速出击，使得西方世界不仅断绝了"救兵"的念想，甚至怀疑这些"鞑靼人"是世界末日才冒出来的地狱恶魔。罗马教宗几度派遣使者出使蒙元，刺探鞑靼人的虚实，更试图劝阻蒙古统治者息兵，不时馈赠骏马珍玩以笼络蒙古大汗。教皇的使节们也留下许多出使中国的文字。然而，被高高在上的"长生天"赋予勇力的游牧民族不仅没有止步，而且长驱直入东欧，令欧洲人闻风丧胆。如果不是窝阔台汗去世，各军首领忙于班师回朝，蒙古大军所踩躏的土地还不知其边界。即便如此，东西方的交流也在一种不平衡的状态下呈现出一时之盛。为了便利军队的挺进和庞大疆域的统治，蒙古人建立了先进的传驿制度，设置了几千处驿站，使者凭借不同等级的金银令牌可以在驿站获得食物补给，更换马匹，以日行四百里的速度将大汗的情报一路传递，是当时世界上最先进的信息传递网络。这些驿站不仅直接为信使服务，同时也间接地为来往的商旅提供了安全保护与便利条件，在元使奔驰的大道上，他们能制订最快捷的行程，而且一路还能受到元朝统治者的保护，当然，在享受便利的同时，他们也必须付出不菲的代价给其保护者。不过在精明的商人们心中，与即将到来的利益和机会相比，这点投入是必须而且值得的，否则东西方交通要道上，肤色杂陈、语言各异的各色人等也不会熙来攘往，络绎不绝。聪明的威尼斯商人甚至还总结出一套往中国经商的要点汇集，至今还保存在佛罗伦萨的图书馆里。而那位在中国扬名显万后荣归威尼斯的"百万"巨富马可·波罗，其游记中描绘的中国盛况，勾起了无数西方人心目中对东方的憧憬。他的一位忠实读者——意大利人哥伦布不辞辛劳地四处寻求资助，试图开辟从欧洲到达中国的航路，最终说动了西班牙女王。而哥伦布的探索契丹之旅，却意外地发现了新大陆，揭开了大航海时代的帷幕。在那之前，葡萄牙人迪亚士已经为他的国王发现了好望角，打通了从里斯本直航印度的航路。世界因此联接成一个整体，西方的商人们尽情追逐神秘东方带来的财富，封建君主殖民的长鞭愈挥愈远，新土地上得来的财富刺激了欧洲城市化的进程，资本主义经济的发展带来了思想的解放与革新。宗教改革的呼声越来越高涨，文艺复兴的浪潮一浪压过一浪。西、葡、法等国的世俗君主，都乐意见到在新征服的土地上，天主的福音能促进他们的统治，故而纷纷解囊资助教廷的海外遣使计划。于是，西方传教士纷纷涌向美洲、非洲和亚洲。

元末农民大起义，明太祖率军推翻了蒙元统治，重建了汉族的封建大一统统治。有明一代，无汉唐之和亲，无两宋之岁币，中国封建社会达到了巅峰。成祖之时，郑和七下西洋，怀远宣恩，重现了汉唐万国来朝的盛况，加强了明朝与世界各国的联系。然而自"土木堡之变"，国运由盛转衰，到万历年间，皇帝 20 年的怠政使大明帝国气数殆尽。不过，明代在冶铁、造船、丝纺、瓷器、印刷等方面，仍居世界领先地位。当是时，欧洲传教士东来，他们梯航万里所求非财，而是将基督教文化传播到远东。东西方两种异质文明激烈碰撞，东西方文化精英坐而论道，互通有无，传教士们将西方先进的科学知识、文艺复兴的精神带到中国，也将古老的中国文化传播到欧洲，掀起了欧洲 17、18 世纪的"中国热"，并为"启蒙运动"提供了精神养料。《明史》对这批西方来客有较详细的记载，"意大里亚"国在《外国传》中占有相当分量，《崇祯历书》就是西方传教士进献给皇帝的礼物，南明永历朝廷写给梵蒂冈教廷的求援信至今仍在梵蒂冈图书馆珍藏，引人唏嘘。

明清鼎革，清朝建制未久即采取"闭关锁国"政策，阻碍了中西方的经济贸易往来。"礼仪之争"凸显出中西文化在信仰层面的差异，清帝与教皇都不愿在文化根源上让步，康熙帝对待西方经历了从颁布"容教令"到"禁止可也"的态度转变，但虽禁其教不禁其术，仍然任用西方技术人才在宫廷服务。清廷政策影响了中国与西方知识分子层面的交往，也又一次阻碍了中国文化突破传统的机遇。雍正以后的严厉禁教，使得中西文明一度的融汇与交通在二百年后"失忆"，且再无平等对话的可能。中国与意大利在这一时期的文学交流除了传教士在中学西传方面的贡献，以及与中国文人合作翻译西籍之外，还反映在为方便在华传教及培养华籍传教人员之需，分别在康熙和咸丰年间由意大利传教士艾若瑟、徐类思携去意大利求学的中国青年樊守义、郭连城赴欧所做的两份旅欧游记《身见录》和《西游笔略》之中。雍正初年返欧的意大利传教士马国贤在拿波里创建的中国学院，为中国文化在意大利的传播和意大利汉学的形成与发展作出了重要贡献。而从晚清在西洋坚船利炮催逼下受遣出洋的外交大员们的各种出使日记、考察报告中也能窥见意大利文化对亲至其地的中国官员的冲击。不过，直到"辛亥革命"驱除鞑虏，民国文人纷纷翻译文艺复兴以来的西方名著，但丁的《神曲》、薄伽丘的《十日谈》等小说以及其他文学作品才更多地进入大众视野。

从传教士汉学到职业汉学家的专著，意大利的中国学学者在对中国文化的翻译和研究上一向用功颇勤，中国古代的四书五经、小说、诗歌、戏剧等，乃至于现当代作品都是他们的兴趣点所在。从早期东西方遥远而互相倾慕的对望和想象，到中世纪商人、旅行家、使者们的旅行游记，古老神秘的中华帝国在意大利人的心目中是一个近乎传奇的真实存在。中古时代结束以后，古罗马帝国在现世的光辉虽然渐次黯淡，但古希腊、罗马时代的文化却经由阿拉伯世界回到欧洲，文艺复兴激起的巨潮为航海家们拍打出通往新大陆的航线，意大利耶稣会士带领着传教团队梯航万里，使中西方思想文化在大航海时代交汇。大一统的中华大帝国、勤学慎思的异族皇帝、安定繁盛的市民生活、忠义孝悌的伦理道德无不满足了几百年封建割据混战下欧洲人对"理想国"的憧憬，知识精英们以此为武器对大众进行启蒙。地理距离的缩短和思想观念的接近，让中国这位神秘的东方贵妇慢慢褪下了华丽的面纱，曾经渴慕的激情逐渐为理智的思考所取代，意大利对中国的研究也从传教士汉学进入专业汉学的新阶段。19、20 世纪涌现的学者和著作更是不胜枚举，新的翻译家和作品、新的汉学期刊层出不穷，意大利作家前往中国者络绎不绝，两国之间各类文学作品的互译也不断推陈出新。那不勒斯东方大学、威尼斯大学和罗马大学成为意大利汉学教学研究的重镇。中国和意大利的文学与文化交流进入了一个新的繁荣阶段。

第一章　　元朝前中国人对意大利的记述

　　西汉初年，张骞凿空西域，开辟"丝绸之路"，从此，关山万里再也不能阻隔东西方相遇的步伐，响亮的驼铃穿越荒漠带来异质文明的初见与交融。"丝绸之路"三通三绝，纷飞的战火会在短时期内羁绊中西文化交流的进程，然而文化的传播、贸易的发展从来都与战争相距不远，甚至会通过血与火的洗礼实现更高的升华。历史在螺旋中曲折前进，世界在人类的不断探索中终于贯通。回到中西文化交流的起点，我们的目光不得不停留在雅斯贝尔斯所提出的"轴心时代"。在那辉煌的公元前几个世纪里，人类文化的几大传统开始确立，古希腊文明随着罗马军团的推进从地中海地区扩散开来，犹太教、印度教信仰都实现了自身核心价值的突破，儒学在先秦诸子的百家争鸣中唱响最高音，成为中国两千多年封建统治的思想基础，并且浸濡了整个东亚文化圈……

　　强壮的体魄、健全的人格、纷呈的文化、繁荣的学术，虽然远隔重洋、轴心时代的我们的先祖们却不约而同地创造出灿烂的文明，巨人们孕育出的文化母体数千年来一直滋养着人类。在世界多元化的当下回顾历史，古代希腊、罗马文化和基督教文化作为西方文化的两大源头，无不与意大利有着切不断的血脉承继，中国文化则奠定了东亚世界的社会伦理道德基础，并且对欧洲的"启蒙运动"有着重要影响。这样的两个国度在相会之初，各自是以怎样的形象存在于对方的想象之中呢，且让我们回到史料中去一窥究竟。

第一节 西汉史料中的"黎轩"

考察中国与意大利的交往，诉诸文字者目前可见最早可追溯到汉初，《史记》《汉书》中都有关于当时国人眼中遥不可及的西海更西之国的记载，汉初的史家将当时的罗马称为"黎轩"

1.《辞海》，第 1754 页，上海：上海辞书出版社，1999 年版。以白鸟库吉和伯希和为代表的学者通常认为，"黎轩"是埃及托勒密王朝都城亚历山大（Alexandria）

或"犁轩"。翻阅《辞海》，不难找到关于"黎轩"的解释，即古罗马的亚历山大城[1]。

的音译，而其时埃及正深受地中海古希腊罗马文明之影响。

一、《史记》所载的"黎轩"

"黎轩"，又作犁轩、犁鞬、牦轩等，皆属同音异字。"黎轩"一词首见于《史记·大宛

2. 司马迁著，张大可注释：《史记全本新注卷一百二十三·大宛列传第六十三》，第 2036 页。

列传》中司马迁对张骞出使西域报告的转述："骞身所至者大宛、大月氏、大夏、康居，而传

3. 司马迁著，张大可注释：《史记全本新注卷一百二十三·大宛列传第六十三》，第 2037 页。

闻其旁大国五六，具为天子言之……"[2]"安息在大月氏西可数千里[3]……地方数千里，最为大

4. 司马迁著，张大可注释：《史记全本新注卷一百二十三·大宛列传第六十三》，第 2037 页。

国……"[4]"……其西则条枝，北有奄蔡、黎轩。"[5]"初，汉使至安息，安息王令将二万骑迎

5. 司马迁著，张大可注释：《史记全本新注卷一百二十三·大宛列传第六十三》，第 2038 页。

于东界……"[6]"汉使还，而后发使随汉使来观汉广大，以大鸟卵及黎轩善眩人献于汉，及宛西

6. 司马迁著，张大可注释：《史记全本新注卷一百二十三·大宛列传第六十三》，第 2043 页。当时的安息，大体相当于西亚伊朗高原一带的帕提亚帝国。

小国……皆随汉使献见天子。天子大悦。"[7]

7. 司马迁著，张大可注释：《史记全本新注卷一百二十三·大宛列传第六十三》，第 2043 页。

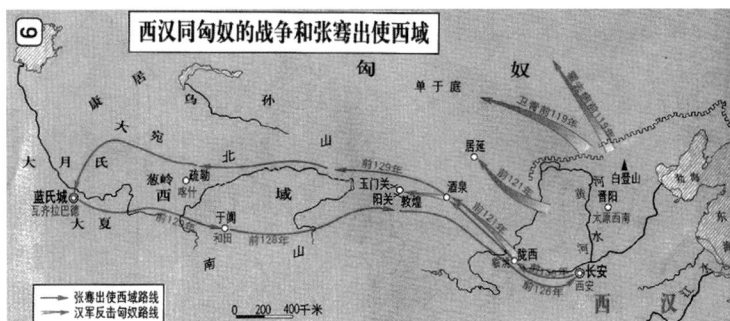

西汉同匈奴的战争
和张骞出使西域

汉武帝在元丰三年（公元前 108 年）带领着这些宾客和大批扈从巡狩，"以览示汉富厚焉"[8]。

8. 司马迁著，张大可注释：《史记全本新注卷一百二十三·大宛列传第六十三》，第 2043 页。

张骞两度出使西域，不仅亲身到达了西域各国寻求同盟共击匈奴，还带回了关于大汉葱岭以西更远国家的信息，扩充了汉武帝的世界知识。尤其值得注意的是，安息王对汉使待之以国礼，更呈献罗马的杂耍艺人（魔术师）以博大汉天子一乐。作为回赠，武帝对随张骞一同来汉的西

域各国使臣倍加赏赐，带他们游览名城，观赏各种表演，领略中国的富饶与安定，以图他们向西方世界传达这些讯息。对照西方历史，汉武帝在中国推行"罢黜百家，独尊儒术"政策之时，凯撒（Gaius Julius Caesar，前100—前44）尚未成年，罗马共和国经过四次马其顿战争，已然地跨非、欧、亚三洲，而早期意大利人正在为争取罗马公民权进行"同盟者战争"。

二、《汉书》中的"犁轩"

作为一部断代体通史，专书西汉事的班固在《汉书》中有关武帝遣使西域一节借用了《史记》的记述，大体相同，略有增删改易：

> 武帝始遣使至安息，王令将二万骑迎于东界。东界去王都数千里，行比至，过数十城，
> 人民相属。因发使随汉使者来观汉地，以大鸟卵及犁轩眩人献于汉，天子大说。[1]

1.《汉书·卷九十六上·西域传·第六十六上》。

其时古罗马已经历"前三头""后三头"同盟，由凯撒的继承人屋大维将罗马由贵族共和国转变为了帝国。而中国和西方的交往，虽自从张骞通西域之后日渐频繁，但对于远方大国这一国体变化，只是在从"黎轩"到"犁轩"，字形略有变动。尽管双方互识尚浅，却并不妨碍汉朝的丝织品成为古罗马帝国上层人士的心头之好，有证据显示，凯撒和埃及克罗狄斯·托勒密王朝女王克利奥帕特拉七世（Cleopatra VII，前70—前30）都是中国丝织品的拥趸。

第二节　东汉以后国人心中的"大秦"[2]

2."当时中亚、北亚人习称中国为'秦'，因其国势强盛，文物、制度堪与中国媲美，故呼之为大秦。"见《中国历史大辞典》，第110页，上海：上海辞书出版社，2000年版。

一、《后汉纪》与《后汉书》[3]中的"大秦"

3. 参见《后汉书》，第十册，卷八十八，北京：中华书局，1965年版。

建武元年（公元25年），光武帝刘秀推翻新莽政权，恢复汉室，定都洛阳。东汉以降中国史籍中的"黎轩"一词为"大秦"所取代，这一名词的替换，显示出中国对罗马帝国更深入的认知和满含赞誉的情感倾向。

东晋袁宏在所著《后汉纪·卷第十五》中记载："西域之远者，安息国也，去洛阳二万五千里……其南乘海，乃通大秦，或数月云。""大秦"这一地名在此浮出水面。

袁宏接下来写道："大秦国，一名黎轩，在海西。汉使皆自乌弋还，莫能通条支者。甘英逾悬度乌弋、山离，抵条支，临大海欲渡，人谓英曰：'（海）汉广大，水盐苦不可食。往来者逢善风时三月而渡，如风迟则三岁。故入海皆赍三岁粮。海中善使人思土恋慕，数有死亡者。'英闻之乃止，具问其土俗。"上文中的"海西"也常被后人用来指代罗马。

南朝宋时范晔著《后汉书》，也记载了班超经营西域期间派遣副使甘英出使大秦一事：

> 和帝永元九年[1]，都护班超遣甘英使大秦，抵条支。临大海欲度，而安息西界船
>
> 1. 即公元97年。
>
> 人谓英曰："海水广大，往来者逢善风三月乃得度，若遇迟风，亦有二岁者，故入海
>
> 人皆赍三岁粮。海中善使人思土恋慕，数有死亡者。"英闻之乃止。

袁宏的《后汉纪》比范晔的《后汉书》问世约早半个世纪，而语多相类。范晔曾言所著《西域传》[2]是参考了班固《汉书》记载的诸国风土人俗，并根据安帝末年班超之子班勇所作《西域记》

2.《后汉书·西域传·第七十八》，北京：中华书局，1965年版。

撰写而成，以此推之，袁宏的相关史料来源应也受益于班勇。《后汉纪》和《后汉书》的西域知识都是在班氏父子经营西域期间通过实地考察而得来的。

自汉宣帝以西域都护为西域最高军事行政长官以来，"丝绸之路"的畅通与否与此官职的兴衰密不可分。由于东汉初年国力不盛，加以西域地理、政治的复杂，光武帝曾驳回西域十八国请求复置西汉末年撤销的西域都护之请。至汉明帝中，班超领兵平定西域乱局，从此以西域都护驻龟兹，苦心经营西域十余年，至老方归。未几西域又乱。越十余年，班勇于安帝延光年间承父志再平西域，任西域长史，行都护之职。班氏父子毕生以治西域为己任，管理西域五十国，其中名义上应也有"大秦"之分。作为一位杰出的外交家，班超熟悉西域政治、地理、经济等各方面的情况，有感于中西贸易的繁盛，丝绸之路的发达，只是他本人忙于经营西域，无暇进一步西拓，所以在公元97年派遣甘英率团出使大秦，或为汉朝寻求西北方同盟防御北匈奴，或为发展中西方贸易增强国力。然而事在人为，甘英在今波斯湾伊拉克一带因为安息人的"危言"裹足不前。安息国扼守"丝绸之路"的要道，往来亚欧的商旅要想将中国的丝织品、茶叶与西方的特产进行贸易，就要向帕提亚王国缴纳赋税。一旦汉使开辟了从条支继续往西的商路，打破安息对中西贸易路线的垄断而与大秦直接交往，安息人就将失去从中国转安息抵罗马的枢

纽地利。他们自然不希望中国打通去往西方的商道，因此摇唇鼓舌，成功地不战而屈汉之使，以海路艰险为由吓退了甘英，稳稳地紧扼住了中西贸易咽喉要道，继续在丝绸之路要道上坐享渔人之利，却使得中国与罗马第一次相互行注目礼的机遇擦肩而过。

《后汉书》卷八十八《西域传》中还记载了当时罗马帝国的地理、政治风貌及特产：

（建初）九年[1]，班超遣掾甘英穷临西海而还。皆前世所不至，《山经》所未详，莫不备其风土，传其珍怪焉。

> [1] 即公元 84 年。建初为东汉章帝刘炟的第一个年号。

自安息……西界极矣。自此南乘海，乃通大秦。其土多海西珍奇异物焉。……土多金银奇宝，有夜光璧、明月珠、骇鸡犀、珊瑚、琥珀、琉璃、琅玕、朱丹、青碧。刺金缕绣，织成金缕罽、杂色绫。作黄金涂、火浣布，又有细布，或言水羊毳，野蚕茧所作也。合会诸香，煎其汁，以为苏合。凡外国诸珍异皆出焉……

大秦国一名犁鞬，以在海西，亦云海西国。地方数千里，有四百余城，小国役属者数十。以石为城郭，列置邮亭，皆垩堊之。有松柏诸木百草。人俗力田作，多种树、蚕桑。皆髡头而衣文绣，乘辎軿白盖小车。出入击鼓，建旌旗幡帜。所居城邑，周圜百余里。城中有五宫，相去各十里，宫室皆以水精为柱，食器亦然。其王日游一宫听事，五日而后遍。常使一人持囊随王车，人有言事者，即以书投囊中。王至宫发省，理其枉直。各有官曹文书；置三十六将，皆会议国事。其王无有常人，皆简立贤者。国中灾异及风雨不时，辄废而更立，受放者甘黜不怨。其人民皆长大平正，有类中国，故谓之大秦。……其人质直，市无二价。谷食常贱，国用富饶……

这里记载了大秦地处波斯湾以西，多有明珠、珊瑚、琉璃、布品、香料等特产。提到大秦有四百多座城池，几十个附庸小国，城池均为石砌，宫室华美。人民以农耕为业，衣着通常免冠，着纹绣。乘车马出行，持旌旗，击鼓乐。与当时罗马帝国的实际情形相符。但是想当然地说当地"多种树蚕桑"，宫室、食器都是"水精"制作，则不免讹传之嫌。桑蚕在中国司空见惯，在罗马可是上流社会的奢侈品，物以稀为贵，正是因为没有出产之故。而"水精"当指玻璃，乃意大利之盛产，用作食器不足为奇，言"水精"柱未免夸张，应指大理石。文中还一并提到了古罗马的民主共和制度，解释"大秦"名称的由来是因为国人都和中国人一样器宇轩昂，相貌堂堂，诚实直爽。

以金银为钱，银钱十当金钱一。与安息、天竺交市于海中，利有十倍。……邻国使到其界首者，乘驿诣王都，至则给以金钱。其王常欲通使于汉，而安息欲以汉缯彩与之交市，故遮阂不得自达。至桓帝延熹九年，大秦王安敦遣使自日南徼外献象牙、犀角、瑇瑁，始乃一通焉。其所表贡，并无珍异，疑传者过焉。[1]

1. 因为贡品太过普通，作者直言怀疑来使是否官方。如果使团确是五贤帝时期安敦尼皇帝所派，公元161年他已去世，166年使团抵汉之时，或是尚不知晓这一消息，或是指安敦尼王朝而非安敦尼本人。无论使团是否出于官方，或派遣者究竟为谁，桓帝时意大利人抵达汉宫，并在中国史籍中有明确记载。而西文资料中也有文能相印证，足见此事属实。

……或云其国西有弱水流沙，近西王母所居处，几于日所入也。《汉书》云"从条支西行二百余日，近日所入"，则与今书异矣。前世汉使皆自乌弋以还，莫有至条支者也。又云"从安息陆道绕海北行，出海西，至大秦。人庶连属，十里一亭，三十里一置。终无盗贼寇警，而道多猛虎师子，遮害行旅。不百余人，赍兵器，辄为所食"。又言"有飞桥数百里，可度海北诸国"。所生奇异玉石诸物，谲怪多不经，故不记云。

此处介绍了罗马的对外贸易是以金银交易，和伊朗、印度的国际贸易能够获得 10 倍的利润。对待外国使节十分慷慨，并且一直热望与中国直接交往，只是被伊朗人从中阻隔。上面提到的王无常人，是罗马共和国时期的制度，已于公元 27 年奥古斯都任元首时转为独裁制，信息尚未更新到汉使。直到桓帝时，罗马"黄金时代"安敦尼王朝与帕提亚帝国的战事刚刚告一段落，大破安息都城，回师罗马之后，共治皇帝马尔库斯·奥勒里乌斯（Marcus Aurelius，161—175 在位）和路奇乌斯·维鲁斯（Lucius Verus，161—169 在位）就派出使节与东方交好。

罗马武士图

《后汉书·南蛮西南夷列传·第七十六》中又一次提及了来自罗马的魔术、杂耍艺人："永宁元年[1]，掸国王雍由调复遣使者诣阙朝贺，献乐及幻人，能变化吐火，自支解，易牛马头。又善跳丸，数乃至千。自言我海西人。海西即大秦也。掸国西南通大秦。"掸国国王献给安帝的杂耍艺人说自己是海西人，作者解释，海西是大秦的别称，从掸国往西南能达。这里指出了一条不同于过中亚的陆路，即通往欧洲的西南丝绸之路。

1. 公元 120 年。

二、 魏晋南北朝史书中的"大秦"

罗马人擅长魔术、杂耍，在西汉时就已是不争的事实。保存至今的汉代画像石上，仍能见到异国长相的杂耍演员表演吐火的画面。三国时记载魏国历史的《魏略·西戎传》中也有一条关于大秦国艺人的记载："大秦国一号犁轩，在安息、条支西，大海之西。……其国在海西，故俗谓之海西。……俗多奇幻，口中出火，自缚自解，跳十二丸巧妙。"

不过，《魏略》作为一本私撰史书，行文穿凿地将中国神话传说中的西王母说成了大秦之西白玉山的圣母，还将大秦国的地理位置从远西之国颠倒成西域以东的国家："大秦西有海水，海水西有河水，河水西南北行有大山。西有赤水，赤水西有白玉山，白玉山有西王母。西王母西有修流沙，流沙西有大夏国、坚沙国、属繇国、月氏国，四国西有黑水。所传闻西之极矣。"

三分归晋，司马氏政权恢复了与大宛、焉耆、车师前部、鄯善、康居、龟兹、大秦等国的商贸往来。唐代撰录的《晋书》之《列传第六十七·四夷》载：

> 大秦国一名犁鞬，在西海之西，其地东西南北各数千里。有城邑，其城周回百余里。屋宇皆以珊瑚为棁栭，琉璃为墙壁，水精为柱础。其王有五宫，其宫相去各十里。每旦于一宫听事，终而复始。若国有灾异，辄更立贤人，放其旧王。被放者亦不敢怨。有官曹簿领，而文字习胡。亦有白盖小车，旌旗之属，及邮驿制置，一如中州。其人长大，貌类中国人而胡服。其土多出金玉宝物、明珠、大贝。有夜光璧、骇鸡犀及火浣布。又能刺金缕绣，及织锦缕罽。以金银为钱。银钱十当金钱之一。安息、天竺人与之交市于海中，其利百倍。邻国使到者，辄廪以金钱。途经大海，海水咸苦，不可食，商客往来，皆赍三岁粮，是以至者稀少。汉时都护班超遣掾甘英使其国。入海，船人

曰："海中有思慕之物，往者莫不悲怀。若汉使不恋父母妻子者可入。"英不能渡。

以上文字基本照搬了前人的记录，只是在"其人长大，貌类中国人"后面补充了"而胡服"，毕竟在传统中国文人眼中，非我族类，非"胡"即"夷"；而"屋宇皆以珊瑚为棁栭，琉璃为墙壁，水精为柱础"则更显夸张，罗马人对外贸易的收益也随时代变迁在笔头膨胀到"其利百倍"。

但是中国与罗马的贸易在晋代进一步发展："武帝太康中，其王遣使贡献。"公元 280—289 年间，大秦王派人来中国进贡[1]。

《魏书》则在《卷一百二·列传第九十·西域》中沿袭了前人对罗马的认识：

1. 事实上，深陷"三世纪危机"的罗马帝国并无遣使西晋的记载，此使当属罗马商人诓称使节，以图晋武帝的赏赐，或者西晋美化对外交往。普通商人宣称政府使节以求利，是古代社会交通不便、信息传递不发达造成的一种特有现象。而凡外国人谒见中国统治者，往往会习惯性地被使节化、官方化。

大秦国，一名犁轩，都安都城。从条支西渡海曲一万里，去代三万九千四百里。

其海傍出，犹渤海也，而东西与渤海相望，盖自然之理。地方六千里，居两海之间。其地平正，人居星布。其王都城分为五城，各方五里，周六十里。王居中城。城置八臣以主四方，而王城亦置八臣，分主四城。若谋国事及四方有不决者，则四城之臣集议王所，王自听之，然后施行。王三年一出观风化，人有冤枉诣王诉讼者，当方之臣小则让责，大则黜退，令其举贤人以代之。其人端正长大，衣服车旗拟仪中国，故外域谓之大秦。其土宜五谷桑麻，人务蚕田，多璆琳、琅玕、神龟、白马朱鬣、明珠、夜光璧……大秦西海水之西有河，河西南流。河西有南、北山，山西有赤水，西有白玉山。玉山西有西王母山，玉为堂云。[2]

2. [北齐] 魏收：《魏书》，第 2275—2276 页，北京：中华书局，1974 年版。

但是此书从地理上做了一些修订："从安息西界循海曲，亦至大秦，回万余里。于彼国观日月星辰，无异中国，而前史云条支西行百里日入处，失之远矣。"

《北史·卷九十七·列传第八十五·西域》也主要因袭前人之说：

大秦国，一名黎轩，都安都城，从条支西渡海曲一万里，去代三万九千四百里。……地方六千里，居两海之间。其地平正，人居星布。其王都城分为五城，各方五里，周六十里。王居中城。城置八臣，以主四方。而王城亦置八臣，分主四城。若谋国事及四方有不决者，则四城之臣，集议王所，王自听之，然后施行。王三年一出观风化。人有冤枉诣王诉讼者，当方之臣，小则让责，大则黜退，令其举贤人以代之。其人端正长大，衣服、车旗，拟仪中国，故外域谓之大秦。其土宜五谷、桑、麻，人务蚕、田。多璆琳、琅玕、神龟、白马朱鬣、明珠、夜光璧。东南通交趾。又水道通益州永昌郡。多出异物。[1]

1. [唐]李延寿：《北史》，第 3227—3228 页，北京：中华书局、1974 年版。

《梁书·卷五十四·列传第四十八·诸夷·海南、东夷、西北诸戎》中出现了前人未及的新史料：

> 中天竺国，在大月支东南数千里，地方三万里，一名身毒……其西与大秦、安息交市海中，多大秦珍物，珊瑚、琥珀、金碧珠玑、琅玕、郁金、苏合。苏合是合诸香汁煎之，非自然一物也。又云大秦人采苏合，先笮其汁以为香膏，乃卖其滓与诸国贾人，是以展转来达中国，不大香也……[2]

2、[唐]姚思廉：《梁书》，第 797—798 页，北京：中华书局，1973 年版。

这里介绍了大秦特产苏合的制作方法，指出销往中国的苏合并非珍品。

> 汉桓帝延熹九年，大秦王安敦遣使自日南徼外来献，汉世唯一通焉。其国人行贾，往往至扶南、日南、交趾，其南徼诸国人少有到大秦者。孙权黄武五年，有大秦贾人字秦论来到交趾，交趾太守吴邈遣送诣权，权问方土谣俗，论具以事对。时诸葛恪讨丹阳，获黝、歙短人，论见之曰："大秦希见此人。"权以男女各十人，差吏会稽刘咸送论，咸于道物故，论乃径还本国。

在安敦王遣使的成说之外，补充了罗马人行商亚洲的路线。特别值得一提的是，《梁书》还记载三国时期，东吴孙权所在的地区经济相对魏蜀更为发达，吸引大秦商人秦论前来，并面见孙权，孙权送其 20 名男女侏儒做礼物。只是这些人都未能活着随秦论到罗马。

史书之外，这一时期的散文中也有了对大秦的记载。北魏杨衒之撰写《洛阳伽蓝记》，描述东都洛阳佛寺的繁盛，其中卷二介绍洛阳城东时说，"北夷酋长遣子入侍者，常秋来春去，避中国之热，时人谓之雁臣。东夷来附者处扶桑馆，赐宅慕化里。西夷来附者处崦嵫馆，赐宅慕义里。自葱岭以西，至于大秦，百国千城，莫不欢附，商胡贩客，日奔塞下，所谓尽天地之区已。乐中国土风，因而宅者，不可胜数"，极言四方使臣之盛、大秦之遥。而卷四介绍城南时又写道："百国沙门三千馀人，西域远者，乃至大秦国，尽天地之西垂，耕耘绩纺，百姓野居，邑屋相望，衣服车马，拟仪中国"，将前代史书中记载大秦国的文字引入散文。

第三节 隋唐史书中的"拂菻"

隋唐时期，中国结束汉末以来的乱局，重归于大一统的封建中央集权。上节列举的史书，多为隋唐时期整编的前代历史。为与分离割据的旧时期区分，隋唐史书也袭用汉代以来"大秦"一名的提法，如《唐会要》卷四九即有"波斯经教，出自大秦，传习而来，久行中国……其两京波斯寺宜改为大秦寺，天下诸府郡者亦准此"之句[1]，特地为"大秦"正名。但更多时候，

1. 转引自林悟殊：《唐代景教再研究》，第 172 页，北京：中国社会科学出版社，2003 年版。

这一阶段的史书是使用"拂菻"这一新地名。自公元 395 年古罗马帝国分裂为东西两部分以后，西罗马帝国渐趋式微，于 476 年亡于日耳曼人之手，而东罗马帝国则延续至 1453 年。中国史书中的"拂菻"大多是指的东罗马帝国范畴。

《隋书》是首载"拂菻"国名的史书。《隋书卷六七·裴矩传》记载，裴矩是隋朝"五贵"之一，他广泛收集西域资料汇成《西域图记》三卷，附以地图标注，献给隋炀帝（569—618）御览，大受奖掖，并派他重新经营西域，招揽各国到隋朝京城贸易以夸富，并遣使远至波斯、印度等地。《西域图记》记载了隋代从洛阳通往西海的三条要道，其中"北道从伊吾经蒲类海、铁勒部、突厥可汗庭，度北流河水，至拂菻国，达于西海"。

隋炀帝穷奢极欲，好大喜功，他建运河，巡西域，征高丽，还从裴矩之议以厚利吸引西域商贾来市。多有珍宝的西海，令其向往不已，《隋书·西域传》载他"亲出玉门关……修轮台之戍，筑乌垒之域，求大秦之明珠，致条支之鸟卵"。《旧唐书》言："隋炀帝常将通拂菻，竟不能致。"《新唐书·西域上》则载："隋炀帝时，遣裴矩通西域诸国，独天竺、拂菻不至为恨。"

《旧唐书》在《卷一百九十八·列传第一百四十八·西戎》一节继续使用从前关于拂菻的基本资料，在以前人之说为基础的史实之上极尽想象夸张之能事，石头城、水晶宫、鸟翼冠、警毒鸟、饰金门、金钟等等不一而足。

> 拂菻国，一名大秦，在西海之上，东南与波斯接，地方万余里，列城四百，邑居连属。其宫宇柱栊，多以水精琉璃为之。有贵臣十二人共治国政，常使一人将囊随王车，百姓有事者，即以书投囊中，王还宫省发，理其枉直。其王无常人，简贤者而立之。国中灾异及风雨不时，辄废而更立。其王冠形如鸟举翼，冠及璎珞，皆缀以珠宝，

著锦绣衣，前不开襟，坐金花床……

风俗，男子剪发，披帔而右袒，妇人不开襟，锦为头巾。家资满亿，封以上位……俗皆髬而衣绣，乘辎軿白盖小车，出入击鼓，建旌旗幡帜。土多金银奇宝，有夜光璧、明月珠、骇鸡犀、大贝、车渠、玛瑙、孔翠、珊瑚、琥珀，凡西域诸珍异多出其国……

有一鸟似鹅，其毛绿色，常在王边倚枕上坐，每进食有毒，其鸟辄鸣。其都城叠石为之，尤绝高峻，凡有十万余户，南临大海。城东面有大门，其高二十余丈，自上及下，饰以黄金，光辉灿烂，连曜数里。自外至王室，凡有大门三重，列异宝雕饰。第二门之楼中，悬一大金秤，以金丸十二枚属于衡端，以候日之十二时焉；为一金人，其大如人，立于侧，每至一时，其金丸辄落，铿然发声，引唱以纪日时，毫厘无失。其殿以瑟瑟为柱，黄金为地，象牙为门扇，香木为栋梁。其俗无瓦，捣白石为末，罗之涂屋上，其坚密光润，还如玉石……[1]

<hr />

1.[后晋]刘昫等：《旧唐书》，第5313—5315页，北京：中华书局，1975年版。

尤其怪异的是脐与地连的土羊，令人几以为在读《山海经》而非国史："有羊羔生于土中，其国人候其欲萌，乃筑墙以院之，防外兽所食也。然其脐与地连，割之则死，唯人著甲走马及击鼓以骇之，其羔警鸣而脐绝，便遂水草。"

不过，《旧唐书》第一次提到了罗马人高超的房屋营造术，如他们的引水渠："至于盛暑之节，人厌嚣热，乃引水潜流，上遍于屋宇，机制巧密，人莫之知。观者惟闻屋上泉鸣，俄见四檐飞溜，悬波如瀑，激气成凉风，其巧妙如此。"

"贞观十七年（643年），拂菻王波多力遣使献赤玻璃、绿金精等物，太宗降玺书答慰，赐以绫绮焉……"唐都长安是当时世界最大的城市，人口以百万计，世界各国往来的使者、留学生、商人日塞其中，很多人定居于此不再回国。当时罗马新上任的教皇是希腊人狄奥多里一世（Theodore，642—649），被音译为了拂菻王"波多力"。萨珊王朝与东罗马帝国常年战乱不息，公元642年其国君被刺，教皇遣使当在此前。使团抵达长安的同年，萨珊王朝也在阿拉伯人的进攻下灭亡。

因此，《旧唐书》又在"拂菻国"后记"大食国"。"龙朔[2]初，击破波斯，又破拂菻，始有米面之属……"萨珊王朝曾向唐皇求援抗击阿拉伯帝国，太宗也曾建立波斯都护府，然终为哈里发所灭。高宗在显庆五年（660年）患上头风之疾，不能视事，武后遂临朝，次年改元龙朔。

<hr />

2.唐高宗年号，公元661—663年。

龙朔初年大唐四处用兵，征高丽，破波斯、拂菻，乃是武则天初秉朝政牛刀小试之作。而中国的造纸术也在这一时期的战争中传到了欧洲。

《新唐书·卷二百二十一下·列传第一百四十六下·西域下》中这样写道：

拂菻，古大秦也，居西海上，一曰海西国。去京师四万里，在苫西，北直突厥可萨部，西濒海，有迟散城，东南接波斯。地方万里，城四百，胜兵百万。十里一亭，三亭一置。臣役小国数十，以名通者曰泽散，曰驴分。泽散直东北，不得其道里。东度海二千里至驴分国。

重石为都城，广八十里，东门高二十丈，扣以黄金。王宫有三袭门，皆饰异宝。中门中有金巨称一，作金人立，其端属十二丸，率时改一丸落。以瑟瑟为殿柱，水精、琉璃为棁，香木梁，黄金为地，象牙阖。有贵臣十二共治国。王出，一人挈囊以从，有讼书投囊中，还省枉直。国有大灾异，辄废王更立贤者。王冠如鸟翼，缀珠。衣锦绣，前无襟。坐金蟱榻，侧有鸟如鹅，绿毛，上食有毒辄鸣。无陶瓦，屑白石墍屋，坚润如玉。盛暑引水上，流气为风。男子翦发、衣绣，右袒而帔，乘辐軿白盖小车，出入建旌旗，击鼓。妇人锦巾。家訾亿万者为上官。……土多金、银、夜光璧、明月珠、大贝、车渠、玛瑙、木难、孔翠、虎魄。织水羊毛为布，曰海西布。……北邑有羊，生土中，脐属地，割必死，俗介马而走，击鼓以惊之，羔脐绝，即逐水草，不能群。

……多幻人，能发火于颜，手为江湖，口幡眊举，足堕珠玉。……贞观十七年，王波多力遣使献赤玻璨、绿金精，下诏答赉。[1]

1.《新唐书》第二十册，卷二百二十一下，第6260—6261页，北京：中华书局，1975年版。

以上都还是历朝史书中的旧料。

"俗喜酒，嗜干饼"，第一次记载了意大利人嗜饮葡萄酒、食比萨饼的饮食习惯。

"有善医能开脑出虫以愈目眚。"[2] 高宗的头昏目眩之症据传是由精通医术的"秦"姓医师治愈，论者疑其为大秦人，或是因拂菻战事来华的东罗马人也未可知。

2.唐人杜环曾作为战俘羁留西域十余年后返唐，在其著《经行记》中也曾这样写道："其大秦善医眼及痢。或未病先见，或开脑出虫。"转引自张星烺：《中西交通史料汇编》（第一册），第212页，北京：中华书局，2003年版。

"海中有珊瑚洲，海人乘大舶，堕铁网水底。珊瑚初生磐石上，白如菌，一岁而黄，三岁赤，枝格交错，高三四尺。铁发其根，系网舶上，绞而出之，失时不取即腐。"从前史料多只提及彼地盛产珊瑚，此处则详尽记载了当时意大利人打捞珊瑚的方法。

"西海有市，贸易不相见，置直物旁，名鬼市。有兽名勃，大如狗，犷恶而力。"此处是关于中意贸易、罗马异兽的传闻。

"大食稍强，遣大将军摩拽伐之，拂菻约和，遂臣属。乾封至大足，再朝献。"这里记载了高宗、武后朝拂菻又再遣使朝贡。

唐代高僧玄奘西行求法，回国后口述的《大唐西域记》一书卷一一也提到了"拂懔"："波刺斯国西北接拂懔国，境壤风俗同波刺斯，形貌语言，稍有乖异。多珍宝，亦富饶也。拂懔国西南海岛，有西女国，皆是女人，略无男子。多诸珍货，附拂懔国。故拂懔王岁遣丈夫配焉。其俗产男，皆不举也。"此处言拂懔国西南的岛国"西女国"，依附盛产"丈夫"的"拂懔"，倒是高僧笔下的一件趣事。

此外值得一表的还有西汉的罗马降俘之说[1]。近代以来，中外不少学者认为汉代在甘肃设立的骊靬县，是为了安置古罗马克拉苏部残军而设。《后汉书》记载："汉初设骊靬县，取国名为县。"唐颜师古注《汉书·地理志》"盖取此国（指大秦）为名耳"。且《汉书·陈汤传》有载：西域都护甘延寿、副校尉陈汤西征匈奴，见土城外设置"重木城"，单于手下有步兵列"夹门鱼鳞阵"，与古罗马军团作战时采用的战术如出一辙。而当代学者甚至还在骊靬古城周边找到不少具有欧洲体貌特征的当地居民。此说确否，暂且存疑，不妨作为中意文学交流史的一段琐闻轶事观之。

1. 详见郗永年、孙雷钧的《永昌有座西汉安置罗马战俘城》（《人民日报》，1989年12月15日）、易之的《中国"罗马第一城"——永昌骊靬城记》（《丝绸之路》，1994年第六期）等文。

第四节　宋代文献中有关意大利的记载

到了宋代，除《宋史》中依然存有关于拂菻国的记载之外[2]，"大秦"这一名称在文人们的诗词、笔记中也还有出现，唐代残留的大秦寺遗迹引发了诗人骚客的无限怀想和叹息，如苏轼在嘉佑七年（1062年）就曾作有《大秦寺》一诗，借探幽残寺抒发思古之情。而其弟苏辙也次其韵唱和"大秦遥可说"。金代诗人杨云翼也同样在陕西作《大秦寺诗》，感叹"寺废基空在，人归地自闲。绿苔昏碧瓦，白塔映青山"[3]。

2. 见《宋史》第四十册，卷四百九十，第14 124页，北京：中华书局，1977年版。

3. 参见林悟殊：《大秦景教再研究》，第67页，北京：中国社会科学出版社，2003年版。

不过，在墨客文人怀古伤今的同时，从某种意义上来看，宋室南渡之后，政治环境相对

宽松，社会经济、科技文化、对外交往等都达到了相当高的水平。由于陆上丝绸之路被人为
截断，促使南方沿江沿海港口繁盛，领先世界的造船技术促进了南宋与西方海上交通的发展。
一些有机会参与到对外贸易的海务人员对西方的知识逐步拓宽，对意大利的了解也在此时期
进一步加深。宋代的两本地理专著《岭外代答》和《诸蕃志》[1]中就介绍了意大利的教皇国和
西西里岛。

1. 冯承钧：《诸蕃志校注》，上海：商务印书馆，1940 年版。

一、《岭外代答》介绍的教皇国

南宋永嘉人周去非担任过孝宗（1127—1194）时静江府（今桂林）的通判，卸任回乡之后，
整理成《岭外代答》，以答垂问。该书《卷三·外国门下·大秦国》记载：

> 大秦国者，西天诸国之都会，大食蕃商所萃之地也。其王号麻啰弗。以帛织出金
> 字缠头，所坐之物，则织以丝罽。有城郭居民。王所居舍，以石灰代瓦，多设帘帏，
> 四围开七门，置守者各三十人。有他国进贡者，拜于階阤之下，祝寿而退。屋下开地
> 道至礼拜堂一里许，王少出，惟诵经礼佛，遇七日即由地道往礼拜堂拜佛，从者五十
> 人。国人罕识王面，若出游骑马，打三檐青伞，马头项皆饰以金玉珠宝。递年，大食
> 国王号素丹遣人进贡。如国内有警，即令大食措置兵甲，前来抚定。所食之物，多饭
> 饼肉，不饮酒，用金银器，以匙挑之。食已，即以金盘贮水濯手。土产琉璃、珊瑚、
> 生金、花锦、缦布、红马脑、真珠。天竺国其属也。国有圣水，能止风涛，若海扬波，
> 以琉璃瓶盛水，洒之即止。[2]

2.[宋] 周去非著，杨武泉校注：《岭外代答校注》，第 95 页，北京：中华书局，1999 年版。

这段文字明确指出了，12 世纪欧洲封建社会兴盛期间，罗马因教皇的存在成为西方国家的
总都会。对教皇国的诸般情形，周氏知之颇多，教皇住在圣天使堡，平日里多在祈祷，每周一
次通过地道前去伯多禄堂礼拜，所以本国人很少能见到教皇尊容。教廷常有外国使节往来，教
皇出行排场宏大，靠世俗国家提供武力保护安全。这些细节正是 12 世纪欧洲教皇国的实况。
从上文中两次提到大食与大秦的密切关系分析，作者的材料来源若非在华的意大利人，便是常
在其地往返的大食人。

文中还可能是首次详述了意餐的吃法：用金银器皿盛上比萨饼、肉类，以汤匙取用。未叙

刀叉，可能是因为难以理解讲述者的语意，因为与中餐差别实在太大。但因为周去非毕竟未曾亲至"大秦"，他笔下的该国情形也融合了西亚各国的某些特点，如言其"不饮酒"。这与他写作的信息来源有着密不可分的关系。

二、《诸蕃志》中的罗马和西西里

　　南宋宗室赵汝适曾在中西交流重镇泉州任职福建路市舶司，于宋理宗宝庆元年（1225 年）作成《诸蕃志》一书，记录海外诸国的风土人情和物产资源。有关海外诸国风土人情多参考周去非的《岭外代答》，而海关官员的身份让他有更多便利条件接触往来的外国商人和水手，了解各国状况。他的笔下就有大秦国、罗马国和西西里岛。

世界遗产西西里—神殿之谷

　　大秦国（一名犁靬），西天诸国之都会，大食番商所萃之地也。其王号麻啰弗，理安都城。以帛织出金字缠头。所坐之物，则织以丝罽。有城市里巷。王所居舍，以水晶为柱、以石灰代瓦，多设帘帏。四围开七门，置守者各三十人。有他国进贡者，拜于阶阤之下，祝寿而退。其人长大美皙，颇类中国，故谓之大秦。有官曹簿领，而文字习胡。人皆髡头，而衣文绣。亦有白盖小车旌旗之属，及十里一亭，三十里一堠。地多狮子，遮害行旅。不百人持兵器偕行，易为所食。宫室下凿地道，通礼拜堂一里许。王少出，惟诵经礼佛。遇七日，即由地道往礼拜堂拜佛，从者五十余人。国人罕识王面。若出游则骑马用伞。马之头顶皆饰以金玉珠宝。递年，大食国王有号素丹者，遣人进贡。如国内有警，即令大食措置兵甲抚定。所食之物，多饭、饼、肉，不饮酒，用金银器匙以挑之。食已，即以金盘贮水濯手。土产琉璃、珊瑚、生金、花锦、缦布、红玛瑙、真珠，又出骇鸡犀，骇鸡犀即通天犀也。汉延嘉初，其国主遣使自日南徼外来献犀象、瑇瑁，始通中国。所供无他珍异，或疑使人隐之。晋大康中又来贡。或云其国西有弱水流沙，近西王母所处，几于日所入也。按杜环《经行记》云：拂菻国在苫国西，亦名大秦。其人颜色红白，男子悉着素衣，妇人皆服珠锦。好饮酒，尚干饼，多工巧，善织络。地方千里，胜兵万余。与大食相御。西海中有市，客主同和，我往则彼去、彼来则我归。卖者陈之于前，买者酬之于后。皆以其值置诸物旁，待领直，然后收物，名曰鬼市。

这里存在一点争鸣，即前段沿袭周去非成说，指大秦国人"不饮酒"，而后段则补充杜环的说法，指其"好饮酒"以及"鬼市"的具体情形。盖因《诸蕃志》多沿袭《岭外代答》成说，但对于曾亲至欧洲大陆并在阿拉伯羁留10年的唐代战俘杜环之说，也以存疑的态度补录。显然他在尊重周去非成说的同时，也从别的渠道了解到杜环所言更近于大秦国的原貌，故加以更新。

"大秦国"之后，《诸蕃志》中首次出现了"芦眉国"和"斯加里野国"，赵汝适将这两个全新亮相的意大利城邦描写得绘声绘色：

芦眉国自麻啰拔西陆行三百余程始到，亦名眉路骨国。其城屈曲七重，用黑光大石砌就。每城相去千步，有番塔三百余。内一塔高八十丈，容四马并驱而上，内有三百六十房。人皆缠头塌顶，以色毛段为衣，以肉面为食，以金银为钱。有四万户，织锦为业。地产绞绡、金字越诺布、间金间丝织锦绮、摩娑石、无名异、蔷薇水、栀子花、苏合油、硼砂及上等碾花琉璃。人家好畜驼马犬。

赵汝适从西人口中听到的罗马帝国情形十分详细，从他仔细划分大秦、芦眉即能见其匠心。西罗马帝国陷落之后，意大利在形式上的封建君主统领下，划分为大大小小许多城邦国家如威尼斯、佛罗伦萨、热那亚、比萨、锡耶纳、卢卡等。此处"芦眉"当为"罗马"的音译，七重城、黑卵石地面等均可佐证。而"肉面"分明就是如今闻名于世的意大利肉酱面，"缠头塌顶"的装束令人想起中世纪那些著名的人物肖像画，"上等碾花琉璃"至今仍在矗立数百年的教堂上折射着昔日的荣光。

斯加里野国近芦眉国界，海屿阔一千里。衣服风俗语音与芦眉
同。本国有山穴至深，四季出火。远望则朝烟暮火，近观则火势烈
甚。国人相与扛舁大石，重五百斤或一千斤，抛掷穴中。须臾爆出，
碎如浮石。每五年一次，火从石出，流转至海边复回。所过林木皆
不燃烧。遇石则焚爇如灰。

此处"有山穴至深，四季出火"的"斯加里野国"，显然指意大利的西
西里岛，并向国人介绍了埃特纳活火山的景象和意大利人投火山石入火山烧
制石灰的新鲜方法。

宋代发达的中西商贸交流促进了中国人对于西方地理文化的好奇与探索，
以上两部作品中有关意大利的记载都是中意文学交流史上的宝贵资料，既是对
宋代以前中国史书中"大秦国"知识的继承，也对后世舆地学、中西文化交流
研究等起到了不容忽视的作用。赵汝适在书中并未阐发他的写作意图，不过，
我们从后来另一本海外地理专著《东西洋考》的作者、明人张燮[1](1574—1640)
的笔下能大体揣摩："诸国前代之事，史籍倍详……每见近代作者，叙次外夷，
于近事无可缕指，辄帛'此后朝贡不绝'一语搪塞。譬之为人作家传，叙先
观门阀甚都，至后来结束殊萧索，岂非缺陷？余每恨之。间采于邸报所抄传
与故老所诵述，下及估客、舟人，亦多借资，庶见大全，要归传信。"因此，
他为"列国各立一传，如史体；其后附载山川、方物，如一统志体。以其为
舶政而设，故交易终焉"[2]。

1. 张燮，字绍和，福建漳州府龙溪县（今福建漳州龙海海澄镇）人。明代万历年间举人，出身于世宦之家，有著述 15 种。他曾为适应海外贸易之需，受聘于海澄县令陶镕和漳州府督饷别驾王起宗而完成《东西洋考》。他在写作中不仅广泛采录政府邸报、档案文件，参阅许多前人和当代人的笔记、著述，还采访舟师、船户、水手、海商、经过详细、严密的考订和编辑，并仿照宋赵汝适《诸蕃志》体例成《东西洋考》一书，"包括了明代后期有关海外贸易和交通的历史、地理、经济、航海等各方面的知识"。

2. [明]张燮：《东西洋考》，第19、20页，北京：中华书局，1981 年版。

第五节　天马赋——元朝时文人笔下的意大利

有元一代，赵汝适获得其西方知识的泉州成为中西贸易的重要港口，引
得欧洲商人、旅行者、传教士接踵而至，并留下丰富的旅行记录，下一章中，

我们将对这一时期意大利文学中的相关部分集中论述。本节中记述的意大利传教士马黎诺里（Giovanni Marignolli，1290—?），因为在元代中国文学中留下踪影，所以特别辟出一节记载。

元代最后一位皇帝顺帝妥欢贴睦尔（Toqon Temür，1320—1370）继位次年（即顺帝至元二年，公元 1336 年），就致书教皇表达友睦之意："……仰尔教皇赐福于朕，每日祈祷时，不忘朕之名也。朕之侍人阿兰人，皆基督之孝子顺孙，朕今介绍之于尔教皇。朕使人归时，仰尔教皇，为朕购求西方良马，及日没处之珍宝，不可空回也……"[1] 元顺帝派遣信奉基督宗教的近侍往教皇处，请对方代购宝马、珍宝等并常代为祈祷。其朝臣也多有上书，谓"居世无教师，死者魂魄无抚慰"，"犹之群羊而无牧人、无教诲、无抚慰也"，请教皇派新主教填补已去世八年的汗八里主教空缺[2]。至元四年（1338 年），顺帝派出的使者抵达教皇驻地。避居阿维尼翁的教皇本笃十二世（Benedict XII，1280—1342）十分惊喜地将其待为上宾，并派佛罗伦萨方济各会士马黎诺里带领 50 人的使团随元使返回复命。

马黎诺里使团携带教皇的回信和大批礼物，在拿波里与受教皇邀请游历欧洲的元使会合，经钦察汗国，沿丝绸之路前行，于 1342 年秋抵达大都，献上致顺帝的礼物。《元史·顺帝纪》中记载："至正二年秋七月……是月，拂郎国贡异马，长一丈一尺三寸，高六尺四寸，身纯黑，后二蹄皆白。"[3]

元顺帝如愿以偿，对跋涉万里而至的骏马赞不绝口，命朝臣铭记此事。于是，在朝的一批文臣画匠纷纷应诏，《天马行》《天马赞》《天马颂》《天马赋》《天马歌》《天马图》等文图并茂的作品迭出，成为一时盛事。周伯琦《近光集》卷二的《天马行应制作》诗序中说：

> 至正二年，岁壬午，七月十有八日，西域拂郎国遣使献马一匹，高八尺三寸，修如其数而加半。色漆黑，后二蹄白。曲项昂首，神俊超逸。视它西域马可称者，皆在骹下。金辔重勒，驭者其国人，黄须碧眼，服二色窄衣。言语不可通，以意谕之。凡七渡海

1. 宋濂等《元史·卷四〇·顺帝纪》，北京：中华书局，1976 年版。

2. 西文资料里，瓦丁的《方济各会年鉴》著录的元顺帝诏书正文为："长生天气力里、众皇帝之皇帝圣旨：七海之外、日落之地，拂郎国基督教徒之主教皇阁下：朕遣使臣拂郎人安德鲁及随行十五人往贵国以开辟两国经常互派使节之途径，并仰教皇为朕祝福，在祈祷中常念及朕，仰接待朕之侍臣、基督之子阿速人。再者，朕使节归时，允其带回西方良马及珍奇之物。兔儿年六月三日写于汗八里。"见穆尔（A.C.Moule）著，郝镇华译：《一五五〇年前中国基督教史》，第 283—284 页，北京：中华书局，1984 年版。

3. 宋濂等《元史·卷四〇·顺帝纪》，北京：中华书局，1976 年版。

洋，始达中国。是日天朗气清，相臣奏进。上御
慈仁殿，临观称叹。遂命育于天闲，饲以肉粟酒潼。
乃敕翰林学士承旨臣巎巎，命工画者图之。而直
学士臣揭傒斯赞之。盖自有国以来，未尝见也。
殆古所谓天马者邪！承诏赋诗，题所图画。臣伯
琦谨献诗曰：

元顺帝像

> 飞龙在天今十祀，重译来庭无远迩。
>
> 川珍岳贡皆贞符，神驹跃出西洼水。
>
> 拂郎蕞尔不敢留，使行四载数万里。
>
> 乘舆清暑滦河宫，宰臣奏进阊阖里。
>
> 昂昂八尺阜且伟，首扬渴乌竹批耳。
>
> 双蹄县雪墨渍毛，疏鬃拥雾风生尾。
>
> 朱英翠组金盘陀，方瞳夹镜神光紫。
>
> 耸身直欲凌云霄，盘辟丹墀却闲颜。
>
> 黄须圉人服龙诡，辀鞚如萦相诺唯。
>
> 群臣俯伏呼万岁，初秋晓雾风日美。
>
> 九重洞启临轩观，衮衣晃耀天颜喜。
>
> 画师写仿妙夺神，拜进御床深称旨。
>
> 牵来相向宛转同，一入天闲谁敢齿。
>
> 我朝幅员古无比，朔方铁骑纷如蚁。
>
> 山无氛祲海无波，有国百年今见此。
>
> 昆仑八骏游心侈，茂陵大宛黩兵纪。
>
> 圣皇不却亦不求，垂拱无为静边鄙。
>
> 远人慕化致埌奠，地角已如天尺咫。
>
> 神州苜蓿西风肥，收敛骄雄听驱使。
>
> 属车岁岁幸两京，八鸾承御壮瞻视。

　　　　骐虞麟趾并乐歌，越雉旅獒尽风靡。

　　　　乃知感召由真龙，房星孕秀非偶尔。

　　　　黄金不用筑高台，髦俊闻风一时起。

　　　　愿见斯世皞皞如羲皇，按图画卦复兹始。

　　周伯琦在序中称"圣皇不却亦不求，垂拱无为静边鄙。远人慕化致埌奠，地角已如天尺咫"，虽然事实是元顺帝专书遣使求来西方骏马，逢迎的近臣却偏夸耀是远人慕化献上的，不过末句感慨海角天涯已成咫尺，倒是点出了"天马"联系 14 世纪中叶远东的中国和海西的意大利之意义所在。

　　周伯琦所指的"揭傒斯赞"可见于《文安公文集》卷一四的《天马赞》，记述了"天马"的来龙去脉：

　　　　皇帝御极之十年七月十八日，拂郎国献天马，身长丈一尺三寸有奇，高六尺四寸有奇，昂高八尺有二寸。二十有一日，敕臣周朗貌以为图。二十有三日，诏臣揭傒斯为之赞。赞曰：

　　　　虽乾秉灵，惟房降精。

　　　　有产西极，神骏难名。

　　　　彼不敢有，重译来庭。

　　　　东逾月窟，梁雍是经。

　　　　朝饮大河，河伯屏营。

　　　　莫秣大华，神灵下迎。

　　　　四践寒暑，爰至上京。

　　　　皇帝临轩，使拜迎称：

　　　　臣拂郎国，邈限西溟。

　　　　蒙化效贡，愿归圣明。

　　　　皇帝谦让，嘉尔远诚。

　　　　摩于赤墀，顾瞻莫矜。

　　　　既称其德，亦貌其形。

　　高尺者六，修倍犹赢。

　　色应玄武，足蹑长庚。

　　回眸电激，顿辔风生。

　　卓荦权奇，虎视龙腾。

　　按图考式，曾未足并。

　　周骋八骏，徐偃构兵。

　　汉驾鼓车，炎刘中兴。

　　维帝神圣，载籍有征。

　　光武是师，穆满是惩。

　　登崇俊良，共基太平。

　　一进一退，为国重轻。

　　先人后物，万国咸宁。[1]

1. 揭傒斯的《天马赞》不仅称此良驹是"西极""蒙化效贡"，"四践寒暑"而来，还顺势歌颂顺帝是光武中兴之君，能使"万国咸宁"。

又如欧阳玄的《圭斋文集》卷一中有《天马颂》云：

无奈乎元朝在中国的统治却以顺帝仓皇出奔草原草草告终。

　　天子仁圣万国归，天马来自西方西。

　　玄云被身两玉蹄，高逾五尺修倍之。

　　七渡海洋身若飞，海若左右雷霆随。

　　天子晓御慈仁殿，西风忽来天马见。

　　龙首凤臆目飞电，不用汉兵二十万。

　　有德自归四海羡，天马来时庶升平。

　　天子仁寿万国清，臣愿作诗万国听。

吴师道的《礼部集》卷一一则有《天马赞》，诗曰：

　　房星降精，龙出水中。

　　挺生雄姿，西极为空。

　　圣人御天，臣不敢驾。

　　四年在途，祇献墀下。

　　玄云披身，白玉并蹄。

昂首如山，万骑让嘶。

神物应期，振古无匹。

不命自来，怀远之德。

省方时乘，一日两京。

吉行无驱，永奉皇明。

许有壬《至正集》卷一〇有《应制天马歌》：

臣闻圣元水德在朔方，物产雄伟马最良。

川原饮龁几万万，不以数计以谷量。

承平云布十二闲，华山百草春风香。

又闻有骏在西极，权奇俶傥钟乾刚。

茂陵千金不能致，直以兵戈劳广利。

当时纪述虽有歌，侈心一启何由制。

吾皇慎德迈前古，不宝远物物自至。

佛郎国在月窟西，八尺真龙入维絷。

七逾大海四阅年，滦京今日才朝天。

不烦剪拂光夺目，正色呈瑞符吾玄。

凤鬐龙臆渴乌首，四蹄玉后瑿其前。

九重喜见远人格，一时便敕良工传。

玉鞍锦鞯黄金勒，瞬息殊恩备华饰。

天成异质难自藏，志在君知不在物。

方今天下有道时，绝尘讵敢称其力。

臣才罢驽亦自知，共服安舆无叟轶。

张昱《张光弼集》卷二亦有《天马歌》：

天马来自莆郎国，足下风云生倏忽。

司天上奏失房星，海边产得蛟龙骨。

轩然卓立八尺高，众马俯首羞徒劳。

色应北方钟水德，满身日彩乌翎黑。

纵行不受羲和辔，肯使王良驭辁轩。

黄丝络头两马牵，金镫双垂玉作鞭。

宠荣日赐三品禄，不比卫鹤空乘轩。

大国怀柔小国贡，君王一顾轻为重。

学士前陈天马歌，词人远献河清颂。

銮旗属车相后先，受之却之俱可传。

普天率土尽臣妾，圣主同符千万年。

陆仁《乾乾居士集》同样留有《天马歌》：

于穆世祖肇王迹，受天之庆大命集。

神寓鸿图大无及，功烈皇皇共开辟。

四方下上沛流泽，列圣相承缵丕绩。

哲王嗣位建皇极，大臣弼辅尚禹稷。

礼乐制度靡有隙，六府孔修万姓怿。

天子圣德于昭共，念承皇祖心弗宅。

日月同明天地廓，绝域穷陲归版籍。

万国贡献岁靡息，琛瑶瑰异陌金锡。

岂须征讨费兵革？文怀远人尽臣服。

至正壬午秋之日，天马西来佛郎国。

佛郎之国邈西域，流沙弥漫七海隔。

波浪横天马横涉，马其犹龙弗颠踬。

东逾月窟过回纥，陆地不毛千里赤。

太行雪积滑如石，电激雷奔走飙欻。

四年去国抵京邑，俯首阙庭拜匍匐。

帝见远臣重忱惕，慰劳以酒赐以帛。

远臣牵马赤墀立，金羁络头朱汗滴。

房星下垂光五色，肉骢巍巍横虎脊。

崇尺者六修丈一，墨色如云踠两白。

天闲麒麟俱骏骨，天马来时皆辟易。

骕骦屈乘未足惜，大宛渥洼斯与敌。

穆王八骏思游历，汉武穷兵不多得。

天马自来征有德，史臣图颂永无斁。

再拜歌诗思仿佛，愿帝爱贤如爱物。

更诏山林访遗逸，□□治化齐尧日。

帝业永固保贞吉，天子万寿天降幅。

此外，梵琦《北游诗》、郭翼《林外野言》等文集中也有《天马》篇吟记此事，王祎的《王忠文文集》甚至收有他《代法郎国进天马表》一篇。这些作品虽然都是为迎合皇帝之兴而作的应景之制，文学价值有限，但却通过廷臣、文人们的文集将中国和意大利在元代的一个交往侧面保存了下来。除文字形式之外，元廷画师周朗绘有《拂郎国献马图》，正是周伯琦诗中"工画者图之，而直学士臣赞之"的那一幅。画作左侧为使臣牵着贡马行礼，右侧元顺帝坐于御榻之上，神情间颇见得色，周围臣工、妃嫔围绕[1]。直到 18 世纪，在清廷服务的耶稣会士宋君荣（Gaubil Antoine，1689—1759）还曾在御藏画作中见过此卷。

1. 参见叶新民：《元代中国与欧洲友好往来的一段佳话——周朗天马图小考》，载《内蒙古大学学报》（哲学社会科学版），2013 年 6 月。

元代周朗《拂郎国献马图》

3 年后，马黎诺里使团 32 人携带元顺帝的答礼和赐予他们的 3 年路费，经杭州至泉州返欧。1353 年回到意大利以后，他撰写了《波希米亚史》，其中含出使中国的报告，题为《马黎诺里奉使东方录》，即《马黎诺里游记》。此后，由于元朝被推翻，教廷与元廷互相遣使往来的盛况不再，马黎诺里也成为元朝欧洲来华的最后一位教皇特使。

此外，元代还有很多来华的意大利商人，但是在中国书籍中很少能看到他们的行踪。在刺桐港（泉州）的聚宝街上，大批威尼斯商人聚居于此。贸易繁盛的扬州城中，也留下了一位逝世于 1344 年、名叫 Antonio de Vighione 的意大利商人的墓碑[1]，且此碑并非意商在此时期埋骨

1. 耿鉴庭：《扬州城根里的元代拉丁文墓碑》，载《考古》，1963 年第 8 期。

中国的孤例；在陕西省则出土过"公元 14 年到 275 年的罗马硬币"[2]，中国其他省份至今偶或

2.[英]艾兹赫德著，姜智芹译：《世界历史中的中国》，第 42 页，上海：上海人民出版社，2009 年版。

会发现此类文物。这些都是 15 世纪以前意大利人在中国留下的实实在在的遗迹。

第二章   中国文学在意大利的早期传播

　　中国和欧洲分别处在欧亚大陆的两端，在它们之间是绵延无尽的沙漠和连绵不绝的崇山峻岭。在远古时代连接起欧亚大陆这两端的只能是那些在欧亚腹地的游牧民族，通过口头的传说和游人的记载，代代相传，形成了西方关于中国最早的知识：一半是神话，一半是传说。随着罗马人的东征和以后不久蒙古人的铁骑向西挺进，游人在马背上踏着草原的小路来到了中国的北方，而方济各会的传教士们则已经开始在中国的南方布道。欧洲人关于东方的知识开始从神话走向现实。《马可·波罗行纪》是那个时代最典型的代表，它奠基了西方早期的"游记汉学"。而马可·波罗对东方的描述，直接刺激了欧洲人对新世界的开拓。

第一节 古希腊、罗马文学对中国的遥望

公元前 8 世纪，希腊进入奴隶制城邦时代。公元前 5
世纪，在希波战争中取胜的希腊城邦迅猛发展，在今意大
利南部也有殖民地。繁荣一时的希腊各城邦经过"伯罗奔
尼撒"战争之后走向衰弱，马其顿王亚历山大于公元前
338 年统一希腊城邦，并建立起称霸欧、亚、非三洲的大
帝国。希腊文明与被亚历山大大帝征服的小亚细亚、埃及、
两河流域、波斯和印度等地的文明相交融，开创了一个"希
腊化"的时代。"希腊化"时代的东西方交通与贸易随着
战车挺进一路发展，地中海地区文化、科技兴盛，而希腊
文化本身却在向外扩张的过程中消耗了自身发展的能量，
希腊文学也从"古典时期"进入"希腊化时期"，由吟唱
古希腊众神和英雄的史诗时代转向注重现实社会生活的史
实文学。因了这一转变，古希腊文学中开始有了关于古代
中国的文字。传说罗马城是由前 1057 年特洛伊战争中出走
的英雄埃涅阿斯（古希腊神话中的爱神阿佛洛涅特与凡人
之子）与拉丁公主拉维尼娅姆的后裔罗慕路斯、雷慕斯建
于公元前 753 年，经过几个世纪的兼并战争逐渐成为地跨
欧、亚、非的大帝国，几乎与汉武帝继位同时，罗马征服
了希腊，但完整地保留了希腊的文化知识。

希罗多德

一、希腊时代西方对中国的认识

被称为古希腊史学之父的希罗多德（Hpodotos，约前

481—前 425）在其著名的《历史》一书中记载过远处东方

的中国的大体方位。他说："纪元前 7 世纪时，自今黑海

东北隅顿河（Don. R）河口附近，经窝瓦（Volga）河流

域，北越乌拉尔（Ural）山脉，自额尔齐斯河（Iitish. R）

而入阿尔泰天山山脉间之商路，已为希腊人所知。"[1] 为证

1. 莫东寅：《汉学发达史》，第 1 页，上海：上海书店出版社，1989 年版。

明这个论点，他在《历史》的第四卷引用希腊旅行家亚里

斯特亚士的长诗《独目篇》（Arimaspea）中所说的住在"北

风以外"有一个名叫希伯尔波利安（Hyperboreans）的民

族，其居地"延伸至海"。希罗多德是一位读万卷书、行

万里路的人，被誉为"旅行家之父"，这种记述反映了他

开阔的视野。但并不是所有人都同意他的记述，法国著名

东方学家戈岱司认为"希罗多德的知识不可能延伸到如此

辽远"[2]。

2. 戈岱司著，耿昇译：《希腊拉丁作家远东古文献辑录》，第 11 页，北京：中华书局，1987 年版。

那么，西方人在古代时对中国的实际知识是什么状

态呢？对西方来说这个被他们称之为中国的幅员辽阔的

古代文明之邦，在远古时完全是个朦胧的庞然大物。在

不同的时代，因不同的视角，他们给予了中国不同的称

谓。如果将中国视为亚洲半岛南部海路的终点，中国

被称为"秦""秦奈""支那"（Sina, Chin, Sinae,

China）；如果被看作横穿亚洲大陆北方陆上通道的终点，

则被称为"塞里斯（Seres）"[3]。

3. 参见 [英]H. 裕尔撰，[法]H. 考迪埃修订，张绪山译：《东域纪程录丛》，第 3 页，昆明：

但几乎所有的西方研究者都认为，公元前 400 年的克

云南人民出版社，2002 年版。关于这个问题直到今天仍在讨论，参见任继愈主编：《国际汉学》，

泰夏斯（Ctesias）是最早以"塞里斯"（Seres）来称呼中

第 9 期；吴焯：《"秦人"考》，载《中国社会科学院历史研究所学刊》，第 2 集，北京：商务

国的希腊作家。当时希腊人认为中国所生产的蚕丝极为神

印书馆，2004 年版。

秘。他们不知丝从何来，于是将丝想象为"长在树上的白毛"。

普林尼在《自然史》（Histoire Naturelle）一书中说："人

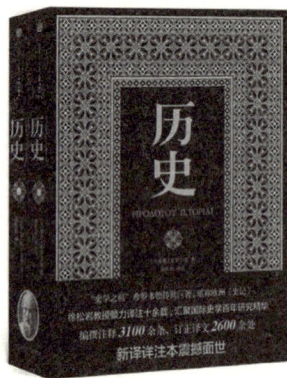

希罗多德的《历史》

老普林尼画像

们在那里所遇到的第一批人是塞里斯人，这一民族以他们在森林里所产的羊毛而名震遐迩。他们向树木喷水而冲下树叶上的白色绒毛，然后再由他们的妻室来完成纺线和织布两道工序。"[1]

1. 戈岱司著，耿昇译：《希腊拉丁作家远东古文献辑录》，第 10 页，北京：中华书局，1987 年版。

100 多年后，希腊史学家包撒尼雅斯在他的《希腊游记》（*The Ltinearary of Greece of Pausanias*）中也对丝做了记载，他说：

赛里斯人用织绸缎之丝，则非来自植物，另有他法以制之也。其法如下：其国有虫，希腊人称之为塞儿（Ser），赛里斯人不称之为塞儿，而别有他名以名之也。虫之大，约两倍于甲虫。他种性质，皆与树下结网蜘蛛相似。蜘蛛八足，该虫亦有八足。赛里斯人冬夏两季，各建专舍，以畜养之。……先用稷养之四年，至第五年，则用青芦饲之，盖为此虫最好之食物也。虫之寿仅有五年。虫食青芦过量，血多身裂，乃死。其内即丝也。[2]

2. 张星烺：《中西交通史料汇编》（第一册），第 57 页，台湾世界书局，1983 年版。

显然，他的看法比老普林尼的认识大大进步了，虽然其中的错误仍很多。关键在于他认为丝来自蚕，希腊人对中国的称谓直接和此相关。张星烺先生认为，"塞儿"两字如果读快些与浙江一带的蚕字读音相似，加上希腊语和以后拉丁语的尾音"斯"，"塞里斯"这个称谓就产生了，拉丁语是"sericum"，后来英文是"silk"。

此时希腊人看中国人真是雾中看花，如梦如幻。

塞里斯人长什么样子呢？老普林尼的看法是："他们的身体超过了一般常人，长着红头发、蓝眼睛，声音粗犷……"他认为中国人寿命特别长，最高"可达三百岁高龄"，为什么如此长寿？卢西安认为塞里斯人会养生之道，其诀窍是整日喝凉水，"整个塞里斯民族以喝水为生"[3]。关于塞里斯民族的性情，希腊作家们的看法不同。斯塔西认为"塞里斯人吝啬之极，他们把圣树

3. 戈岱司著，耿昇译：《希腊拉丁作家远东古文献辑录》，第 12、15 页，北京：中华书局，1987 年版。

枝叶剥摘殆尽"。而公元 1 世纪时的梅拉认为，"塞里斯人是一个充满正义的民族，由于其贸易方式奇特而十分出名，这种方式就是将商品放在一个偏僻的地方，买客于他们不在场时才来取货"[4]。

4. 戈岱司著，耿昇译：《希腊拉丁作家远东古文献辑录》，第 9 页，北京：中华书局，1987 年版。

1 世纪末的古希腊雄辩家弗罗鲁（Floro Epitoma）记载，奥古斯都时代，来自"丝绸之国"的使团曾经花费 4 年时间来到罗马，并且敬献了珍珠、宝石和大象。此为孤证，未足采信。但从某种意义上也表明，1 世纪中国与罗马间商贸层面上的往来就比较发达了。

第一个介绍中国社会状况的是公元 2 世纪末到 3 世纪初的巴尔德萨纳。他说：

> 在塞里斯人中法律严禁杀生、卖淫、盗窃和崇拜偶像。在这一幅员辽阔的国度中
>
> 人们既看不到寺庙，也看不到妓女和通奸的妇女，看不到逍遥法外的盗贼，更看不到
>
> 杀人犯和凶杀受害者。[1]

1.Floro Epitoma, Les Belles Lettres, Parigi 1967, p.57.

不少希腊作家受到巴尔德萨纳的影响，后来的希腊人阿迷亚奴斯·马赛里奴斯在谈到这

一点时说：

> 塞里斯人平和度日，不持兵器，永无战争。他们性情安静沉默，不扰邻国，那里
>
> 气候温和，空气清洁，舒适卫生，天空不常见雾，无烈风。森林甚多，人行其中，仰
>
> 不见天。[2]

2. 张星烺：《中西交通史料汇编》（第一册），第 69—70 页，台湾世界书局，1983 年版。

遥远的东方是一个梦。塞里斯成为西方人想象中的正义之邦、文明之国，那里晴空万里，

皓月朗朗，如梦如幻，仙境一般。

如果我们把此阶段希腊人对塞里斯人及其国家的认识概括一下，而不计那些明显传说的部

分，结果如裕尔所说：

> 塞里斯国广袤无际，人口众多，东至大洋和有人居住世界的边缘，向西几乎延伸
>
> 至伊穆斯山和巴克特里亚疆界。塞里斯人为文明进化之族，性情温和，正直而简朴，
>
> 不愿与邻人冲突，甚至羞于与他人进行密切交往，但乐于出售自己的产品，其产品中
>
> 丝为大宗，还有丝织品、羊毛和良铁。[3]

3. [英] H. 裕尔撰，[法] H. 考迪埃修订，张绪山译：《东域纪程录丛》，第 11—12 页，昆明：云南人民出版社，2002 年版。

二、　罗马时代西方对中国的认识

中国和罗马帝国虽远隔千山万水，但在罗马帝国东征和汉朝经营西域的过程中，两个伟大

的文明直接或间接地发生了联系，对于这些历史学家已经有深入的研究[4]。

4. [美] 弗雷德里克·J. 梯加特著，丘进译：《罗马与中国：历史事件的关系研究》，北京：人民交通出版社，1994 年版。

这样，在罗马人的历史文献中就有了对遥远中国的进一步认识，在幻想中有了实际知识的

进展。

首先，罗马人对中国的地理位置有了进一步的认识。生于亚历山大时代的希腊人科斯马斯

在他的《世界基督风土志》（*Universal Christian Topography*）一书中讲到中国时说：

> 我可以提一下，产丝之国位于印度诸邦中最遥远的地方……这个国家叫秦尼扎

（Tzinitza），其左侧为海洋所环绕，……秦尼扎国向左方偏斜相当严重，所以丝绸商队从陆上经过各国辗转到波斯，所需的时间比较短，而从海路到达波斯，其距离却大得多。……从海上去秦尼扎的人……需要穿越整个印度洋，其距离也非常大的。所以，经陆路从秦尼扎到波斯的人就会大大缩短其旅程。这可以解释波斯何以总是积储大量丝绸。[1]

1. [英] H. 裕尔撰，[法] H. 考迪埃修订，张绪山译：《东域纪程录丛》，第188页，昆明：云南人民出版社，2002年版。

这里有两点应注意：一是他较准确地记述了中国的方位；二是他明确指出了到达中国的两条道路的特点。英国学者裕尔认为"他以真确的事实谈及中国，没有把它说成半神秘状态的国家"[2]。

2. [英] H. 裕尔撰，[法] H. 考迪埃修订，张绪山译：《东域纪程录丛》，第15页，昆明：云南人民出版社，2002年版。

其次，在西方历史上罗马人第一次报道了中国历史的一个真实事件，这就是泰奥菲拉克特[3]

3. 英文名为 Theophylactus Simocatta，张绪山将其译为"塞奥菲拉克图斯·西莫卡塔"，见 [英] H. 裕尔撰，[法] H. 考迪埃修订，张绪山译：《东域纪程录丛》，第17页，昆明：云南人民出版社，2002年版。

在他的《历史》一书中所提到的"桃花石人"。在我们考察西方人对中国的认识过程时，有一点不能忘记，在历史上中国和欧洲之间文化交流的桥梁是中亚地区和阿拉伯世界，西方关于中国的许多知识是经过中亚地区和阿拉伯文明这个中间环节的[4]，泰奥菲拉克特关于"桃花石人"

4. 参见 [古代阿拉伯] 马苏第著，耿昇译：《黄金草原》，西宁：青海人民出版社，1998年版；[法] 费琅编，耿昇、穆宏根译：《阿拉伯波斯突厥人东方文献辑注》，北京：中华书局，1989年版；[法] 阿里玛扎还里著，耿昇译：《丝绸之路：中国—波斯文化交流史》，北京：中华书局，1993年版；阿里·阿克巴尔著，张至善译：《中国纪行》，北京：三联书店，1988年版。

的报道就是根据突厥人的文献而来的。他的书中说，在桃花石城（Taugaste）附近形成了一个非常勇敢而又强大的民族：

桃花石人的首领为 Taïsan，它在希腊文中的字面意思是"天子"。在桃花石人中，权力并不受派系之苦，因为对他们来说，君主是天生的。这一民族崇拜偶像，其法律是公正的，生活中充满智慧。他们有一种具有法律力量的习惯，即禁止男子佩金首饰，尽管他们在从事贸易方面具有极大的规模和便利，使他们掌握大量的金银。桃花石以一条江为界。从前，这条江将隔岸遥遥相望的两大民族分隔开了。其中一个民族穿有黑衣，另一个民族穿鲜红的服装。到了我们这个时代，在莫里斯皇帝统治之下，那些穿黑衣者越过了大江，向着那些穿红衣者发动了战争，他们成为胜利者并建立了自己的霸业。[5]

5. 戈岱司著，耿昇译：《希腊拉丁作家远东古文献辑录》，第104—105页，北京：中华书局，1987年版。

他还说桃花石人在旧皇城"数英里远的地方又筑了另一城，蒙昧人将后者称为库博丹（Khoubdan）"。

桃花石城究竟在何处？桃花石人属何族？法国汉学家宝桂内和英国史学家吉邦友认为桃花

6. 张星烺先生将"桃花石"（Taugas=Tavrós）译为"陶格司"。

石指的就是中国[6]，"桃花石"（即张星烺所译的"陶格司"）是汉文"大魏"两字的转音。

因为当时中国的北方正为拓跋民族占据，取国名为"魏"。"桃花石"这个词在元代李志常所写的汉文献《长春真人西游记》中已提到，书中说"见中原汉器喜曰，桃花石诸事皆巧。桃花石谓汉人也"[1]。桃花石人的首领为"Taïsan"（耿昇对此词未翻译成汉语），张星烺将其译为"泰山"（Taissan 即 Taïsan），并认为这是汉语中"天子"二字的转音。上文中所说的"一条江"，

1. 参见伯希和：《支那名称之起源》，见冯承钧译：《西域南海史地考证译丛》（第一卷），第 40—43 页，北京：商务印书馆，1995 年版。

张星烺认为就是长江，所说的黑衣民族和红衣民族的战争就是隋文帝统一中国的战争。因为，当时中国以长江为界，长江北是隋，尚黑；长江南是陈国，陈兵尚红，这样才有"黑衣国及红衣国之传说"[2]。桃花石人在旧都的附近又建一城，名曰"库博丹"。张星烺先生认为这符合中

2. 张星烺：《中西交通史料汇编》（第一册），第 156 页，台湾世界书局，1983 年版。

国的历史事实，因为隋文帝的确在旧京城外建了一座新城。古代的突厥民族和西亚各国都把中国的长安称为"克姆丹"（Khumda），这里的"克姆丹"和"库博丹"同为一字，不过写法略有不同而已。所以他说，"仅此一端，已足以证明席氏[3]记载之陶格司为中国，无可疑也。

3. 即我们上面讲的"泰奥菲拉克特（Théophylacte）"，他将此人译为"席摩喀塔"。

克姆丹之名，见之于西安府《大秦景教流行中国碑》上叙利亚文中"[4]。

4. 张星烺：《中西交通史料汇编》（第一册），第 156 页，台湾世界书局，1983 年版。

由此，张先生认为泰奥菲拉克特这位罗马的历史学家所著的《陶格国记》（即桃花石国记）就是《中国记》，他所介绍的大部分历史事实是对的。这是西方人历史上关于中国知识的第一次最为具体的记录，并可以在中国历史中得到印证。这一记载也被后来的西方汉学家所证实[5]。

5. 德经"将桃花石译为隋朝前的'大魏'即魏朝"，"法国著名汉学家伯希和采纳了德经的观点"。见〔英〕H. 裕尔撰，〔法〕H. 考迪埃修订，张绪山译：

西方人关于中国的朦胧记忆开始逐步从神话走向现实，实际的知识也逐步形成。

《东域纪程录丛》，第 18、26 页，昆明：云南人民出版社，2002 年版。

第二节　中世纪时代西方对中国的认识

当 1206 年铁木真被蒙古王公大会推为成吉思汗后，在欧亚大陆之间，一个马背上的草原帝国迅速崛起。随着横跨欧亚大陆的蒙古帝国的正式建立，中国和西方的交通进入了它前所未有的畅通阶段。中国和欧洲之间所横亘无际的沙漠和绵延的群山再也挡不住响着驼铃的商队，驿站的建立更是为中西交通提供了稳定的条件。"正是在蒙古时代，中国才第一次真正为欧洲所了解。"[6]

6. 〔英〕H. 裕尔撰，〔法〕H. 考迪埃修订，张绪山译：《东域纪程录丛》，第 119 页，昆明：云南人民出版社，2002 年版。

一、 柏朗嘉宾的《蒙古行纪》

柏朗嘉宾（Giovanni da Plano Carpin，1182—1252）是意大利方济各会的神父。1237-1241 年，蒙古铁骑凭借着火和剑横扫东欧、中欧，处于内忧外患之中的基督教世界对这些地狱来客毫无招架之力。事态至此，之前对伊斯兰人的求援无动于衷的欧洲国王们纷纷后悔不迭。1241 年 11 月，蒙古大汗窝阔台（1186—1241）去世，蒙古将领纷纷率军返回，以参加新汗的推选。奇迹般幸免于难的西欧各国虽然暂时从世界末日来临的恐慌中逃脱，然而他们深信这只是蒙古大军的诡计，地狱骑兵随时有可能卷土重来。在这种情势下，1245 年复活节，圣方济各[1]的挚友、年过花甲的柏朗嘉宾奉教宗英诺森四世（Innocentius IV，1180—1254）之命，以 65 岁高龄出使蒙古，呈递教皇致蒙古大汗的信件，并准备趁此机会了解蒙古的军事动向，试图修复蒙古帝国和欧洲的关系，以消解笼罩在欧洲人心中的对蒙古人的恐慌。

1. 圣方济各 (San Francesco di Assisi, 1182—1226，又称阿西西的圣方济各或圣法兰西斯)，出身阿西西的富商家庭，曾从军并受伤被俘，几乎死去。后绝意放弃家财，过清贫的隐修生活，并创立天主教托钵修会之一方济各会 (Ordo Fratrum Minorum)，1209 年获教皇英诺森三世批准。方济各会提倡过清贫生活、衣麻跣足，托钵行乞，效忠教皇，反对异端，会士间互称"小兄弟"，故又称"小兄弟会"。1212 年协助圣女嘉娜创办方济女修会。圣方济各热爱自然，传说他能与动物对话。在他的双手双脚与左肋处有罗马教廷唯一官方承认的 5 处圣痕。

柏朗嘉宾带领一行人快马加鞭，经过跨越欧亚的长途跋涉，赶在次年夏天抵达蒙古帝国的都城哈剌和林（Karakorum），参加了贵由（1206—1248）大汗的登基大典，还和来自世界各地的其他使节一道接受了新汗的召见。柏朗嘉宾递交了教宗的书信，表达劝化之意后留居汗廷至秋。贵由汗命柏朗嘉宾带着给教皇的回函返欧[2]。

2. 贵由汗在信中反驳了对其侵略行为的指责，并声称将以长生天之命消灭违抗者，征服世界，命令教宗和其他欧洲君主向蒙古臣服。该信同时被译为拉丁文和波斯文。这封信至今还保存在梵蒂冈图书馆。

柏朗嘉宾和他的同伴们又经过一年的行程回到欧洲。他没有忘记出发前教宗交付的使命，向其进呈了一部名为《蒙古史》（L'Yatoria Mongslorum）的出使报告，详细汇报了出使经过和蒙古人的军事特点。而对于所见到的蒙古人，柏朗嘉宾并无过多好感，说他们粗鲁无礼，尊卑不分，连最下等的蒙古人也自认为比其他国家的君主还要高贵。而且，这个游牧民族秉性残暴贪婪、毫无诚信。他们由于资源的匮缺，所以习惯不用水而是直接用吃剩下的肉汁去洗涮炊具、食具，并食用洗涮后的残汁。这些吝啬的野蛮人有待开化，天主的洗礼无疑能够帮助他们加快进化。柏朗嘉宾在哈剌和林参加贵由可汗继承汗位的大典，递交教皇的国书之后，亲眼目睹了大汗回函所用玉玺上"上天有神，凡间有贵由汗，神的力气，全人类皇帝之玉玺"的铭文。这些蒙古人的傲慢自大使得柏朗嘉宾得出结论："鞑靼人的意图是在情况允许时就征服全世界"[3]，而且"他们对被征服民族施以大量诡计和诈术"[4]，"……毫无信义可言，任何民族都不可能轻信他们的许诺"[5]，沐浴在基督教文明光辉下的西方世界必须警惕这个强

3. 耿昇、何高济译：《柏朗嘉宾蒙古行记 鲁布鲁克东行记》，第 76 页，北京：中华书局，1985 年版。
4. 耿昇、何高济译：《柏朗嘉宾蒙古行记 鲁布鲁克东行记》，第 77 页，北京：中华书局，1985 年版。
5. 耿昇、何高济译：《柏朗嘉宾蒙古行记 鲁布鲁克东行记》，第 77 页，北京：中华书局，1985 年版。

大的敌人，因为他们正准备"马不停蹄地征战十八载，随时有可能荡平欧洲，让世界重归洪荒与野蛮"。

柏朗嘉宾返欧后所著的这本《蒙古史》是当时欧洲首部关于蒙古人的著作，他在对东方和中国的介绍"……于可靠性和明确程度方面在一段相当长的时间内一直是首屈一指和无可媲美的"[1]。这本书之所以被给予如此高的评价，主要在于以下两点：

1. 耿昇、何高济译：《柏朗嘉宾蒙古行记 鲁布鲁克东行记》，第 13 页，北京：中华书局，1985 年版。

首先是详实的材料来自实地考察。柏朗嘉宾在蒙古帝国生活了三年多，书中的记载绝大多数是他亲眼所见，即便是一些有关蒙古和中国的历史情况也都是那些多年生活在蒙古的西方人告诉他的，如乌克兰人、法兰西人等，可信度很大。《蒙古史》的这一特点，使它和以往西方的那种口头相传的游记有了根本性的区别。

其次是该书态度公允，评价客观。虽然柏朗嘉宾是一位灰衣会士，但他在这本书中"并没有以一位传教士的精神面貌来介绍蒙古人"，他也"没有为读者们提供了一些过分臃肿的教理评论，对当地民族的瑕疵和美德，他都做了客观的评价。但对于他们社会道德准则的评价则是审慎和颇有分寸的"[2]。

2. 耿昇、何高济译：《柏朗嘉宾蒙古行记 鲁布鲁克东行记》，第 13 页，北京：中华书局，1985 年版。

柏朗嘉宾在书中对蒙古人的生活环境、地理条件、风俗习惯和宗教信仰，这个可怕的草原帝国的政治结构和军事组织，及向周边扩张的历史和过程都做了详细的介绍。他向欧洲展示了一幅真实的东方画卷。这本书不是那种走马观花式的游记，所以它在西方的东方学史上有着举足轻重的地位。它也绝不仅仅是个文学读本，对今天的中国学术界来说，柏朗嘉宾对蒙古民族的历史和现状做了前所未有的介绍，大大丰富了我们对元蒙帝国史的了解，在许多方面弥补了当时中文文献的不足。

> 鞑靼人双目之间和颧颊之间的距离要比其他民族宽阔。另外，与面颊相比，颧骨格外突出，鼻子扁而小，眼睛也很小，眼睑上翻一直与眉毛连结。一般来说，他们身材苗小，只有个别例外，几乎所有的人都是中等身材。[3]

3. 耿昇、何高济译：《柏朗嘉宾蒙古行记 鲁布鲁克东行记》，第 28 页，北京：中华书局，1985 年版。

以上是柏朗嘉宾对普通蒙古人的介绍。在谈到蒙古大汗贵由时，他写道：

> 这位皇帝大约有四十至四十五岁，或者更年长一些；中等身材，聪明过人，遇事善于深思熟虑，习惯上举止严肃矜重。任何人没有见过他放肆地狂笑或者凭一时的心血来潮而轻易妄动……[4]

4. 耿昇、何高济译：《柏朗嘉宾蒙古行记 鲁布鲁克东行记》，第 104 页，北京：中华书局，1985 年版。

很长时间里中国的史学家都认为，在唐武宗灭佛以后，景教也受到牵连，以后便逐渐灭亡了。但柏朗嘉宾的书中对蒙古帝国时的景教徒的活动做了详细的介绍，只是他将中国化的"景教"名称还原为了聂斯脱里派。这些就纠正了我们过去的认识。聂斯脱里派在整个蒙古帝国都有着特殊的地位，无论是在忽必烈统治的中国，还是旭烈兀统治的波斯地区，基督教的信仰渗透到了蒙古社会的上层，聂斯脱里派教徒受到了特殊的礼遇[1]。实际上由于"克烈部和乃蛮部（在文化上和政治上他们同蒙古人有最密切的联系）主要信奉基督教"，而蒙古的贵族同克烈部王族通婚，这样"大汗们的妻子和母亲中，有许多基督教徒，包括他们之中某些最有影响的人物在内，如蒙哥，忽必烈，旭烈兀的母亲……"[2]直到今天，我们在研究中国基督教史时，

1. [法]勒尼·格鲁塞：《草原帝国》，第331—336、390—393页，西宁：青海人民出版社，1991年版。

2. [英]道森编：《出使蒙古记》，第18—19页，北京：中国社会科学出版社，1983年版。

柏朗嘉宾这本书仍是我们不可或缺的基本文献。

在柏朗嘉宾时代，欧洲人还没有中国的概念，那时他们所知道的"契丹"实际上就是今天的中国。从"契丹"到"中国"，他们大约花费了近四百年的时间。在这本书中有两处较为详细地讲到"契丹"。

在书的第五章介绍蒙古帝国兴起的历史时，他说，成吉思汗召集自己所有的军队，向契丹发动了再次进攻。

> 在经过长期浴血奋战之后，他在该国的一部分领土上取得了胜利，甚至还将契丹的皇帝围困于京师，围攻了许久。……他们攻破了城门，进入城内，皇帝和大批居民惨遭杀戮，他们夺城之后又将城内的金银财宝洗劫一空。……于是，契丹的强大皇帝被击败了，这位成吉思汗便被拥立为帝。[3]

3. 耿昇、何高济译：《柏朗嘉宾蒙古行记 鲁布鲁克东行记》，第48页，北京：中华书局，1985年版。

这实际上是指蒙古军队与当时中国北方的金朝的战争。女真人的金政权建于1115年，到1234年时完全被蒙古人所摧毁，其间蒙古人于1215年夺取了北京，女真人放弃北京撤到开封以后，1233年开封又被攻破，金朝皇帝落荒而逃，最后自杀而亡[4]。

4. 参见周良晓、顾菊英：《元代史》，第190—193页，上海：上海人民出版社，1993年版；[法]勒尼·格鲁塞：《草原帝国》，第331—336、288—290页，西宁：青海人民出版社，1991年版。

柏朗嘉宾还对契丹人文化和精神生活做了报道，他说：

> 契丹人都是异教徒，他们拥有自己特殊的字母，似乎也有《新约》和《旧约》，同时也有神徒传、隐修士和修建得如同教堂一般的房舍，他们经常在其中进行祈祷。……他们表现为通融之士和近乎人情。他们不长胡须，面庞形状非常容易使人联想到蒙古人的形象，但却没有后者那样宽阔。他们所操的语言也甚为独特。世界上人

们所习惯从事的各行各业中再也找不到比他们更为娴熟的精工良匠了。他们的国土盛

产小麦、果酒、黄金、丝绸和人类的本性所需要的一切。[1]

1. 耿昇、何高济译：《柏朗嘉宾蒙古行记 鲁布鲁克东行记》，第48—49页，北京：中华书局，1985年版。

法国汉学家韩百诗认为："柏朗嘉宾对契丹人所做的描述在欧洲人中是破天荒的第一次；同样，他也是第一位介绍中国语言和文献的人，但由于其中所涉及到的都是寺庙和僧侣，所以他所指的很可能是汉文佛经。对其他情况相当含糊不清，唯有对汉人性格和体形的描述除外。"[2]

2. 耿昇、何高济译：《柏朗嘉宾蒙古行记 鲁布鲁克东行记》，第129页，北京：中华书局，1985年版。

柏朗嘉宾来华之时，蒙古尚未灭宋，所以他在北方应能见到汉人，并对其留下比对蒙古人更为良好的印象。

柏朗嘉宾的报告在西方教会内部产生了重要的影响，如道森所说："对西方来说，没有什么东西比普兰诺·加宾尼（即柏朗嘉宾——作者注）的报告更为惊人，比贵由给教皇的信更使人感到威胁了。"[3]这样，教皇英诺森四世又分别派出了多明我会阿塞林、龙汝模、贵加禄三

3. [英] 道森编：《出使蒙古记》，第13页，北京：中国社会科学出版社，1983年版。

位修士前往蒙古军队的营地，这个代表团也得到一封大汗给教宗的回信。阿塞林等人返回欧洲后并未留下任何文献。在此期间蒙古帝国和教廷之间互有来往，阿塞林返回西方时有蒙古帝国的特使薛尔吉思等二人同行，并于1248年在意大利受到教宗的接见；1248年法国的路易九世也接见了蒙古帝国的使者景教徒大卫和马尔谷，第二年法国又派安德鲁出使蒙古[4]。但在柏朗

4. 参见罗光：《教廷与中国使节史》，第26—58页，台北：台湾光启出版社，1961年版。

嘉宾后最有影响的是其同会修士鲁布鲁克（William of Ruburuk, 1215—1270），他于1256年用拉丁文写成《东方行记》。这本书无论在向西方世界介绍蒙古人方面，还是在介绍契丹人方面都比柏朗嘉宾的书有了进一步的发展。从前者来说，柏朗嘉宾仅仅参加了贵由的登基典礼，和大汗的实际接触并不多。而鲁布鲁克在蒙哥大汗身边生活近一年，有更多的接触机会，对蒙古帝国的内部情况介绍得就更为细致和深入。例如，他说蒙哥有一个妃子叫昔林纳，她信仰基督教，还为蒙哥生了一个孩子。蒙哥曾陪同她一起到教堂做礼拜。蒙哥的长子有两个妻子，他本人也对基督教很尊敬。蒙哥的第二个妻子叫阔台，她生病后传教士曾给她治过病。甚至在他的游记中还说蒙古大汗贵由是被拔都所害死的，中国学者何高济认为，这个记载是关于贵由死因的唯一材料[5]。

5. 耿昇、何高济译：《柏朗嘉宾蒙古行记 鲁布鲁克东行记》，第184页，北京：中华书局，1985年版。

从后者来说，他对契丹的介绍有两点大的进步：其一，他明确指出"契丹"就是西方在古代所讲的"丝国"。他说："还有大契丹，我认为其民族就是古代的丝人。他们生产最好的丝绸（该

6. 耿昇、何高济译：《柏朗嘉宾蒙古行记 鲁布鲁克东行记》，第254页，北京：中华书局，1985年版。

民族把它称为丝），而他们是从他们的一座城市得到丝人之名。"[6]鲁布鲁克的这个发现对西

方的文化历史记忆来说是很重要的，正像学者们所指出，鲁布鲁克的一个贡献在于"在欧洲人

中他第一个很准确地推测出古代地理学上所称的'塞里斯国'和'中国人'之间的关系，即一

1. 马吉多维奇：《世界探险史》，第83页，北京：世界知识出版社，1988年版。

个国家和它的人民"[1]，"他把西方一度中断的中国形象的传统又承继上了"[2]，从而有了想象。

2. 周宁编：《2000年西方看中国》（上），第44页，北京：团结出版社，1999年版。

契丹和当年的丝国一样富足，所以"城墙是银子筑成，城楼是金子"；但鲁布鲁克所介绍的契

丹也并不全是猜想，在实际知识的认识上还是比柏朗嘉宾多了些内容。这是其二。他说：

> 该国土内有许多省，大部分还没有臣服于蒙古人，他们和印度之间隔着海洋。这
>
> 些契丹人身材矮小，他们说话中发强鼻音，而且和所有东方人一样，长着小眼睛。他
>
> 们是各种工艺的能工巧匠，他们的医师很熟悉草药的性能，熟练地按脉诊断；但他们
>
> 不用利尿剂，也不知道检查小便。[3]

3. 耿昇、何高济译：《柏朗嘉宾蒙古行记 鲁布鲁克东行记》，第254页，北京：中华书局，1985年版。

他所介绍的中国的方位、人种和医学，特别是对医学的介绍在西方是第一次。更为吃惊的

是他介绍了中国的佛教、印刷和绘画，在此以前从未有人向西方介绍这些内容。他说：

> 上述诸族的拜偶像的和尚，都身穿红色宽僧袍。据我所知，他们那里还有一些隐
>
> 士，住在森林和山里。他们生活清苦，使人赞叹。
>
> ……"契丹"通行的钱是一种棉纸，长宽为一巴掌，上面印有几行字，像蒙哥印
>
> 玺上的一样。他们使用毛刷写字，像画师用毛刷绘画。他们把几个字母写成一个字形，
>
> 构成一个完整的词。[4]

4. 耿昇、何高济译：《柏朗嘉宾蒙古行记 鲁布鲁克东行记》，第255、280页，北京：中华书局，1985年版。

实际上他并未真正到过汉地，但当时有很多中国北方人在哈剌和林居住，这些知识很可能

是他从在当地生活的中国人那里得来的。

真正到过中国的是马可·波罗和孟高维诺，从时间上《马可·波罗行纪》是1299年发表的，

要早于孟高维诺的书信，但考虑到《马可·波罗行纪》实际上是整个西方游记汉学的集大成者，

所以我们放在下一章做专门论述，这里我们将西方中世纪时鲁布鲁克以后其他有关中国的书籍

集中加以讨论[5]。

5. 在中世纪还有一些阿拉伯人来中国的游记，如阿布尔菲（Abulfeda）的游记、伊宾拔都（Ibn Batuta, 1304—1377）的游记等，虽然，这些游记后来也都传到西方，并对西方的东方知识产生了一定的影响。但考虑到它们大都是在18或19世纪才被翻译介绍到欧洲的，故不将这些游记列入研究之中。

二、 孟高维诺笔下的北京

1287 年，蒙古伊利汗国阿鲁浑汗派遣聂思脱里教会巡视总监列班·扫马（Rabban Sauma，?—1294）出使西方拜占廷、罗马教廷、法、英等国，希望能够说服欧洲基督教国家的君主派军队与他联手，打击阿拉伯人，夺取"圣地"耶路撒冷。教皇尼古拉四世（Nicolaus IV，1227—1292）从列班·扫马处得知元世祖"对罗马教廷和拉丁民族怀有热爱之情"，阿鲁浑汗曾恳请教皇派教士前往蒙古宫廷[1]，

孟高维诺像

1. 参见杨志玖：《关于马可·波罗离华的一段汉文记载》，载《文史杂志》，1941 年第 1 卷第 12 期；柯立夫：《关于马可·波罗离华的汉文资料及其到达波斯的波斯文资料》，载《哈佛亚洲研究杂志》，1976 年第 36 期；阿·克·穆尔著，郝镇华译：《一五五〇年前的中国基督教史》，第 123 页，北京：中华书局，1984 年版。此信保存在梵蒂冈教廷档案中，《一五五〇年前的中国基督教史》第 192 页引录的教皇尼古拉四世致忽必烈大汗信（梵蒂冈教廷档案）。

极为高兴，遂于 1289 年派遣学识渊博并已在伊利汗国传教多年、刚刚返回教廷述职的意大利方济各会教士若望·孟高维诺（Giovanni da Montecorvino，1247—1328）持其亲笔书信再赴东方。孟高维诺与教士尼古拉等人同行，取道亚美尼亚、波斯，经伊利汗国都城帖必利斯城（今伊朗不大里士），由海路至印度，留居年余。在此期间，尼古拉不幸去世。1293 年，孟高维诺和意大利商人卢科隆戈[2]一道，

2. 卢科隆戈（Pietro da Lucolongo，生卒年不详），他与孟高维诺同道来华，对其在华传教给予了很大的经济支持，孟高维诺的信件中提到，他曾捐资助其在大都购地建立教堂。

处理好尼古拉的身后事，从马巴拉乘船至中国，于次年到达大都（今北京）。此时忽必烈刚刚去世，孟高维诺向新君元成宗铁穆尔[3]呈交了教皇信件。作为远来的教宗特使，孟高维诺受到铁穆尔的优待，元帝批准他留在大都传教。

3. 元成宗孛儿只斤·铁穆尔（1265—1307），元世祖忽必烈之孙、皇太子真金第三子。至元三十年（1293 年）封皇太孙，总兵镇守漠北。至元三十一年（1294 年），即皇帝位。大德十一年（1307年）驾崩，庙号成宗，谥号钦明广孝皇帝。蒙古汗号完泽笃可汗。

于是，孟高维诺不仅如柏朗嘉宾一样见到了令欧洲人谈之色变的鞑靼人的总王，还得以长留元廷，并第一次在华传播天主教，他在距教廷遥远的元大都建立教堂、济贫院，招收信徒，坚持 34 年直至去世。根据他发回教廷的书信，孟高维诺在北京期间学会了鞑靼人的语言和文字，并将《新约》和《赞美诗》翻译出来，让他收养的 100 名祭童在其

元成宗孛儿只斤·铁穆尔

兴建的教堂中颂唱。他还将《圣经》中的一些宗教故事绘制成直观的图画，方便传教。在孟高维诺的持续努力下，经他付洗者达 6000 人。

蒙古族很多贵族曾经接受聂斯脱里教派的影响，如出身克烈部的忽必烈的母后唆鲁禾帖尼（1192？—1252）等人都与"也里可温"接近，而孟高维诺到来后第一年，忽必烈最钟爱的外甥阔里吉思王就跟随他信仰罗马天主教，在所付洗的 6000 多人中，很多不速人也是由追随聂斯脱里派转投向他的门下，这就引起了聂斯脱里教徒的嫉恨。他们诬告孟高维诺杀害并冒充教皇使节来此，想置其于死地。历经多年，孟高维诺以其在北京的精诚努力终于洗刷了罪名，但在日常的传教中仍时时处处感受到聂斯脱里教徒的掣肘。他在给教廷的信件中说，如果没有这些人的阻碍，他所能取得的传教成果会更大。

孟高维诺在中国勤勤恳恳传教 10 多年后，欧洲人对他的工作和取得的成绩却几乎一无所知。直到 1307 年，收到孟高维诺几次请意大利商人带回的信件之后，教皇有感其传教业绩，允其信中所请，派遣意大利籍方济各会修士安德鲁（Andrea da Perugia，？—1332）等 7 人前往东方。1313 年，安德鲁等人艰难抵华，带来了教廷致元帝的书信，从此接受元廷的俸禄，并获准在华协助孟高维诺自由传教。此外，他们还带来了教廷任命孟高维诺为汗八里及东方总主教的好消息。有了教廷的实质性支持，孟高维诺如虎添翼，又派助手们在福建泉州建立了教区。

经过孟高维诺的苦心经营，天主教在中国逐步壮大。元代期间，罗马方面先后又派遣了哲拉德、裴来格林、安德鲁、马黎诺里等传教士来华，一时元代天主教渐渐兴盛[1]。

1. 参见 [法] 勒内·格鲁塞著、黎荔、冯京瑶、李丹丹译：《草原帝国》，北京：国际文化出版公司，2010 年版。

若望·孟高维诺卒于 1328 年，受到教内外人的普遍爱戴。去世之时，哀恸之人不绝于途。1368 年，明朝取代蒙古人统治中国，不再实施元朝那样的宗教政策，因此，孟高维诺的努力几乎全部付诸流水，直到 200 年后，明末耶稣会士来华，才重拾起天主教在华未竟的事业。

三、 《鄂多立克东游记》

当时除罗马教宗所派的传教士以外，意大利北部波尔德诺内（Pordenone）人鄂多立克（Odoric，1265—1331）是位方济各会的游僧，以浪迹天涯为其使命，云游四方。他于 1318 年从威尼斯出发开始他的东方之游，经君士坦丁堡、巴格达到达波斯湾，又过苏门答腊，经印度，

渡南海，由广东入中国，从 1322 年至 1328 年，他在中国
内地旅行达 6 年之久，游历了泉州、福州、杭州、金陵（南
京）、扬州、临清等地，历东胜（今内蒙古托克托县）、
甘肃、吐蕃（疑仅到过今青海境内）等地区，约于 1330 年
春回到本国。在去世前一年于病榻上口述下他的东方神奇
之旅。其书广为流传，他被西方誉为中世纪四大旅游家之一。

　　大约 1322 年，鄂多立克在广州登岸，他立即为广州密
集的人口、繁荣的经济以及港口众多的船只所惊叹。在回
忆录里，他提到该城市时称其为"一个比威尼斯大三倍的
城市，整个意大利都没有这个城的船只多"。他还对广州
居民所拜之神的数目之多而感到惊讶。接着，他前往当时
闻名世界的刺桐港（今泉州），在这里，他受到圣方济各
会教士的热情接待，使他对他的方济各会弟兄们建的大教
堂和山间的修道院称赞不已。刺桐的繁华给他留下了深刻
印象。之后他经过福州，越过险峻的仙霞岭，到达了杭州。
杭州更使他惊奇不已。他说："它是世界上最大的城市，
坐落在两湖之间。像威尼斯一样，处于运河和环礁湖之间。"

鄂多立克墓大理石浅浮雕：鄂多立克
为亚洲人布道

他在杭州碰到了一个由方济各会修士们劝说而皈依天主教
的蒙古人，鄂多立克立刻和他结成了好友。在蒙古人的帮
助下，鄂多立克得以访问一座佛教寺庙，并与庙中的和尚
们探讨了人类灵魂归属的问题。鄂多立克从杭州继续北上，
先后访问了金陵府（今南京）和扬州，并在扬州沿着大运河，
到达元朝的首都大都（今北京）。

　　他在大都大约住了三年多，在此期间，鄂多立克与孟
高维诺主教来往密切，曾在教会里担任教职，协助管理教
会事务。鄂多立克还得到了元泰定帝也孙铁木儿（1276—

1328）的接见。据他回忆：

大汗驻于此，有一座非常大的宫殿，围墙至少有四英里长，其中有许多较小的宫殿，帝王城是由若干同心的、渐次向外扩大的圆圈组成，每一圈城池内都有居民。在第二圈，是大汗及他的家人和随从们居住。在这一圈内，堆有一座人工小山，山上筑有主要的宫殿。小山上种着美丽的树，故名绿山。山周有湖和池塘环绕。一座极美的桥横跨湖上，无论是从它的大理石色泽的鲜艳，或者是建筑结构的精细上，都是我见过的最美的桥。池中有无数野鸭、天鹅和野鹅。大汗不需离开宫殿所在的圈，就可以享受打猎的乐趣，因为圈墙内有一个大公园，园内有许多野兽。

当大汗登上宝座时，第一位皇后坐在他的左手边，比他矮一级；接着在第三级是三个妃子。在妃子下面坐着王族的其他贵妇。大汗的右手边是他的长子，长子以下各级坐着宗王们……我，鄂多立克，在该城呆了三年半，陪伴方济各派修道士，他们在北京有一座教堂，甚至在大汗宫中担任一定官职。当我们一次又一次地去为大汗祝福时，我有机会了解到我所观察到的一切。……确实，我们中的一位弟兄是宫廷大主教，无论大汗何时出巡，他都给予祝福。有一次当大汗返回北京时，我和主教，以及方济各会教士们一起到离北京两天路程之远的地方去迎接他，快要接近时，我们在面前举起了一根长杆，杆头上系有一十字架，我们唱着"伏求圣神降临"，他坐在战车的王位上，当我们走近战车时，大汗认出了我们，把我们召到他身边。当我们靠近他时，他脱掉皇冠，它是无价之宝，在十字架前鞠躬。主教向他祝福，大汗虔诚地吻十字架。接着我把香插入香炉中，主教在王前焚香。但是，按宫廷礼节，没有人空手去见大汗，于是，我们呈上载满水果的银盘，他友好地接受了，甚至好像尝了尝水果。后来我们闪到路旁，以防被他身后的骑兵队撞伤，退到陪伴大汗的那些受过洗礼的大臣中（他们是皈依天主教的聂斯托里教的色目人）。他们像接受贵重礼物一样高兴地接受我们普通的礼物。

中国先进的驿站制度也让鄂多立克印象深刻：

信使骑着飞驰的快马，或疾走的骆驼。在他们接近那些驿站时，吹响号角，示意他们来到。驿站主听到号角后，让另一名使者骑上新的坐骑，接过信函后，他飞奔到

> 下一站，依次这样下去，于是，大汗在 24 小时之间可得到按正常推算需三天骑程之
>
> 远地区的消息。

1328 年，鄂多立克离开大都，启程回国。经天德（今河套）、陕西、甘肃而至西藏，然后经中亚、波斯、阿拉伯等地，于 1330 年回到意大利帕多瓦。回国后，他口述了旅行的所见所闻及传教经历，由他人记录著成《鄂多立克东游记》(*The Eastern Parts of the World*)，此书在欧洲广为流传。次年，这位伟大的传教士兼旅行家在乌迪内修道院逝世。

四、　《马黎诺里游记》

马黎诺里也是意大利的方济各会会士。元朝末年，马黎诺里应元顺帝之请，受罗马教皇派遣出使中国[1]。1338 年与三十余人同来，先至钦察汗国都城萨莱（今俄罗斯伏尔加格勒附近）

1.1333 年，孟高维诺去世的消息传到教廷，教皇于是任命方济各会会士尼古拉为汗八里总主教，率 20 名教士东来，但他们途中留居于阿力麻里，没有到大都，

谒见月即别汗，然后经察合台汗国都城阿力麻里东行，于 1342 年到达汗八里。他们受到元顺

教皇曾致信察合台汗国敌失汗感谢其对诸教士的优待。尼古拉死于 1338 年。大约 1340 年，主教理查德等七人在阿力麻里被害。此外，还有一位德国教士于

帝的隆重欢迎，被待为上宾。马黎诺里代表教宗送给元顺帝的名马引起朝中轰动，文人墨客

1330 年之前在中国某地传教。教会史书还记载有一位泉州主教于 1362 年在某地被害。

争相赋诗作画记其事，时人叹为盛事[2]。马黎诺里使团 4 年后才启程返国，行前元顺帝设宴欢

2. 详见本书第一章第五节。

送，赏赐物品、3 年费用和 200 匹马。他们经印度、斯里兰卡、霍尔木兹、巴格达、耶路撒冷、塞浦路斯回到欧洲，将元顺帝致教皇的国书进呈时任教宗克莱孟六世 (Clemente VI，1291—1352)。

蒙古帝国是人类史上唯一的将欧亚大陆连成一体的世界帝国。从中国的东海之滨到地中海的东岸，从中国的大都到伊斯兰的大马士革，从俄罗斯南部的平原到红海海口，一切道路都畅通无阻。海道安全，陆路平静，如史学家所说，当时人们就是头顶着一盘金子也能一路安全地从大地的东端走到西方。这是一个大旅行的时代，于是从亚美尼亚的海屯王爷到赤足横穿中国的大秦贫僧鄂多立克都来了，在蒙古帝国时期有几十人之多从欧洲来到东方，来到中国。他们的书信和游记像草原上的白云一样在中国和欧洲之间飘荡。欧洲人正是从这些游记和信简中雾里看花，渐渐从朦胧中走向现实。一个神奇遥远的中国时明时暗地呈现在他们的面前。

如果我们把这一时期的游记稍加归纳，就可以看到，他们的游记在以下三个方面的介绍比较突出。

第一，对中国社会、经济、文化生活有了更广泛的了解。这一时期来华的鄂多立克等人在其游记中介绍了广州、刺桐、福州、杭州、扬州、明州等多座中国的城市，其介绍范围之广是以前游记中所没有的。在谈到杭州时鄂多立克称之为"天堂之城"，"全世界最大的城市"，极言其盛。

他还谈到中国多彩的社会经济生活，说在广州有数不清的船舶，就是整个意大利的船加起来也没有广州的多；在契丹有鸡、有鹅、有鸭，甚至鲜美的蛇肉，想吃什么有什么。男女的服饰，渔民的鱼鹰，寺庙里的动物，吐蕃（西藏）的天葬，蛮子国（中国南部）民间富人的生活，这一切都在他的关注之中，他为欧洲的读者勾画了一幅中国的全景图画。孟高维诺感叹地说：

> 关于东方人的国土，特别是大汗的帝国，我可以断言，世界上没有比它更大的国家了。……据我见闻所及，我相信在土地之广、人口之众、财富之巨等方面，世界上没有一个国王或君主能与大汗陛下比拟。[1]

1. 道森编：《出使蒙古记》，第263页，北京：中国社会科学出版社，1983年版。

刺桐的主教裴来格林则认为：

> 如果我把这个伟大的帝国的情形叙述出来——其权力之巨大，其军队之众多，其领土之辽阔，其岁入之总额，其慈善救济之支出——人们是不会相信的。[2]

2. 道森编：《出使蒙古记》，第270页，北京：中国社会科学出版社，1983年版。

第二，对元朝的宫廷生活了解得较为深入。蒙古大汗这个曾使整个欧洲闻风丧胆的人，当时在西方是个神秘的人物，汗八里这座大汗之都对于欧洲人来说更是神秘莫测。这些传教士的游记则慢慢揭开了大汗和汗八里的神秘面纱。鄂多立克在介绍到大都时说，它有十二个城门，两个城门之间的距离有两英里，整个城墙加起来超过四十英里。大都城有内外两层，并且详细写道：

> 大汗及他的家人住在内层，他们极多，有许多子女、女婿、孙儿孙女；以及众多的妻妾、参谋、书记和仆人，使四英里范围内的整个宫殿都住满了人。

> 大宫墙内，堆起一座小山，其上筑有另一宫殿，系全世界之最美者。此山遍植树，故此山名为绿山。山旁凿有一池（方圆超过一英里），上跨一极美之桥。池上有无数野鹅、鸭子和天鹅，使人惊叹。所以君王想游乐时无需离家。宫墙内还有布满各种野兽的丛林；因之他能随意行猎，而不需要离开该地。总之他居住的宫殿雄伟壮丽。[3]

3. 耿昇、何高济译：《柏朗嘉宾蒙古行记 鲁布鲁克东行记》，第73页，北京：中华书局，1985年版。

鄂多立克还记载了大汗的出行、行猎等情况：

　　皇帝乘坐一辆两轮车，其中布置了一间极佳的寝室，均为沉香木和金制成，有大而精的兽皮覆盖，镶有很多珍宝。车子由四头驯养的和上笼头的大象拉曳，还有四匹披戴华丽的骏马。四名诸王并行，他们叫怯薛，保护和守卫车辆，不让皇帝受到伤害。……大汗要去狩猎时，其安排如下。离汗八里约二十天旅程之地，有一片美好的森林，四周为八日之程；其中有确实令人惊奇的大量形形色色的野兽。森林周围有为汗驻守的看管人，精心地给予照看；每三年或四年，他要带领人马到这片林子去。[1]

1. 耿昇、何高济译：《柏朗嘉宾蒙古行记 鲁布鲁克东行记》，第 73、78 页，北京：中华书局，1985 年版。

　　最后，这些传教士的信简展现了一幅元代天主教史的真实历史画卷。孟高维诺认为大汗"对基督徒非常宽厚"。马黎诺里说，他到汗八里后大汗对他们十分热情，他在大都还"和犹太人及其他各派宗教人士有过多次辩论，皆辩胜"。当时，在大都城内的天主教教堂的费用和传教士们的费用"皆有皇帝供给，十分丰富"。鄂多立克说他在"那座城市中住了整整三年；因为吾人小级僧侣在王宫中有指定的一席之地，同时我们始终必须尽责地前去为他祝福"。在皇宫中有基督徒、突厥人及偶像崇拜者。这充分说明了元代时在宗教信仰上的多元性和元朝的开放的宗教政策。《马黎诺里游记》（*Der Reisbericht des Johannes Marignolla*）对泉州作了这样的记载："刺桐城，这是一个令人神往的海港，也是一座令人惊奇的城市。方济各会修士在该城有三座非常华丽的教堂，教堂十分富足，有一浴室，一栈房，这是商人储货之处。还有几尊极其精美的钟，其中二钟是我命铸造的，在铸成悬挂时，举行了隆重仪式。其中之一，即较大者，我们决定命之为约翰尼纳，另一命之为安顿尼纳，皆置于萨拉森人居住地中心。我们于圣斯提凡祭日离开刺桐。"他们所见到的教堂，一所由阿美尼亚妇人所建，一所由方济各会泉州主教安德烈所建，鄂多立克到泉州时也见到一所教堂，另一所教堂不知谁建。这对研究元代方济各会在泉州的历史，具有重要的参考价值。说明当时泉州方济各会的传教士不仅布道，有的还积极参与商业活动。

　　孟高维诺等人的信件则真实反映了元代时景教和天主教之间的斗争。他说：

　　聂思脱里派教徒——他们自称为基督教徒，但是他们的行为根本不像基督教徒的样子——在这个地区的势力发展得如此强大，因此他们不允许奉行另一种宗教仪式的任何基督教徒拥有任何举行礼拜的地方，即使是很小的礼拜堂；也不允许宣讲任何与他们不同的教义。由于从来没有任何使徒或使徒的门徒来过这些地方，因此

> 上面提到的聂思脱里派教徒既直接地又用行贿的办法指示别人对我进行极为残酷的
>
> 迫害，宣布说，我并不是被教宗陛下派来的，而是一个间谍、魔术师和骗子。[1]

1. 道森编：《出使蒙古记》，第263页，北京：中国社会科学出版社，1983年版。

但是天主教仍在元代得到了较大的发展。孟高维诺说他已经为大约6000人受洗，北京已有了两座教堂；刺桐的安德鲁主教说那里也有一个很好的教堂，而且正在准备建新的教堂。此间他们最显赫的成就是让蒙古的一位王爷阔里吉思加入了天主教。

> 这里有一位阔里吉思王，信仰聂思脱里派的基督教……我来到这里的第一年，
>
> 他就同我很亲近。我使他改信了真正罗马天主教的正宗教义。他被授予较低的圣职。
>
> 我在举行弥撒时，他穿着庄严的法衣前来参加，因此其他聂思脱里派教徒们责备
>
> 他为背叛。然而，他劝导他的大部分人民皈依了真正的罗马天主教，并捐建了一
>
> 座壮丽的教堂，供奉上帝、三位一体和教宗陛下，并且按照我的建议，赐名为"罗
>
> 马教堂"。[2]

2. [英] 阿·克·穆尔著，郝镇华译：《一五五〇年前的中国基督教史》，第197页，北京：中华书局，1984年版。

这些方济各会修士们的记载已经被现代学者的研究所证实，元蒙时期是中国基督教发展的一个重要时期[3]。而从公元800年利奥一世（Leo I，440—461年在位）为查理曼大帝（Charles the Great，742—814）加冕以来，"欧洲之父"与"欧洲之王"一起带领欧罗巴走进千年中世纪，

3. 伯希和：《唐元时期中亚及东亚之基督徒》，见冯承钧译：《西域南海史地考证译丛》，北京：商务印书馆，1995年版；罗香林：《唐元二代之景教》，香港：香港中国学社，1966年版。

塑造了欧洲的性格。10世纪末期至12世纪初期，基督教世界在欧洲真正形成。教皇享有绝对权威，是唯一有权力向全欧洲发号施令的君主，拉丁语将欧洲的封建统治者们联系到一起，教堂和修道院是欧洲人生活的重要场所。13世纪的欧洲也正处于基督教的繁荣期，基督教世界在完成了自身的构建之后，开始谋求向外发展。经过十字军历时200年对伊斯兰人的东征，到15世纪末欧洲人发现新大陆对南美洲开展殖民，历史开始了一个新的篇章。

第三章　　《马可·波罗行纪》中的中国

从 13 世纪初期到 14 世纪中叶的百多年间，欧洲的商人、传教士纷至沓来，前往东方。上章介绍过的柏朗嘉宾、鲁布鲁克、孟高维诺等人是西方传教士东来的先驱，与之同时甚或更早，基于商业利益前往东方的商人们早已是趋之若鹜。凭借蒙古人的保护，中国东南沿海早已习见威尼斯商人的足迹，在商品经济繁盛的意大利，出现了一本专门向意欲前往中国经商者介绍各类经验的《商旅指南》，由佛罗伦萨人裴戈罗梯依据来往东西的商旅们介绍的亚洲商情汇总而成。书中就提到，前往中国的道路日夜都是安全的，中国城镇众多，都城商贾云集，国家强制性收纳白银而以纸币兑换进行贸易。这本商务手册至今还留存在当地的图书馆内。

意大利威尼斯人马可·波罗（Marco Polo, 1254—1324）只是元代来华的无数西方商人之一，但他身兼教廷宗教使命和个人商业目的于一身，成为此一时期来华之西人中最为世人所耳熟能详的代表性人物。他的传奇性经历汇集于其散文体的自传《马可·波罗行纪》（IL MILIONE）一书中，不仅廓清了从欧洲通往亚洲经两河流域、伊朗高原和帕米尔一路前往中国的地理路径，而且第一次从商人的视角为欧洲人深入报道了蒙古帝国真实的社会、经济、生活、历史、地理、军事等状况，为西方世界展开了一幅新颖神奇而变化莫测的全景东方画卷，他所介绍的中国的广阔疆域、丰富物产、奇异人文和灿烂文明更激励无数后来人以之为灯塔，踏上自西徂东新的冒险之旅。

《马可·波罗行纪》的产生并非偶然，有着其独特的时代特点。

11—13世纪，罗马教皇为扩张教廷势力，号召天主教国家联合起来，组成"十字军"，从穆斯林手中夺回"圣城"耶路撒冷；西欧各国封建王侯、骑士阶层同声相应，欲借机开拓领地；意大利重要的商业城市威尼斯、热那亚、比萨等，在东西方商贸中凭借中介地位赚取了大量利润，但是商人逐利的本性使得他们更希望能够依靠"圣战"击垮商业劲敌阿拉伯和拜占庭人，在地中海东部地区直接建立自己的商业据点，获取更多的商业利益；而一些饱受灾荒、失去土地的农民也指望立战功改变身份，跻身更高的阶层。经过200年的东征，至13世纪，十字军已成强弩之末　，且在8次远征中滞留东方的西欧贵族、僧侣骑士团与意大利商人之间也累积出各种矛盾。在深受其害的西亚、埃及、拜占庭等国的不断反击下，十字军东侵终以失败告终。

十字军的东扩不仅给当地人民带来深重的灾难，也让西欧各国的国计民生元气大伤，一片凋敝。不过，在战争中提供船只和海军、积极支持十字军的意大利的各海滨共和国，如威尼斯共和国、热那亚共和国、比萨共和国等，成为经年战事的实际受益者，它们如愿排挤了拜占庭和阿拉伯商人的势力，利用自身处于西方基督教世界和东方穆斯林世界交汇点的独特的地理优势获得长足发展，还在叙利亚地区建立了殖民地并行使种种特权，建立起其在地中海东部的商业霸权，进一步扩大了东西方的贸易往来。此时，鞑靼人建立的蒙古帝国正逐渐成为横跨欧亚大陆，领土从波罗的海到太平洋、从西伯利亚到波斯湾的大帝国。而在14世纪初，威尼斯更同蒙古约定，威尼斯商人能够在蒙古境内自由通商、贸易，并获得安全保险和税务优惠的特权。此后，意大利城邦国家基于资本的积累、经济的兴盛，又促发了文化艺术领域的井喷式繁荣，并引领整个西方世界进入一个崭新的黄金时代。

具体到文学创作领域，由于城市商品经济的繁荣，新兴资本主义的萌芽与发展对封建制度的冲击以及天主教会自身的腐败堕落，加以大量古希腊、古罗马艺术品和文化著作在东西交通中从东方返回西方，使得中世纪早期曾经盛行一时的神秘宗教故事和繁琐的神学辩论逐渐为表现现实生活的时事世情和与市民生活息息相关的罗马法研究让路，具有突破性的世俗精神越来越驱散开了宗教的迷雾。意大利中世纪的城市文学不仅记录了新生的各城邦国家所经历的路程和创造的功绩，也对市民阶层的生活与欲求进行了呐喊与追寻，因此，这类文学本身就具备了积极的人文主义萌芽因素和浓厚的现实主义韵味，是文艺复兴时期文学繁荣的先声。而马可·波罗的行纪作为意大利中世纪城市文学的代表，也同样顺应了这种文学潮流，不过他的创造性在于将城市文学的叙事角度转到了东方，以具有人文主义视角的商人式叙述，对那些遥远的国度、异域的城市进行了详尽的记载。而兴起于 13 世纪末意大利并迅速扩展到欧洲其他国家的文艺复兴运动，又使得这本"东方见闻录"的传播远胜于前，在印刷术尚未普及于欧洲的时代里，竟然出现了 140 多种各不相同的抄本，成为一本"世界奇书"，是欧洲从中古时代进入近代史时期的一本启蒙读物，笔触所至，种种难以想象、近于"荒诞"的东方奇景和高度富饶、文明开阔了西方人的眼界，激发出西方读者无尽的兴趣与遐想。15 世纪末，哥伦布携带着这本行纪扬帆远航，志在契丹却发现了新大陆；直到 18、19 世纪，仍不断有西方探险家循着马可·波罗的足迹东行，不断印证着行纪的真实性和马可·波罗的伟绩。

第一节 马可·波罗游中国

1092—1296 年的十字军东征消耗了欧洲人对于宗教战争的狂热，而军事冲突带来的文化交通使得东西方在商贸领域的需求日益增长。相较于东方而言，欧洲人对亚洲盛产的珍贵宝石、奇异香料和名贵丝绸等特产的渴望更为直接与热烈。而这样强烈的贸易需求则刺激着商人们不辞艰难地翻山越海，逐利而行。

正当此时，从蒙古草原异军突起的游牧民族骑着骏马，横冲直撞，一往无前，立志要让全世界都屈服于其马蹄之下。1215 年，为开拓和大波斯的贸易与外交，成吉思汗派出 400 多人的商队携带大量财宝前去中亚花刺子模缔结通商贸易协定。由于花刺子模国在中亚迅速崛起，骄横贪财，悍然杀死了蒙古汗国的数百名商人和后续交涉的大汗使臣，正在征伐金国的成吉思汗（1162—1227）一怒之下，于 1219 年亲自挥师西征之，波及印度、波斯诸国，并侵入俄罗斯。

1235 年，窝阔台汗又发动"长子西征"，命其长兄术赤之子拔都（1200—1255）统帅蒙古大军，第二次西征俄罗斯，建立了"钦察汗国"，又踏马东欧波兰、塞尔维亚、保加利亚、匈牙利等国，前锋直抵维也纳乃至威尼斯边郊。1241 年，蒙古大汗窝阔台的去世，才阻挡了鞑靼人的铁蹄继续蹂躏欧洲的步伐。因为蒙古人还保留着原始社会"推举制"的习俗，成吉思汗明令在大汗去世之后，家族的所有子孙都必须返回哈刺和林，参加新汗的推举，经过库力台大会，选择嫡子中最贤者即位。拔都无奈率军东返，此时，帝国的版图已经囊括了多瑙河和地中海以东的辽阔地区。

蒙古帝国版图

1251 年，拖雷系的蒙哥汗（1209—1259）接替窝阔台系的贵由汗（1206—1248）之后，继续开疆扩土，再遣其弟旭烈兀（1217—1265）征讨西亚、阿拉伯帝国半岛，1253 年旭烈兀征服波斯、阿拉伯、美索不达米亚及叙利亚，建立了伊利汗国。至 1259 年，蒙古人的第三次西征又因为蒙哥汗的去世戛然而止。其后忽必烈（1215—1294）与幼弟阿里不哥（1219—1266）争位，蒙古帝国最终分裂，才不复有大规模的西征之举。

蒙古人的三次西征虽然荼毒了欧亚世界的大量人口，但客观上也促进了伊斯兰世界、天主教世界与中国的往来。蒙古马蹄过处，东自中国、西抵多瑙河畔，各地无不沦为其属，东西交通也因此变为通途。中国接受了伊斯兰的天文历法、阿拉伯数字、医药学等，中国的印刷术、火药等也经蒙古西征而迅速传入欧洲。在此一时期，中西方商贸往来异常繁盛，而蒙古人的宗教宽容政策也保护和促进了中国多民族的宗教信仰自由。此时的威尼斯身为地中海地区最重要的商业城市，扼守着地中海中部的要塞地位，在前述蒙古人的西征中，意大利人与蒙古人已经发生过直接的接触。以至于在 13 世纪的意大利，很多父母给新生儿取名都选用威武的蒙古王之名。蒙古帝国贯通中西方交往要道之后，富有商业头脑、长于对外贸易又充满冒险精神的威尼斯商人更加频繁与深入地向东方前进，追逐更大的财富与荣耀，马可·波罗正是他们的集中代表。诚如张星烺先生所言："马可孛罗之得享盛名，经久不朽者，盖以能引起今日世界交通故也……马可孛罗不过商人之子，非有过人之才，及超人之智，而得享盛名者，完全风云际会使之也。造此风云际会者，蒙古人也。马可孛罗能有此便利，由欧洲直达中国，沿途无语言之不通，国际障碍之苦，而反有军队保护，供给饮食之便者，则为古今未有之蒙古大帝国之树立也。……有此交通之便，而马可孛罗乃利用之壮游世界，饱其眼福，成其盛名。"[1]

1. 张星烺：《欧化东渐史》，第 136—137 页，北京：商务印书馆，2000 年版。

在旭烈兀大军挥师西进的 1254 年，马可·波罗在意大利水城威尼斯呱呱落地。此时，他的父亲尼古拉·波罗（Nicolas Polo）正同叔父马窦·波罗（Matteo Polo）一道在外行商。波罗家是威尼斯有名的商人世家，祖上还曾有人担任过威尼斯共和国的议员。到了其父亲这一辈，兄弟二人早年就出门在外，长途旅行，去东方进行贸易。小马可出世后，长期出外经商、顾不上回家探视的二人全然不知。1260 年，蒙古人向西的马蹄声刚刚平息，他们就在君士坦丁堡购买了一批珍宝，渡过黑海至克里米亚，继续前行到达钦察汗国的都城萨莱，进献所货西方珍宝于别儿哥汗，备受优待，获得丰厚的回赠。次年，因为钦察汗国别儿哥汗与伊利汗国旭烈兀汗

2. 关于此战，在《马可·波罗行纪》的第四卷第 217—223 章中有详细记载。

发生冲突[2]，钦察汗国战败，使得波罗兄弟西归路途凶险无比。他们经过商议，决定继续东行，

从钦察汗国的边境穿越荒无人烟的沙漠，到达察合台汗国
境内的不花剌城（今乌兹别克斯坦的布哈拉）。因为道路
依然不靖，他们留居此城三年，在此期间学会了鞑靼人的
语言。直到伊利汗国旭烈兀遣使节前往上都开平府（今多
伦）朝见蒙古大汗忽必烈，经过不花剌时见到这来自意大
利的兄弟二人，旭烈兀的使臣力邀其一道往谒大汗，告诉
他们忽必烈汗从没见过拉丁人，一定会对其厚加赏赐，并
承诺保护他们一路平安。波罗兄弟正在进退维谷之际，蒙
约便欣然同行，经过一年，到达大汗所在。

忽必烈果然非常高兴地接见了两名来自异域的威尼斯
商人。他详细地向他们询问了西方世界的情况，尤其关注
欧洲各国君主如何治理国家、决断狱讼、解决战事和其他
各项事务，对各国的封建等级制度也颇感兴趣。他还了解
了有关罗马教廷和教皇的情况。听取完波罗兄弟的陈述，
忽必烈决定派遣自己的使臣和他们一道出使教皇国，向教
宗呈递书信，请其召集 100 名通晓伦理学、修辞学、几何学、
天文学、辩论术和音乐等七门西方学术的博学之士前来蒙
古，申明基督教的正统地位。此外，还嘱咐他们去耶路撒
冷的圣墓，取耶稣墓前的灯油回来。大汗赐给他们在蒙古
帝国畅通无阻的金牌，保证其沿途的安全和马匹、饮食等
供给。

忽必烈像

然而大汗的使节并未完成任务，因病半道而止，他委
托波罗兄弟转呈致教廷的国书。

又是 3 年风霜雨雪，1269 年，兄弟俩终于抵达地中海
东岸十字军最后的堡垒——叙利亚的阿迦港。在那里，他
们得知宗座出缺，教宗克莱蒙四世（Pope Clement IV，

1190—1268）已经去世一年，而教廷尚未选出继任者。于是波罗兄弟将使命禀明教廷大使、耶路撒冷主教特巴尔多·维斯孔蒂（Tebaldo Visconti）后，归省威尼斯。在故乡，尼古拉见到了年已舞象且经丧母之忧的马可·波罗。

波罗一家焦急地在家乡盘桓了两年，新教宗人选仍未确立。他们既担心不能及时完成忽必烈大汗的使命，又惋惜坐失的商业机遇。于是，波罗兄弟带着 17 岁的马可·波罗离开威尼斯，回到阿迦港，再度求见维斯孔蒂大使，请求先赴耶路撒冷圣墓取灯油并东归，以免耽误了忽必烈汗的嘱托。维斯孔蒂大使允之，并且为他们出具致大汗的书信，说明事由。

1271 年，忽必烈建立大元。是年 9 月 1 日，维斯孔蒂大使意外获选为新任教宗，是为格列高利十世（Gregory X，1210—1276）。格列高利十世急派人召回已行至亚美尼亚的波罗一行。三人奉教宗之命折回阿迦，接受祝福并领取教宗复函和礼物，回中国复命。教宗派遣了 2 名传教士随同他们一起前往蒙廷。中途遇到巴比伦王入侵亚美尼亚，两名教士畏葸不前，又如之前蒙古使臣一般，将主上的函件委付波罗兄弟代为呈递。

父子叔侄三人和十几位旅伴于是再历 4 轮寒暑，经两河流域，过巴格达，沿波斯湾至霍尔木兹，向东穿越伊朗荒漠和帕米尔高原，一路历经无数艰险，终于进入中国境内的可失合儿（Kachgar，新疆喀什）。见识了忽炭（Khotan，和田）美玉栖息的河床、丰饶的棉田和果园后，他们又经鬼音缭绕的罗不（Lop，罗布泊）大沙漠至满布偶像的沙洲（敦煌）、以妻留客的哈密（Camul）、"塞上江南"甘州（Campicion，张掖）、额里漱（Erginl，即凉州，今武威），又途经"长老约翰"[1] 的故地天德州（Tenduc），终于在 1275 年夏到达了忽必烈的避暑胜地驻夏之所——上都。在此之前，大汗已经知道他们返回的消息，派使臣在四十日程的距离之外迎接。

1. 长老约翰又称祭司王约翰（Presbyter Johannes），是 12—17 世纪欧洲传说中的神秘东方基督教君王，他是耶稣诞生时来朝拜他的东方三王后裔，统领众多马曾传教的异教徒富庶之地。他捍卫基督教，曾大破波斯军队。

尼古拉和马窦兄弟偕小马可一同进宫，向忽必烈大汗复命。大汗见到教皇的回函与赠礼甚喜，对马可·波罗也颇为喜爱。波罗一家不辱使命，深受忽必烈的器重，被大汗留在身边。马可·波罗天资聪颖，掌握了蒙古语、波斯语等 4 种语言，和父、叔一道留居中国十七年。他常常揣摩忽必烈的嗜好，为其讲述乐闻之事。意大利人的健谈甚为投合忽必烈的口味，所以常派遣他出使各地，以便其归来后为自己讲述各地奇闻。马可·波罗是否真如其言担任过扬州官员，并出使过西南、江南甚至海外的越南半岛、马来群岛等，目前尚难定论，但他的足迹确曾到过这些地方应毋庸置疑。中国的锦绣江山令他留连，幅员辽阔、物产丰饶、风俗各异的新疆、甘肃、内蒙、山西、陕西、四川、云南、山东、江苏、浙江、福建各省使本已见过大世面的威尼斯人目不暇给。他又添油加醋地将所见所闻向忽必烈大汗汇报。后者安居北京便等同亲至，陶醉于几代人戎马倥偬的赫赫战果和大元朝的繁荣富强，越发对这几位意大利人优待有加，不舍得让他们离开身边太久。以至于三人受隆恩之累，数次请求，都未能获准离开元廷，归乡之日遥遥无期。商贾出身的他们与明清时期效力宫廷的传教士们的处境和思维可不一样，波罗一家担心的是，一旦大汗身故，新汗难如忽必烈汗般宠信自己，那时候再获准回国，则归程所能受到的优待、出外 20 余年的收获和荣耀将大打折扣。然而此时命运再一次眷顾了马可一家。

伊利汗国阿鲁浑（1258—1291）的汗妃忽勒塔黑哈敦 1286 年去世，临终恳求后位须由其同族女子继承，阿鲁浑应允并遣使者兀刺台、阿卜思哈、火者率队前往大都向忽必烈陈情。元世祖忽必烈遂于 1290 年为其指婚卜鲁罕族之女阔阔真继任新后。

三使者在大都期间，适逢马可·波罗自东印度出使归来，因得相识。伊利汗国的使者正发愁归途战事不宁，忽见这来自西方、又刚出使印度洋归来熟悉海道的聪明人物，不禁大喜，恳请忽必烈汗派马可·波罗等人为他们指引道路，共同护送 17 岁的阔阔真赴伊利汗国完婚。在这样的情势下，元世祖不得不忍痛割爱，放马可·波罗一家西行，并大度地允诺他们功成后可以转道欧洲，荣归故里。

这一行 600 余人携带着忽必烈汗的金牌和大量珍贵贺礼，又备足够应付 2 年航程的粮食，浩浩荡荡地分乘 13 艘精美彩船，从泉州起航。根据马可·波罗的导引，他们一路乘风破浪，3 月后抵爪哇，又航行了 18 个月，绕马六甲海峡，过苏门答腊、印度，在 1292 年底终于安全抵达扼守波斯湾出口的伊利汗国忽里模子港（今伊朗阿巴斯港）。怎奈遣使求亲的阿鲁浑汗 1 年前已经过世，此时汗位上坐着的是其弟乞合都（1291—1295 年在位）。乞合都便命使团将阔阔真送至阿鲁浑长子合赞（1295—1304 年为伊利汗国汗王）处，与其成婚。

波罗一家至此终于功成身退，一身轻松地敲打着蒙古的金牌，带上蒙古君王的赏赐和沿途购置的货物，从伊利汗国都城帖必力思（今伊朗大不里士）出发，经陆路转乘船到达君士坦丁堡（今伊斯坦布尔），于 1295 年返回阔别 24 载的家乡威尼斯。

第二节　《马可·波罗行纪》的内容

《马可·波罗行纪》[1]是波罗一家返回欧洲后对其东

1. 据冯承钧译、东方出版社 2011 年版。

方见闻的回忆性游记，执笔者并非马可·波罗本人。他们
回到威尼斯时，旧居里早已住进了以为他们不在人世的亲
戚。费尽口舌，又展示了无数从东方带回的奇珍，身着鞑
靼服饰的马可·波罗他们才证明了自己的"正身"。一时
间，他们成为威尼斯街谈巷议的传奇富豪。和威尼斯城邦
的其他富商家一样，波罗家也购置了新的商船，组织起一
支小商队。次年，威尼斯和劲敌热那亚为争夺海上贸易权
与通道开战，马可·波罗不甘落后，带领自家的商船加入
威尼斯的舰队，却因战事失利被俘，囚于热那亚的狱中。

不幸中却也隐藏着幸运，无聊的铁窗生活让他与狱友、在
热那亚与比萨间的梅洛里亚海战中成为战俘的比萨人鲁恩
蒂谦熟识起来。为了打发难熬的囹圄时光，马可·波罗常
向狱友讲述自己在东方的冒险之旅。鲁恩蒂谦对马可·波
罗的经历大感兴趣，加上他入狱前就曾写作过一些小说、
诗歌作品，眼见如此传奇的素材就在眼前，当然不会放过，
于是便断断续续将马可·波罗游历东方的事迹记录了下来。
于是在 1298 年，便有了马可·波罗口述、鲁恩蒂谦笔录的
旅行记录《马可·波罗行纪》（又名《马可·波罗游记》《东
方闻见录》《寰宇记》），震惊世界的"一代奇书"就此
问世了。

全书分 4 卷，共 229 章，第 1 卷记载马可·波罗父、
叔初至中国、受命赴教廷，完成使命后携小马可东返至上

马可·波罗像

都之事，并详述了他们沿途的见闻，兼及成吉思汗的事迹和鞑靼人的风习。第 2 卷 82 章主要叙中国事，记述蒙古大汗忽必烈及其宫殿都城、朝廷政府、节庆游猎等情况，以及自大都南行至契丹省西南涿州、太原府、京兆府、关中州、成都府、吐蕃州直至缅国沿途的见闻，还有南方蛮子省的扬州、南京、镇江、苏州、杭州、福州、泉州等地的情状。第 3 卷记载日本、越南、东印度、南印度、印度洋诸岛屿和沿岸及非洲东部的地理风俗。第 4 卷则记君临亚洲之成吉思汗"黄金家族"后裔诸鞑靼王公之间的战争和亚洲北部各国概况。每卷下各章分别记述他们行经某地的风土人情或者相关的重要史事传说。所记国家、城市数百，凡地理气候、历史掌故、商贸物产、宗教人文等无所不及。作为一名在蒙古大汗和罗马教皇之间奔走的使臣，马可·波罗自负于其使命，对各地的宗教状况颇多关注；而商人本色则注定其对于关涉到经济利益的地理交通、商业信息着重记述；行走东西的广阔视野又使其对于所见各地的居民特点不吝笔墨。这些都构成了《马可·波罗行纪》的重要内容流传后世，成为考察当时东方世界状况的重要史料。相较于当时城市发展规模极其有限的欧洲，东方国家的富庶和发达令马可·波罗津津乐道，也使他的读者对其书疑信交加，欲罢不能。

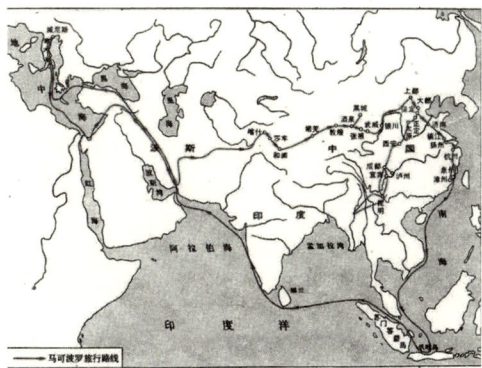

马可·波罗旅行线路

正因为此，《马可·波罗行纪》才不厌其烦地在《引言》中声明所著的真实性和权威性：

　　欲知世界各地之真相，可取此书读之。君等将在其中得见所志大阿美尼亚、波斯、鞑靼、印度及其他不少州区之伟大奇迹，且其叙述秩次井然，明了易解：凡此诸事，皆是物搦齐亚贤而贵的市民马可波罗君所目睹者，间有非彼目睹者，则闻之于确实可信之人。所以吾人之所征引，所见者著明所见，所闻者著明所闻，庶使本书确实，毫无虚伪。有聆是书或读是书者，应信其真。盖书中所记皆实，缘自上帝创造吾人始祖

阿聃以来，历代之人探知世界各地及其伟大奇迹者，无有如马可波罗君所知之广也。

故彼以为，若不将其实在见闻之事笔之于书，使他人未尝闻见者获知之，其事诚为不

幸。余更有言者，凡此诸事，皆彼居留各国垂二十六年之见闻……[1]

1. 冯承钧译：《马可波罗行纪》，第 3 页，北京：东方出版社，2011 年版。

马可·波罗一行神奇的东方之旅由此拉开帷幕。关于他们的行踪所至，上节已有简介，在此我们不妨管中窥豹，见其数斑。

第 1 卷中，当他们踏上忽必烈汗的领土，所见之喀什是如下的风貌：

……最大而最丽者，即是可失合儿本城……居民为工匠商贾。有甚美之园林，有

葡萄园，有大产业，出产棉花甚饶。有不少商人由此地出发，行经世界贸易商货。居

民甚吝啬窘苦，饮食甚劣。此地有不少聂思脱里派之基督教徒，有其本教教堂。国人

自有其语言，地广五日程。[2]

2. 冯承钧译：《马可波罗行纪》，第 99 页，北京：东方出版社，2011 年版。

从此一例可见，举凡地理物产、城市特色、居民生活、宗教信仰等，在马可·波罗笔下都会加以详述。至于那些有特殊出产之地，如培因（Pein）州"有河流经行城下，河中产碧玉及

3. 冯承钧译：《马可波罗行纪》，第 106 页，北京：东方出版社，2011 年版。

玉髓甚丰"[3]，车尔成（Ciarcian）州"境内河流中有碧玉及玉髓，取以贩卖契丹，可获大利"[4]，

4. 冯承钧译：《马可波罗行纪》，第 112 页，北京：东方出版社，2011 年版。

更不会被威尼斯商人漏述。

而楼兰的特产石棉也让西来的商人惊讶不已：

（欣斤塔剌思州）北边有一山……其矿可制火鼠。

须知此火鼠非兽，如我辈国人之所云，实为采自地中之物……

由其性质，此物非兽无疑，盖凡动物皆为四元素所结合，不能御火也……取此物

碎之，其中有丝，如同毛线。曝之使干，既干，置之铁臼中。已而洗之，尽去其土，

仅余类似羊毛之线，织之为布。布成，色不甚白。置于火中炼之，取出毛白如雪。每

次布污，即置火中使其色白。

……君等应知大汗曾将一极美之火浣布献之罗马教皇，以供包裹耶稣基督圣骸之

用。[5]

5. 冯承钧译：《马可波罗行纪》，第 129 页，北京：东方出版社，2011 年版。

欧洲人"四元素说"的知识结构使得马可·波罗认定，火鼠是兽；然而眼见为实，他又不得不承认此物出于地下，其实非兽。不过商人总是圆滑的，是兽非兽可以姑且不论，但是详细介绍此物复杂的出产过程和特性则是必不可少，而且还需加以此物曾由蒙古汗进贡给尊贵的教

皇之轶闻，方能抬高奇货的身价。

身为天主教徒，每至一地，马可·波罗都会情不自禁地记下当地的宗教状况，以宗教信仰划分当地居民，并寻找不同宗教间的差异。如在甘州，他就观察到当地有基督教徒和回教徒，城中有三所壮丽的教堂，但大多数居民都是偶像崇拜者，"偶像教徒依俗有庙宇甚多，内奉偶像不少，最大者高有十步，余像较小，有木雕者，有泥塑者，有石刻者，制作皆佳，外傅以金，诸像周围有数像极大，其势似向诸像作礼"[1]。同时，偶像教徒也不同于基督徒，普通人根据财

1. 冯承钧译：《马可波罗行纪》，第136页，北京：东方出版社，2011年版。

力可以娶甚至多达30房妻妾，而正妻地位最高。此外，他对"居民淫佚"的西夏地区女子的美貌也专门作了介绍。

在敦煌，浓厚的佛教氛围和奇异的习俗让反对偶像崇拜的天主教徒马可·波罗等人置身其中也为所染，花费了不少笔墨：

（沙洲）其偶像教徒自有其语言……境内有庙寺不少，其中满布种种偶像，居民虔诚大礼供奉……

君等应知世界之一切偶像教徒皆有焚尸之俗。焚前，死者之亲属在丧柩经过之道中，建一木屋，覆以金锦绸绢。柩过此屋时，屋中人呈献酒肉及其他食物于尸前，盖以死者在彼世享受如同生时。迨至焚尸之所，亲属等先行预备纸扎之人、马、骆驼、钱币，与尸共焚。据云，死者在彼世因此得有奴婢、牲畜、钱财等若所焚之数。柩行时，鸣一切乐器。

其焚尸也，必须请星者选择吉日。未至其日，停尸于家，有时停至六月之久。

……停丧之时，每日必陈食于柩前桌上，使死者之魂饮食……其尤怪者，占人有时谓不宜从门出丧，必须破墙而出。此地之一切偶像教徒焚尸之法皆如是也。[2]

2. 冯承钧译：《马可波罗行纪》，第123—124页，北京：东方出版社，2011年版。

这样详细的关于偶像教徒宗教礼仪的记录在西方人的中国游记中是前所未见的，敦煌佛教徒的丧葬风俗如巫师占卜、停尸、丧柩穿墙等必定会让西方读者大吃一惊。而哈密地区男子逢远客至则将女眷留以待客，违之则恐不吉，甚至连蒙哥汗的禁令都因之废弛。如此奇闻，也难怪很多西方读者会将游记的内容看作天方夜谭了。

马可·波罗还对欧洲人曾以为救星的"长老约翰"之地及其后裔做了介绍，不过他显然并未弄清楚"长老约翰"究属何人，将其错认作西蒙古克烈部的王罕。

对于让欧洲人谈虎色变的鞑靼人第一汗，"大勇大智大有手腕"[1]的成吉思汗，马可·波

1. 冯承钧译：《马可波罗行纪》，第 145 页，北京：东方出版社，2011 年版。

罗用了大量篇幅来介绍他的事迹，尤其是他与西方传说中的东方基督教之王"长老约翰"之间的争战。此外，对于鞑靼人的各种风习，他也从宗教、婚姻、狱讼、饮食等方面一一加以说明。

直至他们的足迹到达上都，游记的内容才从见到忽必烈汗开始转入第二卷的叙述。他首先称颂了"诸君主之君主"[2]忽必烈汗的伟业，从第 76 章开始，又用了 4 章追述大汗讨伐乃颜之

2. 冯承钧译：《马可波罗行纪》，第 185 页，北京：东方出版社，2011 年版。

叛的战事。接下来，马可·波罗大肆铺张地描述了大汗对基督教的宽容和对揶揄基督教之人的斥责，赞扬他容忍一切宗教如基督教、犹太教、回教、佛教等。对大汗的体貌风仪、宫廷建筑、后妃皇子、禁卫仪仗、寿诞节庆、封爵行猎、朝会起居等娓娓道来。而元都"君主城"汗八里的格局、组织、贸易、户口等，也一一行之其笔下。对于令人震惊的刺杀阿合马事件，他专门做了记录，并宣称"此种事变经过之时，马可波罗阁下适在其地"[3]。

3. 冯承钧译：《马可波罗行纪》，第 218 页，北京：东方出版社，2011 年版。

在马可·波罗的回忆里，读者看到了"人类元祖阿聃以来迄于今日世上从来未见广有人民、土地、财货之强大之君主"[4]，大汗亲征时乘坐四头金辔银挽大象承之、高树旗帜的大木楼；汗

4. 冯承钧译：《马可波罗行纪》，第 185 页，北京：东方出版社，2011 年版。

八里大汗宫廷的广大璀璨，中有遍植果树、放养珍禽异兽的草原和美丽的大湖、山丘、金殿；忽必烈生日时的铺张，"从未见有皇帝、国王、藩主之殷富有如此者……其事之奇，其价之巨，非笔墨所能形容者也"[5]；而年终时举国衣白色吉服，"臣属大汗的一切州郡国土之人，大献金

5. 冯承钧译：《马可波罗行纪》，第 250 页，北京：东方出版社，2011 年版。

银、珍珠、宝石、布帛，俾其君主全年获得财富欢乐……一切国王、藩主，一切公侯伯男骑尉，一切星者、哲人、医师、打捕鹰人，以及附近诸地之其他不少官吏，皆至大殿朝贺君主。其不能入殿者，位于殿外君主可见之处……"[6]"大汗待遇其一万二千委质之臣名曰怯薛歹者……赐

6. 冯承钧译：《马可波罗行纪》，第 226 页，北京：东方出版社，2011 年版。

此一万二千男爵袍服各十三次……此种袍服上缀宝石、珍珠及其他贵重物品……金带甚丽，价值亦巨，每年亦赐十三次……"[7]由马可·波罗惊叹的语调，可以看出广有天下的元世祖之煊

7. 冯承钧译：《马可波罗行纪》，第 228 页，北京：东方出版社，2011 年版。

赫一时和他为了巩固统治对蒙古贵族常年的厚赐与笼络。在他的治下，无人敢捕杀禁苑圈养的猎物或冒死往采建都湖中大汗禁采的珍珠[8]，汗八里贸易发达户口繁盛乃至于 2 万多名妓女都

8. 冯承钧译：《马可波罗行纪》，第 292 页，北京：东方出版社，2011 年版。

能靠缠头过活，纸币通行全国人人都得接受使用，不征其税而另有赐给得大汗使臣铺卒可一日奔行 10 日程途之地，歉收畜疾之时大汗散麦赠牲、广施赈恤，一切要道之上遍植大树供旅人歇阴识途……在蒙古人马鞭扬举的范围里，道路康靖，税收繁盛，元廷的财富易于集聚也慷慨地挥洒。

然而元朝的建立者因横扫欧亚少有敌手，而南宋顽强抵抗蒙古军队 50 余年，蒙哥汗甚至围困合州（今重庆市合川东）时因伤而亡，所以忽必烈对汉人和南人采取歧视和压迫政策，因此不得汉民族的人心。而马可·波罗来华之前和抵达之初，正逢忽必烈攻襄阳、占临安，并不断追击南宋宗室余部，直至 1279 年，元军与宋军在厓山决战，才彻底灭亡南宋。此时，宋军一路颓势，士气大跌，城池尽失，这些都在游记中有所体现。

关于南宋地区，马可·波罗认为宋主之富仅次于大汗："蛮子大州有一国王，名称法黑福尔，甚强大，广有财货、人民、土地，世界君主除大汗外无有及之者"[1]，"国王财货之重，竟至不可思议"[2]，他记录下了南宋的"养恤"制度，提到国君每年收养弃婴两万人；南宋都城一派繁华富足，文明程度极高："凡有房屋悉皆壮丽。别有巨大宫殿邸舍无数"[3]，"国王治国至公平，境内不见有人为恶，城中安宁，夜不闭户，房屋及层楼满陈宝贵商货于其中，而不虞其有失。此国人之大富与大善，诚有未可言宣者也"[4]。

1. 冯承钧译：《马可波罗行纪》，第 342 页，北京：东方出版社，2011 年版。
2. 冯承钧译：《马可波罗行纪》，第 343 页，北京：东方出版社，2011 年版。
3. 冯承钧译：《马可波罗行纪》，第 343 页，北京：东方出版社，2011 年版。
4. 冯承钧译：《马可波罗行纪》，第 343 页，北京：东方出版社，2011 年版。

但他也看到了南宋君主庸聩，重文轻武导致国富兵弱，沦于敌手："其所顾及者，惟诸妇女及赈恤其贫民而已"[5]，"此国之人非战士……全境之中无马，其民未习战争武器，亦不谙兵术。此蛮子地域是一防守坚固之地，盖所有城市皆以水环之，水深，而宽有一矢之远，仅有桥可通，脱其民为战士，将永不至于陷落……"[6]

5. 冯承钧译：《马可波罗行纪》，第 342 页，北京：东方出版社，2011 年版。
6. 冯承钧译：《马可波罗行纪》，第 342 页，北京：东方出版社，2011 年版。

感叹过南宋以如许富庶且有地形之利却也亡于元军铁骑之后，马可·波罗继续向读者介绍该地区各大城镇的繁荣[7]。

7. 其中，马可·波罗提到自己曾奉大汗命治理扬州 3 年，并为元军围困襄阳制造投石机。此二说因过于自夸且缺乏有力证据，成为后人讪笑"百万先生"的重要原因之一。

"苏湖熟，天下足"，马可·波罗记载了种植业发达的南宋地区盛产稻米、棉花，沿江、沿海商港遍布，工匠精于造船、制瓷、造纸和印刷。

"上有天堂，下有苏杭"，在马可·波罗的回忆里，瓜州（今扬州市南）直达汗八里的运河，镇江府的聂斯脱里派礼拜堂，苏州城的六千石桥，行在城（今杭州）一万二千石桥，西湖沿岸及岛内的华美宫殿和壮丽邸舍，众多的庙宇、街市、瓦肆和浴池，以及避火的石塔、防乱的警报土丘等，都通过他的眼见口述，一一展现在读者面前。

……抵极名贵之行在（Quinsay）城。行在云者，法兰西语犹言"天城"……谓其为世界最富丽名贵之城，良非伪语……

此城尚有出走的蛮子国王之宫殿，是为世界最大之宫……内有世界最美丽而最堪娱乐之园囿，世界良果充满其中，并有喷泉及湖沼，湖中充满鱼类。中央有最壮丽之宫室，计有大而美之殿二十所，其中最大者，多人可以会食。全饰以金，其天花板及四壁，除金色外无他色，灿烂华丽，至堪娱目。[1]

1. 冯承钧译：《马可波罗行纪》，第 371—373 页，北京：东方出版社，2011 年版。

身居此地的居民则是"面白形美，男妇皆然……妇女皆丽，育于婉娩柔顺之中，衣丝绸而带珠宝……行在城之居民举止安静，盖其教育及其国王榜样使之如此……互相亲切之甚……待遇妇女亦甚尊敬，其对于已婚妇女出无耻之言者，则视同匪人……"[2]，社会文明程度极高，诚然礼仪之邦。

2. 冯承钧译：《马可波罗行纪》，第 378 页，北京：东方出版社，2011 年版。

马可·波罗称长江"是世界上最大的河流"，南宋的宫室是"世界最大之宫"，此类描述俯拾皆是的结果是使得其读者对于马可·波罗所言之真伪心存质疑。杭州城在南宋人口百万，其时威尼斯作为欧洲最繁华的城市，人口只及杭州的十分之一。而动辄以威尼斯最大的计量单位形容其在中国见闻的马可·波罗以这样渲染的语调来描述他眼中的天堂之城，激起读者心中对中国无限的向往，但又使他们对待马可·波罗的游记是喜闻乐见却难以置信，而马可·波罗本人则至死坚称，关于契丹和蛮子，他说出的远不止他亲眼所见亲耳所闻的一半。

南宋地区之外，好酒的意大利人不忘记录契丹地区放置了不少香料的米酒，称"其味之佳，非其他诸酒所可及……其味极浓，较他酒为易醉"[3]；他也敏锐地提到了中国的煤炭："契丹全境之中，有一种黑石，采自山中，如同脉络，燃烧与薪无异……火力足，而其价亦贱于木"[4]；

3. 冯承钧译：《马可波罗行纪》，第 258 页，北京：东方出版社，2011 年版。

4. 冯承钧译：《马可波罗行纪》，第 259 页，北京：东方出版社，2011 年版。

而吐蕃地区燃烧青竹使其爆裂，以爆竹声驱赶野兽的趣闻和室女婚前须与新郎之外的男子共寝过并获取赠物为凭方显珍贵的奇俗等也为马可·波罗所津津乐道，其地"饶有金沙"、"肉桂繁殖，珊瑚输入"，"并繁殖不少香料，概为吾国所未见"的商业情报也无一不形之其笔下；建都州[5]与哈密州同样的以家中女眷留客而男主人回避不敢归的陋习也被马可·波罗不厌其烦

5. 治所在今四川省西昌市，辖大渡河以南、金沙江以北、大凉山以西、大雪山及木里以东地。

地又一次详细讲述；哈剌章州（即大理国，今云南大理）人食生肉、信巫师，该地多山林、出毒蛇，空气瘴疠还常杀外来之人，但因云南盛产金块而无银矿，金银兑换率为 1 比 5，所以商人往往不避险恶携带白银至此换成黄金以获利，而在水城威尼斯用作狗项圈的海中白贝被当地人也用作货币；金齿州的男人则人人都将上下齿装饰金牙套，妇女产子后立即工作，"产妇之夫则抱子卧床四十日"坐月子受庆贺。诸如此类有趣的记载比比皆是，除了马可·波罗最不肯放过的珍珠、宝石、金银等出产外，在中国他还十分关注某地盛产大黄、生姜、丝绸、香料甚

至野味等，或某地擅长制盐、造船、贸易，这样大量的商业信息之外，有关幅员广大的中国各地区民俗的记述更为马可·波罗的回忆增添了别样的色彩，丰富了游记的内容。

第三节　《马可·波罗行纪》的特点

在中世纪的东方游记中没有任何一本游记的影响能和《马可·波罗行纪》相媲美，这位因东方而致富的百万富翁因为此书的流传而成为整个西方家喻户晓的人物。《马可·波罗行纪》的魅力何在？为什么它在中世纪牵动了那么多西方人的心？我们必须将其放在西方认识中国文化的历程中加以考察。

《马可·波罗行纪》是西方认识中国历程中里程碑性的著作，它是第一部全面、深入介绍中国的游记。"他的书为西方人对完全是另一个世界的含混、笼统的了解提供了一线光芒……"[1]

1. 中国国际文化书院编：《中西文化交流的先驱——马可·波罗》，第 8 页，北京：商务印书馆，1995 年版。

西方学术界的主流一直认为这本书是真实可靠的，尽管有些不实之言，但他们一直把《马可·波罗行纪》作为研究蒙古帝国和中西文化交流史的重要文献[2]。近年来否定这本书的真实性的观点再次出现[3]，作为学术研究这是正常的现象。笔者认为从学术上来看，这本书基本是

2. 1938 年伯希和和穆尔出版了英文的整理版，后伯希和自己又出版了《马可波罗注》，著名中西交通史研究专家裕尔也出版了自己的注释本。

3. 王育民：《关于〈马可波罗游记〉的真伪问题》，载《史林》，1988 年第 4 期；吴芳恩（Frances Wood）：《马可波罗到过中国吗？》，北京：新华出版社，1997 年版。

属实的，如杨志玖先生所说："马可·波罗书中记载了大量的有关中国政治、经济、社会情况，人物活动和风土人情，其中大部分都可在中国文献中得到证实，随着研究的深入，还可继续得到证实。其中不免有夸大失实或错误等缺陷，但总体上可以说是基本属实的。"[4]杨志玖先生

4. 中国国际文化书院编：《中西文化交流的先驱——马可·波罗》，第 8 页，北京：商务印书馆，1995 年版。

早在 1941 年就第一次从中国文献中找到和《马可·波罗行纪》完全相应的文献，证实了马可来华的真实性，当年向达先生认为杨志玖的文章为"《马可·波罗行纪》的真实性提供了可靠的证据"[5]。根据学者们的研究，《马可·波罗行纪》中确有不实之词，但书中所记载的大量的

5. 杨志玖：《关于马可波罗离华的一段汉文记载》，载《文史杂志》，1941 年第一卷第十二期；向达先生的文章参见余士雄：《马可波罗介绍与研究》，第 68 页，北京：书目文献出版社，1983 年版。

蒙元时代的历史大都可以在历史文献中找到对应，如果一个人没到过中国，不是亲身经历，几乎不可能写出这样的内容。所以如杨志玖所说："不管马可本人和其书有多少缺点和错误，但总起来看，还是可靠的。他的书的真实性是不容抹杀的。他对世界历史和地理的影响和贡献也是应该承认的。他是第一个横穿亚洲大陆并作出详细记录的人，对中国的内地和边疆，对亚洲

其他国家和民族的政治社会情况、风俗习惯、宗教信仰、土特产品、轶闻奇事，一一笔之于书，虽朴实无华，但生动有趣。在他以前和以后来华的西方人留有行记的也不少，在文采和对某一事件的记述方面也许远胜于他，但像他这样记事之广、全面概括的著作却绝无仅有。"[1]

1. 杨志玖：《马可波罗在中国》，第 38–39 页，天津：南开大学出版社，1999 年版。

如果同马可前后的游记相比，《马可·波罗行纪》在对中国的介绍上有两点是十分明显和突出的。

（一）　对元蒙帝国做了前所未有的详尽介绍

在马可·波罗时代对元蒙帝国介绍最详细的是鄂多立克的游记，但如果将《马可·波罗行纪》和他的游记比较一下，我们就会发现无论在广度上还是在深度上鄂多立克的游记都无法和《马可·波罗行纪》相比。如对大都城及大汗的介绍，鄂多立克仅用了 5 页纸，而马可用了 14 章，43 页。从下面几个方面我们可以看到他对元代的详细记载。

1. 元代的政治斗争

元代是有两次重大的内部政治斗争，一次是乃颜的叛乱，一次是阿合马事件。在《马可·波罗行纪》中对这两次事件都做了较为详细的报道。他描绘了平叛乃颜的战斗及将乃颜处死的过程，而他所讲的阿合马事件和《元史》的记载基本相符[2]。

2. 参见《元史》卷 158 许衡传。

2. 元代的军事体制

在成吉思汗时代就确定了蒙古的军事制度"千户制"，如马可所说，"他们每十名士兵设一名十户，百名设百户，千名设千户，万名设万户"。这一军事制度保证了蒙古军队的向外扩张。

3. 元代的政治制度

行省制、驿站制和槽运制是元代政治制度的主要内容，马可在行纪中对这三种制度都做了详细的介绍。《马可·波罗行纪》明确指出当时元朝共有 12 个行中书省，"全国有驿站 1 万多个，有驿马 20 多万匹，有陈设豪华的驿站系统宫殿 1 万多座"[3]。他对瓜州在元朝槽运系统中的地

3. 冯承钧译：《马可波罗行纪》，第 250 页，北京：东方出版社，2011 年版。

位给予了明确的说明："朝廷中必须之谷，乃自此地用船由川湖运输，不由海道。"[4] 马可对

4. 冯承钧译：《马可波罗行纪》，第 362 页，北京：东方出版社，2011 年版。

元朝时的驿传制度极为赞叹，认为"大汗的这一切事物的管理方面，比起其他皇帝、君主或普

5. 冯承钧译：《马可波罗行纪》，第 208 页，北京：东方出版社，2011 年版。

通人都更为出类拔萃"[5]。而这点并不是夸张，因元帝国是一个横跨欧亚大陆的帝国，它当时建

立了世界上最早、最完备的"站赤"制度。

4. 元朝的经济

《马可·波罗行纪》中专有一章介绍了元朝的纸币,纸币成为元代人们经济生活中的必需品,"凡州郡国土及君主所辖之地莫不通行。臣民位置虽高,不敢拒绝使用,盖拒用者罪至死也"[1]。根据《元史·食货志》记载,公元 1260 年元朝开始发行纸币,有以文计算和以贯计算

1. 冯承钧译:《马可波罗行纪》,第 243 页,北京:东方出版社,2011 年版。

的两大类近 10 种不同面值的纸币。

5. 元大都及大汗的生活

在讲到汗廷的宫殿时,他说:

> 君等应知此宫之大,向所未见。宫上无楼,建于平地。惟台基高出地面十掌。宫顶甚高,宫墙及房壁满涂金银,并绘龙、兽、鸟、骑士形象及其他数物于其上。屋顶之天花板,亦除金银及绘画外别无他物。
>
> 大殿宽广,足容六千人聚食而有余,房屋之多,可谓奇观。此宫壮丽富赡,世人布置之良,诚无逾于此者。顶上之瓦,皆红黄绿蓝及其他诸色。上涂以釉,光泽灿烂,犹如水晶,致使远处亦见此宫光辉。[2]

2. 冯承钧译:《马可波罗行纪》,第 208 页,北京:东方出版社,2011 年版。

马可对大汗每年的节日庆典的介绍非常具体,不是亲身参加者,不可能如此记述。研究行纪的专家沙海昂认为马可的记述"与当时中国著述所记相符"[3]。甚至连大汗的私生活他也了如

3. 冯承钧译:《马可波罗行纪》,第 555 页,北京:东方出版社,2011 年版。

指掌,大汗从弘吉剌部每年招来美女,"命宫中老妇与之共处,共寝一床,试其气息之良恶,肢体是否健全。体貌美善建全者,命之轮番侍主。六人一班,三日三夜一易"[4]。仅此,便可知

4. 冯承钧译:《马可波罗行纪》,第 202 页,北京:东方出版社,2011 年版。

他对宫廷了解之深,若非亲至,断难了解得如此清楚。

6. 元朝时民众的生活

不仅是皇宫,行纪中对当时大都的贫民生活介绍得也很细致,如不许在城内殡葬,所有死人都要运到城外安葬;妓女只住在城外,人数竟有 2 万人之多;大都的经济生活也十分活跃,"百物输入之众,有如川流之不息。仅丝一项,每日入城者计有千车"[5]。

5. 冯承钧译:《马可波罗行纪》,第 241 页,北京:东方出版社,2011 年版。

到目前为止,《马可·波罗行纪》是外文文献中对元蒙帝国记载最为详尽的历史文献,虽然,有不少地方有夸大之词,记载有不实之处,但他的绝大多数的记载都可在中国历史文献中得到证实。行纪不仅为中国学者提供了研究元蒙史的一手文献,也为当时的欧洲展现了蒙古帝国的

真实画卷。

(二)　对整个中国及周边国家做了较为全面的报道

1. 对中国众多城市的介绍

马可在中国居住了 17 年,足迹几乎踏遍中国,他到过哈密州、肃州、甘州、涿州、太原、关中、成都、建州、云南丽江府、金齿州、叙州、新州、临州、淮安、高邮、泰州、扬州、瓜州、镇江、苏州、福州、泉州等地,这样他对中国的报道在内容上已经大大突破了元代的时空,实际上是对中国古代文明和文化的一种报道,这种广度是同时代人所没有的。如鄂多立克也曾介绍了中国江南的富人的生活,但十分有限,根本无法与马可·波罗相比。他讲到西安城时说:"城甚壮丽,为京兆府国之都会。昔为一国,甚富强,有大王数人,富而英武。"[1] 在讲到杭

1. 冯承钧译:《马可波罗行纪》,第 277 页,北京:东方出版社,2011 年版。

州南宋的宫殿时,他赞其"是为世界最大之宫,周围广有十哩,环以具有雉堞之高墙,内有世界最美丽而最堪娱乐之园囿,世界良果充满其中,并有喷泉及湖沼,湖中充满鱼类。中央有最壮丽之宫室,计有大而美之殿二十所,其中最大者,多人可以会食。全饰以金,其天花板及四壁,除金色外无他色,灿烂华丽,至堪娱目"[2]。

2. 冯承钧译:《马可波罗行纪》,第 373 页,北京:东方出版社,2011 年版。

2. 对中国宗教信仰的介绍

作为基督徒马可·波罗在行纪中对基督教在中国的传播始终比较关注,他对在蒙古帝国还大量存在的景教徒的活动和事迹十分关心。他记载在可失合儿、欣斤塔剌思州、沙洲、天德等地都有景教徒的存在,特别是对镇江的基督教的记载十分详细和具体。对马可的这些记载不能都将其看成一种意识形态的解读,虽然他有这样的倾向,他的记载对中国基督教史的研究还是提供了重要的历史事实。无论是法国的伯希和还是中国的陈垣,他们在研究元代的基督教时都将《马可·波罗行纪》作为基本的材料加以利用和辨析。

此外,他还介绍了中国的回教的情况。当然,作为一个商人,他关心的是他所熟悉的教派和物质性生活,这样我们就可以理解他为什么没有讲到儒家。

3. 对中国科学技术的介绍

在介绍中国的物质生活时,马可无意中介绍了许多中国生活中的细节,而正是这些细节,使我们看到当时中国的科技成果。一位西方的自然科学家从《马可·波罗行纪》中摘录了当时

中国的科技成果。

(1) 造船技术

A.多桅船；B.放水船；C.定扳及船塞；D.缝船法

(2) 运输

A.驿站；B.公用车

(3) 清洁及卫生事物

A.口鼻套（类似于今日的口罩）；B.涎杯；C.饮杯；D.金牙

(4) 建筑、衣物类

A.竹房；B.竹缆；C.爆竹；D.树皮衣

(5) 政事

A.纸币；B.警钟

(6) 杂项

A.雕版印刷术；B.截马尾[1]

1. 朱杰勤译：《中外关系史译丛》，第68—90页，北京：海洋出版社，1984年版。

4. 对中国风俗文化的介绍

作为一个商人，他对中国的民俗十分感兴趣，虽然有时候描述得并不精准，如他说鞑靼人用十二生肖记年，显然，这实际上说的是汉人的一种风俗；他还提到利用属相来算命，这种风俗在中国早已有之；在行纪中多次提到汉人的丧葬礼俗等。此外，他还多次介绍中国各地的饮食，从蒙古的马乳、骆驼奶，到南方的米甜酒、药酒、葡萄酒等各类饮品他都曾畅饮；他既参加过宫廷的国宴，也参加过在民间的"船宴"，上至王宫贵族的饮食，下到民间普通百姓的日常餐饭，他都做了描写。他的这些描写都已经突破了元代的时空，展现了中国悠久的文化传统。当然，他"从未提及孔子、老子、庄子、孙子、墨子、孟子的名字，甚至也未曾提起朱熹的名字，我们不得不承认，他对汉语一窍不通，但同时，他对哲学思想又是何等的无动于衷……"[2]

2. [法]艾田蒲著，许钧、钱林森译：《中国之欧洲》，第119页，郑州：河南人民出版社，1992年版。

不要忘记，马可·波罗终究还是一名威尼斯商人，我们不必以过于学术的标准来要求这样一位生于市井、少年从商的意大利游侠，而只需放开胸怀，恣情地随他的行踪畅游东西，感受不同文化交流与冲击的乐趣。而且,他所记叙的中国，第一次以如此开阔的视角全面展现于读者面前，尤其是他亲身深入了中国内陆，而不像在此之前的中国游记那样局限于蒙古人的大草原。

第四节　《马可·波罗行纪》的思想文化意义

　　《马可·波罗行纪》无疑是西方东方学中最重要的历史文献，它是中世纪西方对中国认识的顶峰，西方人在对中国的认识上翻过这座山峰是在四百年后。但它对西方的影响绝不能仅仅从一种知识论的角度来看，还要从西方本身的文化演进来看。因为西方对中国的认识是在其文化的背景下发生的，在本质上，它是西方知识体系中的一部分，是西方文化进展中的一个环节。它作为意大利中世纪城市文学的代表，最早萌发了人文主义思想的因素，是文艺复兴时期文学的先兆。同时，意大利文艺复兴运动的开展和深入又推动了《马可·波罗行纪》的传播速度。人们争相传阅和翻印《马可·波罗行纪》，该书成为当时最受欢迎的读物，被称为"世界一大奇书"，是人类史上西方人感知东方的第一部名著，向欧洲打开了神秘的东方之门。

　　如果有了这个角度，我们必须使用比较文学中的形象学理论。比较文学的形象学是"对一部作品、一种文学中异国形象的研究"[1]。而这种形象的确立并不仅仅是作家个人的冲动，它实

1. [法] 巴柔：《从文化形象到集体想象物》，见孟华主编：《比较文学形象学》，第 118 页，北京：北京大学出版社，2001 年版。

际上是一种文化对另一种文化的言说，我们只有在一种言说者的母体文化的广阔背景中才能揭示出它所创造出的形象的真正原因，才能真正发现"他者"的形象如何是一种"社会集体想象物"[2]。

2. [法] 莫哈：《试论文学形象学的研究史及方法论》，见孟华主编：《比较文学形象学》，第 26 页，北京：北京大学出版社，2001 年版。

　　马可·波罗的时代正是欧洲文艺复兴的前夜，而《马可·波罗行纪》正是在文艺复兴中才大放异彩的。意大利是欧洲近代文化的长子，它所倡导的文艺复兴在本质上是对世界的发现和对人的发现。《马可·波罗行纪》的传播和接受，它的影响史正是欧洲文艺复兴时期的"社会集体想象物"。我们从以下三个方面说明这一点。

　　首先，《马可·波罗行纪》拓宽了欧洲人的世界观念。

　　在中世纪时"意大利人已经摆脱了在欧洲其他地方阻碍发展的许多束缚，达到了高度的个人发展，并且受到了古代文化的熏陶，于是他们的思想就转向外部世界的发现，并表达之语言和形式中"[3]。当时关于东方的游记基本上都是意大利人所写的，马可·波罗这个威尼斯的富商

3. [瑞士] 雅各布·布克哈特：《意大利文艺复兴时期的文化》，第 279 页，北京：商务印书馆，1988 年版。

的契丹之行，一下子把西方人的眼光拉到了大陆的最东端，它遥远而又神秘。这样欧洲的时空就大大扩展了，大汗的宫廷、行在的湖水、扬州的石桥都进入了他们的想象之中。欧洲以往那种地中海的世界观念就被突破，罗马再不是世界的中心。它"打碎了欧洲便是世界的神话，把

一个有血有肉的中国呈现在欧洲人面前，令他们无比惊奇，以致不敢相信"[1]。在 14 世纪"欧

1. 中国国际文化书院编：《中西文化交流的先驱——马可·波罗》，第 223 页，北京：商务印书馆，1995 年版。

洲某些思想活跃的人开始按这位威尼斯旅行家提供的知识塑造其世界观；早在地理大发现以前，

欧洲从前以欧洲和地中海为界的视阈展宽了，它包容了世界上大片新的地区。1375 年的加泰罗

尼亚的世界地图就是马可·波罗的地理学的一个体现，它摆脱了中世纪地图学的幻象，构成了

欧洲思想文化史上的重要里程碑"[2]。

2. [英] 雷蒙·道森著，常绍民译：《中国变色龙》，第 28—29 页，北京：时事出版社，1999 年版。

其次，《马可·波罗行纪》激发了欧洲的世俗观念。

文艺复兴造就了意大利人新的性格，"这种性格的根本缺陷同时也就是构成它伟大的一种

条件，那就是极端个人主义"[3]。对世俗生活的渴望，对财富的迷恋，对爱情的追求，这种爱情

3. [瑞士] 雅各布·布克哈特：《意大利文艺复兴时期的文化》，第 445 页，北京：商务印书馆，1988 年版。

大部分是为了满足个人的欲望。而《马可·波罗行纪》满足了意大利人所有这些冲动，大汗有

数不尽的金银财宝，契丹的每座城市都远比威尼斯富饶。东方的女人美丽动人，奇异的风俗可

以使你在契丹永远享受少女的欢乐。"契丹出现了，它立即就成了西方文化表现被压抑的社会

无意识的一种象征或符号。他们不厌其烦地描绘契丹的财富，无外乎是在这种表现中置换地实

现自己文化中被压抑的潜意识欲望。表面上看他们在谈论一个异在的民族与土地，实质上他们

是在谈论内心深处被压抑的欲望世界。中世纪晚期出现的契丹形象，是西方人想象中的一种解

放力量……"[4]《马可·波罗行纪》成为一种意大利所梦幻新生活的象征，成为一切世俗追求的

4. 周宁：《契丹传奇》，第 205 页，北京：学苑出版社，2004 年版。

理想王国。

最后，《马可·波罗行纪》催生了近代的地理大发现。

全球化的序幕开启于 15 世纪的地理大发现，第一个驾着三桅帆船驶向大西洋的也是一位

意大利人——哥伦布。而这位意大利的水师提督正是《马可·波罗行纪》的最热心读者，直到

今天在西班牙的塞尔维市的哥伦布图书馆还存放着他当年所读过的《马可·波罗行纪》。他对

契丹的向往使他和对契丹财富渴望的西班牙国王一拍即合，带着西班牙国王卡斯蒂利斯的致大

汗书，带着《马可·波罗行纪》给他的梦想，他将出航去寻找契丹，寻找那香料堆积如山、帆

船遮天蔽日的刺桐港。

其实，当时迷恋着契丹的绝不仅仅是哥伦布，意大利的地理学家托斯加内里也是一位痴迷

契丹的人。他自己画了一张海图，认为从里斯本出发越过 2550 海里就可以到达刺桐港。他在

给哥伦布的信中详细描绘了富饶的契丹，他说："盖诸地商贾，贩运货物之巨，虽合世界之数，

不及刺桐一巨港也。每年有巨舟百艘，载胡椒至刺桐。其载运别种香料之船舶，尚未计及也。其国人口殷庶，富厚无比。邦国、省区、城邑之多不可以数计。皆臣属大汗（Great Kan），拉丁语大皇帝也。都城在契丹省。"[1] 哥伦布在漫漫的航海途中，虽面对重重困难，但他坚信

1. 张星烺：《中西交通史料汇编》（第一册），第 439 页，北京：中华书局，2003 年版。

托斯加内里的判断，可以说《马可·波罗行纪》成为他战胜全部苦难的动力。当大西洋上的海风把他的船队吹到美洲的小岛时，他还认为自己发现了契丹，他要"去行在城，把陛下的亲笔信件交给大可汗，向他索取回信带给国王陛下"[2]。

2. 刘福文等译：《哥伦布美洲发现日记》，第 64 页，哈尔滨：黑龙江人民出版社，1998 年版。

实际上哥伦布至死仍坚信他所发现的国家就是亚洲的东海岸，就是契丹。"这种信念在哥伦布死后二十余年仍未销声匿迹。"[3] 甚至在后一个世纪中，当中国已经确定是契丹后，仍有

3. [英] H. 裕尔撰，[法] H. 考迪埃修订，张绪山译：《东域纪程录丛》，第 143 页，昆明：云南人民出版社，2002 年版。

西方的航海家们不死心，如英国的许多探险家，他们仍然将契丹作为寻找的目标。《马可·波罗行纪》对西方人的影响真是太大了。正如拉雷在《英国 16 世纪航海史》一书中所说："探寻契丹确是冒险家这首长诗的主旨，是数百年航海业的意志、灵魂。"[4]

4. 转引自朱谦之：《中国哲学对欧洲的影响》，第 18 页，福州：福建人民出版社，1985 年版。

1603 年耶稣会士鄂本笃第一次证实了"契丹"就是"中国"。死后他的墓志铭是"探寻契丹却发现了天堂"。对哥伦布来说是"寻找契丹却发现了美洲"，实际上发现了新世界。

蒙元时代的中西交流促成了西方世界遥远的"丝儿国"记忆的复活，但无论是柏朗嘉宾还是马可·波罗，他们关于东方的印象里都没有为儒学留出相应的位置。这种致命的缺失，再辅以基督教世界审视东方时那傲慢的目光，注定了"丝儿国"记忆的复活只能是一种不完整的复活。随着耶稣会进入中国，中意文化交流的一个新的时代到来了。

第四章　　16—17 世纪意大利文学在中国的传播

　　随着马可·波罗游历中国，哥伦布发现新大陆，中西方的贸易往来更加频繁与便利。地理大发现刺激了欧洲社会资本主义经济的发展和思想的解放。古希腊、罗马文学在阿拉伯世界重新发现传回欧洲，以"人本主义"为核心的"文艺复兴"思潮在西方兴起，并首先在意大利吹响号角。欧洲文化两大源头——古希腊、罗马文化和基督教文化再度交汇并激烈碰撞，人们精神的觉醒推动了"宗教改革"的发展。"文艺复兴"运动高举复兴古希腊、罗马文化的大旗，实质上是为资本主义经济发展扫清道路，反封建、反教会才是人文主义先驱们的旨趣所在。他们以"文艺复兴"为旗号，以"宗教改革"为手段，使罗马教会处于尴尬之境。资本主义扩张的着眼点是亚、非、拉丁美洲新兴的殖民地，为了应对欧洲形势的变化，教会也更多地将目光投向欧洲以外的区域。为了开拓新的传教阵地，教皇派遣大量耶稣会士来华，中西方知识精英开始进行平等的文化对话，中西文化交流的力度超过了以往任何时候。在这个时期，中国传统文化被介绍到欧洲，西方科技文化也因之引入中国。16—17 世纪，意大利文学在中国开始传播。

第一节 《圣经》在中国的译介

在漫长的欧洲中世纪，基督教统一欧洲，"神本主义"精神驾驭着文化、艺术、教育等思想领域。反映到文学上，教会文学是中世纪文学的绝对主宰，基督故事、圣徒传、祷告文、赞美诗等内容取材于《圣经·新约》的文学题裁在中世纪文坛占统治地位[1]。16—17 世纪来华的

1. 王忠祥、聂珍钊主编：《外国文学史》（第一册），第 150 页，武汉：华中理工大学出版社，1999 年版。

传教士们带给中国的西方文学形式也以这些为主。

作为基督教经典的《圣经》，由《旧约》和《新约》两部分组成，又称《新旧约全书》。其中《旧约》本为希伯来文的犹太教经典，成书于公元前 4 世纪；《新约》则是公元 1 世纪耶稣受难之后，基督教徒用希腊文陆续记录的耶稣生平和使徒们在传教过程中的书信等。《圣经》是举世公认的有史以来发行最广、印数最多、读者最众、译本最繁、影响最大的书籍，对于西方乃至于整个世界的历史发展起到了不可估量的作用，欧洲社会的价值理念、政治经济、文化艺术、法律风俗等方方面面无不深受其影响。

公元 270 年，"希腊化时期"的 70 位犹太经学家齐集亚历山大城，翻译了最早的《圣经》希腊文译本，史称"七十子译本"（Septuagint）。及至罗马帝国时期，由于此时地中海地区的通用语是罗马人所用的拉丁文，《圣经》此后又不断被翻译为拉丁文，但质量不尽如人意。直到 4 世纪末，天主教"四大拉丁教父"之一的哲罗姆（Saint Hierom，340—420）将《新约》《旧约》重新翻译成教廷指定的拉丁文本，称为武加大（Vulgate）拉丁文通俗译本，从此通行欧洲，沿用至今。16—17 世纪的天主教传教士将《圣经》翻译成中文多据此本。

《圣经》在中国的翻译历史悠久，与基督宗教在不同时期进入中国的步伐相伴随，几乎每一时期均不乏其作。按照教派的区别，大致可分为景教阶段（唐、元时期）、天主教阶段（明末清初）和新教阶段（晚清以来）三期。当然，这一划分方法并不精准，因为在每个时期内部还有很多不同形态的细分。因为新教在华译经与意籍人士的关联不大，故本节主要介绍前两个阶段《圣经》在中国的译介情况。

一、　明代发现"大秦景教流行中国碑"中的《圣经》文字

　　早期耶稣会士梯航万里前来中国，归根结蒂是为了传播天主教的教义。虽然耶稣会士在中国采取"适应路线"，学习中国文化，尊重中国礼仪，但传播福音才是他们的本务。而要传播天主的福祉，《圣经》无疑是最好的教科书。利玛窦（Matteo Ricci，1552—1610）等一众传教士为将《圣经》翻译成中文做出了不懈努力。有必要指出的是，在他们翻译《圣经》的过程中发生了一件大事，那就是发现了天主教东方教会 200 年前的《圣经》中译文字。

　　明天启五年（1625 年），西安出土了"大秦景教流行中国碑"[1]。景教碑的发现证明，贞观初年，基督教就已经传入中国，并对《圣经》进行过翻译。在华传教士闻讯纷纷前往拓片，寄往欧洲，让欧洲人了解中国与天主教的渊源比明代更早，为他们在华的传教、译经工作寻求更多支持与帮助。

大秦景教流行中国碑

　　"景教"其实是天主教的一个支派——聂斯脱里教派，因其创始人叙利亚人聂斯脱里[2]（Νεστόριος，386—451）被正统基督教斥为异端，聂斯脱里教徒遂转往东方积极传教。其教徒阿罗本在唐太宗时从波斯来到中国传教译经，名噪一时，时称其教为景教，沿用至元代后，被蒙古人称为"也里可温"。唐德宗建中二年（公元 781 年），景教徒在唐都长安树立了"大秦景教流行中国碑"，碑文中就有关于《圣经》的文字，如"总玄枢而造化，妙众圣以元

1. 此碑由波斯传教士撰刻树立，当时名士吕秀岩书写并题碑额、立于大秦寺的院中。碑高 279 厘米，宽 99 厘米，正面写着"大秦景教流行中国碑并颂"，上有楷书三十二行，行书六十二字，共1780 个汉字和数十个叙利亚文。随着景教的没落，大秦寺的院落为佛教所用，此碑不知何时失落。

2. 公元 428 年，聂斯脱里被年轻的东罗马帝国皇帝狄奥多西二世（Flavius Theodosius，401—450）任命为君士坦丁堡牧首，但在公元 431 年的以弗所会议（Ecumenical Council of Ephesus）上，因他主张"基督二位二性说"、反对圣母崇拜而被革除其牧首职务，并作为异端流放，最终客死埃及。聂斯脱里派教徒从此散布东方传教。

尊者，其唯我三一妙身无元真主阿罗诃欤。判十字以定四方，鼓元风而生二气，暗空易而天地开，日月运而昼夜作。匠成万物，然立初人。别赐良和，令镇化海。浑元之性，虚而不盈，素荡之心，本无希嗜"，就记载了上帝分天地，造万物；"娑殚施妄，钿饰纯精。间平大于此是之中，隙冥同于彼非之内。是以三百六十五种：肩随结辙，竞织法罗。或指物以托宗，或空有以沦二，或祷祀以邀福，或伐善以矫人。智虑营营，思情役役；茫然无得，煎迫转烧；积昧亡途，久迷休复"则指魔鬼引诱人类堕落；而"于是我三一分身景尊弥施诃，戢隐真威，同人出代，神天宣庆，室女诞圣于大秦"隐含了圣母故事、救主降生、三王来朝等《圣经》典故。此外，基督教的教义和自唐玄宗初年景教入华至唐德宗年间立景教碑以来景教在中国的盛衰史等都在碑文中一一道来。碑文中引用了大量儒道佛经典和中国史书中的典故来阐述景教教义，显示出景教依附中国传统宗教的早期传播特点。

　　我们还可以在现存唐代景教文典中见到一些更加细节化的《圣经》译文。较长一些的如《一神论，世尊布施论第三》中有："世尊曰：'如有人布施时，勿对人布施，会须遣世尊知识，然始布施。若左手布施，勿令右手觉。若礼拜时，勿听外人眼见，外人知闻，会须一神自见，然始礼拜。'"还有"弥师诃弟子，分明处分，向一切处，将我言语，示与一切种人，来向水字，于父、子、净风，处分具足。所有我迷汝在，比到尽天下"。《序听迷诗所经》亦有耶稣受洗的记述："当即谷昏遣弥师诃入多难中洗，弥师诃入汤后出水，即有凉风后天来，颜容似薄阁。"[1] 弥赛亚、圣父、圣子、圣神、使徒约翰、约旦河等《圣经》中的神名、人名、地名

1. 转引自林悟殊：《唐代景教再研究》，第 202 页，北京：中国社会科学出版社，2003 年版。

都已出现。此外，陈述中还引用了福音书中的飞鸟喻、盗贼喻、眼中梁木喻等深入浅出的比喻，

2. 唐武宗李炎（814—846）因崇道恶佛，在位 7 年期间不断加强中央集权，打击寺院经济。会昌五年（公元 845 年），武宗大举灭佛，下令拆毁佛寺，收缴寺产，

这些能与《圣经》原文一一对应之处，是目前可见最早的《圣经》汉译文字。

遣御史分道督察，并勒令僧尼还俗，连到唐朝求法的印度和日本僧人也不例外。日僧圆仁的《入唐求法巡礼行记》中便有唐武宗朝灭佛的记载。对于佛教以

　　景教在中国的传播特点是一面比附佛教，一面攀援皇室，而使得其虽有"明明景教，言归

外的外来宗教，"勒大秦穆护、祆二千余人还俗"，以使"不杂中华之风"，并毁大秦寺和摩尼寺等。武宗灭佛沉重打击了寺院经济，使全国纳税人口大幅

我唐"的努力，却未能实现其自身的中国化，这就导致其兴衰与上层对待宗教的风向和政权的

增加，扩大了政府的经济来源，也对唐代景教在华传播造成了相当的打压。

兴替直接相关。唐武宗灭佛[2] 和黄巢起义[3] 等历史事件虽然不是直接针对景教，但却都给景教

3. 唐僖宗李儇（862—888）乾符五年（公元 878 年）至中和四年（公元 884 年），黄巢（835—884）率领的农民起义蔓延半个中国，使晚唐气势全衰。乾符

造成了深重的灾难，以至于唐末景教徒在中原地区已难觅其踪，而宋代也只有少数文人在诗

六年（879 年）秋，黄巢大军攻陷唐代最大的外贸港口广府（今广州）。由于城内来自中亚的穆斯林商人势力极盛，一度起走政府委任的地方官并凌虐百姓。

词中偶或提及"大秦寺"的遗迹以抒发思古幽情。不过，在北方的草原部落，如蒙古的克烈、

黄巢起义军与广州居民一道剿杀了 20 多万异族乱军，其中也株连景教、祆教、回教徒等。

乃蛮部和汪古部，以及一部分畏兀儿人和东迁阿速、钦察、斡罗斯人当中，直到元代，景教

4. 参见马建春：《元代也里可温的族属与分布》，载《黑龙江民族丛刊》，2006 年第 3 期。

依然在传播[4]。元代的景教徒和蒙古西征时掳掠到中国或因经商东来的许多中亚、西亚和东欧

不同种族的基督教徒一起，被称为"也里可温"[1]，分布在中国各地。

1. "也里可温"来自于蒙语的 Erkegun，意为"有福缘之人"或"奉福音之人"。元代的也里可温泛指聂斯脱里派、希腊正教和罗马天主教的教士和信徒。

元代汗八里（今北京）主教孟高维诺在中国传教的重要成果之一便是将《圣经》翻译成中国文字。他在 1305 年向教廷去信汇报传教进展，声称自己业已掌握了鞑靼的语言文字，还把《圣经》的《新约全书》和《诗篇》全部译成了那种语言，而且专门请工于书法的人将这些《圣经》译文誊抄出来，供中国人阅读。孟高维诺还收养中国孩子组建成唱诗班，在他建立的教堂中演唱圣咏。但当两个世纪之后耶稣会士再度东来，孟高维诺的翻译因为没有纪念碑作为载体，早已湮没无闻。

二、　晚明来华传教士对《圣经》的翻译

16、17 世纪，满怀让中华归主梦想的早期来华传教士们孜孜不倦地为将《圣经》汉译而默默耕耘着，仅意大利国籍的耶稣会士的著述就不胜枚举。

明代传教士广泛使用"圣经"一词来指代其教中经典。中国传教事业的奠基人利玛窦在其著作中就已频繁使用"圣经"二字，如《畸人十篇》中"有善恶之报在身之后第八"节中就写道："《圣经》谓始进天门者曰：'善仆汝忠，入汝主之乐矣！'言此世之乐微少，则乐入于我中；彼处之乐广大，则我入于乐中；是以曰乐地也。"[2]以利玛窦为首的传教士在著作中大多

2. 原文见玛窦福音 25 章 21 节："主人对他说：好！善良忠信的仆人，你既在少许事上忠信，我必委派你管理许多大事：进入你主人的福乐罢！"

只是摘引《圣经》中的章句，而对《圣经》内容介绍较多的当属罗明坚（Michele Ruggieri，1543—1607）的《天主圣教实录》，高一志（Alfonso Vagnoni，1566—1640）的《天主圣教圣人行实》，艾儒略（Jules Aleni，1582—1649）的《天主降生言行纪略》《出像经解》等。这一时期《圣经》的翻译工作对后世新教传教士马舒曼(Joshua Marshman，1768—1837)、马礼逊(Robert Morrison，1782—1834)翻译新教《圣经》产生了极大的影响。

罗明坚于 1584 年出版的《天主圣教实录》中介绍了"天主制作天地人物"，并分节述天主创造天地人物的过程，第二日造诸天、火、气，第三日造陆地，第四日造日月星，第五日造飞禽游鱼，第六日造走兽和人类的创世纪神迹。高一志在七卷本的《天主圣教圣人行实》中首次介绍了伯多禄等十四位宗徒的行迹（在通常十二宗徒之外又增述了保禄和巴尔纳伯）。《圣人行实》自序中，高一志这样阐述他翻译宗徒列传的原因："所谓丕扬天主者，莫若圣人生时

所立名迹。先举十二宗徒，其始不越细名，质朴无能，一蒙天主选择，代行圣道，遂为殊智异能，不烦习学，精识文义，遍晓方音，通达四远。辨服博学之士，使置旧学而归正道，是非天主不测之能何自致之。"阐明了宗徒们远赴外邦传教的动机。

艾儒略虽然不是第一位宣讲天主降生事迹的传教士，但是他在早期来华传教士中少有地将《圣经》故事与图解分别印行。他所作《天主降生言行纪略》（亦名《万日略圣经太旨》）和《出像经解》二书文图并行，珠联璧合地为中国读者展示了耶稣生平故事。《天主降生言行纪略》实际上是按照西方《圣经》合参本的写法，糅合四福音书中耶稣的生平，将圣母无玷而诞圣婴的灵异，耶稣从诞生到 12 岁的成长经历，以及 30 岁开始招收门徒后传教显圣的诸般神迹，到预言受难复活的基督教故事依序道来，只是为便于中国人接受计，略去了耶稣受难及复活的部分。《出像经解》则是为帮助读者理解而绘制的插图集，每幅图下附有文字说明，标注该故事在《天主降生言行纪略》一书中的对应位置。

艾儒略图

艾儒略在《天主降生言行纪略》一书的"序言"中介绍了《圣经》的概况，将四福音书记耶稣言行的意义以问答方式揭示于前，继而对四福音书本身详加介绍，以使中国读者不仅知耶教之然，亦能了解其所以然。"四圣纪吾主耶稣降生，在世三十三年，救世赎人，以至升天，行事垂训之实，诚开天路之宝信经也。此经出于天主，录于四圣，及后诸教宗，与圣教公会准定，明示普天下，尊信为天主真典者也。"关于四福音的作者和采用的语言，艾儒略记道："四圣维何？曰玛窦，曰玛尔謵，曰路加，曰若望。玛窦与若望者，宗徒也；玛尔謵与路加者，当日圣徒也。其纪录也，玛窦则取如德亚[1]本国文，三圣则取列国通用之厄济亚国文[2]。今所行者，则罗玛文字[3]，乃后来圣人热罗尼莫奉圣达玛肃教宗之旨所译，以便泰西诸国诵读者也。"并用圣人、雄狮、敦牛、灵鹈分别形容四福音作者以不同风格从各个侧面表现耶稣形象，艾儒略对此阐发说："四圣意旨，各有专属。在玛窦，则多以古经及古圣人预言，明耶稣（天主降生名号，译言救世主）实为众所久望降生救世之主也。若玛尔謵，则多以耶稣诸灵迹大能，超越人神之力者，证其实为至尊万有之主。路加，多纪吾主耶稣圣训，与赦人罪之事，以明其降世赎人，医疗人心之疾。至若望，则阐发天主本性，以明吾主虽降世为人，实则从无始而生于罢德肋，真为天主子也。"盖言玛窦所作多与《旧约》印证，借预言证明耶稣确是救世主；玛尔謵好记耶稣所行各种神迹，以显其大能；路加好记耶稣的悲悯爱人和普世情怀；若望则力证耶稣本身的神性。

1. 指古希伯来文。
2. 指古希腊文。
3. 指古拉丁文。

　　《天主降生言行纪略》在"凡例"部分，对 DEUS[4] 的译名做了说明，"主""君""父天主""大父""上主""造物主""万有真宰""达未之子""契利斯督""弥施诃""玛奴厄尔"均指大秦景教碑中的"阿罗诃"——"宇宙其惟一主"[5]，用人世尊称彰显天主的至尊地位，而"人子"则为耶稣自谓。此外还介绍了"罢德肋"[6]"费略"[7]"斯彼利多三多"[8]三位一体、天主降生于大秦、圣城耶路撒冷、景教来华的背景知识。他还明确指出，"天主降生之时，按中国长历，在汉哀帝元寿二年"。

4. 艾儒略在此处注解说明："音'陡斯'，译言天地真主。"
5. 艾儒略在此处使用了当时最新的考古材料，援引《大唐景教流行中国碑》碑文为己教造势，显示耶教在华之源远流长以及耶稣之普世真神的地位。
6. 圣父的音译。 7. 圣子的音译。
8. 圣神的音译。艾儒略在文中以人性中的心、志、情与"三位"相比拟。

　　对于自己只按合参法选译四福音书，艾儒略也做出了解释："吾主耶稣事实，原系四圣所纪，彼详此略，有重纪，有独纪者。兹独编其要略，不复重纪详尽，若夫全译四圣所纪。翻经全功，尚有待也。"他把翻译四福音的"全功"，留给了其他传教士。这可能是出于耶稣会在华政策规定不要会士轻易翻译《圣经》全文的缘故[9]。

9. 第一位着手翻译圣经《新约》全书的是清初来华的法国巴黎外方传教会士白日昇 (Jean Basset, 1662—1707)，他在 1704—1707 年间与中国文人徐若翰（？—1734）一起将《新约》的大部分译为中文。参见朱菁：《汉译圣经新约"白徐译本"研究》，北京外国语大学 2014 年博士论文。

　　以上列举为 16—17 世纪意大利人将《圣经》汉译之荦荦大端，至于委曲小者，不可胜道，暂且从略。

第二节　移植的寓言之花——《伊索寓言》在中国的传播

世界四大文明古国之中，中国、希腊和印度在创造璀璨辉煌的文化成果之时，都有着源远流长的寓言发展史，是古代寓言的三大发源地。这些古代寓言的共同特征是，都产生于劳动人民的生产和生活之中，是民间智慧的宝贵结晶，具有最质朴的人生哲理。早在春秋战国时代，诸子散文、史传作品中就多用寓言作譬喻，《庄子》一书中首先出现了"寓言"一词，并专门成篇，篇首即提出"寓言十九，重言十七"，说明寓言在论证时的重要性。《史记·老子韩非列传第三》在介绍庄子时，就说"其学无所不窥，然其要本归于老子之言。故其著书十余万言，大抵率寓言也……《畏累虚》《亢桑子》之属，皆空语无事实"[1]。孟子、韩非子、列子、墨子、

1. 司马迁著，张大可注释：《史记全本新注》，第 1325 页，西安：三秦出版社，1990 年版。

荀子等人也多用寓言故事来为说理进行论证，阐发各自的政治观点；汉代出现了以陆贾的《新语》为代表的"过秦"寓言，以刘向的《说苑》《新序》为代表的政治寓言，以《韩诗外传》为代表的经学寓言，以刘安的《淮南子》为代表的人事寓言等，对社会生活加以劝导；魏晋南北朝寓言则以志人、志怪为特征，代表作品有《世说新语》《笑林》《搜神记》《幽明录》等，此外还有以《苻子》为代表的玄学寓言和以《百喻经》为代表的佛学寓言等[2]；到了唐宋，讽

2. 参见权娥麟：《汉魏晋南北朝寓言研究》，复旦大学 2010 年博士论文。

刺性增强而哲理性减弱成为这一阶段寓言创作的特点，最为著名的当属柳宗元三戒（《黔之驴》《临江之麋》《永某氏之鼠》）、《捕蛇者说》等针砭时弊的寓言故事。揠苗助长、削足适履、自相矛盾、杯弓蛇影、守株待兔、刻舟求剑、画蛇添足、黔驴技穷等源自寓言的成语沿用至今。

以上不同时期的中国寓言，无不反映出当时社会的世态民生和伦理价值，以精炼的语言，假托的故事，比喻、象征、拟人、夸张等手法进行说理、讽刺或劝诫，为听众、读者所喜闻乐见。而随着佛教传入中国，佛经中的寓言故事也随之融入文学作品之中，中国寓言与印度寓言首先交汇。

上节提到过，《圣经》是世界上拥有读者和出版数量最多的书，而若论其次，则恐怕要数古希腊寓言集《伊索寓言》了。地中海的摇篮孕育了《伊索寓言》这一流传最早且最广的短篇寓言故事集，对后世影响极深。明朝时期，随着传教士东来以及他们和中国文人合作著书立说，《伊索寓言》的翻译和改写故事第一次进入中国读者的视野，从此，希腊寓言也在中国流传开来，甚至形成了中国古代文学的一脉。从某种意义上说，由于过滤掉了激起中西文化激烈冲突的某

些宗教因素，《伊索寓言》所代表的西方异质文化在中国更能为国人所接受，改动更加方便，说理更加灵活。以文言录西方寓言故事，也为中国士人所喜闻乐见并代为传播，使得很多伊索寓言故事至今已如印度神猴哈奴曼变身为中国美猴王孙悟空一样，被认为是"中国制造"，即便熟知文学掌故者往往也难以确切地辨出其原出自古希腊。

　　《伊索寓言》最初是古希腊民间口头流传的一些讽喻性的小故事，最初的作者相传是公元前 6 世纪古希腊小亚细亚殖民地萨摩斯岛贵族雅德蒙家的一位黑奴伊索（Aesop，约公元前 620—前 560），这位"英雄们的伙计或家奴"[1]善于抓住生活中的小题材，给人们讲述具有哲理性的故事。而他的这些讽喻性故事在印刷术尚未普及的时代，经过后人不断的口口相传和加工完善，加上在古希腊、古罗马民间流传的一些其他寓言故事，"后来凡是涉及伦理哲学的寓言故事都归到伊索身上"[2]，成为独立的故事集，而其实《伊索寓言》的作者绝非仅他本人，故事的时代、地区也不仅限于古希腊，是古罗马对古希腊文明的继承和吸纳，是古希腊、古罗马时期流传下来的寓言统称。

　　希腊人德墨特里奥斯（Demetrios Phalereus，公元前 345—前 283）是首次将伊索故事分卷编写之人，但他所编撰的 5 卷《伊索寓言》早已佚失；公元 1 世纪，罗马人拜特路斯可能是根据当时尚存的德墨特里奥斯版本，用拉丁文撰写了 5 卷新的《伊索寓言》；到公元 2 世纪时，又出现了巴布里乌斯（Babrius）的希腊文诗体《伊索寓言》，故事数已达 122 篇；此外，阿维亚努斯（Avianus）也用抑扬顿挫的拉丁韵文写成了 42 则伊索寓言。随着印刷术从中国经阿拉伯传到欧洲，15 世纪时，西方的印刷业已大为发展，而文艺复兴的旗手、以复兴古希腊与古罗马文明为己任的意大利更是将《伊索寓言》的推广作为责无旁贷之事。梵蒂冈图书馆中就收藏了不少版本的古代《伊索寓言》。佛罗伦萨则出版了由东罗马帝国的普拉努德斯（Maximus Planudes）收录的 150 则《伊索寓言》故事集。1453 年，意大利著名学者洛伦佐·瓦拉[3]（Lorenzo Valla）也印行了拉丁文的《伊索寓言》。

1. [意] 维柯著，朱光潜译：《新科学》（上），第 248 页，合肥：安徽教育出版社，2006 年版。

2. [意] 维柯著，朱光潜译：《新科学》（上），第 249 页，合肥：安徽教育出版社，2006 年版。

3. 洛伦佐·瓦拉（1406—1457）是意大利文艺复兴的重要人物，主张恢复世俗生活的价值、反对禁欲主义，他撰文揭穿了教会伪造《君士坦丁赠予》文件的真相，同时批驳教会颁布的定本拉丁文圣经，论证其中有教会篡改和歪曲的成分，还嘲笑奥古斯丁是异端，"为新教改革势力反对教皇制度提供了有力武器，唤醒了西方史学家的历史怀疑精神"。从神到人、重人抑神，这一变化充分证明了文艺复兴时期历史学的转向，也将为后世的史学发展带来深远的影响。参见杨巨平编：《欧洲文化研究丛书：欧洲文化起源研究》，天津：天津人民出版社，2011 年版。

《伊索寓言》主要借各类动物的故事来反映现实社会
中人与人之间的关系，多以狮子、狼之类猛兽来比喻人间
的权贵，而鹿、羊等小动物则为底层劳动人民代言，以这
些兽类之间的各种故事表现当时奴隶主对平民和奴隶的残
暴统治和下层民众的智慧与苦难。另外一些寓言则总结了
日常生活经验，体现为人处世的哲理。伊索寓言中的故事
莫不短小精悍，比喻恰当，形象生动，隽永动人。来华传
教士们在欧洲接受的是经院式教育，当时"修辞学在欧洲
早呈高度发展，不但在俗世与教会绵延千年，耶稣会书院
兴起之际，还变成他们课程表上的一大支柱"[1]。因此来华

伊索像

1. 李奭学：《中国晚明与欧洲文学》，第24页，台北："中央研究院"联经出版公司，2005年版。

传教者身边常携有《伊索寓言》，以便在其著作中、讲道
时引用其中的故事，试图通过其中蕴含的哲理来达到劝善
惩恶的目的。利玛窦就曾在信件中提到，他曾将自己翻译
的中文伊索故事送给与之交往的士大夫。他所指的很可能
就是《畸人十篇》[2]。

2. 利玛窦：《畸人十篇》，利玛窦述，汪汝淳校梓，刻于万历戊申（1608），李之藻编入《天学初函》，

1608年，利玛窦最早在他的《畸人十篇》一书的《君
《四库全书》子部杂家类存目。全书分卷上、卷下二册，附《西琴曲意》一卷。
子希言而欲无言》篇中提到了伊索（阨琐伯）其人，并引
用了数则寓言故事[3]。

3. 戈宝权：《中外文学因缘——戈宝权比较文学论文集》，第385—387页，北京：北京出版社，

在《常念死候备死后审第四》节中，利玛窦讲述了《伊
1992年版。
索寓言》中"肚胀的狐狸"和"孔雀惭足"的故事，其一曰：

《畸人十篇》书影

　　野狐之智：野狐旷日饥饿，身瘦腥，就鸡栖

窃食，门闭无由入，逡巡间忽睹一隙，仅容其身，

馋亟则伏而入，数日饱饫归，而身已肥，腹干张

甚，隙不足容，恐主人见之也，不得已又数日不食，

则身瘦腥如初入时，方出矣。智哉！此狐。吾人

习以自淑，不亦可乎？夫人子入生之隙，空空无

所有也，进则聚财货富厚矣，及至将死，所聚财货，不得与我偕出也，何不习彼狐之
智计，自折阅财货，乃易出乎哉？

其二曰：

孔雀鸟之喻：孔雀鸟，其羽五彩至美也，而惟足丑，尝对日张尾，日光晃耀成五
彩轮，颇而自喜，倨敖不已，忽俯下视足，则敛其轮而折，意退矣。敖者何不效鸟乎？
何不顾若足乎？足也，人之末，乃死之候矣。

两个故事的宗旨都在警醒世人敛心检身，不要执著于当下虚幻、短暂的财货、功名和富贵。
利玛窦在伊索寓言简短的篇尾警句基础上，根据写作需要，加入自己的阐发，将原本独立的
伊索寓言故事以中国寓言故事穿插辅助说理的方式表现出来，可以说实现了伊索寓言的"中
国化"。

《君子希言而欲无言第五》中引用了伊索讲述的几则与"舌"有关的故事。

其一为，

禁言之难：昔非里雅国王弥大氏，生而广长，其耳翘然如驴，恒以耳璏蔽之，人
莫知焉。顾其方俗，男子不蓄发，月货之，恐其髠工露之，则使胡之后，一一杀之矣。
杀已众，心不忍，则择一谨厚者，令鬋发毕，语以前诸工之被杀状，"若尔能抱含所
见，绝不言，则宥尔"。工大誓愿曰："宁死不言！"遂生出之。数年抱蓄，不胜其劳，
如腹肿而欲裂焉，乃之野外屏处，四顾无人，独自穴地作一坎，向坎俛首，小声言曰：
"弥大王，有驴耳。"如是者三，即复填土而去，乃安矣。后王耳之怪，传播多方，
或遂究其说，曰此坎中从此忽生怪竹，以制箫管，吹便发声如人言曰："弥大王有驴
耳。"国民因而知其事也。呜呼！禁言之难，乃至此欤！

故事倡导世人要"养默"，不要让祸患从舌头侵害到心灵。

其二为：

陟琐伯氏论舌最佳：陟琐伯氏，上古明士，不幸本国被伐，身为俘虏，鬻于藏德
氏，时之闻人先达也。其门下弟子以千计，一日设席宴其高第，命陟琐伯治具。问：
"何品？"曰："惟觅最佳物。"陟琐伯唯而去之屠家，市舌数十枚，烹治之。客坐，
陟琐伯行炙，则每客下舌一器。客喜而私念，是必师以状传教者，蕴有微旨也。次后

每殽异酱异治，而充席无非舌耳。客异之。主惭，怒咤之曰："痴仆！乃尔辱主，市无他杀乎？"对曰："主命耳。"藏德滋怒，曰："我命汝市最佳物，谁命汝特市舌耶？"阿琐伯曰："鄙仆之意，以为莫佳于舌也。"主曰："狂人！舌何佳之有？"曰："今日幸得高士在席，可为判此：天下何物佳于舌乎？百家高论，无舌孰论之？圣贤达道，无舌何以传之，何以振之？天地性理，造化之妙，无舌孰究之？不论奥微难通，以舌可讲而释之矣！无舌，商贾不得交易有无，官吏不得审狱讼。辩黑白以舌，友相友、男女合配以舌，神乐成音，敌国说而和，大众聚而营宫室、立城国，皆舌之功也。赞圣贤，诵谢上主重恩造化大德，孰非舌乎？无此舌之言助，兹世界无美矣！是故鄙仆市之，以称嘉会矣。"……

这则故事直接将"伊索"作为主人公，简介其生平事迹，并从伊索擅长的口舌之术说起，为读者展现了伊索这位聪明的仆人的口才。

还有一篇也是关于"阿琐伯氏论舌"，但这次善辩的伊索却对主人和宾客慷慨陈词，指舌为世间最丑之物，完全推翻前论，理由是：

"天下何物丑于舌乎？诸家众流，无舌孰乱世俗乎？逆主道邪言淫辞，无舌何以普天之下乎？冒天荒诞、妄论纷欺下民，无舌，孰云之易知、易从？大道至理，以利口可辩而毁矣。无舌，商贾何得诈伪罔市，细民何得虚诬争讼，而官不得别黑白乎？以舌之谤诙，故友相疏，夫妇相离；以舌淫乐，邪音导欲溺心。夫友邦作仇，而家败城坏国灭皆舌之愆也。侮神扰上主，背恩违大德，孰非舌乎？无此舌之流祸，世世安乐矣。是故，鄙仆承命市丑物，遍简之惟见舌至不祥矣。"

这一段才是利玛窦真正想言说的内容，他想证明的是"舌也本善，人枉用之，非礼而言，即坏其善。是故反须致默，立希言之教，以遂造物所赋原旨矣"。

《斋素正旨非由戒杀第六》提到《伊索寓言》中"二猎犬"的故事：

古昔有贡我西国二猎犬者，皆良种也。王以一寄国中显臣家，以其一寄郊外农舍，使并畜之。既而王出田猎，试焉。二犬齐纵入围。农舍所畜之犬，身腥而体轻，走躔禽兽迹，疾趋攫纲，获禽无算。显家所养之犬，虽洁肥容美足观也，但习肉食充肠，安佚四肢，不能驰骤，则见禽不顾，而忽遇路旁腐骨，即就而乞之，乞毕不动矣。从

猎者知其同产，则异之。王曰："此不足怪。岂惟兽哉？人尽然也，皆系于养耳矣。

养之以佚舐饫饱，必无所进于善也；养之以烦劳俭约，必不误若所望矣。"若曰凡人

习于珍味厚膳，见礼义之事不暇，惟俊焉而就食耳；习于精理微义，遇饮食之玩亦不

暇，必思焉而殉理义矣。此斋素正旨之三也。

此寓言告诫世人要清心寡欲，严于律己，防止堕落。但是此则故事中的两猎犬在伊索寓言中原是一条猎犬和一条看家犬，看家犬坐享其成而猎犬辛苦忙碌，乃是因为主人使然。其讽喻意义在伊索寓言中原是责怪世间父母宠溺儿女，导致浪荡子娇惯无行。利玛窦在《畸人十篇》中将其稍作改造扩充，使寓言的意义转移到基督教义的层面，能更好地为其宣教所用。

《善恶之报在身之后第八》中有"狐狸和狮子"的故事：

狐最智，偶入狮子窟，未至也，辄惊而走；彼见坑中百兽迹，有入者无出者故也。

夫死亦人之狮子坑矣，故惧之。惧死则愿生，何疑焉！仁人君子信有天堂，自不惧死

恋生；恶人应入地狱，则惧死恋生，自其分矣。

在此利玛窦不仅引用狐入狮穴的故事，还提出"天堂"与"地狱"之说，教人不要为恶。这显然也是在古希腊寓言中植入了原本没有的宗教观念。

《富而贪吝，苦于贫瘘第十》则讲述了《伊索寓言》中的"马鹿之争"：

心系于财则为财役：上古之时，马与鹿共居于野而争水草也。马将失地，因服于

人，借人力助之，因以伐鹿。马虽胜鹿，已服于人，脊不离鞍，口不脱衔也，悔晚矣。

尔初亦不知，而恶贫，且借财力以克之，迨贫已去，心累于财，恋财为病，且为财役

矣，曷不如马悔乎？

这则寓言则意在劝导人们不要汲汲于财货，贪图眼前利益而为其所累失去自由。

另外一则转述《伊索寓言》中"爱钱的人"的故事：

富而吝者石与金同：《陋哉志》传，曩一富家甚吝，后惧灭其财，则举其资产尽

鬻之，得数万金，成一巨铤，埋土中，自拾林下苦叶食之。既而，盗抇以去，痛哭于

藏所不已，有乡人慰之曰："汝有金既悉不用之，今觅一巨石，大小与金等，代汝金

埋之土中则同矣，奚而痛哭如此？"

此篇劝导人们不要吝啬，与其做守财奴还不如没有那些浮财，强胜于失去的痛苦。

　　《畸人十篇》是利玛窦有生之年所著的最后一部伦理学著作，以他同 7 位明末文人的对话体问答方式来申明基督教伦理道德观念，并引用《春秋》《尚书》等儒教经典中的句子与其互为佐证。写作此书时，利玛窦的中文造诣已达最高峰，因此他能自如地将西方经典《伊索寓言》故事穿插进与中国士人的论谈之中，以此启发读者，并且向中国传统的叙事方式靠近。

　　1617 年，西班牙传教士庞迪我（Diego de Pantoja，1571—1618）在他所著的《七克真训》中也涉及了几篇《伊索寓言》里的故事。如在《论不可喜听誉言》一节中，就有"狐狸和乌鸦"的故事：

　　　　古贤为爱受赞美者立一比方，曰：有一乌鸦，口叼一块肉，歇在树上吃。树下有一狐狸，想吃乌鸦口中的肉，不得到手。无奈只得奉承它说："别人都说乌鸦很黑很丑，但我看乌鸦是最白最美，可算是百鸟之王！但我从来未听见它的好声音。"乌鸦很喜欢狐狸的话，就开口大声，叫狐狸听。一开口，肉就落在树下。狐狸得了肉，看着乌鸦大笑，笑它黑，笑它丑，又笑它蠢。又对它说："我不奉承你，哪里有肉吃？"当面奉承你的人，亦是如此。

　　另在《论戒谗言》节中，则引用了"狮子、狼和狐狸"的故事：

　　　　有一贤者，设一比方说：狮乃百兽之王，一日大病，众兽都来叩安，惟狐狸未到。豺狼就在狮子面前毁谤狐狸说："大王有病，我们都来请安，惟狐狸轻慢大王，不来叩安。此真可恨！"不久狐狸就到了，又知豺狼毁谤了它。走到狮子面前叩安。狮子大怒，问曰："你为何如今才到呢？"狐答曰："小狐非敢故意来迟。但因大王有病，百兽都空手来问安，并不想法子治大王的病。但小狐遍走好多地方，问过多少医生，求一良方，为治大王的病，故此如今才到。"狮子大喜，问曰："有何良方？"答曰："要剥下活狼的皮，趁热披在大王的身上，立刻就好了。"狮子说："现有一狼，才告了你。就把他的皮剥下来，披在我身上。"果然这样做了，病也好了。你看这虽是一个笑谈，到底是训人的至理，总是害人终害自己。

　　庞迪我的《七克真训》在语言上采用较平易的话语方式进行叙述，较利玛窦的《畸人十篇》要通俗得多，读来近乎白话，这与他所选择的普通市民的读者受众有关。但不管二者的叙述策略如何，都同样在 17 世纪初最早将《伊索寓言》引介给了当时的中国读者，使他们耳目一新。

出于证道的需要，传教士们时而会将《伊索寓言》故事对世人
的启发点有所转移，这点本也见仁见智无可厚非，毕竟每个人
阅读后所产生的感受不一定会全为作者的评论所左右。关键在
于，通过传教士们的传播，西方寓言故事从此开始大量生根中国，
并且开花结果。

　　例如明末文人张赓[1]就在"西海金公"金尼阁 (Nicolas
Trigault，1577—1628) 的口述之下，将《伊索寓言》中的 38
则寓言故事收入其中，作《况义》一书，成为最早翻译到中国
的纯文学西方著作，此书也是《伊索寓言》传入中国后的第一
次较集中的呈现[2]，除补编中有几则故事取自柳宗元《柳河东
集》中的寓言作品外，正编 22 篇[3]全部及其余 16 篇补编[4]都
是源自《伊索寓言》。《况义》[5]于天启五年（1625 年）刊行于
西安，与《畸人十篇》《七克真训》等一起，成为明代来华传教
士借《伊索寓言》传道的底本。而且，明末清初的福建名士李
世熊[6](1602—1686) 还仿效《况义》，采用《伊索寓言》惯用
的动物寓言、拟人手法写作了《物感》，讽喻时局，寄托故国
之思。到清代后期已经有了《伊索寓言》的多种中译本，仿作
更是不计其数。

　　明清之际大批传教士来华传教，以利玛窦为代表的耶稣会
士在经过不断探索后选择了中国化的适应路线，努力将基督教
的思想向中国传统文化和社会风俗靠拢，《况义》就是这种策
略的产物。《况义》从书名到立意，都已然是一本堪称地道的
中国文学著作，以中国文言讲述西方寓言。即便它本是西方故事，
在中国文化的浸染下，也几乎脱尽了"洋装"，不仅在语言形
式上，也在内容、内涵等诸多方面"中国化"，成为繁盛的明
清文学之一枝，旁逸斜出，别具姿态。《况义》一书正文统共

1. 张赓，字夏詹，又字明皋，福建泉州人，明末天主教奉教文人。

2. 参见戈宝权：《中外文学因缘——戈宝权比较文学论文集》，第 401—425 页，北京：北京出版社，1992 年版。

3. 含《胃与脚》《人与森林之神》《兔与青蛙》《叼着肉的狗》《农夫和母鸡》《南风和北风》《朋友和熊》《田鼠和家鼠》《老人和行人》《狐狸与吸血蝇》《驼盐的驴子》《驮神像的驴子》《父子与驴》《驴和叭儿狗》《母鸡和燕子》《狮子、狼和狐狸》《农夫和狗》《乌鸦和狐狸》《马和驴》等篇。

4. 含《夫神像的人》《牛和蛙》《鹰和狐狸》《农夫和鹳鸟》《行人与蛇》《乌龟和老鹰》《苍蝇与蜜》《青蛙邻居》《麻雀和野兔》《芦苇与橡树》《乌鸦与蛇》等《伊索寓言》故事。

5.《况义》一书现有抄本存于法国国家图书馆。

6. 李世熊，字元仲、号寒支，晚号愧庵，福建宁化人。"天下名志两部半"，其中之一《宁化县志》的编纂者便是李世熊。有《奉行录》《经正录》《史感》《物感》《寒支初集》《寒支二集》及《狗马史记》等著述。

不过 2000 余字，却凝聚了中西文人学士几多心血与努力。从一些细节处，便能看出《伊索寓言》在中国本土化改编的痕迹。如《伊索寓言》中原有的《太阳与北风》，在《况义》中变成了《南风和北风相争论》，太阳和北风两种不同质的自然现象对人们的影响力到了中国改作了更具审美对称性的南北风，而阴阳观念的引入更是西方文化中不可能出现，中国人却司空见惯更能接受，可见述者金尼阁和录者张赓在创作时的匠心；《伊索寓言》中常见的宙斯、雅典娜、赫尔墨斯等古希腊的神祇，在《况义》中也大都隐退不见；委婉劝诫、君子之风的笔调比辛辣讽刺、一针见血的原著更能为以农为本、耕读传家的中国社会各阶层接受；同时，作者也将御人之术、为官之道这些古希腊下层人民不大理会的寓意在《况义》中挖掘了出来，赋予了《伊索寓言》中国意义；《伊索寓言》所代表的是古希腊文化，其反映的城邦文化特征在中国社会是难以被理解和接受的，因此《况义》在叙述时将其改造为中国文化大一统的形式……也正因这些对中国儒家文化的亲近与认同、对中国大众民族文化心态的"适应化"改写，《况义》一书才能历经 400 余年而流传至今，让我们有幸一睹这朵移植自异域的寓言之花在晚明的沃土上开放。

第三节 来华传教士对意大利文艺复兴的介绍

13 世纪的意大利在西方世界可谓盛极一时，成为欧洲的焦点。但意大利各城邦共和国发展并不平衡，以神圣罗马帝国皇帝为代表的世俗君主和象征神权的罗马教皇争夺统治权，各阶层之间矛盾重重。争取民族国家统一、促进资本主义经济持续发展的客观需求，加上十字军东征带回的古希腊、古罗马的思想文化成果和黑死病瘟疫由亚向欧顺着意大利商人的黑海航道笼罩而来导致的世纪危机等各种因素的影响之下，13 世纪末叶，反封建、反教会的文艺复兴运动（Rinascimento）在意大利北部佛罗伦萨、米兰、威尼斯等城邦兴起，并很快向西欧各国蔓延。

文艺复兴发源地佛罗伦萨

中世纪到文艺复兴时期的欧洲上空是一片宗教的迷雾，而基督教一统欧洲的神学文化根源来自两希（即古希腊—罗马文化和希伯来文化）文化。中世纪初期蛮族的入侵和后来天主教会的禁锢，使得希腊古典文明逐渐遗落。直到 1453 年奥斯曼土耳其帝国攻陷君士坦丁堡，东罗马帝国灭亡，大批人才携带珍藏的文化艺术精品逃亡意大利，才使得古代希腊、罗马文化被重新发现，大放异彩地呈现在世人面前。以文艺复兴"三杰"之一、"桂冠诗人"弗兰齐斯科·彼特拉克（Francesco Petrarch，1304—1374）为首的人文主义者遍访欧洲，重新发掘和出版经典的希腊和拉丁文著作，力图恢复古典语言和艺术，重振古代文化。到 15 世纪中期以后，意大利的文艺复兴运动达到了空前繁荣。但丁（Dante Alighieri，1265—1321）、薄伽丘（Giovanni Boccaccio，1313—1375）、莱昂纳多·达·芬奇（Leonardo da Vinci，1452—1519）、米开朗基罗（Michelangelo di Lodovico Buonarroti Simoni，1475—1564）、拉斐尔（Raphael Sanzio，1483—1520）、马基雅维利（Niccolo Machiavelli，1469—1527）、布鲁诺（Giordano Bruno，1548—1600）、伽利略（Galileo Galilei，1564—1642）等一系列璀璨巨星在意大利文艺复兴的天际熠熠闪耀，他们倡导人文主义精神，主张积极进取、科学求知，推动了人们思想的解放和观念的更新。

文艺复兴后三杰

达·芬奇　　　　　米开朗基罗　　　　　拉斐尔

16 世纪时，文艺复兴运动已经盛行全欧洲，并催生出宗教改革和启蒙运动。文艺复兴运动不仅在思想意识、文化艺术领域引领欧洲走出中世纪，在科学领域也收获了丰硕的成果，欧洲的中古时代结束，近代史由此开端。

但到了 17 世纪，由于 15 世纪末新航路的开辟、国际商道的转移，意大利逐渐失去了世界商业中心的地位。经济衰落，政治分裂，战乱不断的势态之下，曾经井喷的文学、艺术也随之衰退，意大利不再是欧洲人心所向的文化中心。而罗马教廷面对神权屡受挑战的状况，加紧钳制进步思想、科学精神，并一再修订《禁书目录》[1]。即便如此，在意大利，教宗尤金四世（Gabriele Condulmer，1431—1447 年在位）的私人秘书还是选用了一位拜占庭人文主义者，他选拔官员的重要标准则是学问的高低；而其继任者、文艺复兴时期的第一位教皇尼古拉五世（Tomaso Parentucelli，1447—1458 年在位）则嗜书成癖，梵蒂冈图书馆为其所建，而他的私人秘书竟是前文提到过的意大利著名人文主义者洛伦佐·瓦拉（Lorenzo Valla，1407—1457）！再下一任教宗庇护二世（Aeneas Sylvius Piccolomini，1458—1464 年在位）本人就是一位人文学者和诗人。接下来的教宗们也许没有上述这几位这般扶持文艺复兴运动甚至屡加打压，但他们又大多会聘请文艺复兴时期的大师们为教廷服务，进行油画、壁画、雕刻等创作，并留下了大批辉煌灿烂的传世作品。受聘于教廷的文艺复兴主义者自然也不能太多地表现反教会、反封建的情绪，因此，二者在某种程度上和睦共存。而耶稣会虽然是为应对新教改革而生，绝财、绝色、绝意且绝对忠于教皇，但却不受中世纪宗教生活的束缚，而以传教、教育、科研为主要工作，知识渊博、灵活变通是耶稣会士的特点。也正因为此，来华的耶稣会士们除了对前述《圣经》《伊索寓言》等文学的翻译之外，也将意大利文艺复兴其他人文领域的成果如绘画、音乐、建筑、政治、哲学、教育等和自然科学方面如天文历算、地理、物理、医学、军事、农田水利

1. 印刷术经由阿拉伯世界传入欧洲，从前珍贵的手抄书籍被大量出版的新书取代，连《圣经》的译本都变得芜杂起来。16 世纪初，意大利文艺复兴和德国宗教改革的劲风猛吹之下，人文主义书籍层出不穷。1517 年马丁·路德又提出《九十五条论纲》。针对来自各方的冲击，罗马教廷遂于 1542 年恢复异端裁判所，次年又宣布，未经教会许可不得出版或销售任何书籍，并于 1559 年颁布了《禁书目录》（Index Librorum Prohibitorum）。此后至 1948 年间先后修订了 31 版，总计 4000 多种图书、50 多位作者被禁，马丁·路德、马基雅维利、哥白尼、布鲁诺、达尔文、笛卡尔、福楼拜、马勒伯朗士、孟德斯鸠、拉伯雷、卢梭、斯宾诺莎、伏尔泰等人及其作品均在其列。

的科技成就介绍到中国[1]，翻译成中文，其中很多被收入《四库全书》。

利玛窦向万历皇帝进献的贡物中，有精美的耶稣像、圣母图、八音琴、自鸣钟、铜版画等。西洋画像的逼真使宫廷中人十分震惊，自鸣钟成为利玛窦得以久居京城的楔子，而与中国乐器异形异音的八音琴和充满西洋建筑风味的铜版画也引起了皇帝的兴趣。利玛窦奉命作《西琴八曲》，用保留了西方古典曲调的宗教音乐和典雅古朴的歌词来唤起东方人对时间和生命的感叹与觉悟，他的同伴庞迪我也顺势进宫教太监弹琴和歌唱。西班牙圣洛伦佐宫的建筑铜版画则满足了万历对西洋宫殿样式的好奇。而利玛窦等人在肇庆、韶州、北京、南京各地传教时兴建的教堂，让更多的中国人第一次感受到西方文艺复兴以来的宗教建筑风格和技法。时人在记述北京风物时，专门有"天主堂"一节，即记利玛窦在京所建之南堂：

> 堂在宣武门内东城隅，大西洋奉耶稣教者利玛窦，自欧罗巴国航海九万里入中国，神宗命给廪，赐第此邸。邸左建天主堂，堂制狭长，上如覆幔，傍绮疏，藻绘诡异，其国藻也。供耶稣像其上，画像也，望之如塑，貌三十许人，左手把浑天图，右又指若方论说次，指所说者。须眉竖者如怒，扬者如喜，耳隆其轮，鼻隆其准，目容有瞩，口容有声，中国画绘事所不及。所具香灯盖帏，修洁异状。右圣母堂，母貌少女，手一儿，耶稣也。衣非缝制，自顶被体，供具如左……[2]

甚至连利玛窦的墓地，也成为京城一景，促进了人们对西方建筑的了解：

> 越庚戌，玛窦卒，诏以陪臣礼葬阜成门外二里，嘉兴观之右。其坎封也，异中国，封下方而上圜，方若台圮，圜若断木。后虚堂六角，所供纵横十字文。后垣不雕篆而旋纹。脊纹，螭之岐其尾。肩纹，蝶之矫其须。旁纹，象之卷其鼻也。

1. 1613 年，耶稣会士金尼阁受耶稣会中国传教区会长龙华民 (Nicolas di Longobar, 1559—1654) 派遣返欧，向罗马教皇保禄五世 (Camillo Borghese, 1552—1621) 奏陈教务，并请准翻译经典、司铎用华言行圣祭、诵日课，并请求耶稣会总会增派人手，从欧洲各国采购图书仪器，以便在北京建立教会图书馆。1619 年，金尼阁不辱使命，满载而归，带着邓玉函、罗雅谷、汤若望、傅泛际等耶稣会士同舟抵澳门，他们还携带来 7000 余部囊括欧洲古典名著和文艺复兴运动以后的神学、哲学、科学、文学艺术等方面最新成就的欧洲精装图书，并制定了系统的汉译计划。此后，这批传教士和他们带来中国的书籍都在西学中传的过程中发挥了重大作用。但因为 1629 年金尼阁逝世，7000 册西籍汉译的计划止于半途。

2. [明] 刘侗、于奕正：《帝京景物略》，上海：上海古籍出版社，2001 年版。

垣之四隅，石也，杵若塔若焉。……墓前堂二重，

祀其国之圣贤。[1]

1. [明] 刘侗、于奕正：《帝京景物略》，上海：上海古籍出版社，2001 年版。

此外，高一志撰写的《修身西学》《齐家西学》《民治西学》等书籍介绍了西方伦理、政治方面的情况，他的《童幼教育》一书则以西方儿童教育为中心，其中的《西学》篇介绍了西方学科体系，被称为"西来孔子"的艾儒略在此基础上所作之《西学凡》一书中介绍了西方文学、哲学、医学、民法、教规和神学等各类文化，亚里士多德和托马斯·阿奎那都藉由他的著作名扬中国。而李之藻（1565—1630）与傅泛际（Francois Furtado，1587—1653）合译的《名理探》则第一次将亚里士多德的逻辑学部分译为中文。

自然科学知识方面，利玛窦初至中国，就带来了世界地图、日晷、浑仪、星盘与天体仪等各种天文仪器，而明末知识阶层兼容并蓄的文化胸怀使得他们极为重视这些西方物品，并极力想弄清其中的奥秘。大学士徐光启（1562—1633）甚至曾再三再四地敦请利玛窦翻译《几何原本》，熊三拔 (Sabatino de Ursis，1575—1620) 的《简平仪说》《泰西水法》也是在这样的情况下诞生的[2]。于是利玛窦和他的同工们纷纷著书立说，宣扬西方科学文化，希望通过"科学传教"的路线，宣传先进的西方科学技术，吸引有识之士的关注，引起他们对西学的兴趣和羡慕，并进而逐步达到"中华归主"的目的。

2. 参见邹振环：《晚明汉文西学经典：编译、诠释、流传与影响》，上海：复旦大学出版社，2011 年版。

利玛窦与徐光启

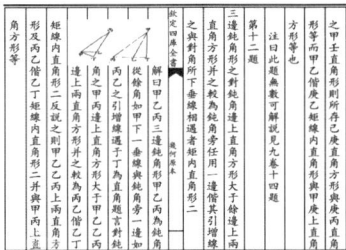

利玛窦与徐光启合译的《几何原本》

除展示、介绍西方先进科学仪器外，利玛窦还选译了西方天文历算方面的著作，其所撰之《乾坤体义》被《四库全书》的编纂者称为"西学传入中国之始"，与徐光启合译的古希腊数学家欧几里得所著的《几何原本》，将代数、几何、形式逻辑等西方概念引入中国；与李之藻合译的《浑盖通宪图说》第一次向国人介绍了天文观测仪器平仪的制作与使用方法，也因此将地心说、地圆说、投影法等理论介绍到中国；《同文算指》则是中国第一部系统介绍欧洲笔算的数学书。

　　至崇祯初年，日蚀失验，崇祯帝问罪于有司，后接受徐光启的建议设历局，改革历法，改《大统历》为《崇祯历书》[1]。徐光启主持下的历局任用西方传教士，翻译了《简平仪说》《表度说》等天文类书籍[2]。

　　耶稣会士们之所以介绍托勒密、第谷的"地心说"理论不及哥白尼、布鲁诺、开普勒等人的"日心说"先进，除去当时欧洲的宗教背景之外，也因为他们来华时这些理论还未成说或尚有待验测[3]。但他们向中国人展示的地理知识因为已经葡萄牙、西班牙、意大利探险家们的航海实证，是"地理大发现"以来的最新成果。

　　利玛窦在华期间绘制了8种中文世界地图，其中最著名的是《坤舆万国全图》。为了迎合中国人的"中央之国"观念，绘图时利玛窦将本初子午线西移了170度，以便让中国呈现在世界地图的正中，并创制了地球、南极、北极、地中海、太平洋、赤道、地平线、经线、纬线等地理译名。这一不同于中国传统舆地图、蕴含着全新宇宙观的地图受到上至皇帝下至布衣的广泛喜爱，不仅被万历皇帝置于卧榻之侧，每日坐卧都要细细端看，且在明清之间先后被翻刻达12次之多。艾儒略在庞迪我、熊三拔的手稿基础上编译成了五卷本的《职方外纪》，介绍了亚细亚、欧罗巴、利未亚和新发现的阿墨利加四大洲。龙华民的《地震解》和高一志的《空际格致》则将西方气象学、地震学知识介绍到中国。《泰西水法》《表度说》等欧洲水利工程学著作的翻译

1. 《崇祯历书》共46种、137卷，成书于1620—1634年，由李之藻、李天经、龙华民、邓玉函、罗雅谷、汤若望等人编译，采用了很多欧洲天文学知识。书成后尚在检验未及推广而明亡清兴。后由汤若望献给清廷并在全国使用，为我国现今农历的基础。

2. 此前，在历局见习的汤若望（Johann Adam Schall von Bell, 1592—1666）还曾在1626年与李祖白（？—1665）翻译过介绍伽利略望远镜制作方法的《远镜说》。伽利略的朋友邓玉函（Johann Schreck, 1576—1630）则直接将其望远镜带来中国。他通晓欧洲多国语言，精于天文学、医学、博物学、力学、机械学，与伽利略同列罗马采灵研究院院士，来华前已是欧洲著名学者。在华期间撰译了最早介绍西方最新医学、生理学、解剖学知识的《泰西人身说概》一节，并曾尝试介绍"日心说"。

3. 1687年，牛顿的"万有引力定律"横空出世后，百余年前哥白尼提出的"地动日心说"才在欧洲得到人们普遍的支持，而此后罗马教廷对其学说的禁令又经过近百年才解除。

则开阔了时人在农田水利方面的视野。

在传教士们掀起的西学热潮之下，徐光启作《农政全书》，其学生、明末辽边名将孙元化（1581—1632）曾"从高则圣（高一志）学铳法"，并著有《西法神机》《经武全书》两部中国最早介绍西洋火器、战术的军事著作。明末著名火器理论家焦勖吸收西方先进造炮技术和军事知识写作而成火器技术专著《火攻挈要》。孙元化的幕僚王徵（1571—1644）则师从邓玉函，作《远西奇器图说录最》以补实务，其中涉及很多西方物理方面如重心、比重、杠杆、滑车、轮轴、斜面等机械力学方面的知识。

西学在中国的传播因清入关后统治者的文化钳制政策和雍正年间的全面禁教而几近断裂，传教士们耗费大量心血的译述在中国的传播范围十分有限，清代的大多数文人早已没有了晚明知识分子的开放胸襟和求新求异心态，《四库全书》中收录的那些西学书籍渐渐蒙上了厚厚的历史尘埃，但意大利和中国的文化交流却实实在在地在这些书籍的撰述和中西方知识分子的交往与合作中得到了发展。令传教士们始料未及的是，他们在中国输入西学的同时，通过发回欧洲的通信，也向西方世界输出了中国的传统伦理道德和政治文化思想。而 17—18 世纪的欧洲正处在怀疑与批判的理性主义浪潮下，西方世界对于传教士们所报道的那个"理想国"般完美的东方古国产生了狂热的幻想，中国君主专制政体的把持者康熙皇帝也符合他们心目中的理想君主形象，于是西方世界在 17—18 世纪掀起了一股"中国热"，思想领域则直接催化了"启蒙运动"的发展。

第五章　　中国文人笔下的意大利人形象

　　本章从接受史的角度，主要通过中国文人对西人、西学的接受与排拒考察中意文学的交流。由于篇幅和内容的限制，所征引的例证大多仅限于中国文人笔下的意大利人形象，如来往中国贸易的意大利商人、在西西里火山洞穴旁辛勤劳作的西西里山民、泛海万里前来传教的意大利籍传教士等，都曾出现在国人的笔下，留下了早期中意文化交流的重要影像和文字。

第一节　普通人形象泛指——《三才图会》中的意大利商人与山民

前文已经介绍过，宋代时中国人已经在地理著作中提到了意大利的罗马和西西里岛。随着民间印刷的繁盛，明万历三十五年（1607 年）出版的百科全书式通俗绘图类书《三才图会》中出现了有关意大利人的插画，描绘了或许是目前中国可见的最早的意大利普通人肖像。

其中一幅画上立一商人，其人宽额高鼻，身材高大，身着汉服，长袍广袖，脚蹬皂靴，特别彰显其外族身份的是，他头戴的高帽帽体装饰有横、竖条花纹，帽后缀有两根长带，双手还托举着一盆珍贵的珊瑚树，虽然是非我族类，却给人以文质彬彬、和蔼有礼的印象。肖像左侧竖书两排注释："大秦国西方番商萃此。其王以布帛织出金字缠头，地产珊瑚、生金、花锦、缦布、珍珠等物。"迎合明末市民口味的该书图文互证，道听途说而来的文字不影响其记述的精细。尽管此图过多地同化了来华的大秦人，但其中的欣赏之情还是跃然图上。事实上，一向鄙视夷狄戎蛮的史家对"大秦"之国自古就是青眼独具，笔下美誉甚多。我们在第一章已经详细列举过自西汉以来中国史料中对大秦及大秦人"有类中国"的高度认同的慷慨评价，在此不再赘述。

《三才图会》中另外一幅图，则是对赵汝适《诸蕃志》中"斯伽里野国"其地其人的形象化注释。图上方是文字说明："斯伽里野国，山上有穴，四季出火。国人扛大石纳穴中，须臾爆出皆碎。五年一次火出，其火流转海边复回，

《三才图会》中的意大利商人

所遇林木不烧，遇石焚之如炭。"文字下见一山洞，洞口有两人正赤祖上身，肩扛挑竿，担挑巨石，准备往洞中投掷。熊熊烈火从洞内喷出，几乎要燃烧到二人的头顶，而其神色坦然，显是习以为常。这两位西西里岛劳动者的形象与前面大秦人冠冕堂皇、有类中国的形象大相径庭，作者显然没有将"斯伽里野国"与"大秦国"的关系厘清，想当然地将其归于山野草民，而二人髡首肉袒、腰系布巾的装扮恐怕是根据对东邻岛国下层人民的想象与借鉴而来。

《三才图会》中的意大利山民 [1]

1.[明] 王圻、王思义辑：《三才图会》卷十四、第 8 页，明万历三十五年（1607 年）槐荫草堂刻本。

第二节　中国文人笔下的意大利传教士

和元代教廷派往中国的使臣多为当时新成立的方济各会成员不同，到了明代末期，以利玛窦为首大举来华的早期西方传教士，则以其时创立未久的耶稣会士为盛，如率先抵达上川岛并不幸殒命的方济各·沙勿略其人便是耶稣会的创始者之一。耶稣会培养出的传教士俱是西国饱学之士，他们主要以传教、科研、教育为务，走"上层路线"，接近传教国的皇室、贵族等，甚至能对该国的政治施加影响力。因此，耶稣会士来到中国后，在中国知识分子心目中的形象与当时殖民海上，觊觎中土的荷兰、葡萄牙等"红毛番"有着天壤之别。

中国文人笔下的意大利传教士形象，首推史地书籍中的相关记载，其余或行之于序跋之中，如徐光启等朝臣、名士为传教士汉文书籍所作的推介；或论之于书信之间，

如李贽等中国文士在往来信函中向友人提及这些"西儒";
或赞之于诗文唱答,如中西方学者以中国人传统的方式所
作的酬唱;或见之于身后悼文,如利玛窦去世后出现的大
量追忆文字;更有潜之于讨伐檄文者,如《圣朝破邪集》
等反教书集。以下我们摘取其中一些片段简要介绍之。

一、 利玛窦

　　利玛窦是在中国正史中首先得到官方认可的"陪臣",
他 10 余年努力不懈,终于首次叩响京畿门户,奉旨为万历
帝专司其所进呈的西洋钟表的维护[1],并在逝世之后能蒙

> 1. 有趣的是,利玛窦因此被后世的中国钟表匠尊为祖师爷。

皇帝赐土,永葬中国,为后继者的传教事业打开了局面。
因了他和其他早期来华传教士们在中国的耕耘,促进了中
国对西方的了解,《明史·列传第二百十四·外国七·意
大里亚》第一次出现了准确的意大利国名的音译,并记载
了利玛窦在华的行迹:

利玛窦像

> 　　意大里亚,居大西洋中,自古不通中国。万
> 历时,其国人利玛窦至京师,为万国全图,言天
> 下有五大洲。第一曰亚细亚洲,中凡百余国,而
> 中国居其一。第二曰欧罗巴洲,中凡七十余国,
> 而意大里亚居其一。第三曰利未亚洲,亦百余国。
> 第四曰亚墨利加洲……最后得墨瓦腊泥加洲为第
> 五。而域中大地尽矣。其说荒渺莫考,然其国人
> 充斥中土,则其地固有之,不可诬也。
>
> 　　大都欧罗巴诸国,悉奉天主耶稣教,而耶稣
> 生于如德亚,其国在亚细亚洲之中,西行教于欧

罗巴。其始生在汉哀帝元寿二年庚申，阅一千五百八十一年至万历九年，利玛窦始泛海九万里，抵广州之香山澳，其教逐沾染中土。　至二十九年入京师，中官马堂以其方物进献，自称大西洋人。

　　……自玛窦入中国后，其徒来益众……其国人东来者，大都聪明特达之士，意专行教，不求禄利。其所著书多华人所未道，故一时好异者咸尚之。而士大夫如徐光启、李之藻辈，首好其说，且为润色其文词，故其教骤兴。

清代官修《四库全书》中存有浙江巡抚采进本利玛窦撰《二十五言》一卷，也记载了利玛窦的生平：

　　西洋人之入中国自利玛窦始，西洋教法传中国亦自此二十五条始，大旨多剽窃释氏而文词尤拙，盖西方之教惟有佛书，欧逻巴人取其意而变幻之，犹未能甚离其本，厥后既入中国，习见儒书，则因缘假借以文其说，乃渐至蔓衍支离，不可究诘，自以为超出三教上矣。附存其目，庶可知彼教之初，所见不过如是也。

《四库全书》的编者虽对利书颇多诋毁之辞，将其诬为剽窃佛教，攻击其文词拙劣，但考之当时清廷禁习洋教的大背景下，《二十五言》仍被收入钦定丛书，且列为"子部杂家类存目二"，也从侧面反映出西学对当时中国社会的影响。

除官修史书之外，民间的稗官野史中也有很多关于西方传教士的记载，如明朝文学家沈德符[1]在他的《万历野获编》中就有"大西洋"的长篇文字提到利玛窦：

　　利玛窦字西泰，以入贡至，因留不去。近以病终于邸。上赐赙葬甚厚。今其墓在西山。往时予游京师，曾与卜邻，果异人也。初来，即寓香山嶴，学华言、读华书者凡二十年，比至京，已斑白矣。入都时，在今上庚子年。途经天津，为税监马堂所谁何，尽留其未名之宝，仅以天主像及天主母像为献。礼部以所称大西洋为《会典》所不载，

1. 沈德符（1578—1642），字景倩，又字虎臣，浙江秀水（今嘉兴）人。著有《万历野获编》《清权堂集》《敝帚轩剩语》《顾曲杂言》《飞凫语略》《秦玺始末》等。其中以其仿欧阳修《归田录》体例所撰之《万历野获编》最为著名。《万历野获编》正编 30 卷撰于 1606—1607 年，续编 12 卷成于 1618 年，两编跨度长达 12 年，记载了两宋以来至明代尤其是嘉靖、万历两朝的朝章国故、民间情状、琐事轶闻等，因其父、祖及本人均曾出仕，交游广泛，沈德符自幼就多闻朝野故事，加以成年后的耳闻亲见，又饱读家中藏书楼之书，故其书内容详瞻，真实可信，清代官修《明史》时，有些内容也是从《万历野获编》中参考而来。

难比客部久贡诸夷，姑量赏遣还。上不听，俾从便僦居。玛窦自云其国名欧逻巴，去

中国不知几千万里。今琐里诸国亦称西洋，与中国附近，列于职贡而实非也。今中土

士人授其学者遍宇内，而金陵尤甚。盖天主之教，自是西方一种。释氏所云旁门外道，

亦自奇快动人。若以为窥伺中华，以待风尘之警，失之远矣……[1]

1. 沈德符著，钱枋雨辑：《万历野获编》卷三十。

对比前面《明史》的相关内容可以看出，沈德符由于在北京曾与利玛窦比邻而居，与之当

有过较多交往，对利子在华的行踪了解较之《明史》所记更为详尽，且其内容与利玛窦本人回

忆录中的记载都能够对应。他还特别强调，天主教是西方的一种宗教，并无窥伺中华之心，为

传教士们正名。而《万历野获编》由于其内容的丰富可信，其中很多材料甚至直接为《明史》

所借用，在当时以及后来的影响都很大。而他在文中提到的"中土士人授其学者遍宇内，而金

陵尤甚"也从侧面证明了西学在晚明知识界确曾受到广泛欢迎。

《帝京景物略》一书中"利玛窦坟"一节也简述了利玛窦的生平：

万历辛巳，欧罗巴国利玛窦入中国。始到肇庆，刘司宪某待以宾礼，持其贡表达阙庭。

所贡耶苏像、万国图、自鸣钟、铁丝琴等，上启视嘉叹，命冯宗伯琦叩所学，惟严事天主，

谨事国法，勤事器算耳。玛窦紫髯碧眼，面色如朝华。既入中国，袭衣冠，译语言，

躬揖拜，皆习。越庚戌，玛窦卒，诏以陪臣礼葬阜成门外二里，嘉兴观之右。[2]

2. [明] 刘侗、于奕正：《帝京景物略》，上海：上海古籍出版社，2001年版。

以上都是历史、地理著作中关于利玛窦的介绍。除了打通官方大道，在史书中留下记载之

外，利玛窦自入华伊始就与士大夫多相晋接。这位博闻强识、满室"珍异"又敦厚温润的"西

儒"让中国文士既好奇又敬仰，争相接近，以至于利玛窦忙于迎来送往，几至废寝忘食。梁任

公曾在《中国近三百年学术史》中写道："当时治利、徐一派之学者，尚有周子愚、瞿子谷、

虞淳熙、樊良枢、汪应熊、李天经、杨廷筠、郑洪猷、冯应京、王汝淳、周炳谟、王家植、瞿

汝夔、曹于汴、郑以伟、熊明遇、陈亮采、许胥臣、熊士旂等人，皆尝为著译各书作序跋者。"[3]

3. 梁启超：《中国近三百年学术史》，第14页，北京：中国画报出版社，2010年版。

由此可见，长长的中国名士名单之下，凡作序跋者必与西士有交谊，而于彼等之著述不无仔细

推敲者。利玛窦进贡给万历皇帝和在交游中馈赠给上层文人的诸般西洋奇巧，他著书立说介绍

西方科学知识和异质文化是相当一部分明末士人与其交接的兴趣点所在，他本人在华近30年

中表现出的高尚品节也让很多中国知识分子为之惊异，以上种种，都在中国文人的文稿、笔记、

书信中体现出来。

瞿汝夔[1]是最早与利玛窦相识并为其著作序的
中国文人之一，他在万历二十七年为利玛窦《交友
论》所作的序言[2]中写道：

> 万历己丑，……与利公遇于端州[3]，
> 目击之顷，已洒然异之矣！……予适过曹
> 溪[4]，又与公遇，于是从公讲象数之学，
> 凡两年而别。

瞿汝夔这位"求异"的官宦子弟一见利玛窦便为
其异质文化特征所吸引，二见更跟随他居韶州两年，
学习天文地理算术。正是他劝说利玛窦从儒易佛，
脱下初入中国时穿上的僧袍，改穿儒服，并利用自己
的社会关系为这位西儒争取了更多知识分子的亲近。

明代经学家章潢[5]在《图书编》中记载：

> 近接瞿太素，谓曾游广南，睹一僧，
> 自称胡洛巴人，最精历数，行大海中，惟
> 观其日轨，不特知时、知方，且知距东西
> 南北远近几何。[6]

章潢所指"胡洛巴人"无疑就是抵华未久，仍
着僧袍尚未易儒服、孜孜以求进京机会的利玛窦。
在瞿汝夔的热心宣传下，利玛窦带来的西方科学知
识让未曾谋面的章潢都感佩其天文地理无所不通的
博学。所以万历二十二年至二十五年(1595—1598
年)利玛窦在南昌期间，从章潢处受益良多，在《利
玛窦书信集》等著作中对这位南昌城中受人尊敬的
"章本清先生"就有记载。时任天下第一书院白鹿
洞书院洞主[7]的章潢非常欣赏利玛窦，别出心裁地

1. 瞿汝夔，字太素，出身于江苏常熟海虞瞿氏，是《永乐大典》的总校官、前礼部尚书瞿景淳（1507—1569）之子，也是最早与利玛窦接近并受洗的中国文人之代表。他既是帮助利玛窦适应中国的益友，曾劝其脱下"博雅儒僧"的僧袍，蓄须留发着儒服，又师事利子，从其学习西方数理知识，如《同文算指》《浑盖通宪图说》《欧几里得几何》等，并曾尝试翻译《欧几里得几何》之一部分为中文。参见黄一农：《两头蛇：明末清初的第一代天主教徒》，第 34 页，上海：上海古籍出版社，2006 年版。

2.《天学初函·交友论·序》，台北：台北学生书局，1965 年版。

3. 今广东肇庆。

4. 属广东韶州。明代韶州府曹溪在府城东南三十里，因佛教禅宗六祖慧能在曹溪宝林寺演法而闻名。

5. 章潢（1527—1608），字本清，江西南昌人，明代大儒，属江右王门学派。著有《周易象义》《尚书图说》《诗经原体》《书经原始》《春秋窃义》《礼记札言》《论语约言》《图书编》等。其中由其门人万尚烈于万历四十一年（1613 年）付梓的《图书编》共 127 卷，介绍了很多关于西学的知识。

6.[明]章潢：《图书编》，见《文渊阁四库全书》钞本，卷16，第64页，台北：台湾商务印书馆，1986 年版。

7. 位于庐山五老峰南麓的白鹿洞书院是"中国四大书院"之一，始建于唐贞元年间，南唐时在此地兴办"庐山国学"（又称"白鹿国学"），与金陵秦淮河畔的国子监齐名。北宋时太宗重视书院教育，白鹿洞书院规模更盛。后渐衰败，直到南宋年间又因理学宗师朱熹的重视和扶持重新兴盛。元末书院毁于战火，至明代正统、成化、弘治、嘉靖、万历年间经历了数次修缮。明代王阳明心学在八股之外别出蹊径，万历年间，理学兴盛的江西省王学学者汇聚，其中章潢、吴与弼、邓元锡、刘元卿并称"江右四君子"。博学宏识却不闻于科举的章潢时任白鹿洞书院院长，积极传播新知识、新思维，吸引了全国各地的读书人前往求学。

邀请他担任外籍"客座教授"登堂讲学，大大开阔了当时读书人的眼界，利玛窦在南昌也因此过得顺风顺水，与来自全国各地的白鹿洞书院师生等士人建立了良好的关系，为后来的传教事业奠定了广泛的上层基础。

利玛窦曾经担任过"外教"的江西白鹿洞书院

利玛窦是天主教在华发展的开山之人，在他之前未能进入中国内地的会中前辈们曾号呼，问中国这块岩石什么时候才能打开。而要想在中国社会导入新的文化因素，大刀阔斧必然行不通，实际上，利玛窦的每一步都走得如履薄冰，小心谨慎。在他成功进入北京并获准永居之前，很多中国士人都费劲揣摩利玛窦不远其万里所来为何。

和瞿汝夔一样曾为《交友论》作序的冯应京[1]写道，"……鸟有友声，人有友生，鸟无伪也，而人容伪乎哉？京不敏，蚤溺铅椠，未遑负笈求友，壮游东西南北，乃因王事敦友谊，视西泰子迢遥山海，以交友为务，殊有忝愧，爰有味乎其论，而溢信东海西海，此心此理同也"，将利玛窦东来的目的笼统归为东西共通的"交友"之心。

> 1. 冯应京（1555—1606），字可大，号慕罔，安徽泗州人（现江苏省盱眙县），曾官至湖广监察御史，也是经利玛窦引入教门的明末奉教士大夫的代表。

明代思想家李贽[2]晚年的书信诗文集《续焚书》中有一封《与友人书》，信中他这样向朋友描述利玛窦其人及他与利玛窦的交往：

> 2. 李贽（1527—1602），字宏甫，号卓吾，别号温陵居士、百泉居士等，福建泉州人，回族。李贽是明代著名的思想家、文学家，中年弃官，寄寓湖北讲学，批判传统理学、重农抑商，倡导功利价值和真情实感的"童心说"。晚年往来南北两京，因逆下狱，在狱中以剃刀自刎而死。著有《焚书》《续焚书》《藏书》等。

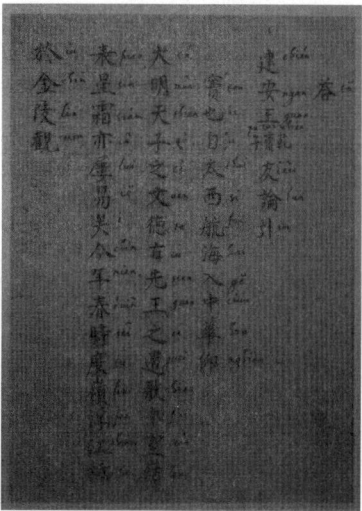

利玛窦《交友论》中的一页

> 承公问及利西泰，西泰大西域人也。到中国十万余里，初航海至南天竺，始知有佛，已走四万余里矣。及抵广州南海，然后知我大明国土先有尧、舜，后有周、孔。住南海肇庆几二十载，凡我国书籍无不读，请先辈与订音释，请明于《四书》性理者解其大义，又请明于《六经》疏义者通其解说，今尽能言我此间之言，作此间之文字，行此

间之仪礼，是一极标致人也。中极玲珑，外极朴实，

数十人群聚喧杂，雠对各得，傍不得以其间斗之

使乱。我所见人未有其比，非过亢刚过谄，非露

聪明则太闷闷瞆瞆者，皆让之矣。但不知到此何为，

已经三度相会，毕竟不知到此何干也。意其欲以

所学易吾周、孔之学，则又太愚，恐非是尔。[1]

1. 李贽：《续焚书》卷一，第 33 页，北京：中华书局，1961 年版。

这封信在李贽的众多书信中别树一帜，非谈佛，非辩

己，非愤世，非叛道，反而是站在传统士绅角度来反观利

玛窦这一西来外人。虽然言辞之间李贽疑惑利玛窦在南方

小城久居所为何来，与其相交三次也没能摸透利玛窦来华

的意图，于是以"刹利标名姓，仙山纪水程"[2]的诗句将

2. 张建业主编：《李贽文集第一卷·焚书·卷六·赠利西泰》，第 240 页，北京：社会科学文献出版社，2000 年版。李贽原诗为："逍遥下北溟，迤逦向南征。

其归为修仙者，或是"中极玲珑，外极朴实"、通晓四书

刹利标名姓，仙山纪水程。回头十万里，举目九重城。观国之光未，中天日正明。"

五经又明于礼仪的远来儒者，"所见人未有其比"，对利

玛窦给予高度评价。但以他对中国世情的了解，难以置信

利玛窦等传教士西来是为了"以所学易吾周、孔之学"，

推断为"太愚，恐非是尔"，这些从侧面证明了利玛窦等

人在中国传播西方宗教的艰难。不过，随着交往的加深，

嗣后李贽曾亲笔替利玛窦修改润色向万历皇帝进献贡品的

奏折，那时他对利玛窦的认识想必更进一步。

明末画家、官至太仆少卿的李日华[3]也有《赠利玛窦》

3. 李日华 (1565—1635)，字君实，一字九疑，号竹懒、痴居士等，浙江嘉兴人，晚明官员、书画家、鉴赏家，与董其昌、王惟俭齐名，并称"三大博物君子"。

诗曰：

官至南京礼部主事后辞官归家奉养父母，里居 20 余年。父殁，补礼部尚宝司丞。崇祯元年（1628 年），向朝廷泰陈革新政事，晋太仆寺少卿。家藏文史书籍

云海荡朝日，乘流信彩霞。

数万卷，著有《味水轩日记》《紫桃轩杂缀》《六研斋笔记》《恬致堂诗话》《礼白岳记》《玺召录》《竹懒画滕》《续画滕》《墨君题语》等，多论书画。

西来六万里，东泛一孤槎。

浮世常如寄，幽栖即是家。

那堪作归梦，春色任天涯。[4]

4. [明] 刘侗、于奕正：《帝京景物略》，上海：上海古籍出版社，2001 年版。

这与李贽最初对利玛窦的认识相近。

曾与利玛窦交往多次的明代思想家李贽

明代大戏剧家汤显祖[1]有《端州逢西域两生破佛立义，

1. 汤显祖 (1550—1616)，字义仍，号海若、若士、清远道人，祖籍江西临川县云山乡。明代戏曲家、

偶成二首》诗云：

文学家，精于古文诗词，且通天文地理、医药卜筮诸书，其戏剧作品代表作有《还魂记》《紫钗记》

汤显祖画像

画屏天主绛纱笼，碧眼愁胡译字通。正似瑞

《南柯记》和《邯郸记》，合称"临川四梦"。

龙看甲错，香膏原在木心中。

二子西来迹已奇，黄金作使更何疑。自言天

竺原无佛，说与莲花教主知。

诗中"碧眼愁胡"的"西域两生"即利玛窦和在华的另

一耶稣会士石方西[2]（Francesco de Petris, 1562—1593）。

2. 参见徐朔方：《论汤显祖及其他》，第 91—103 页，上海：上海古籍出版社，1983 年版。

徐光启[3]在为利玛窦《二十五言》所作跋中说：

3. 徐光启 (1562—1633)，字子先，号玄扈，教名 Paul。官至礼部尚书、文渊阁大学士，被列为

昔游岭嵩则尝瞻仰天主像设，盖从欧罗巴海

"明代中国天主教三柱石"之首，徐氏及其宗亲对明末天主教在华发展贡献卓著。

舶来也，已见赵中丞、吴铨部前后所勒舆图，乃

知有利先生焉，间邂逅留都，略偕之语，窃以为

此海内博物通达君子矣，亡何賫贡入燕，居礼宾

之馆，月给大官飧饩，自是四方人士无不知有利

先生者，诸博雅名流亦无不延颈愿望见焉，稍闻

其绪言余论，即又无不心悦志满，以为得所未有，

而余亦以间从游请益，获闻大旨也，则余向所叹

服者是乃糟粕煨烬，又是糟粕煨烬之万分之一耳。

盖其学无所不窥，而其大者以归诚上帝、乾乾昭

事为宗，朝夕瞬息亡一念不在此，诸凡情感诱慕，

即无论不涉其躬、不挂其口，亦绝不萌诸其心，

务期扫除净洁，以求所谓体受归全者。间尝反复

送难，以至杂语燕谭，百千万言中求一语不合忠

孝大指、求一语无益于人心世道者，竟不可得，

盖是其书传中所无有而教法中所大诫也。启生平

善疑，至是若披云然，了无可疑；时亦能作解，

至是若游溟然，了亡可解，乃始服膺请事焉。间请其所译书数种，受而卒业，其从国中携来诸经书盈箧，未及译，不可得读也，自来京师论著复少，此《二十五言》成于留都，今年夏，楚宪冯先生请以付黎枣，传之其人，是亦所谓万分之一也，然大义可睹矣。余更请之曰："先生所携经书中，微言妙义，海涵地负，诚得同志数辈相共传译，使人人饫闻至论，获厥原本，且得窃其绪余以裨益民用，斯亦千古大快也，岂有意乎？"答曰："唯，然无俟子言之，向自西来涉海八万里，修途所经无虑数百国，若行枳棘中，比至中华，获瞻仁义礼乐、声明文物之盛，如复拨云雾见青天焉。时从诸名公游，与之语，无不相许可者，吾以是信道之不孤也。翻译经义，今兹未遑，子姑待之耳。"

徐光启的介绍表明，他最初是因见到流传于士大夫间的利玛窦所作的地图而对其发生兴趣，此后才识其人、服其教、知其学，并极力动劝、协助利玛窦将《几何原理》等西学书籍译为中文，让更多国人能从中受益。徐光启还受崇祯皇帝（明思宗朱由检，1610—1644）之命，借助西方传教士之力，主持编订了《崇祯历书》。

与徐光启、杨廷筠[1]并称"明末中国天主教三柱石"的李之藻[2]同利玛窦相交多年，因不忍出妾，迟迟不能入教。万历三十八年（1610 年），也就是利玛窦去世之前不久，李之藻终于由利子施洗加入天主教。李之藻自少年时即对中国地理感兴趣，曾在 1585 年作过《中国十五省地图》。当他见到利玛窦，看到其所制作的《坤舆万国全图》，惊为天物。从此一发不可收拾，求知若渴地从利子处汲取西学知识的养分，并编译了大量西学书籍。李之藻在《畸人十篇》序中这样分析士人们争相与利玛窦交往的原因：

> 西泰子浮槎九万里而来，所历沉沙狂飚与夫啖人、略人之国不知几许，而不菑不害，孜孜求友，酬应颇繁，一介不取，又不致乏绝，殆不肖以为异人也。睹其不婚不宦，寡言饬行，日惟是潜心修德以昭事乎上主，以为是独行人也，复徐叩之，其持议崇正辟邪，居恒手之释卷，经目能逆顺诵，精及性命，博及象纬舆地，旁及句股算术，有中国儒先累世发明未晰者，而悉倒囊究数一二，则以为博闻有道术之人。迄今近十年，而所收之益深，所称妄言、妄行、妄念之戒消融都净，而所修和天、和人、和己之德纯粹益精，意期善实而行绝畛畦，语无击排，不知者莫测其倪，而知者相悦以解。闲商以事，往往如其言则当，不如其言则悔，而后识其至人也。至侔于天，不异于人。

1. 杨廷筠（1562—1627），字仲坚，号淇园，浙江仁和（今杭州）人。早年接受王阳明心学，后出儒入佛，最终在利玛窦的影响下信仰天主教，教名 Michael。曾官至监察御史。著有《代疑编》《代疑续编》《圣水纪言》《天释明辨》等护教书籍。

2. 李之藻（1565—1630），字我存，又字振之，号凉庵居士，是杨廷筠的杭州同乡和教友，教名 Leon。他是明代著名官员和科学家、翻译家，"晓畅兵法，精于泰西之学"，与利玛窦合作翻译了大量西方科学、宗教书籍，如《名理探》《穷理学》《寰有诠》《同文算指》《圜容较义》《经天该》《历指》《测量全义》《浑盖通宪图说》《比例规解》《日躔表》等。

传教士们谨遵教规、修身自持的个人品节让明末士人钦佩，更有甚者，时人不知传教士们来自资财丰厚的教皇国，认为他们不稼不穑又不经商置产却能自用不匮，是因为懂得"黄白之术"。沈德符在《万历野获编》卷三十《利西泰》中就曾记录了时人对利玛窦等西方传教士的疑惑：为何他们"不权子母术，而日用优渥无窘状，因疑其工炉火之术"；而他们终身不婚、潜心事天，加以欧洲人面色白里透红，更证明他们是中国人传说中掌握了修身不老之道的"至人"。不过，随着时间推移，不少传教士英年亡故，他们的这些猜想才慢慢打消。

明末东林党党魁之一邹元标[1]与耶稣会士亦有交集。在万历朝士人间已享盛名的利玛窦曾亲笔致函，并托郭居静[2]携书信去拜访他，相谈甚洽，嗣后邹元标回信利玛窦，引以为友。其《愿学集·答西国利玛窦》曰：

> 得接郭仰老(按：指郭居静)，已出望外，又得门下手教，真不啻之海岛而见异人也，
>
> 喜次于面。门下二三兄弟，欲以天主学行中国，此其意良厚。仆尝窥其奥，与吾国圣人
>
> 语不异。吾国圣人及诸儒发挥更详尽无余，门下肯信其无异乎？中微有不同者，则习尚之
>
> 不同耳。门下取《易经》读之，乾即曰统天，敝邦人未始不知天。不知门下以为然否？[3]

邹元标认为天学与儒学无异，而儒学"发挥更详尽"，且说二者之间细微的差别只是由于"习尚之不同"所致。来华传教士们与东林党人在精神层面的高度认同，使得双方互抱好感，往来密切。利玛窦在邹元标和冯从吾[4]在京城宣武门内东街创办的首善书院旁购地兴建"南堂"，西方传教士和中国士大夫比邻而居，时相往来，成为一时之盛。也正因此，前文沈德符所言西学在中国遍地开花、接受者众就更具可信性。

同样在《万历野获编》(卷三十)中，沈德符还有《利西泰》一节专记他与利玛窦谈论信仰，文曰：

> 利西泰发愿力，以本教诱化华人，最诽释氏，曾谓余曰："君国有仲尼，震旦圣
>
> 人也。然西狩获麟时已死矣。释迦亦葱岭圣人也，然双树背痛时亦死矣，安得尚有佛？"
>
> 余不谓然，亦不以为忤。性好施，能缓急人，人亦感其诚厚，无敢负者。饮啖甚健，
>
> 所造皆精好。不权子母术，而日用优渥无窘状。因疑其工炉火之术，似未必然。其徒
>
> 有庞顺阳，名迪我，亦同行其教，居南中，不如此君远矣。渠病时，搽擦苏合油等物
>
> 遍体，云其国疗病之法如是。余因悟佛经所禁香油涂身者，即此是也。彼法既以辟佛
>
> 为主，何风俗又与暗合耶？利甫逾知命而卒。

1. 邹元标(1551—1624)，字尔瞻、江西吉水县人，与顾宪成、赵南星合称"东林三君子"，在东林书院讲学，"从游者日众，名高天下"。著有《愿学集》《太平山居疏稿》《日新篇》《仁丈会语》《礼记正议》《四书讲义》《工书要要》《邹南皋语义合编》等。

2. 郭居静(Lfizaro Catfino，1560—1640)，号仰凤，意大利籍耶稣会士。1593年来华，随利玛窦进京传教。1596年，与徐光启抵沪，1611年后传教浙江至卒于杭州。著有《悔罪要旨》《灵性诣主》。

3. 邹元标：《吉水邹忠介公愿学集·卷三·答西国利玛窦》。参见李天纲：《早期天主教与明清多元社会文化》，载《史林》，1999年第4期。何俊：《西学与晚明思想的裂变》，上海：上海人民出版社，1998年版。

4. 冯从吾(1556—1627)，字仲好，号少墟，西安府长安(今陕西西安)人。著名思想家、教育家，以鲠直著称。创办关中书院，为关学在明代重要传人。著有《冯少墟集》22卷及《元儒考略》《冯子节要》《古文辑选》等。

沈德符对于利玛窦关于儒、佛的看法并不苟同，但对于其人则满怀赞赏。

利玛窦引进中国的西方异质文化放送中国的过程中，有接受者，有求同存异者，也不乏坚决排拒者。明代士大夫魏浚利就坚定地站在了西学的反面，指名道姓地批评说：

> 利玛窦以其邪说惑众，所著舆地全图及光洋渺茫，直欺人以目所不能见，足之所不能至，无可按验耳，真所谓画工之画鬼魅也。[1]

《万历野获编》中也记载了礼部尚书朱文恪对利玛窦等人的攻击：

> 万历二十九年二月庚午朔，天津河御用监少监马堂解进大西洋利玛窦进贡土物并行李。时吾乡朱文恪公以吏部右侍郎掌礼部尚书事，上疏曰："《会典》止有琐里国而无大西洋，其真伪不可知。又寄住二十年，方行进贡，则与远方慕义，特来献琛者不同。且其所贡天主、天主母图，既属不经，而随身行李有神仙骨等物。夫既称神仙，自能飞升，安得有骨？则唐韩愈所谓凶秽之余，不宜令入宫禁者也。况此等方物，未经臣部译验，径行赍给，则该监混进之非，与臣等溺职之罪，俱有不容辞者。又既奉旨送部，乃不赴部译，而私寓僧舍，臣不知何意也。乞量给所进行李价值，照各贡译例，给与利玛窦冠带，速令回还，勿得潜住两京与内监交往。以致别生枝节，且使眩惑愚民。"不报。

此外最具代表性的反教文人还有礼部郎中徐如珂[2]，祁宏的弟子、掀起"南京教案"[3]的沈漼以及后来引发"康熙历狱"的杨光先[4]等一批顽固派文人，他们认为西方传教士破坏了儒家传

1. 包遵彭、李定一、吴相湘编纂：《中国近代史论丛》第一辑第一册，第229页，台北：正中书局，1956年版。

2. 徐如珂（1562—1626年），字季鸣，号念祖，南直隶苏州府吴县（今属江苏）人。曾任刑部主事、南京礼部郎中、广东岭南道右参议等职。在粤期间，曾拆毁过澳葡当局擅自在今西望洋山圣母堂附近修筑的城墙。由于在东南沿海的经历，徐如珂对西方人来华持坚决反对的态度。

3. 南京教案：指万历四十四年（1616年）由礼部侍郎署南京礼部尚书沈漼三次参奏在华天主教传教士与白莲教勾结图谋不轨导致王丰肃、谢务禄、庞迪我、熊三拔等在两京的传教士或遭下狱，或被驱逐出境，所建之教堂被拆毁，一些传教士墓地受到破坏，使明末来华传教士遭受重创的教案。

4. 杨光先（1597—1669），字长公，祖籍浙江余姚，回族，明末清初穆斯林学者。清朝初期，任用西方传教士依西方天文学成果制定新历，杨光先激烈上书反对，并作《辟邪论》等文严斥，提出"宁可使中夏无好历法，不可使中夏有西洋人"，导致了康熙四年（1665年）的"历狱"。"康熙历狱"后，杨光先被任命为钦天监监正，以回回历取代西洋历法，又编纂《不得已》等反教自释。康熙扳倒鳌拜后，杨光先以鳌拜党羽罪被判处死刑。

统的纯正性，妄图收买人心，以夷变华，必须驱逐殆尽，"宁可使中夏无好历法，不可使中夏有西洋人"。

利玛窦等天主教士在华合儒易佛，也招致了以"明末四大师"中的名僧袾宏[1]、蕅益[2]为首的僧侣集团的猛烈攻击。莲池与利玛窦公开辩难，蕅益在《刻辟邪集序》中斥责天主教士说：

> 有利马窦、艾儒略等，托言从大西来，借儒术为名，攻释教为妄，自称为天主教，亦称天学。……迩来利艾实繁有徒，邪风益炽，钟振之居士于是乎惧，著《初证》《再证》，以致际明禅师。[3]

尽管唱反调之声一直不绝于耳，但利玛窦在明末官绅中受到广泛的欢迎，并且得到皇帝的圣眷。万历三十八年（1610年），利玛窦荣归天国，他遍布朝野的朋友们[4]纷纷敦请礼部上书，称"利玛窦慕义远来，勤学明理，著述堪称，不无微劳足录。伏乞赐给葬地，以慰孤魂"。有这样身后不弃的朋友组成的交际圈，无怪乎利子虽弃世而天主教在华流播不绝。

利玛窦不仅在身前身后受到明末官僚集团的拥戴，市井布衣也对其好评不绝，所以他的墓地亦成为京城一景，引人怀想。明末文人谭元春[5]等人曾作《过利西泰墓》诗来怀念他。

1. 袾宏（1535—1615），俗姓沈，杭州人。他既是净土宗的大师，也是华严宗的名僧，受到两宗的崇奉，被推为华严圭峰下第二十二世、莲宗第八祖。与紫柏真可、憨山德清、蕅益智旭并称为明代四高僧，世称莲池大师或云栖大师。

2. 蕅益智旭（1599—1655），俗名钟始声，字振之，又字蕅益，号八不道人，吴县木渎（今属江苏省）人，净土宗第九代祖师，世称灵峰蕅益大师。

3. 周駬方编校：《明末清初天主教史文献丛编》第4册，第250页，北京：北京图书馆出版社，2001年版。

4. 王应麟的《利玛窦墓碑记》中提到了利玛窦的交友情况："是时大宗伯（礼部尚书）冯公琦，讨其所学，则学事天主，俱吾人醒躬缮性，据义精确。因是数数疏义，排击空幻之流，欲彰其教。嗣后李冢宰（吏部尚书）、曹都谏（给事中）、徐太史（翰林院）、李水部（工部郎中）、龚大参（布政使）诸公问答，勒版成书。至于郑宫尹（詹事府）、彭都谏（给事中）、周太史（翰林院）、王中秘（翰林院）、熊给谏（给事中）、杨学院（学政）、彭柱史（御史）、冯金宪（按察使副史）、崔铨司（吏司部员）、陈中宪（按察使副史）、刘茂宰（知县）同文甚都，见于叙次，衿绅秉翰墨之新，槐位贲行馆之重，斑斑可镜矣。"参见艾儒略等著，向达校《合校本大西西泰利先生行迹》，第4—5页，北京：上智编译馆，1947年版；林金水：《利玛窦与中国》，第286—316页，北京：中国社会科学出版社，1996年版。

5. 谭元春（1586—1627），字友夏，湖广承天府竟陵县人（今湖北天门），"竟陵派"创始人之一。谭诗原文为："来从绝域老长安，分得城西土一棺。斫地呼天心自苦，挟山超海事非难。私将礼乐攻人短，别有聪明用物残。行尽松楸中国大，不教奇骨任荒寒。"见《帝京景物略·利玛窦坟》。

二、高一志

高一志，字则圣，不过他初到中国时取名是王丰肃，字一元，又字泰稳。丰肃是其意大利名 Alphonso 的简译，"王"是他本姓 Vagnoni 的音译。他于 1605 年来华，在 1616 年"南京教难"时被逐出境，避居澳门，后伺机于 1624 年底返回中国，至山西传教，因识之者众，于是改名高一志。1640 年 4 月 9 日卒于山西绛州。《明史》中也有关于高一志的一段文字：

> 自利玛窦入中国后，其徒来益众，有王丰肃者，居南京，专以天主教惑众。士大夫暨里巷小民，间为所诱。礼部郎中徐如珂恶之，……帝纳其言。至十二月，令丰肃及迪我等俱遣赴广东，听还本国……乃怏怏而去。丰肃寻变姓名，复入南京，行教如故，朝士莫能察也。

在南京教案的文献中，高一志的容貌也被细致地描绘下来：

> 会审王丰肃：面红白、眉白长、眼深、鼻尖、胡须黄色。供称：年五十岁，大西洋人，幼读夷书，文考、理考、道考，得中多笃耳（按：意大利语博士音译），即中国的进士也。不愿为官，只愿结会，与林斐理等讲明天主教。约三十岁时，奉会长格老的恶（按：Claude Aquaviva）之命，同林斐理、阳玛诺三人，乘大船在海中行走二年四个月，于万历二十七年（1603 年）七月到广东广州府香山县香山澳中。……于万历三十九年（1605 年）到南京西营街居住。[1]

1. 夏槐琦编：《圣朝破邪集》，第 74—76 页，香港：建道神学院，1996 年版。

《万历野获编》卷三十关于此事则作如下记载：

> ……今中土士人授其学者遍宇内，而金陵尤甚。……丙辰，南京署礼部侍郎沈㴶、给事晏文辉等同参远夷王丰肃等以天主教在留都煽惑愚民，信从者众，且疑其佛郎机夷种，宜行驱逐。得旨，丰肃等送广东抚按，督令西归。其庞迪义（应为我）[2] 等晓知历法，礼部请与各官推演七政，且系向化西来，亦令归还本国。至戊午十月，迪义等奏曰："先臣利玛窦等十余人，涉海九万里，观光上国，食大官者十七载。近见要行驱逐。臣等焚修学道，尊奉天主。如有邪谋，甘堕恶业。乞圣明怜察，候风归国。若寄居海屿，愈滋猜疑。望并南京等处陪臣，一并宽假。"疏上不报。闻其尚留香山隩中。

2. 庞迪我（Diego de Pantoja, 1571—1618），字顺阳，西班牙籍耶稣会士。善音乐，曾为万历绘有四大洲地图，每图周围并附有解说，略述各地历史、地理、政治和产物。著作有《七克大全》《受难始末》《庞子遗诠》等。

当时仍名王丰肃的高一志因为经验不足，在南京传教太过张扬，惊动了陪都的礼部官员徐如珂和沈㴶，二人分别上过《处西人王丰肃议》和《参远夷书》等奏折，并最终引发教案。此案后，他避走南方多年，王丰肃被迫离开南京至澳门，直至"南京教案"风波平定 8 年后才重返内地。为方便活动，他改名为高一志在山西一带传教、著述至 70 余岁逝世于绛州。

高一志在华撰写了大量的中文西学书籍，如《寰宇始末》《则圣十篇》《十慰》《励学古言》《童幼教育》《修身西学》《西学齐家》《民治西学》《圣人行实》《圣母行实》等，明末名将、西洋火炮专家孙元化[1] 是徐光启的学生，他的很多西洋火炮知识就是向高一志学习而来，并著成其《西法神机》一书。

三、艾儒略

利玛窦逝世的那一年（1610 年），艾儒略来到中国，先后在上海、扬州、开封、杭州等地传教多年。天启四年（1624 年），一向与利玛窦等传教士友善的首辅叶向高[2] 因与魏忠贤相抗，名登阉党炮制的《东林点将录》之首，遂致仕归乡，临行盛邀艾儒略与其同往福建开教。有了叶向高的引荐，福建知识分子与艾儒略交往者能开列出一串长长的名单，如张赓、柯士芳、何乔远、苏茂相、林欲楫、黄鸣乔、孙昌裔、周之训、陈天定、曾樱、朱大典等，而他们的名字之所以能如此集中，是因为《熙朝崇正集》一书的存在[3]。该集又名《闽中诸公赠诗》，是福建文人褒扬西方传教士的作品合集，计有 71 人赋诗 84 首以襄其盛，具有独特的文史价值[4]。诗集之首是叶向高的《诗赠西国诸子》[5]，赞美这

1. 孙元化（1581—1632），字初阳，号火东，上海川沙县高桥镇人。曾官兵部司务、职方主事、职方郎中、右佥都御史等职，戍边筑台制炮。崇祯五年（1632 年）因巡抚登莱，为叛将孔有德俘获后放归，遭首辅温体仁等弹劾，下狱冤死。著有《经武主编》《西法神机》等。

2. 叶向高（1559—1627），字进卿，号台山，晚年自号福庐山人。福建福清人，神宗、光宗、熹宗朝均曾命其为首辅。

3. 利玛窦曾言，若有暇将他人赠其的诗作整理出来，能汇集为一本诗文集，而他的这一设想，在艾儒略身上得到了实现。

4. 参见徐晓鸿：《"闽中诸公赠诗"与基督教》，载《天风》，2010 年 11 月刊；孙琪：《张赓典故的变迁与晚明文人眼中的传教士形象——以〈熙朝崇正集〉中艾儒略形象为例》，载《理论界》，2010 年 03 期；方豪：《中国天主教史人物传》（上），第 185—187 页，北京：中华书局，1988 年版。

5. 叶氏赠诗可见于《天主教东传文献续编》（一）第 434 页，原文为："天地信无垠，小智安足拟。爰有西方人，来自八万里。言慕中华风，深契吾儒里。著书多格言，结交皆贤士。淑诡良不矜，熙攘乃所鄙。圣化被九埏，殊方表同轨。拘儒徒管窥，达观自一视。我亦与之游，泠然得深旨。"原诗手稿现尚存于法国国家图书馆。

位"西来孔子"[1]历尽八万里艰辛而来，及其文章的警辟、为人的高风亮节。其他诸诗也都赞

1. 艾儒略是明末来华传教士中继利玛窦之后最为士人敬服者之一，学识渊博，被誉为"西来孔子"，撰写了《西学凡》《性学粗述》《职方外纪》《乾坤图记》

叹艾儒略不辞艰苦来华传教及其人的博闻多识。如同安池显方[2]的《赠远西艾思及》诗云："尊

《几何要法》，以及《熙朝崇正集》《三山论学记》《口铎日抄》《耶稣传》等 30 余卷中文著述。

天天子贵，绝徼亦来庭。邹衍之余说，张骞所未经。五洲穷足力，七政佐心灵。何必曾闻见，

2. 池显方，字直夫，号玉屏子，同安县中左所（今福建厦门）人，中举后以老母在不仕。工诗文，喜游山水，与名士唱和。著有《玉屏集》《晃岩集》《光南集》

成言在宵冥。"但他对传教士的认识显然没有与利玛窦相交多年的前首辅叶向高深刻，只言说

《南参集》等。

传教士"尊天"，连天子也尊重他们，此外就是对于艾儒略等人之远来和其西学的称扬。

而应艾儒略之邀为其著作作序跋的文人则明显在思想上对其理解更深。如黄景昉[3]在为艾

3. 黄景昉（1596—1662），字太稚，号东崖，福建晋江东石人，入仕后迁居泉州。崇祯元年（1628 年），授翰林院编修，参与纂修《熹宗实录》。明亡后家居读书、

儒略《三山论学记》作序时说：

著述近 20 年，著有《馆阁旧事》《读史唯疑》《宦梦录》《经史要论》《经史汇对》《双声叠韵谱》《古今明堂记》《制词》《东崖诗稿》《鹿鸠咏》《燕

> 今观叶问忠师相之与泰西氏论学也，一晤谈间乃有八万里辽邈之势，洪荒前事

楚游咏》《国史唯疑》《馆寰十志》《读诸家诗评》《御览备边略》等。

> 乃真有之耳。泰西氏之学详具记中，凡语儒言理、言气、言无极太极，皆见为执有滞
>
> 象物于物而不化之具，其摈释氏尤力，微词奥旨，大都以劝善忏过为宗。文忠所疑难
>
> 十数端，多吾辈意中喀喀欲吐之语，泰西氏亦迎机解之，撞钟攻木，各极其致……越
>
> 八万里而来，重译累茸，始习居中华文字，如痿再伸、如装再稚。以余所交，如思及
>
> 先生恭悫廉退，尤俨然大儒风格，是则可重也。嗟乎！以彼大儒风格，特见于重累茸之久、
>
> 八万里之遥，吾辈安坐饱食，目不窥井外，乃觍焉议其区区得失，是则可愧也。[4]

4. 周振鹤主编：《明清之际西方传教士汉籍丛刊》（第一辑），南京：凤凰出版社，2013 年版。

黄景昉认为艾儒略能以天学排佛学，劝善忏过，解人疑难，微言大义，对他与叶向高在福

州两日论道表现出的大儒风范和滔滔辩才表示感佩。

协助高一志在绛州传教的段氏家族曾重刻《三山论学记》，信徒段衮在重刻版的序中说：

"第中华幅员万里，先生落落晨星，屡迹不尽到，謦欬不尽闻。惟书可以大阐天主慈旨，晓

遍蒙铎。若处处有艾先生，人人晤艾先生，且若时时留艾先生也。"将艾儒略视为天上的指

路明星，极尽赞美之辞。

陈仪在《性学觕叙》序中则回忆说：

> 往余入留都，会利西泰氏于吾师心堂赵先生之门，知其胸中有奇而未及深叩，后
>
> 西泰如都，著书数种……当时都中缙绅交许可其说，投刺交欢，屣推重，倾一时名流，
>
> 而其传衍若推步标度之法与制造音律之器，皆超出吾习见习闻之外，有足为司天、司
>
> 乐氏备咨诹者。名闻于上，为予之饩、授之廛，欲以弘同文之化、广王会之图，为一
>
> 代盛事，而西泰没矣。余丙臣入都仅得见其遗书，及获交庞、艾二先生，二先生学问

宗旨，原原本本，一惟天主之尊是敬是奉，而克己苦行，独复乐道，于名利声色之习一切无所染，盖与西泰同轨同辙。第西泰入都为都人士所系，彼一时也；西泰没后，而人以私意揣摩夷夏起见，此一时也，道宁有异同哉？庞先生既谢世，而艾先生遂由燕入浙矣，顾浙矣，顾浙理愈深，讲学不倦，武林诸名公多观其深，而京淇园杨公、太仆我存李公尤相笃慕，为之杨榷非一，余乡中先达复有沿之入闽者，而叶相国、翁宗伯、陈司徒诸老皆喜其学之有合于圣贤，为序其著述灵，所以独异于物及与孟子"几希"之旨合，其旁喻广证、触类引伸，无非欲人之摄性完灵，以无忝于天主所以生我意，盖肫乎吾儒淑世觉人之心也。

陈氏与利玛窦也有过交接，认为艾儒略是利玛窦之后可与之媲美的人物。

杨廷筠则在题刻《西学凡》序中说：

> ……利氏自海外来，独能洞会道原，实修实证，言必成昭事，当年明公硕士皆信爱焉，然而卒未有能尽叩其学，缘其国隔九万里，象胥绝不相通，所可译者习象图数有迹可揣物，而其于敬义妙道，析牛毛、超象罔者，书虽充栋不能尽以手口宣也……即如彼国读书次第、取士科条，种种实修实用，欲著一词章功利、欺世盗名，如吾三代以下陋习而无所庸之，以作此养成就，其人才自是不同，教化流行、风俗醇美，无可疑者。若疑言涉夸毗，诸贤素不妄语，以余所闻，又阅多人多载，觌若画一，所称六科经籍约略七千余部，业已航海而来，且在可译，此岂蔡愔、玄奘诸人近采印度诸国寂寂数简所可当之者乎？而其凡则艾子述以华言，有人熊子士旃、袁子升闻、许子胥臣为受梓以广异闻。……假我十年，集同志数十手众共成之，昭圣天子同文盛化，良亦千载一时，而其俟河之清，人寿苦短何哉？虽然，吾终不谓如许奇秘，浮九万里溟渤而来，而无百灵为之呵护，使终湮灭，独窃悲诸诵法孔子而问礼、问官者之鲜，失其所自有之天学，而以为利氏西来之学也。

杨廷筠对艾儒略笔下西国的教育赞赏有加，反衬出他对中国科举制度积弊的失望。他希望能在十年中，和艾儒略这样的西学鸿儒合作，翻译金尼阁泛海带来的7000册西书，以尽西学，表明明末开明士大夫对传教士和他们带来的西学所寄予的厚望。

王徵也曾说过，他是因为偶读《职方外纪》所载的奇人奇事奇器，方兴起作出《远西奇器图说录最》之念，由此可见艾儒略及其西学著作对当时开明士绅之影响。

四、 罗雅谷[1]

任职明末历局的罗雅谷在 40 余年的短暂生涯中撰写了大量中文科技书籍，也著述过教理书籍《哀矜行诠》。明崇祯六年（1633 年）刻印的《哀矜行诠》对王徵影响很大，直接促使他于 1634 年创建了民间慈善组织"仁会"[2]。而该书汪元泰序言中也记载了汪氏与传教士的渊源：

> 余先君子生平敬修格致诚正之学，而归宗于事天爱人。褆缮之余，旁究天宫象数诸理，尤喜接海内修儒名士，要以光集众益。涵葆性灵。闻有西泰利子从欧逻巴航数万里来我中土，所谈性理及星历家言率多创见，命余往访焉，而卒未得闲，奄奄迄今二十余年矣。……偶访友过宣武。忽坠马上足，遂扶祝友寓越四旬日，蒙西儒诸君子时惠顾问，不啻若家人之浃洽者，且示以《七克》《蠡勺》《畸人》，诸刻，助消病苦。余潜心遍览，觉从前所收教先君子者原自窾合，憬然悟克治之功，真有须臾不能离者，殆余对证之药，幸可惜以继先君之志者乎？既而罗先生出其《哀矜行诠》示余，余受而卒业。

可知传教士在士人阶层向负美誉，从利玛窦到罗雅谷，一众传教士以其热诚敦厚的性格、悲天悯人的情怀和丰厚的学识吸引明末士人与其交接。

五、 熊三拔[3]

与罗雅谷一同任职历局的熊三拔撰有《简平仪说》《泰西水法》等科技类书籍，而他翻译这些书最初并非出于本意，而是由于徐光启的力促，因为利玛窦身后，耶稣会在华的传教路线出现了微调，科技类书籍不是译

1. 罗雅谷（Giacomo Rho, 1593—1638），字味韶，意大利籍耶稣会士，1624 年随高一志入华，前往山西传教。1631 年，经徐光启引荐，受崇祯帝召入历局，与汤若望、龙华民等传教士一起编修《崇祯历书》。著有《测量全义》《五纬表》《五纬历指》《月离历指》《月离表》《日躔历指》《日躔表》《黄赤正球》《筹算》《比例规解》《历引》《日躔考》《昼夜刻分》《五纬总论》《日躔增五星图》《水木土二百恒星表》《周岁时刻表》《五纬用则》《夜中测时》《周岁警言》等天文、数学、历法与神学等方面的中文著作。

2. 参见汤开建、张中鹏：《晚明仁会考》，载《世界宗教研究》，2010 年第 1 期。

3. 熊三拔（Sabatino de Ursis, 1575—1620），字有纲，意籍耶稣会士，在华传教 15 年，著有《简平仪说》《泰西水法》《表度说》《中国俗礼简评》等。

介的重点。正因为此，徐光启在《简平仪说》和《泰西水法》的序言中都曾有过类似的陈述：

> 先生(利玛窦)尝为余言："西士之精于历无他谬巧也，千百为辈传习讲求者三千年，
> 其青于蓝而寒于水者时时有之，以故言理弥微亦弥著，立法弥祥亦弥称简。"余闻其
> 言而喟然，为彼千百为辈传习讲求者三千年，吾且越百载一人焉，或二三百载一人焉，
> 此其间何工拙可较论哉？先生没，赐葬燕中……仪为有纲熊先生所手创……熊子以为
> 少，未肯传，余固请行之，为言历嗃矢焉，第欲究竟其学，为书且千百是，是非余所
> 能终也。必若博求道艺之士，虚心扬推，令彼三千年增修渐进之业，我岁月间拱受其
> 成，以光昭我圣明来远之盛，且传之史册，曰历理大明，历法至当，自今伊始复越前
> 古，亦綦快已。[1]

1. 熊三拔：《简平仪说》（两江总督采进本），台北：台湾商务印书馆，1986 年版。

徐光启感叹，西方长期以来积淀下来的科学知识而他欲以己力译介到中国以救时弊，工程
何其浩大！熊三拔推脱说自己相关的知识有限，但在徐光启的热切敦促下，依然勉力完成了这
艰难的工作。

《简平仪说》成书的次年，徐光启又敦请熊三拔完成了《泰西水法》，在序言中他说道：

> ……间以请于熊先生，唯唯者久之，察其心神，殆无吝色也，而顾有怍色。余因
> 私揣焉：无吝啬者，诸君子讲学论道所求者，亡非福国庇民，矧兹土苴以为人，岂不
> 视犹敝蓰哉！有怍色者，深恐此法盛传，天下后世见视以公输墨翟，即非其数万里东
> 来，捐顶踵，冒危难，牖世兼善之意耳？

徐光启认为，熊三拔并非出自私心不肯翻译西方水利著作，而是不愿国人认为传教士们只
是身揣各种科技知识，而忘其传教之本心。而实际上，从利玛窦与徐光启亲密无间翻译《几何
原理》等西学著作到熊三拔的面"有怍色"，不仅在于徐、熊二人学养有别，还因为耶稣会中
国传教区会长龙华民在传教路线上与利玛窦的认识差异。

六、 龙华民[2]

2. 龙华民（Nicolas Longobardi, 1559—1654），字精华，意籍耶稣会士，1609 年来华，在利玛窦去世之后接任耶稣会中国传教区会长，亦曾任职历局。他在传教路线上与利玛窦的"适应路线"有分歧。

由于崇祯年间的历法改革由时任礼部左侍郎的徐光启主持，所以他推荐了龙华民、罗雅谷、
熊三拔等人参与重修《大统历》，并翻译西方天文学著作。因此，熊三拔再接再厉，又为钦天

监监副周子愚等口授《表度说》，周子愚笔录之并作序说，他们翻译此书之前曾经向在华耶稣会士的领军人"龙精华先生"问询其态度，情形如下：

> 圭表我中国本监虽有之，然无其书，理未穷、用未著也，余见大西洋诸先生，其诸书内具有此法，请于译其书，以补本典，用备历元，龙先生然之，乃以其友熊有纲先生即为口授，因演成书以行于世。……龙先生曰："吾友之本业则事天主讲学论道也，学道余暇偶及历数耳，贵国诸君子心欲之，吾辈何有吝色乎？"

由于徐光启在中国教徒中的柱石地位和他在朝野的影响力，龙华民虽然着急"事天主讲学论道"，但也不便对熊三拔的科学书籍译述表现出"吝色"。

熊明遇[1]也为《表度说》作序说：

> ……西域欧逻巴国人四泛大海，周遭地轮，上窥玄象、下采风谣，汇合成书，确然理解。仲尼问官于剡子曰："天子失官，学在四夷。"其语犹言。

熊尚书认为翻译西书正中孔子"天子失官，学在四夷"之言，透露出学于四夷的末世之感。

七、　毕方济[2]

　　明代科学家、复社成员方以智[3]自幼即传承家学渊源，接触到大量的西学知识，成年后，他与毕

1. 熊明遇（1580—1650），字良孺，号坛石，江西南昌进贤人。明万历二十九年（1601年）进士，明末名臣，历仕万历至崇祯四帝，因与魏忠贤不合，仕途多波折。有文名，著有《南枢集》《青玉集》《格致草》《绿云楼集》等。

2. 毕方济（Francesco Sambiaso，1582—1649），字今梁，意大利籍耶稣会士，与艾儒略同时来华。精于天文数学，1610年来华，先抵达澳门，1613年进入北京，后去淮安、南京、无锡、上海嘉定传教，曾在南京城内兴建护守山圣堂。南明永历帝封他为太师。著有《毕方济奏折》《灵言蠡勺》《天学略义》等。

3. 方以智（1611—1671），字密之，号曼公，又号鹿起、龙眠愚者等，安徽桐城县凤仪里（今安庆枞阳）人。明代著名哲学家、科学家。主张中西合璧，儒、释、道三教归一。一生著述400余万言，多有散佚，存世作品数十种，内容广博，文、史、哲、地、医药、物理，无所不包。崇祯十三年（1640年）进士，任翰林院检讨。弘光时为马士英、阮大铖中伤，逃往广东以卖药自给。永历时任左中允，遭谗劾。清兵入粤后，在梧州出家，法名弘智，发愤著述。同时，秘密组织反清复明活动。康熙十年（1671年）因"粤难"被捕，十月，于押解途中自沉于江西万安惶恐滩殉国。其父方孔炤在崇祯朝官至湖广巡抚，就曾接触西学，通医学、地理、军事，主张研习经世致用的知识，方以智自幼秉承家学，接受儒家传统教育，抚养他长大的姑姑方维仪有才名，也读过西学书籍。成年后，方以智载书泛游江淮吴越间，遍访藏书大家，博览群书，四处交游，结识学友。在他的学友中有西洋传教士毕方济与汤若望，并阅西洋之书，从他们那里，方以智学习了解了西方近代自然科学，从而更加开阔了视野，丰富了学识。他认为："今天下脊脊多事，海内之人不可不识，四方之势不可不识，山川谣俗，纷乱变故，亦不可不详也。"

方济等耶稣会士颇多交往。他眼中的传教士形象则是：

> 西儒利玛窦，泛重溟入中国，读中国之书，最服孔子，其国有六种学，事天主，
> 通历算，多奇器，智巧过人，著书曰《天学初函》……顷南中有今梁毕公，诣之，问
> 历算奇器，不肯言，问事天，则喜。[1]

1. 方以智：《膝寓信笔》，安徽博物馆抄本。见刘伟《方以智对耶教信仰的否定》一文。

由于毕方济遵从龙华民多言天主少谈科学的路线，在与方以智的交往中喜谈天主而不肯只言西方科技，所以方氏在佩服他们"智巧过人"的同时，对其信仰并不大感兴趣。

从上述中国人笔下的意大利人形象不难发现，在十六七世纪中西方相遇的这一文化语境之下，无论是类书中的意大利人物图绘，还是官修史书、文人笔记或传教士中文著述中所反映出的中西交往，都能见到在当时社会背景下展现出的国人对于昔日"大秦"、"拂菻"人更真切、全面的体认与解读。虽然也有人视欧洲、意大利为乌有之乡，但上至帝王卿相，下至白衣庶士，在与或端居天主堂、或游走于村野辛勤传道的天主教士的实在接触中，观其人，听其言，辨其行，对这些远西异人作为"他者"的存在更多的是文化的认同与接纳，这与他们对于侵占澳门的"红毛番"的态度是截然不同的。而这些主动采取"文化适应"路线来华传教的耶稣会士，其自身也确对当时的中国文化膺服赞叹，因而能与上层知识分子达到"东海西海，心理攸同"，惟在宗教信仰上，价值取向未必尽能如一。

第六章　　16—17 世纪中国文学在意大利的传播

1534 年，西班牙巴斯克（Basque）贵族圣依纳爵·罗耀拉（Ignacio de Loyola, 1491—1556）在巴黎创立了耶稣会。6 年后，教宗保禄三世（Paulus III，原名 Alessandro Farnese, 1468—1549）正式批准该会建立。耶稣会会士都要绝对效忠教皇，很多人被派遣前往世界各地传教。明嘉靖三十一年（1552 年），其会士方济各·沙勿略（St.Francisco Javier，1506—1552）作为"教皇特使"，取道印度果阿、马六甲、印度尼西亚诸岛、日本，经海路抵达广东珠江口的上川岛（属今广东台山）。自此之后，罗马教廷在明清两朝共派出了近千名传教士来华。

追随沙勿略的足迹，以罗明坚（Michele Ruggleri, 1543—1607）、利玛窦（Matteo Ricci, 1552—1610）为先导的这些来华耶稣会士来到中国这个文明古国之后，"以不仅为了获得美德和基督的怜悯，而且主要是为了促进艺术和科学"为宗旨的他们同时也深刻感受到中国文化的巨大魅力，因此，他们将在中国的传教路线确定为"科学传教"，用西方的文化、艺术取得中国文人的认同与亲近，以先进的科学技术、仪器吸引中国知识分子的眼球，激起其求新求异之心，并借此逐步加强和扩大天主教在华的根基与影响。与此同时，他们也将中国的传统古籍、思想文化、政治经济等方面的内容介绍到西方，以引起更多欧洲人对中国的兴趣，涤荡他们的思想，并争取尽可能多的对中国传教的支持。远东的中国和泰西的意大利之间，身负传教使命的天主教士来华的身影络绎不绝，他们发回欧洲的信札和报告、送往欧洲的中国物品引起了西方上层社会的广泛兴趣，并在 17 世纪末开始掀起一股中国文化的流行热潮。中西方在这一时期的平等对望充满了相互间的渴慕与宽容，中意文化交流进入一个黄金时期。

第一节　沙勿略眼中的中国

　　第一位前来中国传教的耶稣会士方济各·沙勿略是纳瓦拉的贵族，也是罗耀拉的同乡、最早的教友和耶稣会的创始人之一，亚洲传教活动的主要推动者。1540 年，教皇保禄三世刚批准耶稣会正式成立，就任命沙勿略为特使前往东方传教，葡萄牙国王若昂三世（João III, 1502—1557）也派他作为代表前往印度。

沙勿略像

　　1547 年，已经在东方传教 6 年的沙勿略在马六甲劝化了日本浪人弥次郎信仰天主，后者建议其赴东瀛传教。深思熟虑之后，他致信罗耀拉[1]，表示要去这个与中国相邻的国家皈化其原住民，并急速起身，于 1549 年抵达日本。

1. 沙勿略传教时从印度发回第一封东方书简，开启了耶稣会的书信系统，他信中对在中国传教的热望为后来耶稣会士通过书信传播中国文化起到了示范作用。

　　沙勿略在印度时，眼见中国的商品经过印度输往欧洲，又发现亚洲各国商人与中国商贸往来频繁。而江户时代的日本以中国为宗，沙勿略在日本传教期间，日本人经常问道，既然天主教是圣教，为什么在明朝却无人信仰呢？而且，日本人在质疑沙勿略讲道时，所引用的论据也都是中国经典。中国在东方的独特地位、日本人对中国的景仰与效仿促使他决定去往中国，采用"适应路线"、"上层路线"，争取中国皇帝入教，进而使整个中国基督教化，甚至使整个东亚文化圈基督教化。结果却出师未捷身先死，因突发疟疾疾病逝于离广东海岸很近的上川岛的岩石之上，年仅 46 岁[2]。

2. 方豪：《中国天主教史人物传·方济各沙勿略》（上），第 60—61 页，北京：中华书局，1988 年版。

上川岛上的圣方济各·沙勿略教堂

　　沙勿略未能踏上中国内陆固然可惜，但他从日本和印度发回欧洲的信函中已经提供了很多有关中国的信息：

　　日本有一板东大学（今名关东大学），规模宏大，僧侣颇多，研究教义和各宗派学说，但所有教义与宗派无不传自中国……一切经籍亦均用汉文……中国幅员广大，境内安居乐业，绝无大小战乱。据曾往中国的葡人报告，中国为正义之邦，一切均讲正义，故以正义卓越著称，为信仰基督的任何地区所不及。就我在日本所目睹，中国人智慧极高，远胜日本人；且善于思考，重视学术。中国物产丰富，且极名贵；人口繁盛，大城林立；楼台亭阁，建筑精美，部分采用石料，人人皆说中国盛产绸缎。……我准备今年（按：1552 年）前往中国京都；因为，如谋发展吾主耶稣基督的真教，中国是最有效的基地。一旦中国人信奉真教，必能使日本吐弃现行所有各教学说和派别。

　　……中国面积至为广阔，官员奉公守法，政治清明，全国统于一尊，人民无不服从，国家富强。凡国计民生所需者，无不具备，且极充裕。中国人聪明好学，尚仁义，重伦常，长于政治。孜孜求知，不怠不倦。中日两国，一衣带水，相距甚近。中国人为白色人种，不蓄须，眼眶细小，胸襟豁达，忠厚温良，国内无战事。如印度方面无所牵制，希望今年能前往中国。

　　我们现在正以日文编撰一书，讲述天主造世及耶稣小传；然后，计划将此书改写为中文，以便带往中国，使中国人知我亦通中国文。[1]

1. 方豪：《中国天主教史人物传·方济各沙勿略》（上），第 60—61 页，北京：中华书局，1988 年版。

沙勿略对中国的印象大多是从日本人那里得来，仰望大明，泱泱上国，政治清明，人物堂堂，与亦步亦趋追随其后的日本大不相同。沙勿略满怀希望地设想，如果能派出博学的耶稣会士到中国，以各种科学知识打开他们的心门，一定是传教的良方。他的这些构想虽然没能亲自付诸实施，但却在范礼安[2]、利玛窦等人那里得到实现。

2. 范礼安 (Alessandro Valignano, 1539—1606)，意大利拿波里人，耶稣会远东视察员，正是他承袭了沙勿略关于中国的传教思想，制定了在日本、中国的"适应路线"，并调罗明坚和利玛窦来中国传教，指示他们身穿儒服、学习中文、翻译汉籍。

第二节　利玛窦笔下的中国

　　利玛窦，号西泰，又号清泰、西江。利玛窦在中国足迹遍及广东肇庆、韶州，江西南昌以及南北二京，与上层士大夫广泛交游，以西学吸引他们的兴趣，以其个人魅力感染他们，为其在华传教和成为万历的"陪臣"打下了良好的基础。同时，在他的影响之下，以徐光启、李之藻、杨廷筠等一批官僚为首的中国文人加入了天主教，而利玛窦在北京建立的南堂与东林党所创之"首善书院"毗邻，叶向高、顾宪成等东林党上下之人与传教士关系密切。要与这些人深入交往，并赢得他们的尊重，必须能与他们在同一话语层次，进行思想的砥砺与交锋。利玛窦成功地做到了这些，为后来的传教士们树立了典范。他的一系列西学中文著述如《天主实义》《交友论》《二十五言》《西字奇迹》《西国记法》《西琴曲意》《畸人十篇》《几何原本》《同文算指》《乾坤体义》《测量法义》《圜容较义》，为明末的中国思想界注入了一股西学的清风，也为西方传教士赢得了美好的声誉，使得中国知识阶层能够站在沟通中西的桥梁上与之展开平等对话。

与此同时，利玛窦还将他在中国 20 多年的传教经历用意大利语记录下来，又经金尼阁补充翻译成拉丁文，在欧洲引起了极大反响，成为引发 17—18 世纪欧洲百年中国热的重要因素之一，而利玛窦本人则是当之无愧的欧洲第一位汉学家。

利玛窦在他的五卷本《耶稣会与天主教进入中国史》[1] 的后四卷中详细记述了他在肇庆、

1. [意] 利玛窦著，文铮译：《耶稣会与天主教进入中国史》，北京：商务印书馆，2014 年版。本书为《利玛窦中国札记》的最新译本，以意大利原版为底

韶州、南昌、南京和北京逐步开展教务的情况，而其首卷的绪论开宗明义，尤其能概述利玛窦

本翻译而来。

写作的因由和内容：

> 由于中国的事物一般来说与我们的差别很大，而这个报告主要又是给我们欧洲人读的，因此有必要在正文开始之前说明一下中国的位置、风俗习惯、法律制度和其他中国特有的事物，特别是那些与我们不同的地方，以便更顺利地叙述我们耶稣会进入中国开教的经过，避免中间赘言许多题外话。
>
> 尽管我知道在欧洲已经有许多相同题材的书籍，但我认为在所有那些书中，没有比我们知道得更为详尽的。因为我们在这里游历过最知名、最重要的省份，并不断往来于中国的两个京都之间，与政府大员和重要的文人学者交往，讲他们的语言，专门学习了他们的礼仪与风俗。而尤为重要的是，我们夜以继日手不释卷地阅读着他们的书籍。那些从未到过中国的人只是道听途说，当然不如我们知道得详实……[2]

2. [意] 利玛窦著，文铮译：《耶稣会与天主教进入中国史》，第 3—4 页，北京：商务印书馆，2014 年版。

第一卷中，利玛窦总体介绍了中国和中国人，中国的名称、面积和位置，中国大地的物产，中国的制造工艺，中国的人文科学、自然科学和中国的学位，中国的政府机构，中国的礼法，中国人的相貌、穿着打扮及其他风俗，中国的迷信与其他陋习，中国的宗教派别等，内容可谓

既真实又全面，概括了 16—17 世纪中国社会政治经济、历史地理、文化思想、风俗礼仪以及儒释道各宗教的状况等方方面面的情况。

关于中国的命名，利玛窦介绍说，所有关于中国的名称传到欧洲后，前面都加上了一个"大"字，如"大中国""大契丹""大支那"等。他认为，这种称法如实地表现了中国的宏伟与广阔，因为中国就像一个由四五个大国联合组成的帝国。而中国人自己对于外界给予他们国度的尊称并不自知。利玛窦还简介了夏、商、周、汉、唐、明等各朝代名称的美好含义，告诉欧洲人，中国的每一次改朝换代都是国家政权由一个家族转移到另一家族手中，而外国人对于中国政权的这些更迭并不能清楚地了解与区分，只是沿用让他们感受最深的那些朝代的名称，所以日本人称中国为唐，而鞑靼人则称之为汉，萨拉逊人称之为契丹，葡萄牙人则效法交趾支那人和新罗人称之为秦。他提到传教士们曾经用星盘和其他仪器观测中国的各种日食、月食和边界，并且从中国的宇宙类书籍中了解到中国的各省份、州府分布。利玛窦特别强调指出，中国的领土边界超过世界上所有王国的总和，而这些广阔的地区都是城镇密布，人口阜盛，能为国家提供大量的税收[1]，而且，中国由于特殊的地理状况，在这样庞大的国土面积之上，天然和人工

1. 据利玛窦记载，中国的成年纳税人口除去皇族、政府官员、士兵、宦官和妇女等之外约为 5855 万。根据现代学者的统计研究，17 世纪初中国人口已愈亿，

的防御都极为完备。有趣的是，他还指出，中国政府并不在乎向其纳贡的各国使节是否前来，

约在 1.2 亿—2 亿之间（参见高王凌：《明清时期的中国人口》，载《清史研究》，1994 年第 3 期；葛剑雄、曹树基：《对明代人口总数的新估计》，载《中

因为来中国带来的害处远大于不来的益处。

国史研究》，1995 年第 1 期），这样的人口总数与利玛窦文中所记的纳税人口数字基本能相对照。

除了介绍中国这个被誉为"丝绸之国"的国度最为当时欧洲人所知的丝织品、瓷器等商品外，利玛窦还全面地记述了中国丰饶的物产，他说，从基本生活日用品到奢侈品，中国应有尽有且产量丰富，无需仰仗进口：

> ……这里盛产五谷杂粮，有小麦、大麦、黍、小米和其他一些种类的粮食作物。说到大米，是他们最主要的食物，就像我们这里的面包一样，但其产量大大地超过了我们。此外还有豆类，尤其是芸豆，甚至被用来饲养牲畜。这些粮食作物在许多城市每年要播种和收获两三次，由此可见这里人民的勤劳、土地的肥沃以及粮食作物生长的自然环境是多么的优越……[2]

2. [意] 利玛窦著，文铮译：《耶稣会与天主教进入中国史》，第 9 页，北京：商务印书馆，2014 年版。

他还提到，除了扁桃仁和橄榄外，中国水果种类丰富，很多都是普通欧洲人没有见过的，如荔枝、龙眼、椰子、柿子、芭蕉、槟榔等，中国的蔬菜也比欧洲要丰富得多。榨油用料远比欧洲广泛，最好的食用油是芝麻油。不过他认为，这里的酒不如欧洲，因为中国的葡萄产量很

少而且不是很甜，但中国白酒适合本国人的口味。中国人最常吃的肉类是猪肉，此外还有牛肉、羊肉、鸡鸭鹅肉、马肉、骡肉甚至狗肉等，但有些地方为了保护农业禁止屠宰黄牛和水牛。和马可·波罗一样，利玛窦也没有漏掉中国售价便宜的各种野味，如鹿、野兔和各种鸟类。

此外，由于水系广阔，中国的渔业发达程度远胜于欧洲，种植的棉花足以供应全世界。建筑物和大小船只都是木制，有些人死后会睡到花费千金的柏木棺材里，中国特产的竹子被广泛使用。他们使用煤作为燃料，效果好又没有烟，价格还便宜，被广泛用于做饭、取暖。中国的药材别具特色，大黄和麝香被波斯的萨拉逊人带到世界各地高价出售。各个省份都盛产食盐，肉桂、生姜等香料大量种植，产量丰富。此外，中国的金属品类齐全，铁制品、黄金的价格都比欧洲便宜，但贵族使用的金银器皿却没欧洲多，因为他们更倾向于使用世界上最精致、最美观的瓷器。

利玛窦向欧洲人介绍说，中国火药产量丰富，但大多用于焰火，而很少用于战争。他曾亲眼见到万历二十七年（1599年）南京新年期间，将近一个月时间所用于焰火表演的火药足以供给欧洲进行一场长达两三年的战争，并且能用焰火巧妙地摹仿战争场面、转动的火球、火树、水果等，为全世界其他地区所不及。

不过，中国人制作玻璃的工艺水平比欧洲低，而且中国人不用绵羊奶制作奶酪，也不会把羊毛织成毛料，只能把它们制成哔叽和毛毡。中国纸用棉絮制成，只能单面书写、印刷，容易撕损，不耐保存。在利玛窦眼中，这些方面中国不如欧洲。但是中国人所使用的雕版印刷术和实用的拓印技术耗时短、成本低，所以中国印制了大量书籍，任何人在家里都可以印书。由于中国人的节俭，他们不会费很大力气把东西做得尽善尽美，而只考虑用较少的时间和金钱获得很好的销路，所以他们经常偷工减料，只图外观的漂亮，这点也与欧洲人正好相反。值得注意的是，利玛窦指出，由于官方出价比一般市价要低，或者是强迫工人劳动，所以明代官用物品的制作工艺缺陷更为明显。

中国的建筑比欧洲那些地基深厚、矗立千年的建筑要逊色，由于很少与外界接触，他们的绘画和雕刻水平也不高，不会使用油彩和明暗法作画，且平面化不生动，比例失衡。中国的乐器虽然丰富，却没有管风琴、羽键琴和其他键盘乐器。琴弦全都用丝制，而不像欧洲那样用动物的肠子，乐调比较单一，缺少变化。所以中国人听到西方音乐时会惊叹不已。

中国人比欧洲人更爱好戏剧，可以边吃边喝边看戏，长达十几个小时。所有戏剧的内容都是古代故事，很少有新编作品，以唱为主，少有对白。有数以千计的年轻人从事这一职业，虽然地位卑下，不过报酬丰厚[1]。

1. [意] 利玛窦著，文铮译：《耶稣会与天主教进入中国史》，第17—18 页，北京：商务印书馆，2014 年版。

利玛窦介绍说，中国人书写时使用毛笔、墨锭和印章，从右向左，由上往下书写。他们不分季节，无论男女老幼、穷富贵贱都使用制作精良、质地多样的扇子作为饰品，好像不拿着扇子就不知道怎么走路。他还特别提到了几种中国特有且在 17 世纪初欧洲人一无所知的东西，它们是茶叶[2]、漆和桐油。果然，在接下来的欧洲中国热时，茶叶、漆器等都风行西方，手摇

2. 中国的茶叶是在 1606 年荷兰东印度公司成立后才经澳门转运到欧洲的，西方人最早接触到茶叶是在 1610 年，也就是利玛窦去世的那一年。从此，中国茶

羽扇轻遮面也成为后来欧洲贵妇的时尚。

文化走出亚洲，走向了世界，其中尤以对英国的影响最为著名。

关于中国的人文科学和自然科学，利玛窦首先介绍了汉字的性质、数量和发音、音调。从秦代起就在中国统一的汉字在大明全境和日本等邻国通用。他认为，除了儒家的伦理学之外，中国人发现的新星比欧洲天文学家发现的要多四百多颗，他们在算术和几何领域的知识也很发达，但是不成系统，只做表面文章。他们不去用心测算日食、月食和行星运动的规律，更关注占星术、星象，认为下界发生的事都取决于天上的星宿，而监测天象时需要涉及到天文学和数学。开国皇帝朱元璋曾禁止任何非钦命人员研究数学，唯恐有人借此来谋反，因此内廷的数学家都是太监。皇宫以外也有一些数学家，皇帝以考试的成绩授予其高官厚禄。宫内外的数学家都分为两个派别：一派遵循中国在演算方面的传统，另一派则承袭波斯传来的新方法，两派互为参照，取长补短，时相交流。两派数学家都有自己设于高处的观测地和天文台，配以古老精美而体积庞大的青铜观测仪器，故都南京的观测仪器要比北京的更好。在这些地方每夜都有人值守，一旦发现彗星或新星，则于次日呈报给皇帝，并说明所观测到天文现象的意义。日月食的消息由北京的钦天监向全国发布，法律规定各地的大小官员和僧侣都要在指定地点集合，身着专门的服装，在遮蚀的全过程中敲响锣鼓行跪拜礼，以援助日月渡过此难。[3]

3. [意] 利玛窦著，文铮译：《耶稣会与天主教进入中国史》，第 22—23 页，北京：商务印书馆，2014 年版。

利玛窦在介绍中国的学位时说，儒家学说囊括于"四书五经"之中，通过在特定时间和场所举办的几级严格的国家考试来选拔熟读儒家经典的秀才、举人和进士，再根据评审结果为其中佼佼者授以官职，同科中榜者之间会建立年谊，考生和考官则有师生之谊。中国有大量的私塾和公学，但是科举制度的单一性决定了中国没有出现大学。

利玛窦认为在中国，"数学和医学都是那些能力和才干不高、无法求取功名的人所研习的

学科，因此这些学科往往被人轻视，发展相当缓慢"[1]。与之类似的是武举。

1. [意] 利玛窦著，文铮译：《耶稣会与天主教进入中国史》，第23页，北京：商务印书馆，2014年版。

在介绍中国的政府机构时，利玛窦特别提到了秦始皇、铁木真和洪武皇帝朱元璋，尤其是朱元璋作为开国皇帝所制定的法典，除了勋亲大臣有铁券者能蒙洪恩三次之外，其他时候皇子犯法与庶民同罪。皇权和军权都掌握在文官手中，官员名册每半月更新1次，其绩效则3年一次考核，考核标准严格，奖惩分明，尺度完全由重臣裁定，虽皇帝也难以置言。国家设两都，政府分六部，地方有十三省，以下再分府、州、县等，各有科举出身、等级森严的官员管理。文官官服绣飞禽，武官则衣走兽，后者在朝中的地位远较前者低下。

利玛窦在此特别指出文官在中国的重要地位以及中国人重文抑武的传统，说中国人和欧洲人最大的差别在于，尽管中国幅员辽阔、人口众多，有足够的资源和材料用于造船、造枪炮和其他军用物资，至少能轻而易举地征服邻近的国家，但是从皇帝到庶民却没有一个人整天想着去染指他国，甚至外国想主动归属中国，中国都不愿接纳，即使接纳也不会有重要的臣子愿意去统治那个地区，治理国家的又都是尊重文化、爱好和平的文官集团，所以中国能守住自己最初的国家[2]。

2. [意] 利玛窦著，文铮译：《耶稣会与天主教进入中国史》，第31—40页，北京：商务印书馆，2014年版。

不过，谈到皇家的地租和税收，利玛窦对于明朝的国库要支付全国所有官员、兵士和公职人员的薪俸支出，此外还有皇室的奢侈生活、公共设施修建的费用、战争耗资、军事装备和城墙，开支之大，表示欧洲人无法想象，这也从侧面反映出明代臃兵冗政等弊端。明末言官对朝政的影响力，也通过万历皇帝想废长立幼却因言官长期激烈反对而作罢的历史事件记录了下来[3]。

3. [意] 利玛窦著，文铮译：《耶稣会与天主教进入中国史》，第33、35页，北京：商务印书馆，2014年版。

中国传统对外国人的排斥与轻视态度令利玛窦颇有微词：

……中国不允许任何有可能回国、或与国外保持联系的外国人居住，甚至按惯例，中国不许任何外国人入境。对此，我虽然没有见过哪条法律有明文规定，但这毕竟是一个极为古老的习俗，即他们憎恶并畏惧外国人，这一点比有法可依更糟。他们不只惧怕那些陌生的、可疑的、有敌意的外国人，也怕那些非常友善的、每年都来进贡的外国人，比如高丽，它离中国很近，很多法律基本是照搬中国的，尽管如此，我也没见有一个高丽人在中国居住……若有外国人偷偷入境，他们并不像我们想象的那样把他们杀死，而是不许他再回自己的国家，怕他回去之后做一些对中国不利的事情。对于中国人来说，若没有皇帝的许可，与外国人保持联系是违法的事情，若发现有人与住在境外的外国人通信，则严惩不贷。没有一个有身份的人愿意出国，当皇帝要派官员赴邻国，奉命去册封那里的国王时，是无人自愿请命的。出使国外的使节出发时全家会哭成一团，仿佛他是去送死一样。这些使节回国之后，立刻会被晋升，好像他们完成了一项多么艰巨的任务。[1]

1. [意] 利玛窦著，文铮译：《耶稣会与天主教进入中国史》，第 40 页，北京：商务印书馆，2014 年版。

……既然他们连自己的同胞血亲和皇室成员都不相信，自然也不会相信外国人了。不管其国家是近是远，对于外国他们只有一些模糊和错误的认识，都是通过前来进贡之人得到的。他们不想从外国人的书里学习任何东西，好像全世界的知识都存在于他们的国家，而其他民族都是无知的、野蛮的。当他们在文章或书中提到外国时，常设想那里的人还不如野兽，因而用各种动物及丑恶事物的字眼来称呼外国人，甚至有少数人将外国人称为鬼。

当一些国家的使节来此商讨国事、进献礼品和办些事情时，所受的待遇简直让人不堪入目。尽管是数百年的友邦，他们还是存有戒心，引见外国使节时就像押解犯人一样，什么也不让他们看见，一直押到北京，然后把他们关在一个大院子里，重重大门道道上锁，既不让他们和中国人讲话，也不让中国人与他们接触。他们受到牲畜般的待遇，住在没有门的小房间里，就像是羊圈一样。皇帝不会与他们谈话，也不接见他们。他们只能与一个相当卑微的小官接洽，须双膝跪倒与此人讲话，尽管这些使节在本国都是相当重要的人物，而且还身居要职。事后，所有使节全部被遣送回国，无人能在此逗留。因为中国人无端地害怕他们。

中国人与外国人接触只能在特定的场合和时间，未经官方许可而擅自与外国人接触者将被严惩。[2]

2. [意] 利玛窦著，文铮译：《耶稣会与天主教进入中国史》，第 64 页，北京：商务印书馆，2014 年版。

不过，在这个"礼仪之邦"内部，中国人互相之间为保持彼此间的尊重和行事谨慎小心，遵循着传统的礼仪习俗，对此利玛窦认为：

……礼法代代相传，与日俱增，以致中国人终日为礼法而奔波，没有时间做别的事……对事物外表的过分重视而忽视了其内涵，甚至连他们自己也承认，几乎所有的交际应酬都只是为了面子好看，因此，不必说未开化的民族和野蛮人，就连我们自诩

3. [意] 利玛窦著，文铮译：《耶稣会与天主教进入中国史》，第 45—47 页，北京：商务印书馆，2014 年版。

礼法健全的欧洲人，与这些中国人比起来，也无异于不懂礼法的山野村夫。[3]

不过接下来，利玛窦还是耗费了大量篇幅去描述中国人作揖、跪拜、叩头的礼节，登门拜访和回访的拜帖所使用的书面语中复杂的称谓，以及会客的礼服、座位次序、迎来送往的规矩、送礼的讲究等。他生动地描绘了自己在中国最常参加，可以说为其所苦的宴会：

> 现在我来谈谈他们的宴会，这在中国是最复杂的仪式之一，而且是经常要举行的。这是因为一年所有的节日和所有重要场合，宴会都是不可或缺的，甚至可以说，他们每天不是请客就是赴请，因此什么事都要在餐桌上谈论，手擎酒杯，从吃喝玩乐到宗教道德，无所不谈。他们除了请人吃喝以外，无以表达自己的热情……[1]

1. ［意］利玛窦著，文铮译：《耶稣会与天主教进入中国史》，第 45 页，北京：商务印书馆，2014 年版。

利玛窦还特别介绍了中国人的筷子和宴会内容：

> 他们吃饭时不用叉子，也不用勺子，而是用细细的筷子，有一掌半的长度，握在右手，吃桌上放着的任何东西时都用筷子而不用手，但却非常灵活，因此，桌上的食物都须切成小块，除非是液体食物，或像蛋、鱼等软的东西。在桌子上绝看不见刀子……筷子通常是由象牙、乌木等坚硬光洁的材料制成的，并包以金、银……因为中国人不用手触碰任何吃的东西，所以他们饭前饭后都不洗手……他们在饮酒上花费的时间要比吃饭的时间还长。大家边吃边谈一些奇闻轶事，或在席间听戏、听小曲、听乐器演奏……
>
> 在这样的宴会上，西方宴席上所有的美食都可以见到，但没有一道菜的菜量是非常大的，他们更重视的是菜品的丰富……他们在宴会上还常做各种各样比赛性的游戏，大吵大闹地劝输的人饮酒……[2]

2. ［意］利玛窦著，文铮译：《耶稣会与天主教进入中国史》，第 45—47 页，北京：商务印书馆，2014 年版。

提到中国人的饮料，利玛窦认为非常健康，有利于长寿：

> 他们的饮料通常是热的，即便是在暑天，比如我们提到的茶，还有酒以及其他饮料。这大概非常有益于健康，因此他们的寿命都很长，他们七八十岁的老人要比我们那里的硬朗得多……[3]

3. ［意］利玛窦著，文铮译：《耶稣会与天主教进入中国史》，第 46 页，北京：商务印书馆，2014 年版。

利玛窦还介绍了中国人对皇帝、优秀地方官员和父母师长的尊重，他提到了为高官、金榜题名者和获得其他荣誉者修建的牌楼，将其比作欧洲人庆贺军队得胜而归的凯旋门。还谈到父母死后孝子要缟素，守孝三年，逢清明节，去坟上祭奠焚香献供以及对有地位的人的吊唁礼节。此外还介绍了中国人订婚和结婚的仪式，介绍说明朝的皇室不在权贵之家物色妻室，专派钦差在平民和寒家选择美貌少女。民间则同姓不通婚，男子娶正室讲究门当户对，纳妾只要相貌姣好。利玛窦特别提到了妇女的小脚，戴头饰耳坠但不戴戒指，男子帽饰精美，鞋子做工特别精细，绣有各种花卉图案，西方的妇女都没有他们讲究。而且，在中国只有非常穷的人才穿皮鞋，而一般人有时只用皮革来做鞋底。

对明代中国所建造的船只，利玛窦印象非常深刻：

> 有些地方位于河流和湖泊之上，就像威尼斯处于海上一样，因此他们在城里都使用相当漂亮的船只。由于整个中国都密布着河流与沟渠，所以他们用船行路的机会要比我们多，而船只也比我们的美观、舒适。那些大官们的船非常庞大，就算他带上全家也不成问题，就像在陆地上一样。船上有许多房间、客厅、厨房和储藏室，而且装潢精美，就像我们王公贵族的宫殿一样。有时一些官员还在船上设宴，为了能同时欣赏沿河风光。船只的上上下下都涂着油漆，天花板、柱子、门窗都绘有各种图案并装饰成不同颜色，非常美观。[1]

1. [意] 利玛窦著，文铮译：《耶稣会与天主教进入中国史》，第 56 页，北京：商务印书馆，2014 年版。

关于中国人的风俗，利玛窦介绍了官员们常常沉溺的围棋和下等人消遣的纸牌、色子等。他将中国"到处都是盗贼尤其是在下层社会"的原因归于惩罚罪犯相当宽大，尤其是对那些没使用暴力的偷窃者。这就导致在各城市中，城门每晚都要上锁，还有数以千计的人手执锣鼓和梆子沿街守夜，却照样常有人家被盗贼洗劫一空，因为守夜者有可能会与盗贼沆瀣一气。他说："如果中国人看到在我们的大城市里，整夜没有一个人防盗，定会惊诧不已。"[2]

2. [意] 利玛窦著，文铮译：《耶稣会与天主教进入中国史》，第 57 页，北京：商务印书馆，2014 年版。

对于中国人的迷信和陋习以及他们的宗教信仰，利玛窦则几乎全是抨击和嘲讽。算命、看风水等在利玛窦看来，"简直没有比这更愚蠢的事了"，将他们一概归于骗子，然而这些人在中国却能大受欢迎，乃至皇帝和大小官吏都会用到他们。

利玛窦还批评了中国有些人因为无钱娶妻而把自己卖给富人当奴隶，以求主人会将女仆之一赐给他做妻子的行为和"由于绝望和为报复他人而自杀"的野蛮习俗，还有穷人将男童送去做太监、将女婴溺毙等陋俗，对炼金术和长生不老之术的可笑追求，以及整个国家中流行的不信任和恐惧。

利玛窦还这样评论他眼中中国的"儒释道三教"：

> 目前最普遍的观点，也是大家认为最明智的选择是所谓的三教归一，即对三种宗

教一起相信，这简直是自欺欺人，造成巨大的混乱。他们觉得在宗教问题上越是百家

争鸣对国家就越有益处，但结果事与愿违，因为全信就等于一个也不相信，对哪个也

没有诚意。

于是有些人明确表示自己没有信仰，还有些人则被虚假的信仰所欺骗，而大多数

人则陷入了无神论的深渊。[1]

1. [意] 利玛窦著，文铮译：《耶稣会与天主教进入中国史》，第77页，北京：商务印书馆，2014年版。

第一卷至此结束，接下去的内容就是利玛窦在华的传教经历了，在此不再多加引述，因为在上面所引的内容中，利玛窦已经以其在中国28年的耳闻身见，将中国社会各方面的情况可以说事无巨细地对西方读者进行了总结性的介绍，使他们能够在有限的篇幅里看到一个《马可·波罗行纪》以来最新鲜、最真实、最全面的中国形象，也能从中体会到耶稣会士几十年来在中国的艰难开垦。总体而言，是书"对欧洲的文学和科学，对哲学和宗教等生活方面的影响，可能超过任何其他17世纪的历史著述。启蒙运动的大师们从中吸收了很多思想资料，并借他们想象中理想化了的中国，讴歌人性，赞美理性和人的权利……以利玛窦等人为代表的耶稣会士对中国文化的宽容性的解释和赞许性的介绍，在客观上无疑成为西方启蒙思想家们借用中国哲学的前提。他们向西方人塑造了一个政治昌明、文化发达、国力强盛的中国形象"[2]。即使中

2. 孙尚扬：《利玛窦与徐光启》，第49页，北京：中国国际广播出版社，2009年版。

国对外国人的态度有些过于冷淡，这也并不妨碍欧洲人对于中国的美好想象，毕竟，除了那些踏遍荆棘万里扬教的传教士和追求巨利的行商，没有多少欧洲人真的会涉足这片广阔富饶的土地，越是遥远神秘，越是魅力无穷，他们可以在地球的另一端对其尽情美化，恣意想象。

第三节　来华传教士对中国文学典籍的介绍

16、17世纪的天主教来华传教士对于中国传统社会的"至圣先师"孔子和他所奠定的儒家学说非常重视，因为在他们看来，儒家在中国的地位是独一无二的，儒家思想是中国封建统治的理论基石。而且，"儒教不承认自己是一个宗教派别，只声称它是一个阶层或团体，是为正

3. 转引自林金水：《儒教不是宗教——试论利玛窦对儒教的看法》，载《福建师范大学学报（哲学社会科学版）》，1983年第3期。

统政府和国家普遍利益建立起来的一个学派"[3]，儒士在中国社会最受尊重，他们中的最优秀者

掌握着国家政权，并且其哲学都是道德伦理，这对于急欲在华生根发展、开枝散叶的天主教来说，无疑是再好不过，因此，他们积极学习中国文化，了解、适应中国社会，熟读儒家典籍，努力合儒补儒，以更快地自上而下打开传教局面。他们在刻苦钻研中国典籍的同时，还将"四书五经"等对中国科举制度影响巨大的书籍翻译成西方文字，介绍到欧洲，这些传教士所著的汉学著作如雨后春笋般在西方涌现，在欧洲形成一股热潮[1]。

　　早在 1581 年，罗明坚在给耶稣会总会长致信汇报时，就曾附上他所翻译的《大学》第一章的拉丁文译文，此外他还翻译过《孟子》，罗明坚的这些尝试是明代来华传教士将中文典籍西传的先声[2]。继此之后，利玛窦为了给刚来华的石方西神父（Francesco de Petris, 1562—1593）教授汉语和中国文化，于 1591—1594 年陆续将"四书"（Tetrabiblion Sinense de Moribus）的部分内容译为拉丁文，还附上了一些注释，为耶稣会士后来的"四书"翻译投石问路[3]，他还在《天主实义》中多次引用过"四书"和《尚书》《左传》《庄子》等书中的内容。金尼阁则于 1626 年首开"五经"（Pentabiblion Sinense）西译之先河并在杭州刊印。

　　此外，1643 年由葡萄牙文翻译成意大利文的《大中国志》[4] 中也有关于"四书五经"的详细介绍。1658 年，意大利耶稣会士卫匡国（Martino Martini, 1614—1661）出版了拉丁文的《中国上古史》（又名《中国历史初编十卷》《中国先秦史》），其中介绍了《易经》，说它最初是供伏羲作占星之用，卫匡国还第一次为欧洲绘制了周易六十四卦图。他还把一些《大学》的章节译为拉丁文，将其作为中国哲学的基础介绍给西方。

　　康熙元年（1662 年），意大利籍耶稣会士殷铎泽（Prosper Intorcetta, 1625—1696）与葡萄牙的郭纳爵（Ignatius de Costa, 1599—1666）第一次合译了拉丁文的《大学》《论语》，随后几年又

1. 传教士们翻译到西方的中国文学典籍和他们介绍的其他有关中国的情况一起，在欧洲知识界刮起了一股"中国飓风"，直接影响到后来欧洲的启蒙思想家：伏尔泰在书房里悬挂孔子像，还对其参拜；莱布尼茨也整天沉浸在孔夫子的哲学中。法国百科全书派还以中国历史、文化为武器，鞭挞天主教和欧洲贵族制度。这样的结果，是耶稣会士们所始料未及的。

2. 罗明坚的拉丁文《大学》翻译在 1593 年波赛维诺（Antonio Possevina）在罗马刊行的《历史、科学、救世言百科精选》（Bibliotheca Selecta）第 9 章中发表。《孟子》虽然没有付印，但其原稿至今仍妥存于罗马的意大利国家图书馆。

3. 有关利玛窦翻译"中国四书"的情况，可参见艾儒略《大西西泰利先生行述》中的相关记载。

4. 作者为葡萄牙籍耶稣会士曾德昭（Alvarus de Semedo, 1585—1658）。

在中西方多地将"四书"（Sapientia Sinica，中国的智慧）

的西文译本出版[1]。比利时的柏应理（Philippus Couplet，

1623—1692）则于 1687 年出版了儒家思想全面西传的奠基

之作——《中国哲学家孔子》[2]。

　　以上这些天主教传教士对"四书五经"的翻译基本

上以意大利籍传教士的拉丁文或意大利文著述为主。在对

中国经典的翻译过程中，来华意籍传教士扮演了重要的角

色，这是基于在意大利人文主义色彩浓郁的教育之下，

他们普遍都对异质文化抱有比较开放的心态，并尝试尽可

能多地与本地人直接进行意见交流。文艺复兴时期，伦巴

底和托斯卡纳地区的众多意大利城市已经脱离其主教和神

圣罗马皇帝而独立，成为较强大的城市共和国，四分五

裂的城邦割据状态造成与其他国籍传教士不同的是，意

籍的耶稣会传教士不以共同的国家而更多用国内各个地

区、城邦为各自的地域标识。不过他们都有一个共同的、

名义上的世俗君主和唯一的天主统领，这就足够了[3]。此

后，由于 17 世纪末至 18 世纪法籍耶稣会士在华逐渐取代

了从前意大利耶稣会士的地位，从事学术性研究较多，他

们译介的焦点也集中在"五经"之上。如李明（Louis le

Comte，1655—1728）、白晋（Joachim Bouvet，1656—

1730）、刘 应（Claude de Visdelou，1656—1737）、

雷孝思（Jean-Baptiste Régis，1663—1738）、马若瑟

（Joseph-Henrg-Marie de Prémare，1666—1735）、

宋君荣（Antoine Gaubil，1689—1759）等，他们对"五经"

和"四书"等汉籍的翻译以及其他有关中国的著述在 18 世

纪中学西传中也发挥了重要作用。

殷铎泽、郭纳爵翻译的《大学》

《中国哲学家孔子》内页插图

1. 殷铎泽于 1671 年翻译了《中庸》全书，命名为《中国的政治道德学》，第一次将《中庸》全
译并在西方出版。他还在 1696 年确定将"孔子"译为 Confucius，此后英文和法文都采用此名，
意大利文用 Confucio、德文用 Konfuzius、俄文用 Konfutzii 等。遗憾的是，《中国的智慧》出版
时并不包含《孟子》一书的翻译，这是因为孟子主张的"性善论"与基督教的原罪观之间的差异
和"不孝有三、无后为大"的孝道观以及由此衍生出的士大夫纳妾现象与基督教一夫一妻的要求
相抵触，相对受到译者的冷落。参见张西平、罗莹主编：《东亚与欧洲文化的早期相遇：东西文
化交流史论》，上海：华东师范大学出版社，2012 年版。

2.《中国哲学家孔子》（Confucius Sinarum Philosophus），中文标题为《西文四书直解》，
内容含柏应理所作的中国经籍导论和《中华君主统治历史年表》《中国地图》、殷铎泽写的孔
子传和《大学》（Adultorum schola）、《中庸》（Immutabile medium）、《论语》（Liber
sententiarum）的拉丁文译本，并附注释。本书的参与者还有郭纳爵等 17 名耶稣会士，其中意籍
会士 5 人，葡籍会士 5 人，法籍会士 4 人，比利时籍会士 2 人，奥地利籍会士 1 人，可以说是欧
洲宗教界和知识界的鼎力之作。在此基础上，比利时耶稣会士卫方济（Francois Noel，1651—
1729）在 1702 年由华返欧后出版了《中国六大经典》（Sinensis Imperii Libri Classici Sex）拉
丁文译本，增加了《孟子》（Mencius）、《孝经》（Filialisobservatia）、《小学》（Parvulorum）
的译文，是"四书"的第一个全译本。17—18 世纪，欧洲刊印中国典籍西文译本不断。法国耶稣
会士雷孝思、白晋等在清廷中研究翻译而成的拉丁文《易经》（Y-King. Antiquissimus Sinarum
liber quem ex Latina interpretatione）也传播到了欧洲。参看王宁主编：《中国文化概论·中外
文化的第二次大交汇》，长沙：湖南师范大学出版社，2000 年版。张西平、罗莹主编：《东亚与
欧洲文化的早期相遇：东西文化交流史论》，上海：华东师范大学出版社，2012 年版。

3. 参看张西平、罗莹主编：《东亚与欧洲文化的早期相遇：东西文化交流史论》，上海：华东师
范大学出版社，2012 年版。

第四节　来华传教士对中国其他方面的介绍

明末清初来华的天主教传教士们之所以不遗余力地学习和推介中国文化，固然是出于开展教务的需要，但中国文化内在的张力对他们的浸润和影响也同样不容小觑。很多来华耶稣会士也和晚明士大夫一样拥有着开放的胸襟和宽容的文化态度，愿意自觉地担负起沟通中西文化交流的文化使命。也因为此，他们不仅给西方人送去了中国的儒家思想，还为他们展现了中国文化的更多侧面，如语言文字、社会风俗、政治状况、历史地理、医学植物等[1]。来华耶稣会士或写信，或译书，或著述，以各种西方文字不遗余力地将中国文明西传。他们在中学西传上笔耕之勤，兴趣之广，成就之大，令世人惊叹！他们在那个特定时代和自己的特定身份之下所记录下来的中国或许有些过于完美失真，但却已尽其可能地向西方世界展现了一个古老的中华大帝国形象，因此才能使意大利的教会人士在 16、17 世纪开始有了对中国较鲜明饱满的认识，进而对整个欧洲文化界产生影响，并向社会各阶层辐射，为启蒙运动起到酵母的作用[2]。

耶稣会规定，会士在外方正式传教之前，必须学习他们所在地的语言，了解其文化，因此传教士们来到中国的第一件事就是学说中文、写汉字、读汉籍，在他们自学和先来者对后来者传帮带的过程中，留下了很多关于如何学习中国语言文字、语法的心得，并编撰成字典、教科书等，如罗明坚和利玛窦 1588 年就曾合编过《葡汉辞典》，1598 年郭居静也与利玛窦合编过一本拉汉字典，利玛窦在他的日记中介绍过汉字的字形、音节、音调，以及同音字和文言、白话文体等现象。而卫匡国于 1652 年撰成并介绍给欧洲的《中国文法》则是第一部汉语语法书，以拉汉对照的方式，在拉丁语语法的框架内介绍汉字发音、汉语语法，搭建了一个汉语语法的初步框架，并且将拉丁语法中名词、代词、动词、介词、副词、连词、数量词、感叹词等词类的概

1. 1656 年，与南明小朝廷关系密切的波兰籍耶稣会士卜弥格（Michel Boym，1612—1659）介绍中国动植物的《中国植物志》，以文图并茂的方式在维也纳出版，他还编写过介绍中医理论的《中医脉诀》。1698 年，法国传教士殷弘绪（Père François Xavier d'Entrecolles，1664—1741）将中国的《养蚕术》《帛布志》等翻译到西方。1703 年，冯秉正（Joseph-François-Marie-Arme de Moyriac de Mailla，1669—1748）翻译了法文的《通鉴纲目》。18 世纪，南宋法医学家宋慈（1186—1249）所著的《洗冤录》也被节译到法国。参见张西平：《回到平等对话的元点上：对四百年来中西文化交流的检讨》，载《光明日报》2001 年 9 月 18 日。

2. 参见张西平：《回到平等对话的元点上：对四百年来中西文化交流的检讨》，载《光明日报》，2001 年 9 月 18 日。

念引入了汉语研究之中。此书的手稿和抄本在欧洲流传甚广，17、18 世纪欧洲许多汉学家正是通过《中国文法》形成其汉语知识和汉语观[1]。此外，殷铎泽也曾作过《中文语法》，附在其《中庸》译文之末[2]。

1. ［意］卫匡国著，白佐良、白桦译：《中国文法》，第 3—6 页，上海：华东师范大学出版社，2011 年版。

1585 年，罗马出版了教皇格利高里十三世（Gregory XIII，1572—1585 年在位）委托西班

2. 殷铎泽的《中文语法》现保存于里尔图书馆（手稿第 840 号），参见张西平、罗莹主编：《东亚与欧洲文化的早期相遇：东西文化交流史论》，第 514 页，上海：华东师范大学出版社，2012 年版。

牙奥斯丁会士门多萨（Juan Gonsales de Mendoza，1545—1618）编辑的《中华大帝国史》，记载中国著名于世的事物、典仪和风俗，风靡欧洲，不到 30 年间有 8 种语言 33 版的译本出现。1588 年，意大利耶稣会士乔万尼·伯多禄·马菲（Giovanni Pietro Maffei，1536—1603）在佛罗伦萨出版的《16 世纪印度史》（Le Istorie Dell'Indie Orientali）中有专章介绍中国的一些情况，因为在此之前，耶稣会士印度书信集、日本书信集中曾刊载范礼安、罗明坚、利玛窦等传教士的信札，其中记载了很多关于中国社会的内容。17 世纪上半叶，在华耶稣会士甚至亲历了明清鼎革之际社会的动荡、朝代的更迭，对中国历史也留下了详细的记录，甚至能够弥补明清史书的一些不足。金尼阁曾撰写过《中国史编年》，1636 年葡萄牙籍耶稣会士曾德昭就仿效利玛窦记述了中国的物产、政治制度、商业活动、风俗习惯、语言文学、服饰、宗教信仰、耶稣会士在华的传教事迹等，写作了《大中国志》。1668 年安文思（Gabriel de Magalhāes，1609—1677）又发表了《中国新志》介绍中国的语言文字、政治状况、社会风俗并称道中国的 12 种特点。1687 年，根据曾为罗马教廷探寻欧亚陆路来过中国的奥地利耶稣会士白乃心（Joannes Grueber，1623—1680）所述有关中国的资料，《中华帝国杂记》（Notizie varie dell'imperio della Cina）编撰出版[3]。1697 年又有白晋的《中国现状》（Etatprésent de la Chine）问世。虽

3. 赵晓阳：《传教士与中国国学的翻译——以四书五经为中心》，载《恒道》，2003 年第 2 辑。

然他们的著作也在西方产生了很大反响，但以上几本书的作者都不是意大利籍，而且，要论作品影响的广度和深度，不得不重点讲到卫匡国。

卫匡国 1643 年来华，跟随意大利耶稣会士潘国光（Frarcuis Brancati，1607—1671）学习中文，传播福音。1650 年，他被耶稣会派回罗马，消除在中国传教士中甚嚣尘上的一些使用西式礼仪的言论造成的不良影响，劝说教廷下令继续在中国使用传统礼仪，并终获教皇亚历山大七世（Alexander VII，1655—1667 年在位）的支持。此行之所以成功，与卫匡国对中国的深刻了解和据理力争是分不开的。

卫匡国在华期间传教则广交文人，读书则求知若渴，并将从各方面吸收而来的有关中国的

知识写入他的《中国文法》《鞑靼战纪》《中国新地图集》

和《中国上古史》中去[1]。

1. 参见马雍：《欧洲汉学家马尔蒂尼》，载《历史研究》，1980 年第 4 期；孟德卫：《奇异的国度：

耶稣会适应政策和汉学的起源》，第 114 页，郑州：大象出版社，2010 年版。

卫匡国虽然未能如其名"匡扶大明国"，但明亡之后

10 年[2]，他所著的《鞑靼战纪》和《中国新地图集》分别

2. 这一年是清入关后第一位皇帝顺治即位后的第 10 年，刚刚亲政 2 年的清帝尚未坐稳江山，明

在当时欧洲最富有的商业城市比利时的安特卫普和荷兰的

朝宗室先后在南方建立政权抵抗清兵，并在永历（南明末帝朱由榔年号，1647—1662 年）年间出

阿姆斯特丹出版，在西方引起了广泛的影响，为中国文化

现了 1647—1648 年和 1652—1653 年两次抗清斗争的大范围胜利。1654 年的中国正处于清朝和南

的海外传播做出了积极贡献。

明政权的相持期。永历朝宫廷上下多信天主教，太后曾派遣使臣陈安德与卜弥格前往罗马，献上致

在《鞑靼战纪》中，卫匡国以他的亲身经历记述了古

教皇的求援书，并请求多派耶稣会士来华传教。

老中国刚刚过去的那场类似蒙古征服中原的战争，内容十

分生动翔实，从明代与女真的关系、明末辽东战事、魏忠

贤把持朝政到李自成入京、崇祯自杀殉国、吴三桂引清兵

入关都一一道来[3]，并加以局外人冷静客观的分析。耶稣

3.《鞑靼战纪》中甚至还有关于张献忠的宝贵资料，这是卫匡国根据曾为张献忠俘虏过的葡萄牙

会神父发自远方神奇国度的重磅新闻令欧洲人的神经非常

耶稣会士安文思（Gabriel de Magalhães, 1609—1677）的相关记载而来。

兴奋，拉丁文的原著很快又被译为意大利语、法语、英语、

荷兰语、葡萄牙语、西班牙语等 9 种西方语言，被称为"17

世纪的中国现代史"。

《中国新地图集》则是一部让卫匡国赢得"西方研究

4. 直到 1735 年，法国耶稣会士杜赫德（Jean Baptiste Du Halde, 1674—1743）根据从 17 世纪

中国地理之父"美名的地理著作，是书在中国地理研究方

来华的传教士发回欧洲的报道编辑而成四卷本《中华帝国全志》之前，卫匡国的这部图集一直是

面的地位直到 1 个世纪之后都无人能撼[4]。卫匡国自 1643

欧洲地理学界关于中国舆地的权威参考书。18 世纪成书的《中华帝国全志》与《耶稣会士中国书

年来华传教，足迹所至之处先有浙江，又至南京、北京，

简集》《中国杂纂》并称为西方汉学的三大名著及"法国古汉学的不朽著作"，是 18 世纪欧洲

再转山西、福建、江西、广东等省份，谙熟中国的地理物产，

人中国知识的重要来源，促成了欧洲的"中国热"。与此相应的是，卫匡国的《中国上古史》在

见闻了各地的风土人情，再参照其他西方传教士关于中国

1777 年冯秉正（Joseph A.M.de Maillua, 1669—1748）的《中国通史》问世之前也担任了同样的

地理的观测和记载，加以对照中国历代地理图书，尤其是

角色。

陆应阳[5]的《广舆记》，编撰而成的拉丁文《中国新地图集》，

5. 陆应阳，字伯生，生卒年不详。明代历史地理学家、书画家。江苏青浦人，晚年移居郡城，即

描述之准确性和系统性为当时的欧洲人所称道。该书按西

松江府。著有《樵史太平山房诗选》。

方习用的学科设置编排内容，介绍了中国各省的历史、边

卫匡国像

《中国上古史》封面

界、居民、物产、自然面貌、捐税、习俗等以及省下所辖州县的建制规模、历史地理、物产民俗以及手工业、建筑、宗教等状况，此外还介绍了日本和女真族的情况。书中附有很多人物、物产的插画以及用西式坐标制图法彩绘的 1 幅中国全图、15 幅中国分省图[1] 和 1 幅日本地图，并标有 2000 多座大中城市的经纬度坐标值。由于很多地方卫匡国在明清易代战争前后都曾去过，见证过其昔日的繁华与后来的凋敝，因此他书中的记载也具有历史价值。

1. 各分省图含北方六省北直隶、山西、陕西、山东、河南、南京和南方九省湖广、江西、四川、浙江、福建、广东、广西、贵州和云南地图。参见张西平主编：《把中国介绍给世界：卫匡国研究》，第 269 页，上海：华东师范大学出版社，2012 年版。

1658 年出版的 10 卷本《中国上古史》是卫匡国的又一部有关中国历史的力作，他仿照古罗马历史学家提图斯·李维（Titus Livius，公元前 59—公元 17）《罗马史》记罗马自建城以来至公元前 9 年历史的写法，从传说中公元前 3000 年盘古开天地落笔，引用中国古籍中的编年录，记述了之后夏、商、周、秦直到西汉哀帝刘欣（前 25—前 1 年）末年（元寿二年，即公元纪年的耶稣诞生前 1 年）间悠久的中国历史，并用干支纪年和公元纪年对照的方法列出了自伏羲以来中国各帝王在位的年代以为佐证。虽然卫匡国的笔触神学色彩比较浓厚，但是他所记录的中国上古史仍然使 17 世纪的欧洲人认识到，中国这个古老的东方大国在几乎隔绝于西方世界、又没有统一宗教引领的状态下，持续独立地发展了几千年，形成了其自身固有的文化传统，而且直到当时，中国无论是在经济发达程度还是社会发展水平上都远胜于当时的欧洲各国。而以儒家文化为支撑的封建中央集权政体，公平透明的官员选拔制度，没有宗教束缚、迫害的自然信仰，还有中国开明贤能的强大君主，都令身处四分五裂的封建割据和世袭贵族制度下、又受基督宗教思想制约的意大利各城邦国和其他欧洲国家浮想联翩，向往不已，统一的中华大帝国简直就是他们梦想中的"理想国"。

在利玛窦、卫匡国等传教士汉学家的带领下，16、17 世纪的意籍耶稣会士将中国文化源源不断地介绍到了西方，意大利传教士汉学的发展经历了一个黄金阶段，意大利因之不仅是文艺复兴运动的首发地，也成为西方汉学的发轫国。

第七章　　16—17 世纪意大利文学中的中国

　　16—17 世纪的欧洲已经走出了漫长的中世纪，资本主义大发展，神学思想统治下的封建社会不再是铁板一块，天文、地理、数学等各门类的科学技术在这一时期也在突飞猛进向前跃进。而意大利作为文艺复兴之都，却随着新航线的开辟、欧洲经济中心由地中海向大西洋转移逐渐衰落，异族的入侵、城邦国家林立、教皇国凌驾的局面使得意大利在 16 世纪末陷入乱局，文艺复兴、人文主义在意大利的辉煌局面也走到了尽头。重重危机之下，意大利的文化艺术在 17 世纪开始走向多元，呈现出异彩纷呈的态势。多样化的艺术风格集中表现在 17 世纪意大利巴洛克风格的建筑与雕塑上，又蔓延至美术、音乐、文学等领域，接着在全欧洲引起广泛反响。此外，反对人文主义的风格主义和模仿法国的新古典主义也在当时的意大利风行一时[1]。

1. 参见张玉能：《16—17 世纪意大利美学》，载《首都大学学报（社会科学版）》，2004 年 7 月。

第一节　骑士传奇中的契丹公主安杰丽卡

中世纪的意大利文学以宗教文学如圣徒故事、祈祷文和赞歌等为主，而其他形式的民间文学作品则因教廷的严格控制而流传文字较少。即便如此，意大利的民族文学还是在中世纪兴起。由罗马帝国使用的拉丁语分化出通俗拉丁语，并逐渐形成意大利的民族语言。12—13 世纪，一些意大利语的诗歌成为意大利民族文学的先导[1]。12 世纪初，意大利文学史上第一个诗派——

1. 第一首意大利文诗歌是方济各会会祖圣方济各（San Francesco di Assisi，1182—1226）创作的最后一篇祈祷文《万物颂》（又名《太阳歌》）。这首诗歌在意大利家喻户晓，同世后马上被翻译成拉丁文流传全欧洲。

西西里诗派（又称腓特烈诗派）诞生。受法国南部普罗旺斯骑士行吟诗歌的影响，出身意大利西西里、掌握 7 种语言的神圣罗马帝国皇帝腓特烈二世（Frederick II，1194—1250）大力扶持用当地方言写作的诗歌创作，还在西西里办了一所诗歌学校。意大利语在西西里诗人们的努力下正式成为一种文学语言而不仅仅是粗俗的民谣形式。腓特烈二世去世后，佛罗伦萨成为意大利的政治中心，"温柔的新体"诗派诞生于彼，其诗歌语言也采用托斯卡纳方言。年轻时的但丁（Dante Alighieri，1265—1321）曾写作了很多温柔的新体诗，直到 1321 年《神曲》如天鹅绝唱般宣告了中世纪的结束，开启了崭新的时代[2]。

2. 参见张世华：《意大利文学史》，上海：上海外语教育出版社，2005 年版。

自从《马可·波罗行纪》第一次以散文形式向欧洲介绍了遥远神奇的东方和中国以来，西方人对中国就一直保持着浓厚的兴趣。随着天主教传教士们进入中国，发回越来越多的东方报道，欧洲人探究中国的热情越来越高涨，连流行的骑士文学中的女主角都由中国女郎充当并受到广泛欢迎，甚至发展成为后来欧洲文学的一个母题。这位欧洲人熟知的东方女性就是美丽的契丹（Cathay）公主安杰丽卡（Angelica）。

15 世纪末，出生于意大利贵族世家的马泰奥·马里亚·博亚尔多[3] 根据 12 世纪法国流行

3. 马泰奥·马里亚·博亚尔多（Matteo Maria Boiardo，1441—1494），15 世纪意大利作家，他的《歌集》深受彼特拉克和维吉尔的艺术影响，描写作者同安东尼娅·卡普拉拉的 3 年恋爱，感情热烈真挚，被认为是 15 世纪意大利最优秀的抒情诗集。1476 年博亚尔多开始创作《热恋的奥兰多》，1483 年出版了前两卷 60 章。

的英雄史诗查理曼大帝（Carolus Magnus，742—814）和他的十二骑士中的《奥兰多之歌》，写出了长篇传奇叙事诗《热恋的奥兰多》（Orlando Innamorato），赞美骑士精神和他们的爱情。

第 3 卷刚写到第 9 章就因为 1494 年查理八世（Charles VIII l' Affable，1470—1498）发动"意大利战争"而被迫搁笔，作家于同年去世。

主人公奥兰多[4] 热恋"在印度统治着名为震旦的大片土地的加拉弗罗内王"的女儿、拥有惊人

4. 奥兰多是在中世纪欧洲家喻户晓的骑士形象，但丁的《神曲》将其置于火星天中。

美貌的契丹公主安杰丽卡，书中其他男性角色也几乎无一例外地倾心于她。故事中无论基督徒还是回教徒，只要有任何武士能打败她的兄弟阿加利亚（Agalia），安杰丽卡就嫁给他。不料，回教战士费拉乌（Ferragut）却在比武中夺去了阿加利亚的性命，而基督教骑士奥兰多和雷纳

尔多则因为狂热的爱情去追逐逃跑的安杰丽卡。此时，查理曼大帝与穆斯林的战争打响，他许诺说，安杰丽卡将被许配给战功最卓著的骑士。博亚尔多的叙述到此戛然而止。

从 1502 年开始，卢多维柯·阿里奥斯托[1] 在博亚尔多作品的基础上，历时 30 年完成了
4800 多行的长篇叙事诗《疯狂的奥兰多》（Orlando Furioso）的创作，成为《热恋的奥兰多》的续篇。

1. 卢多维柯·阿里奥斯托 (Ludovico Ariosto, 1474—1533) 出生于意大利北部艾米利亚雷焦的没落贵族家庭。10 岁时举家迁居费拉拉。与博亚尔多一样，曾效命于费拉拉宫廷。他是 16 世纪意大利最主要的作家之一，与马基雅维利 (Machiavelli, 1469—1527) 和塔索 (Torquato Tasso, 1544—1595) 齐名。

《疯狂的奥兰多》中，穆斯林大军兵临巴黎城下之时，安杰丽卡乘乱出逃，奥兰多不顾查理曼被困，追随安杰丽卡而去。安杰丽卡逃跑途中遇险，被海怪赤身裸体锁在海边的岩石上为查理曼的骑士所救。然而，安杰丽卡却在其后与她用东方草药起死回生的回教战士麦多罗（Medoro）坠入爱河，并双双返回契丹故国过上了幸福生活。奥兰多闻听此讯大受刺激乃至疯狂，多亏他的骑士伙伴上天入地，寻遍地府、天堂，费尽周折才乘坐希伯来先知的火焰车，在月球上的一道峡谷里找回了奥兰多丢失的神智，治愈了他对安杰丽卡迷恋的疯病，并最终为查理曼杀掉了劲敌阿格拉曼特（Agramante），赢得了战争的胜利。

骑士解救安杰丽卡

阿里奥斯托借助流行的骑士传奇题材来映射意大利现实，抒发他对意大利和平统一的渴望和对异族入侵、城邦林立状况的不满，取得了巨大的成功。《疯狂的奥兰多》既是作者本人的代表作，又是欧洲骑士文学的一座高峰，并为后来欧洲叙事文学的发展开辟了道路[2]。而他

2. 李赋宁主编：《欧洲文学史》第 1 卷，第 170—176 页，北京：商务印书馆，1999 年版。

作品中来自异域的契丹公主安杰丽卡成为后来欧洲文学、音乐、绘画中的重要女性形象之一，她和回教战士在契丹的幸福生活被看作田园生活的典范。不过，安杰丽卡的形象在后来的岁月中被越来越欧化，和希腊罗马神话中的女性没有两样了。

第二节　第一篇中国背景的小说

1573年，意大利天文、地理学家乔万尼·洛伦佐·达纳尼亚（Giovanni Lorenzo d'Anania，1545—1609）百科全书式的著作《宇宙构造》（L'universa le fabrica del Mondo, overo, Cosmografia）在那不勒斯出版，作品"明晰地测量了天和地球，特别描述了乡村、城市、古堡、山脉、海洋、湖泊、河流和水源，介绍了诸多民族的法律和习俗"[1]，其中在描写中国时，主要是参照马可·波罗、安德烈·柯尔萨利、巴尔沃萨、德·巴罗斯等人的著作和《耶稣会士书简集》中的相关记录，内容比较客观真实，并且篇幅很长，提供了大量有关中国的信息。

不过书中根据作者本人在那不勒斯遇到的从葡萄牙来的中国人的亲身经历而描写的中国人印象，则并不全令人赞同：

> 他们的身材同佛兰芒人一样高大，胡须稀少，在我所见到的从葡萄牙来的一些人中，他们的眼睛很小，说自己的语言，发音很像德语；身体很壮实，不会像我们老得那么快。他们勤奋地学习法律，如在那不勒斯所流行的那样，他们有导师在旁指挥一切，这些导师称作 Lotei。虽然他们有自己的方言，但都用汉字，这与我们在书本上学到的相同。书页的边上画满了鸟和金色的树木，颜色和谐细腻；贵族讲究排场，写字也分等级和条件：大师用金色的，其他等级较低的用银色，余下的根据他们的等级用蓝色和其他颜色。[2]

毕竟16世纪的欧洲人除了那些亲赴东方的商人与传教士之外，对于中国的认识还是书本加想象[3]，或者管中窥豹只见一斑，这一点，在另一位意大利学者乔万尼·博泰罗[4]1591年在罗马出版的《宇宙关系》中也得到了体现。

身处封建割据下四分五裂的意大利，使得博泰罗在《宇宙关系》一书中主张，优越的欧罗巴子民应该凭借自己的能力去征服其他各洲，将欧洲的矛盾转移到欧洲以外的地区。但是在谈到中国时，应该是受到传教士中国来信的影响，涉及这个强大统一的封建中央集权国家，博泰罗的欧洲优越感一扫而光，他似乎从中国身上看到了统一、和平、安定、富强的社会希望，甚至暂时放下了他的国家利益说，而将中国称为"前所未有的一个大帝国"，在中国面前，"意

---

1. [意] 白佐良、马西尼：《意大利与中国》，第98页，北京：商务印书馆，2002年版。

2. [意] 白佐良、马西尼：《意大利与中国》，第96—98页，北京：商务印书馆，2002年版。

3. 16世纪意大利出版的有关中国的著名著作还有我们在上章中提到过的：1585年在罗马出版了西班牙传教士门多萨用其母语写成的中国历史书《中华大帝国史》（Historia de las casas mas notables ritos y costumbres del gran Reyno de la China），书名使之成了同类书籍的第一本畅销书，次年即被翻译为意大利文的《中国历史》（Dell'Historia della China）在威尼斯出版。门多萨未曾到过中国，他的写作材料大多来自在华传教士的书简报告等。3年后，意大利耶稣会士乔万尼·伯多禄·马菲的《16世纪印度史》（Le Istorie Dell'Indie Orientali）卷6对中国的疆域、政府、文化等进行了介绍。这些作品都对当时的意大利学者产生了极大的影响。

4. 乔万尼·博泰罗（Giovanni Botero，1544—1617），意大利著名哲学家、外交家、政治思想家和诗人，对宗教、国家、政治、经济和人口等问题都有研究。代表作有《论城市国家伟大和光荣的原因》《国家利益论》等。他受法国国家主权学说的影响，针对当时意大利各大城市停滞发展的现实，反对教会参与国家政治，批评马基雅维利《君主论》不重视道德，但他在《国家利益论》中同样主张在强大君主的保护和促进下，从政治、军事、经济、外交等方面采取一切有利于本国利益的手段来建立、维护和扩大国家的统治权，实现国家利益的最大化。博泰罗的思想对近代以来欧洲国际关系的理论和实践都有着重大影响。

大利只是一个狭长的省"[1]。博泰罗还热情地赞扬中国人的勤劳，中国的政治赏罚分明等。"中

1.[意]白佐良、马西尼：《意大利与中国》，第 101 页，北京：商务印书馆，2002 年版。

国已不再只是一个需要去发现、去研究、去了解的国家，而已成为需要效仿的国家，因为以

此方式治理的国家，目标只求平安和维护国家。因此，才能出现社会公正，而它是国家安宁

之源；出现政治清明，乃是因为有法制；人民勤奋，乃是因为有和平之结果。用古代统治方

式或用现代统治方式的国家，都没有比这个国家治理得更好的。"[2]

2.[意]白佐良、马西尼：《意大利与中国》，第 101 页，北京：商务印书馆，2002 年版。

　　同样对中国政治抱有美好想象的还有第一部以中国为背景的意大利小说——《黄帝》（*Il Magno Vitei*）。

　　1597 年，意大利曼图瓦（Mantova）的阿里瓦贝内（Lodovico Arrivabene, 1530—1597）出版了中国题材的长篇小说《黄帝》，主人公分别名为 Vitei 和 Ezonlom，即中国上古神话中的五帝之首、"人文始祖"黄帝和遍尝百草的神农氏。

　　《黄帝》是西方历史上第一部专门讲述中国历史的小说，虽然其中的历史与中国的炎黄传说出入很大。作者将黄帝与炎帝联手打败蚩尤的故事改编成了 Vitei 和 Ezonlom 两位伟大人物与印度支那和日本作战。阿里瓦贝内的这种改编可能是出自于元代蒙古大军曾经进攻日本的历史，但是跋扈的元朝入侵者并未能将日本这个弹丸小国手到擒来，而在小说中，两位主人公的对外战争则取得了胜利。从小说中人名、地名的翻译和有关中国的自然风光、社会习俗和政府状况等的描述可以发现，作者的创作灵感来自门多萨《中华大帝国史》的意大利文版，而故事中的情节则很多是借鉴骑士传奇的写法。在阿里瓦贝内笔下，中国是一个由贤明、正直、爱好和平的政府和智慧与道德的典范统治的国度。书中这样写道：

　　　　最好的老师是中国人：据知，世界上没有一个国家推行道德。手册上所言出人

　　意料，他们优于任何人，如同太阳的威力和光辉胜过每一颗星星。[3]

3.[意]白佐良、马西尼：《意大利与中国》，第 103 页，北京：商务印书馆，2002 年版。

　　这样完美的社会自然值得欧洲学习，也因此，17 世纪"中国热"在欧洲逐渐升温。《黄帝》这部小说也于 1599 年再版时更名为《中国史》（*Istoria della China*），将神话传说正式上升为历史，以激起欧洲社会对中国更大范围的关注与崇敬。事实上，在 17 世纪的意大利，中国已经是炙手可热了，有了利玛窦的隆重推介，威尼斯开始学习制作中国的漆绘家具，而各大城市每逢佳节都有人化装成中国人四处游行，以中国为背景的剧作品也是喜剧流行时代一个受欢迎的题材。有关中国的各种游记和历史汇编也越来越多地出现。

第三节 卡莱蒂和杰梅利游记中的中国

意大利佛罗伦萨的一位年轻商人弗郎切斯科·卡莱蒂（Francesco Carletti, 1573—1636）在1594—1606年间曾经借环球贸易的机会游历了西班牙佛得角群岛、西印度群岛、巴拿马、菲律宾、日本、广州、澳门、马六甲、果阿等地，然后经荷兰返回故乡佛罗伦萨，并于1671年在该城出版了他的游记《印度等国旅行见闻述评》（*Ragion amenti sopra le cose vedute nei viaggi dell' Indie occidentali e d'altri paesi*）[1]。

1. 参看葡萄牙澳门科学与文化中心 Colla Elisabetta, Through the eyes of others: China as described by the Florentine merchant Francesco Carletti.

在游记中，卡莱蒂记载说，他是在1597年的五六月间决心经日本去中国，然后取道印度回欧洲的。他和同伴先是在一个月夜偷渡到了日本，因为"从那里就很容易再自由地、没有障碍地去到任何我们想要去的地方，尤其是中国"。尽管与中国这个自认为什么都不缺的东方大国进行贸易无疑会很困难，但将中国商品转售他地所能获得的巨额利润还是吸引了众多欧洲商人。而且，在澳门的葡萄牙商人为了保证自身的利益，自觉联合起来组建商会，共同参与到和广州进行的贸易中去[2]。而意大利人卡莱蒂则委托葡萄牙商人代其投资：

2. 澳门自公元前3世纪秦始皇统一中国时就已纳入中国版图，至明代属广东省香山县，称"蚝镜"。这个当时的小渔村由于是葡萄牙商人在中国沿海的主要补给地，1554年，在广东海道官员接受葡人贿赂并默许其在该地贸易之后，1557年，明政府正式批准了葡人在澳门居住，澳门也成为当时东南亚重要的贸易中转港口。1560年，葡人在澳门形成了最初的政府，由大法官、大主教和几名士兵维持秩序。皇家舰队司令在往返日本途中常在澳门停泊，这时他是最高行政长官。1586年，葡属印度总督批准授予澳门"自治城市"的资格，1623年葡萄牙政府还任命了第一任澳督。1640年（崇祯十三年），崇祯因葡萄牙擅筑澳城，下令禁止葡萄牙人到广州经商，加以葡萄牙逐渐丧失海上霸权地位，澳门的贸易地位在此一时期大受打击。

> 为了满足我的愿望，当葡萄牙人去购买发往印度的货物广州（Canton）交易会（fiera）或集市（mercato）的时间来临时，我把我的现金交给了代表们。从澳门市民中选出四五人，任命他们以大家的名义去购货，以便货物价格不出现变化。代表们乘中国人的船被送往广州，携带着想花或可以动用的钱，一般是相当于250 000至300 000埃斯库多的雷阿尔或来自日本及印度的银锭。……葡萄牙人不得离开这些船只，只有白天允许他们上岸行走，入广州城商讨价格，观看货物，商定价格。定价称作"拍板"。之后，可以这一价格购买各人欲购的货物，但在商人代表订立合同前，任何人不得采购。入夜后，所有人返回龙头船上进食、休眠。一边购货一边根据葡人的需要将其以龙头船运至来自印度的大舶或澳门。[3]

3. [意] 卡莱蒂：《印度等国旅行见闻述评》，第181—182页。参见金国平编译：《西方澳门史料选萃（15—16世纪）》，第272—273页，广州：广东人民出版社，2005年版。

如果说卡莱蒂到中国还是借商务之便，那么他的同胞、另外一位环球旅行家乔万尼·杰梅利(Giovanni Francesco Gemelli Careri, 1651—1724)的旅行则完全不带任何宗教或者商业性质，纯粹是兴之所至的冒险举动。他的旅行同样留下了内容充实的游记为证。

　　杰梅利出生在意大利南部卡拉布里亚大区的拉蒂切纳，自幼家境优裕，成年后从事律师工作十余年，并在拿波里政府任要职。34 岁时，杰梅利突然厌倦了法律工作，激流勇退，转而游历全欧洲。一别 8 年后，回到意大利的他因为其发表的欧洲游记而声名大噪。于是杰梅利再次放下手头的政务，追随马可·波罗的行迹，向着遥远的东方进发。他用了 5 年的时间，一路行经马耳他、埃及、巴勒斯坦、土耳其、波斯、印度、中国、菲律宾、墨西哥、古巴，最后经西班牙返回拿波里。此番归国，杰梅利更负盛名，事业上也出现转机，在地方最高法院法官的任上心满意足地离开人世。

　　杰梅利回到意大利的次年，他的游记就出版了，其后多次再版，并且很快就出现了英文和法文的译本，可见其作品在欧洲广受欢迎，也证明西方读者对于 17 世纪欧洲以外的世界极为关注。不过，盛誉之下，和马可·波罗一样，杰梅利旅行的真实性也受到了后来读者的质疑，甚至有人断言他毕其生从未离开过拿波里。这种指责是不恰当的，因为根据在中国传教的方济各会士尼古拉（Giovanni Francesco Nicolai，1656—1737）1695 年从南京写给教皇特使福建宗座代牧颜珰（Charles Maigrot，1652—1730）的信中就曾提到：“拿波里人杰梅利先生，即那位教友，他取道澳门进入（中国），到了北京，两天后被（耶稣会）神父们从陆路遣回广州，没有让他经过这里。”[1]

1.［意］白佐良、马西尼：《意大利与中国》，第 159 页，北京：商务印书馆，2002 年版。

　　当然，杰梅利受到的指责也并非全无道理，因为他的游记中有关中国的内容确有值得指摘之处，比如说，书中记载，他在中国首都北京度过了 16 天，而且，由于意大利耶稣会士闵明我（Philippus Maria Grimaldi，1639—1712）的帮助，他在入京的第 2 天就得以随闵明我进入紫禁城，拜见康熙皇帝，并进献 1696 年的新历书。这在当时的中国社会是不可想象的，一位来历不明的欧洲游客，怎么可能绕过繁琐的清廷觐见礼节，轻而易举就能一睹龙颜？对此，杰梅利的解释是，康熙皇帝希望能见到更多有一技之长的欧洲人，因此自己在面圣时便对康熙关于他的职业是否为数学家、医生的询问都给予了否定的回答，因为他害怕会被皇帝留在清宫服务终生，但是他把刚刚燃起战火的意大利战争向康熙做了描述。有关康熙“接见”的内容，杰梅利完全可以根据在清廷任职的传教士们的信件加以想象和发挥，以此夸大自己的奇遇，就如同马可·波罗声称曾在扬州主政 3 年一样。但是，闵明我确实曾多次向人提起过杰梅利的北京之行，不过他说自己并没有权限应杰梅利的请求带他入宫面圣。

可以肯定的是，杰梅利在北京期间，曾经接近过紫禁城的午门，并且看到京城的贵妇们入宫为太后拜寿（杰梅利在游记中误以为是皇后的生日）。另一天，他还远远地看到 2000 名禁兵在前面开道，康熙皇帝骑着高头大马，身后由文武百官跟随，浩浩荡荡地出了宫门。这些都能与中国的史书记录相印证[1]，虽然细节处可能有所出入，但是

1.[意] 白佐良、马西尼：《意大利与中国》，第 161—164 页，北京：商务印书馆，2002 年版。

如非亲至北京，杰梅利很难在游记中将这样两件并不重大之事叙述得如此真切。

此外，杰梅利书中还记录说，他在北京看到过利玛窦绘制的世界地图，也亲眼见到了中国的万里长城。不同于在北京的处处受限，在相对自由的中国南方，杰梅利对 1696 年澳门和广州农历新年的记述，则内容翔实有趣，使西方读者读来兴致盎然。

第四节　巴尔托利和马加洛蒂笔下的中国

巴尔托利画像

在上述两篇游记发表之前，意大利学者巴尔托利[2] 于

2. 巴尔托利（Daniello Bartoli, 1608—1685），意大利籍耶稣会史学家和文学家，早年曾有志于赴亚洲传教，但由于他在文学创作上的才华，耶稣会更倾向于让他在欧洲安心著述耶稣会历史。1650 年后，巴尔托利写作了一大批试图融合亚里士多德哲学和新兴科学方法的著作以及耶稣会在亚洲、欧洲等地的传教历史，在欧洲反响很大，并被广为征引。

1656 年在罗马出版了《亚洲耶稣会史》（*Dell'historia della Compagnia di Giesu: l'Asia*）。这本教会史著作根据分赴各地传教的耶稣会士的信件和报告汇编而成，其中第 1 卷总论亚洲，第 3 卷专述中国，其中包含了很多宝贵的史料。

巴尔托利的《亚洲耶稣会史》在介绍耶稣会在中国的发展时，总结了自沙勿略前来中国至 1663 年间八九十年的

中国传教史。他的著作以典雅庄重、华丽考究的行文汇编了利玛窦日记和传教士书简、报告等一手材料，介绍中华大帝国和这个古老的民族：

> 中国非常自我封闭，看来似一座堡垒，有如被城壕、屏障和围墙包围起来一般，这一方面是人为的，另一方面也是与自然条件有关：看起来它是开放的，也有较危险的地方，但更安全。它的东面和南面皆濒临大海：一个是东海，一个是南海。沿着海岸，有众多的岛屿，形成一条漫长的岛链；礁石、沙滩和悬崖几乎一个挨着一个，接连不断，密密麻麻；海水不深，但每当潮涨潮落时，则波涛汹涌，浪花四溅。不但运送军队的大木船不能靠近，就连小渔船或载人的渡船也只能冒险前行，许多这些船只都翻入海中。船员们认为，那是形势险恶的海岸，只有远远离开才安全[1]。

巴尔托利 1656 年版《亚洲耶稣会史》封面

1.[意] 白佐良、马西尼：《意大利与中国》，第 152 页，北京：商务印书馆，2002 年版。

作为一名严谨的历史学者和教廷器重并委以重任的教会史学家，巴尔托利关于中国的记述资料来源广泛，内容真实可信，不容置疑，笔调华美庄严，是 17 世纪中叶同类著作中的佼佼者，也是至今研究那一时期中国传教士的重要参考文本。

在巴尔托利之后，罗马还有一位没有去过中国的著名人士也写有关于中国的报道，他就是意大利文学家、科学家和外交家马加洛蒂[2]。

马加洛蒂出身贵族，年轻时受到很好的教育，掌握了多国语言，并游历过欧洲，对更广阔的世界有着强烈的探

2. 马加洛蒂 (Lorenzo Magalotti, 1637—1712)，曾担任过美第奇家族第五代托斯卡纳大公斐迪南二世·德·美第奇 (Ferdinando II de' Medici, 1610—1670) 和利奥波德亲王 1657 年成立的 "佛罗伦萨实验科学院" (Accademia fiorentina del Cimento) 的秘书，也曾为但丁的《神曲》做过评注，还编校过前述卡莱蒂的游记。

索欲。1665 年初，当马加洛蒂听说奥地利耶稣会士白乃心（Jean Grueber，1623—1680）从中国北京出发，在穆斯林翻译的引导下，到达西北的西宁、拉萨，又翻越雪山，第一次经过尼泊尔、孟加拉、印度、波斯、土耳其回到欧洲，1664 年从西西里的墨西拿转陆路回至罗马，他还收集了沿途各国政治、经济、文化、科学、交通和物产方面的大量情报，并绘制了许多图画。而白乃心此刻刚刚到达托斯卡纳西部的利伏诺，马加洛蒂就迫不及待地赶到那里与其会晤，了解他的中国见闻[1]，一切有关中国的政府、国民、语言、宗教乃至饮食、服饰、娱乐等方面的材料，马加洛蒂都不放过，并据此写下了《中国报告》（Relazione della Cina）。

1659—1661 年期间，精通数学、天文的白乃心曾经因为北京耶稣会负责人汤若望的推荐，应诏在钦天监服务，两年后又蒙顺治特许持信返欧，汇报中国教务。他和同伴用了 3 年时间，探索了出了中国到罗马的新陆路，在欧洲轰动一时。白乃心神父曾将他收集到的从中国到欧洲的新陆路的部分情况和旅行见闻寄给基歇尔[2]，并附在拉丁文的《中国图说》中于 1667 年在阿姆斯特丹出版。马加洛蒂的《中国报告》则是以意大利语于 1673 年出版，因此，尽管此书在知名度上不及基歇尔的鸿篇大著，但在本节中更值得专门提出。

正如我们前面反复强调的，16—17 世纪的意大利文学在当时城邦林立、政治分裂、经济衰退的形势下也不复文艺复兴的盛世气象，但是却呈现出多样化的变化风格。作为欧洲"中国热"的始发地，意大利文学中很早就出现了中国因素，无论是不循英雄美人俗套、与平凡穆斯林骑士回归田园生活的契丹公主安杰丽卡，还是智慧超群、勇猛过人又道德高尚的中国黄帝，都在骑士传奇的大框架下，出现于意大利文学之中，并大放光芒，甚至成为后来欧洲文化的重要题材。而商人、冒险家和教会学者笔下的中国，则更加真实全面地向当时读者介绍了与混乱分裂的意大利截然不同的中国形象，使得"中国热"兴起于意大利，并在 17—18 世纪的欧洲逐渐蔓延开去。

---

1. 因为 1622 年信仰新教的荷兰人袭击澳门并封锁印度果阿，耶稣会总会长戈斯温·尼克尔（Goswin Nickel，1582—1664）曾委派白乃心来华时探索传统的里斯本绕过好望角至果阿海路之外的内陆新捷径，并试图借此摆脱江河日下却执著于其保教权的葡萄牙对赴亚洲传教的影响。汤若望派其信使回罗马汇报的同时，也向其重申了这一探路使命，因此，白乃心在中国的见闻很大部分是着眼于其山川地理等，而因为他在华时间有限，对中国文化各方面的认识也存在片面性。

2. 基歇尔（Athanasius Kircher，1601—1680），17 世纪著名"百科全书式"的德国学者，长年在罗马担任教会教职，并著有 40 多部拉丁文作品，是自然学家、物理学家、天文学家、机械学家、哲学家、建筑学家、数学家、历史学家、地理学家、东方学家、音乐学家、诗人，被称为"最后一位文艺复兴人物"。其代表作《中国图说》（China Illustrata）拉丁文版原名为《中国宗教、世俗和各种自然、技术奇观及其有价值的实物材料汇编》，根据欧洲传教士在华见闻，采编了中国及亚洲各地的宗教信仰、自然人文等内容，加以大量的精美插图，被称为"当时之中国百科全书"。

第八章　　18世纪中意文化的交流

18 世纪是西方社会激烈变革的世纪。本世纪的帷幕以 1701 年法国波旁和奥地利哈布斯堡两大家族的西班牙王位继承战争开启，意大利大部分城邦都卷入了这一战事，参加了反法同盟。"太阳王"路易十四（Louis XIV, 1638—1715）陨落后，神圣罗马帝国、荷兰、英国和普鲁士成为这场帝国间"游戏"的赢家，法国则失去了欧洲霸主和文化中心的地位。"太阳王"的余晖不仅不足以使法兰西一直光耀全欧洲，他穷兵黩武的战争使得其身后法国经济破产、社会动荡，他所欣赏的孟德斯鸠、伏尔泰等启蒙运动思想家倡导的政治思想触发 1789 年法国大革命，直接将他的子孙送上冰冷的断头台。迷雾笼罩的月份里，拿破仑·波拿巴（Napoleone Buonaparte, 1769—1821）登上了历史舞台。在东欧，1700—1721 年的"第二次北方战争"使瑞典从欧洲强国中出局，俄罗斯帝国从此崛起，称霸波罗的海，成为了该地区最强大的国家。英国"工业革命"滥觞，瓦特改良了蒸汽机，机器生产开始取代工厂手工业劳动，资本主义生产关系大发展。

而此时的中国正处于古代封建社会的最后一个盛世——"康雍乾盛世"，人口增长，经济发展，还与风头正劲的沙皇俄国签订了《尼布楚条约》《恰克图条约》，遏制了其南侵的势头。然而，表面的繁荣与和平之下，中国的生产力水平并无提高，与世界的交流几乎中断。在西方世界政治、思想、经济、文化各方面翻天覆地变化，或君主立宪，或资产阶级革命，发展工商业的浩荡声势之下，中国这条巨龙不仅我自岿然不动，面对严峻的国际形势，反而收紧巨爪，闭关锁国，加强中央集权，强化君主专制，重农抑商，轻视科技，大兴"文字狱"。这一切都注定"康雍乾盛世"的繁华只是中国封建社会走向彻底衰弱前的一襟晚照。

尽管如此，并不妨碍正流行"新古典主义"的西方长达一个多世纪

"中国热"的风行。清廷的西方传教士不断发回欧洲的书信报道所描绘的中华大帝国，在神秘面纱的笼罩下不见真容，若隐若现的"幽居佳人"引起欧洲的幻想和追逐，中国的器物、文化、政治等都成为欧洲效仿的"风向标"。

与此对应的是，康熙、乾隆都对西方科学、文化、艺术表现出浓厚兴趣，他们的宫廷中常有身穿清廷官服的洋人奔走效劳，或制历，或观天，或测绘，或翻译，或作画，甚至直接给皇帝讲授西学知识。但在清廷之外，西洋人的身影则逐渐消弭，西学之音也日益衰弱。

当这个世纪即将结束时，乾隆帝于1799年逝世，也为清王朝的盛世回光返照画上了句号。

第一节　意大利艺术家在中国

康熙帝后期，因为与罗马教廷在礼仪问题上发生种种龃龉，遂禁止西方人在中国传教。尽管如此，他对这些欧洲人带来的先进科学又颇感兴趣。且不说清朝历书是由德国人汤若望（Johann Adam Schall von Bell，1592—1666）主持编定，平定"三藩之乱"的红衣大炮由比利时人南怀仁（Ferdinand Verbiest，1623—1688）设计铸造，就连他本人身患疟疾，也有赖法国传教士白晋（Joachim Bouvet，1656—1730）进呈西洋新药金鸡纳霜才治愈。因此，康熙皇帝一面禁教，一面颁发御诏，命沿海各省的官员加紧留意，一旦发现有特殊才能的西洋人来华，则善加优待，并从速举荐其进京，为朝廷效力。这些引进的外来人才之中，以来自文艺复兴故乡的意大利人马国贤（Matteo Ripa，1682—1746）、郎世宁（Giuseppe Castiglione，1688—1766）、安德义（Joannes Damascenus Salusti，?—1781）、潘廷璋（Giuseppe Panzi，1734—1812）等 [1] 为首的一批天主教士，

1. 此外还有法籍耶稣会士王致诚（Jean Denis Attiret，1702—1768）、波西米亚籍传教士艾启蒙（Ignatuis Sickeltart，1708—1780）等，因篇幅限制，本节摘要介绍意大利籍传教士画家马国贤和郎世宁在清宫的影响。

构成了一个独特的清廷西洋画家群体，其中又以马国贤和郎世宁最具代表性。

一、清廷十三年——马国贤

若论供奉宫廷画院的时间以及画作的影响，首推郎世宁，但实际上，郎世宁成为宫廷画师的引荐人是先他入宫、来自拿波里的意大利同胞马国贤。

马国贤像

　　1707 年，教皇派遣虔劳会会士马国贤等一行 6 人，前去中国表彰坚决贯彻教廷关于中国礼仪问题方针的特使多罗（Charles—Thomas Maillard de Tournon，1668—1710），并协助其传教，而此前多罗已因"中国礼仪之争"触怒龙颜，锒铛入狱。1710 年传信部来人抵澳，颁奖他对教廷的忠贞，多罗枢机主教在狱中获悉喜讯，并将山遥瞻（Guillaume Fabre Bonjour，1669—1714）、德理格 [1]（Teodorico Pedrini，1671—1746）和马国贤以数学家、音乐家、画家的身份向康

1. 意大利味增爵会会士，在华期间曾担任康熙帝皇子的音乐教师，制作了西洋乐器并编撰了《律吕正义·续篇》，其中首次向国人介绍了五线谱。德理格和

熙做了禀报后不久便病逝了。于是马国贤等"技巧三人"遂北上入宫，为清廷服务，以待传教机会。

其他有音乐才能的传教士曾为康熙帝表演巴洛克风格的西洋音乐，引得皇帝兴致大发，也加入他们的演奏。

　　马国贤既然在"礼仪之争"的风口浪尖来华，且又蒙诏进宫，教廷方面自然会耳提面命，特别要求他要对罗马传信部绝对服从，坚决反对其从事被目为"迷信"的各种中国礼仪。终康熙之世，马国贤一直在内务府当差。但是，和身处清宫的其他来华西方传教士一样，处境的尴尬以及在华多年的实际经验，使得马国贤对于中国的传统礼仪不得不在一定程度上予以妥协和尊重，否则他必将难以在政治环境复杂的宫廷立身。来自长上的压力加以传教士内部的派别矛盾使得马国贤在清宫的岁月倍感压抑，因为他隶属罗马传信部，直接归教廷管辖，在传教方针上与在清宫大受赏识的耶稣会士有所龃龉。而对备受西方人称誉的康熙帝，他也颇多微词，认为他既虚荣贪婪，又生活奢靡，热心学习西学只是为了在群臣面前显示自己作为异族皇帝的博学，以此压制汉人，康熙其实无意于西学在中国的传播，反而起到了阻碍作用。1722 年皇帝大行之后，眼见新君对教会的冷酷态度，加以与耶稣会适应政策的分歧，陷于礼仪之争和排外浪潮之中心灰意冷的马国贤于雍正（1678—1735）元年向新皇帝请归返回欧洲，并获得恩准。于是，赶在来年春节到来之前，马国贤带着 4 名年轻聪慧的中国慕道学生，从广州启航回到故乡意大利 [2]。归国后，在其晚年撰有回忆录 [3]，对任职康熙朝期间的经历以及皇帝的起居、狩猎、

2. 这些从遥远国度前来的神秘客人让沿途的欧洲人十分好奇。船泊英国期间，一行人就曾受到国王乔治一世（Giorgio I，1660—1727）的热情接见。马国贤将

寿诞及宫廷秘事详加记叙，笔触所及，他不仅记载了与中国教务有关的多罗之死、救助弃婴、

在中国制作的避暑山庄雕版画进献给英王及沿途交接拜见的欧洲各国显贵，这些人对于充满中国皇家意趣的礼物都十分喜爱，尽力为他们的行程提供便利。

妇女小教堂乃至俄罗斯的东正教士、耶稣会士为清廷进行的地理测量，还记载了中国的气候、

是年底，他们到达了马国贤的家乡拿波里。雍正初年马国贤回国，以其带回欧洲的 4 名中国学生和 1 名中国教师为起点，经过 8 年的努力，马国贤终于在

建筑、新年、服装、文字、礼仪、风俗等，北京的皇宫、京城的格局，北方人使用的地暖设置

故乡拿波里创办了圣家学院，培养中国传教人才。拿波里圣家学院是 19 世纪中叶以后西方在华教会大学的鼻祖。关于该院的具体情形，将在后文列专节详述。

造价和使用费用低廉效果却远胜于欧洲的壁炉，中国人在新年燃放大量烟花，中国人的父子尊

此外，马国贤还撰写了《中国学院和圣家修会创办史》，这套三卷本的个人日记记述了其少年入教至晋铎赴华及回国创办中国学院的经历，在欧洲流传甚广，

卑、长幼之序，还有妇女的裹足之习和男子的恋足之癖、对胡须的珍视，满族医生治疗骨伤的

对中欧文化交流起到了重要作用。

水疗木击法，畅春园的景致和管理，太子的受责与被废，万里长城和热河的行宫，康熙六十寿

3. 马国贤著，李天纲译：《清廷十三年：马国贤在华回忆录》，上海：上海古籍出版社，2004 年版。

诞京城长达三英里的丝绸墙和来自各省人数达 4000 人的千叟团，俄国公使极力抗争仍无法避

免行三跪九叩大礼，雍正对欧洲人的敌意等，都给马国贤留下了深刻的印象，并在其回忆录中翔实地记录了下来，对后来的西方汉学家了解中国影响较大。

马国贤在康熙朝的十三年虽然过得并不顺心，但他以其风景画作品和铜版画制作工艺获得了康熙皇帝的眷顾，还曾亲自为康熙画像。在他的回忆录中，马国贤曾经这样写道：

> 很久以来，皇上一直希望手下的什么人能够把上面提到的地图刻印出来……我懂得一点光学，还懂得一点在铜版上用硝酸腐蚀的刻版艺术的原理。皇上听说这些，非常高兴。虽然没有做过，我还是准备试一下。皇上立刻命令我开始刻印，在最短的时间内，我用点阵的方法，在一块涂上灯烟碳黑的板上绘制地形图，为硝酸腐蚀制版做了准备。我刚刚做完这些，皇上就急着要看。因为在版面上预备好的东西看起来非常漂亮，皇上非常高兴，命令中国画工画出地形图，以便我能在日后刻印。地图刚刚完成，就和原图一起，让皇上观看了，他表现出相当的兴奋，为复制品如此完美地接近原件，没有任何差异而感到吃惊。这是他第一次看见铜版雕刻画……[1]

1. 马国贤著，李天纲译：《清廷十三年：马国贤在华回忆录》，第57—58页，上海：上海古籍出版社，2004年版。

此外，心思灵巧的马国贤还精于制作各种西式器物，仿效利玛窦为万历进献西洋钟且专司钟表维修，马国贤也亲自动手，在清廷造了些西洋钟表。康熙五十二年（1713年），他又根据中国画家承德避暑山庄三十六景的原作，在中国版画家已经做出木版画之后，创制了《御制避暑山庄图咏三十六景》（又名《热河三十六景图》）的铜版画，让康熙帝赞不绝口。这些铜版

2. 1689年，中俄签订《尼布楚条约》。由于在签约过程中中国官员在地理知识方面的欠缺使得康熙深深体会到中国传统舆地学之不足，遂组织在清廷服务的

画后来更流入欧洲上流社会，引发了18世纪欧洲的中国园林热，在中西文化交流史上写下了

法国耶稣会士白晋、雷孝思（Jean Baptiste Régis, 1663—1738）、杜德美（Pierre Jartoux, 1668—1721）为首的10余名西方传教士与何国栋、明安图等中

浓墨重彩的一笔。6年后，马国贤还和其他同事一道将《皇舆全览图》[2]刻为铜版印行，并将其

国学者一道，历时10年，测绘出《皇舆全览图》。这是清朝第一次采用经纬网、三角测量法、梯形投影法等方法所做出的一部中国全图。

经过不断尝试、改进获得的用中国原料制作铜版画的技术经验留存下来。

避暑山庄铜版画（马国贤）

二、紫禁城里的洋画师——郎世宁

　　早期来华的耶稣会士罗明坚、利玛窦等人就曾向中国地方官员和文人展示过一些基督油画像，利玛窦为求进京献给万历皇帝的礼品中不乏西洋宗教画作，汤若望、利类思、南怀仁在向年幼的皇帝介绍西方世界之时也都渲染过西方美术，推崇过油画作品。因此康熙帝对西方绘画兴致盎然，甚至曾亲自跟随西方画家学习绘画。在西方世界已展锋芒的郎世宁甫抵中国便被以为奇货可居，引荐为宫廷画师。

郎世宁像

　　郎世宁又名郎石宁，意大利米兰人，耶稣会士。康熙五十四年（1715 年）来华，历仕康雍乾三朝。其间为中国带来了西洋透视画法，并在"写实"与"写意"的文化夹缝中开创出中西合璧的新画风，还为清廷培养出兼通中西画艺的人才，并影响到《视学》[1] 一书的问世。他是闻名世界的清宫第一洋画师，在华的半个多世纪里受到三代清帝的恩宠，身后亦备享殊荣。

　　中国画在宋代已经达到了极高的艺术水准，精书法者亦习绘画，明清以来的士人沿续了这一传统。郎世宁初入"如意馆"之时，康熙帝就已年过花甲，根深蒂固的中国传统画风更合其脾性，因此曾指示郎世宁多加观摩馆藏的历代名画，向馆中同侪学习，体会中国画的意蕴，以促进个人的创作。经过康熙朝 6 年的吸收与积淀，郎世宁在雍正（1723—1735 在位）登基之初已能领会新君的口味，作有应制花鸟山水画《聚瑞图》《嵩献英芝图》，极力呈现香花、瑞草、雪鹰、苍松、灵芝等祥瑞之物，以孚上意。

1. 1729 年出版的《视学》，作者年希尧（1671—1739），字允恭，是清代大将年羹尧之兄，曾任广东巡抚、工部右侍郎、内务府总管等职，尤其在景德镇督陶官一职上颇有建树。他对音乐、美术及西方数学都饶有兴趣。经向郎世宁学习西方透视知识后，以郎世宁所赠的西方透视学书籍为蓝本，结合中国古代透视学经验，加以己之创见立体和平面图形，而成《视学》一书，该书装帧精致，插图众多，展现了中西方古典建筑、器物的特征。书中还创译了不少全新术语，如"地平线"等，且成书时间比 1799 年出版的西方同类名著《画法几何学》还早 70 年。

在与王公贵族的交往中，所作的人物肖像画《果亲王允礼骑马像》等也深得上流社会的欢心。宝亲王弘历就酷爱看郎世宁作画，继位后对他更是器重，将其画作悬于书房"三希堂"中，随时品鉴。在乾隆朝的 31 年里，郎世宁的画作如史笔一般，展现了深宫后妃的华服端容，皇帝阅兵、狩猎的宏大场面，少数民族首领热河朝觐的历史瞬间等。这一时期的代表作品有《弘历及后妃像》《乾隆戎装大阅图》《弘历射猎图》《平定西域战图》《万树园赐宴图》《马术图》《哈萨克贡马图》等。此外，表现皇家苑囿骏马良犬的《十骏图》《十骏犬》等作品亦得雍乾二帝的垂青。

《果亲王允礼骑马像》　　　　《平定西域战图》

作于雍正年间的《平安春信图》，描绘了允禛父子春夜在竹枝下品茗、赏梅的场景，具有浓烈的生活气息，表现出父慈子孝的审美伦理，颂扬闲适雅逸的太平盛世，迎合了统治者的口味与情趣。无怪乎乾隆日后再观此画时曾专为此题诗曰"写真世宁擅，绘我少年时。入室幡然者，不知此是谁？"，夸赞郎世宁的画艺，感叹时光的流逝。他还将郎世宁所作的皇帝与后宫 11 位后妃的肖像画珍藏起来，禁止任何人窥看，乾隆本人也只在画作完成、七十寿诞和让位嘉庆之时观画三次，并为此画亲书"心写治平"为题。

性格平和顺从的郎世宁，遵循耶稣会在华的"适应政策"，希望通过"上层路线"影响中国皇帝，进而归化中国。将欲取之，必先予之。与会中同事读经著史、传播西学一样，身为宫廷的御用画师，郎世宁一面使用毛笔、宣纸、绢帛等中国的绘画工具，学习中国画的立意、内容与构图；一面发扬西方绘画之长，采用立体层次、光线明暗、焦点透视、色彩烘托等西方手法，细致入微地传达出康乾盛世宫闱内外的繁荣气象。郎世宁画作以欧洲技法为主，除人物画深得清廷内外赞赏外，他的鸟兽画也以立体感强、形象准确闻名。郎世宁尤其擅长画马，用细密的笔法展现质感，无论立、卧、行均栩栩如生，据说圆明园十二生肖铜兽中的马像也是出自其手。

《骏马图》

　　与 18 世纪的欧洲"中国热"相映成趣的是，清宫画院也因郎世宁等西方画家的到来而流行西洋画法。康熙虽不喜欢油画肖像光影斑驳的"阴阳脸"，但对郎世宁绘画的写实性也颇感兴趣；雍正朝 13 年，来华的西方传教士处境艰难，郎世宁却以其不断成熟的独特画技备受圣宠，雍正曾御批郎世宁的人物图稿"此样画得好"；到乾隆朝，郎世宁已经深谙中国画书画同源、风格典雅、注重神韵、意境含蓄的特点，经过数十年的探索与实践，创造出一种全新的中西合璧的宫体画。他的画作构图开阔深远，人物形神兼备，色调明亮清晰，风格精致华贵，既突出了西方绘画惟妙惟肖、纤毫毕现的质感，也契合了中国人的审美，在当时就与中国宫廷画师之翘楚冷枚、唐岱相比肩，对清代宫体画乃至后世中国画的整体发展都有一定影响。

　　郎世宁不但身体力行，兢兢业业地在宫廷画院工作 51 年，还奉旨在清宫教授西洋绘画技巧。雍正帝与其父口味大异，登基第一年就选派班达里沙、王玠等 13 人随郎世宁学画。康雍乾三代及其后相当一部分中国宫廷画师的作品都不同程度地体现出西洋绘画的元素，如焦秉贞、张廷彦、丁观鹏等。清代大将军年羹尧之兄年希尧，也拜"泰西郎学士"为师，学习西方透视学[1]。

1. 他们学习的教材应是安德里亚波佐（Andrea Pozzo）的《透视画与建筑》(Perspectiva Pictorum et Architectorum) 一书。参见 [英] 艾兹赫德著，姜智芹译：《世界历史中的中国》，第 329 页，上海：上海人民出版社，2009 年版。

　　雍正深爱康熙御赐的圆明园，登基次年便开始扩建工程，增加了很多亭台楼阁。他还在园中处理政务，接见朝臣，并最终晏驾于斯。乾隆继续先帝的营建工程，在圆明园的长春园北部空地上兴建了一组西式宫殿，俗称"西洋楼"。任命郎世宁为正三品奉宸苑苑卿，营造这一皇家园林。他不仅须担纲圆明园建筑工程，还要亲自为各种西洋建筑设计图样，绘制殿堂、游廊的装饰画。那段时间，郎世宁从所居的东堂搬到西北郊的圆明园。直到 1759 年，由"谐奇趣"、"海晏堂"、"养雀笼"、"菊花迷宫"等十余座西式殿堂、园林组成的西洋楼建筑群才基本完工。郎世宁还奉旨带领王致诚、艾启蒙、安德义等西洋画师绘制出 16 幅西洋楼图稿，用拉丁文和法语做出注释说明，送去巴黎制成铜版画。

　　铜版画尚未制成，年近耄耋的郎世宁已归天国，赐葬北京西郊的耶稣会士墓地。乾隆帝下旨："西洋人郎世宁自康熙年间入值内廷，颇着勤慎，曾赏给三品顶戴。今患病溘逝，念其行走年久，齿近八旬，着照戴进贤之例，加恩给予侍郎衔，并赏给内务府银叁佰两料理丧事，以示优恤。钦此。"足见郎世宁在清廷中的地位和影响。

郎世宁之墓碑

第二节　第一篇意大利游记——《身见录》

　　在 17—18 世纪欧洲中国热的风潮下，越来越多的欧洲人对中国这个古老的东方神秘国度和其子民发生兴趣，而传教士从中国回国述职之时，也逐渐会带上个别受过传教训练的中国青年赴欧，展示传教成果并让他们接受进一步的神学培训以为将来传教之用。他们带去的这些青年，可算得上是中国最早的赴欧留学生。

　　顺治七年（1650 年），年甫束发的广东少年郑玛诺（1633—1673）就随耶稣会陆德（Alexandre de Rhodes，1591—1660）神父前往意大利罗马学习"格物穷理探究之学"，不到一年即修满四年的课程，并加入耶稣会深造，出师后居留罗马，教授拉丁文和希腊文至 1666 年方才启程回国，一时令人引为奇事。于是 1681 年又有耶稣会士柏应理带江苏江宁（南京）人沈福宗（1657—1692）赴罗马求学；1702 年福建莆田人黄嘉略（1679—1716）也曾随巴黎外方传教会梁弘仁（Artus de Lionne, 1655—1713）神父赴罗马 3 年。这几人都在不到 40 岁就去世，也没有留下旅欧游记行世。而 1709 年赴欧的山西绛州人樊守义则活到了古稀高寿，且留下了《身见录》一书，为后世提供了宝贵的文史材料。

樊守义（1682—1753），字利和，山西平阳府绛州人。时值意大利耶稣会士艾若瑟（Antonio Francesco Giuseppe Provana, 1662—1720）传教山西，樊守义经其受洗成为天主教信徒，并担任艾若瑟的助手。康熙四十六年（1707 年），康熙派遣艾若瑟出使教廷，向教宗解释礼仪之争，交涉中国礼仪问题。樊守义作为随从，于 1709 年初同艾若瑟赴欧。他们一路辗转，于当年底抵达罗马面见教宗克莱孟十一世（Clement XI, 1700—1721 在位），澄清中国礼仪问题。此后的 10 年中，樊守义在意大利的都灵、罗马等地学习教理，其间晋铎并加入耶稣会，直到 1720 年才和艾若瑟一起启程回国。其间艾若瑟不幸病逝于好望角往印度的舟中，樊守义扶柩往粤，将其妥葬于广州后，北归复命。次年秋受康熙召见，向其汇报了 10 年间的经历和见闻。樊守义还将其在欧多年的经历写成《身见录》一书，介绍他们一路航海往西所经各地的风土人情及在欧洲的游历情形。该书作为中国人最早的欧游记，成为 19 世纪国人了解世界的一扇窗门。

此后，樊守义曾照料入狱的奉教宗室苏努亲王一族，其传教足迹遍及华北多省，直至 1753 年病逝。

樊守义在其《身见录》序中这样自陈身世：

> 余姓樊氏，名守义，生长山右之平阳，虔事真主，惟期无歉于己而已。忆自康熙丁亥岁，季冬之月，远西修士艾先生讳□者，奉命遣往泰西，偕余同游。凡所过山川都邑及夫艰险风波，难更仆数，其或耳闻之而目有未睹者，我姑弗道，即所亲历，亦竟未尝笔载一端也。乃于庚子之六月，余独回归中土，时督抚提明，遵旨赴京，获觐天颜，仰荷宠赉，至辛丑孟夏，蒙王公大人殷殷垂顾，询以大西洋人物风土，余始以十余年之浪迹，一一追思，恍如昨见，爰举往返巅末，为记其略云。

接下来，他详细记载了随同艾若瑟前往罗马觐见教宗一路的行程[1]：

1. 以下引文中括号内文字为笔者注释。

> 起自澳门，登巨舰，备资粮，浩浩洋洋，洪无际涯，向西南而昼夜行焉。行二月，经过之国巴辣哥亚（菲律宾巴拉望岛）也，莫而乃阿（婆罗洲）也，玛辣加（马六甲）

也，盘噶（印度尼西亚邦加岛）也，稣玛尔辣（苏门答腊）也，及多海岛。地气至热，物土丰厚，人烟稠密。

……内玛辣加国（印度尼西亚）有大府名巴打斐亚（巴达维亚，今雅加达）者，乃河滥打国（荷兰）商客集居之地……于是府停舟候风十五日而后行。约行三四月，始见大狼山(好望角)。因舟中乏水，遂至亚墨里加洲(美洲)巴以亚府(圣萨尔瓦多)……波而都而国（葡萄牙），此处有地靠海边，府内建立天主堂、圣人堂、修道会院……

是年八月初始抵大西洋波而多嘞而国（亦指葡萄牙）……是日也，余登岸居耶稣会院……第三日国王召见……异日复见王……

康熙四十八年正月也，居其国已四月矣……启程复东行。过依大利亚国（意大利）地中海，南望亚非利加（非洲），北眺大西洋。程途一月，风阻巴斯尼亚国（西班牙）……如是两月后乃至意大里亚国界。曾入一国，宫城宫室悉以石造，多天主堂……余于此留住一日，因大舟难进，易小舟行。二月下旬至蛇奴划国（热那亚），其属国名格而西加（科西嘉岛）者。……在西洋郡，称是国为冠也！所盖之精，宫室之美，人才之盛，世家之富难以尽述。城外则近海……至都司格纳（托斯卡纳）诸侯之国里务尔诺府（利沃诺）。余于此始行陆程。至比撒府（比萨），乃古府也，犹有古时宫殿、宝塔遗址……又至西合捈府（锡耶纳），有总学招四方弟子学习格物穷理……

余居数日而后行，往教化王（教皇）之国。其京都名罗玛府（罗马），乃古来总都城，围百里，教王居。为城门暮夜不闭。余至此二日见教王。

在罗马，艾若瑟带领随行使者，向克莱孟十一世详细陈述了多罗来华之后在中国礼仪问题上与康熙发生的龃龉及康熙皇帝对中国礼仪问题的态度。奏事完毕，教廷招待他们参观梵蒂冈宫廷内部：

承优待，命阅宫殿。内外房宇几万所，高大奇异，尤难拟议。多园囿（教宗花园），有大书库（梵蒂冈图书馆）……开辟迄今，天下万国史籍无不全备。教王普理圣教事，下有七十二宰相（比附孔门七十二贤人）及主教、司铎。本国文武共襄王事，朝外兵卒日数更替。法难有绞斩流，而犯者卒少……

下文紧接着介绍了教皇的生活起居，贵族的奢华排场，邻国的使臣来往。罗马城内便利的饮水系统，让樊守义颇觉新鲜：

> 城内人造一高梁，长九十余里，引远高山木泉之水，流入城内，挖洞得泉，十字
> 街堆石山，凿石人，四傍冒水，街道铺石，各家俱有水法（喷泉）……

作为清朝派往教廷的使者，身为天主教徒的樊守义对罗马城内遍布的天主堂、圣人圣母堂格外激赏，认为这些建筑无论外观还是内部装饰、器皿，处处华美壮观。他专门介绍了圣母雪堂、圣若望及保禄堂、城外圣保禄堂的来历，圣保禄泉的传说，以及斗兽场、奥勒留圆柱、圣天使桥、天使堡、圣伯多禄堂和广场、埃及方尖碑等名胜古迹。

18世纪的欧洲，大城市人口剧增，与之相应的是政府行政在文化、教育、医疗、社会保障、基础建设等方面的投入。樊守义在罗马城中就见到了一些新型的机构，并向朝廷汇报，如养济院、孤子院、大学宫等。

罗马城郊的两大园林也出现在他的笔下："去府城三十里"，分别有"城外名园夫辣斯加城"（弗拉斯卡迪）和"底伏里"（蒂沃利），其中景致宜人，"种种奇异"，"如园圃、水法、水琴、水风"等。

在罗马停留近半年后，樊守义又出发往拿波里。

> 在罗马五个月后，去往热尔玛尼亚（神圣罗马帝国）之属国挪波里（拿波里），
> 路经各所，富足无比。入加蒲亚府（卡普亚），有耶稣会院。因入挪波里国，都城土
> 地，华美富厚，人性和乐，城外临海，各国船集。有山出火烟（维苏威火山），城内
> 宫殿有遗址并有圣迹（"一乃拿禄圣人之血"，"一乃若翰圣人之血"）。

殆至1720年，教皇因见康熙皇帝文书，命艾若瑟返回中国，于是樊守义随艾若瑟向教皇辞行后踏上归程。"复回罗马府进见教化王。赐见，降福，赐大设圣物（赐给艾若瑟带回中国做传教之用）。"

他们穿越意大利，一路往北前行。"在罗马起程四至都斯噶纳国（托斯卡纳）都城名福乐冷济亚（佛罗伦萨）"，"略与罗马府相同"，"见国王昂圣德贤王"。"又到波罗尼亚大府"（博洛尼亚），"后至莫得纳府"（摩德纳），"到巴而玛大府"（帕尔玛），"又过巴未亚（帕维亚）等府"。"至弥辣诺大府（米兰），古时龙巴尔的亚国（伦巴第）地方"，见到已经建

---

1. 米兰大教堂于公元1386年开工建造，1500年完成拱顶，1897年最后完工，历时五个世纪。

造了400多年还未完工的米兰大教堂[1]："有一总堂（米兰大教堂）建造至今数百余年尚未成就。

有大学宫甚多，有养济院……修道会院极多，金银宝藏花园亦不乏有，古时宗王宫殿（斯福尔扎城堡）之形迹尚存焉。"

"过诺瓦辣府（诺瓦拉），极多城池。到物尔车利名府（福尔切利），后又到都利诺府（都灵）都城。"

随后，他们同朝圣的"鄂洛稣国（俄罗斯）世子"一道，前往罗肋多府（洛雷托），到德亚国（犹太）纳撒肋府（拿撒勒，圣母的故乡）。

"康熙五十七年二月复回波而多嘎利亚国（葡萄牙）。于五十八年三月初旬至大西洋波而多嘎利亚国，起身回中国。于康熙五十九年六月十三日至广东广州府。于是年八月二十八日至京，于九月初五日到热河，九月十一日在于波罗胡同北三十里叩见。皇上赐见、赐问良久。此乃余往大西洋之略志也。"

康熙皇帝虽然对西方文化深感兴趣，但只是作为个人爱好，并无意在中国社会倡导之。樊守义的《身见录》在满足了当时上层人士的好奇之后便被束之高阁，后来原稿被传教士带回意大利，在梵蒂冈图书馆深藏二百多年不为人知。直到 20 世纪初，王重民先生在欧洲访书才偶见之于《名理探》一书的夹页中，后经阎宗临从梵蒂冈图书馆拍照带回才重见天日[1]。

1. 参见顾农：《樊守义及其〈身见录〉》，载《史海钩沉》，2000 年 1 月；刘亚轩：《那不勒斯中国学院与早期中国留学生》，载《社会科学战线》，2009 年第 2 期。

第三节　拿波里"中国学院"与中国文学在意大利的传播

西方人常说，"朝至拿波里，夕死可矣"。1724 年底，马国贤回到久别的拿波里。对于马国贤来说，故乡拿波里是一个休养生息的好地方。在紫禁城，他无力与占优势地位的耶稣会士抗衡，退居这座海滨古城，他有更多的时间来思考和实施自己多年来的对华传教理念，继续从事那些在中国没能毕其功的事业。

耶稣会主张通过上层路线归化中国，马国贤通过清宫 13 年的观察与体会，否定了耶稣会的路数。他认为，真正的"适应政策"不是一味地对中国统治者屈从，而应脚踏实地地从下层开始耕耘。西方传教士要想避开中国官僚集团设置的重重阻力，就要培养出更多本土化的华籍传教士去深入中国社会传播福音。

早在1715年，马国贤就曾在北京为新信徒和支持基督信仰的中国人开设神学课程，以期为天主教在华传播培养本土人才。雍正初年马国贤请命返回欧洲，带回了4名中国学生。他打算在拿波里创办一所培养中国神职人员的学校来培育华籍传教人才，延续未竟的办学梦。

19世纪中叶，一位赴欧的天主教青年学生郭连城在其所著《西游笔略》一书卷下中曾这样描述"中国学院"：

康熙年间有马公玛窦者，意大里人也，泛海三年，始至中国。后敷教北京，以丹青天文驰名，仁皇帝以宾礼待之。每与圣祖游，极其礼爱，后设帐于京。及圣祖崩，马公请归，上问其所欲，对曰："愿得英才而教育之。"上忻然允诺。及归至纳玻璃，乃以立书院之事请命于王，王许之，爰建高馆于城内，名圣家书院，亦名中国学馆。至今接踵而来者，代不乏人。[1]

1.[清]郭连城：《西游笔略》，第94页，上海：上海书店出版社，2003年版。

这段话对"中国学院"创立的因由和作用做了十分简略的介绍。

但由于马国贤回国没有经过教廷的正式批准，加上1723年拿波里王国出版了彼得·加诺（Pietro Giannone）抨击教会的8卷本《拿波里王国历史》（Istoriacivile del Regno di Napoli），在欧洲引起了一场关于教权与民权的争论，造成罗马与拿波里关系紧张，所以教会对马国贤要在拿波里办学一事反应冷淡。马国贤不得不四处奔走，动用此前苦心经营的各种关系来筹集办学资金。经过8年的努力，他终于在圣山山脉（la collina della Sanità）创办了拿波里"中国学院"（Il Colleggio Cinesi，也称"圣家书院""中国书院""中华书院"等），并任院长至1745年逝世。"中国学院"的课程在常见的语言、修辞、历史、哲学、地理、几何等中级范畴之外，还专门设有中文和中国文化等内容，极富有办学特色。

第二次鸦片战争以后，意大利为了拓展在中国的影响，将"中国学院"更名为皇家亚洲学院，发展了许多非宗教部门，并由非神职人员所掌控，增加了商业方面的教学内容，被称为"活的东方语言"。意大利与清政府初建外交时，所雇佣的不少杰出翻译皆曾在该校受训，考入大清海关的两名意籍雇员也皆毕业于该校。1866年，意大利与清政府重建外交关系后，皇家亚洲学院又增加了培养中国外交官的任务，并出现了来自中国的教授郭栋臣和王佐才等人。

1729 年"中国学院"成立，1732 年教皇克莱孟十二世（Clemente XII，1652—1740）正式批准学院培养来自中国和印度的神职人员，并要求他们学成之后回到自己的国家传播基督教。除为罗马教廷培养正统的中国传教士之外，"中国学院"同时也接收对中国和中国文化感兴趣的欧洲青年学习中文，因此，拿波里成为"中国热"时期欧洲研究中国文化的一个重镇。从 1732 年获批至 1888 年停办，为百年禁教期间的中国内地提供了有力的传教人员支撑，并为 1792 年来华的英国马戛尔尼使团输送了两名中国翻译。

经过拿破仑战争，拿波里在 1806—1815 年间由法国控制，"中国学院"的管辖权也由罗马教廷转移到当时政府的公共教育管理处，毫不例外地被融入了拿破仑对教育进行的一体化改革运动中，其教学特点更多地走向世俗化，而在这一时期"中国学院"的学生中，意大利贵族青年占了很大比重，这与拿破仑对中国和"中国学院"的重视不无关系，皇帝本人就曾专门向学院定购过学院出版的欧洲第一部《中文拉丁文法文字典》。

1861 年意大利王国成立，"中国学院"被收归国有，1868 年更名为皇家亚洲学院（Real Collegio Asiatico），1888 年又改建为那不勒斯东方学院 (Istituto Orientale)。至此，这所由马国贤神父开创的以教授中文为主的神学院结束了它 156 年的历史，其间培养了 106 名精通拉丁语的中国籍教士，并为爱好中文的世俗青年提供了语言教育，学员中很多人考入中国海关或从事中文口译工作，为意大利输送了许多中意经贸、文化和外交方面的人才。

那不勒斯东方学院

"中国学院"在早期由于人力资源的有限，在其中文教学中采取"以教养教"的方针，即从毕业生中选拔佼佼者担任教员，湖北人郭栋臣和王佐才是他们中的代表。此二人不仅因为课业表现出色得以留校任教，还为学院编写出版了《华学进境》《中文文法概述》等意大利语的中文教材和阅读材料，使其后的学生在教材的知识内容方面扩展了很多，教学成效显著，而他们的这一做法也为近现代海外汉语教育提供了范例，直到今天，在中国派驻世界各地的孔子学院教学中，仍然借鉴他们的这一创举[1]。而马国贤本人的3卷日记，也为"中国学院"一

1. 参看北京外国语大学丁娜娜2006年硕士论文《那不勒斯中国学院历史沿革及其中文教学》。

直以来的汉语和中国文化教学提供了难得的第一手资料，极大地激发了学生们对中国的兴趣。随着时代的发展，学院的研究也逐渐向专业汉学靠拢。

直到今天，从拿波里"中国学院"这座摇篮成长起来的那不勒斯东方大学一直是意大利赫赫有名的汉学重地，作为意大利专业汉学的发源地和西方汉学研究的重地，至今依然在不断地培养、输送着爱好和研究中国文化的中国学人才。

第四节　18世纪意大利戏剧中的"中国英雄"和"中国公主"

16、17世纪，随着来华传教士们对中国社会政治经济、思想文化、风土人情等的介绍和欧洲知识界的接受，欧洲"中国热"的高烧从17世纪末起，一烧就是上百年，到18世纪，这股热潮依然没有消退，中国的思想、艺术、园林、瓷器、丝绸、茶叶、家具等在欧洲风靡一时。引领风气之先的文艺界同样不甘落后，将不少作品冠以"中国"字样，如《中国间谍在欧洲》《归来的中国人》《中国的节日》《中国君子在法国》等，而中国热的发源地意大利则出现了两部真正与中国人有关的著名戏剧——《中国英雄》和中国公主《图兰朵》[2]。

2. 参见康保成：《19世纪晚期西方人扮演的中国戏剧》，载《文学遗产》，2010年4期。

一、梅塔斯塔西奥的歌剧《中国英雄》

纪君祥的元杂剧《赵氏孤儿》是18世纪在欧洲世界引起空前轰动和广泛回应的中国文学作品，法文译本刊出后很快又被译成英文和意大利文，继而被英国、法国和意大利作家改编上演。在杜赫德（Jean-Baptiste Du Halde，1674—1743）1735年出版的《中华帝国全志》第三卷上，我们能够看到《赵氏孤儿》的最早译文，而这一译文的作者其实是耶稣会士马若瑟（Joseph de Prémare，1666—1736）。马若瑟之所以在为数众多的元杂剧中选取《赵氏孤儿》进行翻译，是因为此剧所颂扬的忠君思想和舍身救人的崇高精神能够打动读者，透过悲剧故事传达出中华民族的道德情操和社会伦理，引起欧洲人的文化共鸣。西方观众后来之所以广泛接受这部作品，也是因为"赵氏孤儿"这一题材自身所具有的道德力量、仁爱精神。

由于马若瑟在翻译时将原作中的唱词尽行删去，所以译文并不完整且语言隔阂较深，只保留了剧情大概而失去了纪君祥原作的神韵。即便如此，此剧在法国一经上演就引起了激烈反响，此后又经四度重演，并被转译为英、德、俄、波等多种文字[1]。1752 年，意大利作家、神圣罗

1. 1755 年巴黎阿·帕京出版社印刷该剧单行本出版，1753—1755 年间，法国启蒙思想家伏尔泰又将此剧改编为《中国孤儿》。在英国，1736 年出版了约

马帝国皇帝的宫廷诗人梅塔斯塔西奥 (Metastasio Pietro，1698—1782) 在前人创作的基础上，

翰·瓦茨 (John Watts) 的节译本；1738—1741 年间，出版了爱德华·凯夫 (Edward Cave, 1691—1754) 主持翻译的全译本；1741 年，哈切特（W.

根据欧洲人的审美口味，创作出了大团圆结局的诗体意大利歌剧文学剧本《中国英雄》（Eroe

Hatchett) 又将其改编为《中国孤儿·历史悲剧》；1759 年，英国诙谐剧作家默菲 (A. Murphy) 的改编本《中国孤儿》在伦敦德如瑞兰剧场上演。参见《西

Cinese），在意大利和欧洲广泛流传[2]。

方世界的《赵氏孤儿》》，载《中国报道》，2011 年第 2 期；朱少华：《〈赵氏孤儿〉在欧洲的传播》，载《中国戏剧》，2003 年第 2 期。

在维也纳期间，梅塔斯塔西奥应神圣罗马帝国皇后之邀编写一个剧本。恰在此时，他读到

2. 参见利奇温著，朱杰勤译：《十八世纪中国与欧洲文化的接触》，第 390 页，北京：商务印书馆，1991 年版。

了《赵氏孤儿》。惯于从希腊、罗马历史中寻找灵感的梅塔斯塔西奥立即决定借用这个中国题材做一次尝试。由于皇后遵从文艺复兴时期意大利的戏曲理论，即古典的"三一律"，要求故事从发生到完成要在一天之中的同一场地，所以梅塔斯塔西奥仅仅撷取了原作中的一小部分情节，设置了 5 位人物。三幕喜剧《中国英雄》于 1752 年完成，并于同年在奥地利皇家剧院首演，皇室成员集体亲临观看并表示赞赏。深受观众欢迎的这部歌剧又于次年在威尼斯重新上演。

梅塔斯塔西奥的《中国英雄》采用了西方人比较熟悉的时代背景，并将剧情处理得比较简单，改编幅度很大：由于鞑靼人的入侵，在遥远的中国宫廷之中，摄政王梁戈 (Leango) 暗地将皇帝的血脉收养，并当作自己的儿子抚养长大，为其取名希文诺 (Siveno)，而实际上，他忍痛将亲生子当作皇子交了出去。而敌方的两位显贵女子——鞑靼公主丽辛嘉 (Lisinga) 和乌拉尼娅 (Ulania) 姐妹，则机缘巧合地爱上了希文诺和一位年轻英俊的武官明托 (Minteo)。无巧不成书的是，这位明托其实是当年被摄政王梁戈调包交出去的亲生子，而今业已长大成人。于是结局皆大欢喜，先皇之子验明正身，复辟登位；武官明托认祖归宗抱得佳人；美丽多情的公主嫁得如意郎君；而高尚的摄政王梁戈则在众人的齐声欢颂中被奉为英雄，传唱千古。

二、卡洛·戈齐的童话剧中国公主

20 世纪意大利著名作曲家普契尼 (Giacomo Puccini,
1858—1924) 的三幕歌剧《图兰朵》[1] (*Turando*) 也以

中国题材为背景，是作曲家人生的压轴之作，一曲荡气

回肠的《今夜无人入睡》咏叹调，经帕瓦罗蒂 (Luciano

Pavarotti,1935—2007) 的天籁之音响遍世界，让多少人为

之心潮起伏、辗转反侧。而早在 1762 年，威尼斯戏剧家卡

洛·戈齐[2]就已经有同名剧本问世。

说起《图兰朵》故事在欧洲的流传，可以一直追溯到

12世纪，阿拉伯民间故事集《一千零一夜》(又名《天方夜谭》)

随十字军的东征流传到了欧洲，古代东方的传说故事在西

方流传开来，其中就有最早的图兰朵故事雏形。到 16、17

世纪，随着"中国热"在欧洲的兴起，"图兰朵"的故事

引起了欧洲人格外的关注。17 世纪末 18 世纪初，法国东

方学家克罗伊克斯 (Francois Petis de la Croix, 1653—

1713) 的 5 卷波斯故事集中《王子卡拉夫与中国公主》讲述

了波斯王子卡拉夫因国破彷徨无依，得知中国皇宫里的公

主正在猜谜语招驸马，于是一路乞讨、打零工来到京城，

落难王子因为成功解答了公主的谜语而与之成婚，还借助

中国的力量得以复国。

卡洛·戈齐身为威尼斯的没落贵族，试图在 18 世纪中

叶挽救从 16 世纪时即已流行的威尼斯狂欢节"假面剧"。

他从图兰朵的故事中汲取了灵感，决心发挥东方情调、中

国题材的潜力，依照古典的"三一律"创作出中国公主图

兰朵这出五幕的童话剧。剧中的主角身份神秘高贵，他们

1. "图兰朵"名字来源于波斯语，意思是图兰地方的公主。

2. 卡洛·戈齐 (Carlo Gozzi，1720—1806) 出身于威尼斯一个伯爵之家，他在 18 世纪中后期力
图与新兴的现实主义喜剧抗衡，振兴流行了 200 多年后走向颓势的意大利即兴喜剧，特别是他家
乡威尼斯传统的"假面剧"，创作了《三桔爱》等富有东方情调的童话剧。在此基础上，又在
1761 年童话剧上演后，用了 5 年时间写成了 10 部新的童话剧，《图兰朵》是其中的第 4 部。由于《图
兰朵》的成功，戈齐成功地暂时复兴了威尼斯的"假面剧"，但并未能挽回这一古老戏剧样式在
18 世纪末走向消亡。

中国公主图兰朵

依然遵照意大利即兴喜剧的惯例，戴着面具出场演出，并以戈齐的剧本为基础，即兴发挥表演，嘲讽挖苦，嬉笑怒骂，引观众捧腹，极富传统特色。

戈齐的《图兰朵》剧本内容是卡拉夫王子走投无路流落到北京，见到美丽公主的画像后，决定冒死加入追求者的队列。而图兰朵这位童话中的公主不愿屈就男性，冷酷乖张地将一个个猜谜失败的求婚者送上黄泉路。卡拉夫猜中了图兰朵的 3 个谜语，娶公主为妻，众人转悲为喜，迎来了大团圆的结局。

戈齐为了投合意大利观众的口味，一面营造新奇的中国情调，一面尽力让故事显得"西方化"、"意大利化"，他将从前文本中图兰朵的谜语加以改动，以一个代表威尼斯的雄狮之谜来取悦威尼斯观众。剧中人物繁多，除公主、王子之外，鞑靼公主阿德玛因被蒙古灭国而成为图兰朵公主的侍女[1]，王子身边有父亲、老师等人的陪伴，中国宫廷里充斥着插科打诨的弄臣，

1. 普契尼的歌剧中将这一人物替换为爱慕卡拉夫王子的侍女柳儿，是一位类似于蝴蝶夫人等为爱牺牲性的女性形象。

戏剧场景很是热闹。

不过，戈齐的中国知识毕竟有限，且牵强附会，他会让主人公在惊叹时喊出"孔子啊"，享受祭祀的神灵也是波斯神[2]。而且，表演时即兴发挥的台词往往缺少锤炼，失于雅致，这些

2. 参见谭渊：《图兰朵公主的中国之路——席勒与中国文学关系再探讨》，载《外国文学评论》，2009 年第 4 期；丁敏：《席勒在中国》，上海外国语大学

都易引起读者的诟病[3]。

博士论文，2009 年。　　　　　　3. 参见曹黎：《普契尼歌剧〈图兰朵〉研究》，武汉音乐学院硕士学位论文，2008 年。

19 世纪初，德国著名诗人、剧作家、历史学家席勒（Johann Christoph Friedrich von Schiller，1759—1805）在戈齐的《图兰朵》剧本上加以翻译、改编，为其加入了更多的"中国元素"，上演后获得了歌德（Johann Wolfgang von Goethe，1749—1832）的高度赞誉；而普契尼 1924 年的同名歌剧脚本又是源于席勒的改编剧本。由此可见卡洛·戈齐塑造的中国公主在中西方文学、艺术交流中的独特地位。

卡洛·戈齐还在 18 世纪末期，经查阅从古希腊到 18 世纪末以来的大量戏剧作品，提出"36 种剧情模式"的理论。和梅塔斯塔西奥一样，卡洛·戈齐醉心于古希腊、罗马时代的艺术，他精心研读了古代戏剧作品之后，将戏剧的剧情模式归纳出 36 种，但已失传。不过，卡洛·戈齐的这一理论在 20 世纪受到戏剧界的追捧，法国戏剧家乔治·普罗甚至努力还原出卡洛·戈齐的 36 种模式。直至今日，戏剧 36 种模式的理论仍然对当代电影创作起着指导作用。

第五节　维柯[1]的中国观

1. 维柯（Giovanni Battista Vico, 1668—1744），18世纪意大利著名的法学家、历史哲学家、美学家、语文学家、代表作有《新科学》《普遍法》和《论意大利最古老的智慧》等，在世界近代思想、文化的形成与发展历史上起到了重要作用。他也是一位拿波里人，与同时代的马国贤往来较多，维柯在18世纪初写成的《新科学》一书中关于中国转向性评价在很大程度上是受到了这位久居中国内廷的传教士的影响，又以其作品将这种印象传播到更广的范围，对随后欧洲"中国热"的降温起到了很重要的作用。

来华耶稣会士为了证明其"耶儒相合"路线的正确，争取欧洲对其在中国传教的支持，在他们的著作中护教成分较多，但这些文章和著作却在欧洲思想界引起轩然大波，他们的著作不仅没有起到"护教"的作用，却反而被进步的思想家所利用，成为欧洲思想启蒙和反封建、反教会的武器。培尔高度赞扬中国的宽容精神，以抨击教会对异己思想的排斥；伏尔泰则高举起孔子的仁爱精神，批评西欧中世纪文化的落后性；中国哲学的自然理性成为莱布尼茨走出神学的主要依据。这真是"有意栽花花不开，无心插柳柳成阴"。文化接受中的"误读"实在是一个极有趣味的问题，但不论怎样误读，东方文化、中国精神，成为瓦解西欧中世纪城堡的一个重要因素，这是一个被普遍接受的结论。自18世纪后期起，由于西方殖民扩张的不断加剧，资本主义的迅猛发展，清王朝在"礼仪之争"中的强硬立场和对世界市场闭关锁国的抗拒态度使得西方各界对中国的兴趣逐渐缺失。而意大利学者维柯在中国热风头尚劲之时，就透过耶稣会士的各种文学作品见到了东方文化的缺失之处，并在其传世名著《新科学》中无情地

2. 参见葛桂录：《另一种声音：维柯、巴雷蒂对"中国神话"的解构》，载《北方工业大学学报》，2011年第2期。

打破了"中国神话"[2]。

初版于1725年的《新科学》，全名是《关于各民族的

3. 贝奈戴托·克罗齐（Benedetto Croce, 1866—1952）是意大利著名文艺批评家、历史学家、哲

共同性质的新科学原则》，被维柯的弟子克罗齐[3]认为是

学家，他将《新科学》看作是一部美学著作，并将维柯奉为美学的奠基人，其本人"直觉说"等

美学这门"新科学"的奠基之作。在这部阐述古代文化史、

美学思想的形成也深受维柯影响。

诗歌和美学的理论性著作中，维柯在开卷《置在卷首的图

维柯像

维柯著《新科学》

形的说明，作为本书的序论》中，将人类历史划分为"神的时代"、"英雄时代"和"人的时代"，认为不同的时代自有与之相应的不同的心理、本性、宗教、语言、文字、政权和法律。他将各民族在不同时代历史过程中所适应的法律归为三类，分别是"深奥的神学"、"英雄时代的法律"和"自然公道"[1]，这里的"自然公道"，正是为当时欧洲所推崇的中国精神的代表之一。

1.[意]维柯著，朱光潜译：《新科学》（上），第78—80页，北京：商务印书馆，2006年版。

接下来在第一卷"一些原则的奠定"中，维柯这样评价中国的历史：

中国人生长成为和一切外国民族都完全隔开的一个伟大民族……[2]

2.[意]维柯著，朱光潜译：《新科学》（上），第96页，北京：商务印书馆，2006年版。

人们已发现中国人和古代埃及人一样，都用象形文字书写（这里还不提斯库提亚人，他们连用象形文字书写也还不会）。不知经过多少千年，他们都没有和其他民族来往通商，否则他们就会听到其他民族告诉他们，这个世界究竟有多么古老。正如一个人关在一间小黑屋里睡觉，在对黑暗的恐怖中觉醒过来，才知道这间小屋比手所能摸到的地方要大得多。在他们天文时历的黑屋中，中国人和埃及人乃至迦勒底人的情况都是如此。诚然，耶稣学会派米歇尔·鲁基里（Michele Ruggieri，按：指罗明坚）神父曾声称他亲自读过在耶稣降生前就已印刷的（中国）书籍。此外，另一个耶稣学会派玛蒂尼（Martini，按：指卫匡国）神父在他的《中国史》里也断定孔子甚古老。这导致许多人转向无神论，像马丁·秀克（Martin Schoock）在他的《诺亚时代的大洪水》里所告诉我们的，他说伊萨克·德·帕越尔（Isaac dela Peyrere），《亚当以前的人们》的作者，也许就因此抛开了天主教信仰，还说洪水只淹了希伯来人的土地。不过尼科拉·特里哥尔特（Nicolas Trigault，按：指金尼阁）比上述两位神父都较博学，在他的《基督教徒向中国远征》里写道，印刷在中国的应用不过比欧洲早二百年，孔子的昌盛也不过比基督早五百年。至于孔子的哲学，像埃及人的司祭书一样，在少数涉及物理自然时都很粗陋，几乎全是凡俗伦理，即由法律规定人民应遵循的伦理。[3]

3.[意]维柯著，朱光潜译：《新科学》（上），第97—98页，北京：商务印书馆，2006年版。

可见，维柯阅读了不少传教士们介绍中国的著作，对于他们书中让很多人津津乐道的中国在独立于基督教世界的历史中形成了自己的独特文明并流传数千年的事实，维柯提出异议，强调神在历史发展中主导作用的他认为，与天主教的神比起来，印刷术、儒家学说都不值得大书特书，事实上，中国由于自身文化的特点而一直处于封闭落后的状态之中。虽然他承认"最古

4.[意]维柯著，朱光潜译：《新科学》（上），第305页，北京：商务印书馆，2006年版。

老的凡俗智慧是在东方人中间产生"[4]，可是关于中国人的智慧，他的观点是批判性的：

……这位伊丹图苏斯（按：前文维柯嘲笑过的斯库提亚国王 Idanthyrsus）一定很像一位中国皇帝。中国在几百年以前还和世界其他部分隔绝，出自虚荣地夸口说中国比世界哪一国都更古老，可是经过了那样长的时间，现在还在用象形文字书写。尽管由于天气温和，中国人具有最精妙的才能，创造出许多精细惊人的事物，可是到现在在绘画中还不会用阴影。绘画只有用阴影才可以突出高度强光。中国人的绘画就没有明暗深浅之分，所以最粗拙。至于从中国回来的塑像也说明中国在浇铸（或塑）方面也和埃及人一样不熟练。从此可以推想到当时埃及人对绘画也正如现在中国人一样不熟练。[1]

1.[意]维柯著，朱光潜译：《新科学》（上），第305页，北京：商务印书馆，2006年版。

维柯非常重视语言学与哲学的结合，认为历史发展的规律正是在此过程中被发现的。因此，传承古老象形文字的中文在他眼中自然就是停滞、落后的表现，而他从马国贤那里听说的中国绘画和雕塑方面远较欧洲落后的状态，也在他心目中成功地抵消了中国其他技术的高度成熟。自从明末耶稣会士大举来华，他们就向欧洲发回了大量有关中国的报道，将其描绘为遥远东方的理想国度，那里有着仁慈的君主、富强的国家、文明的人民、悠久的历史、先进的文化……而在清廷居留了13年之久的马国贤却向教廷和世俗社会报告了一个更加真实的中国，他从一个不得志的非耶稣会士的视角，将清王朝这席华袍下隐藏着的虱子不遗余力地展示给西方人观看，而康熙末年朝廷内外隐藏着的种种危机也为马国贤的报告提供了充足的素材，并在欧洲长久风靡。维柯作为马国贤见闻的阅读者和亲耳聆听者，所受到的感染可想而知。马国贤的回忆录和维柯的《新科学》一起，从世俗角度和理论维度形成合力，使得人们对中国的认识进入一个新的层次，欧洲"中国热"也从意大利开始降温。

不过，维柯的书中也披露出清朝并非全然闭关锁国，在17世纪末18世纪初之时，中国政府对国际贸易还是保持着一定的宽容态度：

各民族在野蛮状态中都是不可渗透的，他们或是凭战争从外部硬闯进来，或是为着贸易的便利自愿地向外人开放门户。……中国人也是如此，他们考虑到贸易的便利，近来也向我们欧洲人开放了门户。[2]

2.[意]维柯著，朱光潜译：《新科学》（上），第184页，北京：商务印书馆，2006年版。

维柯写作《新科学》时正值康熙朝晚期，其时清廷的海关政策已经由禁海迁界、严申重治

3.康熙二十三年（1684年）正式下令开海贸易，并在江浙闽粤四省设海关，管理广州、漳州、宁波、云台山四个对外通商港口的海上贸易。

转为展界弛禁，后来又正式开海贸易，设海关管理贸易，收取关税[3]。这使得江浙闽粤沿海的

社会经济逐渐恢复发展，远洋贸易的税收也令国库大为充盈。以西班牙人和葡萄牙人为首的西方人与中国频繁往来，这些消息透过传教士们的信札和商旅往来等其他途径传到欧洲，在《新科学》中也得到反映。维柯将这个古老国度的一时开放归于战争之外的贸易便利，这也说明了此时中国的"开放政策"与晚清时期为西方的坚船利炮所逼迫而被迫开埠的战争原因性质完全不同。

维柯的中国观促使欧洲人对中国文化有了更多深入的审视和思考，之前长达百年的憧憬和赞美声渐次为质疑和批判所取代。例如，"1778 年出版的德国哥廷根大学教授克里斯托弗·麦纳的著作《在华耶稣会士关于中国历史、科学、艺术、风俗习惯的论文集》对美化中国的论调进行批驳。法国的皮埃尔·索拉内特于 1783 年发表的《1774—1781 年东印度和中国之行》称中国人绘画'只知用刺眼的颜料乱涂一气'；说孔子思想也不过是一些'令人费解的事情、梦幻、格言警句和古老的童话与一点点哲理糅合在一起的大杂烩'"。1793 年英国派遣使团，说是为乾隆皇帝祝贺 83 岁大寿，却让他们写了三份考察报告，对中国进行贬损。这时启蒙运动已经过去，新一代知识界反启蒙运动者不乏其人，他们将中国与其厌倦的洛可可风格联系起来一并反对，嘲笑启蒙主义者对中国的热情，而对那些来自中国的负面报道满怀兴趣，包括歌德、赫尔德一度都如此[1]。在接下来的一个世纪中，曾经以天朝上国自居的中国既不敢主动打开国门，又不

1. 叶延芳：《浅谈 18 世纪中国热》，http://www.docin.com/p-70718208.html.

得不改变外人非朝贡不得前来的"祖宗惯例"，无奈地在西方国家的隆隆炮声中睁开惺忪的睡眼，审视这个新的世界。

第九章　　19 世纪意大利在中国的发现

17世纪上半叶，利玛窦、艾儒略等耶稣会士就用《坤舆万国全图》和《职方外纪》等地理作品试图打开中国人的眼界，促使他们建立新的世界观，接受新的信仰。明代知识阶层对西方科学的兴趣和兼收并蓄的胸怀让他们欣慰，磐石终于在神光的照耀下裂出缝隙，一树繁花眼见就将在岩间盛开。然而天不假年，汉族政权的气数为八旗铁骑荡尽，以异族侥幸入关的清统治者夙兴夜寐地只想紧攥住华夏的沃土，并不愿中国人民智尽开，威胁其统治，科学知识这种雕虫小技娱己尚可，推而广之全无必要。中国人不仅不用了解外邦情形，连沿海居民都应离洋远居，圈地内迁以保太平。自康熙末年，雍正、乾隆、嘉庆帝以来禁教百年，中国人关于西方的知识出现了断层，两个世纪以后的中华帝国似乎已将那一批矢志不渝的传教士们带来的科学文化遗忘，康熙愚民的"除忆诅咒"是灵验的，在他玄孙道光帝（1782—1850）的宫廷里已难见传教士勤恳的身影，郎世宁等宫廷洋画师的作品也早就收入木箱封存，以致于当虎门的余烟飘进紫禁城，闭关自守的圣上不得不垂询于大臣：所谓英吉利，究竟国在何方，地广几许？

这一问，也才问出了后来魏源[1]的《海国图志》和徐继畬[2]的《瀛寰志略》等"开眼看世界"的著作，也催生出日后的"洋务运动"。中国历史由此从古代进入近代。

200年后的西方当然不会放慢前进的脚步来恭候泱泱大国的觉醒，相反，在中国社会发展停滞的1个世纪里，地球的另一端发生了翻天覆地的巨变。我们暂且只循着来时的足迹，去探寻19世纪世界地理中的意大利。

1. 魏源（1794—1857），名远达，字默深，湖南邵阳人，是中国近代著名的启蒙思想家、政治家和学者，著作有《海国图志》《圣武记》《元史新编》《清夜斋诗稿》《古微堂诗集》和《默觚》等。

2. 徐继畬（1795—1873），字松龛，又字健男，别号牧田，山西代州（今忻州市）五台县人，道光六年进士，历任广西、福建巡抚、闽浙总督，《南京条约》后曾负责广州、厦门、福州三口通商事务。他也是中国最早的外交官之一，担任过总理衙门大臣、首任总管同文馆事务大臣等职务。作为晚清著名学者，其著作有《瀛寰志略》《古诗源评注》《退密斋时文》《退密斋时文补编》等，被《纽约时报》誉为"东方伽利略"。

第一节　重新发现意大利——19 世纪地理中的意大利

中世纪的意大利王国，其实在 14 世纪中叶神圣罗马帝国皇帝、卢森堡王朝的查理四世（Karl IV，1316—1378）放弃意大利王位后就已不复存在，以那不勒斯、西西里、佛罗伦萨、米兰、威尼斯和撒丁王国为首的各城邦在文艺复兴时期各领风骚，意大利只是一个地理概念，而没有统一国家实体存在，在法国、西班牙、奥地利和罗马教廷的利益争夺中努力保持独立的平衡，但北部城邦佛罗伦萨和米兰公国相继在 16 世纪和 18 世纪被西班牙和奥地利控制，南部的那不勒斯和西西里王国则一直掌握在西班牙的手中。之所以会形成这种四分五裂的局面，主要是因为希腊罗马以来的城邦文化传统造成的意大利人国家观念的淡薄和城邦意识的深厚。

18 世纪的法国以古典主义、洛可可风格的艺术和启蒙主义思想取代了意大利的文艺复兴长子地位。法国大革命不仅让路易十六（Louis XVI，1754—1793）丢掉了头颅，资产阶级在法国的掌权也动摇了整个欧洲的统治秩序，《人权宣言》、拿破仑《民法典》的颁布，自由民主思想的广泛传播让欧洲其他各国封建君主胆战心惊。神圣罗马帝国的继承人利奥波德一世（Leopold II，1747—1792）在 1789 年失去了法国王后妹妹，而他的儿子弗朗茨二世（Franz II，1768—1835）则在 1806 年被拿破仑（Napoléon Bonaparte，1769—1821）摘下了自公元 962 年以来德意志君主一直戴在头顶的神圣罗马帝国皇帝冠冕。拿破仑想用剑与火毁灭封建制度，让启蒙运动民主自由的火种燃遍全球。1793 年，他率领法国大革命的军队赢得了土伦战役的胜利，击败了弗朗茨二世与普鲁士、撒丁、英国、荷兰和西班牙组成的第一次反法同盟，随后法兰西共和国的军队再度瓦解了反法同盟。历史进入新的世纪，拿破仑皇帝为自己加冕，意大利国王也是他钟意的称号。法兰西第一帝国的军队以战争的手段来维护法国资产阶级的利益和巩固法国大革命的成果，再三再四击溃了欧洲联军。然而随着他们势如破竹地进军埃及，将狮身人面像的鼻子用大炮轰掉的时候，战争的性质已经无可挽回地改变了。不仅欧洲各国封建统治者一如既往地反对他的胜利扩张，各地人民在被法国人唤起民族觉醒的同时，也不断起义，对抗拿破仑的侵略和争霸。

1815 年滑铁卢战役失败，标志着拿破仑皇帝彻底失败，意大利王冠再度易手。北部奥地利管辖伦巴第——威尼斯王国，南部西班牙波旁王朝在两西西里王国复辟，中部教皇国重新恢复，托斯卡纳、帕尔马和摩德那三个公国也受制于奥地利。欧洲各国乐于见到意大利一盘散沙，便于操纵。拿破仑用法国大革命的资产阶级民主制度打击意大利的封建制度，离析了意大利旧的邦国界限，打破各地区的分裂与封闭，促进了意大利工业资本主义的发展；反抗法国占领军的斗争又使得意大利人民的民族意识进一步觉醒。在这些因素的推动下，意大利兴起了民族解放战争。

1848 年是欧洲革命的年度，1 月，苦于经济危机和粮食危机交织，意大利人打响了革命的头炮，反抗封建统治，响彻全欧洲。两西西里王国首都巴勒莫率先起义，其他各邦一呼百应。当时意大利本土贵族萨伏伊王室统治的撒丁王国——也是意大利境内唯一独立的君主立宪制国家——对奥宣战，米兰、威尼斯、托斯卡纳建立共和国，意大利民族英雄马志尼和他的"青年意大利党"驱逐教皇庇护九世，建立"罗马共和国"。但这次独立战争被法奥联军扼杀。奥地利、西班牙和罗马教皇重新恢复了在意大利各邦的统治。

此后的 10 年间，撒丁王国聚集了大批资产阶级自由派，首相加富尔的改革增强了撒丁国力，并联合法国反奥。1859 年 4 月开始的第二次意大利独立战争中，撒丁王国借助法皇拿破仑三世的力量取得了对奥作战的胜利，夺回了伦巴第地区，但萨伏伊和尼斯被作为筹码割让给法国。而在"罗马共和国"时期表现出众的传奇将领加里波第则组织"意大利军团"志愿军解放了意大利南部。到 1861 年 3 月，意大利实现了自西罗马帝国灭亡以来第一次半岛统一（教皇国和威尼斯除外），建立了意大利王国。

5 年后，意大利王国又趁 1866 年普奥战争争夺德意志领导权之际，与普鲁士结盟打败奥地利，收回了威尼斯。又抓住 1870 年普法战争拿破仑三世（Napoléon III，1808—1873）从罗马撤军后在色当战败被俘的机会抢占了罗马城，使教皇国退守梵蒂冈一隅。意大利王国的首都也从佛罗伦萨回迁罗马。

在保卫"罗马共和国"的战斗中，加里波第(Giuseppe Garibaldi, 1807—1882)率军殊死奋战，却因共和国领导人的软弱和猜疑而难以施展才能。法军攻破罗马，加里波第没有放弃，坚持抵抗，遭到敌人的追击和围剿，被迫流亡美洲。1852 年加里波第曾自秘鲁往中国广州进行贸易。加里波第的日记记载，他带着货物乘"卡门号"商船到达广州，准备前往厦门交易。半路遇到台风，因船体受损影响了行程。一周后他们才抵达厦门，在那里完成了生意并且亲自砍伐树木修补好"卡门号"，然后返航。必须指明的是，加里波第的商船上所载货物不是南美的奴隶，而是鸟粪。他还从中国购回一件真丝内衣。意大利统一后，加里波第这位大英雄的中国丝绸内衣曾在意大利风靡一时，成为制衣商盗版的首选款式。

加里波第在他的回忆录中还曾提到，他的队伍中有一名中国籍军人，但是并没有言及更多。

第二节 晚清国人眼中的意大利

19 世纪的中国与独立战争前的意大利颇为相似，或者说境遇更糟。大清王朝早已出离康乾盛世，并且正急速跌向帝国的末路。1860 年，第二次鸦片战争战败，带给中国人的不仅是割地赔款的屈辱，还有西方人乘着坚船利舰耀武扬威而来，外交官、军官、商人、新教传教士、天主教士……这些人都给清廷内外的观念带来巨大的变化。西方的奇技淫巧逐渐不再耸人听闻，反而见怪不怪；人文思想、自然科学也再度在中国思想界流行起来。只是，这次的接受方式是被动的，影响的深度和广度是巨大的。中西文化的交流出现了又一次高潮。不过，所谓的交流更多是单方面的输入，而西方人早已没有了对中国人的尊敬和好奇，他们即便想了解中国，其兴趣点也更多地在于驾驭和剥削这个行将就木的封建王国。

"鸦片战争"之后的中国陷入半封建半殖民地社会，而此时的西方国家则先后经历了"工业革命"的洗礼，进入"机器时代"。一系列的技术革新使得蒸汽机、煤、铁和钢取代人力，资本主义飞速发展，对海外的殖民掠夺和倾销要求更加迫切。19 世纪下半叶，第二次鸦片战争之后，任人宰割的中国已被迫与英、俄、法、美各国签订了《南京条约》《天津条约》《北京条约》等一系列不平等条约。清廷的退让换来中外暂时和好，但国门自长江至沿海洞开。一面应对列强欺凌，一面忙于镇压太平天国运动，内忧外患交织的清王朝统治阶级内部分化为以满族权贵为代表的"守旧派"和以汉族官僚为主体的"洋务派"两极。1862 年，同治帝（1856—1875）颁布新政，下诏设立"总理衙门"，主管洋务和外交事务。自此至 1895 年中日"甲午战争"的 30 多年间，以清廷中央恭亲王奕䜣（1832—1898）、地方曾国藩（1811—1872）、左宗棠（1812—1885）、李鸿章（1823—1901）、张之洞（1837—1909）等实力派大臣为首的"洋务派"掀起了一场"中学为体、西学为用"，"师夷长技"的"洋务运动"。

"洋务运动"以学习西方工业化、革新中国军事工业为首务，江南制造局、金陵制造局、福州船政局、天津机器局等一系列近代化军事工业和一批军事学校正是在此局势下应运而生。"洋务派"还倡导发展民族经济，"自强"、"求富"，与西方通过"商战"的方式"争利"，这就需要大批的专业翻译人才。而"总理衙门"成立后设立的"同文馆"则适时地输送了中国第一批翻译和外交人才。

在列强与中国签订的各条约中，规定各国派公使驻京，后来更要求中国也同样派遣外交官驻外，以方便交涉。"洋务派"官员也希望派员出洋，深入了解西欧各国状况。于是，清廷改"理藩"为外交，开始派遣外交官官员和留学生前往西洋参观学习并回国汇报，嗣后逐渐形成常驻公使制度。郭嵩焘（1818—1891）、黎庶昌（1837—1896）、薛福成（1838—1894）、张德彝（1847—1918）等人成为近代中国最早的外交人物中的代表，他们留下了丰富的出使奏章、日记、诗词等，如张德彝的《航海述奇》《再述奇》，郭嵩焘的《伦敦与巴黎日记》和薛福成的《出使英法义比四国日记》等文字，为当时和后来国人认识西方留下了宝贵的材料。

一、魏源和徐继畬对意大利的叙述

本章之初已经提到，魏源、徐继畬二人均以其著作开风气之先，召唤了后来的洋务运动。因此这里有必要选取其二人书中有关意大利的部分作为铺垫，毕竟，上述各位晚清外交官在出洋之前或任中，都是以魏、徐的著作为先导去了解西方的[1]。

1. 有必要指出的是，魏源并未担任过清廷的外交官员，但因其《海国图志》对后来者的影响之著，故在此不能回避其作。

早在 1840 年代，魏源就在林则徐主持编译的《四洲志》[2] 的基础上写成了《海国图志》一书，

2. 林则徐被道光帝任命为钦差大臣去广东禁烟之时，曾在当地组织幕僚翻译了英人慕瑞所著的《世界地理大全》一书，并编译外国报章、书籍中有关世界历

详细介绍了西方各国史地、交通、政治、经济、教育、外交、科技、宗教等方方面面的内容，

史和地理的知识，涉及五大洲 30 多个国家，汇为《四洲志》一书，但未出版。后林氏因"销烟"获罪遣戍伊犁之际，将《四洲志》资料赠与好友魏源并嘱其

是改写国人世界观念的开山之作[3]。

继续其事。《海国图志》最初就是脱胎于此。

3. 道光二十二年（1842 年），《海国图志》初版时有 50 卷，又经不断扩编，至咸丰二年（1852 年）已达 100 卷。其中征引了历代史志 14 种，中外古今各家著述 70 多种以及各类奏折材料及外国人的 20 多种著述等。

是书中，魏源在卷三十七《大西洋·大西洋欧罗巴洲

各国总叙》[1] 开首即述意大利。叙言引康熙圣谕内容："海
1. 魏源：《海国图志》，第 1123 页，长沙：岳麓书社，2011 年版。
外如西洋等国，千百年后，中国恐受其累。此朕逆料之言。"[2]
2. 魏源：《海国图志》，第 1123 页，长沙：岳麓书社，2011 年版。
文中以"意大里亚国备台官，佐历算，四海宾服"[3] 引起，
3. 魏源：《海国图志》，第 1123 页，长沙：岳麓书社，2011 年版。
介绍"意大里亚国"自汉代就以"大秦"闻名中国，称其

从明万历中"利马窦始"与中国通，是西方各国与中国交

通之最初者。同时提到了该国为"天主教之宗国，代有持

世之教皇……至今西洋各国王即位，必得教皇册封……其

大弟子数十，分章各国教事，号曰法王"[4]。
4. 魏源：《海国图志》，第 1123 页，长沙：岳麓书社，2011 年版。

魏源

魏源还谈到意大利的衰弱和英、法的兴起："自昔惟意

大里亚足以纲纪西洋，自意大里裂为数国，教虽存而富强不

竞。于是佛郎机、英吉利代兴，而英吉利尤炽"[5]，感叹英、
5. 魏源：《海国图志》，第 1124 页，长沙：岳麓书社，2011 年版。
法横行，不似明代意大利一众耶稣会士来华，单纯传教，而

专为求利，且以炮火为孽，"不务行教而专行贾，且佐行贾

以行兵，兵贾相资，遂雄岛夷"[6]。作为一名传统文人，魏
6. 魏源：《海国图志》，第 1124 页，长沙：岳麓书社，2011 年版。
源虽然率先"开眼看世界"，但作为鸦片战争战败之后一名

忧愤交加的进步知识分子，强烈的民族自尊心使得他在《海

国图志》中仍抱持着传统的中国中心观，将中国以外的他国

称为海国、海岛、岛夷，其写作《海国图志》的目的也是"为

以夷攻夷而作，为以夷款夷而作，为师夷长技以制夷而作"。

不过，从行文可见，他对意大利的观感无疑甚佳。后文中，

他又先后引述了《明史·外国传》《后汉书》《汉书》《魏书》

等中国史书和 1623 年艾儒略所撰的《职方外纪》、1838 年

德国新教传教士郭实腊（Karl Friedrich August Gutzlaff，

1803—1857）所著《万国地理全图集》、1852 年葡萄牙汉

学家玛吉士（José M.Margues，1810—1867）所作之外国《地

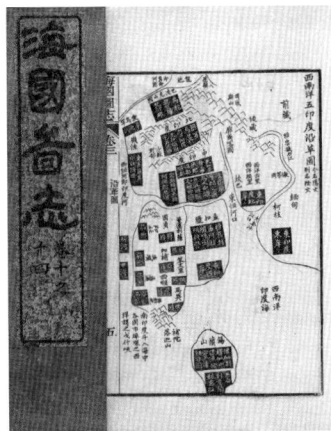

《海国图志》

理备考》（魏源称之《地理备考》）等作中有关大西洋意大
利国的内容，后来也补录了一些《瀛寰志略》中的相关内容。

　　在《海国图志》卷四十三[1]中更多地采用了西人的材料

1. 魏源：《海国图志》，第 1260 页，长沙：岳麓书社，2011 年版。

来介绍"大西洋欧罗巴洲意大里国"的地理物产、自罗马帝
国时期至 1815 年维也纳会议期间的历史沿革及其与中国明
清以来的交往，并逐一介绍了其所属的教皇国、米兰公国、
托斯卡纳、撒丁王国、西西里王国等列国，故编者注明此卷
由"欧罗巴人原撰，侯官林则徐译，邵阳魏源重辑"。

　　《瀛寰志略》[2]一书则是时任福建巡抚的徐继畬在鸦片

2. 道光二十三年至二十八年 (1843—1848 年)，先后在闽浙、两广一带任职的徐继畬通过向第一位美国来华传教士雅裨理 (David Abeel, 1804—1846) 等人
以及英国驻 (清) 上海领事阿礼国 (Rutherford Alcock, 1807—1897) 等人咨询并收集西方历史、地理、政治、经济、人文等各方面的资料，于 1848 年终于
完成 10 卷本的《瀛寰志略》一书，并在福建抚署刻印。同治五年 (1866 年) 由总理衙门重刻印行。

战争败于英国之后面对"古今一大变局"，为国人开拓世界
观，学习西方以自强而作。徐继畬在两广和福建任地方官近
20 年，与沿海的西方人接触频繁，对西方世界的了解比较全
面，其眼界与思考也较同时代人深刻得多。《瀛寰志略》由
于徐继畬这位"西化先驱"对于西方超前的客观立场，其书
起初并未如《海国图志》一般振聋发聩，得到国人的认同和
重视。直到第二次鸦片战争之后，清廷重新起用赋闲十多年
的徐继畬，任命他为总理衙门大臣，并将《瀛寰志略》以
"总理各国事务衙门藏版"之名重版，是书方才大行于天下，
并对洋务派和后来的维新派产生了深刻的影响。

　　在《瀛寰志略 · 欧罗巴》章中就有关于意大利的记载：
"……汉初，意大里亚之罗马国，创业垂统，疆土四辟，
成泰西一统之势，汉史所谓大秦国也。前五代之末，罗马
衰乱，欧罗巴遂散为战国。"[3]

徐继畬

3. 徐继畬著，宋大川校注：《瀛寰志略校注》，第 111 页，北京：文物出版社，2007 年版。

　　卷六之《欧罗巴意大里亚列国》[4]一节中，则详细介

4. 徐继畬著，宋大川校注：《瀛寰志略校注》，第 194 页，北京：文物出版社，2007 年版。

绍了意大利的译名（意大里亚、以他里、以他利、伊达利、
罗问、罗汶、那吗）、方位（东北界奥地利亚，北界瑞士，

西北界佛郎西。其余全土，斜伸于地中海，似人股之著屐者。中有大山，绵亘如脊）、气候（其地天时和正，土脉膏腴，谷麦昌茂，花木馨芳，幽谷名园相属，西土羡为福地）等，尤其侧重于意大利的历史：

> 自周以前，为土番散部。周幽王时，罗马崛起，国势渐强。其后武备日精，疆土四辟。至西汉时，北拓日耳曼诸部，至波罗的海；南服阿非利加北境各国；西辟佛郎西、西班牙、葡萄牙，至大西洋海，又跨海建英吉利三岛；东并希腊诸部，括买诺、西里亚，纵横千万里，跨欧罗巴、亚细亚、阿非利加三土。边外弱小诸部，皆修贡职为臣妾，居然大一统之势。建都城于罗马，诸国仰之如周京……东晋时，又建东都于黑海之峡，称为君士但丁……其后传世既久，嗣王多淫辟败度，内乱迭生，废立屡见。西北诸部，皆拥土自王，不复为臣。东晋孝武帝二十二年，国分为二，以罗马为西王，君士但丁为东王。东王至明景泰间，始为土耳其所灭。西王居意大里故地，刘宋时为北狄峨特族所灭。峨特族立国三百余年，佛郎西取之，以罗马都城奉教王。后复分裂。有伯棱日尔者，尝并兼诸部为一，旋以苛暴为国人所废。奥地利亚征服之，割北境之米兰、威内萨两部。自是之后，诸部时合时分，日寻干戈，云扰尤甚。嘉庆十年，佛郎西王拿破仑略定其地，为佛藩部。拿破仑败，诸国公使会议于维也纳，分其地为九。大国四，曰罗马，曰多斯加纳，曰萨尔的尼亚，曰那不勒斯。小国五，曰巴尔马，曰摩德拿，曰卢加，曰摩纳哥，曰胜马里虐，犹总称意大里亚。其地物产丰饶，兼有蚕桑之利，每岁所产丝绵，价值三千余万。葡萄酒、橄榄油、橙、柑、檬、栗诸果，亦皆繁硕。其民身体纤弱，外宽柔而内阴贼，往往昏夜刺杀仇人。好谈论游戏，喜讴歌，有稷下之风。各国皆崇天主教，而罗马为最盛。[1]

1. 徐继畬著，宋大川校注：《瀛寰志略校注》，第194页，北京：文物出版社，2007年版。

短短六百来字，对意大利从古至今的历史概括可谓言简意赅。以下徐继畬继续介绍了罗马、托斯卡纳、撒丁王国、摩德纳、卢卡、圣马力诺等王国，连圣徒保禄在马耳他岛所行的异迹都已言到。

此后，作者加长篇按语详道罗马史：

> 西国自剖判以来，惟意大里为一统为朝。肇造邦土，在成周中业，混一在西汉之中，分裂在东晋之末，宗社之墟，在明景泰间。祚数之长，泰西无其比也。据泰西人

所记载，其创业之主曰罗慕路（一作罗母洛），于周幽王年间，始建城于罗马。别五土之宜，教民以耕稼，造戟弩以习战。子努马（一作又马）嗣位，初设律例，爱育黎元，分等威，别贵贱，境内大治。传七世至达尔癸虐苏比尔伯，淫虐无人理。民废王，选贤者二人居高爵，立公会以治事。高爵每年一易，由是国无王而势日强盛，意大里诸部，皆归版图。阿非利加北境，有大国曰加尔达额（一作迦大其）……罗马初兴时，加尔达额屡侵轶之，又夺其属岛西治里。后罗马渐强，始称勍敌，构兵数百年，迭为胜负……后马基顿王亚勒散得伐波斯，尽取其地……故希腊诸部，欲倚之以拒罗马……汉景帝十年，罗马以大兵伐加尔达额，围其都城。城将陷，加尔达额阖城自焚。罗马毁其城，因略定其属部。复征服西班牙，置为别部……地中海南岸诸部，尽入版图。犹太、麦西亦纳款。北境拓地至日耳曼，复西辟佛郎西，渡海征服英吉利土番，建为大部。西土数万里，无复抗颜行者。

初，罗马废国王，立公会，高爵由众推选。原议一年一易，后因兵事不得易，渐有久于位者……恺撒总大纲，立法制，罗马大治。……汉成帝建始二年，唯大屋践王位，是为罗马复立国王之始。当是时，罗马东境至亚细亚（即土耳其中、东两土），西境至西班牙、英吉利，北境括日耳曼诸部，南境包阿非利加之北境。地兼三土（亚细亚、欧罗巴、阿非利加），周回数万里，尽入版图。波斯遣使乞和，天竺亦遣使通好，徼外诸夷部皆入贡。……为罗马极隆平之世。……顺帝十二年，王安敦嗣立，博物好古，明于治体，修律度，振纲纪，号为中兴。……晋怀帝永嘉元年，王君士但丁（或作公胆廷）嗣位，性谦柔，有远略，建大城于他大尼里海峡之北岸，以控制东方，即名曰君士但丁城……东晋孝武帝二十二年，分国为两，以罗马为西都，以君士但丁为东都，立二王分治之。其后西都屡为峨特所侵，日就衰弱……宋苍梧王元徽三年……西都遂为峨特所据，而东都仍称罗马国。……元末，土耳其起于买诺……攻罗马，侵割其旁邑殆尽。明景泰三年，攻陷君士但丁都城，罗马遂亡。[1]

1. 徐继畲著，宋大川校注：《瀛寰志略校注》，第199—204页，北京：文物出版社，2007年版。

以上文字，几乎囊括了罗马历史上的重要事件和人物，使读者得以知悉罗马帝国兴衰的全貌。

接下来，作者又详述了基督教的起源、发展以及在当时西方各国的发展状况，并加上了自己的评述：

泰西人所刻耶稣之书甚多……奉耶稣之教者，不祀别神，不供祖先，以耶稣为教世主，而以身命倚之，谓可获福佑。有得祸者，则谓灵魂已升天国，胜于生人世。揆其大致，亦佛氏之支流别派。欧罗巴远在荒裔，周孔之教所不及。耶稣生于其间，戒淫戒杀，忘身救世，彼土崇而信之，原无所谓非。而必欲传其教于中土，则亦未免多事矣。按，耶稣生于犹太，其教盛行，则起于罗马。自教王擅权之后，诸国王侯，听其颐指。有不从者，国辄被兵，主辄被弑，数百年无敢违异。其教称为天主教，天主者，以耶稣为上天之主宰也。明初，有日耳曼人路得者，起而攻其说，谓天主教解耶稣之书，皆谬误，以刑戮强人入教，乃异端邪说，非耶稣本旨。于是取耶稣之书，重加译解，别立教规。称耶稣为救世主，名其教为耶稣教。诸国之奉天主教者，多翻然从之。教王大怒，命诸王捕杀耶稣教人。然其教已盛行，不可遏止。由是君与民因分教相杀，国与国因分教相攻。数百年来，西土之民，肆市朝、膏原野者，不知几百万，皆因争教而起也。

今欧罗巴从天主教者，曰意大里亚，曰佛郎西，曰比利时，曰西班牙，曰葡萄牙；从耶稣教者，曰英吉利，曰荷兰，曰嗹国，曰瑞国，曰普鲁士，曰米利坚。此外，两教参杂者，曰奥地利，曰日耳曼列国。……又别有希腊教者，亦天主教别派，额里士、峨罗斯尚之，与两教教规又不同。近泰西人称天主教为公教，称路得等教为修教。余谓，耶稣之立教，以救世也。乃诸国因分教之故，而残杀不已。耶稣而有知也，其谓之何？

从以上《瀛寰志略》对罗马史和基督教的书写可见，作为一名清廷高级官员，徐继畬虽未出国门，但对西方世界的了解可谓至详。而在他之后，随着中外互派公使往来，晚清外交官亲赴海外者不乏其人，他们对西方世界的记录更加真实、生动和详尽。

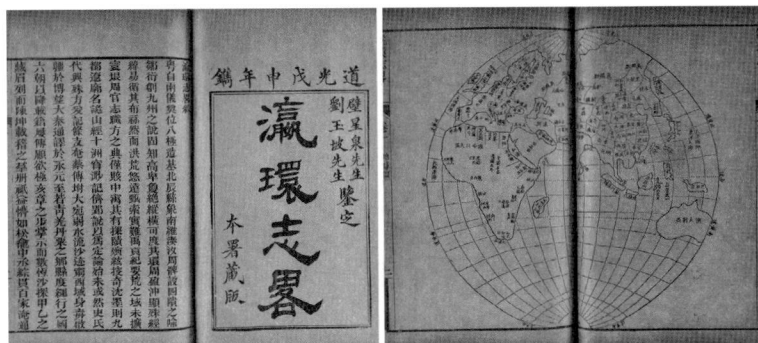

《瀛寰志略》

二、出洋外交官笔下的意大利

1866 年初春，恭亲王奕䜣上奏朝廷，禀明自各国换约以来，西人尽悉中国之事而外国情形中国却知之不周，他以总理衙门主管的身份呈请派遣老成可靠之人随同文馆[1] 学生德明（即张德彝[2]）、凤仪、彦慧等一道，和休假的中国海关总税务司赫德（Robert Hart, 1835—1911）同赴英国，游历该国风情，记录其山川形势、风土人情，以督导照顾初出茅庐的诸少年，免其少不经事，贻笑外邦。63 岁的斌椿[3] 被拟定为合适人选，因为其官阶既低，不至引起太多纷论，又是旗人，能让清廷放心。斌椿考察团虽由清廷官方派出，在欧洲也受到高规格接待，但他们此行以游览为遮掩，并无正式使命。是年 3 月至 11 月，一行人完成了中国历史上第一个赴欧考察团的观光之旅，过法、英、荷、俄、德、比、丹麦、瑞典、芬兰等 11 国，见识了汽轮、火车、电报、鱼雷、电梯、自行车、显微镜、照相机、传真机、救火器、煤气、冷热水管、抽水马桶、电铃、避孕套、香水、西餐、舞会、歌剧、洋妇等形形色色的新鲜事物。但因其时中意尚未建交，故他们并未在意大利停留，不过斌椿在《乘槎笔记》中曾引述过《瀛寰志略》中有关意大里亚国的简介，此外，还记录了他们航经意大利西西里岛连接欧洲大陆的港口城市墨西拿的情况：

> （三月）十六日[4]丑刻，泊舟墨西拿一时许，系意大里亚国埠头也。售珊瑚者皆至船，列楼板上。果蔬甚佳，饭时朱樱、紫葚，甚觉可人。

1. 京师同文馆设立于同治元年（1862 年），是总理衙门附属下最早成立的中国公立专科学校，为清代最早培养译员的洋务学堂和从事翻译出版的机构，其毕业生择优充任驻各国外交官或翻译官。

2. 张德彝（1847—1918），初名张德明，字在初，又字俊峰，祖籍盛京铁岭（今辽宁铁岭县河西蔡牛乡张家庄）。早在清初，张家就效力清廷，被编入汉军镶黄旗，但到张德彝这一代，久已没落。在亲戚的资助下，幼年张德彝才得以入塾读书，课业表现突出，1862 年 6 月，张德彝入刚成立的京师同文馆学习英文，成为该校最初的 10 名学生之一。天资聪颖又刻苦用功的张德彝正是从此处踏上他的外交官生涯，还当过光绪皇帝的英文老师。他自 19 岁随斌椿考察团赴欧，从此后，他一生出国八次，近三分之一的时光都在国外任职，从随从、翻译做到驻外公使，也因此留下了约二百万字的驻外日记，依次辑成《航海述奇》《再述奇》《三述奇》《四述奇》直至《八述奇》。逝世之时，时人所作挽联有"环游东亚西欧，作宇宙大观，如此壮行能有几著述连篇累牍，阐古今奥秘，斯真名士不虚生"之语，对其一生有很恰当的概括。1951 年，张氏后人将精心保存的张德彝日记手稿捐赠给国家，现存于中国国家图书馆。

3. 斌椿（1803—1871），字友松，曾任山西襄陵知县，赋闲后于 1864 年受总税务司赫德延请办理文案，颇知洋务。同治四年，斌椿率清朝第一个赴欧考察团游历欧洲 11 国。著有《乘槎笔记》《海国胜游草》《天外归帆草》等，描写其海外见闻。

4. 1866 年 4 月 30 日。

樱桃如蚕豆，春桔之大者如木瓜。辰刻，尚见山

岛绵远，且有奇峭非凡者。内有火山数处，与《瀛

寰志略》悉合。[1]

1. 钟叔河编：《走向世界丛书（一）·斌椿：《乘槎笔记》》，第 107 页，长沙：岳麓书社，2008 年版。

匆匆停靠之际，意大利自古出名的珊瑚、西西里盛产

的水果、咫尺之遥的火山便给斌椿留下了深刻的印象，并

与他此前从徐继畬书中获得的知识相印证。

张德彝日记中对其地也有记载：

（三月）十六日乙亥，晴……寅正至墨西拿，

乃欧罗巴西南之意大里国界。群山错列，紫翠凝

眸。两岸灯火绵亘，楼房亦多。是国疆域不大，

形如跛足，惟多火山，地长二千四百余里，北面

宽约千里，南只数十里而已。[2]

2. 钟叔河编：《走向世界丛书（一）·张德彝：《航海述奇》》，第 477 页，长沙：

由于年龄和身份的差异，19 岁的同文馆毕业生张德彝

岳麓书社，2008 年版。

对意大利了解不多，且未亲履其地，仅从个人观感出发略

记了意大利之一角。

张德彝像

同治六年（1868 年）正月，清政府又派出第一个正式

外交使团，随卸任回国的美国第一任驻华公使蒲安臣(Anson

Burlingame, 1820—1870) 出访欧美诸国，交涉《天津条约》

修约事项，记名海关道志刚和礼部郎中孙家谷会同蒲安臣

办理中外交涉事务，意大利也是对象国之一。使团先经日

本到美国，再过大西洋往欧洲，历时 2 年 8 个月。1870 年 2 月，

蒲安臣于中途在俄罗斯因病突逝，已随其经历了多国外交

历练的志刚接替他率团完成了对俄国的访问。

志刚此行著有《初使泰西记》，在该书卷四中这样记载：

"（同治九年四月）二十八日，晚乘火车往南夜行，向意

大力国进发。二十九日……行一千七百余里。有意国委员

来接，名伯雷牙。换度山小火轮车……"[1] 他们由法国进入意大利，受到了意大利官员的迎接。

1. 钟叔河编：《走向世界丛书（一）·志刚：〈初使泰西记〉》，第357页，长沙：岳麓书社，2008年版。

而穿山火车更是让志刚新奇不已，详细研究了它与普通火车的区别，对其机巧设置和沿途景观

大加赞叹。意大利官员带他们在都灵、米兰停留，与当地王公贵族一一相见，因其"皆欲宜都

汉官之仪"[2]。他们又到佛罗伦萨，"（五月）十一日，见意国君主委克都阿[3]，亲递国书。是

2. 钟叔河编：《走向世界丛书（一）·志刚：〈初使泰西记〉》，第358页，长沙：岳麓书社，2008年版。

3. 即维托里奥·埃马努埃莱二世（Vittorio Emanuele II，1820—1878），1861年意大利统一后的第一位国王。

日司礼官带官车来接至其宫中，晋见仪节与别国略同。……（意君）问：'看我国地方好否？'

答云：'一路天气和平，景致清秀，人性聪明，待使臣等和美。'……"可见清廷首赴意大利

的外交官前往意大利的使命圆满完成，并对该国留下了极其美好的印象。

志刚在其书中不仅简述了意大利即大秦，为天主教宗国，还介绍了自古罗马一统之后，萨

丁尼亚 - 皮埃蒙特国王维托里奥·埃马努埃莱二世"十余年间奋发有为，攻取兼并，遂得意大

利里全境，俨为大邦"[4]，成为继罗马帝国"四分五裂，不相统属"之后第一个统一意大利半岛

4. 钟叔河编：《走向世界丛书（一）·志刚：〈初使泰西记〉》，第359页，长沙：岳麓书社，2008年版。

的国王，以亲身见闻补充了自《瀛寰志略》以来中文资料中关于意大利独立知识的欠缺。

由于意大利王国君臣的盛邀，使团继续在意南游，先后经过了罗马、拿波里、庞贝等地，

古罗马帝国时期的引水渠、古器库，维苏威火山灰烬下挖掘出的古城遗迹都在志刚的笔下呈现，

他还和斌椿一样，对意大利的樱桃赞不绝口。一周后使团回到佛罗伦萨辞行，得知意国"已派

钦使前往中国矣"[5]，于是放心离意往法。

5. 钟叔河编：《走向世界丛书（一）·志刚：〈初使泰西记〉》，第361页，长沙：岳麓书社，2008年版。

"蒲安臣使团"之后，19世纪70年代，清政府终于在情非得已的形势下派出了第一位驻

外使节——郭嵩焘[6]。

6. 郭嵩焘（1818—1891），字伯琛，号筠仙、云仙、筠轩，别号玉池山农、玉池老人。湖南湘阴人，唐汾阳王郭子仪之后。1847年中进士，曾为曾国藩幕僚。

光绪（1871—1908）元年（1875年），英国驻华公使威妥玛（Thomas Francis Wade，

后历官苏松粮储道、两淮盐运使、广东巡抚，1866年罢官回籍。1875年经奏入总理衙门，旋任中国首位驻外使节。1879年称病归国。著有《养知书屋遗集》

1818—1895）派翻译马嘉理往云南公干，因射杀村民，马嘉理及5名中国随从在与当地少数民

《史记札记》《礼记质疑》《中庸质疑》《使西纪程》《郭侍郎奏疏》《养知书屋文集》《郭嵩焘日记》等。

族的冲突中被杀。威妥玛抓住此事，于次年逼迫清政府签订《中英烟台条约》，清廷并承诺速

派钦差大员到英国赔罪。延至次年底，数番请辞不就的郭嵩焘不得不走马上任，率副使刘锡鸿

等30余人出使英国，并在伦敦首设使馆，成为中国第一位驻外公使，光绪四年（1878年）兼

任驻法公使。此后，清廷又陆续派出了驻美、日、法、德等国的公使。郭嵩焘在任期间记有《伦

敦与巴黎日记》，留意介绍英法的政治、经济、科技、教育状况，并膺命将其日记《使西纪程》

寄回清廷，激起保守派的非议无数。

光绪五年（1879年）卸任回国之前，郭嵩焘访问了欧洲瑞士、摩纳哥、意大利等国。在意

大利游览了拿波里、热那亚、比萨、罗马、庞贝等地，于各处名胜如数家珍，对古罗马名人凯撒、史学家撒路斯提乌斯(Gaius Sallust Crispus, 公元前86—公元前34)、天文学家卡西尼(Giovanni Domenico Cassini，1625—1712)、哥伦布等人的故乡、事迹等也都信手拈来。尤其是在罗马，从城外的饮水槽到城内圣伯多禄堂、圣玛利亚大教堂、万神殿、斗兽场、特莱维喷泉、君士坦丁纪念碑等古迹他都一一涉足。此外，他还格外留意意大利各造纸、造船胜地，显示出一位政治家的眼界。结束意大利之旅后，郭嵩焘从拿波里启航东归。[1]

1. 钟叔河编：《走向世界丛书（四）·郭嵩焘：〈伦敦与巴黎日记〉》，第 895—902 页，长沙：岳麓书社，2008 年版。

19 世纪的意大利

郭嵩焘归国之后 10 年，"曾门四弟子"之一薛福成[2]以"出使英、法、意、比四国大臣"

2. 薛福成（1838—1894），字叔耘，号庸盦，江苏无锡宾雁里人。曾任浙江宁绍台道、湖南按察使，出使英、法、意、比四国大臣等。著有《庸盦全集》《庸盦文别集》《庸盦笔记》等大量政论和日记，以《筹洋刍议》和《出使四国日记》最为著名。

的身份，于光绪十六年（1890 年）率团到任，向各国首脑分别递交国书，并走访欧洲多国，为洋务运动收集欧洲军政、财经、文法等情报并代购机器，直至 4 年后方完成使命返华。他在欧洲四年的见闻和思考都汇集在其《出使英法义比四国日记》[3]之中。

3. 钟叔河编：《走向世界丛书（八）·薛福成：〈出使英法义比四国日记〉》，长沙：岳麓书社，2008 年版。

薛福成在是书卷六中将欧洲国家分为四等，其中"头等五国"分别是英、俄、德、法、奥，"二等四国"则为意、荷、西、土，以下三等又有五国，四等还有四国。其中他特别指出，意大利虽然名列二等却有头等之势。他同时注意到教皇国与意大利王国的"不解之仇"，"罗马教王，昔时权力最大……自法败于德，撤回保护教王之兵，意大里国王遂入据罗马，建为国都，尽夺教王产业，防制颇严，教王惴惴然敢怒而不敢言……二十年来，教王之势大衰矣"[4]，在志

4. 钟叔河编：《走向世界丛书（八）·薛福成：〈出使英法义比四国日记〉》，第 301—302 页，长沙：岳麓书社，2008 年版。

刚对 1815 年维也纳会议以后意大利国情的补充基础上，又增加了新的时况。薛福成认为，"一旦欧洲有事，教王有迁往他国之意"[5]。

5. 钟叔河编：《走向世界丛书（八）·薛福成：〈出使英法义比四国日记〉》，第 302 页，长沙：岳麓书社，2008 年版。

光绪十七年（1892 年）二月，因英国、法国和比利时的国书早已递交，而头年欲呈递给意大利的国书则因其国王和外交官员皆过"八月节"不在国都等原因迟迟未能到位，而薛福成在日记中言"惟义国罗马都城，夏秋多瘴，其国王及外部尚书等皆避在外，必俟八月以后，陆续

回国"[1]，不知是意大利方面的官方说法还是薛氏对意君"怠政"的文饰，无论如何，使命不便久拖。薛福成带领使团沿着志刚一行当年由法乘穿山火车赴意的旧路，但这次他们没有在意多作停留，经都灵、热那亚、比萨，直接到达罗马[2]。

　　薛福成使团二月初三日抵达罗马，至十六日，一直在罗马市内等候接见，并从容不迫地游览了城中各处名胜，对此他在日记中记述备详。直到二月十七日，才"接御前掌仪大臣照会，称义王定于二十一日午后二点钟接见，实西洋之三月三十日也"[3]。其间，意大利首相曾经前往使团下榻之处答拜。在他们拜见意君的前一天，薛福成还接到北京来信，获悉光绪帝不再强求外臣跪拜，西洋使臣在京觐见行"五鞠躬礼"。至接见日：

> 礼官带双马朝车来迎。余恭赍国书，率同参赞官马格里、翻译官吴宗濂，只宫门内下车。掌仪大臣导入内殿。义王出见，慰劳殷勤，立谈两刻之久，大旨谓"义与中国，数百年来交谊最先，我虽未至中国，意极启慕……自此两国当益亲睦矣"。又云"我观地图，始知中国之大，义国之地不及中国十分之一也"。因询在欧洲几何年矣？英法两国事务繁简如何？此间水土能否服习？中国铁路已否造成？余一一答之。查照旧例，不用颂辞，鞠躬致递国书，王免冠鞠躬接受。自进至退，凡三鞠躬。王复握手不释者久之，且曰："又得一中国好朋友也。"[4]

在隔天的日记中，薛福成又记道：

> 西例，谒见国王致递国书之后，尚须订期谒见王后。前接王宫来信，订于今日未刻。余复率参赞翻译入宫，礼官导见王后。后仪态端详，辞令温雅，酬应亦数十言。余进退各一鞠躬，后亦鞠躬迎送焉。

1. 钟叔河编：《走向世界丛书（八）·薛福成：〈出使英法义比四国日记〉》，第 305 页，长沙：岳麓书社，2008 年版。此时意大利的国都已由 20 年前志刚等人出使时的佛罗伦萨复归于罗马。

2. 正如薛福成所记，此时意大利的国都已由 20 年前志刚等人出使时的佛罗伦萨复归于罗马。早在志刚一行离开意大利后不久的 1870 年，意大利王国就已派军攻占罗马，完成了统一大业，并于 1871 年将首都由佛罗伦萨迁回罗马。故此，薛福成他们此番往意大利国都的路线与志刚一行当年有所不同。

3. 钟叔河编：《走向世界丛书（八）·薛福成：〈出使英法义比四国日记〉》，第 327 页，长沙：岳麓书社，2008 年版。此时的意大利国王是翁贝托一世（Umberto I, 1844—1900），他是埃马努埃莱二世之子，于 1878—1900 年在位。1900 年曾加入八国联军进攻中国，并于同年 7 月 29 日被意大利无政府主义者刺杀。

4. 钟叔河编：《走向世界丛书（八）·薛福成：〈出使英法义比四国日记〉》，第 330 页，长沙：岳麓书社，2008 年版。

在顺利完成外交使命之后，薛福成十分遗憾因公无暇去半日之外的拿波里、庞贝古城访踪，匆匆离去。但他在《出使日记续刻》卷五[1]中，意犹未尽地又一次感叹了教皇之

1. 钟叔河编：《走向世界丛书（八）·薛福成：〈出使英法义比四国日记〉》，第591页，长沙：岳麓书社，2008年版。

治不如意大利国王，教皇国之势衰，而中国教务也受波及日棘。在续刻中，他还详细追述了东罗马帝国亡于土耳其

2. 钟叔河编：《走向世界丛书（八）·薛福成：〈出使英法义比四国日记〉》，第839页，长沙：岳麓书社，2008年版。

之手[2]和意大利王国成立的始末[3]。

3. 钟叔河编：《走向世界丛书（八）·薛福成：〈出使英法义比四国日记〉》，第755页，长沙：岳麓书社，2008年版。

三、文人笔下的意大利——《西游笔略》[4]中所介绍的意大利

4. [清]郭连城：《西游笔略》，上海：上海书店出版社，2003年版。

晚清中国人的西方游记，除以外交官考察报告和日记最为知名外，文人学士的个人出行记载也值得一书。郭连城的《西游笔略》便是其中的代表作之一。

郭连城（1839—1866），名培声，教名伯多禄，湖北潜江人。咸丰九年（1859年）春，意大利方济各会士、天主教湖北宗座代牧徐类思（Luigi Celestino Spelta，1818—1863）从教区回国，携其同行，5个月后抵意大利，次年春启程回国，于翌年初夏回到故乡。短短的逗留却使他写下了非在朝中国人的早期西方游记之一——《西游笔略》，全书分三卷，上、下卷记其来回程，中卷为其在意大利的经历。

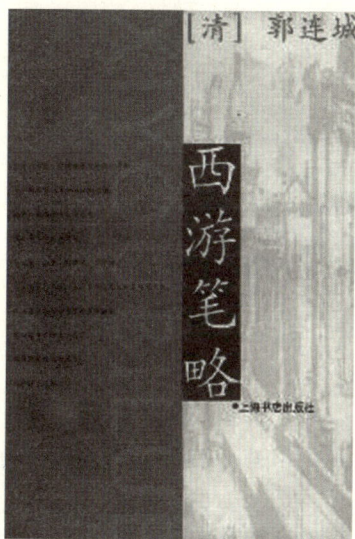

《西游笔略》

本书第八章第二节记述过康熙朝时随意大利传教士赴罗马的樊守义及其所著的《身见录》一书，书中有樊氏自澳门往罗马的沿途情形，且有详细的意大利各城邦游记，而此处所述郭连城其人与其作《西游笔略》可以说是樊书的姊妹篇。两人的游记也遭遇相似，樊书因康熙时严苛的

宗教、文化政策而二百年不为人知，所以虽然郭连城的意大利之行早于晚清外交官的出洋，且在同治二年（1863 年）就已在郭连城的母校、湖北武昌崇正书院刻版付印，但直到民国十年（1921年）重印之前，知之者极少。1998 年，周振鹤先生在法国见到其初刻本，方带回复本重新出版，才引起人们的重视。也是因此之故，郭书对晚清知识界了解西方尤其意大利，在当时作用甚微，殊为可惜。

上章第三节所载拿波里中国学院的中文教师中有一人名郭栋臣者，则是本节郭连城的兄弟。兄弟二人一个在意大利努力教中文，一个试图向中国人介绍意大利，可谓相得益彰。他们二人和拿波里中国学院的很多中国学生一样，都是经由天主教湖北教区的神父推荐去罗马的。

郭连城在《西游笔略》自序中说："方今我教宗毕约，承道统于泰西，继圣座于罗玛，布福音于下土，施教泽于中华，西方圣人之说，信不虚矣"，于是"深怀西游之心，久切伊人之想"，"幸作远游，以慰平生"，点明他出洋的目的是为了去罗马学习天主教义。郭连城曾经接触过一些西洋文化，在他的书里有各种地理、自然知识的介绍，多引自《海国图志》《重学全本》《地理全志》《遐迩贯珍》《博物新篇》《坤舆图说》等书，也有他个人化的诗词、书信，还配有可能是出于他本人手笔的插图，描绘了大至地球图、五大洲地图、火轮车、船、灯塔，小到五线谱、寒暑表、风雨针、时辰表、指南针等，凡其感兴趣者均细致描画。

从鄂省应城骤离祖国，甫抵意大利正值八月十五中秋佳节，20 岁的青年感叹"每逢佳节倍思亲"，当"月出于东山之上"，他忍不住询问当地人，获悉意大利没有中秋节，不禁怅惘"月光原不限夷华，每到秋中色倍加……西游小憩思攀桂，北斗高悬欲泛槎……"[1] 但年轻人的朝

1.[清]郭连城：《西游笔略》，第 47 页，上海：上海书店出版社，2003 年版。

气使得他很快拨开思乡愁云，将注意力转到地球的"五大部洲"，为"火车、火船之便"使得从前中西往来"航海九万里，泛舟三年余"的苦旅，目下缩减为"由广东起程，只四十五日之久，可抵大西洋意大里亚之罗玛府"而欢呼"火之利用，诚大矣"[2]。

2.[清]郭连城：《西游笔略》，第 49 页，上海：上海书店出版社，2003 年版。

郭连城因宗教原因远游欧洲，和樊守义一样，这位教廷留学生在书中也记述了很多与圣事有关的游历，如他在罗马受到了罗马传教部红衣宰相和教皇本人的接见，参观了圣伯多禄大堂、色巴斯蒂亚诺大堂、圣依纳爵堂、圣母雪地殿、圣若望堂、万神殿、天神桥等，描述了圣诞节、圣母日、圣灰礼日、耶稣受难日等宗教节日的仪式以及各教堂的一些异迹。

罗马圣伯多禄大教堂

郭连城笔下描写了一些中国人在意大利的有趣场面，如在罗马"至闹市处，人众环而观之，见余发辫颇长，俱呵呵大笑，有识者曰：'此期纳人也。'"[1]当他们"宴徐主教故人家。席

[1].[清]郭连城：《西游笔略》，第53页，上海：上海书店出版社，2003年版。

人见余以牙筷取食物得心应手，群相惊异，学焉而不能。盖此邦之人饮食俱尚刀叉故也"[2]。同

[2].[清]郭连城：《西游笔略》，第53页，上海：上海书店出版社，2003年版。

样是在和徐类思神父一道赴宴之时，郭连城浑身的丝绸衣服、靴帽让意大利人称美不已，而中国人以既无味且昂贵的燕窝为珍馐的风习，颇令他们不解。还有人怜笑"前三四年间有一中国富家游至此国，其妻女皆缠小足"[3]，中国人的算盘也让意大利人吃惊不已："西洋诸国皆尚笔

[3].[清]郭连城：《西游笔略》，第78页，上海：上海书店出版社，2003年版。

算，及见吾乡算盘，皆奇而问之。余曰：'此吾中华算器也。'于是略试数法，皆奇异之。"[4]

[4].[清]郭连城：《西游笔略》，第55页，上海：上海书店出版社，2003年版。

这些都从侧面反映出较早涉足意大利的中国人亲身感受到的与意大利人之间的文化差异。

同样，对于在意大利见到的各种奇景和西方新事物，郭连城也以极大的兴趣记录下来，如火山、水城威尼斯、比萨斜塔、电报、自鸣琴、自鸣钟、自燃灯、水轮机、火轮船和火轮车、婴儿会、训蒙馆、女学馆、女修院、仁爱院（内分传教院、男女哑院、残疾院、病人院、孤独院等）、慈善募捐会、大学、博览院、方物院、博古院、茄菲馆、印字馆、绘像所、国工厂、新闻纸等，对于意大利北部的殊美风景，他也和步其后尘的晚清外交官们一样赞不绝口。

在《西游笔略》一书卷末，郭连城写道："吾中国地理志书，卷轴无几，其中所载，未尽详明。且所言者，大半只属于中土偏隅。而乃名之曰天下地舆，未免小之乎视天下矣。"[5]游跨中西

[5].[清]郭连城：《西游笔略》，第132页，上海：上海书店出版社，2003年版。

的郭连城显然对地理知识极具兴趣，书中用了不少笔墨于此，有感于己书的篇幅限制，言之未尽的他还引介读者去阅读徐继畲等人所著的《瀛寰志略》及其他地理书籍，以扩充见闻。

除以上所述19世纪末的清廷外交官和普通文人的游欧笔记外，还有几篇关于意大利的散文、小说等，因其与本章内容时间的紧接、作者或题材的特殊性，不妨顺带提及一笔。

1901年，"百日维新"后流亡日本的梁启超就曾从平田久（Hirata Hisashi）的《意大利

建国三英雄》一书中汲取灵感，写下了历史散文《意大利
建国三杰传》，并将其改编为音乐剧《新罗马》，以意大
利复兴运动影射中国时政。

　　1903 年，一本名为《绣像小说》的半月刊杂志上还
连载了李宝嘉题为《文明小史》的小说，书中主人公之一
就有一位意大利的采矿工程师 [1]。

1.[意] 白佐良、马西尼：《意大利与中国》，第 269—279 页，北京：商务印书馆，2002 年版。

　　同因"戊戌变法"失败而失意遁欧的康有为，于光绪
三十年（1904 年）春先抵达意大利，游览了拿波里、庞贝
古城、意京罗马、佛罗伦萨、威尼斯、米兰等地，十多日
后方由意大利转往瑞士、奥地利、匈牙利，后又去往德、法、
比、英等 11 国，并在其《意大利游记》中感叹罗马帝国的
兴衰和古罗马建筑保存之好、元老院开议院制度之先等，
并将罗马与汉朝相比较。而这些都是 20 世纪最初几年的后
话，且留待后面的章节深究吧。

第三节　晁德莅——19 世纪中国和意大利文化交流的摆渡者

晁德莅像

　　在 19 世纪的中国与意大利文学交流中有一位重要的文
化摆渡者——晁德莅（Angelo Zottoli，1826—1902），巧
合的是，他与马国贤一样，也是意大利南部的拿波里人，
17 岁即加入耶稣会，道光二十八年（1848 年）来华，2 年
后晋铎。这期间，他饱读中国文学经典，对中文的博大精
深表现出非凡的热情和研究兴趣。由于其在汉学方面远高

于同侪的卓越表现，26 岁的晁德莅被任命为上海第一所西式学堂——徐汇公学[1] 的校长，并在这一岗位上工作了 14 年。

耶稣会传教的重要任务之一就是教育，培养高素质的后备人才，他们在欧洲创立了很多教会大学。徐汇公学的创立者便是 1814 年复会之后首批返华的 3 位耶稣会士之一南格禄（Claudius Gotteland，1803—1856）。1852 年晁德莅接任后，严格遵守会规办学。在他的任期内，学校实行寄宿制，专收男生，课程已经开设有中文、法文、歌经、图画、音乐等，并于 1859 年增设了拉丁义课程。晁德莅不仅亲自任教，还专门为之编写教材，即拉丁文巨著《中国文学教程》（*Cursus Litteraturae Sinicae neo-missionariis accommodatus*，又名《华文进阶》），是书和晁德莅所编的中文字典一起，成为 19 世纪意大利出版的凤毛麟角的汉学书籍[2]。也正因为此，在传教士汉学向专业汉学的这一转变阶段，意大利对中国文学作品的翻译逐渐脱离一直以来执著于"四书五经"等经典和中国历史地理、礼仪思想的窠臼，更多地转向通俗语言和文学。

晁德莅编写《中国文学教程》的初衷是为了给来华的西方传教士学习中国语言、文化提供课本，该教材也适用于在徐汇公学学习拉丁语的中国学生。《中国文学教程》内容浩繁，采用中文和拉丁文双语对照编排，加以西式的注释和索引。全书分 5 册不断进阶，分别为日常用语(Lingua Familia)、文言研读(Studium Classicorum)、经书研读(Studium Classicorum)、文章规范(Stylus Rhetoricus)和诗文(Parsoratoriae Tpoetica)等，举凡中国文学中知名的作品，如《三字经》《百家姓》《千字文》《神童诗》"四书五经"，乃至于尺牍文体、文章典故和八股文、时文、词赋、歌谣、骈体文、对联等，均辑录其教程之内。

1. 徐汇公学创立于 1850 年，几乎与上海开埠同时，其奠基人是 1848 年刚刚卸任江南耶稣会会长的南格禄。由于 1849 年黄河、长江同发水灾，大批难民涌入上海。南格禄收容了其中很多难童，并择优加以施教，于次年正式建立"圣依纳爵公学"，即徐汇公学。由于当时徐家汇地区的主教、神父多为法、意两国传教士，所以他们也充当公学的教师。学校在办学之初即培养了著名教育家马相伯（1840—1939），著名外交家、《马氏文通》的作者马建忠（1844—1900），《益闻录》《圣心报》的主编李问渔（1840—1911）等。

2. 拿波里东方学院从 1813 年开始使用《拿波里中国学院专业学校专用中文语法》（*Grammatica Cinese fatto per uso della Scuola Speciale istallata nel Collegio de' Cinese in Napoli*），这是第 1 本中意双语汉语语法教材。东方学院教员郭栋臣在 1869 年还自行撰写了针对初学者的中国语言文化入门教材，王佐才则致力于汉语拼音教学法的尝试。王佐才的意大利籍学生 Edoardo Vitale 首次用意大利语出版了《中文文法：附范文、阅读、小字典及 214 部首》的中文语法教科书。参见丁娜娜：《那不勒斯中国学院历史沿革及其中文教学》，北京外国语大学硕士论文，2006 年。

徐汇公学教学楼

晁德莅在中国通俗文学的拉丁文编译上用功之勤，从徐汇公学低级班所使用的《中国文学教程》第 1 册的内容编排上便能看出端倪。是册为帮助学生了解中国人的家常话，选取了大量元明清小说、戏剧作为范例，涉及到的书目有《今古奇观》《三国志演义》《水浒传》《好逑传》《玉娇梨》《平山冷燕》《西厢记》《杀狗劝夫》《东堂老》《潇湘雨》《奈何天》《慎鸾交》《风筝误》等。由于篇幅限制，大多选取其中精彩章节，如《武松打虎》[1]《醉打蒋门神》等章节进行节译。

1. 在西方翻译界，安得罗齐 (Alfonso Andreozzi, 1821—1894) 首开将《水浒传》译为拉丁文之先河；1872 年，普意尼 (arlo Puini, 1839—1924) 将讲述包公断案故事的《龙图公案》等 7 个公案小说翻译为拉丁文。晁德莅将他们的译作都选录进《中国文学教程》。

　　《中国文学教程》的出版使晁德莅成为意大利 19 世纪汉学研究的一面旗帜，除此之外，他还撰有《中国宗教历史文献集成》《真教自证》等书[2]。

2. 参见陈友冰：《意大利汉学的演进历程及特征——以中国文学研究为主要例举》，载《华文文学》，2008 年第 6 期；刘钊：《意大利传教士晁德莅文化贡献浅析》，载《兰台世界》，2013 年 18 期；章可：《概念史视野中的晚清天主教与新教》，载《历史研究》，2011 年第 4 期；李伦新、忻平主编：《中西汇通：海派文化的传承与创新》，上海：上海大学出版社，2013 年版。

　　19 世纪的世界，科技不断进步，工业化得到进一步发展，电力、热学、进化论等理论均取得突破。拿破仑战争使得欧洲的面貌得以改变，民族主义、民主主义方兴未艾。新大陆上的美国经历墨西哥战争、南北战争后渐趋富强，在东方，日本进行了效仿西方的"明治维新"。老牌的欧洲国家中，法国放弃帝制，普鲁士领导了德意志，意大利半岛也终于实现了统一，开始走向现代化。而中国则一面忙于镇压"太平天国"农民起义，一面被迫与世界发生接触，屡战屡败，因为一系列的不平等条约沦为半殖民地半封建社会。整个社会危机重重，矛盾不断，一触即发。在这样的情势下，正焦头烂额的中国重新发现了意大利这个久有深交、引为同道的老友也正在努力适应世界的变化，并且成绩斐然，心颇向往，统一未久的意大利也有意与中国再续前缘。然而，世纪末的世界局势变化太快，即将爆发的义和团运动和八国联军侵华，又再一次阻断了两国深度交好的美好愿景。不过，相对宁静的意大利对中国的研究却并未因此止步，意大利专业汉学正在逐步建立之中，而中国对意大利文学的全面介绍也正在酝酿。

第十章　　19—20 世纪初意大利对中国文学的翻译

第一节 欧洲现代汉学的开始

　　欧洲汉学的发端可以追溯到16世纪末，与欧洲发现中国同期，也就是当葡萄牙人到达广州，耶稣会士抵达北京之时。早期西方传教士——特别是意大利耶稣会士，如罗明坚、利玛窦、利类思（Ludovico Buglio，1606—1682）、艾儒略、卫匡国、殷铎泽等，自踏上中国土地起，便开始深入地了解中国的语言及文化，并将之介绍到了欧洲。这种"传教士"汉学研究，虽然只是出于传教热情，但却引发了欧洲对中国的极大兴趣。传教士是当时西方与中国彼此认识的最佳桥梁，他们把西方文化和科学截至当时最好的一面介绍给中国，也凭着其博学多识，把中国文明系统科学地展示在西方大众面前。利玛窦在他的《交友论》[1]（De Amicitia，1603）中将西方古典哲学的智慧介绍给了当时的中国文人；艾儒略则致力于以中文描述并介绍西方地理及科学[2]；来自特兰托的卫匡国为了满足17世纪中期欧洲学者对于中国知识的极度渴求，编撰了西方第一本汉语语法书《中国文法》[3]（Grammatica Sinica），并于1655年在阿姆斯特丹出版了第一本运用西方地理精密测量方法绘制的中国地图

1. 耶稣会士利玛窦16世纪末在中国传教时，随着他对中国情况的日渐了解，他认识到，要想使天主教顺利进入中国，结交中国士阶层非常重要。一次，在他与建安王交谈之后，根据"襄少所闻"辑录而成《交友论》，共收录西方格言、谚语及故事等共一百则，由此获得了建安王的欢心，利玛窦也由此在中国上层文士之中声名鹊起。

2. 艾儒略于1623年出版了《职方外纪》和《西学凡》两部中文作品，主要是向中国人介绍西方的地理及科学情况。1637年，他的另一部中文著作《西方答问》也被出版。

3. 这本卫匡国的《中国文法》是第一部手写完成并被出版的西方中文官话语法著作。1696年，卫匡国的《中国文法》作为附录收录于泰夫诺文集新版第二册中，被正式出版。这比之前一直公认是第一部正式出版的中国官话文法即万济国（F. Varo）于1703年出版的《华语官话语法》（Arte de la Lengua Mandarina）还要早了七年。写作于1651至1652年间的卫匡国《中国文法》是卫匡国于欧洲之行中完成的。此中文文法在当时的欧洲受到了多方面人士的极大欢迎，还一度被当作是欧洲人学习中文的必备工具书。只可惜，由于一直未被独立出版，其在中国的知名度远远逊于万济国的《华语官话语法》。卫匡国的《中国文法》除了被收录于泰夫诺文集中一起被出版的版本以外，还留有多部手稿存世。根据白佐良教授的研究，此文法在欧洲存有五个稿本。罗马大学博士陆商隐（Luisa Paternicò）在其博士论文研究中又发现了欧洲的另外两个稿本。有关卫匡国《中国文法》的具体收藏情况，请参见［意］卫匡国著，白佐良、白桦译：《中国文法》，序四，上海：华东师范大学出版社，2011年版。

集，名为《中国新地图集》[1]（*Novus Atlas Sinensis*）。这本地图集被西欧学者推崇为"地理学上的里程碑"，卫匡国神父也在西方被德法学者称为"研究中国地理之父"。

在此期间，传教士还开始将一些中国古典文学作品翻译成拉丁文。耶稣会士的早期拉丁文翻译作品主要是针对儒家典籍，这与自利玛窦以来，耶稣会士在中国传教实行的"适应策略"[2]不无关系。如早期的利玛窦和罗明坚[3]于16世纪末翻译了"四书"以及1662年出版了殷铎泽翻译的《大学》和部分《论语》，收录于他的《中国智慧》[4]（*Sapientia Sinica*）一书中；另外，殷铎泽还与其他三位耶稣会士合作，于1687年在巴黎出版了《中国哲学家孔子》（*Confucius Sinarum Philosophus*）一书，向欧洲读者介绍孔子的教诲，并完整翻译了《论语》，书中还附有孔子的小传及一篇谈中国古典文学与儒家思想的文章。至此，我们可以看到，从很早开始耶稣会士便专注于对中国古代作品的翻译工作，但总的来说，由于受传教活动的限制，他们翻译的作品大多着眼于哲学和史地，很少涉及较文学性的作品。

随着18世纪天主教会在中国地位的衰落，"传教士"汉学也走到了尽头。对当时的欧洲人来说，中国逐渐由宗教征服的土地变成了开拓经济和贸易的市场。这时，中国已不再是欧洲文人笔下那个被热情描绘的理想国度。对中国更具实用主义的认识使欧洲在19世纪初找到了重新评估中国的空间，由此也促成了欧洲现代汉学的诞生。现代汉学区别于之前"传教士"汉学的最显著的一点是：它是一种"思索和务实"[5]的汉学，它的研究重心已从对中国国情和语言的研究转向对中国文学和社会习俗的关注。它要为中国提供另一种

1.《中国新地图集》初版于1655年，由17张地图和171页文字构成，描述了中国的地理位置、王朝历史、气候、土壤、著名的山脉和河流、物产、矿物资源、主要城市、历史名胜、社会生活、政府、人口、宗教、风俗等等。这是当时最详细最精确的关于中国地理的著作，是这一领域的第一部作品，表现了对于中国从地理和地理制图学双重角度的真正发现。

2. 关于由耶稣会士利玛窦开创的"适应政策"，参见D. E. Mungello, *Curious Land-Jesuit accommodation and the origins of sinology*, U.S.A, 1989, 中文版也已出版，见孟德卫著，陈怡译：《奇异的国度》，郑州：大象出版社，2010年版。

3. 罗明坚翻译的《大学》第一部，被收在Antonii Possevini的作品中，书名为：*Bibliotheca Selecta qua agitur de ratione studiorum in historia, in disciplinis, in salute omnium procuranda*, Roma, 1593.

4. 参见殷铎泽的拉丁文作品：P. Intorcetta, *Sapientia Sinica, Kien-chan in urbe Sinarum Provinciae Kiam-Si*, 1662.

5. 参见白佐良、马西尼：《意大利与中国》，第285-288页，北京：商务印书馆，2002年版。

形象，所以它致力于探索传教士和商人很少涉猎的中国文化方面，首先是文学。

　　欧洲现代汉学的诞生以 1814 年巴黎法兰西学院[1]

1. 关于法国汉学史的内容，参见 Henri Cordie, *Bibliotheca Sinica*. Paris, 1905—1906.

（Collège de France）首度开设专业汉语课程为标志。学院的创办人雷慕沙（Jean Pierre Abel Rémusat, 1788—1832）于 1814 年 12 月 11 日开办了"汉、鞑靼及满语言文学"讲座。后又由他的得意门生儒莲（Stanislas Julien, 1797—1873）续开，欧洲的现代汉学研究遂在法国应运而生。儒莲[2]是欧洲早期从事中国白话文学研究与翻译的著

2. 儒莲是著名法国汉学家。儒莲曾被法国汉学家戴密微（Paul Demiéville, 1894—1979）称赞为"那一时代最优秀的欧洲汉学家"。

名学者之一。他的学生之中有两位意大利人：安德烈奥奇（Alfonso Andreozzi, 1821—1894）和塞韦里尼（Antelmo Severini, 1828—1909），他们皆追随着老师的脚步，研究中国白话文学。《水浒传》的第一部西方语言译本就出自安德烈奥奇[3]之手。安德烈奥奇从未到过中国，他那时的

3. 安德烈奥奇是那个时代的汉学家。在成为 19 世纪意大利汉学家代表人物以前，他是一个有着漂泊经历的律师和记者。之后，他去了巴黎，在那里跟随儒莲从事汉语研究。

白话文翻译工作也缺少必要的工具书，但其译本的质量及精确度仍旧很高，连声誉卓著的权威英国翻译家及汉学家魏理（Arthur Waley, 1889—1966）也曾极力褒奖过他的这部作品。紧随法国之后，英国也于 1876 年在牛津与剑桥，1877 年在伦敦分别开设了专业汉语课程。当时的英国有知名学者理雅各（James Legge）孜孜不倦地从事中国古籍翻译工作，还有威妥玛（Thomas Francis Wade, 1818—1895）和翟理斯（Herbert Allen Giles）创造了以两人名字命名的著名的威翟式注音系统[4]。19 世纪时，比利时与荷

4. 关于英国汉学的内容，参见魏思齐（Zbigniew Wesolowski SVD）：《不列颠（英国）汉学研究的概况》，载《汉学研究通讯》（台湾），总 106 期（2008 年）。

兰的汉学研究也正值兴盛期，在比利时有著名汉学家阿尔莱（Charles de Harlez, 1832—1899），在莱顿建立了知名的荷兰汉学中心。19 世纪末，德国的汉学发展在不少大

雷慕沙像

学院校中也同样成果斐然，在那一时期，德国汉学家甲泊连孜[1]（G.von der Gabelentz）编写

1. 关于德国汉学的内容，参见［美］柯马丁（Martin Kern）：《德国汉学家在 1933—1945 年的迁移》，载《世界汉学》，2005 年第 3 期。

了一本汉语文法书《汉语语法——不包括俚语及交际口语》。

19 世纪在欧洲迅速兴盛起来的现代汉学如星星之火般很快便照亮了整个欧洲。但与之前的

"传教士"汉学相比，欧洲现代汉学还有一大特色：那一时期培养出的学者，除少数几个例子外，

多数人似乎在驾驭口说中文方面都有着极大的困难。这些汉学家对中文的了解仅限于一种"死

的语言"。关于这点，白佐良教授曾经提到一则非常幽默的轶事[2]，或许只是些许耳闻，但却

2.1870 年 6 月 9 日，为了欢迎第一个中国外交使团访意，意方在当时的首都佛罗伦萨皮蒂宫举行了欢迎宴会。塞韦里尼应邀参加了宴会。因为会上没有一位

证实了像塞韦里尼这样的学者对中文口语的了解确实少之又少。这一现象当然与他们当时的研

意大利翻译，于是塞韦里尼就被邀请用中文向远道而来的宾客致欢迎辞。大家本以为他的汉语可以说得像中国人一样，但在他的一番致辞之后，中国使团的

究环境有关：先前提到的"传教士"汉学的学者主体——传教士能长期在中国生活，故对中国

领导却非常高兴地表示他竟然发现在汉语和意大利语之间存在着如此奇特的相似之处。引自白佐良：《意大利汉学研究概述（1600 至 1950）》（Gli studi

的知识能有第一手的了解；而 19 世纪以后的汉学家们大多鲜有机会到中国亲身体验中国语言

sinologici in Italia dal 1600 al 1950），Mondo cinese(81)，1993；3—22。

及文化的魅力，故他们在口说中文方面的劣势便是可以理解的。事实上，在口语方面的这一劣

势并没有影响现代汉学学者们在其研究上的卓越表现。尤其是在文学翻译领域，他们成果颇丰，

翻译质量也令人惊叹。

第二节　意大利汉学的建立

在法国兴起的欧洲现代汉学对意大利的汉学发展也产生了至关重要的影响。意大利首个

大学中文专业课程于 1863 年由专攻远东语言史学及宗教的塞韦里尼在佛罗伦萨皇家高等研究

院[3]（Real Istituto Studi Superiori）开设。塞韦里尼主要从事日本文学作品的翻译，他的中国文

3. 关于佛罗伦萨皇家高等研究院的内容，参见坎帕纳（A. Campana）的论文，"Sino-Yamatogia a Firenze fra Ottocento e Novecento"，2001。

学翻译作品只有一部[4]。塞韦里尼辞世之后，普依尼（Carlo Puini，1839—1924）成为了他在

4. 参见 G. Vacca，"Il contributo italiano agli studi nel campo delle lingue e letterature dell'estremo oriente negli ultimi cento anni"，1940，收于 L.

佛罗伦萨皇家高等研究院的继任者。与此同时，诺全提尼（Lodovico Nocentini，1849—1910）

Silla 主编的 Un secolo di progresso scientifico italiano(1839—1939)，Società Italiana per il Progresso delle Scienze，ROMA；173—187。

和威达雷（Amedeo Vitale，1862—1918）还分别在罗马大学及那不勒斯东方学院开始执教汉语。

作为当时在意大利中文专业执教的教授，普依尼、诺全提尼和威达雷三人在中文研究方面都有

着自己的特色。普依尼作为塞韦里尼的接班人，也重蹈着塞韦里尼在汉语口语方面的困难，不

过与塞韦里尼不同的是，普依尼在中国文学以及介绍中国古代政治司法制度的作品翻译上相当

多产[1]，1872 年发行了他根据明代的《龙图公案》所改编的七个短篇故事[2]。诺全提尼是第一个

1. 昔依尼翻译了《礼记》的第二十三篇、二十四篇及二十五篇。

有机会以学生兼口译员身份到中国生活过的意大利教授。他于 1883 年被派到上海领事馆，但

2. 昔依尼这部小说译作原名为："Novelle cinesi tolte dal Long–tu–kung–ngane tradotte sull' originale cinese da Carlo Puini"，Piacenza，Tipografia

却未能在口说中文方面取得巨大进步，五年后回到意大利，继续担任其罗马大学中文教授一职[3]。

Giuseppe Tedeschi. 相关介绍，参见 Henri Cordier，Bibliotheca Sinica. Paris，1905—1906.

他在离开中国之前，出版了他所翻译的两份康熙皇帝及其儿子雍正皇帝的圣谕[4]（《圣谕广训》），

3. 诺全提尼的上海之旅并不愉快，问题出在他的心理状态：在意大利他贵为教授，在上海他却只能是"学生口译员"，这使得他很想回国继续担任教职。另外，

他的这两份译作很有可能是在当时已经出版了的英文或法文译本基础之上完成的。回到意大利

他在汉语上的问题也阻碍了他在中国继续工作的信心。于是，1888 年，他结束了在中国公使馆第一译官的职务，回到了学术界。

之后，他还出版了三篇文章及一本翻译作品，其内容主要是有关中国孝道的小故事、故事新编

4. 诺全提尼翻译的《康熙圣谕》是与其满文版本同时出版的；他还翻译过一些中国小说及神话；关于汉字书写，他也写过一篇介绍性文章。

及名言警句等，这些翻译作品的来源则大都是他在中国生活期间收集的当时比较流行的有关孝

道的资料。威达雷是 19 世纪末 20 世纪初最为出色的意大利汉学家之一，他也是诺全提尼的

学生。自诺全提尼回国之后，威达雷取代了他在北京公使馆的位置。威达雷于 1891 年从那不

勒斯高中毕业，1892 年先担任临时口译官，1894 年转为正式。据说，他的汉字写得并不十分

漂亮，但发音却几近完美，正是由于他在语言方面的这项突出才能，当时的大使 Daniele Varé[5]

5. Daniele Varé（1880—1956），1912 至 1920 年、1927 至 1931 年间在北京任职，1932 年离职。

对其颇为赏识[6]。根据后来大使在书中的描述[7]，我们可以得知，慈禧太后也非常欣赏他。除了

6. Varé 对威达雷的称赞仅限于他的语言能力，而对于他的才智则评价不高。见白佐良：《意大利汉学研究概述（1600 至 1950 年）》（Gli studi sinologici in

出众的口语才能以外，威达雷在学术上也颇有建树。他与 Sercey 公爵一起合编了《蒙古语文法

Italia dal 1600 al 1950），Mondo cinese(81)，1993，pp.3—22.　　　　7. 见 Daniele Varé，Laughing Diplomat，John Murray，LONDON，1938.

及方言词典》（Grammaire et vocabulaire de la langue mongole, dialects desKhalkhas），这

一著作于 1897 年以北唐遣使会修士（Lazzaristi）的印刷字模于北京出版。威达雷于 1899 年 3

月还被法国政府授予了"银棕榈"称号，并被命名为"学院骑士"（Ufficiale di Accademia）。

除了在西方得到的种种赞誉以外，威达雷在中国也极受推崇。随着 1917 年中国语言改革活动

的进行，胡适及其他一些改革者还从威达雷所出版的两本书中撷取了部分灵感。这两本书分

别为 1896 年出版的《中国传说——北京小调》（Chinese folklore–Pekinese Rhymes）和 1901

年出版的《汉语口语入门——中国趣事》（A first reading book for students of colloquial

Chinese–Chinese Merry Tales）。前一本主要收录了 170 首当时中国的流行歌曲。

　　除了上述提到的几位汉学家以外，武尔被齐[8]（Eugenio Felice Maria Zanoni Volpicelli，

8. 参见白佐良：《意大利汉学研究概述（1600 至 1950 年）》（Gli studi sinologici in Italia dal 1600 al 1950），Mondo cinese(81)，1993：3—22.

1856—1936）也是同一时代重要的学者。他是一位富有创造力、精力充沛又很有成就的人。他

于 1881 年从那不勒斯东方学院（当时还被称作皇家亚洲学院）毕业，同年又被中国皇朝海关机

构（Amministrazione delle Dogane Imperiali Cinesi）录取，对当时的那不勒斯及皇家亚洲学

院而言，这都是一项难得的殊荣。1898 年武尔被齐未经考试便被任为专任高级口译官。1899 年

他又被任为香港总领事，在那里他发表了不少汉学研究的论文和专著，还颇为自豪地将意大利法学家贝卡利亚（Cesare Beccaria，1738—1794）的作品《论犯罪与刑罚》（Dei delitti e delle pene，1764）的第三章译成了中文。之后，他还自掏腰包将其出版，自认为这一作品能说服中国政府废除审判时实行酷刑的恶习。1924 年，他返回了故里意大利，在那不勒斯东方学院短暂任教之后回到远东，逝于日本长崎。

至此，我们不难看出，对意大利的汉学家来说，学术与外交生涯总是有着密切的联系。他们中的很多人都曾以口译官的身份在中国公使馆供过职。但可惜的是，这种特别的机会不但没能对他们的学术研究带来太多的促进，反而因为他们在精神与财力双方面都得不到满足而往往选择放弃工作。

最后，还有一位重要的意大利汉学家我们不能忘记，那就是佐托利·晁德莅。与上述所有同时代汉学家不同的是，他本人是一位耶稣会士，所以他的汉学研究其实是沿袭了"传教士"汉学的研究传统。他曾筹划编写一部较为完备的字典[1]，只可惜从未付梓。稍早于其字典的编

1. 根据白佐良介绍："据 H. Cordier 表示，'字典 1907 年还处于印刷阶段'，而华嘉（G. Vacca）却表示，'该字典共有十二册，分成四个手抄本，1913

写，于 1879 年至 1892 年间，他还以五册的形式出版了他的《中国文学教程》。这一著作由拉

年保存于上海徐家汇耶稣会传教士图书馆中等待印行'。希望这些手稿没有散佚，有朝一日可以从 1950 年以后收藏于上海图书馆的其他耶稣会士作品中找到。"

丁文写成，所以在当时的汉学界并未得到应有的重视，但仍不失为意大利汉语研究在中国文学西传过程中所作出的一个重要贡献。截至 19 世纪 50 年代，这一著作一直被视为以西方语言翻译中国古典文学的最重要成就之一。

第三节　19 世纪的意大利汉学家对中国文学的翻译与研究

"意大利的汉学研究，在欧洲是最古老，同时也是最年轻的。"[2] 这一说法确实不错。

2. 见 Lionello Lanciotti，"Breve storia della sinologia. Tendenze e considerazioni"，Mondo cinese(23)，1977：3—12.

从"传教士"汉学算起，意大利可算是汉学研究的先驱，但在耶稣会士于 17 世纪所达到的成就之后，意大利的汉学研究却少有成果。整个 17 世纪在意大利出版的中国文学翻译作品仅限于两部文学小品：1631 年的《中国古代雕刻》（Dichiarazione di una Pietra antica Scritta e scolpita con infrascritte lettere，ritruata nel Regno della Cina）和 1697 年约瑟夫·马尼

（Giuseppe Manni）[1]翻译的《中华大帝国及其周边地区消息和孔子生平及道德》（*Notizie*

1. 参见马西尼（F.Masini），*Italian translations of Chinese literature*, 1994。

varie dell'Impero della China e di qualche altro paese adiacente con la vita di Confucio

Il Gran Savio della China, e un saggio della sua Morale）。18 世纪时，意大利人亚农（Anon）

又出版了另外两部翻译作品：1777 至 1781 年的《中国通史——通鉴纲目翻译》（*Storia generale*

della Cina ovvero grandi annali cinesi tradotti dal Tong-kien-kang-mou）[2]以及他 1812 年

2. 这部意大利语版本转译自 J. A. M. de Moyrac de Mailla 的法文版 *Histoire générale de la Chine*, Paris 1777—1785。参见马西尼，*Italian translations*

翻译的《大清律例》（*Ta-Tsing-Leu-lee*）[3]。但这两部中国文学的翻译作品并不是西方语言

of Chinese literature, 1994。

的初译本，前一作品转译自法国传教士冯秉正（Joseph de Mailla, 1669—1748）的法文译本，

3. 这部意大利语版本转译自 J. A. M. de Moyrac de Mailla 的法文版 *Histoire générale de la Chine*, Paris 1777—1785。参见马西尼，*Italian translations*

而后一作品则转译自斯当东（George Thomas Staunton, 1781—1859）的英文译本。19 世纪时，

of Chinese literature, 1994。

除了之前我们提到的晁德莅编写的一本字典与一部《中国文学教程》外，意大利的汉语研究工

作几乎是一片空白。那一时代与汉学研究相关的意大利人士，其研究经历相对复杂，就其汉学

研究身份来讲，大多是"半道出家"的东方学学者。他们的翻译作品内容繁杂，在国际上也曾

引起不少争议。这一时期还曾被意大利的白佐良教授半开玩笑地定义为"汉学家内战（Sinologi

Combattenti）"[4]期。当然这一特殊时期的产生很有可能与意大利的特殊政治环境有关，这个

4. 参见白佐良：《意大利汉学研究概述（1600 至 1950 年）》（*Gli studi sinologici in Italia dal 1600 al 1950*），Mondo cinese(81), 1993, pp.3—22。另见

国家直到 1861 年才完成统一，意大利汉学的重建工作一直未能顺利展开。

李江涛译：《意大利汉学：1600—1950》，见《海外中国学评论》，第 3 辑，上海：上海辞书出版社，2008 年版。

在这所谓的"汉学百家争鸣时代"，学者们在其研究过程中往往面临更多的困难，但由于

有着对中国文化的极度热情作为动力，加之当时一些汉语研究机构的全力支持，那一时期的意

大利汉学研究及中国文学翻译工作仍在艰难中断断续续地进行着。

第一位执教汉语课程的意大利人是黑格（Giuseppe JosephHager, 1757—1819）。在意大利，

第一所开设东方语言课程的大学是帕维亚大学（Università di Pavia）。1806 年，德国籍意大

利人黑格被帕维亚大学委派为汉语课程的教授。黑格的学术专长是阿拉伯语[5]，但他却一直抱

5. 参见 Cesare Lucchesini, *Della illustrazione delle lingue antichee moderne e principalmente dell'italiano*, Lucca, Francesco Baroni Stampatore Reale.

有梦想：希望成为一位汉学家。在游学英国牛津期间，他曾试图让人们认可他中国语言文化专

vol. I, 1819: 187.

家的身份，可惜的是并未成功。在许多百科全书和传记摘要中黑格被提到，似乎更多地是因为

他和蒙图齐（Antonio Montucci, 1762—1829）之间的冲突及辩论而并非是他的研究成就。在《英

国传记百科全书》（*British Cyclopaedia of Biography*）和《美国百科全书》（*Encyclopaedia*

Americana）中，曾有这样的记载：

　　黑格离开巴勒莫前往英国，在那里他徒劳地努力想引起公众对他作为一个中国文

学研究者的注意，他作为东方学者的炫耀及自夸受到了蒙图齐的质疑，蒙图齐是一个

住在这个国家的意大利人，他从事和哈格类似的研究[1]。

1. 参见 Charles Partington, *The British Cyclopaedia of Biography* Ⅱ , 1838; Francio Lieber, *Encyclopedia Americana VI*, 1851.

蒙图齐很早就开始计划编撰一部中文词典，但是黑格在 1801 年发表了一个类似于他想法

的编撰介绍，这让蒙图齐十分沮丧。黑格还将这一词典出版计划在《百科全书期刊》（*Magasin*

Encyclopédique）中公开发表：

考虑到所有这些优点，黑格博士要在伦敦出版一部词典，词典已待付梓。此词典

于中国编撰，对比其他在中国完成的最优秀的词典手稿，这部词典又有所改进：词典

收录了最常用的汉字，并对词典使用作了必要说明。

……由黑格博士交付出版的汉语词典收录了 10 000 个汉字，以及相关的异体字，

对阅读一般的中文资料和进行各类话题的交流来说，这个字量绝对足够了。

在这一出版计划中，黑格提出了一个如今看来比较幼稚的观点：他认为汉语学习非常容易，

只需要一本好的词典就够了。关于他的出版计划，很快就有评论见于报章之上："黑格博士的

学识与才智是不容质疑的，但其中文词典的出版计划及对这种语言的研究能力却很值得怀疑。"[2]

2. 参见 Charles Partington, *the British Cyclopaedia of Biography*, Ⅱ , 1838; Francio Lieber, *Encyclopedia Americana*, VI, 1851.

尽管蒙图齐的批判很尖刻，黑格还是没有放弃他的理想，只是最后由于种种原因，黑格的中文

字典并未顺利出版，但由他写作的另一本关于汉字的书却于 1801 年在伦敦出版，名为《基本

汉字解析——古老的符号及象形文字》（*An Explanation of the Elementary Characters of the*

Chinese with an Analysis of their ancient Symbols and Hieroglyphics）。黑格对于意大利汉

学的贡献，除了他在中国语言研究方面作出的努力以外，还包括在他的影响之下，当时的学术期

刊《科学和文学年鉴》[3] 收入了多种在法国及德国出版的汉学著作。学术期刊《年鉴》的发行时

3. 参见白佐良、马西尼：《意大利与中国》，第 288—289 页，北京：商务印书馆，2002 年版。

间虽然不长，仅持续了短短三年（1810—1813），但它却是当时意大利主要的汉语资料库，它为

意大利人打开了一扇了解那几年西方汉语研究的窗口，从那里意大利人总能看到西方对于中国及

东方的最新发现及介绍。

与黑格同时代，在比萨大学执教汉语的意大利教授为巴德里（Giuseppe Bardelli，1815—

1865)。巴德里[4] 曾是一位杰出的梵文鉴定专家。1843 年他被任命为比萨大学东方语言助教。

4. 参见 Giuseppe Tortolo, *Giuseppe Bardelli*, Archivio Storico Italiano, Ⅲ , Ⅱ ,1866, pp. 210—222.

1844 年他去巴黎进修梵文，在那里他也开始跟随之前我们提到的法兰西学院的伟大汉学家儒莲

一起研究中文。1849 年，他被临时任命为基础汉语讲师。1859 年又被调任到佛罗伦萨皇家高等

研究学院（Real Istituto Studi Superiori）教授梵语。巴德里在比较语言学及东方语言学的学者中是出类拔萃的。尽管他一直致力于梵语与拉丁语、希腊语、希伯来语及埃及语的比较研究，但其对亚洲的研究（特别是对中国）也是有目共睹的。1858 年他在《佛罗伦萨专刊及图案设计简报》（Rivista di Firenze e Bullettino delle Arti del Disegno）上发表了名为《现代东方学》（Studi orientali nei tempi moderni）的系列论文[1]。

1. 至少有人认为巴德里是这些论文的作者，参见坎帕纳（Andrea Campana）："Sino-Yamatogia a Firenze fra Ottocento e Novecento"，2001.

19 世纪时，意大利除了有黑格这位入籍德国的意大利学者，还有一位入籍法国的汉学家名叫加略利（Guseppe Maria Calleri 或 Callery，1810—1862）。加略利于 1833 年为了传教到过中国，在那里呆过几年，中文学得很好，后因其教职被停而回到欧洲，直到 1843 年才以法国驻澳门领事馆口译官身份重回中国。之后，他还担任过法国外交事务主席 Thèdose M.M.J de Lagrenè 的口译官。加略利由于有着较好的汉语功底，故其学术研究也非常成功。他曾编写过一本介绍汉语语音的书，名为《汉语语音书写系统》（Systema Phoneticum Scripturae Sinicae），于 1841 年在澳门出版；隔年，其编写的《中国语言百科》（The Encyclopedia of the Chinese Language）一书也在伦敦顺利出版；1842 年及 1844 年，他编写的《中国语言百科字典》（Dictionnaire encyclopèdique de la Langue Chinoise）也分别在巴黎及澳门两地出版发行。在文学翻译方面，他是将《礼记》译为西方语言的第一人[2]。

2. 有关这位意大利入籍法国的汉学家的更多信息，请参照 G. Bertuccioli, Giuseppe Maria Calleri: un piemontese al servizio della Francia in Cina, Indologia Taurinensia, Torino, 1986.

对于 19 世纪意大利汉学的发展，我们除了要感谢那些充满激情的东方学家们以外，还不得不提到两所著名的东方学研究机构，第一所便是之前提到的佛罗伦萨皇家高等研究学院。佛罗伦萨皇家高等研究学院始建于 1321 年，它的创建起源于佛罗伦萨公国对于"总体学科"设想的一个决议。19 世纪 70 年代，政治变革给意大利带来了最终的统一，这一政治环境推动了意大利东方学的发展。此时，佛罗伦萨皇家高等研究学院也迎来了它的黄金时期。学院首次开设了汉语课程，意在创造一种类似于巴黎法兰西学院的学术氛围。当时主持汉语课程的是前面提到的塞韦里尼。在从事汉语研究之前，塞韦里尼是一位精通拉丁语和希腊语的专家。

在他教授汉语的最初几年里，他写作完成了《中国人的天主》（Il Dio dei cinesi）一书，翻

3. 这部作品以儒莲 1863 年出版的从中文翻译成法文的译本为基础。书名原为：《日常口语：专为东方语言学校所使用，附带译文及所有词汇汉法词义对照》。

译了法文版的《日常口语》[3]（Dialoghi cinesi）。另外，他还直接从汉语翻译了《一个中国

4. 参见 Piero Corradini, L' Opera di Antelmo Severini per la conoscenza dell' Asia Orientale, 收于：F. D' Arelli, Le Marche e l' Oriente. Una

人对三大宗教的评述——康熙第七箴言集》[4]（Tre religioni giudicate da un cinese. Versione

tradizione ininterrotta da Matteo Ricci a Giuseppe Tucci, ISIAO, Roma, pp：273—285.

della VII massima di K'ang-hi）。1872 年，经佛罗伦萨皇家高等研究学院筹办，东方学协

会（Società degli Studi Orientali）最终成立，这标志着学院进入了全盛期。

在塞韦里尼的学生中，他最得意的一位弟子名叫普依尼[1]。从 1864 年起，普依尼就是塞韦

1. 关于普依尼的完整传记，参见《东方学研究》杂志第五册，1913。

里尼的学生，他获得了协助塞韦里尼教授远东语言课程的助教资格。在学术上，普依尼同时

进行不同方面的研究，这展示出了他博学多识的一面。他是地质学家，同时热爱考古，也钻

研佛教，还发表过很多有关中国的文章。在中国文学作品的翻译方面，他也颇有作为：他翻

译了明代短篇小说集《龙图公案》，《礼记》中的三章，《佛陀》一书及《孔子与老子》。

另外，他还翻译了《文明的起源之远东与西藏的历史及传统：地理、历史、宗教及风俗（根

据 P. I Desideri 1715—1721 的游记）》(Le origini della cività secondo la tradizione e la

storia dell' Estremo Oriente e Il Tibet: geografia, storia, religion, costume, second la

relazione del viaggio del p. I. Desideri, 1715—1721)。随着东亚历史地理这门课程的开设，

普依尼于 1884 年成为教授，这意味着他已彻底超越了他的老师。由于备受疾病折磨，塞韦里

尼于 1900 年最终离开了佛罗伦萨皇家高等研究学院，普依尼的学术工作也开始停滞不前。佛

罗伦萨皇家高等研究学院至此显示出了衰退的迹象。在那几年里，佛罗伦萨皇家高等研究学

院在汉学研究方面的名气逐渐被同样设有汉语课程的那不勒斯亚洲学院所盖过。

第四节　20 世纪初的意大利汉学家及他们的作品

那不勒斯亚洲学院（Collegio Asiatico）的前身为中华书院[2]（Collegio dei Cinesi），于

2. 有关中华书院具体资料，请参见那不勒斯东方学院哲学及政治教授 Michele Fatica 的相关研究。

1732 年 4 月在那不勒斯正式成立，原名耶稣基督圣家信徒学院（Collegio della Congregazione

della Sacra Famiglia di Gesù Cristo）。学院的创办人为马国贤神父。学院创办的初衷是为

了培养中国的神职人员。第二次鸦片战争（1856—1860 年）及北京会议（1860 年）之后，法

国在中国取得了自由宣教权，至此，中华学院对教廷的宣教意义逐渐减弱。但自意大利统一以

后，其与强国及亚洲各国加强贸易往来的意愿却越发强烈。鉴于这一历史契机，中华学院也

决定改变其原先的办学宗旨，招生范围不再限于神职人员。学院的革新从 1868 年更名为皇家

亚洲学院（Real Collegio Asiatico）[1] 开始。学院的课程除了原先设有的拉丁语和神学课以外，还增设了汉语、阿拉伯语、土耳其语、波斯语、印第语、法语及英语等专业语言课程。与同时代意大利的其他汉语教学机构相比，后建成的皇家亚洲学院有着一个明显的优势，那就是：学院里有两位可贵的母语教师王佐才（1842—1921）和郭栋臣（1844—1922）[2]。郭栋臣亦名 Giuseppe Maria Guo，他是用中国经典的译本来编写汉语教材的第一人。由他编写的教材有两本：《三字经》[3] 和《华学进境》。在《三字经》中，他用拉丁文标注了中文全文，为汉语语音学习提供了很大的帮助；《华学进境》则是由他摘录一些儒家经典段落编辑而成的一本汉语教材。王佐才是郭栋臣的同事，意大利名为 Francesco Saverio Wang。他编写了《常用词语、简单句型及简短对话》（*Vocaboli usati e domestici con frasi semplici e dialoghi facili e brevi*）[4] 一书。另外，他还以中文七言的形式翻译圣经的旧约及新约《以便于记忆的诗句及中文四行诗形式翻译的旧约与新约——传教士（弗朗斯·王）》（*Antico e Nuovo Testamento compendiato in versi memorizzabili e tradotto in strofe tetrastiche cinesi dal padre don Francesco Wam, missionario apostolico*）[5]。

19 世纪 80 年代末，随着郭栋臣和王佐才的相继离去，加上皇家亚洲学院取消了原有的传教部，至此，学院彻底完成了其从高中到真正大学的转型。1888 年皇家亚洲学院正式更名为"皇家东方学院（Region Istituto Orientale）"，即后来的那不勒斯东方学院（Istituto

1. 参见白佐良、马西尼：《意大利与中国》，第288—289 页，北京：商务印书馆，2002 年版。

2. 参见 Michele Fatica：《马国贤与那不勒斯中国人学院 (1682—1869)》，见《那不勒斯档案馆展览文集 (2006-11-18 至 2007-3-31)》，那不勒斯东方大学，2006 年。

3. 关于郭栋臣翻译的《三字经》，请参见千叶谦悟 (Chiba Kengo)：《〈三字经〉研究——中国人学院的汉语教材及其对湖北话语音历史研究的价值》，收于由 Federica Casalin 主编的《欧洲和中国、日本人在语言学上的交流》，第 193—208 页，罗马：TIELLEMEDIA 出版社，2008 年版。

4. 关于此著作，参见 Michele Fatica, Il Contributo degli alunni del Collegio dei Cinesi di Napoli alla conosecnza della Lingua Sinica in Europa e in Italia; Il ruolo di F.S.Wang, SCRITTURE DI STORIA(5.), 1998, pp. 215—255.

5. 另外还有一本《简明汉语语法》(Sunto della grammatica cinese) 的手抄本收藏于小兄弟会档案馆中。参见意大利那不勒斯东方大学白桦博士的论文《1894 年版王佐才〈圣经〉翻译研究》(Il vecchio e il Nuovo Testamento 1894 di Francesco Saverio Wang),2010 年。

Universitario Orientale）。与此同时，诺全提尼也结束了他在中国不尽如人意的外交生活，回到了意大利。1890年，彻底放弃了所有外交职务的诺全提尼被任命为那不勒斯皇家东方学院的汉语教授，后来还成为了皇家东方学院的院长。诺全提尼在那不勒斯执教汉语多年。与此同时，他也被罗马大学聘为远东语言文学教授。在罗马大学执教期间，他与Ignazio Guidi和Celestino Schiapparelli一起合作创办了罗马大学东方学校（Scuola Orientale dell'Università di Roma），东方学校附属于罗马大学文哲学院。为了拓展学校在东方学诸多领域的研究，东方学校于1907年创办了意大利汉学研究方面的第一份专业学术期刊《东方学研究》[1]（Rivista

1. 有关《东方学研究》杂志的创刊过程，请参见《东方学研究》1907年第1期；有关罗马大学东方学校的具体情况，详见Davor Antonucci和Serena Zuccheri的《意大利汉语教学目前情况和历史背景》，第44—45页，意大利罗马智慧大学出版，2010年版。

degli Studi Orientali），简称：R.S.O.。《东方学研究》创刊初期的办刊宗旨是意在发表"一些独到的学术见解以及那些久久尘封于图书馆档案中从未被发现的学术论文"。根据R.S.O的创刊要求，期刊中的论文主要涉及历史学、考古学、人种志以及中亚语言学和远东语言学等。1910年，诺全提尼逝于罗马。由于其去世前的一段时间里，诺全提尼的学术作品主要集中在国际关系问题上，所以，事实上，他最后发表的一些文章并没有刊登于他努力创办的《东方学研究》上。在这些有关国际关系的论文中，比较有名的是一篇名为《欧洲在远东及意大利在华利益》（L'Europa nell'Estremo Oriente e gli interessi dell'Italia in Cina）的文章。在诺全提尼去世之前，他还被法兰西共和国总统授予了"安南龙骑士勋章"（Commendatore

2. 参见罗马智慧大学校长办公室档案，第181分册。

dell'Ordine del Dragone dell'Annam）[2]。继诺全提尼之后，威达雷和华嘉[3]（Giovanni

3. 参见罗马智慧大学校长办公室档案，第560分册。

Vacca，1872—1918）等汉学家接替了他在罗马和那不勒斯的位置。

　　20世纪初，意大利汉学由于受战争影响曾一度陷于低谷，学术作品的数量大大减少。与前两个世纪的汉学研究相比，这一时期的作品虽然在数量上屈指可数，但其中不乏非常优秀的研究作品，这些优秀成果为第二次世界大战结束之后意大利汉学的再次复兴提供了非常有力的学术铺垫。其中，有关中国宗教及哲学方面的研究成果，主要是图齐[4]（Giuseppe Tucci，1894—

4. 关于东方学家图齐生平及其著作，请参见Pietro Corradini, Giuseppe Tucci: 1894—1984, Mondo cinese (45)，1984：101—105；Raniero Gnoli,

1984）发表的一些作品。图齐1919年毕业于罗马大学文学专业。他爱好梵文、希伯来语和古伊

Riccordo di Giuseppe Tucci, ISIAO, Roma, 1985.

朗语，于是开始自学东方文化。对考古学的热情促使他学习了中文，这些他深入研究的语言都和文献学、宗教学及哲学研究直接相关。他早期发表的有关中国的文章有《老子的道与无为》（Il Tao e il Wu-wei di Lao-tzu）（1922）和《中国古代哲学史》（Storia della Filosofia Cinese Antica）（1923）。

　　除了哲学和宗教方面的研究，意大利汉学在那一艰难时期仍然不忘继续欧洲现代汉学对

于中国文学作品的关注。那一时期的文学翻译作品有: Alberto Castellani 于 1924 年翻译出版的《论

语》（Confucian Analecs）[1] 和《道德经》（Dao de jing）[2]，Alberto Castellani 于 1924 年还

发表了一篇关于中国诗歌的文章[3]，其中选录了一些中国诗译作; 1938 年, 雷永明神甫（Gabriele

M．Allegra）出版了他所翻译的 3 世纪中国诗人屈原的《离骚》，而这一译本比首部意大利

译本的出版晚了将近四十年的时间。

1. 参见 Alberto Castellani, Lunyu: I Dialoghi di Confucio, Firenze, SANSONI, 1924.

2. 参见 Alberto Castellani, La regola celeste di Lao-Tse(Tao Te Ching), Sansoni, FIRENZA 1927. 这本《道德经》的意大利语版译文包括译文、序言、注释及评介。

3. 参 见 Alberto Castellani, Saggio di poesia cinese, Il Contemporaneo, TORINO, 1924. (此 著 作 于 1933 年 再 版: Letteratura e Civiltà dell' Estremo Oriente, Studi e Saggi, Felice le Monnier, Firenze: 252—277.)

第五节　中国诗歌的翻译及其影响

　　意大利汉学对于中国历史、政治及哲学方面的研究兴趣由来已久。通过对中国这些方面的

了解及研究，在早期意大利汉学中，中国曾经被塑造成一个道德高尚、法制合理、充满智慧的

理想国度。但随着中华帝国的没落，另一种关于中国专制性及静止性的批评声音在欧洲逐渐响

起。19 世纪中叶，由于法国文化界对中国文学的发现，欧洲也开始把古老的中国塑造成一个崭

新的形象: 庞大的中华帝国终于摆脱了静止封闭的国家形象，成为了温柔诗人的故乡。

（一）　中文诗歌的译本对意大利诗人的影响，以及意大利诗人借助其他欧洲语言翻译的中国诗歌作品

　　中国诗歌第一次被介绍到意大利是因为 1841 年坎图（Cesare Cantù）根据法国出版物编写

的一部《世界史文献》[4]（Documenti per la Storia Universale）。在坎图的这部巨著中，关于

中国文学史，他作了一篇简短的概要，其中还介绍了从法文翻译过来的 14 世纪中国诗人高启[5]

的一首短诗。诗歌原文如下:

4. 参见 C. Cantù, Documenti per la Storia Universale. Letteratura. Vol. I , Torino, 1845, pp. 527—598.

5. 参见 C. Cantù, Documenti per la Storia Universale. Letteratura. Vol. I , Torino, 1845, pp. 573.

　　　　Ecco il tempo che zefiro è più leggero, che più dolce è la pioggia: una

mattina cangia in rami le gemme che un arbusto germogliò. I miei sentimenti

volano in versi leggeri, come questa nebbia che colora gli archi del ponte, come *questi rami, la cui ombra tremula al soffio della primavera. Oh infelice chi si strugge a cavar l' oro dalle viscere della terra! La neve che test è empiva il cielo, bel soggetto a meditare. Se la colomba viaggiatrice chiede il numero dei miei pensieri, sappia che più presto si conteranno le ciocche di seta sospese a questa piante.*

这首诗的前几句讲的是"一个和风微拂的日子，细雨蒙蒙，树上的嫩芽在一个早晨变成了新枝"。卡尔杜奇（Giosuè Carducci, 1835—1907）从这首诗中获得灵感，1853 年，刚满 18 岁的他在这首诗作的基础上创作了名为《中国之春》（*Primavera Cinese*）的诗歌小品。诗歌的头几行如下：

> 煦风吹拂的日子，
>
> 雨静静地飘洒着，
>
> 鲜花竞相开放。
>
>
> 清晨，只见茂密的枝条上
>
> 娇羞的嫩芽冲破坚皮，
>
> 探出头来。[1]

这一次，在意大利的文学园地里，初露头角的是一首中国诗。从这里开始，通过一系列中国诗的翻译和改写，中国诗歌在意大利被越来越多的读者所知晓。那一时期，根据中国诗歌翻译及改写的作品在出版上也获得了相当的成功。同在法国的情形一样，中国这一优美诗歌国度的美好形象也逐渐在意大利被人们所接受，至今，这一形象仍旧相当生动鲜明。

在当时众多改写中国诗歌的作品中，最著名的一个集子是由马萨拉尼（Tullo Massarani）于 1882 年出版的唐诗译作《玉之书》（*Il libro di Giada*）[2]。马萨拉尼的这部诗歌集是根据戈捷（Judith Gautier）1867 年在巴黎出版的法文版《玉之书》（*Le livre de jade*）[3] 改写而成的。这一

1. 卡尔杜奇诗歌小品作于 1853 年 10 月 12 日，原题为：*Rifacimento merito di un' ode cinese, da una versione in prosa francese.* 在此引用的定稿首次由作者在 1882 年 4 月 16 日的《*Cronaca Bizantina*》上发表。后收录于: *Edizione nazionale delle opere di Giosuè Carducci, vol.* II, Zanichelli Editore, BOLOGNA, *Juvenilia, Libro* 2, XXXII. 1935. 中文诗歌为白玉昆教授根据白佐良教授《意大利与中国》中的诗歌原文翻译而成。

2. T. Massarani，《诗在中国》（*LaPoesia in Cina*），《*Nuova Antologia*（新文选）》, vol. 56, anno XVI, fasc. VI, 15 marzo 1881, pp. 189—219.

3. 发表此诗歌集时，女作家戈捷署上了她的笔名瓦尔特（Walter）。

时期，这部唐诗集在法国还有一册由汉学家圣德尼斯（Hervey de Saint Denys）完成的译本[1]。但马萨拉尼并不喜欢这一更为准确的译本，与之相比，他反而更青睐非汉学家戈捷的译本。

1. 参见 *Poésies l' Epoque Thang，（VII，VIII et IX siècles de notre ére），PARIS，1862.*

马萨拉尼的诗歌集在内容上参考了戈捷的法文译本，但在诗歌格式上却没有遵循戈捷译本和圣德尼斯译本所采用的散文诗格式。马萨拉尼将中国诗改写成句子格式，故意拉远改写诗韵律与原文诗韵的距离。

为了进一步了解这三种唐诗译本在其创作风格及意象描述上的区别，我们仅举唐朝李白的名篇《静夜思》中的后两句为例，来仔细看一下，三种译本的具体处理方法：

唐诗原文：

举头望明月，

低头思故乡。

在法文译本中，汉学家圣德尼斯 1862 年的译本一直被人们视为楷模，因为他的译文比较忠于原文：

我抬起头，凝视着明亮的月亮；

我低下头，思念起我的故乡。[2]

2. 引自《意大利与中国》中的译文，参见白佐良、马西尼：《意大利与中国》，第 295 页，北京：商务印书馆，2002 年版。

与之相比，法国女作家戈捷 1867 年的翻译则更加随意：

我抬头朝向明亮的月亮，

想到我将要去的地方

以及那些我将遇到的陌生人。

然后，我低头望地，

想到我的故乡

以及那些我将没有机会再见到的友人。[3]

3. 引自《意大利与中国》中的译文，参见白佐良、马西尼：《意大利与中国》，第 296 页，北京：商务印书馆，2002 年版。

下面是马萨拉尼 1882 年根据戈捷的译文写作而成的诗歌：

我抬头望着空中明亮的月亮，

望着那光亮

想到我将看到的人民和土地。

低头望着地上悲伤的月光，

　　　　想到我那寂静的故乡

　　　　及那些再也见不到的友人。[1]

　　随着马萨拉尼的改写诗在意大利受到广泛欢迎，又出现了另外

两部改写中国诗的作品：1885—1890 年，卡尼尼（Marco Antonio

Canini）将多首中国诗收入了他的爱情诗集《爱情箴言集》（*Libro

dell' Amore*）[2] 之中，诗集一共五册，主要收录了来自意大利及

中国等国家的爱情诗，这些爱情诗里中国诗的部分主要转译自 Jules

Arène1883 年在巴黎出版的作品《似曾相识的优雅国度——中国》（*La

Chine familière et galante*）[3]；1888 年一部作者署名为宾迪（Giovanni

Bindi）的中国诗集在意大利托斯卡大区纳皮斯托亚市出版，这个所

谓的宾迪很可能是当时意大利的著名诗人及作家邓南遮（Gabriele

D' Annunzio，1863—1938）的笔名。邓南遮在那一时期曾对中国文

学及日本文学产生过极度的狂热[4]。

　　通过上面的介绍，我们不难看出：20 世纪时，意大利的诗歌翻译

工作主要是由非汉学家（即当时意大利著名的作家及诗人）借助了来自

其他欧洲国家（主要来自阿尔卑斯山以北的法国及大洋彼岸的英国）的

译本进行翻译，所采用的译本语言主要是英文和法文。这种翻译工作不

需要汉语基础，翻译手法也更加自由，翻译结果往往不局限于原文所要

表达的意象。因此，这些意大利诗人与作家所作出的努力，与其说是在

翻译中国文学作品，不如说是一种文学再创作。也正是这种非汉学家的

文学再创作使得中国文学在当时的欧洲取得了巨大的成功，与汉学家的

中国作品相比，他们的作品对意大利读者产生了更为广泛的影响。

（二）　《中国诗歌集》于 1943 年出版，诺贝尔文学奖得主意

大利著名诗人蒙塔莱为其撰写了序言

　　意大利对于中国诗的热情一直燃到了 20 世纪。在 20 世纪的最初十

1. 引自《意大利与中国》中的译文，参见白佐良、马西尼：《意大利与中国》，第 296 页，北京：商务印书馆，2002 年版，马萨拉尼 1881 年在上述引证的 La poesia in Cina （p.209）上刊登的译文稍有不同。

2. 参见 Marco Antonio Canini (1885—1890) ，*Il Libro dell' Amore*，*Poesie italiane raccolte e straniere*，Venezia，5vols.

3. 参见 Jules Arène，*La Chine familière et galante*，Charpentier，PARIS，1883.

4. 参见 *Poesie cinesi tradotte da Giovanni Bindi*，PISTOIA，1888. 有关真实作者的资料，可参见 Carlo D' Alessio，"Introduzione"，Arturo Onofri，*Luce di Giada*，*Poesie cinesi tradotte da Arturo Onofri*. Roma，SALERNO EDITTRICE：7—33. 即 D' Alessio 为奥诺弗里的《玉光》所作的序言。

年，对唐诗的欣赏与研究为意大利探索本土诗创新提供了有利的帮助。

在 1914 年至 1916 年间，诗人奥诺弗里（Arturo Onofri，1885—1928）参照各种法文译文（主要是当时法国作家戈捷和圣德尼斯的作品）整理出一本中国诗笔记。这本中国诗笔记中的一小部分于 1919 年被顺利发表[1]，其他部分则散落于同时代众多知名诗人及作家的研究笔记中。直到 20 世纪末，这一中国诗笔记的全部内容才被达莱西奥（D'Alessio）发现[2]，并于 1994 年出版发行。20 世纪初期曾经出版过非常好的中国诗歌的意大利文译本，这些诗歌译作被收录于意大利语版林语堂的《生活的艺术》[3]一书中，其编者及翻译者为意大利著名诗人及作家 Pietro Jahier。另外，1943 年 Giorgia Valensin 根据 Waley 的中国诗译作转译的《中国诗歌集》（Liriche cinesi）[4]正式出版，诺贝尔文学奖得主意大利著名诗人蒙塔莱（Eugenio Montale，1896—1981）为其撰写了序言，这一《中国诗歌集》之后还曾被多次再版。

有关中国诗与西方现代诗在诗歌创作上的共通之处，1919 年，基尼（Mario Chini）在他的一部作品《白云》（Nuvole bianche）的序言中曾详细写道：

> 汉字是表意文字……，它书写的特别形式，汉字的布局在一定范围内，相似于今许多诗人所使用的的结构；没有虚词，动词不确定，只有根据它们被安排的位置才能确切了解其含义，同今天所任意使用的词句一样。[5]

随着中国诗译作及诗集的不断出版，中国诗在意大利的关注度不断提升，但不论是上面提到的基尼的作品还是更早一些的马萨拉尼的作品，它们都有一个共同点，那就是转译自中国诗的其他西方译本。产生这一现象的原因主要是因为：在那些年里，诗歌领域几乎成了意大利汉学家无人触及的空白之地。当时意大利的中国问题研究专家几乎没有一人曾经表现出过对中国诗有些许兴趣。当然维塔拉和晁德莅算是其中的例外。

1. 参见 Arturo Onofri, *Palazzi di gida*（《玉塔》）, Impresa Editrice Siciliana, CATANIA, 1919.

2. Carlo D'Alessio, "Introduzione", Arturo Onofri, *Luce di Giada, Poesie cinesi tradotte da Arturo Onofri*, Salerno Edittrice. ROMA; 7—33, 即 D'Alessio 为奥诺弗里的《玉光》所作的序言。

3. 参见 Piero Jahier, *Importanza di vivere*, Bompiani Editore, MILANO, 1939.

4. 参见 Giorgia Valensin, *Liriche cinesi (1750a.C. - 1278d.C.)*, Giulio Einaudi Editore; XVII. TORINO, 1943.

5. 参见 Mario Chini, *Nuvole bianche variazioni su motivi cinesi*, Carabba Editore, LANCIANO, 1918.

帕皮尼（Giovanni Papini，1881—1956）也曾是一位中国诗歌的爱好者，对于意大利汉学的这

一情况，他也深表遗憾地说："我们的汉学家对翻译诗歌所怀有的反感是可以理解的，但这也

1. 参见 G. Papini, *"Inutilità necessarie"*, *Il Resto del Carlino*, 16 gennaio 1916; *"Li-tai-pe ed Euclide"*, *Tutte le opere*, VII, prose morali, MILANO,

是我们的不幸。他们只关心哲学、宗教以及历史文献。"[1]

1959, pp. 1229—1230.

第六节　中国古代文学作品由法语翻译成意大利语

在 19 世纪至 20 世纪初的意大利，人们对于中国诗的兴趣远远超过其对中国散文及戏

剧作品的关注。关于中国散文，到目前为止，我们仅仅知晓切萨雷奥（Giovanni Alfredo

Cesareo）一人在其编写的一本文学评论著作里收入了有关中国散文作品的简短记录，标题为《中

国古玩》（*Cineserie*），他在这篇短记中颂扬了一篇以历史及神话故事为题材的中国小说，其

中有一位中国女性角色，他曾这样描写道：

> 那个女人，感到自己就要死了，恐惧攫住了她的心。她忘了心爱的人，一声绝望
>
> 的呼喊脱口而出："谁能救我命，我就嫁给谁！"这比西方浪漫诗中所有杰出的女性
>
> 角色都更加真实和感人，她们死时还宽恕和祝福了加害她们的人。[2]

2. 参见 G. A. Cesareo, *Conversazioni Letterarie*, CATANIA, 1899, pp. 89.

关于中国的戏剧作品，欧洲人对其文学形象的关注，早从 18 世纪便已开始。1735 年在

巴黎出版了四卷一套的百科全书《中华帝国全志》（*Description geographique, historique,*

chronologique et physique de l'Empire de la Chine et de la Tartarie chinoise）。在第

三卷中，编辑并出版此书的人即耶稣会士杜赫德（Du Halde, J. B.）选录了一部中国戏剧

的剧本[3]，该剧本的翻译由法国耶稣会士马若瑟（J.H.Premare）于 1731 年在北京完成。这

3. 参见 Du Halde, *Tchao chi Cou Ello u le petit orphelin de la maison de Tchao, Tragedie chinoise*, 1736, pp.416—417.

部有名的戏剧便是我们所熟知的元朝（13 世纪）纪君祥的《赵氏孤儿》。当年马若瑟神甫只

翻译剧本中的说白部分，另外他的翻译也不无错误，但这部戏剧译作在欧洲仍然获得了巨大

的成功，一些欧洲作家以它为蓝本进行了多种形式的改编。这类作品中比较有名的有五部：

哈切特（W. Hatchett）1741 年的《中国孤儿：一个历史悲剧》（*The Chinese Orphan: an*

Historical Tragedy），梅塔斯塔西奥（P. Metastasio）1752 年的《中国勇士》（*L'eroe* cinese），伏尔泰（Voltaire）1755 年的《中国孤儿》(L'Orphelin de la Chine)，墨菲（A. Murphy）1756 年的《中国孤儿》(The Orphan of China) 以及歌德（W. Goethe）1783 年的《孤儿》(Elpenor)。

　　到了 19 世纪末 20 世纪初，随着法国文学界对中国文学作品多方面翻译工作的展开，通过对法文译本的转译，中国古代文学作品也逐渐被介绍到了意大利。1900 年，意大利人 Nino de Sanctis 根据 1870 年法国汉学家圣德尼斯的译作对 3 世纪中国诗人屈原的《离骚》进行了意大利文版的译注[1]。由此，屈原其人及其作品《离骚》也开始为广大的意大利读者所熟识。对《离骚》这一文学作品的偏爱，在意大利曾持续过一段时间。在意大利汉学研究中，在谈及中国古代文学作品时，屈原及其作品《离骚》则常常被提到。与《离骚》的意大利文首译本同年，Colbonsin Ebe 将清代蒲松龄所著《聊斋志异》中的 26 个小故事翻译成了意大利文并于罗马出版[2]。1905 年由 Guglielmo Evans 翻译的《道德经》在都灵出版发行，名为《老子与道德经》(Lao-tse Il libro della vita e della virtù)[3]。1916 年《西厢记》的第一本意大利文译本也由之前提到的作家基尼完成[4]，他的译作以法国汉学家儒莲于 1872 至 1880 年间完成的法文译本作为参考。在作品译名上，基尼也采用了儒莲的处理方法，将译本最终定名为：Si-siang-ki o storia del padiglione occidemtale，对照儒莲的法文本译名为：Si-siang-ki ou L'historie du pavillon d'Occident, Comédia en seize actes。另外，上文中提到的散见于期刊及文学著作中的多首中国诗译作，此时也被重新收集整理，收录于多种版本的《诗歌选集》之中[5]。

　　1914 年第一次世界大战爆发，这一历史事件使中国文学在意大利的翻译工作曾一度中断。这一时期，由于政治原因，从其他

1. 参见 Nino de Sanctis, Kiu-youen Li Sao: grande poema cinese del III secolo a. C. Traduzione e commenti di Nino de Sanctis, MILANO, SONZOGNO, 1900.

2. 参见 Colbonsin Ebe, Tcheng-ki-tong- L'uomo giallo. Romenzo cinese（《中国人自画像——陈季同》），ROMA, ROUX, 1900. 转译自法文版《聊斋志异》，具体详见：Les Chinois peinte par eux-memes.Contes chinois par le général Tcheng-ki-tong, PARIS, CALMANN-LEVY, 1889.

3. 参见 Guglielmo Evans, Lao-tse Il libro della vita e della virtù, TORINO, Bocca, 1905.（有关介绍可参照华嘉的著作：Giovanni Vacca, "Alcune idee di Chuang-tse(versione dei cap. VII-X)", Leonardo, anno V, 1907: 68—84.)

4. 参见 Mario Chini, Si-siang-ki o storia del padiglione occidentale, Carabba Editore, LANCIANO, 1916.

5. 参见白佐良、马西尼：《意大利与中国》，第 288—289 页，北京：商务印书馆，2002 年版。

西方语言间接翻译中国文学作品的工作已全面停止。第一次世界大战期间，中国文学作品几乎从意大利文坛上销声匿迹。在第一次世界大战之后的二三十年间，中国文学作品的翻译工作才开始慢慢恢复，但这一工作的进行总是断断续续且仍然缺少对中国文学作品全貌系统性梳理的研究著作。

第十一章　　20 世纪中期意大利对中国文学的翻译

　　两次世界大战期间，意大利的汉学研究工作曾一度受阻。尤其是在法西斯执政期间，意大利的政治环境和学术环境都遭到了封锁，那一时期最为重要的意大利汉学家是德礼贤神父（Pasquale D'Elia，1890—1963），也正是他在二战结束之后重振了意大利的汉学事业。

　　1907 年，德礼贤发愿为神父，后前往坎特伯雷（Canterbury）的圣玛丽亚（St. Mary's College）大学及泽西圣希利尔（Jersey Sant-Hélier）的圣丹尼学院（Maison Saint-Denis）求学，师从法国耶稣会教授研习哲学课程。在那里他打下了很好的英文及法文基础。由于英文及法文是当时在东方传教所必备的两门语言，于是他被顺利派到了中国，并于 1913 年至 1917 年在上海徐家汇学校学习中文。在此期间，为了不断完善自己在神学方面的研习，德礼贤神父还往返于美国、英国及法国等多个西方国家进行学习。

　　在德礼贤神父留学中国期间，他亲见到当时中国政治社会形势的巨大变化。第一次中国之行中，德礼贤曾发表过一篇关于梁启超的文章[1]。第二次旅居中国期间，他翻译了孙中山的《三民主义》[2]（*I tre principi del popolo*）。1942 年正值二战中期，面对意大利政府对于中国研究及战争暴行所表现出的冷漠，德礼贤神父曾写道：

> 1. 参见《通报》（*T'oung Pao*），XVIII，1917：247—94.
> 2. 这本书曾被译成法文，名为 "*Le Triple Demisme de Suen Wen*"（上海 1929 年）。还曾被译为英文，名为 "*The Triple Demism of Sun Yat-sen*"（武昌 1931 年）。中国政府当时为了政治宣传而曾大量购入 5 000 本，这使得德礼贤广受褒奖。

　　　我们怎能任由汉学的光辉在意大利黯淡或陨灭？我们怎能眼看着这些研究在伦敦、巴黎及柏林这些首都不断兴盛，而在我们意大利，这片孕育杰出汉学家的土地上备受冷落？意大利很早就有了优秀汉学家，他们也是世界级的优秀学者，一直以来他们都被高度智慧的中国人所尊重和仰慕。比他们晚了一个世纪之后，法国汉学家才开始用文字介绍中国；两个世纪之后，英国人才开始踏上中国的土地，多年之后才出现了最早的英国汉学家；三个世纪之后，才有了后来的德国和美国汉学。所以，这些研究需要在意大利再次振兴及繁荣起来。正是在这片土地上，诞生了那些伟大的汉学家，他们是传播宗教及奠基汉学的英雄，也是介绍祖国科学与信仰的使者。我们的祖国受于上帝的福泽正迎来其前所未有的美好前景，她从未像今天这样被我们由衷地深爱着并忠于着，这些东方学研究的学者也通过他们的努力为我们祖国的这一伟大前途有所贡献。[3]

> 3. 德礼贤，"*L'Italia alle Origini degli Studi sulla Cina*"，Nuova antologia，1942：160.

　　1934 年德礼贤神父回到意大利并被任命为教会的历史教授，五年后，被任命为罗马宗座额我略大学（Università Gregoriana）的汉学教授，这两个教职他一直做到去世。在其任教期间，德礼贤神父的学术成果开始不断被出版发表。其关于 16 世纪来华传教士利玛窦中文版世界地图的系列研究曾使他蜚声世界。德礼贤神父首次将利玛窦中文版世界地图中的中文注释内容翻译成意大利文[1]。之后他还试图将利玛窦的所有文章（包括当时已经出版和未出版的所有

1. 参见德礼贤：《藏于梵蒂冈图书馆的利玛窦中国地图》（*Il mappamondo Cinese del P. Matteo Ricci conservato nella Biblioteca Vaticana*），梵蒂冈：

文章）整理出版。虽然德礼贤神父这一收集整理利玛窦所有文稿的宏伟计划由于受制于经济方

梵蒂冈图书馆，1935 年版。

面的困难而最终未能成愿，但其整理工作的大部分成果终被集结成册，取名为《利玛窦全集》[2]

2. 德礼贤，*Fonti Ricciane*，La Libreria dello Stato，ROMA，Vol I：367—369. 参见白佐良教授的文章 "*Gli studi sinologici in Italia dal 1600al 1950*"，

（*Fonti Ricciane*）。另外，他从中文翻译而来的其他一些利玛窦的文稿还被发表于当时众多

Mondo Cinese(81)：9—22 页；"Pasquale D'Elia"，《意大利名人辞典》（*Dizionario Biografico degli Italiani*），第 36 册，第 632—634 页，罗马：意大

的学术杂志上。作为耶稣会士，德礼贤神父继承了"传教士汉学"的研究传统。在他的作品

利百科全书出版社。

《中国文集》[3]（*Antologia cinese：dalle origini ai nostri giorni*）中，他翻译了一些耶稣会

3. 参见德礼贤，*Antologia cinese：dalle origini ai nostri giorni*，G.C. Sansoni，FIRENZE，1944：230.

传教士用中文写作的介绍中国伦理哲学的作品。另外，他还著有《中国基督教艺术起源》（*Le origini dell'arte cristiana cinese*）及《耶稣会进入中国和中国的基督教》（*Delle entrata della Compagnia di Giesù e Christianità in Cina*）两部宗教史方面的作品。虽然如之前的其他"传教士汉学"学者一样，汉学家德礼贤神父的研究工作很少关注中国戏剧、诗歌和小说方面的内容，但在他的众多翻译作品中，仍存有几篇先秦诗歌的翻译小品[4]。

4. 德礼贤，*Poesia cinesi dell'XI，VIII e VII secolo a. C. Traduzione e note*，《诗》（*Poesia*），1945 年第 1 期。

除了在汉学研究方面的巨大贡献以外，汉学家德礼贤也是当时意大利唯一一位教授汉语的教师，他在为汉学领域培养人才方面起到了至关重要的作用。他所培养的学术人才在 20 世纪最后的几年中，带动了意大利汉学研究的整体发展，也正是通过这批新汉学家的不断努力才使得中国文学作品的翻译工作在意大利得以继续繁荣下去。那一时期翻译作品层出不穷，对于中国文学史的学术梳理工作也成果颇丰。

第一节　新的翻译家

德礼贤神父作为两次世界大战之间二十年和平期中意大利最重要的一位汉学家，他一共只有两位学生：白佐良（G. Bertuccioli）和兰侨蒂（Lionello Lanciotti）。这两位都是战后意大利脱颖而出的新派汉学家中的佼佼者，虽然都师从德礼贤神父研习汉学，但其学术之路

却完全不同。

白佐良：外交官中的汉学家

白佐良 1923 年 1 月 26 日生于意大利罗马。其父维尔吉尼奥 · 贝图焦利 (Virginio Bertuccioli, 1886—1968) 是意大利工商部的公务员，其母路易莎 · 狄斯可丽娜 (Luisa Tiscorina, 1886—1980) 在白佐良还小的时候，就督促他从事外交事业，因为这份事业曾让白佐良的叔父（Romolo Bertuccioli）风光一时。但年幼的白佐良最希望的是当一名希腊文或拉丁文老师。中学阶段，他掌握了希腊文和拉丁文，熟读了大量古典文献，并阅读了意大利和外国许多文学经典。他的早年教育由两位老师担任：一位是 Mario Manacorda，另一位是 Tristano Bolelli，两位后来都是知名学者。白佐良从小就对语言尤为着迷，他学习了法语、英语和德语。1940 年，他开始学习当时意大利没有多少人感兴趣的汉语及中国文化课程，1942 年获得毕业文凭。同时，听从其父亲的建议，白佐良虽然并不十分情愿但仍然在罗马大学修习了法律。正是在他读法律那几年的无趣生涯中，他遇到了第一位汉学大师华嘉 (Giovanni Vacca, 1872—1953) 。大学毕业后，白佐良曾短期在那不勒斯东方学院教授中文，不久又自愿到罗马大学充当远东历史和地理讲座的助教。1945 年末，一个突如其来的机会改变了他的一生，使他把中国语言文化研究与刚起步的外交生涯结合起来。1946 年 11 月 1 日，他从塔兰托登船与意大利外交使团一同前往中国南京，充当外交随员。在南京期间，无论口语还

白佐良像

是书面文字，他的中文水平都有了突飞猛进的提高。这在很大程度上得益于他结识了他后来的妻子黄美玲（译音，Hwang Meiling），在其中国爱妻的敦促下，他大量阅读中国经典诗词及其他文学作品，这为他日后的汉学研究打下了坚实的基础。

1950 年 8 月，由于意大利不承认新中国，他离开南京，转道香港回国。虽然一路困难重重，他仍想方设法把自己搜集的一批中文文献带到了意大利，成为他个人收藏中非常珍贵的一部分。当时的白佐良仍对外交和冒险生涯充满兴趣。1952 年 5 月，他通过公共考试，成为一名正式的外交官。一年以后，1953 年 9 月，他再次回到了中国，这次到的是香港，其身份与上次也大为不同：先任意大利驻香港总领事馆副总领事，后升任总领事。1960 年 8 月卸任回国。

卸任回国后不久，他脱离了外交工作，出任威尼斯 CINI 基金会[1] 东方学院院长（1960—1962）。1962 年，他重返外交领域，这一次到的是日本，自 1962 年至 1967 年在意大利驻日本大使馆先后任一等秘书、参赞等职务。在日本六年间，他学会了日文，掌握了日本的大量传记资料，进一步丰富了其对中国文学的了解。他撰写了《东京》[2]（Qui Tokyo）。在日本任职期间，他通过了意大利"中国语言与文学教授"[3]（Professore Straordinario di Lingua e Letteratura cinese）公开选拔，这促使他决定步入学术殿堂，回意大利任教。1968 年 1 月，他被任命为那不勒斯东方学院中国语言和文学教授。不过他在那里仅仅干了 5 个月，就又重回外交部。

1969 年他参加了意大利代表团与中华人民共和国代表团在巴黎进行的旨在恢复邦交的谈判，为谈判成功做出了重要贡献，并受到意大利的嘉奖。这一年，刚刚 46 岁的白佐良就被任命为意大利驻韩国大使。他在汉城待到 1977 年 12 月，又奉调出任意大利驻越南社会主义共和国大使（至 1978 年 4 月）。1978 至 1981 年 10 月他出任意大利驻菲律宾大使，这是他最后一次在海外任职。

1981 年，白佐良彻底离开了外交界。此前，1980 年，他已通过了罗马大学东方学院中国语言和文学教授一职的公开选拔。对他来说，这是非常具有象征意义的时刻，因为他接过的是可以称作其启蒙老师的华嘉的讲座教授教鞭。他在罗马大学一直任教到 1995 年 10 月。2001 年 6 月 28 日，白佐良在罗马去世。

兰侨蒂：当代汉学家

兰侨蒂于 1925 年生于罗马，跟随德礼贤神父学习中国语言文学，1949 年到 1950 年在斯德哥尔摩跟随高本汉[1]（Bernhard Karlgren，1889—1978）学习中文。1951 年在荷兰莱顿大学

1. 高本汉，瑞典汉学家及文字学家。具体内容请参见兰侨蒂：《追忆高本汉——来自弟子的回忆》，载《中国》（Cina），1979 年第 15 期。

师从戴闻达（J.J.Duyvendak，1889—1954）教授。1960 年起任罗马大学东方学院中文教授，1966 年至 1979 年为威尼斯大学中文教授，1979 年转任那不勒斯大学中文教授，创立意大利汉学协会并担任秘书长，1998 年转为荣誉教授后主持意大利东方研究学会和亚洲词典编辑中心工作。从 1974 年到 2002 年，兰侨蒂还是"威尼斯与东方"研究所负责人，在图齐（Giuseppe Tucci，1894—1984）创办的《东方与西方》（East and West）杂志担任联合主编，至今已编辑了 30 多册《中国》[2]（Cina）丛书。兰侨蒂的学术著作（包括翻译）多达 150 多种，其研究

2.《中国》（Cina），第一本意大利汉学专刊。

领域以中国古代文学、哲学和宗教为主，比较注重中国古代文学渊源和发展规律研究，他通过对王充《论衡》的研究，认为中国学者受儒家伦理影响，比较强调文学的社会功能。他的另一个课题是通过唐代传奇来研究中国唐代社会。1984 年《威尼斯东方学丛书》（Orientalia Venetiana）出版《兰侨蒂纪念专册》[3]，表彰他在汉学研究上的杰出贡献。1996 年，史华罗（Paolo

3. 参见 Sabattini M. 主编，Orientalia Venetiana, Volume in onore di Lionello Lanciotti. L.S.Olschki, FIRENZE, 1984.

Santangelo，1943— ）等又编辑出版了三种纪念兰侨蒂的研究专书，由那不勒斯大学与罗马大学、威尼斯大学共同发行。

不同版本的中国文学史

二战以后，意大利中国文学作品的翻译工作再次引起了众多汉学家的兴趣。这主要是因为在白佐良教授等人的努力下，意大利汉学经历了战后复生与再复生的过程，终于在 20 世纪中后期迎来了它的再度繁荣。那一时期，汉学家白佐良最终开创了意大利当代汉学研究。汉学家白佐良有着超过三十年的外交生涯经历，1946 至 1950 年间他在中国生活，收集到那一时期可以获得的大量可贵的中国文学资料。这些珍贵的资料后来被带到了欧洲，为之后意大利汉学有关中国文学作品的翻译及研究工作提供了非常宝贵的文献基础。白佐良教授很早就开始关注

4. 参见白佐良教授翻译的陶潜《拟挽歌词》(Tre canti funebri), Poesia-Quaderni Internazionali (2), ROMA, 1945:487—488.

中国文学作品。自 1945 年出版了他的首部翻译作品《陶渊明文集》[4] 开始，他一直专注于中国

文学作品的翻译工作。1959 年，根据他在中国收集到的所有一手资料，白佐良教授编辑出版了意大利汉学史上第一部系统介绍中国文学发展史的图书——《中国文学》[1]（*La letteratura*

1. 白佐良，*Letteratura cinese*, Sansoni Accademia, MILANO, 1959.

cinese）。这部《中国文学》从诗经讲到中国现代文学，其对中国文学的介绍及总结既全面又有条理。由于当时只有极少数汉学家能同时得到中国图书馆和西方图书馆的资源，因而很少有人能撰写题材广泛而又有分量的专著。因此，白佐良教授的这部中国文学史的学术价值达到了当时欧洲汉学的顶峰，被公认为是欧洲汉学界的巨著。当这本文学史于 1968 年被再版发行，当时另一位西方权威汉学家戴密微（Paul Demiéville，1894—1979）曾在 1969 年 1 月 12 日的一封信中写道："我诚心祝贺你的新中国文学史被再版发行，新版中详尽实用的参考书目比其

2. 引文详见汉学家戴密微 1969 年 1 月 12 日给白佐良教授的来信。F. Masini, "Italian translation of Chinese literature", *De L'un au multiple*, La Maison des Sciences de L-Home, PARIS, 1999: 46.

已经非常出色的第一版又有所进步。在我看来，目前在西方你无人能及。"[2]

到了 20 世纪 60 年代，另外两部从历时研究的角度来介绍中国文学的意大利专著也被陆续出版出来。其中一部专著是汉学家兰侨蒂写作的《中国文学》[3]（*Letteratura cinese*）。当时他执

3. 兰侨蒂，*Letteratura cinese*, ISIAO(Istituto Italiano per L-Africa e L-oriente), ROMA, 1969.

教于罗马大学和威尼斯大学，他的这部专论白话文学的《中国文学》出版于 1969 年。这两部中国文学史专著在所收集文学作品的创作时间上的考虑，起始时间都是从中国古典文学作品如《论语》开始介绍，但终止时间却有所不同。兰侨蒂在其专著中对文学作品的收集终止于 1949 年新中国的成立，而早其十年出版的白佐良的专著中对 1949 年以后中国文学的发展情况也作了介绍。在白佐良的中国文学史中，他甚至还提到了中国的文字改革。除了上述两部优秀的中国文学史专著以外，1970 年执教于罗马大学东亚史系的皮耶罗·克拉蒂尼·柯拉迪尼（Piero Corradini）教授也出版了一部《中国文学史》[4]（*Storia della letteratura cinese*），与此同时，

4. 柯拉迪尼：《中国文学史》（*Storia della letteratura cinese*），Fratelli Fabbri Editore (Letteratura Universale)，Vol. 35, MILANO, 1970.

为了方便学生进行文学文本鉴赏，他还配套出版了一本《中国文学作品选集》[5]（*Antologia*

5. 柯拉迪尼：《中国文学作品选集》（*Antologia della letteratura cinese*），Fratelli Fabbri Editore (Letteratura Universale)，Vol. 35, MILANO, 1970.

della letteratura cinese）。

第二节 新的汉学期刊

纵观意大利汉学发展史，我们不难发现：除了杰出的汉学家及其汉学著作在汉学研究史上

起到了至关重要的推动作用以外，与汉学相关期刊的发行与传播也功不可没。随着二战的结束，意大利学术界得到了全面发展，20 世纪中期的意大利汉学也再次振兴起来，这一时期，与汉学相关的学术期刊也如雨后春笋般大量涌现，这不仅展现出这一时期意大利汉学丰硕的研究成果，同时也体现出意大利汉学研究正不断步向成熟，意大利当代汉学在世界汉学界的地位最终确立。对于这一时期与汉学相关的学术期刊，总体上可以分成两类：一种是刊行较早的早期汉学相关刊物，另一种是晚些出现的汉学专刊。关于第一种期刊，在前章中，我们提到的罗马智慧大学创刊的《东方研究杂志》（*Rivista degli Studi Orientali*(R.S.O.)）属于其中的先锋。创刊于 1907 年的《东方研究杂志》虽然不是最早的汉学专刊，但作为早期的东方学刊物，其期刊上发表的汉学文章涉及面广、内容丰富、研究有深度，因此，可算作是展示意大利当代汉学研究成果的杰出期刊。与罗马智慧大学的《东方研究杂志》几乎同期，在意大利还有一些学术期刊上也零星发表了几篇与汉学研究有关的文章。比如 1905 年于米兰创刊的《诗》[1]（*Poesia*）及 1878 年创刊的《新文选》[2]（*Nuova Antologia*）。这两份学术期刊虽然其研究范围并不限于汉学范畴，但其所发表的文章中关于中国诗歌的介绍及翻译作品却数目可观。在中国文学作品的翻译及传播过程中，这两种期刊起到了非常好的介绍作用。早期与汉学相关刊物中的佼佼者还包括 20 世纪中后期创刊的威尼斯大学东方学院的院刊与那不勒斯东方学院院刊。威尼斯大学[3]、那不勒斯东方大学[4] 与罗马智慧大学[5] 是意大利汉学研究的三所重镇，它们代表了意大利汉学研究的最高水平，同时也是优秀研究成果频出的地方。它们的院刊中往往收入了意大利汉学研究的最新成果，同时，它们院刊中有关中国的内容也对意大利汉学的整体发展起到了导向性影响。

真正意义上的意大利汉学专刊出现于 20 世纪中期，1956 年第一本汉学专刊《中国》（*Cina*）在罗马创刊，主编为著名的汉学家兰侨蒂教授。《中国》杂志是一本年刊，至今已发行 30 期，其创刊宗旨是：深入研究当代中国思想、艺术、科学及社会等方面的情况。《中国》杂志继承了东方学研究期刊的所有优秀传统，对中国语言文化方面的介绍深入且有新意。作为第一本汉学专刊，《中国》杂志在很多方面都起到了领先作用，在对中国文学作品的介绍方面，与同类汉学期刊相比，《中国》杂志的研究内容不论是在篇数上还是在内容上都表现相当突出。根据笔者的搜集和整理，20 世纪以来，意大利所发行学术期刊中对中国文学作品翻译文章的情况已全部汇总于一表，具体情况请详见以下内容：

---

1. 文学杂志《诗》于 1905 年在米兰创刊，由 Filippo Tommaso Marinetti 及 Sem Benelli 和 Vitaliano Ponti 合作创办。

2. 文学杂志《新文选》是一本于 1866 年在佛罗伦萨创刊的学术季刊，主编为 Francesco Protonotari(1836—1888)，出版机构为 Le Monnier。

3. 威尼斯大学（Università Ca' Foscari Venezia）建校于 1868 年。

4. 那不勒斯东方大学（Università degli Studi di Napoli "L'Orientale"）建校于 1732 年。

5. 罗马智慧大学（Università di Roma la Sapienza）建校于 1303 年。

	杂志名称	创刊时间	出版地	出版机构	主编	期刊类型	文章数
1.	*Annali di Ca' Foscari Serie Orientale*	1970	威尼斯	威尼斯大学[1]	—	东方学	5
2.	*Asiatica Veneziana*	1996	威尼斯	威尼斯大学[2]	Marco Ceresa	东方学	1
3.	R.S.O.	1907	罗马	罗马智慧大学	L.Nocentini	东方学	4
4.	A.I.O.N	1936	那不勒斯	那不勒斯东方学院	—	东方学	9
5.	*East and West*	1950	罗马	IsMEO[3]	G. Tucci	东方学	1
6.	Cina	1956	罗马	IsMEO	Lionelli Lanciotti	汉学	25
7.	*M.Q.Y.J*[4]	1992	罗马	IsMEO	P.Santangelo	汉学	2
8.	*Mondo Cinese*	1973	米兰	意中基金会[5]	—	汉学	3
9.	*Quaderni di Civiltà Cinese*	1955	米兰	意中文化研究院[6]	Luciano Magrini	汉学	14

1. 威尼斯大学外国语言文学学院 (Facoltà di Lingue e Letterature Straniere di Ca' Foscari.VENEZIA)。
2. 威尼斯大学东亚研究系 (Dipartimento di Studi sull'Asia Orientaledi Ca' Foscari, VENEZIA)。
3.IsMEO 全名意大利远东中东学院,是 IsIAO (意大利亚非研究院) 的前身。该学院于 1933 年在 142 号国王诏令下,以道德机构的身份成立,院长是 Giovani Gentile,副院长是 Giuseppe Tucci,目的是为了拓展意大利与东方国家之间的关系及研究。出版物有:《意大利远东中东学院学报》(1935) 与《亚洲学报》(1936—1943)。1950 年创刊《罗马东方系列》(Serie Orientale Roma) 学术期刊及《东方与西方》(East and West) 英文杂志,出版意大利及外国学者在历史、哲学、语言文学等方面的研究成果。
4. 意大利汉学期刊《明清研究》的简称。
5. 意中基金会——La Fondazione Italia Cina
6. 意中文化研究院——Istituto Culturale Italo-Cinese

续表

	杂志名称	创刊时间	出版地	出版机构	主编	期刊类型	文章数
10.	*Poesia*	1905	米兰	米兰诗歌基金会[1]	*F.T. Marinetti*	文学	2
11.	*Il Ponte*	1945	—	—[2]	*Piero Calamandrei*	政治、文化	2
12.	*Nuova Antologia*	1866—1942	佛罗伦萨罗马	Le Monnier[3]	—	文学、科学及艺术	2
13.	*La Cina d'oggi*	1957	罗马	意中关系发展中心[4]	*F.Coccia*	汉学	4
14.	*Asia Orientale*	1985	那不勒斯	—	—	东方学	1
15.	*Il Contemporaneo*	1954—1964	罗马	—	—	文学艺术	1

1. 米兰诗歌基金会——Fondazione Poesia Milano
2. 《桥》这一期刊曾由意大利的多所出版机构出版发行。这些出版机构包括佛罗伦萨的 Le Monnier、L. Manzuoli、Sansoni 和 Vallecch；威尼斯的 La nuova Italia (La nuova Italia 于 1926 年在威尼斯由 Elda Bossi 和 Giuseppe Maranini 夫妇创办，出版社总部曾短暂设于佩鲁贾，后于 1930 年迁到佛罗伦萨。现归于 RCS 意大利图书出版集团)。
3. Le Monnier 是一家意大利知名出版社，1837 年创社于佛罗伦萨，创建者为法国人 Felice Le Monnier (1806—1884)，1999 年归属于意大利著名出版机构 Mondadori 名下。
4. 意中关系发展中心——Centro sviluppo Rel.con La Cina

注：表格中空白处特指出版机构或主编不固定的情况。

汉学期刊中文译名附录：

　　Annali di Ca' Foscari Serie Orientale（威尼斯大学东方年鉴）*1970* 年

　　Asiatica Veneziana(威尼斯大学东南亚研究年鉴）*1996* 年

　　Rivista degli Studi Orientali(R.S.O.)（东方研究杂志）*1907* 年

　　Annali [dell'] Istituto Universitario Orientale di Napoli(A.I.O.N)（那不勒斯东方学院年鉴）*1936* 年

　　East and West（东方与西方）（英文杂志）*1950* 年

　　Cina(中国）*1956* 年

　　MING QING YAN JIU(明清研究）*1992* 年

　　Mondo Cinese（中国世界）*1973* 年

　　Quaderni di Civiltà Cinese（中国文明笔记）*1955* 年

　　La Cina d'oggi(今日中国*)1957* 年

　　Poesia（诗）*1905* 年

　　Il Ponte(桥）*1945* 年

　　Asia Orientale（东亚期刊）*1985* 年

　　Nuova Antologia（新文选）*1866* 至 *1942* 年

　　Il Contemporaneo（*Rivista mensile di letteratura e d'arte*）（当代）*1954* 至 *1964* 年

第三节　新时期的翻译作品

　　20 世纪中期，除了上述提到的汉学家翻译的中国文学作品以外，在意大利，非汉学家在中国文学作品翻译方面也做出了不小的贡献。

　　1956 年 Martin Benedikter[1] 出版了他所翻译的王维及裴迪的诗歌选集[2]；1961 年仍然是由

1.Martin Benedikter(1908—1969)，汉学家，曾留学美国研修唐诗。详细内容参见汉学家兰侨蒂，"Gli studi sinologici in Italia dal 1950 al 1952"，Mondo Cinese(23) 1977: 3—12.　　2. 参见 Martin Benedikter. *Wang Wei e P'ei Ti, Poesie sul Fiume Wang*. Einaudi Editore, TORINO, 1956.

Martin Benedikter 翻译出版了第一部《唐诗三百首》[1] 的意大利文全译本。这部唐诗译本毫无删减地全文收录了经典《唐诗三百首》中的所有诗歌作品。其意大利语译文文字优美、文体清新，一直被誉为是《唐诗三百首》译作中的精品。

　　除了诗歌以外，在 20 世纪中期的意大利，非汉学出身的翻译家们还把翻译兴趣开始集中到了中国小说上。在他们之前，除了汉学家兰侨蒂及白佐良两位教授对中国小说研究颇有关注以外，中国小说的翻译及研究工作在意大利还并不流行。1955 年兰侨蒂教授翻译出版了第一本清代沈复撰写的《浮生六记》[2] 全译本；同年，Antonio Di Giura 也翻译出版了《聊斋志异》的全译本 [3]；1964 年 Edoarda Masi [4] 还将《红楼梦》翻译成了意大利语。

　　同一时期，以其他欧洲语言译本为基础的重译作品仍然存在。1955 年，《金瓶梅》由 Jahier、Piero、Maj-Lis Rissler Stoneman 等人合译成意大利文于都灵出版 [5]，这一译作转译自 1940 年由 Bernard Miall 翻译于纽约出版的《金瓶梅》的英文译本，当时的英文译名为《西门与他的六位妻妾》[6]，Bernard Miall《金瓶梅》英文译本也并非直译自中文原著，而是转译自 Franz Kuhn 的德文译本《西门与他的六位妻妾》[7]；1956 年 Bovero 翻译并于都灵出版了《水浒传》的意大利文译本，名作《强盗》（I Briganti）[8]，这一译本译自 1934 年德国作家 Franz Kuhn 的德文译本 [9]；最后，还有 Motti 于 1960 年用意大利文翻译的《西游记》，意大利语译名为《猴王》（Lo Scimmiotto）[10]，这部译作转译自 1942 由亚瑟·魏雷 (Arthur Waley) 翻译的《西游

1. 参见 Martin Benedikter. *Le Trecento poesie T'ang*. Einaudi Editore, TORINO, 1961.

2. 参见 Lanciotti, Lionello and Tsui Tao Lu. *Sei racconti di vita irreale, di Shen Fu*. Traduzione del 'Fu-sheng liu-ch'i, con introduzione e note. Casini. ROMA, 1955.

3. 参见 Giura, Ludovico Antonio Di. *I Racconti fantastici di Liao*. Traduzione integrale del 'Liao-chai-Chih-i' di P'u Song-ling. Mondadori, MILANO, 2 vols. 1955.

4. 参见 Masi, Edoarda. *Il sogno della camera rossa*. Einaudi Editore. TORINO, 1964.

5. 参见 Jahier, Piero, Maj-Lis Rissler Stoneman. *Chin P'ing Meu*. Einaudi Editore, TORINO, 1955.

6. 参见 Bernard Miall. *The Adventurous History of His Men and His Six Wives*. NEW YORK, 1940, 2 vols.

7. 参见 Franz Kuhn, *Kin Ping Meh oder. Die Abenteuerliche Geschichte von His Men und seinen sechs Frauen*. Insel Verlag, LEIPZIG, 1930.

8. 参见 Bovero Clara. *I Briganti*. Einaudi Editore. TORINO, 1956.

9. 参见 Franz Kuhn. *Die Rauber vom Liang Schan Moor*, Insel Verlag, LEIPZIG, 1934.

10. 参见 Motti, Adriana. *Lo Scimmiotto*. Einaudi Editore, TORINO, 1960.

记》英译本《猴子》（*Monkey*）[1]。那一时期，在意大利，这些转译自其他欧洲语言的中国文

1.参见 Arthur Waley, *Monkey*. Allen and Unwin, LONDON, 1942.

学翻译作品虽然也取得了一定的成功，主要是将中国一些非常重要的文学作品顺利地介绍到了
意大利，但其在文学领域的影响力却远远不及几个世纪前中国文学作品（特别是中国诗歌）转
译工作所达到的程度。如今，跟随西方汉学国际发展的总体潮流，二战以后，意大利逐渐涌现
出了为数众多的新一代汉学家。随着汉学队伍的壮大以及汉学研究者们的不懈努力，虽然通过
第三种语言翻译中国文学作品的工作已经失去了昔日的影响，但中国文学作品却被越来越多的
翻译专家及东方学家翻译并介绍到意大利，这为中国文学的西传工作起到了很大的推动作用。

第十二章　　意大利文学在 20 世纪中国的翻译 [1]

1.本章关于"意大利文学在中国"部分的写作，主要借助于国家图书馆信息咨询中心等单位编辑的《意大利文学在中国——书展、汉译与研究文献目录》(2005 年)光盘，在此基础上有所补正。关于行文，须有几点说明：一、同一作品的不同中译本，若译名无太大差别，则自第二次起不标意语原名；二、对于一些史实上的不确定之处（如译自何种语言、合译作品何人译何篇、作品意语原名等），均暂付阙如而不妄断；三、如未特别标注，本章所述年代均指 20 世纪。

第一节　总述

　　20 世纪是华夏大地上西方文化劲吹的世纪，表征之一即欧美文学的介绍与翻译。不同国别、不同时代、不同流派的作品在大半个世纪的时间里如潮水般涌入中国的研究界、阅读界，可谓异彩纷呈。此一现象引起了学界的重视，特别是 20 世纪末以来，多部中国翻译文学史类型的著作相继问世，如郭延礼先生的《中国近代翻译文学概论》（湖北教育出版社，1998 年版），谢天振、查明建先生主编的《中国现代翻译文学史：1898—1949》（上海外语教育出版社，2004 年版），孟昭毅、李载道先生主编的《中国翻译文学史》（北京大学出版社，2005 年版），查明建、谢天振先生主编的《中国 20 世纪外国文学翻译史》（湖北教育出版社，2007 年版），杨义先生主编的《二十世纪中国翻译文学史》（百花文艺出版社，2009 年版）等等，无论从史实钩锁还是从深度阐释上，都将 20 世纪外国文学在中国的传播研究大大地向前推进了。同时，也需看到，受精通相应外语者较寡等因素的限制，不少国别文学的汉译情况在上述著述中仅占很少比重，更遑论系统梳理其国文学在华传播专史的成果的出现。实际上，在论者习称的英、法、德、美、俄等国的文学传播之外，尚有大量的史实值得钩考论究，"意大利文学在中国"的题目即是其中一例。亚平宁文艺之璀璨，人所共知，意大利文学在华的流播，在大半个世纪内也可称大规模，但至今尚无相关专著出现，不能不说是一个遗憾。有鉴于此，本文拟尝试完成一些初步的工作，希望得到方家的指正。

　　总体而观，20 世纪意大利文学在我国的传播大势，一方面，和其他一些国别文学的轨迹有着相近之处，如 20 世纪上半叶的起步、50 年代至 70 年代的寥落、80 年代的复兴等；另一方面，也有其独特之处，例如，相较于英、俄、日、法、德等语种，我国通意语者较少，尤其表现在 20 世纪上半叶，此一时期意大利文学作品的汉译本多系自英语等语种的译本转译而来。

　　我们可以从 20 世纪不同时期选本刊行、译作发表的情况略窥意大利文学流传轨迹的起伏。20 世纪上半叶，我国出现了若干意大利文学选本，如徐霞村辑译的《露露的胜利——近代意大利小说选》（立达书局，1932 年版，收有塞梨奥《露露的胜利》、丹农雪乌《英雄》、皮蓝得娄《紧礼服》、布罗基《幻》4 个短篇）、戴望舒选译的《意大利短篇小说集》（商务印书馆，1935 年版，收有从彭德罗到皮兰德娄等 9 位意大利作家的作品）等，总体而言，规模不是很宏大。50 年代至 70 年代末，我国对意大利文学的刊发渐趋停顿。

80 年代后，随着译家们（如袁华清、钱鸿嘉、吕同六、王干卿、王天清、沈萼梅等）的辛勤劳作，大量译作在一些重要刊物（如上海译文出版社《外国文艺》、中国社会科学出版社《世界文学》、外语教学与研究出版社《外国文学》等）上不断发表，诸多选本、文集刊行，如《卡度齐诗集》（台北远景出版事业公司，1981 年版）、《瓜西莫多诗集》（台北远景出版事业公司，1981 年版）、《当代意大利短篇小说集》（上海译文出版社，1983 年版）、《莫拉维亚短篇小说选》（外国文学出版社，1983 年版）、《意大利近代短篇小说选》（上海译文出版社，1984 年版）、《白天的猫头鹰——意大利当代中篇小说选》（北京出版社，1984 年版）、《甜蜜的生活——意大利文学专号》（漓江出版社，1986 年版）、《梦幻——意大利当代短篇小说选萃》（河南人民出版社，1987 年版）、《意大利诗选》（上海译文出版社，1987 年版）、《但丁抒情诗选》（上海译文出版社，1988 年版）、《夸齐莫多、蒙塔莱、翁加雷蒂诗选》（外国文学出版社，1988 年版）、《蒙塔莱诗选》（湖南文艺出版社，1989 年版）、《哥尔多尼喜剧三种》（上海译文出版社，1989 年版）、《比萨斜塔和外星人》（湖南少年儿童出版社，1991 年版）、《世界反法西斯文学书系·意大利》（重庆出版社，1992 年版）、《夸西莫多抒情诗选》（四川文艺出版社，1992 年版）、《蒙扎修女的故事——中国翻译名家自选集·吕同六卷》（中国工人出版社，1995 年版）、《世界短篇小说精品文库·意大利卷》（海峡文艺出版社，1996 年版）、《世界中篇小说经典文库·意大利卷》（九洲图书出版社，1996 年版）、《世界中篇小说经典·意大利卷》（春风文艺出版社，1996 年版）、《世界散文经典·意大利卷》（春风文艺出版社，1997 年版）、《无限——莱奥帕尔迪抒情诗选》（西安出版社，1998 年版）、《一个无政府主义者的意外死亡——达里奥·福戏剧作品集》（译林出版社，1998 年版）、《高山巨人——皮兰德娄剧作选》（花城出版社，2000 年版）、《皮兰德娄精选集》（山东文艺出版社，2000 年版），等等。得力于不同渠道的引介、西方现代文学流派的风行、诺贝尔奖效应的影响等因素，意大利文学在我国的传播呈现出前所未有的态势，一些作家（如卡尔维诺）更受到文学界的推崇与追摹，某些名著还出现了少数民族文译本。当然，繁荣的态势下也颇多耐人寻味之处，例如，在许多时候，大众文学仍是市场的主导，而市场时常影响到译者的选择，如《木偶奇遇记》《爱的教育》的重译重刊，几乎贯穿大半个世纪。与之相较，大规模的古典作品中，除《神曲》《十日谈》这样的声名至著者拥有多个译本、刊本外，对于在意大利文学史也占据重要地位的《疯狂的罗兰》《被解放的耶路撒冷》等古典巨作的翻译则相对冷清。

以下对意大利文学在中国流传情况的梳理，在意大利文学方面，大致择取意大利文学发展七百年间的作家作品（自民族文学兴起时的但丁直至当代的艾柯），以作家生年早晚为序进行列述；在我国迻译方面，大致遵守 20 世纪的上下时限，在个别地方（如卡尔维诺作品的传播及影响）则据实际情形及着墨多寡而有所浮动。本内容以宏观考述为主，在部分章节（如但丁《神曲》部分），笔者尝试在文本比照的基础上，从比较文化等角度阐发己见，以期得到方家的批评。关于对作家文学旨趣与历史地位的评价、对作品思想内涵与艺术特色的探讨，读者可参考相关的文学史著作。

第二节　意大利文学的汉译情况列述

但丁（Dante Alighieri，1265—1321）

但丁著作在我国传播最广的是《神曲》（*Divina Commedia*），关于此作品的汉译，本书在下一章中专门进行考述，此处概述但丁其他作品的汉译情况。

王独清和朱湘是但丁作品较早的汉译者。1934 年，光明书局刊行了王的译作《新生》（*Vita Nova*），此译本后于 1943 年、1947 年、1948 年再版。王另译有但丁诗《无题》一首，收于1931 年现代书局刊行的《独清译诗集》。朱湘译自《新生》的《七出诗》收于 1936 年商务印书馆刊行的《番石榴集》。

据笔者所掌握的材料看，继 20 世纪三四十年代的译介后，我国对但丁《神曲》之外作品的迻译几乎陷于停顿，直至 80 年代始重拾其端绪。其中，出自《新生》的 *Tanto gentile e tanto onesta pare* 或为被译介次数最多的但丁单篇诗作，计有吕同六译《贝娅特丽丝的魅力》（载《春风译丛》，1986 年第 3 期），钱鸿嘉译《我的女郎向别人致意时》（见《意大利诗选》，上海译文出版社，1987 年版），张君川译《我的女郎，当她向别人致意》（见《我看到开满了花的小径》，外国文学出版社，1989 年版），飞白译《我的恋人如此娴雅》（见《世界名诗鉴赏辞典》，漓江出版社，1989 年版），王天清译《多么优雅多么信诚》（见《外国抒情诗赏析词典》，北京师范学院出版社，1991 年版）等多个译本。

除此之外，但丁诗的译作另有：张君川译十四行诗三首（见《金果小枝》，黑龙江人民出版社，1982 年版），吕同六译《高贵的神奇》（*Ne li occhi porta la mia donna amore*）、《爱情与高贵的心灵融洽在一起》（*Amore e ' l cor gentil sono una cosa*）（均载《春风译丛》，1986 年第 3 期），钱鸿嘉译《懂得爱情的女人们》（*Donne che avete intelletto d'amore*）、《啊，你经过爱情的道路》（*Per quella via che la bellezza corre*）、《为了我看到的一个花冠》（*Per una ghirlandetta ch'io vidi*）、《梦见贝亚特丽契死去》（*Donna pietosa e di novella etate*）、《三个女人来到我的心旁》（*Tre donne intorno al cor mi son venute*）、《硬心肠的美女》（*Deh, piangi mcco tu, dogliosa pietra*）、《来白天国的女郎》（*Amor, che movi tua vertù dal cielo*）、《鲜艳可爱的姑娘》（*I' mi son pargoletta bella e mova*）等（均见《意大利诗选》），钱鸿嘉译自《新生》的 38 首十四行诗（见《但丁抒情诗选》，上海译文出版社，1988 年版），飞白译《每个钟情的灵魂》（*A ciascun'alma presa e gentil core*）（见《世界名诗鉴赏辞典》）等。1993 年，上海译文出版社更推出了钱鸿嘉先生的《新生》全译本。

彼特拉克（Francesco Petrarca， 1304—1374）

我国对彼特拉克作品的翻译起步较晚，且集中于对其《歌集》（*Canzoniere*）的摘译，而对其涉及其他领域的作品似乎译介较少，可以说，时至今日，彼特拉克仍是主要作为一个文艺复兴时期的杰出诗人出现在中国读者的视野中的。我国迻译彼特拉克的成果有：

吕同六译十四行诗三首（Rime，Ⅲ，XXXV，XXXCX）（见《甜蜜的生活——意大利文学专号》，漓江出版社，1986 年版），钱鸿嘉译《明净、清澈而温柔的水》（*Chiare fresche e dolci acque*）、《爱挑衅的心上人》（*Pel fare una leggiadra sua vendetta*）、《美艳的天使、圣洁的灵魂》（*Li angeli electi e l'anime beate*）、《满脑子甜蜜的幻想》（*Cantai, or piango, e non men di dolcezza*）、《万籁俱寂》（*Or che'l ciel e la terra e'l vento tace*）、《戴安娜为了讨好情人》（*Non al suo amante più Diana piacque*）、《在荒漠的田野踽踽独行》（*Solo e pensoso i pui deserti campi*）、《我过去曾经爱过一个生命》（*Benedetto sia'l giorno, e'l mese, e l'anno*）、《夜莺》（*Quel rosignol, che si soave piange*）等（均见《意大利诗选》），朱维之译《罗拉的面纱》（*Lassare il velo o per sole o per ombra*）及张君川译十四行诗一首（均见《金果小枝》），李国庆、王兴仁译《那是在这样一天》（*Era il giorno ch'al sol si scoloraro*）、《我一个人心情忧郁》（*Solo e pensoso i più deserti campi*）、《微风吹散了她的金发》（*Aura che quelle chiome bionde e crespe*）、《如果这就是爱情》（*S'amor non è, che dunque è quel ch'io sento*）、《春风随着和风赶来》（*Zefiro torna e'l bel tempo rimena*）、《夜莺，一直在这里深情地哀哭》（*Quel rosignol che si soave piange*）（均见《我看到开满了花的小径》；《如果这就是爱情》另载外国文学出版社刊于 1989 年的《献给女友》），飞白译《我形单影只》（*Solo e pensoso i più deserti campi*）、《这小房间》（*O cameretta che già fosti un porto*）、《爱的忠诚》（*Io amai sempre et amo forte ancora*）、《爱的矛盾》（*Pace non trovo, e non ho da far guerra*）、《爱的征兆》（*Amor m'ha posto come segno a strale*）、《如果命中注定》（*Se la mia vita da l'aspro tormento*）（均见《世界名诗鉴赏辞典》），王天清译《歌集》二首（见《外国抒情诗赏析词典》）等。至 20 世纪末，对 *Canzoniere* 进行了最大规模翻译的，是李国庆、王行人译本《歌集》（花城出版社，2000 年版）。

薄伽丘（Giovanni Boccaccio， 1313—1375）

我国对薄伽丘作品的迻译，至迟于 20 世纪 20 年代已开始。早期的译作多为对其巨著 *Decameron* 的摘译，多为自英语转译，计有：罗皑岚译《住持捉奸》（见《文学周报》，开明书店，1928 年版），乐芝译《二邻人》（载《大众文艺》，1928 年第 1 卷第 4 期），薜苔译《丈夫和桶的故事》（载《国文周报》，1928 年第 5 卷第 34 期），T.T. 女士译《白屈兰和基尔太的故事》等篇（见《恋爱与生活的故事》，唯爱丛书社，1929 年版），闽逸译《十日谈选》（大光书局，1935 年版），伍光建《十日谈》节译（商务印书馆，1936 年版）等。三四十年代出现的较大规模的《十日谈》译本有黄石、胡簪云译《十日谈》（开明书店，1940 年版）及闽逸译《十日清谈》（世界书局，1941 年版）。

薄伽丘像

50 年代，我国翻译薄伽丘作品的主要成就为方平、王科一自英语转译的《十日谈》全译本（新文艺出版社，1958、1959 年版）。此后直至 70 年代末，我国对薄伽丘作品的翻译大致陷于停顿。1980 年，上海译文出版社刊行了方、王译本的新版，后多次重印。该译本的其他刊本有《〈十日谈〉故事选》（贵州人民出版社，1988 年版）、《绮思梦达》（见《古今中外文学名篇拔萃》，青岛出版社，1990 年版）、《十日谈》节译（见《世界散文经典·意大利卷》，春风文艺出版社，1997 年版）、《十日谈》（中国对外翻译出版公司，2000 年版）等。

《十日谈》的其他全译或节译本如: 魏良雄译《十日谭》（台北志文出版社，1983 年版），冀刚、力冈《十日谈》节译(见《少年恋人的白昼》,浙江文艺出版社，1988 年版)，黄石译《十日谈》（河北人民出版社，1989 年版），王永年译《十日谈》（人民文学出版社，1994、1998、1999 年版；九州出版社，2000 年版），钱鸿嘉译《十日谈》（译林出版社，1994、1997、1999 年版），丘林译《十日谈》

（中原农民出版社，1995 年版），马峰译《十日谈》（延边人民出版社，1999 年版），周波、
蒋星辉译《十日谈》（内蒙古文化出版社，2000 年版）等。

在《十日谈》之外，我国还出现了对薄伽丘其他作品的翻译，如陈才宇据小说《菲亚美达哀歌》
（*Elegia di Madonna Fiammetta*）翻译的《痴情的菲亚美达》（陕西人民出版社，1992 年版；
九洲图书出版社，1996 年版）以及钱鸿嘉译《河流已变成玻璃》（*Vetro son fatti i fiumi, ed
i ruscelli*）（见《意大利诗选》），飞白译《江河化成玻璃》（见《世界名诗鉴赏辞典》），王
天清译《失去价值的花儿》（*Il fior, che' l valor perde*）（见《外国抒情诗赏析词典》）等译诗。

阿里奥斯托（Ludovico Ariosto，1474—1533）

20 世纪，我国对文艺复兴晚期重要作家阿里奥斯托的译介并不多。笔者所能找到的仅有两
篇译诗：王天清译《幸福甜蜜的监狱》（*Aventuroso carcere soave*）（见《外国抒情诗赏析词典》）
及钱鸿嘉译《十四行诗一首》（见《意大利诗选》）。时至今日，阿里奥斯托的代表作《疯狂
的罗兰》（*Orlando furioso*）似尚无汉语全译本。

班代洛（Matteo Bandello，约 1480—1562）

意大利 16 世纪作家班代洛的作品曾启发了莎士比亚，我国对其作品的翻译也主要集中在
以《罗密欧与朱丽叶》为代表的小说上。20 世纪上半叶，出现了戴望舒译《罗米欧与裘丽叶达》
（*Romeo e Giulietta*）（见《意大利短篇小说集》，商务印书馆，1935 年版），杨适生译《接
吻》（*Il bacio*）（载《时与潮文艺》，1943 年第 2 卷第 4 期）等译作。80 年代后继起的译作有：
新知译《罗密欧与朱丽叶》（见《甜蜜的生活》），冀刚、力冈译小说多篇（见《少年恋人的
白昼》），王惟甦、罗芙译小说多篇（见《后十日谈》，四川文艺出版社，1988 年版），吕同
六译《罗密欧与朱丽叶》（见《世界中篇小说经典文库·意大利卷》，九洲图书出版社，1996
年版；《世界中篇小说经典·意大利卷》，春风文艺出版社，1996 年版）。

塔索（Torquato Tasso， 1544—1595）

塔索的代表作 Gerusalemme liberata 的汉译本有王永年译《耶路撒冷的解放》（人民文学出版社，1993 年版）。其诗作也得到了译介，如钱鸿嘉译《我爱你》（Io v'amo sol perché voi siete bella）、《有一个时期》（Io vidi un tempo di pietoso affetto）、《悼念玛格丽达·班蒂伏利奥》（In morte di Margherita Bentivolio）、《致法拉拉侯爵夫人》（A la Signora Duchessa di Ferrara）、《繁露、哭泣和眼泪》（Qual rugiada o qual pianto）、《黄金时代》（L'età dell'oro）（均载《外国诗》，1986 年第 4 期）。次年，其中数篇连同《我生命中的生命》（Vita de la mia vita）、《波浪在喃喃细语》（Ecco mormorar l'onde）、《时辰啊，停止飞行吧》（Ore, fermate il volo）刊于《意大利诗选》。另有王天清译《树林与河流已经静寂》（Tacciono i boschi e i fiumi）（见《外国抒情诗赏析词典》）。

哥尔多尼（Carlo Goldoni， 1707—1793）

剧作家哥尔多尼较早受到了 20 世纪中国知识界的关注，从 20 年代起至 50 年代末，出现了其作品的多部汉译本，多为自俄、英译本转译而来，计有：庚虞译《女店主》（La Locandiera）（北新书店，1927 年版），紫凤译《二主之仆》（Arlecchino servitore di due padroni）（《国闻周报》，1930 年第 7 卷第 25—28 期），华林一译《逆旅主妇》（载《文艺月刊》，1933 年第 4 卷第 1—2 期），董每戡改编《女店主》（载《文讯》，1942 年第 2 卷第 4—6 期），聊伊译《风流寡妇》（建国书店，1945 年版），孙维世译《一仆二主》（中国戏剧出版社，1956 年版）。该本连同焦菊隐译《女店主》《说谎的人》（Il bugiardo），刘辽逸译《狡猾的寡妇》收于《哥尔多尼戏剧集》（人民文学出版社，1957 年版）。同年，另有几部译作问世，如由中国戏剧出版社刊行的聂文杞译《善心的急性人：三幕喜剧》（Il bugiardo）、叶君健译《扇子》（Il ventaglio）、孙维世译《女店主》。1960 年，中国戏剧出版社又刊行了聂文杞翻译的《一件妙事》（Un curioso accidente）。

80 年代后，我国对哥尔多尼剧作的迻译始重整旗鼓，成果如万子美、刘黎亭译《哥尔多尼喜剧三种》（上海译文出版社，1989 年版）等。叶君健译《扇子》及孙维世等译《哥尔多尼戏剧集》也分别于 1995 年和 1999 年再版。

曼佐尼（Alessandro Manzoni，1785—1873）

曼佐尼被部分论者视为意大利浪漫主义文学的代表，其巨著 *I promessi sposi* 在 20 世纪上半期有了中译本，即贾立方、薛冰自英语转译的《约婚夫妇》（商务印书馆，1935 年版）。直到大半个世纪后，译林出版社才刊行了张世华译自意大利语的译本。此外，吕同六自该长篇小说摘译的《蒙扎修女的故事》先后收入多个选本（"世界小说佳作丛书"第二期，世界知识出版社，1987 年版；《蒙扎修女的故事——中国翻译名家自选集·吕同六卷》，中国工人出版社，1995 年版；《世界中篇小说经典文库·意大利卷》）。此外，钱鸿嘉自曼氏剧作 *Adelchi* 摘译的《爱尔曼迦尔达之死》载于《意大利诗选》。

莱奥帕尔迪（Giacomo Leopardi，1798—1837）

对意大利重要诗人莱奥帕尔迪的作品，我国自 20 世纪 80 年代初陆续有译作问世，*L'infinito* 等名篇更是拥有多个译本，具体迻译情况为：王焕宝译《节日的夜晚》（*La sera del dì di festa*）、《无限》（*L' infinito*）（载《外国文学》，1982 年第 2 期），钱鸿嘉译《无限》《致月亮》（*Alla luna*）、《节日的夜晚》《致席尔维娅》（*A Silvia*）、《亚细亚流浪牧人的夜晚》（*Canto notturno di un pastore errante dell' Asia*）（均见《意大利诗选》），飞白译《致意大利（节选）》（*All' Italia*）、《无限》（均见《世界名诗鉴赏辞典》，吕同六译《无限》（见《中外现代抒情名诗鉴赏辞典》，学苑出版社，1989 年版），王天清译《致西尔维亚》（见《外国抒情诗赏析词典》）等。

至 20 世纪末，我国迻译莱奥帕尔迪诗的集大成之作可说是由吕同六先生主编的《无限——莱奥帕尔迪抒情诗选》（西安出版社，1998 年版）。该集收入了王焕宝译《无限》，飞白译《无限》，吕同六译《致意大利》《暴风雨后的宁静》，钱鸿嘉译《致月亮》《无限》《节日的夜晚》《致席尔维娅》《亚细亚流浪牧人的夜晚》《死者的合唱》（*Il coro dei morti*）、《写给自己的诗》（*A se stesso*），祝本雄译《断片》（*Frammenti*）等译诗。

此外，对莱奥帕尔迪散文的译介也有了成果《道德小品》（西安出版社，1998 年版），该书收有祝本雄译《时髦和死亡的对话》（*Dialogo della Moda e della Morte*），宇文捷译《卖历本的小贩和过路人的对话》（*Dialogo di un venditore di almanacchi e di un passeggere*），吕同六译《哥伦布和古蒂埃莱兹的对话》（*Dialogo di Cristoforo Colombo e Pietro Gutierrez*）等多篇译作。

科罗狄（Carlo Collodi，1826—1890）

科罗狄的代表作 *Le avventure di Pinocchio* 在 20 世纪早期被译介过来，其重译、再版几乎贯穿大半个世纪。20 世纪上半叶出现的译本多译自英语，计有：张诺谷节译本《匹诺契奥的奇遇》（载《小说月报》，1926 年第 17 卷第 3 期），徐调孚译《木偶奇遇记》（开明书店，1928 年初版，至 1949 年共 15 版；译本部分此前刊于《小说月报》，1927 年第 18 卷第 1—5、8、10—12 期），钱公侠、钱天培译《木偶历险记》（世界书局，1933 年版），傅一明译本（启明书局，1936、1941、1949 年版），文化励进社译本（1936 年版），林之孝译本（经纬书局，1944 年版），石碚译本（大东书局，1947 年版）等。

20 世纪下半叶出现的新译本及再版本计有：徐调孚译本（开明书店，1951 年版；上海少年儿童出版社，1957、1987、1996 年版；江苏人民出版社，1979 年版），罗婉华节译本（载《译文》，1956 年第 5 期），时间改编本（文字改革出版社，1961 年版），任溶溶译本（外国文学出版社，1980 年版；人民文学出版社，1985、1998 年版；福建少年儿童出版社，1997 年版；大众文艺出版社，1999 年版），陈漪、裘因译本（上海译文出版社，1989 年版），唐纪明译本（商务印书馆，1989 年版），张增武等译本（广州新世纪出版社，1994 年版），李丽芬译本（北岳文艺出版社，1995 年版），朱丽杰、申建国译本（二十一世纪出版社，1995 年版），祝本雄译本（译林出版社，1995 年版），孙桂萍、张力勇译本（花山文艺出版社，1997 年版），徐瑛译本（中国妇女出版社，1997 年版），王干卿译本（华夏出版社，1997 年版），燕子译本（南海出版公司，1999 年版），陈素媛译本（辽宁民族出版社，1999 年版），陆煜泰译本（接力出版社，2000 年版）等。此外，还出现了哈萨克文译本（夏玛斯译，新疆青年出版社，1960 年版）、蒙古文译本（莫·阿斯尔蒙译，内蒙古人民出版社，1980 年版）、朝鲜文译本（南金子译，延边人民出版社，1980 年版）、托忒蒙古文译本（德·德力格尔加甫译，新疆人民出版社，1981 年版）等少数民族文译本。

卡尔杜齐（Giosuè Carducci, 1835—1907）

1906 年诺贝尔文学奖得主卡尔杜齐的诗作于 20 世纪上半叶开始被译介至我国，即卢剑波译《雪降》（*Nevicata*）（载《诗创作》，1942 年第 12 期）。此后四十年，似未见新译问世。八九十年代，又有一些译作被收入不同的选本，如郑利平译《雪》《初衷》（*Il primo desiderio*）（均载《外国文学》，1982 年第 2 期），钱鸿嘉译《离别》（*Congedo*）、《阿尔卑斯山的午间》（*Mezzogiorno alpino*）、《古老的挽歌》（*Pianto antico*）（均载《世界文学》，1984 年第 2 期）。三首译诗连同钱译《飘雪》《一切都会好起来》（*Tutto andrà bene*）、《撒旦颂》（*Inno a Sodano*）后收于上海译文出版社《意大利诗选》。另有王天清译《圣马尔蒂诺》（*San Martino*）（载《外国抒情诗赏析词典》）等。此外，刘儒庭翻译的卡尔杜齐散文《圣米尼亚托的"资源"》（*Le risorse di San Miniato*）收于《世界散文经典·意大利卷》。

乔万尼奥里（Raffaello Giovagnoli, 1838—1915）

与时代背景相关，乔万尼奥里的著作 *Spartaco* 20 世纪下半叶在我国多次重刊重译：李俍民译本《斯巴达克思》（新文艺出版社，1957 年版；上海文艺出版社，1961 年版；上海人民出版社，1977 年版；江苏人民出版社，1978 年版；福建人民出版社，1978 年版；上海译文出版社，1978、1981、1991 年版；人民文学出版社，1990 年版；中国少年儿童出版社，1990、1996、2000 年版；中国青年出版社，1996 年版），赵秋长译本（花山文艺出版社，1996 年版），陈国梁译本（四川大学出版社，1997 年版），李彤译本（中国戏剧出版社，1999 年版），张凯、李晓明译本（大众文艺出版社 ,1999 年版）等。在汉译本之外，我国还出现了《斯巴达克思》的少数民族文译本：加力维吾尔文译本（新疆人民出版社，1980 年版），金道权、朴京植朝鲜文译本（黑龙江人民出版社，1981 年版）。

维尔加（Giovanni Verga， 1840—1922）

近代现实主义作家维尔加的作品被迻译到我国的有：杨子戒改译《打狼》（*La caccia la lupo*）（载《戏剧与文艺》，1929 年第 1 卷第 1 期），徐霞村译《乡村骑士》（*Cavalleria rusticana*）（载《新文艺》，1929 年第 1 卷第 2 期；后见《绝望女》，神州国光出版社，1930 年版），王坟译《渡海》（*Di là dal mare*）（载《真美善》，1930 年第 5 卷第 5 期），将兼霞译《圣约瑟夫的驴子的故事》（*Storia dell'asino di San Giuseppe*）（载《现代》，1934 年第 5 卷第 4 期），春雷译《乡村骑士》（载《译文》，1936 年第 2 卷第 2 期）。

50 年代，王央乐先生的多篇译作问世：《乡村骑士》《红发小鬼》（*Rosso Malpelo*）、《神甫》（*Il rcvcrcndo*）、《堂·凯利·巴巴》（*Don Licciu Papa*）、《随想》（*Fantasticheria*）（均载《译文》，1958 年第 3 期）。《红发小鬼》《神甫》《堂·凯利·巴巴》《随想》连同《母狼》（*La lupa*）、《牧人耶里》（*Jeli il pastore*）后见《乡村骑士》（人民文学出版社，1958 年版）；《神甫》另见《意大利近代短篇小说选》（上海译文出版社，1984 年版）。此外，孙葆华译《杰苏阿多工匠老爷》（*Mastro Don Gesualdo*）由新文艺出版社刊于 1958 年。

自 80 年代起至世纪末出现的译作有：杨顺祥译《赤发恶小鬼》（载《译林》，1980 年第 3 期），吕同六译《乡村骑士》（见《意大利近代短篇小说选》《蒙扎修女的故事》），曹庸译《牧人耶利》（见《意大利近代短篇小说选》），江敏译《母狼》（见《丽人》，上海译文出版社，1988 年版），宋桂煌译《乡村的决斗》（载《当代外国文学》，1990 年第 4 期），张兆奎译《牧人耶利》（见《世界经典爱情小说·意大利》，知识出版社，1991 年版），马恒芸、云霄译《莺之死》（*Storia di una capinera*）（见安徽人民出版社刊于 1985 年的《外国抒情小说选》第 4 集以及上述《世界中篇小说经典文库·意大利卷》《世界中篇小说经典·意大利卷》）等。

亚米契斯 (Edmondo de Amicis, 1846—1908)

亚米契斯可说是在 20 世纪中国阅读界较受关注的意大利作家，其代表作 *Cuore* 在中国产生了大量的译本，其流传也几乎贯穿了大半个 20 世纪。1909 年，包天笑自日译本翻译改写的《馨儿就学记》连载于商务印书馆的《教育杂志》，应为 *Cuore* 的首个中译本[1]。1924 年，商

1. 关于包译本的具体研究，可参见陈宏淑：《译者的操纵：从 *Cuore* 到〈馨儿就学记〉》，载《编译论丛》，第三卷第一期（2010 年 3 月）。

务印书馆的《东方杂志》开始连载夏丏尊自日、英译本转译的《爱的教育》，1926 年开明书店出版单行本，至 1949 年共印行近 20 次，80 年代至上世纪末，该译本又多次重刊（如香港有成图书贸易公司，1984 年版；上海书店，1980 年版；华东师范大学出版社，1995 年版；广东经济出版社，1996 年版；译林出版社，1997、1999 年版；中国工人出版社，1997 年版；时代文艺出版社，1998 年版；吉林大学出版社，1999 年版等），"爱的教育"一名也相沿成为 *Cuore* 在中国的通译名。除夏译本外，解放前还出现了几个汉译本，多为自日译本或英译本转译，有的译本也多次再版，计有柯篷洲译《爱的学校》（世界书局，1931 年版），张栋译《爱的学校（又名爱的教育）》（龙虎书店，1935 年版），施瑛译《爱的教育》（启明书局，1936 年版），张鸿飞译《奇童六千里寻母记（又名每月故事）》（春明书店，1939 年版），知非译《爱的教育》（大陆书局，1940 年版），林绿丛译《爱的教育》（春明书店，1946 年版），冯石竹译《爱的教育》（经纬书局，1947 年版）等。

80 年代以来，我国先后涌现的 *Cuore* 译本（包括少数民族文译本）如田雅青译《爱的教育》（中国少年儿童出版社，1980、1996 年版；中国青年出版社，1996 年版；北方妇女儿童出版社，1999 年版），全明淑朝鲜文译本《爱的教育》（延边人民出版社，1982 年版），阿不力孜·买买提维吾尔文译本《爱的教育》（新疆人民出版社，1983 年版），陈蔚然译《爱的教育——一个意大利小学生的日记》（广州出版社，1997 年版），李紫译《爱的教育（一个意大利小学生的日记）》（国际文化出版公司，1997 年版），王干卿译《爱的教育》（人民文学出版社，1998 年版），蔡雪萍、梁海涛译《爱的教育》（河北人民出版社，1998 年版），姚静译《爱的教育》（南海出版公司，1999 年版）等。

除 *Cuore* 之外，亚米契斯其他作品在我国的译本，有巴金翻译的剧本《过客之花》（*Il fiore della Passione*）（1930 年载《小说月报》，1933 年由开明书店出单行本，后由文化生活

出版社再版），吕同六译短篇小说《卡尔美拉》（*Carmela*）（见 1982 年安徽人民出版社刊行的《黑桃皇后》，后多次再版）等。

斯韦沃（Italo Svevo，1861—1928）

斯韦沃的作品在我国迻译不多，计有：袁华清译《背译》（*Proditoriamente*）（见《意大利近代短篇小说选》），张兆奎译《烈性葡萄酒》（*Vino generoso*）（见《世界经典爱情小说·意大利》），黄文捷译《泽诺的意识》（*La coscienza di Zeno*）（安徽文艺出版社，1995 年版）等。

邓南遮（Gabriele D'Annunzio，1863—1938）

邓南遮的作品在我国迻译较早且传播较广，20 世纪上半叶涌现的译作多为自英语转译，计有：瘦鹃译《银匙》（载《晨报副刊》，1919 年），范村译《金钱》（*Marenghi*）（载《东方杂志》，1921 年第 18 卷第 13 期），仲持译《坎地亚的沉冤》（*La fine di Candai*）（载《东方杂志》，1923 年第 20 卷第 22 期）、《妖术》（*Fattura*）（载《东方杂志》，1924 年第 21 卷第 12 期），《英雄》（*L'eroe*）（载《东方杂志》，1927 年第 24 卷第 3 期），张闻天译《琪硪康陶》（*La Gioconda*）（中华书局，1924、1928、1940 年版），徐霞村译《英雄》（见《露露的胜利——近代意大利小说选》，春潮书局，1929 年版），向培良译《死城》（*La città morta*）（泰东图书局，1929 年版），伍纯武译《死的胜利》（中华书局，1931 年版），查士元译《牺牲》（*L'innocente*）（中华书局，1931、1935 年版），芳信译《死的胜利》（大光书局，1932、1936 年版），杜薇译《死的胜利》（中学生书局，1935 年版），陈俊卿译《死的胜利》（启明书局，1936、1937 年版），伍光建译《死的胜利》（商务印书馆，1936 年版），任思纯译《山行》（*Salita al monte*）（见《世界著名杰作选》第 1 集，经纬书局，1937 年版）等。

80 年代后，我国对邓南遮作品翻译较多的有吕同六、万子美等先生。吕同六的译作有：《船夫》（*Il traghettatore*）（载《钟山》1982 年第 2 期、《意大利近代短篇小说选》、《蒙扎修女的故事》）、《夜莺之歌》（*Il canto dell'usignolo*）（见《世界散文经典·意大利卷》）等。万子美的译作集中于《佩期卡托的故事》（*Le novelle della pescara*）（外国文学出版社，1989 年版）一书，该书收有《少女奥尔索拉》（*La vergine Orsola*）、《安娜姑娘》（*La vergine Anna*）、《殉教者》（*Gli idolatri*）、《英雄》《守灵》（*La veglia funebre*）、《阿玛尔匪伯爵夫人》（*La contessa d'Amalfi*）、《奥费纳尔公爵之死》（*La morte del Duca d'Ofana*）、《摆渡的人》《送终》（*Agonia*）、《坎迪娅之死》（*La fine di Candai*）、《魔法》《金币》《食柜》（*La madia*）、《桥头风波》（*La guerra del ponte*）、《图尔伦达纳还乡》（*Turlendana ritorna*）、《醉鬼图尔纶达纳》（*Turlendana ebro*）、《海大夫》（*Il cerusico di mare*）等多篇译作。《少女奥尔索拉》和《安娜姑娘》后分别刊于《世界中篇小说经典文库·意大利卷》和《外国著名作家经典中篇小说选》（山东文艺出版社，1996 年版）。

此外，钱鸿嘉译《坎迪亚末日》（载《译文丛刊》，1985 年第 10 期）、《松林中的雨》（*La Pioggia nel pineto*）、《浪漫曲》（*Romanza*）（均载《意大利诗选》）。沈萼梅、刘锡荣合译的《无辜者》（*L'innocente*）全本由花城出版社于 1994 年刊行。

皮蓝德娄（Luigi Pirandello，1867—1936）

1934 年诺贝尔文学奖得主皮蓝德娄是作品得到较多汉译的意大利剧作家。20 世纪上半叶，我国对其剧作的译介已较具规模，徐霞村先生可说是致力最多者，自 20 年代至 40 年代，徐先生自英语转译的译作大量发表或重刊，计有《六个寻找作家的剧中人物》（*Sei personaggi in cerca d'autore*）（载《熔炉》，1928 年第 1 卷第 1 期）、《嘴上生着花的人》（*L'uomo dal fiore in bocca*）（载《小说月报》，1929 年第 20 卷第 12 期；后载《绝望女》）、《紧礼服》（*Marsina stretta*）（载《露露的胜利》）、《亨利第四》（*Enrico IV*）（载《文学季刊》，1935 年第 2 卷第 1 期）等，《六个寻找作家的剧中人物》《亨利第四》后于 1936 年收于商务印书馆刊行的《皮蓝德娄戏曲集》）。除徐译本外，此一时段出现的译作另有维铨译《成名以后》（*Dopo la fama*）（载《新中华》，1934 年第 2 卷第 7 期），张梦麟译《沉默之中》（*In silenzio*）（载《新中华》，1934 年第 2 卷第 12 期），丽尼译《寂寞》（*In silenzio*）（载《小说》，1934 年第 9 期），吴铁声译《再想一下》（*Pensaci Giacomino*）（载《新中华》，1935 年第 3 卷第 13 期），侯仁之译《梅花雀，猫与天星》（*Il gatto, un cardellino e le stelle*）（载《国闻周报》，1935年第 12 卷第 9 期），戴望舒译《密友》（*Amicissimi*）（见《意大利短篇小说集》），立波译《西西里亚的白柠檬》（*Lumie di Sicilia*）（载《新小说》，1935 年第 1 卷第 5 期），毕树棠译《捉奸》（*Gli amanti sorpresi*）（载《艺文杂志》，1943 年第 1 卷第 5 期），柳无垢译《仪式而已》（*Formalità*）（见《世界短篇小说精华》，正风出版社，1948 年版）等。

60 年代，我国出现了苏杭自俄语转译的《西西里柠檬》（载《世界文学》1963 年第 6 期及《意大利近代短篇小说选》）。80 年代后，我国对皮蓝德娄作品的译介形成了更大规模，其中吴正仪、吕同六先生着力最多。吴正仪的译作有《六个寻找作者的剧中人》节译（载《外国戏剧》，1982 年第 4 期）、《皮蓝德娄戏剧二种》（收《六个寻找作者的剧中人》和《亨利四世》，人民文学出版社，1984 年版）、《好人儿》（*La buon' anima*）、《弗洛拉太太和她的女婿彭查先生》（见《甜蜜的生活》）、《忘却的面具》（*La maschera dimenticata*）（安徽文艺出版社，1995 年版）等。吕同六的译作有《亨利第四》（见《外国现代派作品选》，上海文艺出版社，1985 年版；后见《高山巨人——皮兰德娄剧作选》，花城出版社，2000 年版）、《寻找白我》（*Trovarsi*）（见《寻找自我》，漓江出版社，1989 年版；后见《高山巨人》）、《蝙蝠》（见《蒙扎修女的故事》）、《给赤身裸体者穿上衣服》、《高山巨人》（均见《高山巨人》）等。

此外，八九十年代涌现的译作还有：费惠茹译《西西里柠檬》（载《外国文学》，1980年），郑恩波译《苦难的姑娘》（*La ragazza triste*）（载《春风译丛》，1981 年第 4 期）、《她还有一个儿子》（*L'altro figlio*）（载《外国文学》，1987 年第 3 期）、《黑披巾》（*Scialle Nero*）（载《中外文学》，1989 年第 6 期），陈惠华译《六个寻找作者的角色》（台北远景出版事业公司，1982 年版），吴德艺译《花圈》（*La corona*）（见《外遇》，花城出版社，1983 年版），汤庭国译《坛子》（*La giara*）（见《意大利近代短篇小说选》），王勇译《真心话》（*La verità*）（载《山花》，1984 年第 8 期），詹晓宁译《孤草依依》（*L'uomo solo*）（载《外国小说》，1986 年第 10 期），高晔译《初夜》（*Notte*）（载《外国文学》，1986 年第 4 期），查岱山译《当代世界小说家读本·皮蓝德罗》（台北光复书局，1988 年版），谢志国译《战争》（*La battaglia*）（载《青年外国文学》，1988 年第 5 期），刘儒庭译《已故的帕斯卡尔》（*Il fu Mattia Pascal*）（见《寻找自我》），蔡蓉译《西西里柠檬》，萧天佑译《六个寻找作者的剧中人》（均见《寻找自我》及《高山巨人》），张兆奎译《亡夫》（见《世界经典爱情小说·意大利》），黄文捷译《蝙蝠》（*Il pipistrello*）、《格腊内拉的房子》（*La casa del Granella*）、《瘦小的燕尾服》（*Marsina stretta*）、《旅馆里死了一个人》（*Nell'albergo è morto un tale*）（均由世界文学出版社刊于 1993 年），加洛译《太阳与阴影》，杨仁敬译《日出》《黑围巾》《这等于 2》，陈敦全译《刺进标记图》《在寂静中》《旅行》，黄水乞译《标本鸟》《孤独者》《死亡陷阱》《弱智者》《渔栅》，吴依俤译《单独一个人》《长衣》《坎德洛拉》，杨信彰译《痛心之时》《米歇丽娜姑姑》《一无所有》《想法》《挑战》（均见厦大六同人译《自杀的故事——皮兰德娄短篇小说选》，辽宁教育出版社，2000 年版），吕同六编选《皮兰德娄精选集》（山东文艺出版社，2000 年版），吴美真译《死了两次的男人》（*Il fu Mattia Pascal*）（台北先觉出版社，2000 年版）等。

黛莱达（Grazia Deledda，1871—1936）

黛莱达系 1926 年诺贝尔文学奖得主，或许多少与此有关，其作品在我国得到了较早的译介，20 世纪上半叶出现的译作有：赵景深译《两男一女》（*Un uomo e una donna*）（载《小说月报》，1927 年第 18 卷 12 期；《意大利的恋爱故事》，亚细亚书局，1928 年版；《芦管》，神州国光出版社，1930 年版），卢世延译《两个奇迹》（*Due miracoli*）（载《东方杂志》，1930 年第 27 卷第 11 期），俞彬译《忍耐》（*Sofferenza*）（载《文学生活》，1931 年创刊号），陈君涵译《未锁之门》（*La porta aperta*）（载《春光》，1934 年第 1 卷第 2 期），董家滢译《消逝的憧憬》（华通书局，1935 年版）。

自 20 世纪 80 年代起，又相继有新译问世：杨目荪译《母亲》（台北远景出版事业公司，1983 年版），吕同六译《小野猪》（*Il cinghialetto*）（见《意大利近代短篇小说选》《蒙扎修女的故事》及山东文艺出版社刊于 1998 年的《撒丁岛的血》），汤庭国译《鞋》（*Le scarpe*）（见《甜蜜的生活》），黄文捷、肖天佑译《邪恶之路》（漓江出版社，1991 年版），肖天佑译《玛丽安娜·西尔卡》（*Marianna Sirca*）（漓江出版社，1992 年版），蔡蓉译《风中芦苇》（*Canne al vento*）（上海译文出版社，1992 年版；后见《撒丁岛的血》），沈萼梅、刘锡荣译《长青藤》

（*L'edera*）、《孤寂人的秘密》（*Il segreto dell'uomo solitario*）（均见《长青藤》，花城出版社，1996 年版），沈豪译《人生游戏》（*I giochi della vita*）（漓江出版社，1983 年版；后见《世界中篇小说经典·意大利卷》）。

萨巴（Umberto Saba，1883—1957）

对萨巴、翁加雷蒂、蒙塔莱、夸西莫多几位 20 世纪"隐逸派"诗人作品的译介，在我国取得了不少成果。就萨巴而言，其诗歌的译作有：吕同六译《山羊》（*La capra*）、《阿尔蒂贾内利剧院》（*Teatro degli Artigianelli*）（均见《甜蜜的生活》；后见春风文艺出版社刊于 1989 年的《当代欧美诗选》及重庆出版社刊于 1992 年的《世界反法西斯文学书系·意大利》）、《春天》（*Primavera*）（载《诗刊》，1989 年第 8 期），钱鸿嘉译《车站》（*La Stazione*）、《小女儿画像》（*Ritratto della mia bambina*）、《的里雅斯特》（*Trieste*）（均见《意大利诗选》）、《山羊》、《幼树》（*L'arboscello*）、《忧郁》（*La malinconia*）、《乡镇》（*Il borgo*）、《秋》（*L'autunno*）、《今年》（*Quest'anno...*）（均载《外国文艺》，1989 年第 5 期），飞白译《山羊》（见《世界名诗鉴赏辞典》）等。

翁加雷蒂（Giuseppe Ungaretti，1888—1970）

钱鸿嘉先生也是翁加雷蒂作品的主要推介者，其译作有：《痛苦》（*Agonia*）、《怀旧》（*Nostalgia*）（均载《外国文艺》，1983 年第 6 期）、《宁静》（*Quiete*）、《别再喊了》（*Non gridate più*）、《我已失去了一切》（*Ho perduto tutto*）（均载《世界文学》，1984 年第 2 期；《我已失去了一切》《宁静》后见《当代欧美诗选》）、《黄昏》（*Sera*）、《追念》（*In memoria*）、《河流》（*I fiumi*）、《怜悯》（*La pietà*）（均载《外国文学季刊》，1984 年第 1—2 期）。钱译《意大利诗选》及《夸齐莫多、蒙塔莱、翁加雷蒂诗选》（外国文学出版社，1988 年版）均收有翁加雷蒂作品的许多译作。

其他译家的成果有：吕同六译《卡尔索的圣马丁诺镇》（*San Martino del Carso*）、《守夜》（Veglia）（见《甜蜜的生活》），飞白译《卡尔索山的圣马提诺》《不再沉重》（Senza più peso）、《致诺亚》（A Noia）、《晨》（Mattino）、《鸽子》（La colomba）（均见《世界名诗鉴赏辞典》），叶维廉译《守着死》（Agonia）（见《当代欧美诗选》），王天清译《怀念》（见《外国抒情诗赏析词典》）等。

蒙塔莱（Eugenio Montale，1896—1981）

钱鸿嘉、吕同六两位先生是 70 年代末 80 年代初蒙塔莱诗作的早期翻译者。钱鸿嘉先生的成果有：《幸福》（Felicità raggiunta, si cammina）（载《外国文艺》，1978 年第 1 期）、《新月牙上的风》（Vento sulla Mezzaluna）、《海边》、《音讯》（Ecco il segno; s'innerva…）、《木兰花的阴影》（L'ombra della magnolia）、《一封未写的信》（Su una lettera non scritta）（均载《外国文学季刊》，1984 年第 1–2 期）。钱译《意大利诗选》及《夸齐莫多、蒙塔莱、翁加雷蒂诗选》均收有蒙塔莱作品的许多译作。

吕同六先生的成果有：《汲水的辘轳》（Cigola la carrucola del pozzo）、《英国圆号》（Corno inglese）、《夏日正午的漫步》（Meriggiare pallido e assorto）（均载《外国文艺》，1978 年第 1 期）、《木星人》（Gioviana）、《东方》（In oriente）（均载《世界文学》，1986 年第 1 期）、《柠檬》（I limoni）、《剪子，莫要伤害那脸容》（Non recidere, forbice, quel volto）（均见《甜蜜的生活》）、《我为你拭去额上的冰霜》（Ti libero la fronte dai ghiaccioli）、《征兆》（Ecco il segno; s'innerva...）（均见《当代欧美诗选》）、《希特勒的春天》（La primavera hitleriana）（见《世界反法西斯文学书系·意大利》）。吕译《蒙塔莱诗选》（湖南文艺出版社，1989 版）及吕同六、刘儒庭译《生活之恶》（Il male di vivere）（漓江出版社，1992 年版）均收入蒙塔莱诗作的许多译作。

此外，我国出现的蒙塔莱诗译作还有：杨渡译《孟德雷诗选》（台北远景出版事业公司，1982 年版），赵小克译《誓言》（Lo sai: debbo riperderti e non posso）、《头发》（La frangia dei capelli）、《宝库》（Il repertorio）、《我的缪斯》（La mia Musa）、《薄暮》（Due nel crepuscolo）（均见《我看到开满了花的小径》），飞白译《歇晌》（Meriggiare pallido e

assorto）（见《世界名诗鉴赏辞典》），叶维廉译《正午时歇息》、《唐娜》（*Dora Markus*）（均
见《当代欧美诗选》），王天清译《海关人员的房屋》（*La casa dei dogunieri*）（见《外国
抒情诗赏析词典》）等。

兰佩杜萨（Giuseppe Tomasi Di Lampedusa，1896—1957）

西西里小说家兰佩杜萨的作品汉译有：袁华清译《莉海娅》（*Lighea*）（载《外国文艺》，
1981 年及上海译文出版社 1983 年刊行的《当代意大利短篇小说集》），费慧茹、艾敏译《豹》（*Il
Gattopardo*）（载《外国文学季刊》，1984 年第 1—2 期，单行本由外国文学出版社刊于 1986
年），吕同六译《幸福与法规》（*Felicità e legge*）（载《译林》，1986 年第 1 期；后载河南
人民出版社刊于 1987 年的《梦幻——意大利当代短篇小说选萃》以及上述《蒙扎修女的故事》），
詹晓宁译《自尊》（*Fiducia in se stessi*）（载《外国小说》，1986 年第 2 期）等。

西洛内（Ignazio Silonc，1900—1978）

我国对小说家西洛内作品的译介，有很大一部分系围绕其首部长篇小说 *Fontamara* 展开。
总体而观，20 世纪上半叶出现的译作有：绮纹译《意大利的脉搏》（*Fontamara*）（金星书店，
1939 年版），赵萝蕤译《死了的山庄》（*Fontamara*）（独立出版社，1943、1944 年版），希
丹译《阿里士多德先生》（*Signor Aristide*）（进化书局，1946 年版），荒芜译《巴黎之旅》（*Viaggio
a Parigi*）（载《天下文章》，1944 年第 2 卷第 2 期；后见《现代翻译小说选》，文通书局，
1946 年版），马耳译《神父受职式》（*La cerimonia di ordinaione*）、《狐狸》（*La volpe*）
（均见《巴黎之旅》，开明书店，1944、1948 年版）。

80 年代后的译作有：马祖毅译《芳丹玛拉》（湖南人民出版社，1981 年版），林昭译《探
监》（*Visita*）（见《当代意大利短篇小说集》），袁华清译《塞薇丽娜》（*Severina*）（载《外
国文艺》，1984 年第 5 期）、《酒和面包》（*Vino e pane*）（北京出版社，1987 年版），肖
天佑译《丰塔马拉》（见《世界反法西斯文学书系·意大利》）。

夸西莫多（Salvatore Quasimodo，1901—1968）

钱鸿嘉、吕同六两位先生同样是夸西莫多作品在中国的主要翻译者。钱鸿嘉先生的译作有：《米兰，1943 年 8 月》（*Milano, agosto 1943*）、《古老的冬天》（*Antico inverno*）（均载《外国文艺》，1983 年第 6 期）、《瞬息间夜晚降临》（*Ed è subito sera*）、《南方的哀歌》（*Lamento per il Sud*）、《哦，我亲爱的畜生》（*O miei dolci animali*）、《欢乐的模拟》（*Imitazione della gioia*）、《给母亲的信》（*Lettera alla madre*）（均载《外国文学季刊》，1984 年第 1—2 期）、《古老的冬天》（见《我看到了开满花的小径》）。钱译《意大利诗选》及《夸齐莫多、蒙塔莱、翁加雷蒂诗选》均收有夸西莫多诗的多篇译作。

吕同六先生的译作有：《瞬息间是夜晚》、《米兰，1943 年 8 月》（均见《甜蜜的生活》）、《岛》（*Isola*）、《冬夜》（*Notte d'inverno*）、《墙》、《信》、《黎明》（*Ora che sale il giorno*）（均见《金果小枝》）、《云天的光明》（*In luce di cieli*）、《胡同》（*Vicolo*）、《廷达里的风》、《伊拉丽娅墓前》（*Davanti al simulacro d'Ilaria del Carretto*）、《绿来自……》（*Verde deriva*）、《一九四七年》（*Anno Domini MCMXLVII*）、《致母亲》、《或许只有心》（*Forse il cuore*）、《古老的冬天》（均见《国际诗坛》第一辑，漓江出版社，1987 年版）、《也许是墓志铭》（*Scritto forse su una tomba*）（见《当代欧美诗选》）、《我的祖国意大利》、《致切尔维七兄弟和他们的意大利》（*Ai fratelli Cervi, alla loro Italia*）（均见《世界反法西斯文学书系·意大利》）。吕译《夸西莫多抒情诗选》（四川文艺出版社，1992 年版）也收有夸西莫多诗作的多篇译作。

除上述之外，我国迻译夸西莫多诗作的成果还有：李魁贤译《瓜西莫多诗集》（台北远景出版事业公司，1981 年版），赵小克译《现在天已破晓》、《欢欣的模仿》、《恶魔之夜》（*Che lunga notte*）、《语言》（*Parola*）、《在海边》（*Spiaggia a S. Antioco*）、《鲜花已经逝去》（*Già vola il fiore magro*）（均见《我看到开满了花的小径》），飞白译《转瞬即是夜晚》、《在上贝加莫城堡中》（*Dalla Rocca di Bergamo alta*）（见《世界名诗鉴赏辞典》），王天清译《在柳树的枝上》（*Alle fronde dei salici*）（见《外国抒情诗赏析词典》）等。

莱维（Carlo Levi，1902—1975）

小说家莱维的作品在 50 年代的我国有译本开始出现，即严大椿译《在瓦律西亚勒的大屠杀》（*Massacro in Valdossola*）（见《把大炮带回家去的兵士》，新文艺出版社，1956 年版）。其代表作 *Cristo si è fermato a Eboli* 至 20 世纪末有了两个汉译本：王仲年、恩奇译《基督不到的地方》（上海译文出版社，1956、1959、1982 年版）及刘儒庭译《基督不到的地方》（见《世界反法西斯文学书系·意大利》）。

布扎蒂（Dino Buzzati，1906—1972）

我国对布扎蒂作品的译介取得了较多的成果，其中着力较多的有吕同六、张继双、张志春等先生。吕同六的译作有：《朋友们》（*Gli amici*）（载《世界文学》，1978 年第 1 期及《梦幻》《蒙扎修女的故事》）、《渴望健康的人》（*L'uomo che volle guarire*）（见《当代意大利短篇小说集》《蒙扎修女的故事》）。

张继双、张志春翻译的多篇译作《现代地狱记游》（*Viaggio agli inferni del secolo*）、《埃莱比车厂》（*Una cosa che inizia per elle*）、《魔服》（*La giacca stregata*）、《赛索利大街外传》（*Alias in via Sesostri*）、《盛名之下》（*Essere Famoso*）、《弄假成真》（*Rendere vero il falso*）、《艾斯坦赴约》（*Appuntamento con Einstein*）、《油炸团子》（*La polpetta*）、《权力和人情》（*Potere e sentimento*）、《蛀虫》（*Il tarlo*）、《心甘情愿》（*Volentieri*）、《最虔诚的修士》（*Il prete pio*）、《教会学校》（*La scuola di religione*）、《泥石流采访记》（*La frana*）、《替身作家》（*Al posto dello scrittore*）、《海王星》（*Nettuno*）、《楼梯之梦》（*Il sogno sulla scala*）、《医生的话》（*Stefano Caberlot–scrittore*）、《"我只给女儿要一个球"》（*"Voglio una palla per mia figlia"*）、《嫉妒》（*Il musicista invidioso*）、《作家的秘密》（*Il segreto dello scrittore*）、《朋友们》、《虚度的时光》（*Tempo perduto*）、《凯》（*Kan*）、《五兄弟》（*Cinque fratelli*）、《鼠害》（*I topi*）、《妈妈的回忆》（*Ricordi di mia madre*）、《情书》（*Una lettera d'amore*）、《神秘的眼镜》（*Gli occhiali misteriosi*)、《账单》（*Il conto*）均见《现代地狱记游》（山西人民出版社，1984年版）。

其他译作有：吉庆莲译《小妖婆》（*La bella indemoniata*）（载《外国文学》，1980年第5期），祝本雄译《一个女人的自白》（*Confessioni di una donna*）（载《外国文学》，1982年第2期），柳村译《维丽娅》（*Viria*）（载《外国戏剧》，1982年第4期），徐平译《长眠者》（*Il morto*）（载《外国小说》，1986年第7期），陈师兰译《错死的画家》（*L'erroneo fu*）（载《外国文艺》，1986年第2期及《外国小说选刊》1986年第8期），胡宗荣译《魔衣》（载《外国小说》，1986年第12期），罗国林、吉庆莲译《海怪，K》（*L'orca K*）（陕西人民出版社，1987年版），温承德译《泥石流采访记》（*La frana*）（见《梦幻》），陈师兰译《蛋》（*Uovo*）（载《译林》，1988年第3期），沈萼梅、刘锡荣译《彩蛋》（见《比萨斜塔和外星人》，湖南少年儿童出版社，1991年版），窦仁译《魔服》（安徽文艺出版社，1994年版）等。

莫拉维亚（Alberto Moravia，1907—1990）

莫拉维亚的作品在20世纪的中国也得到了较广泛的译介。其作品的翻译主要从50年代发端，计有：非琴译《孩子》（*Il tesoro*）、《出声的思想》（*L'incosciente*）、《教堂中的小偷》（*Ladri in chiesa*）、《马利奥》（*Mario*）（均载《译文》，1956年第8期）、《罗马故事》（*Racconti romani*）（上海文艺出版社，1962年版），严大椿译《一钱不值的慈善奖券》（*La lotteria di beneficenza da una lira*）（见《把大炮带回家去的兵士》），陈次园译《竞争》（*Concorrenza*），王成秋译《假钞票》（*Il biglietto falso*）、《鸿运降临到你头上》（*Un uomo sfortunato*），李法勋译《月球特派记者从地球上发出的第一个报告》（*Primo rapporto dalla Terra dell'"inviato speciale" della luna*），张村民译《两个饿鬼》（*Romolo e Remo*）（均载《译文》，1958年），移模译《大热天里开的玩笑》（*Scherzi del callo*）、《中人》（*Il mediatore*），吕凝译《橱窗里的幸福》（*Felicità in vetrina*）（均载《世界文学》，1962年第1—2期）。

80年代后，对莫拉维亚作品的翻译着力较多的有吕同六、王干卿、袁华清、沈萼梅、刘锡荣等先生。吕同六的成果有:《想象》(*L'immaginazione*)、《梦游症患者》(*Sonnambula*)、《女明星》(*Famosa*)(均载《世界文学》,1980 年第 6 期;《想象》后见陕西人民出版社 1986 年刊行的《外国小小说选》;《梦游症患者》后见上海文艺出版社 1985 年刊行的《外国现代派作品选》)、《房间与街道》(*La camera e la strada*)(见《当代意大利短篇小说集》)、《梦中听到楼梯上的脚步声》(*Sento sempre in sogno un passo sulla scala*)、《雷霆的启示》(*Tuono rivelatore*)、《海关稽查员家里的女人》(*La donna nella casa del doganiere*)(均载《外国文艺》,1986 年第 5 期;《梦中听到楼梯上的脚步声》后载《外国小说选刊》1987 年第 3 期;《海关稽查员家里的女人》后见《梦幻》)、《梦幻》(*Il sogno*)(见《梦幻——意大利当代短篇小说选萃》)、《月球特派记者发自地球的第一个报告》(见《世界名家随笔全库》,百花文艺出版社,1996 年版)。吕先生迻译莫拉维亚作品的集大成之作是外国文学出版社刊于 1983 年的《莫拉维亚短篇小说选》,该书收有《橱窗里的幸福》、《月球特派记者发自地球的第一个报告》、《抢劫》(*La strappata*)、《别了,乡村》(*Addio alla borgata*)、《红雨衣》(*L'impermeabile rosso*)、《小酒窝》(*La fossetta*)、《中国瓷瓶》(*Il vaso cinese*)、《结婚礼物》(*Il regalo di nozze*)、《艾丽维拉的眼泪》(*Le lagrime di nozze*)、《不由自主》(*L'automa*)、《账单》(*Il conto*)、《梦幻》、《蜜月旅行》(*Il viaggio di nozze*)、《贵妇人》(*Troppo ricca*)、《出于嫉妒的玩笑》(*Scherzi di gelosia*)、《流浪者》(*Il vagabondo*)、《陷阱》(*Invischiato*)、《中国盒子》(*La scatola cinese*)、《机器》(*Servomeccanismi*)、《穷汉》(*Troppo povero*)、《阴差阳错》(*Confusa*)、《比你更漂亮》(*Più bella di te*)、《想象》、《梦游症患者》、《女明星》、《平衡》(*L'equilibrio*)、《生活的压迫》(*La vita addosso*)、《生活中最可怕的东西》(*La cosa più terribile della vita*)、《发现》(*La scoperta delle scoperte*)等多篇译作。此外,《蒙扎修女的故事》也收有《橱窗里的幸福》《房间与街道》《红雨衣》《女明星》《梦中听到楼梯上的脚步声》等莫拉维亚作品的译作。

王干卿的翻译成果有:《随波逐流》(*Secondo corrente sul fiume Zaire*)(载《黑龙江艺术》,1982 年第 7 期)、《经纪人》(*Il mezzano*)(载《小说天地》,1984 年第 5 期)、《冰雕的王冠》(*La corona di ghiaccio svani*)(见《冰雕的王冠》,黑龙江少年出版社,1992 年版;《世界大作家儿童文学集萃》,安徽人民出版社,1993 年版;《世界童话经典》,春风文艺出版社，1996 年版）等。

　　袁华清的翻译成果有：《鳄鱼、鹬鸟和爱跳舞的鱼》（*Il coccodrillo*）、《冰做的王冠化了》、《长颈鹿寻找自己》（*La giraffa che cerca se stessa*）（均载《外国文艺》，1984 年第 3 期）、《假面舞会》（*La mascherata*）（载《外国文学季刊》1984 年第 1—2 期及《世界中篇小说经典文库·意大利卷》）、《野性女人》（*Donna selvatica*）（载《外国小说》，1985 年第 4 期）、《冷漠的人》（*Gli indifferenti*）（上海译文出版社，1986 年版）等。

　　沈萼梅、刘锡荣的翻译成果有：《长颈鹿寻找自己》、《鳄鱼、反嘴鹬和跳舞的鱼儿》、《鲸年幼的时候》（*Quando la balena era piccola*）、《好打瞌睡的消防队员》（*I bravi pompieri morti di sonno*）（均见《比萨斜塔和外星人》）、《罗马女人》（*La romana*）（安徽文艺出版社，1994、1999 年版；大众文艺出版社，1999 年版）、《罗马故事》（上海译文出版社，1998 年版）；沈萼梅译《匿名信》（*La lettera anonima*）、《罗莫洛和莱莫》（*Romolo e Remo*）（均载《外国文学》，1986 年第 11 期）等。

　　除上述之外，我国自 70 年代末至 20 世纪末产生的莫拉维亚作品的译作还有：刘秋玲译《不由自主》、《平衡》、《房间和街道》（均载《外国文艺》，1978 年第 2 期）、《恩爱夫妻》（*L'amore coniugale*）（湖南人民出版社，1986 年版），曾一豪译《苦涩的蜜月》（台北皇冠出版社，1985 年版），汤庭国译《人与人物》（*L'uomo e il personaggio*）（见《甜蜜的生活》），孙致礼、尹礼荣译《罗马女人——一个西方妓女的自白》（山东文艺出版社，1987 年版；珠海出版社，1996 年版），陆林译《深渊中的神女——一个欧洲妓女的悲惨生涯》（*La santa delle profondità*）（湖南文艺出版社，1989 年版），刘传球译《盯梢》（*L'impermeabile rosso*）（载《外国文学欣赏》，1989 年第 1—2 期），杜福兴译《回到大海》（*Ritorno al mare*）（载《外国文学》，1991 年第 3 期），张兆奎译《中国狮子狗》（*Il cane cinese*）、《胃口》（*L'appetito*）、《脓包》（*La pustola*）（均见《世界经典爱情小说·意大利》），刘月樵译《化妆舞会》（见《世界反法西斯文学书系·意大利卷》），蔡蓉译《乔恰里亚的女人》（*La ciociara*）（见《世界反法西斯文学书系·意大利卷》），白烨等编《假面舞会》（见《假面舞会——20 世纪外国中篇小说精选》，中国文联出版公司，1992 年版），梁友石译《情断罗马》（*Il disprezzo*）（上海译文出版社，1994 年版），韩学林译《罗马女人》（台海出版社，2000 年版）等。

金兹布格（Natalia Ginzburg, 1916—1991）

女作家金兹布格作品自 80 年代后得到了翻译, 计有: 袁华清译《母亲》（*La madre*）（载《东海》1981 年第 8 期及《当代意大利短篇小说集》）、《瓦伦蒂诺》（*Valentino*）（见《白天的猫头鹰——意大利当代中篇小说选》, 北京出版社, 1984 年版）, 沈萼梅译《亲爱的米凯莱》（*Caro Michele*）、《他和我》（*Io e lui*）（均见《温柔的激情》, 河北教育出版社, 1995 年版;《亲爱的米凯莱》后见《世界中篇小说经典·意大利卷》）。

福尔蒂尼（Franco Fortini, 1917—1994）

50 年代, 我国出现了对福尔蒂尼的翻译, 即何如译《现代意大利散文》(*Saggi Italiani*)（载《译文》, 1957 年第 9 期）。80 年代后又陆续出现了相关的译介, 如吕同六译《最后的游击战士之歌》（*Canto degli ultimi partigiani*）、《信》（*Lettera*）（均见《甜蜜的生活》;《最后的游击战士之歌》后见《世界反法西斯文学书系·意大利卷》;《信》后载《世界文学》, 1989 年第 2 期）, 钱鸿嘉译《严酷的冬天》（*Agro Inverno*）、《瓦尔多索拉》（*Valdossola*）、《路条》（*Strada*）（均载《外国文艺》, 1987 年第 5 期）, 张兆奎译《金石侣》（*Una coppia felice*）（见《世界经典爱情小说·意大利》）等。

罗大里（Gianni Rodari, 1920—1980）

与科罗狄、亚米契斯作品的情形相类, 罗大里的作品在 20 世纪后半叶的中国也颇为风行。50 年代, 我国对其作品有所翻译, 如沈绍唐译《小流浪者》（*I piccoli vagabondi*）（少年儿童出版社, 1954 年版）, 燕荪译《流浪少年》（基本书局, 1954 年版）, 余凤高译《一个"为什么"的故事》（*Una storia del "perché"*）、《眼镜的故事》（*La storia degli occhiali*）、《虚荣的烟斗》（*La pipa arrogante*）、《驴, 为什么要哭》（*Perché l'asino piange*）（均载《译文》, 1958 年第 6 期）等。

　　至 20 世纪末，对罗大里作品迻译较多的有任溶溶、王干卿、沈萼梅、刘锡荣等译家。任溶溶的成果有：《"哭"字》（*La parola "Pianto"*）、《清道工人》（*Lo spazzino*）、《给仙人的信》（*Una lettera alla fata*）、《七巧》（*Sette ciao*）、《上远道去看看》（*Va lontano per vedere*）、《天下孩子一共有多少》（*Quanti bambini ci sono al mondo?*）（均载《译文》，1954 年第 6 期）、《好哇，孩子们》（*Buongiorno bambini*）（少年儿童出版社，1954 年版）、《给孩子们讲讲火车，谈谈城市》（*Racconta ai bambini del treno e della città*）（载《译文》，1956 年第 8 期）、《三颗钮扣的房子》（*La casa dei tre bottoni*）、《皇帝和六弦琴》（*La chitarra dell'imperatore*）、《不肯长大的小泰莱莎》（*Teresin che non cresce*）、《假话国历险记》（*Gelsomino nel paese dei bugiardi*）（均载《外国文艺》，1979 年第 3 期；《假话国历险记》此后的刊本有：人民美术出版社，1980、1981 年版，少年儿童出版社，1981、1997 年版及上海译文出版社，1999、2000 版等）、《洋葱头历险记》（*Le avventure di Cipollino*）（少年儿童出版社，1954、1981 年版；河北美术出版社，1999 年版）、《罗大里童话：四大历险故事》（湖南少年儿童出版社，1988 年版）、《天上掉下来的大蛋糕》（*La torta in cielo*）（上海译文出版社，1999 年版）等。

　　王干卿的成果有：《稻草人》（*Lo spaventapasseri*）（载《少年报》，1980 年）、《一双灵巧的手》（*L'Apollonia della marmellata*）（载《小白杨》，1980 年第 10 期）、《一条没人走过的路》（*La strada che non andava in nessun posto*）（载《少年文艺》，1980 年第 11 期）、《最重的人和最轻的人》（*Pesa di più e pesa di meno*）（载《译海》1982 年第 1 期及《儿童文学》1982 年第 4 期）、《单峰驼和双峰驼》（*Il dromedario e il cammello*）（载《宁夏群众文艺》，1982 年第 4 期）、《冰激凌王子》（*Il Principe gelato*）（载《儿童文学》，1982 年第 6 期）、《牧童和强盗》（*Il Bandito*）（载《译海》，1983 年第 3 期）、《猫先生的罐头商店》（*Gli affari del Signor Gatto*）（载《儿童文学》，1984 年第 5 期）、《快乐的公主》（*La Principessa allegra*）、《爵士的花园》（*Il giardino del Commendatore*）（均见《听妈妈讲外国故事》，中国国际广播电台出版社，1987 年版）、《流浪儿选章》（*Piccoli vagabondi*）（见《献给孩子们——外国名作家为孩子们定的作品》，人民文学出版社，1997 年版）等。

沈萼梅、刘锡荣的成果有：《瞎眼王子》（*Il principe cieco*）、《圣·朱里奥岛上的秘密——很早以前有个兰贝托男爵》（*Il segreto dell'isola di S. Giulio*）、《比萨斜塔和外星人》（*La torre di Pisa e l'extraterrestre*）、《黑夜里的声音》（*La voce della notte*）（均见《比萨斜塔和外星人》）、《电话里的寓言故事》（载《儿童文学》，1991 年）等。

其他译作有：费慧茹译《隐身人多尼诺》（*Le avventure di Donino l'invisibile*）（载《外国文学》，1981 年第 5 期），刘风华译《罗大里童话选》（河南人民出版社，1981 年版），张颂译《日普在电视机里》（*Gip nel televisore*）（北京师范大学出版社，1981 年版），刘碧星、张宓译《电话里讲的童话》（*Favole al telefono*）（载《外国文艺》，1982 年第 3 期），翁克富译《电话里的故事》（外国文学出版社，1982 年版）、《蓝箭》（*La freccia azzurra*）（四川少年儿童出版社，1984 年版），夏方林译《三个小流浪儿》（*Tre vagabondi*）（中国少年儿童出版社，1984 年版），刘风华译《小流浪汉》（四川少年儿童出版社，1985 年版），王勇译《流浪儿》（河南少年儿童出版社，1985 年版），粟周熊译《铁栅栏之歌》（*Il canto della cancellata di ferro*）（载《外国文学》，1985 年第 12 期），祝本雄译《有三个结尾的故事》（*Tante storie per giocare*）（世纪知识出版社，1985 年版），吕同六译《风景画片》（*Cartoline*）（见《甜蜜的生活》），城隐、李佳译《假话国历险记》（辽宁少年儿童出版社，1993 年版）等。此外还出现了维吾尔文译本：阿不力米提译《电话里的故事》（新疆青年出版社，1986 年版）。

夏侠（Leonardo Sciascia，1921—1989）

对夏侠作品译介较多的有袁华清先生，其译作如《白天的猫头鹰》（*Il giorno della civetta*）（载《外国文艺》，1982 年第 5 期；后见《白天的猫头鹰——意大利当代中篇小说选》及《世界中篇小说经典文库·意大利卷》）、《瓦斯》（载《外国文学季刊》，1983 年第 4 期）、《你死我活》（*Gioco di società*）（见《当代意大利短篇小说集》）、《远航》（*Il lungo viaggio*）（载《外国文学》，1983 年第 2 期）等。

其他译家的成果有：贾铺新译《朱法与红衣主教》（*Giufà e il cardinale*）（载《外国文学》，1981 年第 9 期），吕同六译《各得其所》（*A ciascuno il suo*）（载《世界文学》，1983 年第

4 期及《蒙扎修女的故事》），杨顺祥译《四八年》（*Il Quarantotto*）（见《甜蜜的生活》及《世界中篇小说经典·意大利卷》），郭世琮译《勾心斗角》（*Gioco di società*）（见《梦幻》），颜青译《匿名信后的黑手》（*A ciascuno il suo*）（载《中外电视》，1988 年第 3 期），沈萼梅、刘锡荣译《一个简单的故事》（*Una storia semplice*）（载《外国文学》，1991 年第 1 期），沈珩译《安蒂莫尼奥》（*Antimonio*）（见《世界反法西斯文学书系·意大利卷》），贾镛新译《各得其所》（*Todo modo*）（安徽文艺出版社，1995 年版），倪安宇译《白天的猫头鹰 / 一个简单的故事》（台北时报文化出版企业公司，1996 年版）等。

达里奥·福（Dario Fo, 1926— ）

现代作家达里奥·福的剧作已被搬上了中国话剧舞台，产生了一定影响，其作品的具体汉译情况为：1998 年，译林出版社刊行了《一个无政府主义者的意外死亡——达里奥·福戏剧作品集》，该书收有吕同六译《一个无政府主义者的意外死亡》（*Morte accidentale di un anarchico*）、王焕宝译《遭绑架的范范尼》（*Fanfani rapito*）、张宓译《滑稽神秘剧》（*Mistero buffo*）、姚荣卿译《喇叭、小号和口哨》、王军译《高举旗帜和中小玩偶的大哑剧》（*Grande pantomima con bandiere e pupazzi piccoli*）多篇译作，是 20 世纪我国译介达里奥·福作品的集大成之作。此外，达里奥·福的作品的汉译本另如黄文捷译《不付钱! 不付钱! 》（漓江出版社，2000 年版）等。

马莱尔巴（Luigi Malerba, 1927—2008）

对马莱尔巴作品的迻译,袁华清、沈萼梅、刘锡荣等先生用力较勤,其成果计有: 袁华清译《碰上鲨鱼以后》（*Pescecane*）、《紫菀》（*Aster Perennis*）、《黑手党徒》（*Il mafioso*）（均载《外国文艺》，1982 年第 2 期;《碰上鲨鱼以后》后见《梦幻》;《紫菀》后见《当代意大利短篇小说集》）、《莫奇科尼》（*Mozziconi*）（见《白天的猫头鹰》）。

沈萼梅译有: 《蜘蛛人》（*L'uomo ragno*）、《计策》（*La trama*）（均载《外国文学》，

1990 年第 6 期；《蜘蛛人》后见山东友谊出版社刊于 1992 年的《世界著名钻石小说 660 篇》）。沈萼梅、刘锡荣合译有：《蜘蛛和蝎子》（*Il ragno e lo scorpione*）、《打不碎的鸡蛋》（*L'uovo indistruttibile*）（均见《比萨斜塔和外星人》）、《烟头历险记》（*Il mazzicone*）（浙江少年儿童出版社，1992 年版）、《忧心忡忡的小鸡》（*Le galline pensierose*）、《小故事》（*Storielle*）、《袖珍小故事》（*Storielle tascabili*）、《从前有一座叫路尼的城市》（*C'era una volta la città di Luni*）、《穿靴子的木偶》（*Pinocchio con gli stivali*）、《骑士和他的影子》（*Il cavaliere e la sua ombra*）（均见《忧心忡忡的小鸡》，安徽少年儿童出版社，1996 年版）。

其他译作有：吕同六译《一个梦者的日记》（*Diario di un sognatore*）（载《世界文学》1989 年第 2 期及《蒙扎修女的故事》），杨顺祥译《蛇》（*Il serpente*）（安徽文艺出版社，1995 年版）等。

帕里塞（Goffredo Parise，1929—1986）

至 20 世纪末，小说家帕里塞的作品已经得到了一定的译介，如袁华清译《旅馆》（*L'Albergo*）、《手艺》（*Lavoro*）、《海洋》（*Mare*）（均载《外国文艺》，1983 年第 5 期；《旅馆》后见《梦幻》及《世界反法西斯文学书系·意大利卷》）、《臆想的直线》（*Retta ideologica*）（见《当代意大利短篇小说集》），沈萼梅译《梦》（*Sogno*）（载《外国文学》，1990 年第 6 期），沈萼梅、刘锡荣译《仁慈》（*Pietà*）（见《比萨斜塔和外星人》）等。

艾柯（Umberto Eco，1932— ）

意大利当代作家、学者艾柯的名作 *Il nome della rosa* 自 80 年代开始有了汉译本：林泰等译《玫瑰之名》（重庆出版社，1987 年版）和闵丙君译《玫瑰的名字》（载《外国文学》，1987 年第 4—10 期；单行本由中国戏剧出版社刊于 1988 年）。艾柯其他作品的汉译本有：谢瑶玲译《傅科摆》（*Il pendolo di Foucault*）（台北皇冠文学出版公司，1992 年版），翁德明译《昨日之岛》（*L'isola del Giorno Prima*）（皇冠文化出版公司，1998 年版），张定绮译《带着鲑鱼去旅行》

（*Il Secondo Diario Minimo*）（皇冠文化出版公司，2000 年版）等。

　　由上所述，或可略窥意大利文学在中国流播轨迹之大势。需要说明的是，本文所涉限于作品译刊较多的意大利作家，对作品有零星译刊者未能述及；至于在流播表象下结合各时段语境的深层探究，更非笔者学力所能为。凡此诸多不足，均寄望于来者。

第十三章　　但丁《神曲》汉译考察

第一节　但丁 Comedia 及其在我国的翻译

但丁（Dante Alighieri, 1265—1321）作品本名
Comedìa，该词源自古希腊语 κωμωδία，但丁在《地狱篇》
即如此称呼其作（Inferno, XVI, 128；XXI, 2），在致
Cangrande I（1291—1329）的信中，也曾提及该作品的拉
丁文名 *Comoedia*。但丁动笔写 Comedia 的时间，大概始
于 1302 年作者遭流放之后，成诗年份大约在但丁去世当
年，即 1321 年。作品称"喜剧"（Comedia），有两个
原因：中世纪对于戏剧主要为表演性艺术的概念已模糊，
而惯于根据题材内容和语言风格的不同，把叙事体文学
作品也称为"悲剧"或"喜剧"。但丁因为此作品叙述
从地狱到天国的历程，结局圆满；又因作品风格平易朴
素，不像维吉尔（Publius Vergilius Maro, 前 70—前
19）的《埃涅阿斯纪》（*Aeneis*）那样高华典雅，故取名

但丁像

Comedia[1]。薄伽丘（Giovanni Boccaccio, 1313—1375）
在《但丁赞》（*Trattatello in laude di Dante*, 1373）
一文中对这部作品推崇备至，称之为"神圣的"（divina）。
1555 年，Ludovico Dolce（1500—1568）袭薄伽丘之意，
在所编威尼斯版中首次采用 *Divina Commedia* 为书名，此
名遂流传开来。中文译本今通称《神曲》，单从但丁原
作并非供表演的剧本一点来看，中文译名取"曲"而弃
"剧"，似有一定的合理性。当然，作者欲借 *Comedia*
表达的结局圆满及风格平易的意蕴，"神曲"一名则难
以传达。

1. 参见 [意] 但丁著，田德望译：《神曲：地狱篇》，译本序，第 24 页，北京：人民文学出版社，2002 年版。以下田译文均取自此本。一说自 16 世纪起，
在意语语境中，commedia 一词又逐渐重拾其古希腊罗马时代的本义，侧重于指称表演艺术。另对比法语同源词 comédie，据 Jacqueline Picoche, Le Robert,
Dictionnaire étymologique du français, Paris, 2008, p.116, comédie 在 14 世纪的法语语境中，仅限于谈论亚里士多德（Ἀριστοτέλης, 前 384—前 322）
的希腊戏剧（théâtre）理论；在十六七世纪，被用以泛指戏剧作品（oeuvre théâtrale en général）；而在 17 世纪，也开始趋向于指称喜剧作品（pièce
comique）。

关于但丁及其 Comedia 在中国的接受，前辈学者已有钩考，兹不赘述[1]。下面历数一下

Comedia 汉语译作的刊发情形，也以备后文的考察。就目前所知，钱稻孙先生为但丁 Comedia

1. 可参阅袁华清：《从但丁到卡尔维诺——意大利文学作品在中国》，载《翻译通讯》，1984 年 2 期；吴晓樵：《〈神曲〉早期流传中国小考》，载《中华读书报》，1998 年 6 月 17 日；王宁、葛桂录等著：《神奇的想象——南北欧作家与中国文化》，第 154—209 页，银川：宁夏人民出版社，2005 年版。

的首位中国译者。钱稻孙之父钱恂曾任清朝政府驻意公使，钱先生幼年随父母侨居罗马，当时

即读 Comedia 原文，后陆续将第一、二、三曲译为骚体，于 1921 年但丁逝世六百周年之际，用《神

曲一脔》为标题，发表在《小说月报》第 12 卷第 9 号上，商务印书馆 1924 年出版单行本，注

释较详[2]。其后，钱译《神曲·地狱篇·曲一至五》于 1929 年发表于《学衡》第 72 期。此次刊

2.[意]但丁著，田德望译：《神曲：地狱篇》，译本序，第 25 页，北京：人民文学出版社，2002 年版。值得注意的是，钱稻孙之母单士厘作为清代唯一有国外旅行记传世的中国妇女，在所著《归潜记》（1910）中已曾提及"义儒檀戴所著《神剧》"，见钟叔河编：《走向世界丛书》第十册，第 803 页，长沙：岳麓书社，2008 年版。

20 世纪三四十年代间，我国出现了几个《神曲》节译本。1933 年，《大公报》文学副刊第

295、300 期发表了孙毓棠和严既澄翻译的《但丁神曲》片段。1934 年，上海新生命书局刊行了

3. 王宁、葛桂录等著：《神奇的想象——南北欧作家与中国文化》，第 167 页，银川：宁夏人民出版社，2005 年版。孟昭毅、李载道主编：《中国翻译文学史》，第 386 页，北京：北京大学出版社，2005 年版。另钱稻孙还曾尝试用译《神曲》的本事创作杂剧《但丁梦》，不仅发表了第一出《魂游》，载《学衡》第 39 期（1925 年 3 月），见吴晓樵：《〈神曲〉早期流传中国小考》。

傅东华自英语转译的檀德《神曲》，为对《神曲》的故事体介绍[4]。同年，上海诗歌月刊社的《诗

歌月报》第 1 卷刊了严既澄翻译的《神曲》节选。1944 年，重庆《时与潮文艺》杂志第 3、4

卷刊登了于庚虞自英语转译的《地狱曲》。1946 年，西安《高原》杂志第 1 卷刊登了老梅的《神

4. 王宁、葛桂录等著：《神奇的想象——南北欧作家与中国文化》，第 173 页，银川：宁夏人民出版社，2005 年版。

曲》节译。此外，诗人吴兴华也翻译过《神曲》，译稿部分已佚，现有第一部第二节收于今人

所编《吴兴华诗文集·诗卷》（2005 年版）。

王维克先生是第一位把《神曲》完整迻译到中国的译家，其译本系据意大利文原本，并参

照法、德、英文等西文版本译成[5]。《地狱》篇于 1939 年由商务印书馆刊行，篇首附有王先生

5. 据王维克译本作家出版社 1954 年版"出版说明"。

所撰长文《但丁及其神曲》，分为"但丁生平及著作"、"神曲总论"、"地狱分析"、"净

界分析"、"天堂分析"及"余论"六部分。1948 年，商务印书馆刊行了其《神曲》全译本。

50 年代，作家出版社、人民文学出版社两次重印。70 年代末，人民文学出版社对该译本进行

了修改，于 1980 年重排出版。90 年代，该社又对书中生僻和不易了解的专名据通行译法进行

了一次全面修改，于 1997 年再版[6]。该译本此后又多次重刊，迄今为止，应为再版次数最多的《神

6. 据王维克译本人民文学出版社 1997 年版"前言"。

曲》汉译本[7]。王维克本之后出现的《神曲》汉语全译本，是新文艺出版社自 1954 年开始出版，

7. 如台北志文出版社 1997 年版、北京燕山出版社 2005 年版、湖北人民出版社、长江文艺出版社 2006 年版、吉林出版集团有限责任公司 2007 年版、天津教育出版社 2008 年版。

至 1962 年出齐的朱维基英语转译本，此译本所据为 Dr. John Carlyle 的散体译本 (London, J. M.

Dent and Sons, 1919)[8]，80 年代后几次重印[9]。

8. 据朱维基译本新文艺出版社 1954 年版出版信息页所注。　　　　9. 如上海译文出版社 1984 年、1990 年、2007 年版及河北人民出版社 1996 年版。

1982 年，田德望先生以 73 岁高龄投身于《神曲》的翻译，中途几次因病辍笔，历经 18 年

呕心沥血，终于在 2000 年将《天国篇》译毕，且对各篇加入了详密的注释。与漫长的翻译历

程相应，人民文学出版社刊行田译的时间跨度也长达 11 年：《地狱篇》刊于 1990 年[1]，《炼狱篇》

1.《地狱篇》前四章曾刊于费里尼等著，刘儒庭等译：《甜蜜的生活——意大利文学专号》，桂林：漓江出版社，1986 年版。

刊于 1997 年，《天国篇》刊于 2001 年。2002 年，人民文学出版社又将三个单行本合为一套书出版。

与田译本成套刊行的时间相去不远，我国又出现了两部同样译自意大利文的《神曲》译本：一

部是 2000 年由花城出版社出版的黄文捷先生的译本，2005 年译林出版社再版；另一个是香港

学者黄国彬先生完成的首部三韵体（terza rima）汉语全译本。黄国彬先生的《神曲》汉译工

作自 1984 年开始，断断续续，至 1996 年完成初稿，1999 年修饰完毕，2000 年至 2002 年注释完

成[2]。2003 年由台湾九歌出版社出版，2009 年大陆外语教学与研究出版社出版简体字版。此外，

2.[意]但丁著，黄国彬译注：《神曲·地狱篇》，译者序，第 1 页，北京：外语教学与研究出版社，2009 年版。以下黄译文均取自此本。

2005 年，广西师范大学出版社还出版了当代诗人张曙光参照多个英译本及汉译本完成的《神曲》

3.[意]但丁，张曙光译：《神曲·地狱篇》，序言，第 2 页，桂林：广西师范大学出版社，2005 年版。所据为何本，张译未说明。以下张译文均取自此本。

全译本[3]。需要提及的是，《神曲》在我国除汉语译本以外，另诞生了塔木的蒙古文节译本（内

4.如但寻著：《但丁奇历记》，香港：中华书局，1958 年版；馨仪、仁正编写：《神曲精彩故事》，石家庄：河北少年儿童出版社，1998 年版；北京紫图图

蒙古人民出版社 1985 年版）及一些改编本[4]。

书公司编译：《神曲的故事》，西安：陕西师范大学出版社，2003 年版、2004 年版；郭素芳编著：《神曲》，长沙：岳麓书社，2005 年版。

第二节　《神曲》汉译本考察

以下将《神曲》开篇四节的原文同几篇主要汉译进行比照研究。本考察重点不在于指陈对错，

更希望在文本互勘的基础上，借《神曲》这部集西方思想语言精华的大作，对西籍（特别是诗）

中译过程中的若干问题有所试探。对于转译自其他语种的译本，如可获知所据何本，则结合该

译本进行论述；如未可获知，则着重其文本所呈现的最终效果亦即传达给中国读者的感觉，而

不妄断汉译家之正误。

一、原文译文比较：

《地狱》篇开篇为：

Nel mezzo del cammin di nostra vita

mi ritrovai per una selva oscura,

ché la diritta via era smarrita. [1]

1.Dante, *la Divine Comédie, 1' Enfer/Inferno*, Paris, Flammarion, 2004, p.24.

钱稻孙译本：

> 方吾生之半路，
>
> 恍余处乎幽林，
>
> 失正轨而迷误。[2]

2.[意]但丁著，钱稻孙译：《神曲一脔》，第3页，上海：商务印书馆，1924年版。以下钱译文均取自此本。

意语中 cammino 兼含"旅程"（viaggio）、"路"（strada）两义，若取"旅程"一解，原文第一句直译当为"在我们人生旅程之半"；若取"路"义，当为"在我们人生之路之半"，钱译取"路"义，将"路之半"并作"半路"，这也是《神曲》汉译本首句的常见译法之一。原文第二句 mi ritrovai 为自反动词 ritrovarsi 的第一人称直陈式（indicativo）远过去时（passato remoto）形式，Garzanti 字典（*Garzanti Grande Dizionario di Italiano 2009*）对 ritrovarsi 的解释为："处于、到达一个地方、一种处境，通常为不自愿地或不期然地"（essere, capitare in un luogo, in una situazione, per lo più involontariamente o inaspettatamente）[3]。由此观之，钱译第二句"恍"字可谓传达出了原文的意蕴。原文第三句是作为一个由 ché 引导的原因从句出现的，其中"正路"（la diritta via）为主语，smarrita 可被视为过去分词，和用作未完成时（imperfetto）的系词 era 合为被动态，原句直译作"因为正路被丢了"；也可被视为由过去分词衍化而来的形容词，原句直译作"因为正路丢失了"，而钱译实际上将译文第二句"余"用作了第三句的主语，改换了原文的结构。"而迷误"为衍文。[4]

但丁《神曲》朱维基译本

3.*Garzanti Grande dizionario di italiano 2009*, Forlì：Casa editrice Garzanti, 2008, p.139.

4.关于对钱译的评析，另可参阅浦安迪撰，吴慧敏译：《〈神曲一脔〉赏析》，见杨乃乔、伍晓明主编：《比较文学与世界文学——乐黛云教授七十五华诞特辑》，第147—153页，北京：北京大学出版社，2005年版。

王维克译本：

当人生的中途，我迷失在一个黑暗的森林之中。[1]

1.[意]但丁著，王维克译：《神曲》，第 3 页，北京：人民文学出版社，1997 年版。以下王译文均取自此本。

译文第一句未译出"我们的"（nostra）一义。以"迷失"对译 miritrovai，也可说表达了原文"不期然而处某地"的意思。原文第三句未译。

朱维基译本：

就在我们人生旅程的中途，

我在一座昏暗的森林之中醒悟过来，

因为我在里面迷失了正确的道路。[2]

2.[意]但丁著，朱维基译：《神曲》，第 3 页，上海：上海译文出版社，2007 年版。以下朱译文均取自此本。

Carlyle 英译此节为：In the middle of the journey of our life, I found myself in a dark wood; for the straight way was lost[3]。朱译第一句译出"旅程"之义，当据英译本之 journey，此译法也正是《神曲》

3.*Dante's Divine Comedy: The Inferno, a literal prose translation*, by John A. Carlyle, M.D., London: Chapman and Hall, 1849, p.2.

汉译首句的另一通行译法。第二句以"醒悟过来"译英译之 found myself，对比原文 mi ritrovai，如作"恍然发现自己处于某地"解也可行。朱译第三句改换了主语。

田德望译本：

在人生的中途，我发现我已经迷失了正路，走进了一座幽暗的森林。[4]

4.[意]但丁著，田德望译：《神曲·地狱篇》，第 1 页，北京：人民文学出版社，2002 年版。

田译将原文第三句提到了译文第二句。译文第二句以"我发现我"对译 mi ritrovai，由拉丁语演变而来的现代语言（如意大利语、法语、西班牙语等）中，有前缀 ri（或作 re），常表"再一次"之义，而 ritrovare 异于 trovare 之处，正在于前缀 ri，trovare 今在汉语里的首选译法为"发现"，按 Garzanti 字典的解释，ritrovare 的主要意义为"发现消失或隐藏的某物"、"重新发现"、"重新得到"[5]，而自反形式 ritrovarsi 从前述看，不一定带有如此强烈的自反意义，此处的前缀

5.*Garzanti Grande dizionario di italiano* 2009, p.139.

ri 更强调两种处境之间的变换，翻译时，一者，不一定译成自反，二者，也不一定译出"重新"，但须传达出"从一个处境不期然而到另一处境"之义，田先生采取直译的方法不可谓错，只是所传意蕴或稍嫌不满。译文第二句（部分对应原文第三句）同样改换了主语。

黄文捷译本：

我走过我们人生的一半旅程，

却又步入一片幽暗的森林，

这是因为我迷失了正确的路径。[6]

6.[意]但丁著，黄文捷译：《神曲·地狱篇》，第 1 页，南京：译林出版社，2005 年版。以下黄译文均取自此本。

原文首句为介词 in（与定冠词缩合成 nel）引导的地点状语从句，黄译第一句将原文虚词"在"

换作译文中的实词"走过"。第二句以"却"表达一种不期然，可行。第三句也采用了改换主语的译法。

张曙光译本：

> 当走到我们生命旅程的中途，
>
> 我发现自己在一片黑暗的森林里，
>
> 因为我迷失了正直的道路。[1]

1.[意]但丁著，张曙光译：《神曲·地狱篇》，第14页，桂林：广西师范大学出版社，2005年版。

张译第一句同样选择了实词"走"。"发现自己"也为字面直译，尚可。第三句同样改换了主语。

黄国彬译本：

> 我在人生旅程的半途醒转，
>
> 发觉置身于一个黑林里面，
>
> 林中正确的道路消失中断。[2]

2.[意]但丁著，黄国彬译注：《神曲·地狱篇》，第1页，北京：外语教学与研究出版社，2009年版。

黄译第一句未译出"我们的"。第二句可不译"发觉"之义，译出也可。第三句"林中"、"中断"为衍语。

下面看原文第二节：

> *Ahi quanto a dir qual era è cosa dura*
>
> *esta selva selvaggia e aspra e forte*
>
> *che nel pensier rinova la paura！* [3]

3.Dante, la Divine Comédie, 1' Enfer/Inferno, p.24.

钱稻孙译本：

> 道其况兮不可禁，
>
> 林荒蛮以惨烈，
>
> 言念及之复怖心！ [4]

4.[意]但丁著，钱稻孙译：《神曲一脔》，第3页，上海：商务印书馆，1924年版。

原文起首的叹词 Ahi，钱译或许受骚体所限，未译出。钱译第一句以"不可禁"译原文"多少"（quanto），也可谓妙笔。而意语 aspra 一词，据 Garzanti 字典，由指味道、气味之尖酸（agro，pungente）进而可指事物之冷峻（rigido）、艰苦（duro）[5]，钱译第二句以"惨"对译，可行。

5.Garzanti Grande dizionario di italiano 2009, p.195.

而 forte 据 Garzanti 字典，forte 由指身体之强健有力进而可指精神上之精悍坚毅，也可作为负面

词汇修饰严重难捱之物[1]，由此观之，钱译以"烈"对译 forte，也可称妙笔。原文第三句直译作"（林）

1.ibid., p.989.

在（我的）思想中更新恐惧"，钱译改换了原文的结构，变作了"我"的行动：念及、恐惧。

王维克译本：

> 要说明那个森林的荒野、严肃和广漠，是多么的困难呀！我一想到他，心里就起
>
> 一阵害怕。[2]

2.[意]但丁著，王维克译：《神曲》，第 3 页，北京：人民文学出版社，1997 年版。

王译将原文一二句的次序进行了颠倒。译文首句以"严肃"对译 aspra，所传意蕴似不够饱

满；以"广漠"对译 forte，似有偏差，当然，"广漠"或许正为此林在诗人看来 forte 的原因或

部分原因，但王译有可能把原义局限了。译文将此节末句同第三节第一句并做了一句。

朱维基译本：

> 唉，要说出那是一片如何荒凉、如何崎岖、
>
> 如何原始的森林地是多难的一件事呀，
>
> 我一想起它心中又会惊惧！[3]

3.[意]但丁著，朱维基译：《神曲》，第 3 页，上海：上海译文出版社，2007 年版。

Carlyle 英译此节为：Ah! how hard a thing it is to tell what a wild, and rough, and stubborn wood this

was, which in my thought renews the fear[4]。英译同原文结构相同，朱译则颠倒了首句、次句的次序，

4.Dante's Divine Comedy: The Inferno, a literal prose translation, by John A. Carlyle, M.D., p.2.

并改换了第三句的结构。在三个修饰"林"的形容词上，朱译以"荒凉"、"崎岖"、"原

始"对译 wild、rough、stubborn，对比原文的 selvaggia、aspra、forte，"荒凉"似不及"荒蛮"；

据 Le Robert & Collins Dictionnaire anglais 词典，rough 一义即对应法语的 âpre[5]，âpre 即意语 aspra

5.Le Robert & Collins Dictionnaire anglais, Paris, Dictionnaires Le Robert–SEJER, p.1915.

的同源对应词，朱译"崎岖"或许在一定程度上，将原文的抽象意涵具化了；而据《牛津高阶

英汉双解词典》，stubborn 意即"不退让的"、"倔强的"、"固执的"（determined not to

give away；strong-willed；obstinate）[6]，"原始"与英译及原文 forte 均不完全对应。

6.《牛津高阶英汉双解词典》（第四版增补本），第 1517 页，商务印书馆，牛津大学出版社，2002 年版。

田德望译本：

> 啊！要说明这座森林多么荒野、艰险、难行，是一件多么困难的事啊！只要一想
>
> 起它，我就又觉得害怕。[7]

7.[意]但丁著，田德望译：《神曲·地狱篇》，第 1 页，北京：人民文学出版社，2002 年版。

田译所选用的三个形容语"荒野、艰险、难行"相对较好地传达了原文的意思。

黄文捷译本：

> 啊！这森林是多么原始，多么险恶，多么举步维艰！

道出这景象又是多么困难！

现在想起也仍会毛骨悚然。[1]

1.[意]但丁著，黄文捷译：《神曲·地狱篇》，第1页，南京：译林出版社，2005年版。

黄译第一句所选的三个形容词是"原始"、"险恶"、"举步维艰"，前两个同原义相对较合，而"举步维艰"的主语应为诗人，无法说"森林举步"，似在汉语文法上有偏误。第三句"毛骨悚然"，若以字面意思看，中文成语中的"毛"、"骨"是对原文"恐惧"（paura）的过度发挥；从该成语整体传达的"非常恐惧"的含义看尚可，但原文只说paura，未用gran paura等语，黄译或也有过度发挥之嫌。在结构上，黄译也更改了前两句的次序及第三句的结构，并将此节末句同下节首句并做了一句。

张曙光译本：

啊，很难说出它是什么样子，

荒蛮的森林，浓密而难行，

甚至想起也会唤回我的恐惧。[2]

2.[意]但丁著，张曙光译：《神曲·地狱篇》，第14页，桂林：广西师范大学出版社，2005年版。

第一句译文将原文"苦物"（cosa dura）换作"什么样子"，减少了意蕴。第二句将aspra译作"浓密"、forte译作"难行"，后者尚可，前者达意似有偏差。总体而观，三句译文与其他译本相较，距原文结构最近。

黄国彬译本：

啊，那黑林，真是描述维艰！

那黑林，荒凉、芜秽，而又浓密，

回想起来也会震栗色变。[3]

3.[意]但丁著，黄国彬译注：《神曲·地狱篇》，第1页，北京：外语教学与研究出版社，2009年版。

以"荒凉"、"芜秽"、"浓密"对译三个形容词，如上所论，"荒凉"似不及"荒蛮"、"荒野"；而"芜秽"似距aspra更远；"浓密"可以作为forte的具体化但也可能伴随着意涵的缩小化。第三句或许为了迁就五步格，黄译采用了"震栗"、"色变"两个词对译rinova la paura（更新恐惧）。首先，或有衍文之嫌；其次，从语义的表面层次看，原文中并无"脸色因惊恐而改变"之语。

下面看原文第三节：

Tant'è amara che poco è piú morte;

ma per trattar del ben ch'i' vi trovai,

dirò de l'altre cose ch'i v'ho scorte.[1]

1.Dante, la Divine Comédie, l'Enfer/Inferno, p.24.

钱稻孙译本：

> 戚其苦兮死何择：
>
> 惟获益之足谘，
>
> 愿尔缕其所历。[2]

2.[意] 但丁著，钱稻孙译：《神曲一脔》，第 4 页，上海：商务印书馆，1924 年版。

钱译第二句"益"字很好地传达了原义 ben。原文第三句 scorte 原为 scorto，乃动词 scorgere 的过去分词，据 Garzanti 字典，scorgere 首义为"看到、辨出"（riuscire a vedere，a distinguere）[3]，钱译所取"历"字固然不错，但或有将原义扩大之嫌。

3.Garzanti Grande dizionario di italiano 2009, p.2279.

王维克译本：

> 不下于死的光临。在叙述我遇着救护人之前，且先把触目惊心的景象说一番。[4]

3.[意] 但丁著，王维克译：《神曲》，第 3 页，北京：人民文学出版社，1997 年版。

王译第一句衍出了"光临"一语，而遗漏了"它如此之苦"（Tant'è amara）一义。原文第二句 trattar 今义主要指"探讨"（discutere）[4]，王译作"叙述"，可行而非最佳。此外，王译将原文抽象的"益"（ben）具化为"救护人"，且"救护"之义多少为译文所衍。原文第三句直译为"（我）将说我在那里看到的其他诸物"，"触目惊心"一语为所衍文，且以"景象"对译 cose（诸物），可行而非完全的直译。

4.Garzanti Grande dizionario di italiano 2009, p.2659.

朱维基译本：

> 那是多么辛酸，死也不过如此；
>
> 可是为了要探讨我在那里发现的善，
>
> 我就得叙一叙我看见的其他事情。[5]

5.[意] 但丁著，朱维基译：《神曲》，第 3 页，上海：上海译文出版社，2007 年版。

Carlyle 英译此节为：so bitter is it, that scarcely more is death. But to treat of the good that I there found, I will relate the other things that I discerned[6]。译文第一句以"辛酸"对译英译的 bitter 及原文的 amara

6.Dante's Divine Comedy: The Inferno, a literal prose translation, by John A. Carlyle, M.D., p.2.

（苦），语义或有差。第二句以"探讨"对译 treat，以"善"对译 good，与原文 trattar 及 ben 均较合。

田德望译本：

> 它的苦和死相差无几。但是为了述说我在那里遇到的福星，我要讲一下我在那里

看见的其他的事物。[1]

1.［意］但丁著，田德望译：《神曲·地狱篇》，第1页，北京：人民文学出版社，2002年版。

同王译的方法类似，田译第二句将原文抽象的"益"（ben）译作了"福星"，不只具象化了，而且引入了一个较中国化的概念。

黄文捷译本：

> *尽管这痛苦的煎熬不如丧命那么悲惨；*
>
> *但是要谈到我在那里如何逢凶化吉而脱险，*
>
> *我还要说一说我在那里对其他事物的亲眼所见。*[2]

2.［意］但丁著，黄文捷译：《神曲·地狱篇》，第1页，南京：译林出版社，2005年版。

原文第一句直译作"（林）如此苦，以至于死只（比它）更甚一点"，意在强调林之苦，而黄译作"尽管不如丧命那么悲惨"，与原义有些相悖，且有多处衍文，如"煎熬"、"那么悲惨"（此或为了押韵）。此外，"丧命"相较于原文直白的"死"（morte），有些过度。第二句"如何逢凶化吉而脱险"或许多少为了押韵，与原义相较，发挥过多，译文第三句"亲眼"也为衍文。

张曙光译本：

> *那么痛苦，死亡也不更严酷！*
>
> *但要重新讲述在那里发现的善，*
>
> *就得同时讲述我见到的另外事情。*[3]

3.［意］但丁著，张曙光译：《神曲·地狱篇》，第14页，桂林：广西师范大学出版社，2005年版。

总体而言，张译此节较与原文相合。第三句"同时"为衍文。

黄国彬译本：

> *和黑林相比，死亡也不会更悲凄；*
>
> *为了复述黑林赐我的洪福，*
>
> *其余的景物我也会一一叙记。*[4]

4.［意］但丁著，黄国彬译注：《神曲·地狱篇》，第1页，北京：外语教学与研究出版社，2009年版。

同田译"福星"相类，译文此句"洪福"或许中国色彩过浓，且原文作"我在其间发现的益"，译文作"黑林赐我的洪福"，语义或有偏差，"我"所发现者不一定是黑林主动所赐。译文第三句未点出"我所见的"（ch'iv'ho scorte）之义。

下面看原文第四节：

Io non so ben ridir com'i' v'intrai,

tant'era pien di sonno a quel punto

che la verace via abbandonai.[1]

1.Dante, la Divine Comédie, l'Enfer/Inferno, p.24.

钱稻孙译本：

> 奚自入兮不复怀；
>
> 余梦寐而未觉，
>
> 遂离弃夫真馗。[2]

2.[意]但丁著，钱稻孙译：《神曲一脔》，第4页，上海：商务印书馆，1924年版。

原文第一句前半句直译作"我不知如何很好地重说"，钱译作"不复怀"，非直译，但大义已达。原文第二句直译作"在那时我如此充满睡意"，钱译"而未觉"为衍文。

王维克译本：

> 我怎样会走进那个森林之中，我自己也不清楚，只知道我在昏昏欲睡的当儿，我
>
> 就失掉了正道。[3]

3.[意]但丁著，王维克译：《神曲》，第3页，北京：人民文学出版社，1997年版。

王译第一句衍出了"自己"，另"不清楚"与原文"不知如何很好地重说"有差，但大义已达。后两句所译较准确。

朱维基译本：

> 我说不清我怎样走进了那座森林，
>
> 因为在我离弃真理的道路时，
>
> 我是那么睡意沉沉。[4]

4.[意]但丁著，朱维基译：《神曲》，第3页，上海：上海译文出版社，2007年版。

Carlyle 英译此节为：I cannot rightly tell how I entered it, so full of sleep was I about the moment that I left the true way[5]。朱译颠倒了英译及原文二、三两句的次序。与多数汉译的不同之处在于，朱

5.Dante's Divine Comedy: The Inferno, a literal prose translation, by John A. Carlyle, M.D., p.3.

译将 true way 译作"真理的道路"，将修饰语由形容词改作了名词。与此对应的意语原文是 verace via，据 Garzanti 字典，verace 乃一文学词汇，表"合乎真实的，不假的，不欺的"（che risponde al vero；non falso, non ingannevole），另可表"自身具有真理的，为真理源泉的"（che ha in sé verità, che è fonte di verità）[6]。以此观之，朱译也不能为误，但更直接地译作形

6.Garzanti Grande dizionario di italiano 2009, p.2752.

容词"真"、"正"者，还应为多数。

田德望译本：

> 我说不清我是怎样走进了这座森林，因为我在离弃真理之路的时刻，充满了强烈

7.[意]但丁著，田德望译：《神曲·地狱篇》，第1页，北京：人民文学出版社，2002年版。

> 的睡意。[7]

田译第二句也作"真理之路"，如上所述，不能算错。二、三句的次序也被颠倒了。

黄文捷译本：

> 我无法说明我是如何步入其中，
>
> 我当时是那样睡眼朦胧，
>
> 竟然抛弃正路，不知何去何从。[1]

1.[意]但丁著，黄文捷译：《神曲·地狱篇》，第1页，南京：译林出版社，2005年版。

原文第二句作"（我）充满睡意"（pien di sonno），而黄译点出"眼"，当属过度衍化、具化。译文第三句"不知何去何从"为衍文。

张曙光译本：

> 无法说清我是如何走进
>
> 那片树林；我正充满着睡意
>
> 在放弃了真实道路的地方。[2]

2.[意]但丁著，张曙光译：《神曲·地狱篇》，第14页，桂林：广西师范大学出版社，2005年版。

或为了协调译句长短，张译将原文第一句的"那里"（vi）译出原指"那片树林"，并移至第二句。原文第二、三句"如此……以致……"（tant'...che...）之义未译出。

黄国彬译本：

> 老实说，迷途的经过，我也说不出。
>
> 我离开正道，走入歧途的时候，
>
> 已经充满睡意，精神恍惚。[3]

3.[意]但丁著，黄国彬译注：《神曲·地狱篇》，第1页，北京：外语教学与研究出版社，2009年版。

黄译颠倒了原文二、三句的次序。译文第一句"老实说"、第二句"走入歧途"、第三句"精神恍惚"为衍文。

二、 翻译相关问题

下面以对诸译本的考察为基础，参考部分译者在翻译实践中所提出的观点，将笔墨扩展于《神曲》译本之外，尝试初步讨论西籍中译的三个问题。

（一）　内容与形式

文学作品不独有内涵之蕴，时亦有形式之美。在跨语言、跨文化迻译的过程中，二者难于尽传。但丁即云："凡是按照音乐规律来调配成和谐体的作品都不能从一种语言译成另一种语言，而不致完全破坏它的优美与和谐。"[1] Comedia 的翻译难度，以深广的思想文化意蕴而观，

1. 语出《筵席》（Convivio）第一篇第七章。转引自 [意] 但丁著，田德望译：《神曲·地狱篇》，译本序，第 27 页，北京：人民文学出版社，2002 年版。

所求于译家者自不待言；单以作品形式而论，Comedia 所用为十一音步三韵格，每行十一个音节，三行一节，第一行与第三行押韵，第二行与下一节的第一行押韵，以此类推，汉译采用诗体还是散体，已颇令译者踌躇。钱稻孙先生以骚体译《地狱篇》前三曲，第一曲译得很好，二、三曲则未再严格按此形式押韵。《神曲》每行一般都是十一音节，钱译则每行少者六个字，多者十三四个字，远不如原诗整称[2]。王维克先生在其《地狱篇》首版中称："我译但丁既用意大

2. [意] 但丁著，田德望译：《神曲·地狱篇》，译本序，第 25—26 页，北京：人民文学出版社，2002 年版。

利俗语做诗，而不用拉丁文，现在我用白话译他，只求达意，不顾音节，也不至于过于荒谬罢。本来翻译是不得已的事情，如欲十全十美，只有劝大家去读原文。"[3] 田德望先生着手翻译前，

3. [意] 但丁著，王维克译：《神曲·地狱》，第 45—47 页，长沙：商务印书馆，1939 年版。

曾借鉴于一些英、德译本，发现英德翻译家有以"三韵体"译 Comedia 者，为使译文合乎格律，往往削足适履或添枝加叶；译成无韵诗的译本，由于不受韵脚束缚，这种缺点出现很少；而完全摆脱格律束缚的散文译本，则尤为忠实可靠。这些事实坚定了田先生采用散体的信念。田先生坦承："译者的目的仅在于使读者通过译文了解《神曲》的故事情节和思想内涵，如欲欣赏诗的神韵及其韵律之美，就须学习意大利语，阅读原作。"[4]

4. [意] 但丁著，田德望译：《神曲·地狱篇》，译本序，第 26 页，北京：人民文学出版社，2002 年版。

黄国彬先生兼具学者、诗人诸身份，通晓英、法、意、德、西、古希腊、拉丁等多种外语，相较于其他译者，似具更多优势。在翻译《神曲》的过程中，黄先生以意语原文为底本，参照了英文、法文、德文和西班牙文译本，并撰成多篇文章，从切身体会出发，对西方文学作品（特别是史诗）汉译中所遇到的句法、韵律等问题进行了探讨，提出了许多宝贵的结论[5]。关于句法，

5. 如《自讨苦吃——〈神曲〉韵格的翻译》《以方应圆——从〈神曲〉汉译说到欧洲史诗的句法》《再谈〈神曲〉韵格的翻译》《兵分六路擒仙音——〈神曲〉

黄先生认为，欧洲史诗句法常常环回堆叠，容纳种种词序、从句、插句，运用关系代词前后呼应，

长句的翻译》《半个天下压顶——在〈神曲〉汉译的中途》，诸文后收于黄国彬著：《语言与翻译》，台北：九歌出版社，2001 年版。

汉语缺少关系代词，又尚简洁，不易再现欧洲史诗波澜壮阔的风格[6]。以《神曲》为例，但丁

6. 参见黄国彬：《以方应圆——从〈神曲〉汉译说到欧洲史诗的句法》，见《语言与翻译》，台北：九歌出版社，2001 年版。

常用从句、插入语、倒装等结构，作者所以为此，正是为了创造各种艺术效果，译者对此不可

忽略[7]。关于韵格，黄先生译《神曲》，第一个考虑同样是：译成散文还是韵文？黄先生认为，

7. 参见黄国彬：《兵分六路擒仙音——〈神曲〉长句的翻译》，见《语言与翻译》，台北：九歌出版社，2001 年版。

以散文译《神曲》，好处之一是无须因押韵而扭曲诗义。然而，所谓"诗义"，至少包括两种：语义（semantic）层次的诗义和语音（phonological）层次的诗义（包括音步、押韵所产生的种

种效果）[1]。押韵能使作品环环相扣，连绵不绝，翻译时如果略去，就会牺牲部分诗义。理想的

1.[意]但丁著，黄国彬译注：《神曲·地狱篇》，译本前言，第 32 页，北京：外语教学与研究出版社，2009 年版。

译本不但要照顾语义特色，也要照顾语音特色。黄先生甚至认为，翻译具备语音美的作品，如

能在语音上得到补偿，要语义稍微适应语音，是值得的。特别是对于但丁，三韵格除了在韵律

和结构上发挥作用，使得音声彼此呼应、诗行互相紧连外，还有其根本的象征意义，即象征三

位一体的牢不可破[2]。有鉴于此，黄先生决定采取五音步三韵格的形式翻译 Comedia。在翻译过

2.[意]但丁著，黄国彬译注：《神曲·地狱篇》，译本前言，第 34 页，北京：外语教学与研究出版社，2009 年版。

程中，为了押韵和迁就诗行的长短，黄先生只好把原诗的意义单元拆散，按汉语习惯把这些单

元重组。他规定每行五个音步，然后 aba，bcb，cdc 地押韵，押韵时为了避免单调，还特意协

调汉语四声出现的频率。在翻译过程中，汉语习惯、韵脚、五步格、原义的亏满互相牵扯。按

黄先生的总结，以格律译《神曲》，既要应付节外生枝的句法，又要照顾韵律、节奏；既要逮

住所有的意义单元，又要驾驭每行的音步、顿数、韵脚，以至四声的出现频率[3]。黄先生坦承

3. 参见黄国彬：《兵分六路擒仙音——〈神曲〉长句的翻译》，见《语言与翻译》，台北：九歌出版社，2001 年版。关于翻译《神曲》的艰辛，黄先生在此文中有形象的描述。

在接受《神曲》韵格的挑战后所付出的代价：首先，押韵所花的时间，比不押韵多出数倍；其次，

押韵时，虽尽量避免扭曲原作的意思，但总比不上采用无韵体自由，在某一程度上，仍要语义

受一点委屈[4]。

4. 参见黄国彬：《自讨苦吃——〈神曲〉韵格的翻译》，见《语言与翻译》，台北：九歌出版社，2001 年版。有趣的是，与句法翻译的情况相异，黄先生称，他保留三韵体，虽是自讨苦吃，但处境比许多印欧语系国家的译者好。如，英语押韵就比汉语押韵更困难。在比较意大利语、汉语、英语三种语言之后称，意大利语最便于押韵，因为意大利语中，以 -o-a-e-i 结尾的字多不胜数，韵脚可随手拈来。汉语押韵虽没有意大利语方便，但要胜英语一筹。

从《神曲》诸译家的翻译实践来看，本文所选的七个译本（文），王维克译本、田德望译

本形式即为散体，朱维基译本、张曙光译本形式为诗体而未押韵，钱稻孙译本部分诗行可说大

致符合三韵格形式，黄文捷译本大体为每三行押一韵，只有黄国彬译本全本按三韵格押韵。而

就本文所初步考察的前四段译文而言，为迁就押韵而衍文的现象，也确在三个押韵译本中相对

较多，如钱译本第一节的"而迷误"，黄文捷译本第三节的"那么悲惨"，第四节的"不知何

去何从"，黄国彬译本第一节的"林中"、"中断"，第二节的"震栗色变"，第四节的"走

入歧途"、"精神恍惚"。总之，在巨大的语言文化差异下，对于像王维克、田德望等先生所

采用的舍弃原著形式、旨在传达故事情节和思想内涵的迻译方法，似不宜深责；而黄国彬先生

倾尽心力，力图兼传原著内蕴与形式的做法，则十分可贵。诸前辈的翻译经验颇可启迪来者，

若有译家致力于此，或许将有更为形神兼备的《神曲》汉译本问世。当然，译作永远无法完全

再现原作，异域读者若欲全面感受《神曲》原典之美，唯有深习意大利语及西方文化一途。

（二）　翻译的民族性

黄文捷译本第二节"毛骨悚然"的运用，涉及到中译西实践中中文四字成语的运用问题，而这一问题实则常常涉及到概念的民族性问题以及翻译语汇的意义层次问题。前辈学者已对此展开过探讨，如刘英凯先生在《归化——翻译的歧路》一文中归纳了"归化"翻译的五种表现：第一，滥用四字格成语，且所用成语与原文语汇深层含义常不等值；第二，滥用古雅词语，而古雅词汇常带着更为鲜明的汉语民族色彩；第三，滥用抽象法，即把原文中的形象转为抽象，如把"潘多拉的盒子"译成"罪恶的渊薮"，把"犹大的亲吻"译成"险恶的用心"之类；第四，滥用"替代法"，用汉语中固有的语言表达来替代外文中的意义相似但表层形象迥异的表达方式，如把"无火不起烟"译为"无风不起浪"之类；第五，无根据地予以形象化或典故化[1]。

1. 刘英凯：《归化——翻译的歧路》，载《现代外语》，1987 年第 2 期。

翻译西籍时对四字成语的滥用，其首要问题应是因巨大文化差距下的混指误导了原义、原文化。而刘先生所谓的"抽象法"、"替代法"，实则也反映了部分中国译者面对文化传统的差异，意图更好地传达原义的苦心；只是，无论是由于译者本缺乏比较文化的意识或实不得已而为之，类似的译法都削减或剔除了异域的意蕴。从翻译语汇的意义层次看，以"毛骨悚然"一词为例，如上所述，原文只表达了中译者所取的中国成语的部分含义或称不同语义层次的含义，此处以中国成语对译，则对原义传达不确，且易误导中国读者，以为译出文化中也有此说法。以中文（时而包含着特定历史文化意味）的现成说法对译西方语汇的做法，另如以"说曹操，曹操到"对译法谚"Quand on parle du loup, on en voit la queue"（当人谈到狼，即见其尾巴），可说意达而蕴未达。此外，概念的民族化问题不独反映在中译西过程中成语的运用上，如上述《神曲》译本中以"福星"、"洪福"对译原文 ben 的做法，引入了较中国化的概念，此译法有待商榷。

翻译是两种语言、文化的考量。一种说法，时而在两种语言中神似而形不似，时而译出语形神皆为译入语所无。前一情形如上述；而对后一情形，也需设法弥补，而不宜径以译入文化的说法对译。例如，汉语中有无"您们"这一称呼，尚有争议，而对译德文复数敬称 Sie、意大利文曾用的复数敬称 Loro，则宜用"您们"，而不宜径译作"你们"。与之相类的是，一些中国法语译者或受其自身语言习惯与社会氛围的影响，对原作对话中的尊称 vous（您）不敏感，径以"你"对译。又如，法语、意大利语里告别语之一"Bonne journée!""Buona giornata!"类似英语里的"Have a good day!"单译作"再见"，无以反映异域的意蕴，等等。

（三）　译名用字

黄国彬先生在其译本的前言中还讨论了《神曲》中专名的汉译问题，颇值得关注。黄先生认为，首先，译者需知所译的专名本属何种语言，属意大利语的专名，如 Beatrice，直接按意语发音音译即可。其次，《神曲》中另有许多专名，本属古希腊语、拉丁语、法语、德语等语言，在但丁的作品中，已绕了个圈子，变成了以上语言的意大利语翻译。为力求精确，在汉译过程中，译者需追本溯源，直接翻译原文的发音。如《天堂篇》第 1 章第 68 行的 Glauco，本是古希腊语 Γλαῦκος 的意大利语翻译，拉丁语和英语译为 Glaucus，汉译应该是"格劳科斯"，不应自意大利语转译为"格劳科"，或自拉丁语转译为"格劳库斯"，自英语转译为"格罗克斯"[1]。

1.[意]但丁著，黄国彬译注：《神曲·地狱篇》，译本前言，第45—46页，北京：外语教学与研究出版社，2009年版。

语言本为交流工具，且可以说，多数交流不涉及语汇的较深层次，也无求于语义史的迁变，只取今义或部分语义即可。约定俗成原则的影响也堪称强大，19 世纪中国学者即已提出汉译西名的诸原则，包括外语主要以英语为标准；尊重古译传统，不随便更改已成俗的汉译国名等[2]。

2. 如见徐继畬《瀛圜志略校注·凡例》、梁启超《论译书》

以《神曲》的汉译为例，黄国彬先生举出一些与原音相差较远的译名，如古希腊神话中的太阳神 Ἀπόλλων，按古希腊语发音，可译为"阿坡隆"，而常见的"阿波罗"近拉丁语或英语的 Apollo；另如古希腊神话文艺、诗歌女神"缪斯"，是英语 Muse、Muses 的汉译，古希腊语名本为 Μοῦσα，复数为 Μοῦσαι，译为"穆萨"本更近原音。但诸译名沿用已久，只得从俗。另一方面，黄先生也指出了约定俗成的合理性，汉字是意音文字，欧洲文字大致是表音文字，以意音文字译表音文字，往往言人人殊。为避免这样的缭乱，大陆曾推行一音一字的人名、地名翻译法，不管任何外语，译者只要按国际音标找出原文的发音，就可以在汉语译音表里找到所需的字。不过黄先生同时认为，此原则只适用于新闻或类似的翻译，不宜施诸文学翻译，因为按一音一字的原则翻译文学中的人物，有时会大煞风景。譬如古希腊语的爱神 Ἀφροδίτη，英译为 Aphrodite，《希腊罗马神话词典》译为"阿佛洛狄忒"，把附于原文所有的美丽联想一笔勾销。黄先生把 Ἀφροδίτη 译为"阿弗萝狄蒂"，他认为，汉字不若表音文字，表音文字除了某些拟声词或经过诗人点化的声音，所表的音节、因素通常都属中性，没有什么语义；各种联想要经过颇长的时间方会在名字上累积。比如说，Ἀφροδίτη 中的 φ，本身不褒不贬，化为英语的 ph 后，同样不褒不贬，始终属中性；译成汉字中的"佛"，汉语读者不必等时间累积联想，

3.[意]但丁著，黄国彬译注：《神曲·地狱篇》，译本前言，第46—49页，北京：外语教学与研究出版社，2009年版。

神思就飞到了弥勒"佛"、大肚"佛"，要自我约束也约束不来[3]。

　　笔者认为，西名中译，常常难以避免汉字字义投射到译词上，多少造成望文生义的效果。正因为表音文字本身常为中性，故而丑化（哪怕是无意的）固然不佳，偏离原义的美化也不可取。从前一情形看，例如，天主教《圣经》中译本"蛾摩拉"、"辣黑耳"等译名，无可避免传达给部分中文读者较负面的感觉[1]。从后一情形看，中译者踌躇译字之间，或有意附丽原名之"义"，

1.[意]但丁著，黄国彬译注：《神曲·地狱篇》，译本前言、第50页，北京：外语教学与研究出版社，2009年版。

其意虽诚，其译亦美，而所传不淑，如黄国彬先生以"贝缇丽彩"而非更近原音的"贝亚特里切"译 Beatrice。实际上，如定欲穷究此名原义，从词源学的角度看，Beatrice 源出拉丁语 beatu（m），beatu（m）为动词 beare 的过去分词，用表被动即指"幸福的"（felice），后裹上了浓厚的天主教意涵。Beatrice 作为名词，可表"付与（他人）幸福的女人"，而此处的"幸福"在很长历史时段里，可偏指天主教教义层面[2]。从女性名的角度看，"丽彩"可谓美名、美译，然而原

2.Manlio Cortelazzo e Paolo Zolli, DELI, Dizionario etimologico della lingua italiana, edizione minore a cura di Manlio Cortelazzo e Michele A.

名之义与此不同。中文译者时有牵合西名音、"义"（不一定为正义）之举，中国读者一见，

Cortelazzo, Bologna; Zanichelli editore, 2009, p.139. Garzanti Grande dizionario di italiano 2009, p.280.

高称佳译，许多译名也确为妙笔，然而如此雅驯了，却往往在音、义两个方面均有违原名。若总体看西名在西方文化系统内部及外部的转译，西文间专名径据语言习惯（如词尾变化等）转写，简单而无自由，然因具共同的大文化背景，故明改而实通；以汉音转写西音，可任选字而附义，然看似美妙，时亦流于歪曲。

　　对于中译外名的较理想的方法，笔者的意见是：第一，在汉语语音允许的范围内，名从主人，尽量按各专名所属语言相应发音直译。第二，在充分了解原名含义（如有）的基础上，可考虑是否有可兼具音义的汉字，恐怕常难以做到，那么，可选择较中性的、联想意义较弱的字，以相对接近原音的方式写其音。在此基础上，译者如欲向中国读者更好地传达该名的内涵，不妨另加附注，从词源学等角度予以解说。

　　以上不揣冒昧，对《神曲》汉译本进行了初步考察，并尝试探讨了西籍中译的一些问题，希望得到方家的指教。

第十四章　　卡尔维诺作品在中国的译介与影响

第一节　卡尔维诺的生平与创作概述

卡尔维诺（Italo Calvino，1923—1985）于 1923 年生于古巴，父母均为意大利人，父亲为园艺师，母亲为植物学家。卡尔维诺三岁时，全家即迁回父亲的故乡 Sanremo。卡尔维诺自幼与大自然结缘，并从父母处学到许多自然科学知识，这种童年经历在其后来的文学创作中打上了烙印。第二次世界大战期间，在德国占领的漫长时间里，卡尔维诺参加了抵抗运动，在 Liguria 地区同德军战斗，发表于 1947 年的处女作《蛛巢小径》（*Il sentiero dei nidi di ragno*）即以作者所熟悉的游击队活动为历史背景。

卡尔维诺

战后，卡尔维诺入都灵大学（l'Università di Torino）攻读文学，大学毕业后开始了与当地 Einaudi 出版社的合作。在此期间，他在多种杂志上发表政治杂文、社会杂文、文学评论以及短篇小说，这些小说收入日后的小说集。1952 年，卡尔维诺出版了小说《分成两半的子爵》（*Il visconte dimezzato*）。1956 年，耗费了卡尔维诺大量心血的《意大利民间故事》（*Fiabe italiane*）出版，全书搜集了近 200 篇意大利各地的民间故事和童话。1957 年，卡尔维诺发表了《攀援的男爵》（*Il barone rampante*），随后两年又发表了《烟云》（*La nuvola di smog*）和《不存在的骑士》（*Il cavaliere inesistente*）。

1963 年在意大利 Palermo 诞生了所谓"新前卫派"（neoavanguardista）文学团体 Gruppo 63，卡尔维诺与之有往还。同年，卡尔维诺的《马可瓦多》（*Marcovaldo*）

问世。两年后，又出版了《宇宙奇趣》（*Le cosmicomiche*）和《阿根廷蚂蚁》（*La formica argentina*）。1967 年，卡尔维诺举家移居巴黎，与法国知识界时有交流。受法国作家 Raymond Queneau 的影响，卡尔维诺在创作中深化了对科学物质的兴趣。他与朋友创办杂志，并继续在诸多杂志上发表文章。三部著名作品《看不见的城市》（*Le città invisibili*）、《命运交叉的城堡》（*Il castello dei destini incrociati*）和《如果在冬夜，一个旅人》（*Se una notte d'inverno un viaggiatore*）先后于 1972 年、1973 年和 1979 年刊行。

80 年代，卡尔维诺迁回罗马，继续在创作中试图寻找文学与科学的界限。《帕洛马尔》（*Palomar*）于 1983 年问世。1985 年，卡尔维诺在准备赴美国讲学报告的过程中突患脑溢血逝世。身后刊行的作品有《美国讲稿：给新千年的六个建议》（*Lezioni americane: Sei proposte per il prossimo millennio，1988*）、《为什么读经典》（*Perché leggere i classici，1991*）、《巴黎隐士》（*Eremita a Parigi，1994*）等 [1]。

1. 参见沈萼梅、刘锡荣编著：《意大利当代文学史》，第 340—344 页，北京：外语教学与研究出版社，1996 年版。

第二节　卡尔维诺作品在中国的译介

我国对卡尔维诺作品的翻译，大约始自 20 世纪 50 年代，1956 年，上海新文艺出版社出版了严大椿翻译的意大利现代短篇小说集《把大炮带回家去的兵士》，收有两篇卡尔维诺小说《把大炮带回家去的兵士》（*La storia del soldato che rubò un cannone*）及《塞维家的七弟兄》（*La storia dei sette fratelli Cervi fucilati insieme dieci anni fa*）。该书内容提要对两篇小说的描述为："《把大炮带回家去的兵士》写意大利人是怎样地痛恨战争和热爱和平。《塞维家的七弟兄》……是写第二次大战期间，德国法西斯匪徒怎样残害意大利人民以及意大利人民怎样对德国法西斯匪徒进行斗争。"1961 年，北京世界文学社《世界文学》第 8-9 期刊出了施金自俄语转译的《月亮和"兰地酒"》（*Luna e Gnac*）。

此后至 70 年代末，我国对卡尔维诺作品的迻译基本为空白。80 年代后，此项工作逐步展开，并在 21 世纪的头十年里实现了很大规模。启其先声的，如王干卿先生的多篇译作，计有

《驼背，瘸子和歪脖子》（*Gobba, Zoppa e Collotorto*，载《黑龙江艺术》1980 年第 12 期）、《长胡子伯爵》（*La barba del conte*，载《青海湖》1980 年第 11 期）、《回故乡的路上》（*I biellesi, gente dura*，载《儿童文学》1980 年第 6 期）、《真话马萨洛》（*Massaro Verità*，载《儿童文学》1980 年第 9 期）、《不长个的牧童》（*Il pastore che non cresceva mai*，载《新少年》1980 年第 14 期）、《勇敢的牧童》（*Il bambino nel sacco*，载《新少年》1981 年第 23 期）、《神戒指》（*L'anello magico*，载《云冈》1981 年第 6 期）、《金丝鸟王子》（*Il principe canarino*，载《鸭绿江》1981 年第 6 期）。

　　早期译作另如陈秀英译《意大利民间故事选》（外语教学与研究出版社 1981 年版）及刘碧星、张宓译《一个分成两半的子爵》（上海译文出版社 1981 年版）等。此后陆续刊行的卡尔维诺作品翻译有：王勇译《地狱窃火记》（*Sant'Antonio dà il fuoco agli uomini*，河南人民出版社 1982 年版，系选译自《意大利民间故事》），袁华清译《在空墓周围》（*Intorno a una fossa vuota*，载《当代意大利短篇小说集》，上海译文出版社 1983 年版）、《阿根廷蚂蚁》节译（《外国文学季刊》1983 年第 1 期；后载《白天的猫头鹰——意大利当代中篇小说选》，北京出版社 1984 年版）、《猫先生开店》（上海少年儿童出版社 1984 年版），刘宪之自英语转译的《意大利童话》（上海文艺出版社 1985 年版）、《金丝鸟王子（意大利民间故事）》（上海教育出版社 1985 年版），郑之岱自英语转译的《西西里民间故事》（漓江出版社 1986 年版，系选译自《意大利民间故事》），刘儒庭译《马科瓦多逛超级市场》（*Marcovaldo al supermercato*，载《甜蜜的生活——意大利文学专号》，漓江出版社 1986 年版），温承德译《月亮与霓虹灯》（*Luna e Gnac*，载《甜蜜的生活》），费惠茹译《一对夫妇的故事》（*Gli amori difficili: l'avventura di due sposi*，载《外国文学》1986 年第 11 期），袁华清译《恐龙》（*I dinosauri*，载《世界文学》1986 年第 1 期；后载《梦幻——意大利当代短篇小说选萃》，河南人民出版社 1987 年版），张利民译《糕点店的盗窃案》（*Furto in una pasticceria*，载《梦幻》），王干卿译《皮埃里诺智胜巫婆》（*Il bambino nel sacco*，载《听妈妈讲外国故事》，中国国际广播电台出版社 1987 年版），吴正仪译《不存在的骑士》（载《世界文学》1987 年第 3 期），吴正仪、蔡国忠译《我们的祖先》（《世界著名文学奖获得者文库·意大利卷》，工人出版社 1989 年版），唐建民译《意大利童话精选》（上海译文出版社 1990 年版）等。

进入 90 年代，卡尔维诺作品的迻译工作方兴未艾，其成果有：王干卿译《七头蛇》（*Il drago dalle sette teste*，载《听妈妈讲外国故事》，1991 年版），沈萼梅、刘锡荣译《黄蜂疗法》（*La cura delle vespe*）及《高速公路上的树林》（*Il bosco sull autostrada*）（均载《比萨斜塔和外星人》，湖南少年儿童出版社 1991 年版），张兆奎自德语转译的《书痴》（*L'avventura di un lettore*，载《世界经典爱情小说·意大利》，知识出版社 1991 年版），陈实译《隐形的城市》（花城出版社 1991 年版），费惠茹译《数字之夜》（*La notte dei numeri*）及节译《一个旅行者的故事》（均载《外国文学》1992 年第 1 期），萧天佑译《帕洛马尔》（花城出版社 1992 年版），贾镕新译《贝维拉河谷的粮荒》（*La fame a Bevera*）及《牲畜林》（*Il bosco degli animali*，重庆出版社 1992 年版），王干卿译《三兄弟和教长打赌》（*La scommessa a chi primo s'arrabbia*）及《天鹅妈妈》（*Le ochine*）（均载《世界著名智慧童话 365》，湖北少年儿童出版社 1993 年版），萧天佑译《寒冬夜行人》（安徽文艺出版社 1993 年版），王干卿译《真话马萨洛》（*Massaro Verità*，载《儿童文学文库·童话》，北京教育科学出版社 1994 年版），吕同六译《弄错了的车站》（*La stazione sbagliata*，载《蒙扎修女的故事——中国翻译名家自选集·吕同六卷》，中国工人出版社 1995 年版），萧天佑译《分量》（*Leggerezza*，《世界文论》1995 年，系译自《美国讲稿》），王干卿译《蓄长须的伯爵》（载《世界大作家儿童文学集萃》，安徽少年儿童文学出版社 1996 年版），吴正仪译《分成两半的子爵》（载《世界中篇小说经典文库·意大利卷》，九洲图书出版社 1996 年版）、《不存在的骑士》（载《世界中篇小说经典·意大利卷》，春风文艺出版社 1996 年版），杨德友译《未来千年文学备忘录》（辽宁教育出版社 1997 年版）。

进入 21 世纪以来，我国译介卡尔维诺的成果主要体现为译林出版社先后推出的两版《卡尔维诺文集》。第一版《卡尔维诺文集》由吕同六、张洁主编，共五卷六册，集众多译者成果之大成，各卷分为：第一卷《意大利童话》、第二卷《通向蜘蛛巢的小路·烟云·阿根廷蚂蚁·短篇小说八篇》、第三卷《我们的祖先》（三部曲《分成两半的子爵》《树上的男爵》《不存在的骑士》）、第四卷《命运交叉的城堡·看不见的城市·宇宙奇趣》、第五卷《寒冬夜行人·帕洛马尔·美国讲稿》。自 2006 年起，译林出版社在 2001 年版《文集》的基础上有所扩充，并将各部卡尔维诺作品多以单行本的形式再次推出，计有：王焕宝、王恺冰译《通向蜘蛛巢的小径》（2006 年），萧天佑、袁华清译《烟云·阿根廷蚂蚁》（2006 年），张宓译《看不见的城市》（2006 年），萧天佑译《帕洛马尔》（2006 年），黄灿然、李桂蜜译《为什么读经典》（2006 年），萧天佑译《如果在冬夜，一个旅人》（2007 年），萧天佑译《美国讲稿》（2008 年），吴正仪译《我们的祖先》（2008 年），张宓译《命运交叉的城堡》（2008 年），文铮、马箭飞等译《意大利童话》（2008 年）。此外，译林出版社还以其他装帧形式推出了《意大利童话》2003 年版、黄灿然译《新千年文学备忘录》2009 年版、倪安宇译《巴黎隐士：卡尔维诺自传》。除译林出版社推出的卡尔维诺作品之外，其他刊行的译本如郑之岱译写的西西里民间故事集《珠宝靴》（大众文艺出版社 2002、2009、2010 年版）及王干卿译《意大利童话》（人民文学出版社 2007 年版）等。

在中国大陆对卡尔维诺展开译介之时，台湾翻译界、出版界也开始了对卡尔维诺的关注，早期译作如黄书仪译《宇宙漫画》（台北星光出版社 1987 年版）等。当然，其成果主要体现为台北时报文化出版企业公司陆续推出的《大师名作坊》系列卡尔维诺作品，计有：王志弘译《看不见的城市》（1993 年），吴潜诚译《如果在冬夜，一个旅人》（1993 年）、《给下一轮太平盛世的备忘录》（1996 年），纪大伟译《树上的男爵》《分成两半的子爵》《不存在的骑士》（1998 年），倪安宇译《巴黎隐士（卡尔维诺自传）》（1998 年），王志弘译《帕洛玛先生》（1999 年），倪安宇译《在你说喂之前》（2001 年），张密译《宇宙连环图》（2004 年），李桂蜜译《为什么读经典》（2005 年）等。

与卡尔维诺作品的迻译相应，我国对卡尔维诺的评介也大约自 20 世纪 80 年代开始起步。董鼎山先生发表于 1980 年的《所谓"后现代派"小说》一文已论及卡尔维诺的《宇宙连环画》，并向国内推介此作品，认为同马尔克斯的《百年孤独》一道，"国人如果要读些真正有文学性的科幻小说，这二本富有想象力的书便值得介绍。因为这二位作家利用科幻小说技巧，将未来世界与现在世界掺合一起，又讽刺又风趣地描绘二十世纪人类的苦恼，具有一定的哲理性"[1]。

1. 董鼎山：《所谓"后现代派"小说》，载《读书》，1980 年第 12 期。

次年，董先生又发表专文《卡尔维诺的"幻想"小说》，对卡尔维诺多部代表作品进行了概述，认为："卡尔维诺是一个文学作家，他的作品富有精湛动人的想象力，达到创作艺术的高度技巧。真正的文学作家是一个真正的艺术家。""他的新颖奇特的笔法将现实与幻想混合在一起……他的取材是二十世纪人类的孤独、不安、自我毁灭、不人道、人性消失等等严肃的主题，而他用神话式的方式来写的故事，既具讽刺，又含幽默，极有趣味。"在该文的"作者后记"中，董先生补叙道："我写这篇文章的原意，不过是在向国内读者介绍真正有文学价值的所谓科幻小说。完成之后，意犹未尽。近来读了好多篇'四人帮'垮台后所出的小说，我觉得国内一般写小说的创作家尚不能完全脱离过去的框框，尚不敢尽量地让自己的想象力自由地飞翔。真正创作家的思路与想象力应该是在空间、时间上无限量的，惟有这样，才能产生不平常的艺术结晶品。因此我很希望卡尔维诺的作品能够给翻译出来，让中国青年作家们研读观摩，有助于发展中国新文学的创作。"[1]

1. 董鼎山：《卡尔维诺的"幻想"小说》，载《读书》，1981 年第 2 期。

除董先生的以上两文之外，在《读书》杂志上，另有几篇概述当年美国文坛、出版界动态的文章提及卡尔维诺[2]。刘碧星、张宓翻译的《一个分成两半的子爵》刊行不久，即有读者结合中国的文化传统对之进行了较具深度的解读，并据此反观中国善恶分明的文艺传统及撰文时代的文艺观[3]。袁华清先生发表于 1984 年的文章《从但丁到卡尔维诺——意大利文学作品在中国》在评述"文革"后七年间我国对意大利文学作品的翻译出版工作时，认为其一大特点即形式多样，"除在写实作品中择优译介外，也有选择地介绍了一些用现代派手法写成的作品，以供了解、借鉴、研究、批判之需。卡尔维诺的《一个分成两半的子爵》《阿根廷蚂蚁》和《在空墓周围》（选自《如果在一个冬夜，有一位旅人》）……等译成中文发表后，引起了人们的兴趣"[4]。

2. 如泾人：《一九八〇年美国报刊推荐的最佳作品》，载《读书》，1981 年第 4 期。董鼎山：《美国的短篇小说：杂志、作家与创作艺术》，载《读书》，1981 年第 5 期。支晓君：《美国春季文坛一瞥》，载《读书》，1981 年第 5 期。董鼎山先生另有发表于 80 年代的多篇文章提及卡尔维诺，如《美国文坛的一件神秘故事》，载《读书》，1982 年第 9 期；《古代的傍晚——谈诺曼·梅勒与他的新作》，载《读书》，1983 年第 6 期；《犹太小说与犹太作家》，载《读书》，1984 年第 4 期；《风格的要素——悼美国散文大师 E.B. 怀特》，载《读书》，1986 年第 1 期；《再谈阿根廷大师博尔赫斯》，载《读书》，1988 年第 3 期；《美国短篇小说的复兴》，载《读书》，1988 年第 4 期；《独创风格的巴塞尔姆》，载《读书》，1989 年第 4 期。

3. 夏秋：《"人无完人"》，载《读书》，1981 年第 5 期。

4. 袁华清：《从但丁到卡尔维诺——意大利文学作品在中国》，载《翻译通讯》，1984 年第 2 期。

第三节 卡尔维诺在中国的影响

与一些外国作家在中国被接受的情形相异，尽管其作品在 20 世纪 80 年代初也开始被逐步译介，卡尔维诺被当代中国所广泛认知，似乎经历了一个慢慢熟悉的过程，而非一炮而红。1998 年，作家张洁称："很奇怪与加西亚·马尔克斯几乎同时进入中国的卡尔维诺，为什么没有在中国赢得一大批追随者，不然中国的后现代主义作家，早在二三十年前，就能形成气候。可能因为加西亚·马尔克斯是诺贝尔文学奖得主？"[5]学者韩袁红称，博尔赫斯与马尔克斯都对中国文坛产生过强烈的影响，而卡尔维诺真正走进中国作家的视野似乎要晚得多。一个例证

5. 吕同六、张洁主编：《卡尔维诺文集·序言》，第 3—4 页，南京：译林出版社，2001 年版。

为，在中国期刊网上，从 1994 年至 2005 年 5 月，以博尔赫斯、马尔克斯、卡尔维诺为关键词的学术文章分别为 85 篇、63 篇、28 篇。对于卡尔维诺没有迅速得到中国文坛相应的呼应和欣赏的原因，韩袁红认为，原因之一，"在于卡尔维诺的小说追求与中国作家以及读者的文学期待之间的差距。如果说中国读者还很容易在《百年孤独》以及其他拉美小说中读出民族解放的意味，卡尔维诺的小说显然不鼓励读者们首先做如此表面的意义追究。卡尔维诺的小说更当得起'小说家的小说'，就是说，作家把更多的智力投之于小说艺术本身……致力于实践小说的每一种可能性"[1]。

1. 韩袁红：《卡尔维诺与王小波小说世界中的童话追求》，载《安徽大学学报》，2006 年 9 月第 30 卷第 5 期。

　　学者仵从巨也对卡尔维诺为当代中国所接受的整体轨迹有着相近的看法，而对其原因也给出了自己的分析："九十年代后，尤其是九十年代中期后，卡尔维诺渐热。这其中有接触了卡尔维诺的当代中国作家的认同。……此外，卡尔维诺在九十年代后的渐热与其成规模的《文集》进入中国也为国内文学界仍在缓慢升温的'后现代主义'热提供了一个真正的、典型的、富于意义的对象。对'后现代'或'后现代主义'的兴趣乃自文学理论界、批评界始。这一兴趣后又渐渐影响及创作圈与阅读层……但与这种'热'成鲜明反差的是，关于'后现代'或'后现代主义'的作家与作品的译介却显得田园荒芜或寥若晨星。……如今的卡尔维诺使'后现代主义'小说的研究、批评、阅读有了一个'对象'。……通过卡尔维诺，'后现代主义'的阐释将变得相对平易，关于'后现代主义'小说的研究将改变蹈空凌虚的状况而趋于坐实，对'后现代主义'的文学阅读将会在更大范围推开。总之，'后现代主义'小说在中国将变得相对具体、真切，或者这有可能使象牙塔中的后现代主义理论絮叨与令人眩晕的文学批评能以故事的感性形态'飞入寻常百姓家'？"[2]

2. 仵从巨：《卡尔维诺的艺术个性及其中国含义》，载《当代外国文学》，2002 年第 4 期。

　　大约自 90 年代以来，作为"作家的作家"的卡尔维诺在中国逐步受到一些作家的推崇和借鉴，例如，王小波、残雪、洁尘等也在不同程度受其影响。王小波多次表达过对卡尔维诺的仰慕。他本人钟爱寓言小说、幻想小说，推崇想象性作品，而卡尔维诺对他来说是个非常关键的小说家。王小波说："读了卡尔维诺，才知道小说原来可以这样写。"[3]"我喜欢奥威尔和卡尔维诺，这

3. 张晓舟：《理想的知识分子》，见艾晓明、李银河编：《浪漫骑士——记忆王小波》，北京：中国青年出版社，1997 年版。

可能因为，我在写作时，也讨厌受真实逻辑的控制，更讨厌现实生活中索然无味的一面……有时想象比摹写生活更可取。"[4]"我想，小说作者大概可以分成两种：一种是解释自己；一种是

4. 王小波：《未来世界自序》，见艾晓明、李银河编：《浪漫骑士——记忆王小波》，北京：中国青年出版社，1997 年版。

到想象中去营造。前一类的小说家像海明威，纯粹到想象中去营造的像卡尔维诺，还有尤瑟纳尔，

都是这样的作者。我觉得，一个真正的作家还是应该尝试做后一类作家，这样更有把握一点吧。

这是我个人的一点看法。""我恐怕主要还是以卡尔维诺的小说为摹本吧！他的一些小说跟历

史没有关系，他喜欢自由发挥——他的一篇小说叫《我们的祖先》，就是自由发挥，可以算作

是一种写法。其实也不叫'历史小说'，就叫'小说'好了。它常常在一个虚拟的时空里自由

发挥，写出来相当好看，更容易进入一种文学的状态，不受现实的约束，和纪实文学也彻底划

清了界限。""容易逃离现存的逻辑。不受现实逻辑的约束，达到一种更为纯粹的文学状态。

这是我个人的看法。"[1] 在读过卡尔维诺的《未来千年文学备忘录》一书后，王小波用书中归

1. 黄集伟：《王小波：最初的与最终的》，见艾晓明、李银河编：《浪漫骑士——记忆王小波》，北京：中国青年出版社，1997年版。

纳的将在新千年里被发扬光大的文学创作六要素"轻逸"、"迅速"、"易见"、"确切"、"繁

复"和"连贯"来解说卡尔维诺的《我们的祖先》《看不见的城市》等作品，并推崇卡尔维诺

对小说艺术的无限可能性的探索以及对以上六种素质的寻求，而对小说新写法的探求也正是王

小波在其创作中所关注的[2]。

2. 参见《卡尔维诺与未来的一千年》，见王小波：《我的精神家园》，第92—93页，重庆：重庆出版社，2009年版。关于王小波本人述及的卡尔维诺的影响，

不少论者在谈及卡尔维诺在中国的影响时，首先即提到王小波。有论者认为，王小波对卡

另可见王小波《思维的乐趣》《我的师承》《小说的艺术》等文。

尔维诺的认同主要体现为两点：一、摆脱纪实的自由想象；二、追求小说艺术的无限性。例如，

卡尔维诺有着对繁复叙事的追求，王小波对此心向往之，他在《用一生来学习艺术》中认为卡

尔维诺的很多小说"每一个段落都经过精心的安排"，"没有一段的安排经不起推敲"，"叙

事没有按时空的顺序展开，但有另一种逻辑作为线索，这种逻辑我把它叫做艺术"。王小波认

为，小说家就应该以艰苦的努力去寻找到完美的叙事形式，他在自己的作品《青铜时代》中就

力图穷尽叙事的可能性，把小说建构成一个复杂而精致的繁复迷宫[3]。有论者认为，卡尔维诺

3. 陈培浩：《走向卡尔维诺——论王小波对卡尔维诺的接受》，载《文教资料》，2008年5月号上旬刊。

终身致力于小说艺术的探索与实践，注重展现小说的无限可能性，王小波在自己的小说创作中

很注重学习卡尔维诺的写作手法，例如，对传统小说故事情节完整性、单一叙述角度、传统叙

事结构的打破等[4]。有论者认为，卡尔维诺将诗歌艺术运用于小说创作，打破了二者间的界线，

4. 潘颂汉、彭春华：《卡尔维诺与王小波小说对比研究——以〈寒冬夜行人〉和〈黄金时代〉为例》，载《语文学刊》，2007年第7期。

实现了二者的交叉与融合。这一创作追求对中国作家王小波产生的巨大影响体现在三个方面：

一是把诗歌中富有音乐感的节奏、韵律运用于小说创作；二是语言的诗化；三是让诗歌直接进

5. 王银辉：《小说与诗歌艺术的交叉与融合——论卡尔维诺小说创作的诗化追求对王小波的影响》，载《重庆文理学院学报（社会科学版）》，2009年12

入小说创作[5]。有论者认为王小波和卡尔维诺创作的一大相通之处，即两者共有的童话精神[6]。

月第28卷第6期。 6. 韩袁红：《卡尔维诺与王小波小说世界中的童话追求》。作家莫言也注意到，卡尔维诺作品在知识性、哲学性之外，有着难得的童趣。

王小波之外，当代作家里对卡尔维诺用力较勤的还有残雪。残雪把卡尔维诺的文本视为诗

人或者艺术家创造过程的隐喻，她认为，自己的解读从艺术的根源出发，揭示创造的规律，应

是最贴近作品的解读。对卡尔维诺的作品还可以从语言学、哲学等角度去解释，但如果从社会学、性别学的角度去解释，就离题太远了。卡尔维诺所关心的，是人类的终极问题。关于对卡尔维诺产生浓烈兴趣的根由以及卡尔维诺对自身创作的影响，残雪称，卡尔维诺的作品是继卡夫卡之后最伟大的作品。由于自己关心的领域与他相似，才会有激情去不断解读。卡尔维诺所面临的问题也是自己在创作中面临的问题，他在解决这些问题时所产生的思想已经超越了卡夫卡。现在读他的作品，一边读一边写作，感到自己在创作中眼界更为开阔了，灵感源源不断。先辈作家的经典作品可以扩大我们的眼界，使我们更为自由地建立起我们的精神世界[1]。卡尔

[1]《建筑于世俗之上的精神世界——与残雪对谈卡尔维诺》，载《北京文学·中篇小说月报》，2008 年第 12 期。

维诺的作品中，残雪最喜欢的是《假如一位旅人在冬夜》《看不见的城市》《宇宙连环图》《零时间》和《困难的爱》。残雪认为，这些作品也可以看作是一部作品，它们都是描述作者本人在创作中的痛苦与欢乐的，其手法的高超无人能企及。残雪在著作《辉煌的裂变——卡尔维诺的艺术生存》中，即从自身的阅读感受出发，以创作者的敏感对这几部作品做出了细致的读解[2]。

[2] 残雪：《辉煌的裂变——卡尔维诺的艺术生存》，上海：上海文艺出版社，2009 年版。

当代作家周大新在 20 世纪 90 年代初初识卡尔维诺的作品，通过几个短篇小说已领略了卡尔维诺的写实功力及其作品深刻的思想内核。周大新称，自己真正被卡尔维诺征服，是在读了他的中篇小说《帕洛马尔》之后。《帕洛马尔》情节并不完整，但其现实主义的描绘极具魅力，对现代人的孤独感和失落感的表现十分准确，是一部现实主义和现代主义相互交融的作品。这部小说也可以说是一部观察和默想的记录，对自然事物的观察细致入微，记录富有情趣，表现了作者对大自然的热爱，也使读者读后有一种美的享受；而那些默想则都浸透了哲理，使人读后对人的命运和我们生活的宇宙有了新的认识。周大新同样欣赏《寒冬夜行人》的结构方式，由此看到了卡尔维诺不断改进和完善自己创作手法所做的巨大努力。这本小说吸引周大新的另一个地方，是它对小说创作的诸多看法，例如，看书就是迎着那种将要实现但人们对它尚一无所知的东西前进；我想看这样一本小说：它能让人感觉到即将到来的历史事件；我最想看的小说，是那种只管叙事的小说，一个故事接一个故事地讲，并不想强加给你某种世界观，仅仅让你看到故事展开的曲折过程；我想写一本小说，它只是一个开头，或者说，它在故事展开的全过程中一直保持着开头时的那种魅力，维持住读者尚无具体内容的期望。以上看法引发了身为作家的周大新的思考："这样一本小说在结构上又有什么特点呢？写完第一段后就中止吗？把

开场白无休止地拉长吗?或者像《一千零一夜》那样,把一篇故事的开头插到另一篇故事中去呢?这些看法对我这个写小说的人不无启发。卡尔维诺其实是在教我们怎样写小说。"

按周大新的归纳,卡尔维诺创作上至少有三大特点,其一是不停寻找新的表现手法。他从写现实主义小说开始,后向寓言和童话世界去寻找新的手法,接着又转向科幻小说,运用后现代派的写作手法来反映现代人的生活。他将现实主义、超现实主义和后现代主义综合于一身,形成了自己的风格。其二是在寻找写作题材时视域极其广阔。过去和未来,自然界的万事万物,人的各种痛苦,都可能成为他的写作题材。其三是他在作品中思考的东西透彻而深刻。周大新自述从卡尔维诺处所受到的启发是多层次的,就小说创作方面来讲,就是要不断寻找新的表现形式和新的表现内容,而小说家劳动的最终追求,是要把人类对内宇宙和外宇宙尤其是内宇宙的认识再向前推进一步[1]。

1. 周大新:《卡尔维诺的启示》,载《国外文学(季刊)》,2001 年第 3 期。

作家洁尘认为:"世界上少数几位作家所面对的对象不是一般意义上的读者,他们写作的意义更多在于给同业者以指导和帮助,这样的作家被称为'作家们的作家'。在我看来,一位是阿根廷的博尔赫斯,另一位就是意大利的卡尔维诺。所谓'作家们的作家',这个概念所构成的基本因素有智力上的超常、技巧上的不凡,其基础是清灵而感伤的古怪趣味、平和但犀利的观世态度。这些东西在卡尔维诺那里堪称十分到位。"在洁尘看来,卡尔维诺的特点在于:首先,他的大多数作品都直接抵达现实生活的本质,剥出一种我们所习惯却无比惊诧的内核;其次,他的文本无论是篇幅还是表述,都有一种缠绕、晕眩的意味;再次,他绝不采用经过长期使用的形式,而执著于对文本的革命性的创造。洁尘说:"我喜欢卡尔维诺,不仅是因为他超出常理范围的天才,也不仅仅是他对小说样式所抱持的那种彻底的怀疑精神与敢于实践的勇气,更重要的是,我在他的这些带点'恶作剧'意味的作品中,看到了一个对读者充满了温柔情感的作家。要说对待'阅读'这个问题,我认为卡尔维诺是一个很负有责任感的作家。"对于《未来千年文学备忘录》,洁尘称:"说实话,这本书给予我的并非有什么实际意义上的指导作用,我更大的兴趣在于卡尔维诺界定未来文学的某些价值、特质和品格的那五个字眼轻逸、迅速、确切、易见、繁复。这其中的三个字眼,轻逸、迅速和繁复尤其合我对于文字的口味。"她认为:"《未来千年文学备忘录》留给我们的与其说是文学的指导,不如说是文学的信心。卡尔维诺对于文学的贡献太多,不仅在文学的智慧上,还在文学的道德上。其'作家们的作家'

这一说法，前者和后者都有足够的实例支持。"[1]

1. 洁尘：《关于卡尔维诺》，载《小说界》，2000 年第 1 期。

　　以上从卡尔维诺之于中国当代作家的影响方面举出几个较突出的例子，重在说明创作者与创作者之间的联系，下面略述当代研究界对卡尔维诺的解说。随着卡尔维诺作品的大量译介，卡尔维诺也逐渐成为不少论文的论题，总体而观，这些文章或阐释某一部作品，或总析卡尔维诺作品的艺术特点（包括叙事方式、作品结构）、童话思维、后现代精神、寓言色彩、民间文学特质，另有从符号学角度、元小说、互文性、生态现象学乃至与刘勰创作主张相较的角度进行的诸多研究[2]，不一而足。

2. 如江弱水：《文心雕龙·唐诗·卡尔维诺》，载《读书》，2002 年第 5 期。

　　例如，仵从巨认为，卡尔维诺是一位智性的写作者，一位理性的幻想大师，一位永不停息的探索者与创造者，一位"后现代小说"的真正代表，一位有充分理论自觉的小说家。卡尔维诺对中国当代小说创作，在理念与技巧上均富有启示性质，对中国"后现代小说"的研究与流播也必将产生积极的影响。卡尔维诺以自己的艺术个性、富于创新的文本形式、卓尔不群的创作成就为小说创作、为文学、为作家们的未来之路提供了一个可选择的方向，对于在徘徊、摸索中的中国当代小说也更具启示意义[3]。又如，裴亚莉在所著《政治变革与小说形式的演进——

3. 仵从巨：《卡尔维诺的艺术个性及其中国含义》，载《当代外国文学》，2002 年第 4 期。

卡尔维诺、昆德拉和三位拉丁美洲作家》一书中，对卡尔维诺作品所体现出的文学创作与社会现实、自然科学及民间故事等种种关系进行了探讨[4]。此外，东北师范大学杨帆硕士的学位论

4. 裴亚莉：《政治变革与小说形式的演进——卡尔维诺、昆德拉和三位拉丁美洲作家》，北京：中国社会科学出版社，2008 年版。

文《卡尔维诺研究在中国》将中国学界以《美国讲稿》提出的"轻逸"、"迅速"、"确切"、"易见"、"繁复"五大美学原则为切入点而对卡尔维诺作品展开的探讨进行了细致的梳理，可供参看[5]。

5. 杨帆：《卡尔维诺研究在中国》，东北师范大学硕士论文，2009 年。

　　与卡尔维诺在中国被逐步接受的轨迹相似，卡尔维诺在普通读者间也渐渐受到追捧。杨帆硕士对此提出了自己的看法："现在以国内的普遍接受情况来看，卡尔维诺更像是一个时尚标签。受到中国'小资'的追捧，继米兰·昆德拉、杜拉斯之后，成为都市'小资'的新宠。究其原因，倒也不难理解。小资们喜欢能突显自己的高智商高品位的作品，同时这些作品需要小众、需要历史感不强、需要有独一无二的语言特色或者结构特色。卡尔维诺无疑满足了这一切条件。"[6]青年评论家石华鹏称，卡尔维诺在当下被广泛阅读和谈论是不争的事实。更

6. 杨帆：《卡尔维诺研究在中国》，东北师范大学硕士论文，2009 年。

有所谓"卡迷们"在互联网上专门建立了"卡尔维诺网"，发布信息和读书评论。有人一度把卡尔维诺的书列为"小资"必备读物之一，充当谈资和象征品位的卡尔维诺，成为"小资"

们追捧的文学阅读时尚。对于追求物质优越感和精神优越感的"小资"们钟情卡尔维诺的理由，石华鹏认为，除却读者的个人因素之外，可能存有时尚的跟风因素——你读卡尔维诺，那我也读卡尔维诺吧[1]。

1. 石华鹏：《卡尔维诺与我们》，载《文学教育》，2009 年第 9 期。

　　卡尔维诺高妙的写作艺术、不断创新的写作历程，为其作品提供了多角度、多层次解读的可能。中国当下各领域、各阶层的读者在共同感叹于其艺术天才的同时，又往往有意无意地各取所需，读着自己的卡尔维诺。卡尔维诺的遗著《为什么读经典》指出，经典是"我所需要的真正食物"，而经典是一个开放的概念[2]。如今，当卡尔维诺本人的作品也逐渐成为人们心目

2. 石华鹏：《卡尔维诺与我们》，载《文学教育》，2009 年第 9 期。

中的经典时，他对"经典"的定义也许正可作为其中国际遇的一个很好的注脚。

第十五章　　20 世纪意大利作家对中国的访问

20 世纪的意大利在实现了国家的统一之后，对了解其他国家，尤其是东方国家的兴趣也越来越浓厚。最初把东方介绍给意大利人的是当时意大利王国的官方外交家，比如 1912 年中华民国政府成立的时候，意大利就派遣丹尼拉 · 瓦莱[1] 出席庆典仪式，在此之后，才有越来越多的意大利记者和

1. Daniele Varè (1880—1956)，意大利著名外交家、作家，著有《微笑的外交家》等著作。

作家日益频繁地访华。

这一时期介绍中国的文学作品大多数是以游记的形式出版的，这些意大利文人亲身经历了中国从 20 世纪初到 80 年代的重大历史事件和政治变化，从他们的视角记录了中国的岁月变迁。

游客有很多种，同样，游记也各有不同，表现出作者不同的品味、目的和写作风格。有些游记的作者只是随兴所至，有感而发；有些则是报社的记者，专门派到中国来采访的；还有一些本身就是职业作家。他们当中有些人以日记的形式，活灵活现地记录着自己的所见所闻，以及所思所想；另外一些人则是以回忆录或散文的形式，在离开中国后才整理成文，按照一定的主题或空间顺序撰写。

整个 20 世纪来中国访问的意大利人不在少数，这里我们选取几位在时间、风格、知名度等方面比较具有代表性的人物和团体，并通过他们的文学作品来加以了解。

第一节 乔瓦尼·柯米索于 1930 年访问中国

乔瓦尼·柯米索于 1895 年出生在意大利北部威尼托大区的特雷维索市，1920—1921 年期间参加了第一次世界大战，被派往克罗地亚。也正是在这一时期，他结识了一些作家、音乐家、记者等文化界人士，并在他们的帮助和鼓励下开始为报刊投稿。军旅生涯结束后，柯米索回到了意大利，之后他从事过律师、书商、艺术品经营商等职业，但他最主要的身份还是新闻记者和特派记者，与《世界》周刊、《晚邮报》《人民报》等意大利知名报纸合作，并出版多部文学作品，1928 年还获得了"巴古达"文学奖。

这些文学方面的成绩，为他赢得了意大利《晚邮报》外派记者的工作。1930 年柯米索受《晚邮报》的委托，对远东地区进行体验和报导，于是就有了他的中国—日本—俄罗斯之行。他也是第一位访问中国的意大利作家。柯米索从塞得港出发，途经厄立特里亚和沙特阿拉伯抵达香港，之后游历了澳门、上海、东京，最后抵达北京。在此次旅行的基础上，他于 1932 年出版了游记《中国—日本》，这部游记的中国部分由十八个章节构成，其中既有他在这些城市的所见所闻，也有他亲身生活的印记、他的经历和感受。这十八个章节分别是：抽鸦片的人、香港、古瓷、在广州、麻风岛、上海、半明半暗的天空、台风观测员、游戏中的中国人、沙洲上的中国人、与李先生共度的夜晚、运河与桥、宫城、鞑靼城¹、天坛、北京生活、愉快的时光、兰花梦。

1. 即皇城。

1930 年的中国，正处于内忧外患之中，但是对于远道而来的柯米索来说，他此次访华所关注的并不是战争，也不是民生。他在游记中描绘了一个"传统"的中国——一个遥远、神秘，对于西方人来说难以理解的中国。柯米索瞄准的对象是城市，以及城市中的年轻男女，而他对当地人生活状态的了解主要也是通过自己的观察，或者其他西方人的介绍，他所处的环境也基本都不是平民化的，而是当地比较豪华的地区，以及他认为漂亮的地方。

柯米索的确是一位细心的观察者，以其独特的视角和细腻的描述，再现着他眼中的中国。比如他在"香港"一章中写道：

> 1930 年 3 月 27 日，星期四，香港。
>
> ……

户外。

　　……从老人到孩子，所有人都呆在街上，好像他们都受不了关在家里一样。黑色的小眼睛半睁半闭，一动不动，好像在沉思；其实他们非常关注周围的动静。……很少会见到乞丐。不过这里有几个，地上睡着一个男孩，用帽子盖着眼睛，怀里还抱着一个刚刚出生的婴儿；在他们面前放着一张纸，解释行乞的原因，上面还放着几枚硬币，以免纸条被风吹走。

而就在这同一章里，还有另外一节，则细致地描述了几近奢华的夜生活：

　　大酒店。

　　……华丽的美国汽车载着中国人来到这里，他们穿着长长的丝质长袍，就像宗教人士或者是学究。

　　……

　　每一个大厅里都有一个小舞台，男女演员们摆着规范的姿势，发出猫一样的声音，伴随着周围发出的巨大的杯碟相碰，甚至能够激励士兵去冲锋陷阵的鼓号声音。饭桌旁边就是玩儿的桌子，人们在那里"打麻将"，这稀里哗啦的声音充斥着整个大厅，甚至传到街上去。

上海、北京都是他在中国停留比较长的城市，游记中为这两个城市所书写的章节也是最多的，可见他对这里有着深厚的感情。柯米索在 1949 年还出版了一本小说，名为《东方之爱》，小说的主人公洛伦佐其实就是另一个柯米索的化身，他爱上了中国，甚至想要模仿到他家作客的中国朋友。书中洛伦佐在上海住了一个月，而且发现自己"竟然深受中国生活方式的吸引，处处模仿中国朋友们比较容易的生活习惯，比如走路的姿势，以及把双手抄起来、放进另一条胳膊袖筒里的样子，还爱上了中国的美食和音乐歌曲"[1]。

1. [意] 乔瓦尼·柯米索：《东方之爱》，第 83 页，米兰：隆格奈西出版社，1968 年版。

当然他在中国的生活不只是模仿，也有文化的交融和碰撞。比如在"愉快的时光"一章中，他描述的是跟德国朋友去看一场中国的戏剧表演，并与演员们一起，到乾隆微服私访的时候曾经去过的酒馆吃饭。这一章最后有一节是"弥勒佛"，其中这样描写道：

　　我的朋友性格开朗，营养也不错，吸引了演员们的兴趣。对于中国人来说长得胖些是智慧和富裕的象征。尤其是他的脸上总是挂着微笑，就会让人想起寺庙里那尊镀

金的大肚弥勒佛。……我们表达的所有想法，对于中国人来说都要放进一个诗情画意的图像中。而我们的德国教授就苦于这样的翻译了。……"之前的戏剧就像花的芬芳，而现在的晚餐就像果实的味道。"

在他的游记中，主要是对景色和城市的描写，对从社会生活中提炼出来的习惯和行为的描写。他是一位细心的特派记者，却带有浓重的时代印记，他更愿意停留在那些能够抓住意大利读者眼球的表面现象，本质上并没有摆脱那时的主流思想：在描述自己见闻的基础上，时不时地透露出西方文化的优越感，以及欧洲对远东地区固有的印象——爱的乐土。

第二节　20世纪50年代访华的意大利代表团及其作品

20世纪50年代的中国，逐步巩固了自己的政权，成为第三世界国家和不结盟国家的代言人；与此同时在意大利，政治领袖和左派知识分子对中国的热情也日益升温。从50年代初期起，就有大量的意大利作家和记者受中国政府的邀请来中国参观访问。不过与20世纪初期的游览者不同的是，他们不能随意地在中国安排自己的行程，在新中国成立以后，外国游客通常是在中国国家对外文化交流部门的组织下，以团队的形式出行，必须严格按照预先制定好的路线参观。这样的旅行时间都比较短，而他们的所见所闻一般都先是发表在意大利的各大报纸上，然后再结集出版。这些文章都直接印证了新中国对外宣传想要传达的信息，也让意大利读者对那一时期正发生着巨大政治经济变化的中国产生了浓厚的兴趣。

第一个来到中国的意大利文化代表团成行于1954年，团长是弗朗西斯科·弗洛拉（1891—1962），他是著名的评论家、作家，还是意大利博洛尼亚大学的意大利文学教授，团员都是意大利知名的知识分子。相隔一年，又有一个由二十人组成的代表团，于1955年九十月间来到中国。这次的代表团是由总部设在罗马的"对中经济文化关系研究中心"组织的，当时"中心"的主席就是意大利议会的参议员费卢乔·巴利（1890—1981）。这也是第一个访华的意大利官方代表团，其成员中有大学教授、精神分析师、作家、记者以及很多领域的专家和技术人员。佛罗伦萨的期刊《桥》于 1956 年专门出版了一期专刊，收集出版了参加这两次访华的学者教授们撰写的许多杂文和个人回忆。

参加 1955 年第二个访华团的很多作家和记者都在几年之后出版了自己的游记。其中就包括卡索拉的《在中国旅行》、福尔蒂尼的《大亚细亚》、皮及奈利的《长城背后》、贝尔纳利的《大中国》、安东尼切利的《中国旧历新年图景》。这些游记让意大利大众了解到毛泽东时期的中国是什么样子，具有很高的历史价值和文献价值，而且这些文章绝大部分都描绘了正面的中国形象，讲述中国正经历着翻天覆地的变化和真正的重建，而且中国人民都在满怀热情地、积极地参与到新中国的建设中来。

一年以后，1956 年九十月间，受中国政府的邀请，"对中经济文化关系研究中心"的创立者费卢乔·巴利本人亲自带团，组织了一些议会议员、汉学家、大学教授以及文化人士再赴中国。这次代表团的成员包括意大利记者、杂文作家、文学评论家和作家强卡罗·维果莱利（1913—2005），在这次行程中，他还受到中国政府的邀请，为纪念鲁迅逝世二十周年发表讲话。

维果莱利撰写的游记《新中国问答》首先于 1957 年在《时光》周报上发表，后来成书出版。在这本书里，他向意大利读者介绍了一个经过毛泽东思想和革命改造、重生的国家，涉及到社会、政治和文化等领域的实际情况，在这里旧中国的社会不公、腐败以及殖民特权好像都已经不复存在。维果莱利在这本游记中写道："我们对于中国形成了一个诗意的——但也不太真实的——看法，就好像这里是世外桃源：过着田园生活的人民，湖水、鲜花和鸟儿，还有懒洋洋的生活，就好像卖给外国人的赝品国画中描绘的那样。"[1]

1. 强卡罗·维果莱利：《新中国问答》，第 53 页，萨尔瓦多·夏侠出版社，1958 年版。

影响较大的还有弗兰克·福尔蒂尼（1917—1994），他是诗人、文学评论家、翻译家、记者、教师，参加了 1955 年的访华代表团，并于次年出版了《大亚细亚》，这也是第一部专门介绍中华人民共和国的书。这本书封面的折页上写着："在西方天主教世界，大亚细亚是相对于大家比较熟悉的小亚细亚而定义的，指的是远东地区的印度、中国……我们模模糊糊地感觉到还存在另外一种文明——或者说另外一些文明，与我们的文明相互独立，这种感觉很强烈（比如你可以看看《马可·波罗游记》），甚至会夺去西方思想体系对自己的一部分信心。……说到社会主义革命，比如中国人民的独立革命，就以深刻而新颖的形式，产生了深远的影响。因此，中国作为我们的一位文化伙伴，也作为一个历史主体，迫使我们重新审视我们自己文化遗产的许多内容。"福尔蒂尼是一位充满梦想、纯真的旅行家。他并不信奉马克思列宁主义，但是却抓住了中国马克思主义一个最宝贵的核心："像毛泽东这样的共产党领袖，当他为他的军队写下'喝水不忘挖井人'的告诫，或者其他日常的道德规范时，并不仅仅是沉湎于民族文化的传统之中，而是表达了个人生活和集体生活之间、现在与未来之间统一协调的深刻需要；一个人的整体，他的自由、他个人价值的实现并不仅仅体现在未来，而是已经提到了当下。无政府主义和共产主义之间，为了拥有而存在和为了存在而拥有之间，都实现了矛盾的统一，通过这扇大门，他撕碎了我们西方的工人解放运动。"

由此可以看出，这几年意大利与中国密集的文化交流活动，将彼此对对方的认识提高到一个新的高度，意大利人尤其是意大利的文化人士，怀着对中国的好奇和热爱，在努力观察，特别是在努力理解新中国在思想文化上的特点，更深层次地挖掘两种文化的根源。

第三节　莫拉维亚的三次访华及其作品

阿尔贝托·莫拉维亚（1907—1990）是意大利20世纪最重要的、最有成就的作家之一。他写了几十部长篇和短篇，同时也是意大利几家主要报纸的撰稿人，但更重要的是，他是一位永不疲倦的旅行家，是意大利文化生活的重要人物，欧洲、美国、中东、非洲、前苏联、中国都留下了他的足迹。在本章我们把莫拉维亚单独作为一节来介绍，并不仅仅是因为他在文学方面的盛名，更主要是因为他在三个不同的时期访问了中国，而且从数量上来说，他也是为中国奉献最多文章的人——他用32篇各种文章来描绘他眼中的中国。

莫拉维亚首次访华是在1937年，在第二次世界大战开战前夕，那时中国国内已经建立了统一战线，共同抗日。谈到这次访华，莫拉维亚曾经在他的另外一部自传体小说《莫拉维亚的一生》中写道："我厌倦了在罗马的生活，……因此我决定出发去中国。"于是他找到了《人民报》的主编，说服他支付自己去中国的旅程，并许诺将自己此次旅行中的文章卖给他们。这一次是海上的旅行，所以他首先达到了广州，在珠江上他看到了停泊在那里的成千上万的小船，

以及生活在船上的人；而与此形成鲜明对比的是之后他对
香港的参观，那里到处都是摩天大厦和五光十色的夜生活。
这之后，莫拉维亚深入中国内地，抵达上海，继而参观了
南京、苏州和北京。在他的眼中，那时的上海已经是现代
中国最糟糕的典范了，跟美国的城市一般无二，充斥着简
单、无聊的娱乐活动，不是赌场就是舞厅。但同时，上海
也是一座混合型的城市，这里欧式的建筑与简陋的小屋并
存，各国的穷人和富人共生，舞台上既有俄罗斯的舞娘，
也有中国的舞女。同时在离市中心不远的市郊就有在缫丝
厂做苦工的女人和孩子。莫拉维亚对上海的印象就是："上
海是一座纯粹的美国城市；这里肩并肩地生活着最粗俗的
穷人和最厚颜无耻的富人，这里还有很少一部分人白天大
赚一笔，晚上就想挥霍一点点。"

阿尔贝托·莫拉维亚

　　之后，莫拉维亚又参观了上海周围的南京、苏州等城
市。南京当时是国民政府所在地，但是给莫拉维亚留下的
印象却不怎么样，如果说上海是一个大游乐场，那么南京
就是一个"大农村"。而北京却给了莫拉维亚很多的惊喜
和震撼。乘坐火车从上海到北京以后，他首先看到的是"高
大、厚重、灰色、有垛口的古城墙，拱形的城门上巨大的、
生了锈的门钉……"（可惜这样的景象在他 1967 年再回
到中国的时候已经不复存在了）而更吸引莫拉维亚的是北
京人的生活，他发表在 1937 年 7 月 1 日的《人民报》上的
文章中写道，虽然北京处于军阀混战的局面，但她还是一
座"十八世纪的古城，保存完整的古迹，还有靠手艺生活
的手工匠人"。作为"天朝"最后几个朝代的都城，在城
市的街道上可以看到"很多穷人，他们的衣着和行为还非

常传统，但是他们彬彬有礼，仁慈和善，心地纯良"。这就是北京的魅力，一座"没有活在当下"的城市。莫拉维亚甚至对上海和北京进行了一番对比："如果有一天中国像英国人希望的那样变成现代化、工业化的国家，那她一定比现在更粗野得多……看看上海就知道了，在这座中国唯一的现代化城市里，中国人传统的习俗、礼节，和古老的智慧都已经变成了什么样子。"

这次访华莫拉维亚在中国停留了两个月，来回海上又度过了两个月，回到罗马以后，他就开始为《人民报》撰写文章，来讲述他在中国的所见所闻，他曾经坦言，这是一段"非常重要的经历"，因为他在旅行中总是在寻找保持完好的文明，而这次中国之旅让他感到非常满意，而且念念不忘。莫拉维亚作为最初访华的几位意大利人之一，见证了一个古老而未经变化的中国，不像 50 年代访华的意大利作家和学者，他们看到的是一个变化中的神秘国度。

随着 50 年代几个意大利代表团先后访华，以及随后发表和出版的大量介绍中国的文学作品，更加激发了意大利社会，特别是知识分子对中国的兴趣和热情。1967 年莫拉维亚给时任中国总理、外交部长的周恩来写信，强调自己 1937 年的时候已经有过访华的经验，并表达了亲眼看一看新中国的愿望。之后他获得了来中国的签证，不过这次不是一个人的"自由行"，而是与另外一位意大利作家达契亚·玛拉伊妮[1]同行，并且整个行程也由中国旅游部门安排，受到了

1. 达契亚·玛拉伊妮（1936 年—），意大利著名女作家，其作品聚焦妇女问题，写了许多戏剧和小说。

一定的限制。即便如此，比起之前代表团中的团员，莫拉维亚还是得以采访各个不同阶层的人物，取得了更为全面、直接的印象。1967 年，在中国正是"文化大革命"全面展开的时候，整个六七十年代都深深地留下了这个群众性政治活动的烙印。莫拉维亚从香港入境，首先到达广州，并根据安排在乘飞机去北京之前，观看了为对外宣传而编排的舞蹈，再加上他看到的中国人的穿着，逐渐形成了一个印象——"这是一种绝对的统一，所有人都穿着扣子扣到脖子的长衫，没有任何的个人差异，甚至没有性别差异"。就在这一片蓝灰色的人群中，女性都穿着裤子，因为裙子被视为"资产阶级腐化堕落的象征"。而这种文化符号在莫拉维亚到达北京的时候变得更加清晰，在火车站，他看到以伟大领袖的名义组织的"红卫兵"游行，他们在开往香港的火车前排着队，人人手里拿着一本《毛主席语录》，抗议英国的殖民统治，在莫拉维亚看来，这是中国历史上一个时代的独特标志；更让他感到惊讶的是全民对伟大领袖的个人崇拜：随处可见毛主席的塑像——包括在餐馆里，从广州到北京的飞机上也提供各种毛主席像章，人人手里都拿着一本《毛主席语录》，不管在说什么事情之前都要先背上一段，这种独特的个人崇拜

更为这场革命加上了一抹宗教的色彩。值得一提的是，60 年代意大利爆发大规模学生运动的时候，《毛主席语录》大受欢迎，有许多翻译版本，也出现过学生手持"红宝书"游行的场面。

在莫拉维亚对当时中国和中国人的描绘中，有几个鲜活的形象：四十多岁的知名作家、退休工人、二十来岁的红卫兵，以及总是无缘无故看起来很悲伤的导游。莫拉维亚是一位颇具人文精神的作家，在他眼里，这些二十来岁的孩子是这场革命最坚定的战士，"是一群对他们的信仰怀有最纯洁的宗教式的情怀、像十字军东征少年一样的孩子"。在大街上，莫拉维亚看到的是穿着补丁衣服的人民，墙上到处都贴满了大字报，吃饭的地方闻到的只有白菜的味道，他曾经受邀去品尝北京烤鸭，但却满怀罪恶感，因为那时中国的物质生活太贫乏了，中国还只是一个"主要以大米、小米和白菜充饥的国家"。

1986 年的 10 月到 12 月，他对中国进行了第三次访问，这次访华之后他所撰写的文章为数不多，只在《晚邮报》上发表了 5 篇，来描述北京城里的变化：当他 1936 年第一次来到中国的时候，北京还是一座典型的亚洲城市，那时城里的街道就像"干枯的河床"；而 1967 年第二次来到中国的时候，让他惊奇的是"红卫兵"的游行，到处都是一模一样的深蓝色和大家手里握着的"红宝书"；1986 年，当他最后一次回到中国的时候，跃入他眼帘的都变成了用外国资金和技术建造起来的美式高楼，以至于他乘车穿过天安门广场，抬头从车窗望出去时，感觉这个城市已经失去了自己的特色，"再没有什么值得记忆的东西"了，直到他看见街道上自行车的海洋："大家平静地骑着自行车，好像还在沉思，端庄高贵，看起来好像骑自行车已经不是因为生活的需要，而是自由意志的选择。自行车安静，没有味道，时尚。"

在这次访问的行程中，莫拉维亚终于实现了参观蒙古的梦想。在内蒙古自治区的首府呼和浩特市，他参观了两处古迹：一个是保存比较完整的喇嘛庙；另外一个就是位于戈壁中心的成吉思汗陵，不过那时陵墓已经遭到了红卫兵的严重破坏，正在修复中。离开城市，莫拉维亚被这里的自然风光深深地吸引，那里有沙丘、羊群和骆驼队。说到古迹，莫拉维亚的此次中国之旅还参观了西安的秦始皇兵马俑。

莫拉维亚跨越半个世纪，三次访华，并用他的笔触和视角记录了他的见闻，他的梦想，他的思考，虽然他说自己并不喜欢历史，但是他在记录中国的时候一直表现出对中国历史、传统的喜爱和尊重，也见证了中国的历史变迁，留下了珍贵的资料。

第四节　其他单独访华的作家及其作品

1956年初，意大利作家、记者恩里克·爱马努埃里（1909—1967）在中国停留了几个月，并于1958年出版了《中国近距离》。他的书也比较有特色，正如他自己在书的前言中说的那样："这是一份在中国见闻的报告；我的见闻尽可能地接近真实，既没有虚情假意的面纱，也没有顽固不化的敌意。"另外，此次访华过程中爱马努埃里还有机会与巴金和老舍会面，而且他也在自己的书里详细地记述了与他们的会谈。

1956年10月，意大利作家库尔奇奥·马拉帕特（1899—1957）来到中国，参加了纪念鲁迅逝世二十周年的纪念活动，几周之后他还参加了毛主席接见西德和意大利作家的活动，当时出席的还有全国人民代表大会常务委员会委员长刘少奇。马拉帕特在华访问6个月，在发现古老中国与现代中国的旅程中，他对自己参观的地方和遇到的人都满怀热情和惊奇，并逐渐地爱上了这个国家和她的人民。在他去世之前，他甚至决定把自己在意大利卡普里岛的别墅留给中国政府，用来接待访意的中国作家。

1959到1960年间，意大利作家、文学评论家、记者维吉尔·利利（1907—1976）第二次来到中国，他曾在1949年之前，解放战争时期在中国住过一年。第二次访华后他撰写了一篇游记——《在红色的中国里》，对中国正在发生的很多事情进行了批评。他以审慎的眼光观察着毛泽东时期的中国，并与过去的中国进行比较。他认为毛泽东政府所进行的重建工作就是要抹去古老的记忆。与其他学者和作家不同，利利并没有用惊羡的眼光看待中国，他写道："她并不美丽，只不过很大而已……"他认为许多关于中国的游记都是不真实的，因为都是建立在中国对外宣传部门提供的数字基础之上。他还在文章中抱怨不能与人们建立直接的交流关系，而这次访问旅行最后竟变成了"无休止的庆典，从吃到睡，从谈话到参观，以至于整个行程都变成了一个庆典的一部分"。

1966年在中国爆发了"文化大革命"，有两位著名的意大利作家到访中国，一位就是我们前面已经介绍的莫拉维亚，另外一位是高弗雷德·帕里斯（1929—1986）。帕里斯（著有《亲爱的中国》）是在从美国旅行回来以后又来到中国的。在美国，他见到了一个"完全在消费主义统治下的大众社会", 于是他对与美国对立的中国产生了极大的好奇心, 因而来到了中国。他的经历跟马拉帕特很像, 在中国看到的一切都让他很感动, 虽然之前他对中国的文化几乎没有任何了解, 但是他却直觉地感受到中国文化中一些深刻的内涵, 比如儒家的理性主义; 更让他惊奇的是, 中国人在"文革"期间表现出来的强烈的类似于"宗教崇拜"的感情。

这一时期中国与意大利的交流, 特别是文化互动比较集中, 而且绝大部分情况下, 来访的外国作家也不能自由参观, 不过新中国对意大利左派知识分子的吸引力是毋庸置疑的。他们以不同的眼光, 描绘着自己眼中的中国, 阐释着自己对中国历史和社会变迁的理解, 不管是正面的还是负面的, 都是这些意大利作家的用心之作, 是他们对社会发展的有益探索。

第五节　后毛泽东时代意大利作家笔下的中国

1980 年 11 月, 第一个意大利作家代表团访问了后毛泽东时代的中国。这个代表团是意大利国家作家协会组织的, 其中的成员包括路易吉·马莱尔巴 (1927—2008)、阿尔贝托·阿尔巴斯诺 (1930—)、阿尔多·德·雅克 (1923—2003)、马里奥·鲁兹 (1914—2005) 和维多利奥·赛莱尼 (1913—1983)。他们都撰写了不同形式的文学作品, 维多利奥·赛莱尼写了一些简短的旅行笔记——《中国旅行》; 马里奥·鲁兹写了一些诗, 出版了诗集《记事簿》; 路易吉·马莱尔巴出版了名为《中国, 中国》的书, 记录他在旅行期间的一些零散的回忆; 阿尔贝托·阿尔巴斯诺则撰写了游记——《中国》, 收录在《横渡太平洋的快车》一书中。

阿尔巴斯诺笔下的中国似乎有些难以把握, 她就像一部巨大的机器, 由各种需要解读的符号、地方、人物和名字奇怪的东西构成。他在文章中详细描写了他所参观的城市、街区、餐馆、公园、图书馆, 采访了很多作家、知识分子、文化部的领导等, 他们都对已经结束的"文化大革命"持有强烈的批判。阿尔巴斯诺还记录了普通百姓别具特色的生活片段, 比如"不说粗话、不自夸、有些生硬的优雅", 注重形式, 简朴等特性。其中简朴和没有压力的工作节奏特别吸引他的目光:

乡村的生活非常简朴, 几乎所有的东西都是用植物纤维和木头制成的, 手工的:

而且大部分的工作，也都是手工完成的。有些工作看起来好像根本就没什么必要：却

一样可以得到报酬，而且由一个集体平静地完成。他们充分利用资源和废弃物——果

皮、包装纸，甚至垃圾，但是通常一个人能做的工作会有十个人来完成，从容而放松，

在懒散和闲聊中互相帮助（跟莫斯科一样，却与东京相反）。就像又回到了中世纪，

即使最细小的工作也由好几个人来完成。……在餐馆，一个人给你端来杯子，一个人

给你拿来筷子，一个人给你拿纸巾，他们排着队地过来，就像在古代。很多人无论什

么时候都在散步，漫无目的地慢慢地走着，好像根本就不是要在某一个特定的时间从

一个地方到另一个地方。

阿尔巴斯诺在文章中还经常引用意大利传教士利玛窦[1]的一些描述，将 1980 年的中国人

1. 利玛窦，意大利天主教耶稣会士，于 1583 年来到中国并定居。

与明朝时的"风俗习惯"相互印证，追根溯源，想要更好地去理解中国人一些性格特点。阿尔

巴斯诺在文中还有对于北京餐馆里中餐和晚餐的精彩描写，既有对事物的描写，也有对礼仪、

地方历史和一些特别谈话的描述。他的描写极尽详细，甚至有时会让人觉得他是生怕遗漏了某

一个他看到的东西。

游记中还有一个部分是专门用来写"文化大革命"的，他收集了很多作家和知识分子记

录下来的证据，来讲述十年动乱期间对知识分子的迫害、上山下乡、愚民政策，以及对国家文

化遗产的破坏等。阿尔巴斯诺所收集的文字都是负面的，都是对"极左主义"的控诉，比如：

三万五千的冤死者，几百万人受迫害，阶级斗争扩大化，"四人帮"的穷奢极侈，对"所有用

于规范政治生活和经济生活的法律"彻底的颠覆等等。

阿尔贝托·阿尔巴斯诺的这本书并不长，在 90 页的内容里充满了热情和智慧，他抛开西

方人对中国固有的印象，尽量靠近另外一个与他们完全不同的世界。阿尔巴斯诺与其他的意大

利作家不尽相同，作为有分寸的进步人士，他在游记中尽量避免任何政治或情感的干扰。他记

录了"文化大革命"给中国带来的灾难，但是他也把这一时期从中国的历史中隔绝出来，尽量

客观地还原中国社会的本来面貌。

20 世纪的中国经历了太多的苦难和翻天覆地的变化，而在与我们远隔重洋的意大利，却有

许多孜孜不倦的远行者，历尽艰辛来到中国，用他们的心去体会，用他们擅长的文字去记录，

为每一个时期的中国都留下了珍贵的资料，以及更为珍贵的评论和反思。他们在艰难的条件下，

为让更多的意大利人更好地了解中国、了解中国文化和中国人，促进中意的文化交流，都作出了卓越的贡献。

附录

1. 中意文学交流大事记

公元前 4000 多年前，中国传说中上古时代，即"三皇五帝"时期。

公元前 2070 年，夏朝建立。

公元前 1600 年，商朝建立。

公元前 1046 年，周朝建立。

公元前 770 年，周平王东迁洛邑，东周开始。

公元前 753 年，罗马建城。

公元前 753—前 509 年，罗马王政时代。

公元前 7—6 世纪，伊特鲁里亚文明强盛时期

公元前 6 世纪，伊索诞生，其寓言故事开始流传。

公元前 509 年，罗马共和国建立。

公元前 494 年，罗马平民议会成立。

公元前 450 年，罗马编定《十二铜表法》。

公元前 5 世纪，希罗多德在《历史》一书中记载了中国的大体方位。

公元前 4 世纪，克泰夏斯最早以"塞里斯"来称呼中国。

公元前 264—前 241 年，第一次布匿战争，罗马占领西西里岛。

公元前 221 年，秦始皇统一中国。

公元前 218—前 202 年，第二次布匿战争。

公元前 215—前 204 年，第一次马其顿战争，罗马战败。

公元前 206 年，刘邦建立西汉。

公元前 200—前 197 年，第二次马其顿战争，马其顿战败。

公元前 172—前 168 年，第三次马其顿战争，马其顿战败。

公元前 149—前 146 年，第三次布匿战争，罗马灭亡迦太基。

公元前 146 年，罗马征服古希腊最后一个城邦。

公元前 1 世纪，司马迁所著《史记》中记载了"黎轩"之地，即古罗马。

公元前 73—前 71 年，斯巴达克思起义。

公元前 60 年，庞培、凯撒、克苏拉组成前三头同盟。

公元前 53 年，克苏拉战死安息。

公元前 27 年，屋大维接受奥古斯都称号，罗马共和国转为罗马帝国。

公元元年，耶稣诞生。

公元 25 年，刘秀建东汉。

公元 73 年，班超出使西域。

公元 1 世纪，基督教建立。老普林尼在《自然史》一书中提到了中国的丝绸。

汉桓帝延熹九年（166 年），罗马安敦尼王朝派使节来华。

公元 581 年，隋朝建立。

公元 6 世纪末，拜占庭历史学家泰奥菲拉克特·西莫加特在《历史》一书中将中国人称为"桃花石人"。

公元 618 年，唐朝建立。

贞观十七年（643 年），拂菻王波多力（教皇狄奥多里一世）遣使献赤玻璃、绿金精等物。

公元 755 年，矮子丕平献土，教皇国成立。

公元 800 年，教皇为查理曼大帝加冕。威尼斯开始崛起。

公元 843 年，《凡尔登条约》签订，查理曼帝国三分，意大利王国成立。

公元 916 年，耶律阿保机建立契丹国。

公元 960 年，北宋建立。

公元 962 年，神圣罗马帝国建立。

1054 年，基督教大分裂。

嘉佑七年（1062 年），苏轼作《大秦寺》诗怀古。

11 世纪末，威尼斯、热那亚、比萨成为地中海沿岸经济霸主。

1127 年，南宋开始。

南宋孝宗淳熙五年（1178 年），周去非出版《岭外代答》，其中介绍了意大利教皇国。

南宋理宗宝庆元年（1225 年），宗室赵汝适所著的《诸蕃志》中介绍了罗马和西西里岛。

1235 年，蒙古大汗窝阔台汗命拔都统帅蒙古大军发动"长子西征"，第二次西征俄罗斯，建立了"钦察汗国"，又踏马东欧波兰、塞尔维亚、保加利亚、匈牙利等国，前锋直抵维也纳乃至威尼斯边郊。

1241 年 11 月，窝阔台去世，蒙古将领纷纷率军返回，欧洲于是得救。

1245 年复活节，方济各会柏朗嘉宾奉教宗英诺森四世之命出使蒙古。

1246 年，柏朗嘉宾参加了贵由大汗的登基大典，后撰《蒙古史》汇报情况。

1254 年，马可·波罗在意大利水城威尼斯出生。

1256 年，鲁布鲁克用拉丁文写成的《东方行记》问世。

1271 年，忽必烈建立大元。是年 9 月 1 日，维斯孔蒂大使获选为新任教宗格列高利十世，召已行至亚美尼亚的波罗一行回到阿迦，接受祝福并领取教宗复函和礼物，回中国复命。

1275 年，波罗一行到达了忽必烈的驻夏之所上都并见到大汗本人。

1276 年，元灭南宋。

1287 年，蒙古伊利汗国阿鲁浑汗派遣聂思脱里教会巡视总监列班·扫马出使拜占廷、罗马教廷、法、英等国，希望欧洲基督教君主与他联手打击阿拉伯人，夺取"圣地"耶路撒冷。

1289 年，教皇尼古拉四世派遣意大利方济各会教士若望·孟高维诺来华。

1294 年，孟高维诺到达大都，开始传教。

1295 年，马可·波罗一家返回阔别 24 载的家乡威尼斯。

1299 年，《马可·波罗行纪》发表。

14—17 世纪，欧洲文艺复兴运动。

1305 年，教皇成为"阿维尼翁之囚"。

1307 年，教皇派遣意大利籍方济各会修士安德鲁等 7 人前往中国，协助孟高维诺传教。

1313 年，安德鲁等人艰难抵华，带来了教廷致元帝的书信。

1321 年，《神曲》问世。

1322 年，意大利人鄂多立克开始在华 6 年的游历。

1328 年，孟高维诺卒。

1330 年，鄂多立克回到意大利帕多瓦，口述了旅行的所见所闻及传教经历，由他人记录著成《鄂多立克东游记》。

后至元四年（1338 年），携带元顺帝致教皇表达友睦之意书信的使者抵达教皇驻地阿维尼翁。本笃十二世派佛罗伦萨方济各会士马黎诺里带领 50 人的使团带各种礼物随元使返回复命。

1341 年，彼特拉克获得"桂冠诗人"称号。

1353 年，马黎诺里使团回到欧洲，将元顺帝致教皇的国书进呈克莱孟六世。薄伽丘《十日谈》问世。

1368 年，明朝取代蒙古人统治中国，不再实施元朝开放的宗教政策，基督宗教在华一时式微。

1453 年，意大利著名学者洛伦佐·维勒印行了拉丁文的《伊索寓言》。

1494 年，意大利战争开始。博亚尔多根据 12 世纪法国流行的英雄史诗《奥兰多之歌》，写出了长篇传奇叙事诗《热恋的奥兰多》。

1502 年，卢多维柯·阿里奥斯托开始在博亚尔多作品的基础上，历时 30 年写作长篇叙事诗《疯狂的奥兰多》。

1517 年，德国宗教改革开始。

1530 年，西班牙对意大利的统治开始。

1540 年，耶稣会成立。

1542 年，罗马宗教裁判所成立。

明嘉靖三十一年（1552 年），耶稣会士方济各·沙勿略作为"教皇特使"，取道印度果阿、马六甲、印度尼西亚诸岛、日本，经海路抵达广东珠江口的上川岛（属今广东台山）。

1557 年，教皇保禄四世正式颁布第一版《罗马教廷禁书目录》。

1559 年，意大利战争结束。

1573 年，意大利天文、地理学家乔万尼·洛伦佐·达纳尼亚百科全书式的著作《宇宙构造》在那不勒斯出版。

1581 年，罗明坚在给耶稣会总会长致信汇报时，附上他所翻译的《大学》第一章的拉丁文译文，此外他还翻译了《孟子》。

1584 年，罗明坚出版的《天主圣教实录》中介绍了"天主制作天地人物"的《圣经》故事。

明万历三十五年（1607 年），《三才图会》中出现了有关意大利人的插画，描绘了意大利商人和西西里山民的形象。

1586 年，罗马出版了教皇格利高里十三世委托西班牙奥斯丁会士门多萨编辑的《中华大帝国史》的意大利文译本。

1588 年，罗明坚和利玛窦合编《葡汉辞典》。意大利耶稣会士乔万尼·伯多禄·马菲在佛罗伦萨出版《16 世纪印度史》，其中有专章介绍中国的一些情况。

1591 年，乔万尼·博泰罗在罗马出版《宇宙关系》，其中也介绍到中国。利玛窦为给刚来华的石方西神父教授中国语言和文化知识，着手将"四书"翻译为拉丁文。

1597 年，意大利人阿里瓦贝内出版了第一部中国题材的长篇小说《黄帝》。

万历二十六年（1598 年），郭居静与利玛窦合编拉汉字典。利玛窦在南昌期间，白鹿洞书院院长章潢邀请他为中国士子讲学。

万历三十六年（1608 年），利玛窦最早在他的《畸人十篇》中引用了数则《伊索寓言》中的故事。

1609 年，伽利略发明天文望远镜。

万历四十四年（1616 年），南京礼部尚书沈㴶多次上书朝廷，发动"南京教案"，将王丰肃、谢务禄等传教士下狱，后押解至澳门。

万历四十五年（1617 年），西班牙传教士庞迪我在《七克真训》中引用了几篇《伊索寓言》里的故事。

万历四十六年（1618 年），《万历野获编》正编和续编全部出版，其中多处记载了利玛窦。

明天启三年（1623 年），艾儒略在庞迪我、熊三拔的手稿基础上编译成了五卷本的《职方外纪》，介绍世界地理。

天启五年（1625 年），西安出土了"大秦景教流行中国碑"。张赓与金尼阁合著的《况义》刊行，书中收录了《伊索寓言》中的 38 则寓言故事。

天启六年（1626 年），龙华民编译了《地震解》。

天启七年（1627 年），王徵与邓玉函合著的《远西奇器图说录最》出版。

明崇祯五年（1632 年），曾向高一志学习西洋火炮知识的孙元化出版了中国第一部介绍西洋铸炮、制火药、筑炮台等方面知识的军事科技著作《西法神机》。

崇祯六年（1633 年），罗雅谷的《哀矜行诠》刻印，直接促使次年王徵在陕西建立了民间慈善组织"仁会"。高一志的《空际格致》刊行，其中附有龙华民所著的《地震解》，将西方气象学、地震学知识介绍到中国。

崇祯七年（1634 年），崇祯帝登基之初因日蚀失验命徐光启改革历法并修撰新历书——《崇祯历书》成书。徐光启主持下的历局还任用西方传教士，翻译了《简平仪说》《表度说》等天文类书籍和《泰西水法》等农田水利书籍。

崇祯八年（1635 年），刘侗、于奕正所著《帝京景物略》刊行，其中记载了京城的天主堂和利玛窦墓。

崇祯十二年（1639 年），徐光启《农政全书》刻印，其中介绍到了欧洲的水利技术。

1643 年，曾德昭仿效利玛窦记述中国物产、政治制度、商业活动、风俗习惯、语言文学、服饰、宗教信仰及耶稣会士在华的传教事迹等的《大中国志》由葡萄牙文翻译成意大利文。

崇祯十七年（1644 年），李自成农民军攻占北京，明朝灭亡。

顺治七年（1650 年），广东少年郑玛诺随耶稣会士陆德前往意大利罗马学习。

1652 年，意大利耶稣会士卫匡国撰成第一部汉语语法书《中国文法》。

1654 年，卫匡国所著的《鞑靼战纪》和《中国新地图集》分别在当时欧洲最富有的商业城市比利时的安特卫普和荷兰的阿姆斯特丹出版。

1656 年，意大利学者巴尔托利在罗马出版了《亚洲耶稣会史》，卷 3 记中国。

1658 年，卫匡国出版了拉丁文的《中国上古史》。

康熙元年（1662 年），意大利籍耶稣会士殷铎泽与葡萄牙的郭纳爵第一次合译了拉丁文的《大学》《论语》，随后几年又在中西方多地将"四书"的西文译本出版。

1668 年，安文思发表了《中国新志》。

1671 年，意大利佛罗伦萨青年商人弗郎切斯科·卡莱蒂在佛罗伦萨出版了他的游记《印度等国旅行见闻述评》。

1673 年，马加洛蒂的《中国报告》出版。

1681 年，耶稣会士柏应理带江苏江宁人沈福宗赴罗马求学。

1687 年，柏应理出版了儒家思想全面西传的奠基之作——《中国哲学家孔子》。

1699 年，乔万尼·杰梅利出版其游记。

1700 年，西班牙王位继承战争开始。

1702 年，福建莆田人黄嘉略随巴黎外方传教会梁弘仁神父赴欧，在罗马 3 年。

1707 年，教皇派遣虔劳会士马国贤等一行 6 人前去中国表彰坚决贯彻教廷关于中国礼仪问题方针的特使多罗，并协助其传教。

1719 年，赴欧的山西绛州人樊守义结束 10 年在罗马的学习，归国后面见康熙并于 1721 年撰成《身见录》一书。

康熙四十九年（1710 年），马国贤以画家的身份被康熙召入清廷供职。

康熙五十二年（1713 年），马国贤根据中国画家的原作，创制了《御制避暑山庄图咏三十六景》（又名《热河三十六景图》）的铜版画。1713 年，西班牙王位继承战争结束，意大利被瓜分。

康熙五十四年（1715 年），马国贤在北京为新信徒和支持基督信仰的中国人开设神学课程，以期为天主教在华传播培养本土人才。郎世宁来华，历仕康雍乾三朝，其间为中国带来了西洋透视画法，并开创出中西合璧的新画风。

雍正元年（1723 年），马国贤请归欧洲。

1724 年底，马国贤回到故乡拿波里。

1725 年，维柯的《新科学》出版，对中国历史和中国人的智慧提出批判的观点。

1729 年，年希尧受郎世宁影响学习西方绘画理论创作的《视学》一书问世。拿波里"中国学院"成立。

1732 年，教皇克莱孟十二世正式批准教廷负担中国学院培养远东神职人员的费用，并要求他们学成之后回到自己的国家传播基督教。

1752 年，意大利作家、神圣罗马帝国皇帝的宫廷诗人梅塔斯塔西奥在前人创作的基础上，创作出了大团圆结局的诗体意大利歌剧文学剧本《中国英雄》。

1766 年，卡洛·戈齐用了 5 年时间写成了 10 部新的童话剧，假面喜剧《图兰朵》是其中的第 4 部。

1810 年，《科学和文学年鉴》在米兰开始出版，提供了很多有关汉语研究的资料。

1841 年，加略利在澳门出版《汉语语音书写系统》。

清道光二十二年（1842 年），魏源在林则徐主持编译的《四洲志》基础上首次出版了介绍西方的《海国图志》一书，其中介绍了意大利。加略利在伦敦出版《中国语言百科》。

道光二十八年（1848 年），徐继畬完成了 10 卷本的《瀛寰志略》一书。

清咸丰二年（1852 年），晁德莅接任首批返华的 3 位耶稣会士之一南格禄的职务，负责徐汇公学。

1861 年，意大利基本实现统一，意大利王国成立。

清同治元年（1862 年），清政府颁布新政，下诏设立"总理衙门"，主管洋务和外交事务。

同治二年（1863 年），湖北武昌崇正书院刻版付印郭连城的《西游笔略》。

1865 年，意大利迁都佛罗伦萨。

同治五年（1866 年），恭亲王奕䜣上奏，请求朝廷派团随休假的中国海关总税务司赫德赴欧进行非官方的考察。团长斌椿的《乘槎笔记》中记录了他们航经意大利港口城市墨西拿的情况，随员张德彝日记亦有载。

同治七年（1868 年），清政府派出第一个正式外交使团，随卸任回国的美国首任驻华公使蒲安臣出访欧美诸国，使团成员志刚著有《初使泰西记》。拿波里中国学院更名为皇家亚洲学院。

1870 年，意大利王国军队攻占罗马，完成统一。

1871 年，意大利首都由佛罗伦萨迁回罗马。

1872 年，佛罗伦萨皇家高等研究院成立东方学协会。

1876 年，普依尼翻译了根据明代小说《龙图公案》改编的 7 个小故事。

清光绪五年（1879 年），中国第一位驻外公使郭嵩焘在卸任回国之前，访问了欧洲瑞士、摩纳哥、意大利等国。

1882 年，马萨拉尼出版唐诗译作《玉之书》。

1888 年，诺全提尼在英法文译本基础上出版了意大利文的《圣谕广训》。皇家亚洲学院更名为皇家东方学院，即后来的那不勒斯东方大学。

光绪十六年（1890 年），薛福成任"出使英、法、意、比四国大臣"，他在欧洲四年的见闻和思考都汇集在其《出使英法义比四国日记》中。德礼贤出生，这位著名汉学家在二战之后重振了意大利汉学。卡尼尼将多种中国诗歌收入其诗集《爱情箴言集》。

1897 年，威达雷出版《蒙古语文法及方言词典》。晁德莅的《中国文学选集》开始出版。

1899 年，切萨雷奥出版的《文学评论》中收入了有关中国散文作品的简录，标题为《中国古玩》。

1900 年，科尔邦辛·艾博选译《聊斋志异》中的 26 个小故事，在罗马出版。德桑蒂斯·尼诺出版了意大利文版《离骚》并进行了译注。汉学家毛里齐奥·本萨到达北京。

光绪二十七年（1901 年），"百日维新"后流亡日本的梁启超从平田久的《意大利建国三英雄》一书中汲取灵感，写下了历史散文《意大利建国三杰传》，并将其改编为音乐剧《新罗马》，以意大利复兴运动影射中国时政。

1902 年，意大利著名汉学家晁德莅去世。

光绪二十九年（1903 年），《绣像小说》杂志上连载了李宝嘉的《文明小史》。意大利的采矿工程师为其主角之一。

光绪三十年（1904 年），康有为抵达意大利，游览了拿波里、庞贝古城、意京罗马、佛罗伦萨、威尼斯、米兰等地，并著《意大利游记》。

1907 年，罗马智慧大学《东方研究杂志》创刊。

1912 年，中华民国建立。

1919 年，诗人奥诺弗里发表了他的中国诗笔记的一部分。

1923 年，汉学家白佐良出生于罗马，他开创了意大利当代的汉学研究。卡尔维诺生于古巴。

1925 年，兰侨蒂出生于罗马。

1926 年，张诺谷从英文节译科罗狄《匹诺契奥的奇遇》，在《小说月报》上发表。夏丏尊从日文、英文译本转译亚米契斯的《爱的教育》在开明书店出版了单行本。黛莱达成为当年诺贝尔文学奖得主。卡尔维诺举家回到意大利。

1927 年，赵景深翻译黛莱达的《两男一女》，载《小说月报》。

1928 年，罗皑兰从英译本选译薄伽丘《十日谈》中的一篇《住持捉奸》在《文学周报》发表。

徐调孚译《木偶奇遇记》由开明书局出版。亚细亚书局出版黛莱达的《意大利的恋爱故事》。

1929 年，邓南遮的《死城》由向培良翻译出版。

1930 年，乔瓦尼·柯米索访问中国。

1932 年，徐霞村辑译《露露的胜利——近代意大利小说选》出版。

1933 年，《大公报》文学副刊发表孙毓堂、严既澄翻译的《但丁神曲》片段；意大利远东中东学院成立。

1934 年，王独清翻译出版但丁的《新生》，此后 3 次再版。皮兰德娄获得诺贝尔文学奖。

1935 年，商务印书馆出版戴望舒选译的《意大利短篇小说集》。贾立方、薛冰自英文转译曼佐尼的《约婚夫妇》。德礼贤首次将利玛窦中文版世界地图中的注释翻译为意大利文出版。

1936 年，《那不勒斯东方学院年鉴》创刊。

1937 年，阿尔贝托·莫拉维亚首次来华，并在回国后为《人民报》撰文讲述在华见闻。

1939 年，商务印书馆刊行王维克所译《神曲》的《地狱》篇。德礼贤被任命为罗马宗座额我略大学汉学教授。

1941 年，世界书局出版闵逸所译《十日清谈》。

1944 年，德礼贤《中国文集》在佛罗伦萨出版。

1946 年，意大利公投放弃君主制，建立共和国。

1948 年，商务印书馆刊行王维克依据意大利原文翻译的《神曲》全译本。

1949 年，中华人民共和国成立。乔瓦尼·柯米索出版小说《东方之爱》。

1950 年，意大利远东中东学院《罗马东方系列》学术期刊和《东方与西方》英文杂志创刊。

1954 年，弗朗西斯科·弗洛拉率领第一个意大利著名知识分子组成的文化代表团来华。

1955 年，意中文化研究院《中国文明笔记》创刊。由英文转译的《金瓶梅》意大利文全译本在都灵出版。兰侨蒂出版《浮生六记》全译本。罗马"对中经济文化关系研究中心"组织的第一个意大利官方代表团访华。

1956 年，中国戏剧出版社出版孙维世翻译的剧作家哥尔多尼作品《一仆二主》。上海新文艺出版社出版严大椿翻译的意大利现代短篇小说集《把大炮带回家去的士兵》。第一本真正意义上的意大利汉学专刊《中国》在罗马创刊。根据德文《水浒传》转译的意大利文《强盗》在都灵出版。1955 年访华团成员弗兰克·福尔蒂尼出版第一部专门介绍中华人民共和国的书《大亚细亚》。罗马"对中经济文化关系研究中心"再次派团访华。

1957 年，人民文学出版社《哥尔多尼戏剧集》出版。李侬民翻译乔万尼奥里《斯巴达克思》出版，此后一再重版。罗马"意中关系发展中心"出版《今日中国》。1956 年访华团成员卡罗·维果莱利的《新中国问答》在《时光》周报发表。

1958 年，方平、王科一自英译本转译《十日谈》全译本。意大利作家、记者恩里克·爱马努埃里根据 1956 年在华几个月的经历出版了《中国近距离》。

1959 年，白佐良编辑出版意大利汉学史上第一部系统介绍中国文学发展史的图书《中国文学》。

1960 年，《西游记》从英文本转译为意大利文本出版。

1964 年，《红楼梦》的意大利文译本出版。

1967 年，莫拉维亚在向中国总理周恩来申请访华获邀后，再度来到中国。

1969 年，兰侨蒂出版专论 1949 年以前白话文学的《中国文学》。

1970 年，中国政府与意大利政府代表在法国巴黎签署两国建交公报，中意两国正式建立外交关系。《威尼斯大学东方年鉴》创刊。罗马大学东亚史系教授皮耶罗·克拉蒂尼·柯拉迪尼出版《中国文学史》和《中国文学作品选集》。

1973 年，意中基金会《中国世界》创刊。

1979 年，在罗马签署意中经济合作协定。中国国务院总理华国锋访问意大利。

1980 年，意大利作家代表团访问后毛泽东时代的中国，代表团成员归国后出版了《中国旅行》《记事簿》《中国，中国》等作品。

1981 年，中国台北出版《卡度齐诗集》《瓜西莫多诗集》。河南人民出版社出版王勇翻译的《地狱窃火记》，选译自卡尔维诺的《意大利民间故事》。

1983 年，上海译文出版社《当代意大利短篇小说集》、外国文学出版社《莫拉维拉短篇小说选》出版。

1984 年，《白天的猫头鹰——意大利当代中篇小说选》在北京出版。

1985 年，中意两国分别在米兰、上海互设总领事馆。

1986 年，漓江出版社《甜蜜的生活——意大利文学专号》出版。莫拉维亚第三次访华。

1987 年，上海译文出版社《意大利诗选》出版。

1989 年，上海译文出版社将万子美、刘黎婷翻译的《哥尔多尼喜剧三种》出版。

1992 年，意大利远东中东学院《明清研究》创刊。

1993 年，王永年所译塔索代表作《耶路撒冷的解放》由人民文学出版社出版。

1996 年，海峡文艺出版社《世界短篇小说精品文库 · 意大利卷》、春风文艺出版社《世界中篇小说经典 · 意大利卷》出版，《威尼斯大学东南亚研究年鉴》创刊。

1998 年，北京和罗马市政府签署《友好协议》，正式缔结友好城市。中国在佛罗伦萨，意大利在广州设总领事馆。

2000 年，《高山巨人：皮兰德娄剧作选》《皮兰德娄精选集》出版。黄文捷的《神曲》汉译由花城出版社出版。

2001 年，译林出版社出版吕同六、张洁主编的《卡尔维诺文集》。白佐良去世。

2002 年，人民文学出版社将田德望翻译的神曲三篇单行本合并出版。

2003 年，台湾九歌出版社将香港学者黄国彬翻译的《神曲》出版。

2004 年，谢天振、查明建主编的《中国现代翻译文学史：1898—1949》出版。

2005 年，孟昭毅、李载道主编的《中国翻译文学史》出版。

2007 年，查明建、谢天振主编的《中国 20 世纪外国文学翻译史》出版。

2009 年，中国国家主席胡锦涛对意大利进行国事访问，两国领导人一致同意以 2010 年中意建交 40 周年为契机，中国在意大利举办"中国文化年"，推动两国间全面战略伙伴关系。杨义主编的《二十世纪中国翻译文学史》出版。

2011 年，国家副主席习近平出席"意大利统一 150 周年"庆典活动并对意大利进行正式访问。

2012 年，意大利总理蒙蒂对中国进行正式访问并出席亚洲博鳌论坛年会开幕式。

2014 年，意大利总理伦齐对中国进行正式访问，两国政府发表新的《中意关于加强经济合作的三年行动计划》。

2. 国家图书馆所藏有关意大利善本古籍书目

1. 农民丛刊.卷二(新善本).上海:上海五三书店

2. 新安县全图(舆图).摄影本.民国年间

3.[清]广智书局编译.意将军加里波的传.铅印本.上海:广智书局,1903(清光绪二十九年)

4. [美]勃腊忒.开辟新世界之鼻祖.[清]丁畴隐译.铅印本.上海:文明书局,1902(清光绪二十八年)

5.[美]勃腊忒.开辟新世界之鼻祖.[清]包光镛,张逢辰译.铅印本.上海:文明书局,1902(清光绪二十八年)

6. [美]纽约大都会博物馆.意大利文艺复兴(敦煌资料).王哲雄审订.吴嘉苓译.台北国巨出版社,1992

7. 沈卫荣编译.意大利藏学家杜齐的生平及其著述(敦煌资料).国外藏学研究译文集(第六辑),拉萨:西藏人民出版社,1989

8.[希腊]欧几里得.几何原本(六卷).[意]利玛窦(Ricci.M)口译.[明]徐光启笔述.见:徐光启著译集.影印本.上海:上海古籍出版社,1983

9. [意]熊三拔(Ursis, S.).简平仪说.见:徐光启札记.影印本.上海:上海古籍出版社,1983

10.测量法义.[意]利玛窦口译.[明]徐光启笔述.影印本.上海:上海古籍出版社,1983

11.[意]熊三拔.泰西水法(六卷).[明]徐光启记.影印本.上海:上海古籍出版社,1983

12.[意]高一志(Vagnoni, A.).空际格致(二卷).[清]韩云订.抄本.上海:上海聚珍仿宋印书局,民国间.附:[意]龙华民撰.地震解(一卷).

13.[意]龙华民(Longobardi, N.).地震解(一卷).见:[意]高一志.空际格致(二卷).[清]韩云订.抄本.鄞县张寿镛约园,1944(民国三十三年)

14. [意]郎世宁(Castiglione, J.)绘.郎世宁画(四集).影印本.北京故宫博物院,1934—1936(民国二十三至二十五年)

15.[意]郎世宁绘.郎世宁画(三集).影印本.北京故宫博物院,1932—1935(民国二十一

至二十四年）

16. ［意］郎世宁，［捷克］艾启蒙绘 . 郎世宁艾启蒙画十骏图 . 影印本 . 北平故宫博物院，1935(民国二十四年)

17. 测量法义（一卷）. ［意］利玛窦口译 . ［明］徐光启笔受 . 见：［清］钱熙祚辑 . ［清］钱培让，［清］钱培杰续辑 . 指海 . 影印本 . 上海：上海大东书局，1935(民国二十四年)

18. ［意］圣多玛斯 . 超性学要（三十二卷）. ［西洋］利类思译 . 铅印本 . 上海：上海土山湾印书馆，1930(民国十九年)

19. ［意］艾儒略 (Aleri.Jules). 万物真原 . 铅印本 . 北京：北京天主堂印书馆，1930(民国十九年)

20. ［意］利玛窦 . 明季之欧化美术及罗马字注音 . 影印本 . 北京：北京辅仁大学，1927(民国十六年)

21. ［意］亚尔方骚利高烈 . 爱主准则 . 俞伯录译 . 铅印本 . 上海：上海土山湾慈母堂，1926(民国十五年)

22. ［意］利玛窦 . 天主实义 . 铅印本 . 兖州府天主堂，1926(民国十五年)

23. ［意］艾儒略 . 三山论学记 . 铅印本 . 上海：上海土山湾印书馆，1923(民国十二年)

24. ［意］利玛窦 . 天主实义（二卷）. 铅印本 . 上海：上海土山湾印书馆，1923(民国十二年)

25. ［意］熊三拔 . 简平仪说 . ［明］徐光启札记 . 影印本 . 上海：上海博古斋，1922(民国十一年)

26. 圜容较义 . ［意］利玛窦授 . ［明］李之藻译 . 影印本 . 上海：上海博古斋，1922(民国十一年)

27. ［意］艾儒略 . 职方外纪（五卷）. 影印本 . 上海：上海博古斋，1922(民国十一年)

28. ［意］利马窦 . 友论（一卷）. 见：［明］陈继儒辑 . 宝颜堂秘笈 . 石印本 . 上海：上海文明书局，1922(民国十一年)

29. ［意］艾儒略增译 . 职方外纪（五卷）. 见：［清］张海鹏辑 . 墨海金壶 . 影印本 . 上海：上海博古斋，1921(民国十年)

30. 灵言蠡勺（二卷）. ［意］毕方济述 . ［明］徐光启录 . 铅印本 . 新会陈氏，1919(民国八年)

31. ［意］艾儒略 . 大西利先生行迹 . 铅印本 . 新会陈垣，1919(民国八年)

32. ［意］利玛窦 . 辩学遗牍 . 铅印本 . 新会陈垣，1919(民国八年)

33. [意] 福拉西乃狄.司铎金鉴(二卷).铅印本.献县张家庄胜世堂，1917(民国六年)

34. 教宗通牒.[意] 罗马教宗颁.佚名译.铅印本.民国间

35. [意] 郎世宁绘.郎世宁百骏图.影印本.民国间

36. [意] 利玛窦.经天该(一卷).见：[清] 吴省兰辑.艺海珠尘.刻本.文萃堂，清

37. 几何原本(六卷).[意] 利玛窦口译.[明] 徐光启笔受.见：[清] 潘仕成辑.海山仙馆丛书.刻本.番禺潘氏，清光绪间

38. 测量法义(一卷).[意] 利玛窦口授.[明] 徐光启笔述.见：[清] 潘仕成辑.海山仙馆丛书.刻本.番禺潘氏，清光绪间

39. 同文算指(八卷).[意] 利玛窦授.[明] 李之藻演.见：[清] 潘仕成辑.海山仙馆丛书.刻本.番禺潘氏，清光绪间

40. 圜容较义(一卷).[意] 利玛窦授.[明] 李之藻演.见：[清] 潘仕成辑.海山仙馆丛书.刻本.番禺潘氏，清光绪间

41. 义国和约章程.各国条款条约章程(四卷).刻本.清光绪间

42. 万物真原.[意] 艾儒略述.铅印本.上海慈母堂，1906(清光绪三十二年)

43. 意大利税则章程.[清] 陈德雯等译.铅印本.上海驻意使署，1905(清光绪三十一年)

44. 天主实义(二卷).[意] 利玛窦述.铅印本.香港纳匝肋静院，1904(清光绪三十年)

45. 天主降生言行纪略.[意] 艾儒略译.铅印本.上海慈母堂，1903(清光绪二十九年)

46. 政治思想之源.小颦女士译.上海支那翻译会社日本京都法政专门学院出版部，1903

47. [日本] 松井广吉.意大利独立史.[清] 张仁普译.铅印本.上海：上海广智书局，1903(清光绪二十九年)

48. [意] 艾儒略.职方外纪(五卷).见：[清] 文瑞楼主人辑.皇朝藩属舆地丛书.石印本.金匮浦氏静寄东轩，1903(清光绪二十九年)

49. 义国条约.见：[清] 总理各国事务衙门编.通商各国条约.刻本.浙江官书局，1902(清光绪二十八年)

50. 万物真原.[意] 艾儒略述.铅印本.上海慈母堂，1901(清光绪二十七年)

51. 天主实义(二卷).[意] 利玛窦述.刻本.河间府胜世堂，1898(清光绪二十四年)

52. ［意］丹吐鲁．意大里蚕书（一卷）．［英］傅兰雅，傅绍兰译．［清］王振声笔述．刻本．江南制造局，1898(清光绪二十四年)

53. ［意］熊三拔．简平仪说．［清］杨宝臣补图．石印本．古歙柯铭受，1898(清光绪二十四年)

54. ［希腊］欧几里得．几何原本（六卷）．［意］利玛窦口译．［明］徐光启笔述．见：［清］刘铎辑．古今算学丛书．影印本．上海：上海算学书局，1898(清光绪二十四年)

55. ［意］艾儒略．五大洲图说（四卷）．石印本．上海：上海书局，1898(清光绪二十四年)

56. ［清］求志斋主人辑．中西新学大全（十九卷）．石印本．上海：上海鸿文书局，1897(清光绪二十三年)

57. ［清］洪勋．游历意大利闻见录．见：王锡祺辑．小方壶斋舆地丛钞再补编．铅印本．上海著易堂，1897(清光绪二十三年)

58. ［意］利玛窦编．经天该．见：［清］求志斋主人辑．中西新学大全．石印本．上海：上海鸿文书局，1897(清光绪二十三年)

59. ［希腊］欧几里得．几何原本（十五卷）．［意］利玛窦口译．［明］徐光启笔受．［英］伟烈亚力(Wylie，A.)续译．［清］李善兰续笔．石印本．上海：上海积山书局，1896(清光绪二十二年)

60. ［清］王西清，卢梯青辑．西学大成（十二编）．石印本．上海醉六堂，1895(清光绪二十一年)

61. ［意］利玛窦．经天该．见：［清］王西清，卢梯青辑．西学大成．石印本．上海醉六堂，1895(清光绪二十一年)

62. 圜容较义．［意］利玛窦授．［明］李之藻演．见：［清］王西清，卢梯青辑．西学大成．石印本．上海醉六堂，1895(清光绪二十一年)

63. ［意］熊三拔．简平仪说（一卷）．［明］徐光启札记．见：［清］钱熙祚辑．守山阁丛书．石印本．上海：上海鸿文书局，1889(清光绪十五年)

64. 圜容较义（一卷）．［意］利玛窦授．［明］李之藻译．见：［清］钱熙祚辑．守山阁丛书．石印本．上海：上海鸿文书局，1889(清光绪十五年)

65. ［清］钱熙祚辑．守山阁丛书（四集）．石印本．上海：上海鸿文书局，1889(清光绪十五年)

66. ［意］艾儒略．职方外纪（五卷）．见：［清］钱熙祚辑．守山阁丛书．石印本．上海：上

海鸿文书局，1889(清光绪十五年)

67.［意］艾儒略述.万物真原(二卷).铅印本.上海慈母堂，1887(清光绪十三年)

68.［意］艾儒略述.天主降生引义(二卷).铅印本.上海慈母堂，1887(清光绪十三年)

69.［意］艾儒略述.圣体要礼(二卷).铅印本.上海慈母堂，1881(清光绪七年)

70.［意］艾儒略述.天主降生言行纪略(八卷).刻本.河间胜世堂，1875(清光绪元年)

71.［意］艾儒略述.性学觕述(八卷).铅印本.上海慈母堂，1873(清同治十二年)

72.［远西］高一志.教要解略(二卷).刻本.1869(清同治八年)

73.［意］利玛窦.天主实义(二卷).刻本.1868(清同治七年)

74.［意］艾儒略.职方外纪.见：［清］何秋涛辑.北徼汇编.刻本.京都龙威阁，1865(清同治四年)

75.［希腊］欧几里得.几何原本(十五卷).［意］利玛窦口译.［明］徐光启笔受.［英］伟烈亚力续译.［清］李善兰续笔.刻本.金陵湘乡曾国藩，1865(清同治四年)

76.［意］利玛窦.天主实义(二卷).刻本.1855(清咸丰五年)

77.［意］罗雅谷(Rho，J.).崇祯历书历引(二卷).木活字本.1855(日本安政二年)

78.［意］艾儒略译.天主降生言行纪略.刻本.慈母堂，1853(清咸丰三年)

79.［美］欧泼登.列国陆军制.［美］林乐知(Allen，Y.J.)，［清］瞿昂来译.刻本.清末

80.义国条约税则章程，见：各国条款条约章程.刻本.清末

81.［意］利玛窦.经天该(一卷).见：艺海珠尘.刻本.南汇吴省兰听彝斋，清嘉庆间；金山钱氏漱石轩，1850(清道光三十年)

82.［意］艾儒略述.涤罪正规(四卷).刻本.1849(清道光二十九年)

83.［希腊］欧几里得.几何原本(六卷).［意］利玛窦译.［明］徐光启笔述.见：［清］潘仕成辑.海山仙馆丛书.刻本.番禺潘氏，1847(清道光二十七年)

84.［清］钱熙祚辑.守山阁丛书(四集).刻本.金山钱氏，1844(清道光二十四年)

85.［意］艾儒略.职方外纪(五卷).见：［清］钱熙祚辑.守山阁丛书.刻本.金山钱熙祚，1844(清道光二十四年)

86.［意］利玛窦.圜容较义(一卷).［明］李之藻译.见：守山阁丛书.刻本.金山钱氏，

1844(清道光二十四年)

87. [意] 熊三拔 . 简平仪说 (一卷). [明] 徐光启札记 . 见：[清] 钱熙祚辑 . 守山阁丛书 . 刻本 . 金山钱氏，1844(清道光二十四年)

88. [意] 艾儒略 . 职方外纪 (五卷). 见：墨海金壶 . 刻本 . 海虞张氏，1809(清嘉庆十四年)

89. [意] 利玛窦 . 经天该 (一卷). 刻本 . 志学斋，1800(清嘉庆五年)

90. [意] 熊三拔 . 泰西水法 (五卷). [明] 徐光启笔记 . 刻本 .1800(清嘉庆五年)

91. [意] 利玛窦 (Ricci, M.). 经天该 (一卷). 见：[清] 吴省兰辑 . 艺海珠尘 . 刻本 . 南汇吴省兰听彝堂，清嘉庆间

92. [意] 利玛窦 . 明季之欧化美术及罗马字注音 . 影印本 . 北京辅仁大学，1927(民国十六年)

93. [意] 罗雅谷 . 测量全义 (十卷). [德] 汤若望 (Schal.Vo.Bell, Johan.Adam) 订 . [明] 徐光启修 . 见：[明] 徐光启等修 . 西洋新法历书 . 刻本 .1645(清顺治二年)

94. [意] 利玛窦 . 乾坤体义 (三卷). 抄本 . 清

95. [明] 杨廷筠撰 . [意] 艾儒略述 . 涤罪正规 (四卷). 刻本 . 清

96. [泰西] 利玛窦 . 天主实义 (满文四卷). 刻本 . 清

97. [意] 艾儒略 . 万物真原 . 刻本 . 清

98. 测量法义 . [意] 利玛窦译 . [明] 徐光启笔述 . 抄本 . 清

99. [意] 熊三拔 . 泰西水法 (六卷). [明] 徐光启笔记 . 刻本 . 扫叶山房，清

100. [意] 利玛窦 . 宝颜堂订正友论 (一卷). 见：[明] 陈继儒辑 . 尚白斋镌陈眉公订正秘笈 . 刻本 . 清初

101. [明] 陈继儒辑 . 尚白斋镌陈眉公订正秘笈 . 刻本 . 清初

102. 说郛 . [明] 陶宗仪辑 . [清] 陶珽续辑并校 . 重刻本 . 浙江李际期，清顺治间

103. [意] 利玛窦 . 友论 (一卷). 见：[明] 陶宗仪辑 . [清] 陶珽续辑并校 . 说郛 . 重刻本 . 浙江李际期，清顺治间

104. [希腊] 欧几里得 . 几何原本 (六卷). [意] 利玛窦口译 . [明] 徐光启笔述 . 刻本 . 乌丝兰，清

105. [意] 利玛窦 . 友论 (一卷). 见：说郛 · 续 . 刻本 . 重修李际期宛委山堂，清顺治间

106. ［德］汤若望. 交食表（九卷）. ［意］罗雅谷订. 见：［明］徐光启，李天经编. 西洋新法历书. 刻本 .1628—1644(明崇祯清顺治间)

107. ［意］罗雅谷等撰. 割圆勾股八线表. 见：西洋新法历书. 刻本 . 明末

108. ［意］艾儒略. 职方外纪（六卷）. ［明］杨廷筠辑. 刻本 . 明天启间

109. ［意］熊三拔. 简平仪说. ［明］徐光启札记. 见：［明］李之藻辑. 天学初函. 刻本 . 明天启间

110.测量法义. ［意］利玛窦口译. ［明］徐光启笔受. 见：［明］李之藻辑. 天学初函. 刻本 . 明天启间

111. ［意］利玛窦. 友论（一卷）. 见：［明］陈继儒辑. 宝颜堂秘笈. 刻本 . 明万历泰昌间

112. ［明］陈继儒辑. 宝颜堂秘笈（六集）. 刻本 . 明万历泰昌间

113. ［意］利玛窦. 同文算指前编（二卷）. ［明］李之藻演. 刻本 .1614(明万历四十二年)

114. ［意］利玛窦. 圜容较义（一卷）. ［明］李之藻演. 刻本 .1614(明万历四十二年)

115. 泰西水法（六卷）. ［意］熊三拔述. ［明］徐光启记. 刻本 .1612(明万历四十年)

116. ［意］利马窦. 天土宝义（二卷）. 刻本 . 明万历间

117. ［意］利玛窦. 友论. 见：［明］冯可宾辑. 广百川学海. 刻本 . 明

118. ［意］利玛窦. 经天该（一卷）. 见：凌氏传经堂丛书. 刻本 . 吴兴凌氏，清道光间

119. ［意］罗雅谷. 五纬表（十卷）. ［德］汤若望订. 见：西洋新法历书. 刻本 . 明崇祯间

120.同文算指通编（八卷）. ［意］利玛窦授. ［明］李之藻演. 刻本 . 明

121. 梁启超译. 意大利兴国侠士传. 石印本 . 上海：上海大同译书局，清末

3. 国家图书馆所藏意大利文学中文书目录

新时期（1980 年以后 ）

1. 杜兰多公主 (歌剧). ［意］普契尼曲 . 黄莹译词

2. 熊睦群著 / 译 . 戏剧幽默美学 . 台北：普天出版社，2004

3. ［意］谢利连摩 · 史提顿 (Geronimo Stilton). 鼠胆神威 . 何倩茹译 . ［意］Matt Wolf 绘图 . 北京：北京少年儿童出版社，2005

4. ［意］谢利连摩 · 史提顿 . 喜马拉雅山雪怪 . 何倩茹译 . ［意］Matt Wolf 绘图 . 北京：北京少年儿童出版社，2005

5. ［意］谢利连摩 · 史提顿 . 古堡鬼鼠 . 扬希彦译 . ［意］Matt Wolf 绘图 . 北京：北京少年儿童出版社，2005

6. ［意］谢利连摩 · 史提顿 . 猛鬼猫城堡 . 何倩茹译 . ［意］Matt Wolf 绘图 . 北京：北京少年儿童出版社，2005

7. ［意］谢利连摩 · 史提顿 . 地铁幽灵猫 . 何倩茹译 . ［意］Matt Wolf 绘图 . 北京：北京少年儿童出版社，2005

8. ［意］谢利连摩 · 史提顿 . 我为鼠狂 . 梁施韵译 . ［意］Matt Wolf 绘图 . 北京：北京少年儿童出版社，2005

9. ［意］谢利连摩 · 史提顿 . 神勇鼠智胜海盗猫 . 严吴婵霞，孙慧玲译 . ［意］Matt Wolf 绘图 . 北京：北京少年儿童出版社，2005

10. ［意］谢利连摩 · 史提顿 . 蒙娜丽鼠事件 . 梁施韵译 . ［意］Matt Wolf 绘图 . 北京：北京少年儿童出版社，2005

11. ［意］谢利连摩 · 史提顿 . 绿宝石眼之谜 . 黄淑珊译 . ［意］Matt Wolf 绘图 . 北京：北京少年儿童出版社，2005

12. ［意］谢利连摩 · 史提顿 . 预言鼠的神秘手稿 . 严吴婵霞译 . ［意］Matt Wolf 绘图 . 北京：北京少年儿童出版社，2005

13. ［意］亚米契斯 . 爱的教育 . 夏丏尊译 . 北京：北京十月文艺出版社，2005

14. ［意］但丁.神曲.［法］杜雷插图.黄晓宏编译.哈尔滨：哈尔滨出版社，2005

15. ［意］卡洛·科洛迪.木偶奇遇记.丁一等编译.哈尔滨：黑龙江少年儿童出版社，2004

16. ［意］卜伽丘.十日谈.方平，王科一译.上海：上海译文出版社，2004

17. ［意］亚米契斯.爱的教育.丁一等编译.哈尔滨：黑龙江少年儿童出版社，2004

18. ［意］亚米契斯.爱的教育.马东亮译.北京：海潮出版社，2004

19. ［意］但丁.神曲的故事.［意］波提切利等绘.紫图编译.西安：陕西师范大学出版社，2004

20. ［美］布尔芬奇.布尔芬奇讲述神祇和英雄的故事.姚志永，陆蓉蓉译.北京：东方出版社，2004

21. ［意］科洛迪.木偶奇遇记.白庆德译.北京：人民日报出版社，2004

22. ［意］亚米契斯.爱的教育.夏丏尊译.丰子恺插图.桂林：广西师范大学出版社，2004

23. ［意］卡尔洛·科洛迪.木偶奇遇记.巢扬编译.合肥：安徽文艺出版社，2004

24. ［意］亚米契斯.爱的教育.储蕾译.上海：上海译文出版社，2004

25. ［意］安伯托·艾柯(Umbert.Eco).带着鲑鱼去旅行.爰俏，马淑艳译.桂林：广西师范大学出版社，2004

26. 石晏编.意大利新现实主义·罗马 11 时.北京：中国电影出版社，2004

27. ［意］德·亚米契斯.爱的教育.夏丏尊译.北京：中国社会出版社，2004

28. ［意］孟德格查.续爱的教育.夏丏尊译.北京：中国社会出版社，2004

29. ［古罗马］奥维德.爱经：一部传世的爱情圣经.戴望舒译.北京：中国妇女出版社，2004

30. ［意］穆妮·威奇尔.第六月球的小魔女.［意］伊拉丽娅·马太伊尼插图.张治宇译.合肥：安徽少年儿童出版社，2004

31. ［意］加布里埃莱·邓南遮.无辜者.沈萼梅，刘锡荣译.南京：译林出版社，2004

32. ［意］卡洛·科洛迪.木偶奇遇记.陈琳玲改写.魔法熊工作室绘画.北京：连环画出版社，2004

33. ［意］乔瓦尼奥里.斯巴达克思.袁和平缩写.北京：华夏出版社，2003

34. ［意］阿米琪斯.爱的教育.张鹏飞改写.魔法熊工作室绘画.北京：连环画出版社，2004

35. 吕同六主编.意大利经典散文.上海：上海文艺出版社，2004

36. ［意］德·亚米契斯. 爱的教育. 夏丏尊译. 北京：中国工人出版社，2004

37. ［意］弗朗西斯卡·马西阿诺 (Francesca Marciano). 野性的规则. 顾韶阳译. 北京：人民文学出版社，2004

38. ［意］卡洛·科洛迪. 木偶奇遇记. 徐调孚译. 沈阳：春风文艺出版社，2004

39. ［意］卡尔洛·斯戈隆. 第十三夜. 夏方林译. 成都：四川人民出版社，2004

40. 朱耀良. 走进《神曲》. 天津：天津社会科学院出版社，2004

41. ［意］亚米契斯，［意］孟德格查. 爱的教育（含：续爱的教育）. 卢坚等译. 哈尔滨：哈尔滨出版社，2004

42. ［意］夏侠. 各得其所. 吕同六译. 南京：译林出版社，2004

43. 残雪. 永生的操练：解读《神曲》. 北京：北京十月文艺出版社，2004

44. ［意］夏侠. 白天的猫头鹰. 各得其所. 袁华清译. 南京：译林出版社，2004

45. 晓红主编. 罗马神话故事. 北京：中国言实出版社，2004

46. ［意］但丁. 神曲. 卜伟才译. 天津：天津古籍出版社，2004

47. ［意］亚利欧斯多 (Ludovico Ariosto). 疯狂奥兰多：最浪漫的文艺复兴与爱情史诗.
［法］杜雷 (Gustave Dore) 插图. 吴雪卿编译. 台中：好读出版有限公司，2004

48. 吕同六编选. 但丁精选集. 北京：北京燕山出版社，2004

49. ［意］苏珊娜·塔玛洛 (Susanna Tamaro). 飞过星空的声音. 倪安宇译. 台北：大块文化出版股份有限公司，2004

50. 朱龙华. 意大利文艺复兴的起源与模式. 北京：人民出版社，2004

51. ［意］乔万尼奥里. 斯巴达克思. 陆艳能译写. 南昌：二十一世纪出版社，2004

52. ［意］比安卡·皮佐尔诺 (Bianca Pitzorno). 奇妙的声音. 马默译. 杭州：浙江少年儿童出版社，2004

53. ［意］苏珊娜·塔玛罗. 胖墩骑士. 马默译. 杭州：浙江少年儿童出版社，2004

54. ［古罗马］奥维德 (Publius Ovidius Naso). 爱经：教你如何去爱，如何被爱. 戴望舒译哈尔滨：哈尔滨出版社，2004

55. ［意］梅拉尼亚·帕里斯 (Melania Parisi). 古希腊罗马神话百科图典. ［意］乔治·巴肯

(Giorgio Bacchin), [意] 亚历山德罗·博鲁济 (Alessandro Poluzzi) 绘图. 陈晶晶, 翟恒译. 济南: 明天出版社, 2004

56. [意] 卡洛·科洛迪. 快乐的故事. 王干卿译. 北京: 人民文学出版社, 2004

57. [意] 孟德格查. 续爱的教育. 夏丏尊译. 长沙: 湖南文艺出版社, 2004

58. [意] 德·亚米契斯. 爱的教育. 夏丏尊译. 长沙: 湖南文艺出版社, 2004

59. [意] 卡洛·科洛迪. 木偶奇遇记. 王干卿译. 北京: 人民文学出版社, 2004

60. [意] 但丁. 神曲 (全 3 册, 炼狱篇、天国篇、地狱篇). 田德望译. 北京: 人民文学出版社, 2002

61. [意] 乔万尼·薄伽丘 (Giovanni Boccaccio). 爱的摧残. 肖聿译. 北京: 中国社会科学出版社, 2003

62. [意] 安伯托·埃柯 (Umberto Eco). 傅科摆. 谢瑶玲译. 北京: 作家出版社, 2003

63. 晨光改写. 古希腊罗马神话传说. 北京: 知识出版社, 2003

64. [意] 乔万尼·薄伽丘. 爱情十三问·爱的摧残. 肖聿译. 北京: 中国社会科学出版社, 2003

65. 刘文孝主编. 罗马文学史. 昆明: 云南人民出版社, 2003

66. [意] 米开朗琪罗. 米开朗琪罗诗全集. 邹仲之译. 北京: 新世界出版社, 2003

67. [意] 姜尼·罗大里. 有三个结尾的故事. 祝本雄译. 北京: 大众文艺出版社, 2003

68. [法] 皮耶尔·基廷原. 美神维纳斯的故事. 赵之江编译. 北京: 京华出版社, 2003

69. [意] 亚米契斯. 爱的教育. 张枫译. 合肥: 安徽人民出版社, 2003

70. [意] 亚米契斯. 爱的教育. 史帆编写. 王炜插图. 上海: 百家出版社, 2003

71. [意] 卡洛·科洛迪. 木偶奇遇记. 高山编写. 笪贞子插图. 上海: 百家出版社, 2003

72. [意] 伊塔洛·卡尔维诺 (Italo Calvino) 收集改写. 意大利童话. 马箭飞等译. 南京: 译林出版社, 2003

73. [意] 万巴 (Vamba). 捣蛋鬼日记. 思闵译. 北京: 中国社会出版社, 2003

74. 于东辉. 达文西秘密寓言的智慧. 台北: 宝佳利实业股份有限公司, 2003

75. 齐义农主编. 罗马神话故事. 北京: 光明日报出版社, 2003

76. [意] 拉法埃洛·乔万尼奥里 (R.Giovagnoli). 斯巴达克斯. 张宇靖, 周莉莉译. 南京:

译林出版社，2003

77.［意］拉·乔万尼奥里.斯巴达克思.李俍民译.上海：上海译文出版社，2003

78.［意］姜尼·罗大里.蓝箭.俞克富译.北京：大众文艺出版社，2003

79.［意］亚历山德罗·巴里科 (Alessandro Baricco).海.储蕾译.上海：上海译文出版社，2003

80.［意］亚米契斯.爱的教育.王珏改写.北京：北京出版社，2003

81.［美］路易斯 (R.W.B.Lewis).地狱与天堂的导游：但丁的自我发现与救赎.刘会梁译.台北：左岸文化，2003

82. 张世华.意大利文学史.上海：上海外语教育出版社，2003

83.［意］安德雷阿·德卡洛 (Andrea De Carlo).瞬间.天清译.上海：上海译文出版社，2003

84. 中国意大利文学学会等编.意大利文艺复兴——历史与现实性.沈阳：春风文艺出版社，2003

85.［意］埃·德·阿米琪斯 (Edmondo De Amicis).爱的教育.王干卿译.北京：人民文学出版社，2003

86.［意］瓦莱里奥·马西莫·曼弗雷迪 (Valerio Massimo Manfredi).末日军团.李婧敬，朱光宇译.北京：外国文学出版社，2003

87.［意］但丁.神曲的故事.［意］波提切利等绘.紫图编译.西安：陕西师范大学出版社，2003

88.［意］科洛迪.木偶奇遇记.陈至敏译.哈尔滨：哈尔滨出版社，2003

89.［意］亚米契斯.爱的教育.钟雷主编.哈尔滨：哈尔滨出版社，2002

90.［意］亚米契斯.爱的教育.张宁编.福州：海峡文艺出版社，2003

91.［意］亚米契斯.爱的教育.关志远改译.延吉：延边大学出版社，2003

92.［德］葛斯塔·舒维普.古希腊罗马神话与传奇.叶青译.桂林：广西师范大学出版社，2003

93.［意］葛拉齐雅·黛莱达 (Grazia Deledda).恶之路.黄文捷译.台北：一方出版有限公司，2003

94.［意］艾德蒙多·亚米契斯.爱的教育.王永洪译.南昌：二十一世纪出版社，2003

95. 曼侬·列斯科.［意］贾科萨，［意］伊利卡编剧.［意］普契尼作曲.封婧译.北京：人民音乐出版社，2003

96.［意］亚米契斯.爱的教育：一个意大利小学生的日记.田雅青译.丰子恺图.太原：

北岳文艺出版社，2003

97. ［法］菲力浦·卡斯特容（Philippe Castejon）.追踪罗马建城者的脚印.［法］凡松·戴朋许绘图.黄琪雯译.台北：麦田出版，2003

98. ［意］列奥纳多·达芬奇（Leonardo da Vinci）.达芬奇寓言的智慧.鲍李艳编撰.台北：培真文化企业有限公司，2003

99. ［意］阿尔贝托·莫拉维亚.罗马女人.朱晓宇译.北京：中国戏剧出版社，2003

100. ［意］孟德格查.续爱的教育.李嶷译.哈尔滨：哈尔滨出版社，2003

101. 叶乃泊等编译.罗马神话故事.北京：宗教文化出版社，2003

102. ［意］温琴佐·切拉米（Vincenzo Cerami）.小小职员.吕裕阁译.北京：人民文学出版社，2002

103. ［意］但丁.神曲.［法］多雷（Gustave Dore）绘.西安：陕西师范大学出版社，2002

104. ［意］达尼埃莱·德尔·朱迪切（Daniele Del Giudice）.身影离开大地.夏方林译.北京：人民文学出版社，2002

105. ［意］马可·罗多利（Marco Lodoli）.鲜花.张治宇译.北京：人民文学出版社，2002

106. ［意］第奇亚诺·斯卡尔帕（Tiziano Scarpa）.铁栅栏上的眼睛.文诤译.北京：人民文学出版社，2002

107. ［意］阿米琪斯.爱的教育.王干卿译.北京：人民文学出版社，2002

108. ［意］亚米契斯.爱的教育.肖俊风译.哈尔滨：哈尔滨出版社，2002

109. ［美］托·布尔芬奇（Thomas Bulfinch）.希腊罗马神话.杨坚译.深圳：海天出版社，2002

110. ［意］科洛迪.木偶奇遇记.陈漪，裘因译.上海：上海译文出版社，2002

111. ［意］卡洛·科洛迪.木偶奇遇记.任溶溶译.北京：人民文学出版社，2002

112. ［意］奥丽亚娜·法拉奇（Oriana Fallaci）.给一个未出生的孩子的信.毛喻原，王大迟译.海口：海南出版社，2002

113. ［意］费尔迪南多·因波齐马托（Ferdinando Imposimato）.潜入黑手党：正义与邪恶的较量.张萍，洪晖译.北京：解放军出版社，2002

114.唐·璜.［意］洛伦佐·达·蓬特（Lorenzoe Da Ponte）编剧.［奥］沃尔夫冈·阿马德乌斯·莫

扎特 (Wolfgang Amadeus Mozart) 作曲．达巍译．北京：人民音乐出版社，2002

115. 托斯卡．［意］贾科萨，［意］伊利卡编剧．［意］贾科莫·普契尼 (Giacomo Puccini) 作曲．唐宇明译．北京：人民音乐出版社，2002

116. ［意］苏珊娜·塔玛罗 (Susanna Tamaro)．心指引的地方．储蕾译．上海：上海译文出版社，2002

117. ［意］苏珊娜·塔玛罗．回答我．储蕾，张静译．上海：上海译文出版社，2002

118. 命运的力量．［意］皮阿维编剧．［意］朱塞佩·威尔第 (Giuseppe Verdi) 作曲．张诗正译．北京：人民音乐出版社，2002

119. 爱尔纳尼．［意］皮阿维编剧．［意］朱塞佩·威尔第作曲．王信纳译．北京：人民音乐出版社，2002

120. ［意］乔万尼奥里．斯巴达克思．杨玉珍改写．昆明：晨光出版社，2002

121. ［意］卡尔洛·科洛迪．木偶奇遇记．杨玉珍改写．昆明：晨光出版社，2002

122. ［意］卜伽丘．十日谈．王晶，陈小慰译．福州：海峡文艺出版社，2002

123. ［意］达里奥·福．不付钱！不付钱！．黄文捷译．桂林：漓江出版社，2002

124. ［意］萨瓦多尔·夸西莫多．水与土．吕同六，刘儒庭等译．桂林：漓江出版社，2002

125. ［意］德·亚米契斯．爱的学校．［韩］金淑姬编．张瑾，杨苒译．北京：中国妇女出版社，2002

126. ［意］乔万尼奥里．斯巴达克思．肖天佑缩译．北京：人民文学出版社，2002

127. ［意］卢赞特．比洛拉．肖天佑译．北京：中国戏剧出版社，2002

128. ［意］达·芬奇．达·芬奇手记．［美］爱德华·麦考迪编译．张舒平译．北京：人民日报出版社，2002

129. ［意］乔万尼奥里．斯巴达克思．郑润良编．福州：海峡文艺出版社，2002

130 ［意］卡洛·科洛迪．木偶奇遇记．燕子译．长春：吉林文史出版社，2002

131. ［意］乔凡尼·薄伽丘．十日谈．张舒同译．北京：中国文联出版社，2002

132. ［意］亚米契斯．爱的教育．姚静译．长春：吉林文史出版社，2002

133. ［意］莎拉·盖·弗登 (Sara Gay Forden)．发现 Gucci．刘复苓译．台北：联经出版事

业股份有限公司，2002

134. 北京师联教育科学研究所编 . 外国诗歌基本解读（全 24 册，2—3 为罗马·意大利卷）.北京：人民武警出版社，2002

135. 刘连青译编 . 希腊罗马神话故事 . 成都：四川文艺出版社，2002

136. [意] 卡洛·科洛迪 . 木偶奇遇记 . 海音编译 . 北京：京华出版社，2002

137. [意] 乔万尼奥里 . 斯巴达克思 . 苗乃川编译 . 北京：京华出版社，2002

138. [意] 爱德蒙多·德·亚米契斯 . 爱的教育 . 小艾译 . 北京：中国社会科学出版社，2002

139. [意] 薄伽丘 . 十日谈 . 张宜界改写 . 上海：上海人民美术出版社，2002

140. [意] 阿米琪斯 . 孩子的资本 . 那琪，石井编译 . 北京：中国盲文出版社，2002

141. [意] 伊·卡尔维诺编著 . 珠宝靴 . 郑之岱译 . 北京：大众文艺出版社，2002

142. [意] 阿尔贝托·莫拉维亚 (Alberto Moravia). 莫拉维亚文集 . 吕同六主编 . 袁华清等译 . 南京：译林出版社，2002

143. [意] 德·亚米契斯 . 爱的教育 . 夏丏尊译 . 北京：当代世界出版社，2002

144. [意] 科洛迪 . 木偶奇遇记 . 陈晓源编 . 乌鲁木齐：新疆青少年出版社，2002

145. [意] 科洛迪 . 木偶奇遇记 . 徐力源译 . 北京：中国少年儿童出版社，2002

146. [意] 亚米契斯 . 爱的教育 . 夏丏尊译 . 丰子恺图 . 南昌：二十一世纪出版社，北京：中国青年出版社，2002

147. [意] 薄伽丘 . 十日谈 . 陈晓源编 . 乌鲁木齐：新疆青少年出版社，2002

148. 鸵鸟文学丛书 . 北京：人民文学出版社，2002

149. 叶乃泊等编著 . 罗马神话故事 . 长春：吉林摄影出版社，2002

150. [意] 乔万尼奥里 . 斯巴达克斯 . 黄青编 . 乌鲁木齐：新疆青少年出版社，2002

151. [意] 阿尔贝托·莫拉维亚 . 罗马女人 . 王冬译 . 呼和浩特：内蒙古人民出版社，2002

152. [意] 科洛迪 . 木偶奇遇记 . 王晓珊编 . 福州：海峡文艺出版社，2002

153. 曹凤鸣编著 . 罗马神话故事 . 成都：四川美术出版社，2002

154. [意] 姜尼·罗大里 . 洋葱头历险记 . 任溶溶译 . 北京：大众文艺出版社，2002

155. [意] 姜尼·罗大里 . 假话国历险记 . 任溶溶译 . 北京：大众文艺出版社，2002

156. ［意］格拉齐娅·黛莱达.邪恶之路.黄文捷，肖天佑译.桂林：漓江出版社，2002

157. ［意］亚米契斯.爱的教育.姚静译.海口：南海出版公司，2001

158. ［意］乔万尼·卜迦丘.十日谈.郑连译.通辽：内蒙古少年儿童出版社，海拉尔：内蒙古文化出版社，2001

159. ［意］乔万尼·薄卡丘.十日谈.肖天佑译.广州：花城出版社，2001

160. ［意］伊塔洛·卡尔维诺 (Italo Calvino).卡尔维诺文集 (共 5 卷).吕同六，张洁主编.南京：译林出版社，2001

161. ［意］伊塔洛·卡尔维诺.命运交叉的城堡.张宓译.南京：译林出版社，2001

162. ［意］卡洛·科洛迪.木偶奇遇记.燕子译.海口：南海出版公司，2001

163. ［意］但丁.神曲·天国篇.田德望译.北京：人民文学出版社，2001

164. ［意］安伯托·埃柯 (Umberto Eco).昨日之岛.翁德明译.北京：作家出版社，2001

165. ［意］安伯托·埃柯.玫瑰的名字.谢瑶玲译.北京：作家出版社，2001

166. ［意］卡尔洛·莱维 (Carlo Levi).基督不到的地方.刘儒庭译.南京：译林出版社，2001

167. 乡村骑士.［意］达乔尼·托泽蒂，梅纳什编剧.玛斯卡尼 (Pietro Mascagni) 作曲.王信纳译.北京：人民音乐出版社，2001

168. ［意］曼佐尼 (Alessandro Manzoni).约婚夫妇.吕同六译.上海：上海译文出版社，2001

169. ［古罗马］奥维德 (Ovidius Naso).爱经变形记.戴望舒，杨周翰译.北京：光明日报出版社，2001

170. ［古罗马］奥维德.变形记.杨周翰译.北京：光明日报出版社，2001

171. ［意］普拉托利尼 (Vasco Pratolini).苦难情侣.黄文捷译.南京：译林出版社，2001

172. ［德］古·夏尔克 (Gustav Schalk).罗马神话.曹乃云译.南京：译林出版社，2001

173. 纳布科.［意］索莱拉编剧.［意］威尔第 (Giuseppe Verdi) 作曲.王信纳翻译.北京：人民音乐出版社，2001

174. ［意］卜伽丘.十日谈.启明译.呼和浩特：内蒙古大学出版社，2001

175. ［意］亚米契斯.爱的教育.马默译.杭州：浙江少年儿童出版社，2001

176. ［古罗马］奥维德.爱经.应国庆译.长春：吉林摄影出版社，2001

177. ［意］达恰·玛拉依妮. 女囚. 谢文坤译. 呼和浩特：远方出版社，2001

178. ［古罗马］维吉尔. 埃涅阿斯纪. 吕静莲改写. 合肥：安徽少年儿童出版社，2001

179. ［古罗马］奥维德. 爱经. 戴望舒译. 通辽：内蒙古少年儿童出版社，海拉尔：内蒙古文化出版社，2001

180. ［俄］普希金. 上尉的女儿. 徐薇译. 通辽：内蒙古少年儿童出版社，海拉尔：内蒙古文化出版社，2001

181. ［意］哥尔多尼. 女店主. 宋辉译. 通辽：内蒙古少年儿童出版社，海拉尔：内蒙古文化出版社，2001

182. ［意］安东尼奥·塔布其 (Antonio Tabucchi). 普契尼的蝴蝶. 陈澄和译. 台北：大块文化出版公司，2001

183. ［意］安伯托·艾可 (Umberto Eco). 读. 张定绮译. 台北：皇冠文化出版公司，2001

184. ［意］达利欧·弗 (Dario Fo). 一个无政府主义者的意外死亡. 赖声川译. 台北：唐山出版社，2001

185. ［意］但丁. 神曲. 王伟明译. 通辽：内蒙古少年儿童出版社，海拉尔：内蒙古文化出版社，2001

186. ［意］但丁. 神曲. 陈国强等译. 延吉：延边人民出版社，2001

187. ［意］卜伽丘. 十日谈. 马峰译. 延吉：延边人民出版社，2001

188. ［意］亚米契斯. 爱的教育. 邓淑菁改写. 福州：福建少年儿童出版社，2001

189. 侯锦，徐立京. 至尊者的不朽之灵：薄伽丘和《十日谈》. 长春：时代文艺出版社，海口：海南出版社，2001

190. ［意］夸西莫多. 水与土. 吕同六，刘儒庭译. 桂林：漓江出版社，2001

191. ［意］乔苏埃·卡尔杜齐. 青春诗. 刘儒庭译. 桂林：漓江出版社，2001

192. ［意］乔万尼·薄迦丘. 十日谈. 纪江红译. 北京：京华出版社，2001

193. ［意］帕罗·莫伦西 (Paolo Maurensig). 双面小提琴. 傅小叶译. 台北：天培文化有限公司，2001

194. ［意］达·芬奇. 达·芬奇寓言. 张浩，乔传藻译. 杭州：浙江少年儿童出版社，2001

195. ［意］乔万尼·薄迦丘.十日谈.王永年译.北京：九州出版社，2001

196. ［意］卜伽丘.十日谈.黄志文译.北京：国际文化出版公司，2001

197. ［意］薄伽丘.十日谈.王浩译.呼和浩特：内蒙古人民出版社，2001

198. 葛波，孙宇红编著.薄伽丘与《十日谈》.北京：中国少年儿童出版社，2001

199. 马丽编著.但丁与《神曲》.北京：中国少年儿童出版社，2001

200. ［意］拉·乔万尼奥里.斯巴达克思.李俍民译.上海：上海译文出版社，2001

201. ［意］卜伽丘.十日谈.张明进译.呼和浩特：内蒙古人民出版社，2001

202. ［意］卡洛·科路迪.木偶奇遇记.崔翌改写.北京：北京少年儿童出版社，2001

203. ［意］卜伽丘.卜伽丘经典小说：十日谈.黄顺华译.延吉：延边人民出版社，2001

204. ［意］乔万尼·卜迦丘.十日谈.北京：九州出版社，2001

205. ［意］卜伽丘.十日谈.张明进译.呼和浩特：远方出版社，2001

206. ［意］达哈·玛拉依妮.女囚.刘化林译.呼和浩特：远方出版社，2001

207. ［古罗马］赫拉斯.诗艺.陈树农译.延吉：延边人民出版社，2001

208. ［意］阿尔贝托·莫拉维亚.罗马女人.王浩译.呼和浩特：内蒙古人民出版社，2001

209. ［意］保利.斯巴达克思.呼和浩特：远方出版社，内蒙古大学出版社，2001

210. ［意］薄伽丘.十日谈.周波，蒋星辉译.呼和浩特：远方出版社，内蒙古大学出版社，2001

211. ［意］亚历山大·曼佐尼.约婚夫妇.志刚译.哈尔滨：哈尔滨出版社，2001

212. ［意］乔万尼·卜迦丘.十日谈.红军译.哈尔滨：哈尔滨出版社，2001

213. 古罗马诗选.飞白译.广州：花城出版社，2001

214. ［古罗马］奥维德.爱经.陈猛译.长春：吉林摄影出版社，2001

215. ［意］乔万尼奥里.斯巴达克思.展望之改写.上海：上海人民美术出版社，2001

216. ［意］薄伽丘.十日谈.王林译.北京：北京燕山出版社，2001

217. 余淼主编.古希腊、意大利文学名著.南京：江苏美术出版社，2001

218. ［意］皮兰德娄.寻找自我.吕同六等译.桂林：漓江出版社，2001

219. ［意］达里奥·福.不付钱！不付钱！.黄文捷译.桂林：漓江出版社，2001

220. ［意］格拉齐娅·黛莱达.邪恶之路.黄文捷，肖天佑译.桂林：漓江出版社，2001

221. [意] 乔苏埃·卡尔杜齐. 青春诗. 刘儒庭译. 桂林: 漓江出版社, 2001

222. [意] 亚米契斯. 爱的教育. 沙铁军改写. 上海: 上海人民美术出版社, 2001

223. 佚名. 希腊罗马神话. 黄逸晴改写. 福州: 福建少年儿童出版社, 2001

224. [意] 伊波利托·涅埃沃 (Ippolito Nievo). 一个意大利人的自述. 李玉成等译. 广州: 花城出版社, 2001

225. [意] 卡洛·柯洛第. 木偶奇遇记. 贾佗改写. 长春: 北方妇女儿童出版社, 2001

226. [意] 德·亚米契斯. 爱的教育. 金花译. 呼和浩特: 内蒙古大学出版社, 2001

227. [古罗马] 西塞罗 (Marcus Tullius Cicero). 西塞罗散文. 郭国良译. 杭州: 浙江文艺出版社, 2000

228. [意] 但丁·阿利基埃里 (Dante Alighieri). 神曲. 黄文捷译. 广州: 花城出版社, 2000

229. [意] 佛朗哥·费鲁奇 (Franco Ferrucci). 上帝的一生: 上帝自述. 李尧译. 北京: 三联书店, 2000

230. [意] 达契娅·马拉伊尼 (Dacia Maraini). 惶惑的年代. 曹金刚译. 北京: 北京十月文艺出版社, 2000

231. [英] 凯文·奥斯本 (Kevin Osborn), [英] 丹纳·布尔吉斯 (Dana Burgess). 古典神话. 杨俊峰等译. 沈阳: 辽宁教育出版社, 2000

232. [意] 彼特拉克 (Francesco Petrarca). 歌集. 李国庆, 王行人译. 广州: 花城出版社, 2000

233. [意] 路易吉·皮兰德娄 (Luigi Pirandello). 高山巨人: 皮兰德娄剧作选. 吕同六等译. 广州: 花城出版社, 2000

234. [意] 詹尼·罗大里 (Gianni Rodari). 天上掉下来的大蛋糕. 任溶溶译. 上海: 上海译文出版社, 2000

235. [意] 詹尼·罗大里. 假话国历险记. 任溶溶译. 上海: 上海译文出版社, 2000

236. [意] 拉斐尔·萨巴蒂尼 (Rafael Sabatini). 丑角三唱: 律师、戏子、剑客. 冯世则译. 沈阳: 辽宁教育出版社, 2000

237. [意] 卡尔洛·斯戈隆 (Carlo Sgorlon). 木头宝座. 肖天佑译. 北京: 外国文学出版社, 2000

238. [意] 卡尔洛·斯戈隆. 阿纳泰的贝壳. 黄文捷译. 北京: 外国文学出版社, 2000

239. ［意］苏珊娜·塔玛洛 (Susanna Tamaro). 魔术圈. 倪安宇译. 台北: 时报文化出版企业公司, 2000

240. ［意］安娜玛丽亚·嘉乐尼. 我嫁了一个白人. 孟湄译. 沈阳: 辽宁教育出版社, 2000

241. ［意］达里奥·福. 不付钱! 不付钱! . 黄文捷译. 桂林: 漓江出版社, 2000

242. ［意］乔万尼约利. 斯巴达克思. 赵富良改写. 合肥: 安徽少年儿童出版社, 2000

243. ［意］但丁. 神曲. 李炜缩编. 北京: 中国少年儿童出版社, 2000

244. ［意］乔万尼奥里. 斯巴达克思. 晓江等缩编. 北京: 中国少年儿童出版社, 2000

245. ［意］亚米契斯. 爱的教育. 志江等缩编. 北京: 中国少年儿童出版社, 2000

246. ［意］亚米契斯. 爱的教育. 阎海燕改写. 合肥: 安徽少年儿童出版社, 2000

247. ［意］薄伽丘. 十日谈 (上、下). 萍儿缩编. 北京: 中国少年儿童出版社, 2000

248. ［古罗马］维吉尔. 埃涅阿斯纪. 杨周翰译. 北京: 人民文学出版社, 1984

249. ［古罗马］普劳图斯等. 古罗马戏剧选. 杨宪益等译. 北京: 人民文学出版社, 1991

250. ［古罗马］卢齐伊乌斯·阿普列尤斯. 金驴记. 谷启珍, 青羊译. 哈尔滨: 北方文艺出版社, 2000

251. ［意］拉·乔万尼奥里. 斯巴达克思. 李俍民译. 高吟改写. 北京: 中国少年儿童出版社, 2000

252. ［意］翟然. 远嫁欧洲. 北京: 中国华侨出版社, 2000

253. ［意］安贝托·艾柯 (Umberto Eco). 悠游小说林. 黄寤兰译. 台北: 时报文化出版企业有限公司, 2000

254. ［英］艾瑞克·纽比 (Eric Newby). 亚平宁的爱情与战争. 何佩桦译. 台北: 马可孛罗文化事业公司, 2000

255. ［意］安伯托·艾可. 带着鲑鱼去旅行. 张定绮译. 台北: 皇冠文化出版公司, 2000

256. ［意］佛朗哥·费鲁奇 (Franco Ferrucci). 失眠上帝独白. 李尧译. 台北: 时报文化出版企业公司, 2000

257. ［德］古·夏尔克. 罗马神话. 曹乃云译. 南京: 译林出版社, 2000

258. ［古罗马］奥维德 (Ovidius). 变形记. 杨周翰译. 北京: 人民文学出版社, 1984

259.［意］米开朗基罗.米开朗基罗诗全集.杨德友译.沈阳：辽宁教育出版社，2000

260.［意］但丁.神曲.薛寒冰，陈国强等译.北京：大众文艺出版社，2000

261.［意］乔万尼奥里.斯巴达克思.苗乃川编译.北京：华语教学出版社，2000

262.陶冶主编.爱的教育.呼和浩特：远方出版社，内蒙古大学出版社，2000

263.［意］乔万尼·薄迦丘.十日谈.王永年译.北京：九州出版社，2000

264.［意］路伊吉·皮兰德娄.自杀的故事：皮兰德娄短篇小说选.厦大六同人译.沈阳：辽宁教育出版社，2000

265.［意］莫拉维亚.罗马女人.韩学林译.北京：台海出版社，2000

266.［意］薄伽丘.十日谈.周波，蒋星辉译.海拉尔：内蒙古文化出版社，2000

267.［意］卜伽丘.十日谈.方平，王科译.北京：中国对外翻译出版公司，2000

268.［英］乔纳森·斯威夫特.格列佛游记.杨昊成译.北京：中国检察出版社，2000

269.［意］达·芬奇.达·芬奇寓言故事集.守慧译.天津：百花文艺出版社，2000

270.［意］皮兰德娄.皮兰德娄精选集.吕同六编选.济南：山东文艺出版社，2000

271.易文诗主编.声雷国王：意大利童话经典.北京：北京少年儿童出版社，2000

272.吕同六主编.意大利文学经典名著.广州：花城出版社，2000

273.［意］卜伽丘.卜伽丘经典小说：十日谈.黄顺华译.延吉：延边人民出版社，2000

274.［意］卡尔路·科路迪.木偶奇遇记.陆煜泰译.南宁：接力出版社，2000

275.［意］乔尔达诺·布鲁诺（Giordano Bruno）.举烛人.梁禾译.北京：社会科学文献出版社，1999

276.［意］伊塔罗·卡尔维诺（Italo Calvino）.帕洛玛先生.王志弘译.台北：时报文化出版企业公司，1999

277.［意］达·芬奇.达·芬奇寓言集.吴广孝译.杭州：浙江文艺出版社，1999

278.［意］亚米契斯.爱的教育：一个意大利小学生的日记.李紫译.北京：国际文化出版公司，1999

279.［意］亚米契斯.爱的教育：一个意大利小学生的日记.田雅青译.长春：北方妇女儿童出版社，1999

280. ［意］哥尔多尼 (Carlos Goldoni). 哥尔多尼戏剧集. 孙维世等译. 北京：人民文学出版社，1999

281. ［意］罗大里. 天上掉下来的大蛋糕. 任溶溶译. 上海：上海译文出版社，1999

282. ［意］罗大里. 假话国历险记. 任溶溶译. 上海：上海译文出版社，1999

283. ［意］苏珊娜·塔玛洛. 给亲爱的玛堤妲. 白淑贞译. 台北：时报文化出版企业公司，1999

284. ［美］马克·吐温 (Mark Twain). 王子与贫儿. 张友松译. 北京：大众文艺出版社，1999

285. ［古罗马］维吉尔. 埃涅阿斯纪：古罗马史诗. 杨周翰译. 南京：译林出版社，1999

286. 孙建江. 意大利儿童文学概述. 长沙：湖南少年儿童出版社，1999

287. 沈萼梅. 意大利文学. 北京：外语教学与研究出版社，1999

288. ［意］约·罗大里. 洋葱头历险记. 任溶溶译. 石家庄：河北美术出版社，1999

289. ［意］卡洛·科洛迪. 木偶奇遇记. 燕子译. 海口：南海出版公司，1999

290. ［美］杰罗姆·大卫·塞林格. 麦田里的守望者. 施咸荣译. 北京：大众文艺出版社，1999

291. ［意］阿尔贝托·莫拉维亚. 罗马女人. 沈萼梅，刘锡荣译. 北京：大众文艺出版社，1999

292. ［意］拉法埃洛·乔万尼奥里. 斯巴达克斯. 张凯，李晓明译. 北京：大众文艺出版社，1999

293. ［意］卜迦丘. 十日谈. 闽逸译. 北京：大众文艺出版社，1999

294. ［意］卡洛·科洛迪. 木偶奇遇记. 陈素媛译. 沈阳：辽宁民族出版社，1999

295. ［意］拉·乔万尼奥里. 斯巴达克斯. 石宪玉改写. 北京：中国文联出版公司，1999

296. ［意］阿尔贝托·莫拉维亚. 罗马女人. 沈萼梅，刘锡荣译. 合肥：安徽文艺出版社，1999

297. ［意］拉法埃洛·乔万尼奥里. 斯巴达克思. 李彤译. 北京：中国戏剧出版社，1999

298. ［意］薄伽丘. 薄伽丘精选集. 吕同六编选. 济南：山东文艺出版社，1999

299. ［意］孟德格查. 续爱的教育. 夏丏尊译. 长春：吉林大学出版社，1999

300. 杨丹，吴秋林编选. 古希腊·古罗马的寓言. 太原：山西教育出版社，1999

301. 西西里柠檬. 吕同六译. 成都：四川人民出版社，1999

302. ［意］亚历山达罗·孟佐尼. 约婚夫妇. 张世华译. 南京：译林出版社，1999

303. ［意］库琪·高曼 (Kuki Gallmann). 梦忆非洲. 谭家瑜译. 台北：马可孛罗文化事业公司，1999

304. [意] 薄伽丘. 十日谈. 钱鸿嘉等译. 南京: 译林出版社, 1999

305. [意] 德·亚米契斯. 爱的教育. 夏丏尊译. 南京: 译林出版社, 1999

306. [意] 卡洛·科洛迪. 木偶奇遇记. 任溶溶译. 北京: 大众文艺出版社, 1999

307. [意] 亚米契斯. 爱的教育. 夏丏尊译. 长春: 吉林大学出版社, 1999

308. [意] 萨尔加里. 马来亚海盗. 汤庭国等译. 济南: 山东文艺出版社, 1999

309. [意] 格拉齐娅·黛莱达. 撒丁岛的血. 蔡蓉, 吕同六译. 济南: 山东文艺出版社, 1999

310. [意] 薄伽丘. 十日谈. 周波, 蒋星辉译. 见: 朱怀江主编. 世界文学名著 (第 21 卷). 海拉尔: 内蒙古文化出版社, 1999

311. 魏庆征编. 古代希腊罗马神话. 太原: 北岳文艺出版社, 1999

312. [意] 薄伽丘. 十日谈. 马峰译. 延吉: 延边人民出版社, 1999

313. 吴正仪编. 意大利卷. 见: 童道明主编. 世界经典戏剧全集 (18). 杭州: 浙江文艺出版社, 1999

314. 王焕生编. 古希腊罗马喜剧卷. 见: 童道明主编. 世界经典戏剧全集 (17). 杭州: 浙江文艺出版社, 1999

315. [意] 米凯尔·詹佐齐 (Michele Zanzucchi). 巴黎轮旋曲. 林咏庆译. 台北: 经典传讯文化公司, 1999

316. [意] 孟德格查. 续爱的教育: 意大利小学生恩里科继续成长的故事. 林白译. 北京: 改革出版社, 1999

317. 王焕生编. 古希腊罗马悲剧卷. 见: 童道明主编. 世界经典戏剧全集 (16). 杭州: 浙江文艺出版社, 1999

318. [意] 亚历山大·曼佐尼. 约婚夫妇. 志刚译. 哈尔滨: 哈尔滨出版社, 1999

319. [意] 乔万尼·卜迦丘. 十日谈. 红军译. 哈尔滨: 哈尔滨出版社, 1999

320. [意] 科洛迪. 木偶奇遇记. 石宪玉改写. 北京: 中国文联出版公司, 1999

321. [意] 布鲁诺·康达梅萨 (Bruno Cantamessa). 义国异乡. 李新颖译. 台北: 经典传讯文化公司, 1999

322. [意] 路鸠士·阿普留斯 (Lucius Apuleius). 阿普留斯变形记: 金驴传奇. 张时译. 台北:

台湾商务印书馆，1998

323. ［意］卡洛·科洛迪.木偶奇遇记.任溶溶译.北京：人民文学出版社，1998

324. ［意］伊塔罗·卡尔维诺.树上的男爵.纪大伟译.台北：时报文化出版企业公司，1998

325. ［意］伊塔罗·卡尔维诺.不存在的骑士.纪大伟译.台北：时报文化出版企业公司，1998

326. ［意］伊塔罗·卡尔维诺.分成两半的子爵.纪大伟译.台北：时报文化出版企业公司，1998

327. ［意］詹姆士·考恩（James Cowan）.地图师之梦：威尼斯修士笔记.王瑞香译.台北：
双月书屋公司，1998

328. ［意］达·芬奇.达·芬奇手记.［美］爱德华·麦考迪编译.张舒平译.兰州：敦煌文
艺出版社，1998

329. ［意］埃·德·阿米琪斯.爱的教育.王干卿译.北京：人民文学出版社，1998

330. ［意］亚米契斯.爱的教育.梁海涛，蔡雪萍译.石家庄：河北人民出版社，1998

331. ［意］达里奥·福.一个无政府主义者的意外死亡.吕同六译.南京：译林出版社，1998

332. ［意］莱奥帕尔迪（Leopardiano）.无限：莱奥帕尔迪抒情诗选.吕同六选编.西安：西安
出版社，1998

333. ［意］普利摩·李维（Primlo Levi）.周期表.牟中原译.台北：时报文化出版企业公司，1998

334. ［意］亚历山达罗·孟佐尼.约婚夫妇.张世华译.南京：译林出版社，1998

335. ［意］阿尔贝托·莫拉维亚.罗马故事.沈萼梅，刘锡荣译.上海：上海译文出版社，1998

336. ［意］道娜泰拉·佩奇－布伦特（Donatella Pecci-Blunt）.我，蒙娜丽莎.王焕宝译.
北京：中国友谊出版公司，1998

337. ［意］苏珊娜·塔玛洛.精神世界.白淑贞译.台北：时报文化出版企业公司，1998

338. ［意］但丁.神曲精彩故事.馨仪，仁正编写.石家庄：河北少年儿童出版社，1998

339. ［意］卡洛·科洛迪.木偶奇遇记.任溶溶译.北京：中国检察出版社，1998

340. ［意］薄伽丘.十日谈精选.王林，万萱译.成都：四川人民出版社，1998

341. 亚洲仿真控制系统工程（福建）有限公司等制作.十日谈（电子资源）.武汉：武汉工业
大学出版社，1998

342. ［意］莱奥帕尔迪.道德小品.祝本雄等译.西安：西安出版社，1998

343. 王新良编译. 罗马神话故事. 北京：宗教文化出版社，1998

344. ［意］亚米契斯. 爱的教育. 夏丏尊译. 长春：时代文艺出版社，1998

345. ［意］安伯托·艾可 (Umberto Eco). 昨日之岛. 翁德明译. 台北：皇冠文化出版公司，1998

346. ［意］乔万尼·薄迦丘. 十日谈精彩故事. 郭晴等编写. 石家庄：河北少年儿童出版社，1998

347. ［意］但丁. 神曲. 王维克译. 北京：人民文学出版社，1997

348. ［意］但丁. 神曲·炼狱篇. 田德望译. 北京：人民文学出版社，1997

349. ［意］薄迦丘. 十日谈. 钱鸿嘉等译. 南京：译林出版社，1993

350. ［意］卡洛·科洛迪. 木偶奇遇记. 孙桂萍，张力勇译. 石家庄：花山文艺出版社，1997

351. ［意］亚米契斯. 爱的教育. 夏丏尊译. 北京：中国工人出版社，1997

352. ［意］但丁. 神曲的故事：天堂篇. 王维克译. 台北：志文出版社，1997

353. ［意］但丁. 神曲的故事：净界篇. 王维克译. 台北：志文出版社，1997

354. ［意］但丁. 神曲的故事：地狱篇. 王维克译. 台北：志文出版社，1997

355. ［意］亚米契斯. 爱的教育：一个意大利小学生的日记. 李紫译. 北京：国际文化出版公司，1997

356. ［意］德·亚米契斯. 爱的教育. 夏丏尊译. 南京：译林出版社，1997

357. ［意］拉·乔万尼奥里. 斯巴达克思. 陈国梁译. 成都：四川大学出版社，1997

358. ［意］达恰·玛拉依妮 (Dacia Maraini). 大忏悔. 沈萼梅译. 北京：作家出版社，1997

359. ［意］苏珊娜·塔玛洛. 依随你心. 倪安宁译. 台北：时报文化出版企业公司，1997

360. ［意］卡·科洛迪. 木偶奇遇记. 任溶溶译. 福州：福建少年儿童出版社，1997

361. ［意］卡尔罗·科罗迪. 木偶奇遇记快乐的故事. 王干卿译. 北京：华夏出版社，1997

362. ［意］卡洛·科洛迪. 木偶奇遇记. 徐瑛译. 北京：中国妇女出版社，1997

363. ［意］德·亚米契斯. 卡尔美拉. 吕同六，夏丏尊译. 北京：解放军文艺出版社，1997

364. ［意］姜·罗大里. 假话国历险记. 任溶溶译. 上海：少年儿童出版社，1997

365. ［意］姜·罗大里. 洋葱头历险记. 任溶溶译. 上海：少年儿童出版社，1997

366. 陈曦编著. 中世纪的一盏明灯：《神曲》导读. 成都：四川教育出版社，1997

367. 王焕宝编著. 意大利近代文学史：17 世纪至 19 世纪. 北京：外语教学与研究出版社，1997

368. ［意］乔万尼奥里.斯巴达克思.济南：明天出版社，1997

369. ［意］姜·罗大里.洋葱头历险记.曾瑯改写.北京：中国少年儿童出版社，1997

370. 王军，徐秀云编著.意大利文学史：中世纪和文艺复兴时期.北京：外语教学与研究出版社，1997

371. ［意］亚米契斯.爱的教育：一个意大利小学生的日记.田雅青译.北京：中国少年儿童出版社，中国青年出版社，1996

372. ［意］艾德蒙多·狄·亚米契斯.爱的教育.康华伦审订.台北：希代书版公司，1996

373. ［意］亚米契斯.爱的教育.王珏改写.北京：北京出版社，1996

374. ［意］吉姆巴地斯达·巴西耳 (Giambattista Basile).五日谈.马爱农，马爱新译.长春：时代文艺出版社，1996

375. ［意］科罗狄.木偶奇遇记.徐调孚译.上海：少年儿童出版社，1996

376. ［意］亚米契斯.爱的教育.夏丏尊译.广州：广东经济出版社，1996

377. ［意］拉·乔万尼奥里.斯巴达克思.赵秋长等译.石家庄：花山文艺出版社，1996

378 ［意］雷欧纳尔多·夏侠 (Leonardo Sciascia).白天的猫头鹰一个简单的故事.倪安宇译.台北：时报文化出版企业公司，1996

379. ［意］拉·乔万尼奥里.斯巴达克思.强星缩写.北京：解放军文艺出版社，1996

380. 叶水夫，吕同六主编.世界中篇小说经典文库·意大利卷.北京：九洲图书出版社，1996

381. ［意］莫拉维亚.罗马女人：一个西方妓女的自白.尹礼荣，孙致礼译.珠海：珠海出版社，1996

382. 张世华.意大利文学史.上海：上海外语教育出版社，1996

383. ［意］格·黛莱达.长青藤.沈萼梅，刘锡荣译.广州：花城出版社，1996

384. ［意］马里奥·波尼卡.在那想象的地方：意大利现代童话故事剧.张春妮译.北京：北京燕山出版社，1996

385. ［意］卜迦丘.十日谈.丘林译.郑州：中原农民出版社，1996

386. ［意］但丁.神曲.朱维基译.石家庄：河北人民出版社，1996

387. ［美］罗伯特·弗朗西林编著.讲给孩子们听的罗马神话故事.路玉坤译.济南：山东

文艺出版社，1996

388. 沈萼梅，刘锡荣编著．意大利当代文学史．北京：外语教学与研究出版社，1996

389. ［意］拉·乔万尼奥里．斯巴达克思．李俍民译．北京：中国少年儿童出版社，中国青年
出版社，1996

390. ［意］戈洛笛．木偶奇遇记．范泉编译．长春：时代文艺出版社，1996

391. ［意］卡洛·科洛迪．木偶奇遇记．祝本雄译．南京：译林出版社，1995

392. ［意］亚米契斯．爱的教育．夏丏尊译．上海：华东师范大学出版社，1995

393. ［意］路易吉·马莱尔巴 (Luigi Malerba)．蛇．杨顺详译．合肥：安徽文艺出版社，1995

394. ［意］曼佐尼 (Alessandro Manzoni)．蒙扎修女的故事．吕同六译．北京：中国工人
出版社，1995

395. ［意］斯韦沃 (Italo Svevo)．泽诺的意识．黄文捷译．合肥：安徽文艺出版社，1995

396. ［意］卜迦丘．十日谈．丘林译．郑州：中原农民出版社，1995.

397. ［意］纳鲁义．侠义青年．苏伊译编．海口：海南出版社，1995

398. 吴正仪编选．给一个未出生孩子的信．北京：团结出版社，1995

399. ［意］卡尔洛·科洛迪．木偶奇遇记．李丽芬译．太原：北岳文艺出版社，1995

400. ［意］卡洛·科洛迪．木偶奇遇记．朱丽杰，申建国译．南昌：二十一世纪出版社，1995

401. 勉斋等编．意大利儿童小说．北京：北京少年儿童出版社，1995

402. 易文诗主编．意大利童话．北京：北京少年儿童出版社，1995

403. ［意］皮兰德娄．忘却的面具．吴正仪译．合肥：安徽文艺出版社，1995

404. ［意］索尔达蒂．卡不里岛来信．周智韵译．合肥：安徽文艺出版社，1995

405. ［意］薄伽丘．十日谈．王永年译．北京：人民文学出版社，1994

406. ［意］薄迦丘．十日谈．钱鸿嘉等译．南京：译林出版社，1994

407. ［意］迪诺·布扎蒂 (Dino Buzzati)．魔服．窦仁译．合肥：安徽文艺出版社，1994

408. ［意］卡尔洛·卡索拉 (Carlo Cassola)．为时已晚．刘儒庭译．合肥：安徽文艺出版社，1994

409. ［意］但丁．神曲·地狱篇．田德望译．北京：人民文学出版社，1994

410. ［意］莱奥纳多·夏夏 (Leonardo Sciascia)．千方百计．李国庆，吕同六译．合肥：安徽

文艺出版社，1994

411.［意］邓南遮.无辜者.沈萼梅，刘锡荣译.广州：花城出版社，1994

412.［意］阿尔贝托·莫拉维亚.情断罗马.梁友石译.上海：上海译文出版社，1994

413.［意］莫拉维亚.来自罗马的女人.台北：林郁文化事业公司，1994

414.［意］阿尔贝托·莫拉维亚.罗马女人.沈萼梅，刘锡荣译.合肥：安徽文艺出版社，1994

415.［古罗马］维吉尔.征服者埃涅阿斯.慈国敬撰文.长春：吉林摄影出版社，1994

416.后十日谈.王惟甦，罗芙译.南昌：百花洲文艺出版社，1994

417.［意］科洛迪.木偶奇遇记.张增武等译.广州：新世纪出版社，1994

418.［意］阿米西斯.心的呼喊.台北：海飞丽出版公司，1993

419.［意］薄迦丘.十日谈.钱鸿嘉等译.南京：译林出版社，1993

420.［意］卡尔维诺.如果在冬夜，一个旅人.吴潜诚译.台北：时报文化出版企业公司，1993

421.［意］卡尔维诺.寒冬夜行人.萧天佑译.合肥：安徽文艺出版社，1993

422.［意］但丁.新生.钱鸿嘉译.上海：上海译文出版社，1993

423.［意］亚米契斯.爱的教育.比欧米尼缩写.田淑芳译.北京：中国少年儿童出版社，1993

424.［意］罗大里.假话国历险记.城隐，李佳译.沈阳：辽宁少年儿童出版社，1993

425.［意］塔索.耶路撒冷的解放.王永年译.北京：人民文学出版社，1993

426.［意］罗宾斯.短剑.管冰，陈光译.重庆：重庆出版社，1993

427.吕同六.多元化多声部：意大利二十世纪文学扫描.北京：社会科学文献出版社，1993

428.吕同六.地中海的灵魂：意大利文学透视.北京：社会科学文献出版社，1993

429.［意］乔万尼奥里.斯巴达克思.谢华，力锋缩写.李万钧改写.福州：海峡文艺出版社，1993

430.［意］罗大里.洋葱头历险记.曾琅改写.北京：中国少年儿童出版社，1989

431.意大利二十世纪诗歌.吕同六译.合肥：安徽文艺出版社，1993

432.刘白羽总主编.李辉凡主编.世界反法西斯文学书系·意大利卷.重庆：重庆出版社，1992

433.［意］卡尔维诺.看不见的城市.王志弘译.台北：时报文化出版企业公司，1993

434.侯锦，徐立京.至尊者的不朽之灵：薄伽丘和《十日谈》.海口：海南出版社，1993

435.［意］阿米奇斯.倾听我的心.台北：海飞丽出版公司，1992

436. ［意］黛莱达.风中芦苇.蔡蓉译.上海：上海译文出版社，1992

437. ［意］安伯托·艾可.傅科摆.谢瑶玲译.台北：皇冠文学出版公司，1992

438. ［意］蒙塔莱.生活之恶.吕同六，刘儒庭译.桂林：漓江出版社，1992

439. ［意］夸西莫多.夸西莫多抒情诗选.吕同六译.成都：四川文艺出版社，1992

440. ［意］马莱巴.烟头历险记.沈萼梅，刘锡荣译.杭州：浙江少年儿童出版社，1992

441. ［意］安东尼奥尼.红色沙漠：安东尼奥尼电影剧本选集（下）.刘儒庭等译.北京：中国电影出版社，1992.

442. ［意］卜伽丘.痴情的菲亚美达.陈才宇译.西安：陕西人民出版社，1992

443. 意大利幽默笑话.王干卿译.北京：外国文学出版社，1992

444. ［意］亚米契斯.爱的教育.［意］比欧米尼缩写.田淑芳译.北京：中国少年儿童出版社，1991

445. ［意］黛莱达.邪恶之路.黄文捷，肖天佑译.桂林：漓江出版社，1991

446. ［意］莫拉维西（A.Morayia）等著.比萨斜塔和外星人.沈萼梅，刘锡荣编译.长沙：湖南少年儿童出版社，1991

447. 周敦盛选编.意大利童话精选.南昌：21世纪出版社，1992

448. ［意］卡尔维诺.隐形的城市.陈实译.广州：花城出版社，1991

449. 刘宪之译编.天堂一夜：意大利童话.兰州：甘肃少年儿童出版社，1991

450. ［意］乔万尼奥里.斯巴达克斯.李塈民译.上海：上海译文出版社，1991

451. ［意］达·芬奇.达·芬奇寓言.王俊仁编译.长沙：湖南少年儿童出版社，1991

452. ［意］达·芬奇.达·芬奇寓言和故事.祝本雄译.北京：世界知识出版社，1991

453. ［意］卡尔维诺.意大利童话精选.唐建民译.上海：上海译文出版社，1990

454. ［意］但丁.神曲·地狱篇.田德望译.北京：人民文学出版社，1990

455. ［意］但丁.神曲.朱维基译.上海：上海译文出版社，1990

456. ［意］菲奥雷.中国相思录.赵泮仲，贾鋪新译.北京：国际文化出版公司，1990

457. ［意］拉·乔万尼奥里.斯巴达克思.李俍民译.北京：人民文学出版社，1990

458. ［意］昧吉尔（Virgil）.伊尼亚斯逃亡记.曹鸿昭译.台北：联经出版事业公司，1990

459. [意] 乔万尼奥里. 斯巴达克思. 李翌民译. 北京：中国少年儿童出版社，1990

460. [意] 乔万尼奥里. 斯巴达克思. 易新龙节写. 广州：新世纪出版社，1990

461. [意] 邓南遮. 佩斯卡拉的故事. 万子美译. 北京：外国文学出版社，1989

462. [意] 卜伽丘. 十日谈. 方平，王科一译. 上海：上海译文出版社，1989

463. [意] 卜伽丘. 十日谈. 黄石译. 石家庄：河北人民出版社，1989

464. [意] 科洛迪. 木偶奇遇记. 陈漪，裘因译. 上海：上海译文出版社，1989

465. [意] 哥尔多尼. 哥尔多尼喜剧三种. 万子美，刘黎亭译. 上海：上海译文出版社，1989

466. [英] 霍尔姆斯. 但丁. 裘珊萍译. 北京：中国社会科学出版社，1989

467. [意] 皮兰德娄. 寻找自我. 吕同六等译. 桂林：漓江出版社，1989

468. [意] 史特拉帕罗那. 十夜谈. 杜渐译. 北京：中国友谊出版公司，1989

469. [意] 卡尔维诺等著. 我们的祖先. 蔡国忠，吴正仪译. 北京：工人出版社，1989

470. 李玉悌. 但丁与《神曲》. 西安：陕西人民出版社，1989

471. [意] 蒙塔莱. 蒙塔莱诗选. 吕同六译. 长沙：湖南文艺出版社，1989

472. [意] 莫拉维亚. 深渊中的神女：一个欧洲妓女的悲惨生涯. 陆林译. 长沙：湖南文艺出版社，1989

473. [古罗马] 阿普列乌斯 (Apuleio). 金驴记. 刘黎亭译. 上海：上海译文出版社，1988

474. [意] 夸齐莫多等著. 夸齐莫多、蒙塔莱、翁加雷蒂诗选. 钱鸿嘉译. 北京：外国文学出版社，1988

475. [意] 夸齐莫多. 夸西莫多抒情诗选. 吕同六译. 成都：四川文艺出版社，1988

476. [意] 萨凯蒂等著. 后十日谈. 王惟猷，罗芙译. 成都：四川文艺出版社，1988

477. [意] 马里奥·托比诺 (Mario Tobino). 失去的爱情. 刘锡荣，沈萼梅译. 哈尔滨：北方文艺出版社，1988

478. [意] 卜伽丘. 《十日谈》故事选. 方平，王科一译. 贵阳：贵州人民出版社，1988

479. [意] 卜伽丘. 十日谈. 方平，王科一译. 上海：上海译文出版社，1988

480. [意] 皮蓝德罗. 当代世界小说家读本·皮蓝德罗. 查岱山译. 台北：光复书局，1988

481. [意] 罗大里. 罗大里童话：四大历险故事. 任溶溶译. 长沙：湖南少年儿童出版社，1988

482.［意］埃科．玫瑰的名字．闵炳君译．北京：中国戏剧出版社，1988

483.［意］保罗·厄尔德曼．恐慌的1989.曹振寰译．北京：华文出版社，1988

484. 季愚改编．意大利童话．武汉：湖北少年儿童出版社，1988

485.［意］法拉蒂．爱·孤独与生死．台北：侬侬出版社，1988

486. 郑树森主编．当代意大利小说集．台北：联合文学出版社，1988

487.［意］达·芬奇．达·芬奇寓言．吴广孝译．长春：北方妇女儿童出版社，1988

488.［意］塔托．小天鹅宇航协会．陈绮，杜玉华译．广州：科学普及出版社广州分社，1988

489.［意］但丁．但丁抒情诗选．钱鸿嘉译．上海：上海译文出版社，1988

490. 少年恋人的白昼．冀刚，力冈译．杭州：浙江文艺出版社，1988

491.［意］薄伽丘．十日谈续编．冀刚，力冈译．杭州：浙江文艺出版社，1988

492.［意］亚米契斯．爱的教育．田雅青译．北京：中国少年儿童出版社，1980

493.［意］但丁．神曲·炼狱篇．朱维基译．上海：上海译文出版社，1984

494.［意］埃科．玫瑰之名．林泰等译．重庆：重庆出版社，1987

495.［意］布扎蒂．海怪，K．罗国林，吉庆莲译．西安：陕西人民出版社，1987

496.［意］卡维诺．宇宙漫画．黄书仪译．台北：星光出版社，1987

497.［意］杰尔瓦索．克拉雷塔：为墨索里尼而死的女人．刘锡荣，沈萼梅译．哈尔滨：北方文艺出版社，1987

498.［意］奥瓦扎．魔窟余生．张兆仙译．北京：国际文化出版公司，1987

499.［罗马］奥维德(P.Ovidius).变形记．李文俊等译．北京：人民文学出版社，1987

500.［意］罗大里．小流浪汉．刘风华译．成都：四川少年儿童出版社，1987

501.［意］西洛内．酒和面包．袁华清译．北京：北京出版社，1987

502.［意］莫拉维亚．罗马女人：一个西方妓女的自白．孙致礼，尹礼荣译．济南：山东文艺出版社，1987

503.［意］万巴．捣蛋鬼的日记．思闵译．北京：北京出版社，1987

504. 吕同六编选．梦幻：意大利当代短篇小说选萃．郑州：河南人民出版社，1987

505.［意］达·芬奇．达·芬奇寓言童话故事选．张福生译．南昌：江西少年儿童出版社，1987

506. [意] 万巴 . 露着衬衫角的蚂蚁 . 思闵译 . 北京：北京少年儿童出版社，1987

507. [意] 博纳维利 . 贝法利亚城 . 吴正仪，李银妹译 . 北京：人民文学出版社，1986

508. [意] 卡尔维诺编 . 西西里民间故事 . 郑之岱译 . 桂林：漓江出版社，1986

509. [意] 切利尼 (B.Cellini). 致命的百合花 . 平野译 . 北京：中国展望出版社，1986

510. [意] 兰佩杜萨 (G.T.D.Lampedusa). 豹 . 费慧茹，艾敏译 . 北京：外国文学出版社，1986

511. [意] 莫拉维亚 . 冷漠的人 . 袁华清译 . 上海：上海译文出版社，1986

512. 张世华 . 意大利文学史 . 上海：上海外语教育出版社，1986

513. [意] 莫拉维亚 . 恩爱夫妻 . 刘秋玲译 . 长沙：湖南人民出版社，1986

514. [意] 费利尼等著 . 甜蜜的生活：意大利文学专号 . 刘儒庭等译 . 桂林：漓江出版社，1986

515. [意] 罗大里 . 小流浪汉 . 刘风华译 . 成都：四川少年儿童出版社，1985

516. [意] 卡尔维诺采录选编 . 意大利童话 . 刘宪之译 . 上海：上海文艺出版社，1985

517. [意] 科洛迪 . 木偶奇遇记 . 任溶溶译 . 北京：人民文学出版社，1985

518. [意] 马瑞尼 . 芳草天涯 . 刘苹华译 . 台北：希代书版公司，1987

519. [意] 莫拉维亚 . 苦涩的蜜月 . 曾一豪译 . 台北：皇冠出版社，1985

520. [意] 罗大里 . 有三个结尾的故事 . 祝本雄译 . 北京：世界知识出版社，1985

521. [意] 罗大里 . 流浪儿 . 王勇译 . 郑州：河南少年儿童出版社，1985

522. [古罗马] 普劳图斯，泰伦提乌斯著 . 古罗马喜剧三种 . 杨宪盖译 . 北京：中国戏剧出版社，1985

523. [意] 卜伽丘 . 十日谈 . 方平，王科一译 . 上海：上海译文出版社，1984

524. [意] 卡尔维诺等编 . 猫先生开店 . 袁华清译 . 上海：少年儿童出版社，1984

525. [意] 亚米契斯 . 爱的教育 . 夏丏尊译 . 香港：有成图书贸易公司，1984

526. [意] 但丁 . 神曲·天堂篇 . 朱维基译 . 上海：上海译文出版社，1984

527. [意] 但丁 . 神曲·地狱篇 . 朱维基译 . 上海：上海译文出版社，1984

528. [意] 但丁 . 神曲 . 朱维基译 . 上海：上海译文出版社，1984

529. [意] 华卡 . 帕加尼尼 . 林胜仪译 . 台北：全音乐谱出版社，1984

530. [意] 赫平 . 冬天的故事 . 赵永芬译 . 台北：皇冠出版社，1984

531. [英] 贺姆斯. 但丁. 彭淮栋译. 台北: 联经出版事业公司, 1984

532. [罗马] 奥维德. 变形记. 杨周翰译. 北京: 人民文学出版社, 1984

533. [意] 皮蓝德娄. 皮蓝德娄戏剧二种. 吴正仪译. 北京: 人民文学出版社, 1984

534. [意] 普拉托里尼 (V.Pratolini). 麦德罗. 刘黎亭, 袁华清译. 上海: 上海译文出版社, 1984

535. [意] 罗达里. 三个小流浪儿. 夏方林译. 北京: 中国少年儿童出版社, 1984

536. [意] 托比诺 (M.Tobino). 但丁传. 刘黎亭译. 上海: 上海译文出版社, 1984

537. [古罗马] 维吉尔. 埃涅阿斯纪. 杨周翰译. 北京: 人民文学出版社, 1984

538. 吕同六编选. 意大利近代短篇小说选. 上海: 上海译文出版社, 1984

539. 白天的猫头鹰: 意大利当代中篇小说选. 袁华清译. 北京: 北京出版社, 1984

540. [意] 姜尼·罗大里. 蓝箭. 俞克富译. 成都: 四川少年儿童出版社, 1984

541. 忻俭忠等编译. 意大利童话. 北京: 北京出版社, 1984

542. 鲁刚, 郑述谱编. 希腊罗马神话词典. 北京: 中国社会科学出版社, 1984

543. [意] 布扎蒂. 现代地狱记游: 布扎蒂短篇小说集. 张继双译. 太原: 山西人民出版社, 1984

544. [意] 黛莱塔 (G.Deledda). 人牛游戏. 沈豪译. 桂林: 漓江出版社, 1983

545. [意] 德雷达. 母亲. 杨目苏译. 台北: 远景出版事业公司, 1983

546. [意] 奥琳埃娜·法拉奇 (O.Fallaci). 一个男子汉. 张世华译. 南京: 江苏人民出版社, 1983

547. [意] 莫拉维亚. 莫拉维亚短篇小说选. 吕同六译. 北京: 外国文学出版社, 1983

548. 《外国文艺》编辑部编. 当代意大利短篇小说集. 上海: 上海译文出版社, 1983

549. [意] 薄伽邱. 十日谭. 魏良雄译. 台北: 志文出版社, 1983

550. [意] 亚米契斯. 爱的教育 (维吾尔文). 阿不力孜·买买提译. 乌鲁木齐: 新疆人民出版社, 1983

551. [意] 亚米契斯. 爱的教育: 一个小学生的日记. 田雅青译. 新加坡: 胜友书局, 1982

552. [意] 奥莉阿娜·法拉奇 (O.Fallaci). 男子汉. 袁华清译. 北京: 外语教学与研究出版社, 1982

553. [意] 卡罗·勒维 (C.Levi). 基督不到的地方. 王仲年, 恩琦译. 上海: 上海译文出版社, 1982

554. ［意］孟德雷 . 孟德雷诗选 . 杨渡译 . 台北：远景出版事业公司，1982

555. ［意］皮兰德娄 . 六个寻找作者的角色 . 陈惠华译 . 台北：远景出版事业公司，1982

556. ［意］罗大里 . 电话里的故事 . 俞克富译 . 北京：外国文学出版社，1982

557. ［意］奥里亚娜 · 法拉奇 . 人 . 郭毅译 . 北京：新华出版社，1982

558. ［意］乔万尼奥里 . 斯巴达克思 . 易新农节写 . 广州：广东人民出版社，1982

559. 依塔罗 · 卡尔维诺 . 地狱窃火记：意大利民间童话选 . 王勇译 . 郑州：河南人民出版社，1982

560. ［意］卜伽丘 . 十日谈 . 方平，王科一译 . 上海：上海译文出版社，1981

561. ［意］卡尔维诺 . 一个分成两半的子爵 . 刘碧星，张宓译 . 上海：上海译文出版社，1981

562. ［意］卡尔维诺编 . 意大利民间故事选 . 陈秀英译 . 北京：外语教学与研究出版社，1981

563. ［意］卡度齐 . 卡度齐诗集 . 李魁贤译 . 台北：远景出版事业公司，1981

564. ［意］瓜西莫多 . 瓜西莫多诗集 . 李魁贤译 . 台北：远景出版事业公司，1981

565. ［意］罗大里 . 假话国历险记 . 任溶溶译 . 上海：少年儿童出版社，1981

566. ［意］罗大里 . 洋葱头历险记 . 任溶溶译 . 上海：少年儿童出版社，1981

567. ［意］罗大里 . 假话国历险记 . 任溶溶译 . 邓柯编绘 . 天津：天津人民美术出版社，1981

568. ［意］西龙尼 (I.Silone). 芳丹玛拉 . 马祖毅译 . 长沙：湖南人民出版社，1981

569. ［意］日阿尼 · 罗达里 . 日普在电视机里：儿童科学幻想小说 . 张颂译 . 北京：北京师范大学出版社，1981

570 ［意］罗大里 . 罗大里童话选 . 刘风华译 . 郑州：河南人民出版社，1981

571. ［意］乔万尼奥里 . 斯巴达克思 . 李俍民译 . 上海：上海译文出版社，1981

572. 名家出版社编辑部编纂 . 世界文学全集 (1). 台北：喜美出版社，1981

573. ［意］F. 贝利 . 在橄榄树的故乡：希腊神话故事选 . 思闵译 . 北京：北京出版社，1981

574. ［意］亚米契斯 . 爱的教育 . 夏丏尊译 . 上海：上海书店，1980

575. ［意］卜伽丘 . 十日谈 . 方平，王科一译 . 上海：上海译文出版社，1980

576. ［意］科洛迪 . 木偶奇遇记 . 任溶溶译 . 北京：外国文学出版社，1980

577. ［意］亚利基利 · 但丁 . 神曲 . 王维克译 . 北京：人民文学出版社，1980

578. ［意］亚米契斯 . 爱的教育 . 田雅青译 . 北京：中国少年儿童出版社，1980

579. [意] 莫兰黛 (Elsa Morante). 历史. 万子美等译. 北京: 外国文学出版社, 1980

580. [意] 维加诺. 两个少女的故事. 翁本泽译. 方金河插图. 福州: 福建人民出版社, 1980

581. 意大利电影剧本选. 北京: 中国电影出版社, 1980

582. [意] 科罗狄. 木偶奇遇记. [英] 克兰普英译. 徐调孚转译. 上海: 少年儿童出版社, 1957

583. [意] 乔万尼奥里. 斯巴达克思. 李俍民译. 上海: 上海人民出版社, 1977

584. 神曲 (录像制品). 世界名作の旅 (第 16 集). 日本: 朝日新闻社, 1975

585. [意] 桑蒂斯, G.de. 等著. 罗马 11 时. 蓝箫子译. 北京: 中国电影出版社, 1964

586. [意] 爱. 德. 菲力普. 费鲁米娜·马尔土拉诺. 木禾译. 北京: 中国戏剧出版社, 1964

587. [意] 维斯康蒂. 大地在波动. 俞虹译. 北京: 中国电影出版社, 1963

588. [意] 柴伐梯尼. 温别尔托·D. 伍菡卿译. 北京: 中国电影出版社, 1963

589. [意] 柴伐梯尼. 偷自行车的人. 袁维昭译. 北京: 中国电影出版社, 1963

590. [意] 但丁·阿利吉耶里 (Dante Alighirei). 神曲·天堂篇. 朱维基译. 上海: 上海文艺出版社, 1962

591. [意] 但丁·阿利吉耶里. 神曲·炼狱篇. 朱维基译. 上海: 上海文艺出版社, 1962

592. [意] 阿尔贝托·莫拉维亚. 罗马故事. 非琴译. 上海: 上海文艺出版社, 1962

593. [意] 西莉维亚·玛芝·彭芳琪. 斯贝兰莎. 马杏城译. 北京: 作家出版社, 1961

594. [意] 乔万尼奥里. 斯巴达克思. 李俍民译. 上海: 上海文艺出版社, 1961

595. [意] 哥尔多尼. 一件妙事. 聂文杞译. 北京: 中国戏剧出版社, 1960

596. [意] 但丁·阿利吉耶里. 神曲·地狱篇. 朱维基译. 上海: 上海文艺出版社, 1959

597. [古罗马] 卢克莱修 (Lucretius). 物性论. 方书春译. 北京: 商务印书馆, 1959

598. [古罗马] 塔西佗 (Tacitus). 阿古利可拉传日耳曼尼亚志. 马雍, 傅正元译. 北京: 商务印书馆, 1959

599. [意] 威尔第. 茶花女. 音乐出版社编辑部编. 北京: 音乐出版社, 1959

600. [意] 布郎卡蒂等著. 警察与小偷. 蓝万子译. 北京: 中国电影出版社, 1959

601. 茶花女 (三幕歌剧). [意] 威尔第, Аж. 作曲. [意] 皮阿威作词. 苗林, 刘荣嵘译配. 北京: 音乐出版社, 1959

602. [意] 雷巴地. 木偶游海记. 宋易译. 香港：今代图书公司，1959

603. [意] 卜迦丘 (Giovanni Boccaccio). 十日谈. 方平，王科一译. 上海：新文艺出版社，1958

604. [罗马] 奥维德 (N.Ovidius). 变形记. 杨周翰译. 北京：作家出版社，1958

605. [罗马] 塞内加 (L.A.Seneca). 特洛亚妇女. 杨周翰译. 北京：人民文学出版社，1958

606. [意] 维尔加 (Giovanni Verga). 杰苏阿多工匠老爷. 孙葆华译. 上海：新文艺出版社，1958

607. [意] 维尔加. 乡村骑士. 王央乐译. 北京：人民文学出版社，1958

608. [意] 斯士兰尼. 意大利游击队. 叶冬心译. 上海：少年儿童出版社，1958

609. 我的七个儿子. [意] 切尔维口述. [意] 尼果拉伊执笔. 衷维昭译. 北京：中国青年出版社，1958

610. [意] 普契尼 (G.Puccini). 蝴蝶夫人. 北京：音乐出版社，1958

611. [意] 倍尔妥 (Giuseppe Berto). 满天红. 刘正明，万紫译. 上海：新文艺出版社，1957

612. [意] 哥尔多尼. 女店主（三幕喜剧）. 孙维世译. 北京：中国戏剧出版社，1957

613. [意] 哥尔多尼. 扇子（三幕喜剧）. 叶君健译. 北京：中国戏剧出版社，1957

614. [意] 哥尔多尼. 哥尔多尼戏剧集. 孙维世等译. 北京：人民文学出版社，1957

615. [意] 哥尔多尼，善心的急性人（三幕喜剧）. 聂文杞译. 北京：中国戏剧出版社，1957

616. [意] 科罗狄. 木偶奇遇记. [英] 科勃伦特 (C.Copeland) 绘图. 徐调孚译述. 上海：少年儿童出版社，1957

617. [罗马] 维吉尔 (Publius Maro Vergiius). 牧歌. 杨宪益译. 北京：人民文学出版社，1957

618. [意] 乔万尼奥里. 斯巴达克思. 李俍民译. 上海：新文艺出版社，1957

619. [意] 桑蒂斯等. 一年长的道路. 姚艮译. 北京：电影出版社，1957

620. [意] 桑蒂斯等. 人与狼. 姚艮译. 北京：中国电影出版社，1957

621. [意] 亚米契斯. 六千哩寻母记. [苏] 柯柯林绘图. 夏丏尊译. 上海：少年儿童出版社，1956

622. [意] 卡尔维诺等. 把大炮带回家去的兵士. 严大椿译. 上海：新文艺出版社，1956

623. [意] 哥尔多尼. 一仆二主. 孙维世译. 北京：作家出版社，1956

624. [意] 勒维 (Carlo Levi). 基督不到的地方. 王仲年，恩锜译. 上海：新文艺出版社，1956

625. [意] 倍尔妥 (Giuseppe Berto). 满天红. 刘正明，万紫译. 上海：文艺联合出版社，1955

626. [意] 利贝洛 (Libero De Libero) 等. 橄榄树下无和平. 李正伦译. 电影艺术编译社编辑. 北京: 北京艺术出版社, 1955

627. [意] 维迦诺 (Renata Vigana). 安妮丝之死. 孙源等译. 北京: 作家出版社, 1955

628. [意] 但丁. 神曲·地狱篇. [法] 多雷 (Paul Gustave Dore) 绘图. 朱维基译. 上海: 新文艺出版社, 1954

629. [意] 但丁. 神曲. 王维克译. 北京: 作家出版社, 1954

630. [意] 但丁. 神曲. 王维克译. 北京: 人民文学出版社, 1954

631. [意] 罗大里. 好哇, 孩子们!. [苏] 维雷斯基绘图. 任溶溶译. 上海: 少年儿童出版社, 1954

632. [意] 罗大里. 流浪少年. 燕荪译. 上海: 基本书局, 1954

633. [意] 罗大里. 洋葱头历险记. 任溶溶译. 上海: 少年儿童出版社, 1954

634. [意] 罗大里. 小流浪者. [苏] 柯柯林绘图. 沈绍唐译. 上海: 少年儿童出版社, 1954

635. [意] 雷巴地. 木偶游海记. 宋易译. 上海: 开明书店, 1949

636. [意] 亚米契斯. 爱的教育. 夏丏尊译. 上海: 开明书店, 1948

637. [意] 但丁. 神曲·天堂. 王维克译. 上海: 商务印书馆, 1948

638. [意] 但丁. 神曲·净界. 王维克译. 上海: 商务印书馆, 1948

639. [古罗马] 西塞罗 (M.T.Cicero). 西塞罗文录. 梁实秋译. 上海: 商务印书馆, 1947

640. [意] 但丁. 神曲·地狱. 王维克译. 上海: 商务印书馆, 1947

641. [意] 西隆涅. 巴黎之旅. 马耳译. 桂林: 开明书店, 1944

642. [意] I.Silone. 死了的山村. 赵萝蕤译. 重庆: 独立出版社, 1943

643. [意] 孟德格查. 续爱的教育. 夏丏尊译. 上海: 开明书店, 1942

644. [意] 薄伽丘. 十日清谈. 闽逸译. 上海: 世界书局, 1941

645. [意] 亚米契斯. 过客之花. 巴金译. 上海: 文化生活出版社, 1940

646. [意] 但丁. 神曲·地狱. 王维克译. 长沙: 商务印书馆, 1939

647. [意] 范士白. 日本的间谍. 尊闻译. 译者自刊, 1939

648. [意] 亚米契斯. 爱的教育. 夏丏尊译. 上海: 开明书店, 1938

649.［意］柯洛蒂 . 木偶奇遇记 . 傅一明译 . 上海：启明书局，1936

650.［意］贾默西屋 (S.Camasio)，［意］渥聚勒 (N.Oxilia). 青春不再 . 宋春舫译 . 上海：商务印书馆，1936

651.［意］皮蓝德娄 . 皮蓝德娄戏曲集 . 徐霞村译 . 上海：商务印书馆，1936

652.［意］爱米契斯 . 爱的教育 . 施瑛译 . 上海：启明书局，1936

653.［意］邓南遮 . 死的胜利 . 陈俊卿译 . 上海：启明书局，1936

654.［意］科罗狄 . 木偶奇遇记 . 文化励进社编译部译 . 上海：文化励进社，1936

655. 王希和 . 意大利文学 . 上海：商务印书馆，1936

656.［意］亚米契斯 . 爱的教育 . 夏丏尊译 . 上海：开明书店，1935

657.［意］曼苏尼 (Alessandro Manzoni). 约婚夫妇 . 贾立言，薛冰译 . 上海：商务印书馆，1935

658.［意］亚弥契斯 . 爱的学校（又名爱的教育）. 张栋译 . 上海：龙虎书店，1935

659. 意大利短篇小说集（上）. 戴望舒选译 . 上海：商务印书馆，1935

660. 意大利短篇小说集（下）. 戴望舒选译 . 上海：商务印书馆，1935

661.［意］彭德罗 . 意大利短篇小说集 . 戴望舒选译 . 上海：商务印书馆，1935

662.［意］西塞罗 . 西塞罗文录 . 梁实秋译 . 上海：商务印书馆，1934

663.［日］马场睦夫 . 意大利童话集 . 康同衍译 . 上海：中华书局，1934

664.［意］但丁 . 新生 . 王独清译 . 上海：光明书局，1934

665.［意］雷巴地 . 木偶游海记 . 宋易译 . 上海：开明书店，1934

666.［法］柯莱箴 (Benjamin Cremieux). 意大利现代文学 . 董家溁译 . 上海：商务印书馆，1933

667.［意］墨索里尼 . 墨索里尼战时日记 . 成绍宗译 . 上海：光明书局，1933

668.［意］亚米契斯 . 过客之花 . 巴金译 . 出版社不详，1933

669. 王力 . 罗马文学 . 上海：商务印书馆，1933

670.［美］A.Patri. 续木偶奇遇记 . 徐亚倩译 . 上海：儿童书局，1932

671.［英］福林谑 (C.Foligno). 丹第小传 . 徐锡蕃译述 . 上海：中华书局，1932.

672. 徐霞村辑译 . 近代意大利小说选 . 北平：立达书局，1932

673.［意］福克涅编 . 西塞罗文录 . 梁实秋译 . 上海：商务印书馆，1931

674. ［意］薄伽丘 . 十日谈 . 黄石，胡簪云译 . 上海：开明书店，1930

675. ［意］孟德格查 . 续爱的教育 . 夏丏尊译 . 上海：开明书店，1930

676. 傅绍先 . 意大利文学 ABC. 上海：ABC 丛书社，1930

677. 王希和 . 意大利文学 . 上海：商务印书馆，1930

678. ［意］科罗狄 . 木偶奇遇记 . 徐调孚译 . 上海：开明书店，1928

679. ［意］哥耳独尼 . 女店主 . 焦菊隐改作 . 上海：北新书局，1927

680. ［意］亚米契斯 . 爱的教育 . 夏丏尊译 . 上海：开明书店，1926

681. ［意］康努逎 . 琪珴康陶 . 张闻天译 . 上海：中华书局，1924

682. 王希和 . 意大利文学 . 上海：商务印书馆，1924

4. 外文参考文献

1. Allegra，Gabriele M. *Incontro al dolore di Kiu Yuen*. Shanghai，A. B. C. Press，1938

2. Andreozzi，Alfonso，*Sulla distruzione delle cavallette*. 译自 *Nun'-cen-ziuen-sciu* 中的一个章节 *(Ossia：Trattato completo d'agricoltura) Florence*，1860

3. Andreozzi，Alfonso，*Sulla cura preventiva del vajolo，e traduzione di alcune ricette cinesi dirette a prevenirlo o a curarlo*. Florence，1862

4. Andreozzi，Alfonso，*Sulle cavallette，considerazioni estratte dal Nun'-ce'-ziuen-sciu，ossia: Trattato completo sull'agricoltura e tradotto letteralmente dal Cinese*. Florence，Mariani，1870

5. Andreozzi，Alfonso，*Le leggi penali degli Antichi Cinesi. Discorso preliminare sul diritto e sui limiti del punire e traduzioni originali dal Cinese dell'Avvocato Alfonso Andreozzi*. Florence，Giuseppe Civelli，出版时间不详

6. Andreozzi，Alfonso，*Il dente di Budda racconto estratto dalla Storia delle Spiagge e letteralmente tradotto dal cinese da Alfonso Andreozzi*. Florence，Giovanni Dotti Editore，1883

7. Andreozzi，Alfonso，*Il dentedi Budda racconto estratto dalla Storia delle Spiagge e letteralmente tradotto dal cinese da Alfonso Andreozzi*. Milan，Edoardo Sonzogno，1885

8. Antonucci Davor，Zuccheri Serena，*L'insegnamento del cinese in Italia tra passato e presente*，Università di Roma la Sapienza，Rome，Nuova Cultura，2010

9. Anon，*Dichiarazione di una Pietra antica Scritta e scolpita con infrascritte lettere，ritruata nel Regno della Cina*. Rome，Corbelletti. 1631

10. Anon，*Storia generale della Cina ovvero grandi annali cinesi tradotti dal Tong-kien-kang-mou dal padre Giuseppe-Anna-Maria de Moyriac de Mailla Gesuita FranceseMissionario in Pekin*. Siena，Francesco Rossi Stamp. del Pubb. 35 vols.，1777—1781. (Translation of Joseph—Anne—Marie de Moyriac de Mailla. 1977—1785. *Histoire générale de la Chine, ou Annales de cet Empire*, Paris，13 vols)

11. Anon，*Ta-Tsing-Leu-Lee o sia Leggi fondamentali del Codice penale della China，stampato e*

promulgato a Pekin coll'autorità di tutti gli Imperatori Ta-Tsing, della presente dinastia. Tradotto dal chinese da Giorgio Tommaso Staunton, Membro della Società reale di Londra. Versione italiana. Milan, Dalla Stamperia di Giovanni Silvestri. 3 vols, 1812. (Translation of Staunton, George Thomas. 1810. *Ta Tsing Leu Lee; being the Fundamental Laws, and a selection from the Supplementary Statutes, of the Penal Code of China.* London, T.Candell and W)

12. BellezzaPaolo, *Novelle cinesi*, Milan, 1922

13. Benedikter, Martin. *Wang Wei and P'ei Ti, Poesie sul Fiume Wang.* Turin, Einaudi Editore, 1956

14. Benedikter, Martin. *Le Trecento poesie T'ang.* Turin, Einaudi Editore

15. Bertuccioli Giuliano, "T'ao Yuan-ming. Tre canti funebri. Traduzioe e nota", Poesia, 2: 487—488, 1945

16. Bertuccioli, Giuliano, *Storia della letteratura cinese.* Milan, Sansoni Accademia, 1968

17. Bertuccioli Giuliano, *Mandarini e cortigiane.* Rome, Editori Riuniti/Albatros, 1988

18. Bertuccioli Giuliano, *I casi del giudice Bao.* Rome, Bagatto Libri, 1990

19. Bianciardi, Luciano. *La vera storia di Ah Q e altri racconti.* Milan, Feltrinelli, 1955

20. Bindi, Giovanni, *Poesie cinesi tradotte da Giovanni Bindi.* Pistoia, Fratelli Brancali, 1888

21. Bovero Clara, *I Briganti.* Turin, Einaudi Editore, 1956. (Re-translation of Franz Kuhn. Die Rauber vom Liang Schan Moor. Leipzig, Indel-Verlag, 1934)

22. Bruno, Antonio, *Opere.* A cura del Comune di Biancavilla, Catania, 1987

23. Calleri, Giuseppe Maria, *Li Ki ou Mémorial des Rites. Traduit pour la première fois du chinois, et accompagné de notes, de commentaires et du texte original. Par J. M. Callery, Secrétaire-Interprète de L'Empereur des Fran'ais, member de l'Académie royale des Sciences de Turin, chevalier de la Légion d'honneur, de L'Ordre civil de Savoie, de celui du roi Léopold de Belgique, décoré du Grand Collier tartare, etc.* Turin, Imprimerie royale; Paris, B. Duprat, 1853

24. Canini, Marco Antonio, *Il libro dell'Amore. Poesie italiane raccolte e straniere.* Venice, Coen. 5 vols, 1885—1890. (Vol.5: Chinese love poems taken primarily from Jules Arène.

La Chine familière et galante. Paris，Charpentier，1883)

25. Carducci，Giosuè，"Primavera cinese"，1853，in Cantù 1945，I，2：573

26. Carducci，Giosuè，*Edizione nazionale delle opere di Giosuè Carducci.* Bologna，Zanichelli Editore，1935

27. Casacchia Giorgio，*Apparizioni d'Oriente. Novelle cinesi del medioevo.* Rome，Editori Riuniti，1986

28. Casacchia Giorgio，*Trentasei Stratagemmi. L'Arte cinese di vincere.* Naples，1990

29. Castellani，Alberto，*Lunyu: I Dialoghi di Confucio.* Florence，Sansoni，1924

30. Castellani Alberto，Saggio di poesia cinese，*inIl Contemporaneo.* Turin，1924（1933 年于 A．Castellani 再版，*Letterature e Civiltà dell'Estremo Oriente*，*Studi e Saggi*，Florence，Felice Le Monnier)

31. Castellani Alberto，*La regola celeste di Lao-Tse*(Tao Te Ching)，Florence，Sansoni，1927. 第一版意大利翻译包括中文文本，序言，注释

32. Cesareo，Giovanni Alfredo，"Cineserie"，Conversazioni letterarie. Catania. Catania，Niccolò Giannota，1899

33. Chini，Mario，*Si-siang-ki o storia del padiglione occidentale.* Lanciano，Carabba Editore，1916.（转译自 S.Julien 的法文译本 "Si—siang ki ou L—histoire du pavillon d—Occident, comédie en seize actes"，Atsume Gusa 1872—1880)

34. Chini，Mario，*Nuvole bianche variazioni su motivi cinesi.* Lanciano，Carabba Editore，1918

35. Colbonsin Ebe，*Tcheng-ki-tong. -L'uomo giallo. Romanzo cinese.* Rome，Roux，1990.（转译自 *Les Chinois peints par eux—memes.Contes chinois par le général Tcheng—ki—tong.* Paris，Calmann—Lévy，1889. 转译自《聊斋志异》的二十六则小故事）

36. Corradini，Piero．1970a．*Antologia della letteratura cinese.* Milan，Fratelli Fabbri Editore (Letteratura Universale，vol.35)

37. D'Arelli Francesco，*La Cina in Italia-una Bibliografia dal 1899 al 1999*，ISIAO，Nuova Age s. r. l.，ROMA，2007

38. D'Elia Pasquale, *Il mappamondo Cinese del P. Matteo Ricci conservato nella Biblioteca Vaticana*(riproduzione, traduzione dal cinese e commento). Vatican City, Biblioteca Apostolica Vaticano, 1935

39. D'Elia Pasquale, *Antologia cinese, dalle origini ai nostri giorni*. Florence, Sansoni, 1944

40. D'Elia Pasquale, *Poeti cinesi dell'XI, VIII e VII secolo a. C. Traduzione e note, Poesia*, 1, 1945

41. Debonis Giovanni(笔名 Guido Vitale). "Ombre cinesi", *in Italia Coloniale*, II, 1901

42. Errante, Vincenzo, Emilio Mariano 主 编 *Orfeo. Il tesoro della lirica universale interpretato in versi italiani*. Florence, Sansoni, 1949.(转译自《史记》、《道德经》、屈原、陶潜、李颀、杜甫、元稹、王安石、韩愈、白居易的意大利语译本，译者包括 D'Elia(1944, 1949), Valensin(1943), Chini(1918) and Castellani(1927))

43. Evans, Guglielmo, *Lao-tse. Il libro della vita e della virtù*. Turin, Bocca, 1905

44. Fubini, Elsa, *Mao Dun, Il negozio della famiglia Lin*. Rome, Editori Riuniti, 1960

45. Gigliesi, Primerose, *Lu Xun, Fuga sulla Luna*. Milan, De Donato; 1973, Milan, Garzanti; 1988, Rome, Editori Riuniti, 1965

46. Gigliesi, Primerose, *Racconti cinesi contemporanei*. Bari, Leonardo da Vinci, 1965

47. Giura, Ludovico Antonio Di, *I Racconti fantastici di Liao. Traduzione integrale del 'Liao-chai-Chih-I' di P'u Song-ling*. Milan, Mondadori, 2 vols, 1955

48. Giusti, Paolo Emilio, "Idilli Cinesi", *Nuova Antologia*, year 52, fascicule 1084, 16 March 1917.(转译自 Herbert A.Giles. 1989 年翻译的 23 首中国诗歌 *Chinese Poetry in English Verse*. London, Bernhard Quaritch)

49. Intorcetta, Prospero, *Sapienza Sinica. Kien chan in urbe Sinarum Provinciae Kiam Si*, 1662

50. Intorcetta, Prospero, *Sinarum Scientia politico-moralis*. Quam-cheu(Quanzhou), 1667; Goa, 1669

51. Intorcetta, Prospero and Christian Herdtrich, François de Rougemont, Philippe Couplet. *Confucius Sinarum Philosophus sive Scientia Sinensis latine exposita*. Paris, 1687

52. Jahier Piero，*Importanza di vivere*.　Milan，Bompiani Editore，1939

53. Jahier Piero，*Maj-Lis Rissler Stoneman*，*Chin P'ing Meu*.　Turin，Einaudi Editore，1955. (转译自 Bernard Miall 的 *The Adventurous History of His Men and His Six Wives*. New York，1902，2 vols.，英文版转译自 Franz Kuhn1930 年的德语版本 *Kin Ping Meh oder*, *Die Abenteuerliche Geschichte von His Men und seinen sechs Frauen*. Leipzig，Insel Verlag)

54. Lanciotti，Lionello 和 Tsui Tao Lu，*Sei racconti di vita irreale*，*di Shen Fu*.　Traduzione del 'Fu-sheng liu-ch'i，con introduzione e note. Rome，Casini，1955

55. Lanciotti，Lionello，"Letteratura cinese"，收录于 O. Botto 主编的 *Storia delle letterature d'Oriente*. Milan，Vallardi，1969

56. Lanciotti，Lionello，*Racconti di vita irreale*.　Venice，Marsilio Editori，1993

57. Lanciotti，Lionello，"*Breve sroria della sinologia.　Tendenze econsiderazioni*"，Mondo Cinese，vol. 23，1977：3—12

58. Manni Giuseppe，*Notizie varie dell'Impero della China e di qualche altro paese adiacente con la vita di Confucio Il Gran Savio della China*，*e un saggio della sua Morale*.　Florence，Carlieri all'Insegna di San Luigi，1967.(包括《中庸》的一个意大利翻译版本：143—185)

59. Masci，Maria Rita，*Zhong Acheng*，*Il re degli scacchi*，Rome，Edizioni Theoria，1989

60. Masci，Maria Rita，*Zhong Acheng*，*Il re degli alberi*.　Rome，Edizioni Theoria，1990

61. Masci，Maria Rita，*Zhong Acheng*，*Il re dei bambini*，Rome，Edizioni Theoria，1991

62. Masci，Maria Rita. *Zhong Acheng*，*Vite minime*. Rome，Edizioni Theoria，1991

63. Masi，Edoarda 主编，《红楼梦》*Il sogno della camera rossa*.　Turin，Einaudi Editore，1964

64. Masci，Maria Rita，*Lu Xun*，*La falsa libertà*.　Turin，Einaudi Editore，1968

65. Massarani Tullio，*Il Libro di giada.　Echi dell'Estremo Oriente recati in versi italiani secondo la lezione di M. e J. Walter da Tullio Massarani*.　Florence，Le Monnier，1882

66. Massarani Tullio，*Il Libro di giada.　Echi dell'Estremo Oriente recati in versi italiani secondo la lezione di M. me J. Walter*(Judith Gautier).　Ristampa con aggiunte per cura di Augusto Serra.　Edizione

postuma delle opere，1909. Gruppo III："Saggi poetici". Florence，Le Monnier：vol. IV.（转译自 Judith Walter(笔名 Judith Gautier(1846—1917) 的 *Le Livre de jade*，2nd edition，Paris)，1902

67. Metastasio Pietro，*L' Eroe cinese*，*Opere di Pietro Metastasio*，Venice，A Curti Q. Giacomo，t. VI：141—202，1813

68. Miranda Marina，*Bibliografia delle Opere Cinesi Tradotte in Italiano*(1900—1996)，A. I. S. C. . Giannini，NAPOLI，1998

69. Morandi，L. 和 D. Ciàmpoli 主 编 *Poeti Stranieri*，*Lirici*，*Epici*，*Drammatici*. Milan-Rome-Naples，Società Dante Alighieri，vol. I，1903.（其 他 翻 译 版 本 的 译 者 包 括：A.De Gubernatis，D' Ervay，Saint-Denys，G.Bindi，L.Nocentini，C.Puini，T.Massarani，A.Tenneroni 收录于 "A.Zottoli 的 *Cursus Literaturae Sinicae* 一书中"，M.A. Canini，Encheiridion Confuciarum)

70. Motti Adriana，*Lo Scimmiotto*. Turin，Einaudi Editore，1960.（转译自 Arthur Waley，*Monkey*. London，Allen and Unwin，1942)

71. Nocentini Lodovico，*Il Santo Editto di K' an-hi e l' amplificazione di Yun-cen tradotti con note filologiche da Lodovico Nocentini*. Florence，Le Monnier，1880

72. Nocentini Lodovico，*Il Santo Editto di K' an-hi e l' amplificazione di Yun-cen versione mancese riprodotta a cura di Lodovivo Nocentini*. Florence，SuccessoriLe Monnier，1883

73. Nocentini Lodovico，"Nato-ridendo：novella tradotta dal cinese(dalla collezione Hsiaosci)"，*Giorrnale della Società asiatica italiana*(3)，1889

74. Nocentini Lodovico，"Fatti antichi ogni giorno ricordati. Versione dei ventiquattro esempi di devozione filiale"，*Giornale della Societ à asiatica italiana*(9)，1896

75. Nocentini Lodovico，"Favole cinesin(tradotte dallo Jia bao)"，*Giornale della Società asiatica italiana*(9)，1896

76. Nocentini Lodovico，"Specchio prezioso del cuor puro. Massime tradotte dal cinese"，*Rivista di studi orientali*(1)，1907，1908—1909(2)

77. Onofri Arturo，Palazzi di giada，Catania，Impresa Editrice Siciliana. 1919

78. Onofri Arturo，*Lune di giada*，*Poesie cinesi tradotte da Arturo Onofri*. Carlo D'Alessio 主 编，Rome，Salerno Editrice，1994.（写作于 1916 年）

79. Puini Carlo，*Novelle cinesi tolte dal lung-tu-kung-ngan e tradotte sull'originale cinese da Carlo Puini*，Piacenza，Tipografia Giuseppe Tedeschi，1872

80. Puini Carlo，*Il Li-ki o istituzioni*，*usi e costumi della Cia antica*. Traduzione，commento e note. Fasc. primo contenente i Cap. I e II. Florence，Le Monnier，1883

81. Puini Carlo，*Tre Capitoli del "Li-ki" concernenti la religione*，traduzione，commento e note，Contributo allo studio comparativo delle istituzioni sociali nelle antiche civiltà. Florence，Le Monnier，1886.（转译自《礼记》第二十二章到二十五章）

82. Sanctis Nino de，*Kiu-youen. Li Sao：grande poema cinese del III secolo a. C. Traduzione e commenti di Nino de Sanctis.* Milan，Sonzogno，1900.（转译自法文版：*Le Li-sao. Poème du IIIe siècle avant notre ère.* Traduit du chinois, accompagné d'un commentaire perpétuel et publié avec le texte original par le mar-quis D'Hervey-Saint-Denys. Paris，Maisonneuve，1870）

83. Santangelo Palo. Dong Yue，Il sogno dello Scimmiotto，Venice，Marsilio Editori

84. Severini Antelmo，*Dialoghi cinesi*，第一部分：文本，Paris. 1866；第二部分：注解，Florence，1963

85. Severini Antelmo，*Tre religioni giudicate da un Cinese. Versione della VII massima di K'ang-hi*，Florence，1867

86. Tomassini Fausto，*Testi confuciani.* Turin，Unione Tipografico-Editrice Torinese，1974

87. Tomassini Fausto，*Testi taoisti.* Turin，Unione Tipografico-Editrice Torinese，1977

88. Tomassini Fausto，*Confucio，Primavera ed Autunni.* Milan，Rizzoli Editore，1984

89. Vacca Giovanni，"Alcune idee di Chuang-tse《庄子》（第七到第十章）"，*Leonardo*，anno V：68—84. 1907

90. Valensin Giorgia 主编，(Eugenio Montale 作序)，*Liriche cinesi*(1753 a.C.——1278 d.C.).

Turin，1943

91. Giulio Einaudi Editore：XVII-249.（Sung Nien-Su（Hsu Sung-nien.）的意大利译本：*Anthologie de la littérature chinoise des origins à nos jours*，Paris，1933；Arthur Waley，1918，*A hundred and seventy Poems*，London：Arthur Waley. 1919. *More translations fron the Chinese.* New York，Alfred A. Knopf

92. Vitale Guido，"Poesia cinese"，*Italia coloniale*，II，1，*Jn.* 1901：5—12

93. Zoppi Giuseppe，*Poesie cinesi dell'epoca Tang*，Milan，Hoepli，1949

94. Zottoli Angelo，*Cursus Litteraturae Sinicae.* Shanghai，Touse-we，1878—1882

95. Bertuccioli Giuliano，*Storia della letteratura cinese.* Milan，Sansoni Accademia，1959(第二版 1968 年)

96. *Giuseppe Maria Calleri：Un Piemontese al servizio della Francia in Cina*，Turin，Indologia Taurinensia，1986

97. Pasquale D'Elia，in *Dizionario Biografico degli Italiani.* Rome，Istituto dell'Enciclopedia italiana，vol. 36：632—634. 1988

98. Pasquale D'Elia，"Per una storia della sinologia italiana: prime note su alcuni sinologi interpreti di cinese"，*Mondo cinese*，74：9—39，1991

99. Pasquale D'Elia，"Gli studi sinologici in Italia dal 1600 al 1950"，*Mondo cinese*，81：9—22，1993

100. Bertuccioli，Giuliano and Federico Masini，*Italia a Cina.* Bari，Laterza，1996

101. Cantù Cesare，*Documenti per la storia universale*，*Letteratura*，Turin，Pomba，vol. I. t. II，1845

102. Casacchia Giorgio，"Le prime traduzioni italiane della narrativa cinese in volgare"，收录于 Ugo Marazzi 主编的 *La conoscenza dell'Asia e dell'Africa in Italia nei secoli XVIII e XIX.* Naples. Istituto Universitario Orientale，vol. I，t. I：311—322，1984

103. Cordier Henri，*Bibliotheca Sinica*，Paris，E. Guilmoto，vol. II. 1905—1906

104. Cordier Henri，"Les Etudes chinoises sous la Révolution et l'Empre"，*T'oung Pao 32*；59—

103，1936

105. Corradini Piero，*Storia della letteratura cinese*，*Letteratura universale*. Milan，Fratelli Fabbri Editore，vol. 35，1970

106. D'Alessio Carlo，"Introduzione"，in Arturo Onofri，*Lune di giada*，*Poesie cinesi tradotte da Arturo Onofri*，Rome，Salerno Editrice：7—33. 1994

107. D'Elia Pasquale，*Fonti Ricciane*，Rome，La Libreria dello Stato，vol. I：367—369，1942

108. Demiéville，Paul，"AperÇu historique des études sinologiques en France(1966)"，*Chois d'études sinologiques*(1921—1970). Leiden，Brill：433—487. 1973

109. Du Halde，Jean-Baptiste，*Description géographique*，*historique*，*chronologique et physique de l'Empire de la Chine et de la Tartarie chinoise*. Paris，P. G. Lemercier，vol. 3：339—378，1735

110. Chrétien Louis Joseph de Guignes，*Dictionnaire chinois*，*franÇais et latin*. Paris，Imprimerie imperial，1813

111. Henry Bernard，"Les adaptations chinoises d'ouvages européens，bibliographie chronologique depuis la venue des Portugais à Canton jusqu'àla Mission franÇaise de Pékin，1514—1618"，*Monumenta Serica*，X：1—57，309—388，1945

112. Irwin Richard Gregg，*The Evolution of a Chinese Noel*，Cambridge，Cambridge University Press，1953

113. Klaproth Jules，*Supplément au Dictionnaire chinois-latin du père Basille de Gemona*(imprimé en 1813 par les soins de M.de Guignes). Paris，Imprimerie royale，1819

114. Lanciotti Lionello，"Letteratura cinese"，in O：Botto(ed.)，*Storia delle letterature d'Oriente*. Milan，Vallardi，1969

115. Lundbaek Kund，"The First Translations from Confucian Classics in Europe"，*China Mission Studies*(1550—1800) Bulletin，1：1—11，1979

116. Mayers William Frederick，*The Chinese Reader's Manual*. Shanghai，American Presbyterian Mission Press，1874

117. Papini Giovanni，"Inutilità necessarie"，*Il Resto del Carlino*，January 16，1916

118. Papini Giovanni，"*Li-tai-pe ed Euclide*"，*Tutte le opere*，VII：*Prose morali.* Milan，Mondadori，1959

119. Possevino Antonio. *Bibliotheca selecta qua agitur de ratione studiorum in historia*，*in disciplinis*，in salute amnium procuranda. Rome，1593. Rémusat Abel，*Plan d'un dictionnaire chinois.* Paris，Pillet，Suppo，Michele. S. S. 1943. *Sommario storico di letteratura cinese.* Macao，China，Scuola Salesiana del Libro，1814

120. Varé，John，*The Laughing Diplomat.* London，John Murray. 1938

5. 本书撰稿人名单：

张西平：第一章、第二章

朱菁：第三章、第四章、第五章、第六章、第七章、第八章、第九章

袁茜：第十章

袁茜、文铮：第十一章

张明明、文铮：第十二章

张明明：第十三章、第十四章

杜颖：第十五章

程真、文铮：附录

后记

自从 1995 年第一次到意大利访问后，我就开始喜欢上这个国家。当我在意大利南部的拿波里静观海边的波涛，寻踪罗明坚的墓地时，我会感到意大利是地中海的儿子；当我在意大利北部小城特伦托遥望阿尔卑斯山上的白雪，寻踪卫匡国的出生地时，我会感到意大利是欧洲走向东方的桥梁。在庞贝，你会感到自然的伟大，历史的沧桑；在威尼斯，你会为水城的秀美而陶醉，当然，这里还是马可·波罗的故乡，对中国人来说更有一种亲近感。在佛罗伦萨，当你静静地站在米开朗基罗广场上，凝视那青春的大卫雕像时，文艺复兴的乐章会环绕在你的耳旁；当你在米兰的博物馆看到达·芬奇留下的画稿时，你会惊叹于那天才辈出的时代。文艺复兴时代是一个多么伟大的时代，恩格斯说得好："这是一个需要巨人而且产生了巨人——在思维能力、热情和性格方面，在多才多艺和学识渊博方面的巨人时代。"当然，在意大利所有的城市中我仍最喜欢罗马，甚至可以说，在欧洲所有的城市中我最喜欢罗马。我为罗马这座城市已经写了四篇文字，记述了我多次访问罗马的心情，记得 2004 年所写的《罗马抒怀》一文最能表达我对罗马的体认，文章开头是这样写的：

> 罗马是一座独特的城市。它没有像巴黎香榭丽舍那样宽阔迷人的大街，使你一踏上它就风情万种，心旷神怡；它也没有伦敦那绅士般的风度，使你的生活节奏像大本钟那样准时而又稳健；当然，它更没有纽约、法兰克福那样的摩天大楼，使你漫步在城市的丛林时，时时有一种兴奋的迷茫感。

> 罗马没有里斯本的悠闲，没有马德里的疯狂，没有阿姆斯特丹那灯红酒绿的海港，没有莫斯科那严肃的寒冬……

> 罗马有什么呢？

> 罗马有的是青石方砖上驶过的千年车辙，有米开朗基罗那神工刀斧所留下的座座雕塑，有那宽阔的圣·伯多禄广场上回荡不息的上帝的钟声……这就是罗马：将历史、艺术与神圣融为一体的罗马，迷恋着无数游人、艺人和不安的心灵的罗马。

将历史、艺术与神圣融为一体正是意大利这个国家的根本特征。有一句话说得好，"意大利是欧洲文化的长子"，其实，意大利不仅仅是对于欧洲，对于人类文明来说，它都具有非常之意义，因为"它用历史奠基着生命！它用艺术陶醉着生活！它用宗教浸润着心灵！"

对意大利的热爱是源于我对中国和意大利文化交流史的研究，学术的动力来自热爱。人生之快乐莫过于做自己所喜爱之事。就如你爱一个人时，你会格外珍惜她，希望这种爱永留在心间；当你爱一个人时，你会觉得自己所爱的人如此美丽动人，对她倍加欣赏。学术也是如此。当心与灵融为一体时，学术的感受方为内心真情的流淌。学术当然要有客观性，但实际上亚里士多德所说的纯粹的学术，没有任何个人之情感的学术是不存在的。后现代史学从文本研究转向作者研究，解释学所说的解释的"前见"多少都有几分道理。

或许正是这种对意大利的爱，使我在 7 年前贸然接下了钱林森先生交给我的这部书稿的写作任务。一旦进入写作，方知这对我是一个巨大的挑战。对中国文学在意大利的传播，我只是了解一个很短的历史片段，对意大利文学在中国的传播，我自己只是一个读者，从未进入研究领域。钱先生告诉我这本书本是交给意大利研究的专家吕同六先生的，不幸，他接下这个任务不久就病逝了。这样，钱先生找来找去，找到了我，当时还有北外意大利专业的魏怡和文铮老师也参加这本书的写作。对于文债如山的我来说，这本书真是给我不少压力，因为手边还在做着我主持的教育部重大项目《20 世纪中国古代文化经典在域外的传播与影响》和清史编译组的重大项目《梵蒂冈藏明清中西文化交流史文献整理》。或许因为每年都要去罗马，每次一看到这座城市，我就又有了些信心。这样断断续续写了一些文字。我的同事张明明学问做得好，也邀请他参加了写作；西安外国语大学意大利语系的杜颖老师也参与了本书部分章节的写作。这本书是我和马西尼教授共同主编的，他和他的博士袁茜的论文也提供了中国文学在意大利的许多新材料，为这本书增加色彩。这是我和马西尼教授第二次联手合作了，几年前我们一起主编了《中国和意大利文化交流史》丛书，学界反响不错，因为丛书刊出了一些非常重要的历史文献研究著作，例如，马西尼的高足陆商隐所研究的意大利来华传教士卫匡国所写的世界上第一本中文文法书等。今年下半年，大象出版社将会出版我和马西尼教授们共同合作主编的《梵蒂冈藏明清中西文化交流史文献丛刊》。手中这本《中国－意大利卷》如果没有他的参与是无法完整地呈现中国和意大利文学交流的全貌的。因为，意大利汉学界对中国文学的翻译和研究无疑是本书重要组成部分。我的好朋友程真为本书提供了国家图书馆所藏的关于意大利文学在中国的书目和藏在国家图书馆的善本古籍书目，从而使这本书可以作为工具书来用。北外意大利语系的文铮也参与了此部分的工作。几年前我和马西尼教授一起在中国国家图书馆和意大利国家图书馆分别作了《中国文学在意大利》和《意大利文学在中国》的图书展览，这两个展览无疑为本书的写作打下了基础。当然，这本书功劳最大的是我的博士朱菁（现为北京师范大学博士后研究人员），她在繁忙的博士论文写作中承担了几章写作，同时和我一起对全书做了统稿工作，我们所有的作者都要感谢她，没有她的努力，这本书是无法最后成型的。为此，我将其列为主编之一，以表示对她工作的感谢。

中国文明和欧洲文明是人类文明史上有着鲜明特点的文明，在历史的长河中中欧之间有着无数动人的故事。文明因交流而发展，文明因互鉴而丰富。愿我们这本小小的著作能为中国和意大利之间的文化交流，为中国和意大利文化之间源远流长的友谊的彩虹添上一缕霞光。

张西平

2014 年 5 月 28 日写于岳各庄阅园小区游心书屋

编后记

随师兄去府上拜访钱林森教授，满怀激动与期望，已是九年前的事了。那天讨论的出版项目，占去此后我编辑生涯的主要时光，筹划项目、联系作者、一次又一次的编写会，断断续续地收稿、改稿，九年就这样在焦急的等待、繁忙的工作中过去了，而九年，是一位寿者生命时光的十分之一，是我编辑生涯中最美好的日子……每每想到这里，心中总难免暗惊。人一生有多长，能做多少事，什么是值得投入一生最好时光的事业？付诸漫长时光与巨大努力的工作，一旦完成，最好的报偿是什么呢？这些问题困扰着我，只是到了最后这段日子，我才平静下来。或许这些困惑都是矫情，尽心尽力、无怨无悔地做完一件事，就足够了。不求有功，但求告慰自己。

《中外文学交流史》17 卷终于完成，钱老师、周老师和各卷作者们付出了巨大的努力，我心怀感激。在这九年里，有的作者不幸故去，有的作者中途退出，但更多的朋友加入进来。吕同六先生原来负责主持意大利卷，工作开始不久不幸去世。我们深深地怀念吕同六先生，他的故去不仅是中国学术界的巨大损失，也是我们这套丛书的损失。张西平先生慷慨地接替了吕先生的工作，意大利卷终于圆满完成。朝韩卷也颇多波折，起初是北大韩振乾先生承担此卷的著述，后来韩先生不幸故去，刘顺利先生加入我们。刘顺利先生按自己的学术思路，一切从头开始，多年的积累使他举重若轻，如期完成这本皇皇巨著。还有北欧卷，我们请来了瑞典的陈迈平（万之）先生，后来陈先生因为心脏手术等原因而无力承担此卷撰著。叶隽先生知难而上。期间种种，像叶隽所说，"使我们更加坚信道义的力量、人的情感和高山流水的声音"。李明滨、赵振江、郅溥浩、郁龙余、王晓平、梁丽芳、朱徽先生都是学养深厚的前辈，他们加入这个团队并完成自己的著作，为这套丛书奠定了坚实的学术基础，也提高了丛书的品位。卫茂平、丁超、宋炳辉、姚风、查晓燕、葛桂录、马佳、郭惠芬、贺昌盛先生正值盛年，且身当要职，还在百忙之中坚持写作，使这套丛书在研究的问题与方法上具备了最前沿的学术品质。齐宏伟、杜心源、周云龙都是风头正健的学界新秀，在他们的著述中，我们看到了中外文学关系史研究的美好前景。

　　这套书是个集体项目，具有一般集体项目的优势与劣势，成就固然令人欣喜，缺憾也引人羞愧。当然，最让人感到骄傲与欣慰的是，这套书自始至终得到比较文学界前辈的关心与指导，乐黛云教授、严绍璗教授、饶芃子教授在丛书启动时便致信编委会，提出中肯的指导意见，以后仍不断关心丛书的进展。2005 年丛书启动即被列入"十一五"国家重点图书出版规划项目，2012 年，本套丛书获得国家出版基金资助，这既为丛书的出版提供了保障，我们更认为这是对我们这个项目出版价值的高度肯定，是一种极高的荣誉，因此我们由衷地喜悦，并充满感激。

　　丛书是一个浩大的学术工程，也得到了我们历任领导的高度重视和大力支持。2005 年策划启动时，还没有现今各种文化资助的政策，出版这套丛书需要胆识和气魄。社领导参与了我们的数次编写会，他们的睿智敬业以及作为山东人的豪爽诚挚给我们的作者留下了深刻的印象。丛书编校任务繁琐而沉重，周红心、钱锋、于增强、孙金栋、王金洲、杜聪、刘丛、尹攀登、左娜诸位编辑同仁投入了巨大热情和精力，承担了部分卷次的编校工作，周红心协助我做了许多细致的工作，保证了丛书项目如期完成。

　　感谢书籍装帧设计师王承利老师，将他的书籍装帧理念倾注到这套丛书上。王老师精心打磨每一个细节，从封面到版式，从工艺到纸张，认真研究反复比较，最终将传统与现代、中国与世界、文学与学术和书籍之美完美地融合在一起。丛书设计独具匠心而又恰如其分。

　　《中外文学交流史》17 卷在历经艰辛与坎坷之后，终得圆满，为此钱老师、周老师付出了巨大的努力。钱老师作为项目的发起人、主持人，自然功德无量，仅他为此项目给各位老师作者发的电子邮件，连缀起来，就快成一本书了。2007 年在济南会议上，钱老师邀请周老师与他联袂主编，从此周老师分担了许多审稿、统稿的事务性工作。师兄葛桂录教授的贡献是独特而不可替代的，没有他的牵线，便没有我们与钱老师、周老师的合作，这套丛书便无缘发生。

　　大家都是有缘人，聚在一起做一件事，缘起而聚、缘尽而散，聚散之间，留下这套书，作为事业与友情的纪念，亦算作人生一大幸事。在中国比较文学学术史上，在中国出版史上，这套书可能无足轻重，但在我自己的职业生涯中，它至关重要。它寄托着我的职业理想，甚至让我怀念起 20 多年前我在山东大学的学业，那时候我对比较文学的憧憬仍是纯粹而美好的，甚至有些敬畏。能够从事自己志业的人是幸福的，我虽然没有从事比较文学研究，但有幸从事比较文学著作的出版，也算是自己的志业。此刻，我庆幸自己是个有福的人！

祝　丽

图书在版编目（CIP）数据

中外文学交流史. 中国 - 意大利卷 / 张西平等主编
. -- 济南 ：山东教育出版社，2014
ISBN 978-7-5328-8491-9

Ⅰ. ①中… Ⅱ. ①张… Ⅲ. ①文学—文化交流—文化
史—中国、意大利 Ⅳ. ① I 109

中国版本图书馆 CIP 数据核字 (2014) 第 152848 号

中外文学交流史 中国 - 意大利卷

钱林森　周　宁　主编
张西平　马西尼　主编

总 策 划：祝　丽
责任编辑：杜　聪
装帧设计：王承利
执行主编：朱　菁

主　管：山东出版传媒股份有限公司
出版者：山东教育出版社
　　　　（济南市纬一路 321 号　　邮编：250001）
电　话：(0531) 82092664　　传真：(0531) 82092625
网　址：http://www.sjs.com.cn
发行者：山东教育出版社
印　刷：济南大邦印务有限公司
版　次：2015 年 12 月第 1 版第 1 次印刷
规　格：787mm×1092mm　16 开本
印　张：25.75 印张
字　数：428 千字
书　号：ISBN　978-7-5328-8491-9
定　价：91.00 元

（如印装质量有问题，请与印刷厂联系调换）　印厂电话：400-0531-118